Nagib Machfus

Palast der Sehnsucht

Nagib Machfus

Palast der Sehnsucht

Aus dem Arabischen von
Doris Kilias

Büchergilde
Gutenberg

1

Herr Abd al-Gawwad schloß hinter sich das Tor und ging mit müdem Schritt im blassen Schein der Sterne über den Hof. Die Spitze des Stocks bohrte sich in den staubigen Boden, wenn er sich schwer auf ihn stützte. Erhitzt, wie er war, sehnte er sich nach kaltem Wasser, um sich Gesicht, Kopf und Hals abzuspülen und zumindest für kurze Zeit Linderung von der Gluthitze des Juli zu finden, die ihm Schädel und Leib zu verbrennen drohte. Der Gedanke an kaltes Wasser war so verlockend, daß sich seine Gesichtszüge entspannten. Als er ins Treppenhaus trat, schimmerte von oben mattes Licht herab, dessen Strahlen über die Wand huschten. Er stieg hinauf; die eine Hand glitt über das Geländer, die andere stützte sich auf den Stock, und das gleichmäßige Klopfen der Spitze auf den Stufen hatte in langer Zeit jenen besonderen Rhythmus erworben, der zu ihm ebenso gehörte wie die Züge seines Gesichts. Oben auf dem Podest erschien Amina mit der Lampe in der Hand, und als er bei ihr war, blieb er stehen. Sein Brustkorb hob und senkte sich, er mußte verschnaufen. Erst dann sprach er die Worte, die immer zu dieser nächtlichen Stunde fielen: »Guten Abend.«

Amina ging mit der Lampe voraus und murmelte: »Guten Abend, Herr.«

Im Zimmer angekommen, eilte er zum Kanapee und ließ sich darauffallen. Er stellte den Stock beiseite, nahm den Tarbusch ab, lehnte den Kopf ans Rückenpolster und streckte die Füße weit von sich. Die Ränder der Gubba rutschten über den Kaftan, so daß die in die Socken gesteckten Beinlinge der Unterhose zu erkennen waren. Er schloß die Augen, trocknete sich mit dem Taschentuch Stirn, Wangen und Nacken ab. Amina hatte die Lampe auf den kleinen Tisch gestellt und stand abwartend vor dem Gatten, um im Moment, da er sich erheben würde, beim Ablegen der Kleidung behilflich zu sein. Aufmerksam und beunruhigt sah sie ihn an. Wie sehr wünschte sie sich, den Mut zu finden, ihn zu bitten, er möge sich von den Anstrengungen des nächtlichen Feierns verschonen, da seine Gesundheit das nicht mehr mit der Leichtigkeit von einst verkraftete. Sie wußte nicht, wie sie solch grämliche Gedanken offen aussprechen sollte.

Es vergingen etliche Minuten, ehe er die Augen wieder öffnete. Er nahm die goldene Uhr aus der Tasche des Kaftans, zog den Diamantring vom Finger und legte alles in den Tarbusch hinein. Dann stand er auf, um sich mit Aminas Hilfe von Gubba und Kaftan zu befreien. Sein Körper bot den vertrauten Anblick – groß, stark, voll. Nur an den Schläfen hatte das Grau einige Strähnen erobert. Als er den Kopf in den Ausschnitt des weißen Nachthemds steckte, mußte er plötzlich lächeln, erinnerte er sich doch daran, daß Herr Ali Abd ar-Rahim mitten im geselligen Beisammensein sich hatte erbrechen müssen, was er mit einer Verkühlung des Magens zu erklären suchte. Sie, die anderen, hatten daraufhin gehänselt, er würde bloß nichts vertragen, gehöre eben nicht zu den Männern, die bis ins hohe Alter hinein vom Alkohol nicht genug bekommen könnten und so weiter und so fort. Herr Ali war wütend geworden und wollte nicht aufhören, solcherlei Verdacht weit von sich zu weisen. Merkwürdig, welche Bedeutung manche Menschen den geringsten Nichtigkeiten beimaßen. Aber er war ja auch nicht viel besser. Hatte er sich nicht mitten im tobenden Gelächter laut gerühmt, er könne eine ganze Kneipe leertrinken, ohne daß sein Magen auch nur im geringsten durcheinandergerate?

Er setzte sich wieder hin und streckte die Füße vor, damit die Frau Schuhe und Strümpfe ausziehen konnte.

Dann ging sie hinaus und kam mit Schüssel und Wasserkrug wieder. Sie ließ das Wasser in die Schüssel fließen, er wusch sich Kopf, Hals und Gesicht und spülte alles sauber ab. Als das getan war, hockte er sich mit gekreuzten Beinen aufs Kanapee und verspürte genüßlich den sanften Lufthauch, der zwischen Holzerker und Hoffenster wehte. »O Gott, was für einen entsetzlich heißen Sommer haben wir dieses Jahr.«

»Möge sich der Herrgott uns gütig zeigen«, erwiderte Amina, die unter dem Bett die Matte hervorgeholt hatte und nun unmittelbar zu Füßen des Herrn Gemahls hockte. Sie seufzte. »Überall ist es heiß wie im Backraum, nur auf dem Dach kann man nach Sonnenuntergang ein wenig Luft schöpfen.«

Amina hatte sich verändert; sie war dünn geworden, und ihr Gesicht sah länglicher als früher aus, was vielleicht nur daran lag, daß ihre Wangen schmal geworden waren. Die Strähnen, die unter dem Tuch hervorlugten, waren ergraut, so daß sie älter wirkte, als sie eigentlich war. Das Muttermal auf der einen Wange trat gröber hervor, und war ihr Blick auch demütig wie früher, so wirkte er doch traurig und irgendwie abwesend. Sie selbst war erschrokken über ihr verändertes Aussehen, und hatte sie sich zunächst darüber hinweggetröstet, begann sie sich schon bald besorgt zu sagen, daß sie, solange sie lebte, gesund bleiben mußte; gewiß, denn die anderen bedurften ihrer Gesundheit. Aber konnte das Rad der Zeit zurückgedreht werden? Die Jahre vergingen, und obwohl sie nicht zahlreich genug waren, um eine solche Veränderung zu rechtfertigen, reichten sie aus, um Spuren zu hinterlassen. Nacht für Nacht hatte sie im Holzerker gestanden und durch die Ritzen die Gasse beobachtet. Die lag wie immer unverändert unter ihr, doch sie selbst, Amina, verspürte, wie das Gewicht der Jahre zunehmend auf ihr lastete.

Unten im Kaffeehaus ertönte der Ruf des Kellners, und wie ein Echo hallte seine Stimme in dem stillen Zimmer wider. Sie lächelte, schaute verstohlen zum Herrn Gemahl auf. Nichts liebte sie mehr als diese Gasse, die die ganze Nacht hindurch ihr Herz berührte; sie war ihr eine Freundin, auch wenn diese sich nicht darum kümmerte, daß ein liebendes Herz hinter dem Erkerflügel schlug. Die Wahrzeichen der Gasse füllten ihre Seele aus, und die nächtlichen Geräusche glichen Wesen, die in ihren Ohren hausten. Sie kannte den Kellner, dessen Zunge nie verstummte; den Mann mit der heiseren Stimme, der die Tagesereignisse kommentierte, ohne ihrer je müde oder überdrüssig zu werden; den Spieler mit der nervösen Stimme, der mit der Karo-Sieben und dem Buben dem Glück hinterherjagte; den Vater von Hanija, dem Mädchen mit dem Keuchhusten, der, wann immer er nach der Tochter gefragt wurde, Nacht für Nacht die gleiche Antwort gab: »Beim Herrn liegt alle Heilung.« Ja, es war, als gehörte der Holzerker zum Kaffeehaus und sie hätte dort in einer Ecke Platz genommen.

Amina hing ihren Gedanken nach, behielt aber unwillkürlich das Gesicht des Herrn Gemahl im Blickfeld, der noch immer den Kopf nach hinten gelehnt hielt. Erst als der Strom ihrer Träumereien abriß, schaute sie sich ihn genauer an. Wie in den letzten Nächten waren auch heute seine Wangen stark gerötet, und da sie das unruhig machte, fragte sie: »Geht's meinem Herrn gut?«

Er richtete den Kopf auf, murmelte: »Ja, Gott sei Dank«, was er gleich mit den Worten einschränkte: »Entsetzlich, diese Hitze.«

Traubenschnaps sollte im Sommer sehr bekömmlich sein, so meinten die Freunde, hatten sie es ihm immer wieder versichert. Aber er mochte ihn nicht, entweder trank er Whisky oder gar nichts. Also blieb ihm nichts anderes übrig, als jede Nacht den Rausch von sommerlicher – und was für einem Sommer! – Trunkenheit zu erleiden. Was hatte er doch heute abend wieder gelacht! Er war in ein solches Gelächter ausgebrochen, daß ihm die Halsadern schwollen. Worüber eigentlich? Über nichts Besonderes, jedenfalls hatte es nichts gegeben, was man sich hätte merken müssen. Die Stimmung war einfach nur angenehm gewesen, so daß schon der geringste Anlaß genügte, um einen allgemeinen Heiterkeitsausbruch zu verursachen. Es reichte, wenn Herr Ibrahim Alfar zum Beispiel sich versprach und – statt zu sagen: »Saad Zaghlul hat heute von Alexandria aus die Reise nach Paris angetreten« – erklärte: »Alexandria hat heute von Saad Zaghlul aus die Reise nach Paris angetreten.« Schon brachen alle in Gelächter aus, hielt man doch diesen Lapsus für den Zungensalat eines Betrunkenen. Noch bevor sich Herr Alfar hatte berichtigen können, griffen alle den Spaß auf. »Saad Zaghlul«, hieß es, »wird so lange am Verhandlungstisch bleiben, bis er gesund ist, dann schifft er sich auf der Einladung ein, um nach London zu kommen« oder: »Im gegenseitigen Einverständnis wird er Ramsay McDonald statt der Unabhängigkeit bekommen« oder: »Saad kommt mit Ägypten zurück, um es der Unabhängigkeit zu bringen«. Es drehte sich zwar alles um die bevorstehende Verhandlung, aber jeder hatte seine Freude daran, die Sache mit Späßen zu kommentieren.

So viele Freunde Herr Abd al-Gawwad auch hatte – drei waren ihm die liebsten: Mohammed Iffat, Ali Abd ar-Rahim und Ibrahim Alfar. Konnte er sich das Leben ohne diese drei Männer vorstellen? Wenn ihre Gesichter bei seinem Anblick vor aufrichtiger Freude strahlten, erfaßte ihn ein ansonsten nie erlebtes Glücksgefühl.

In seinen Augen lag noch ein träumerischer Glanz, als sein Blick auf Amina fiel, die ihn neugierig ansah. Als müßte er sie an eine wichtige Angelegenheit erinnern, sagte er streng: »Morgen also.«

Über ihr Gesicht huschte ein Lächeln. »Wie könnte ich das vergessen.«

»Man hat mir gesagt, daß die Abiturergebnisse in diesem Jahr eher schlecht sind«, meinte Herr Abd al-Gawwad mit unverhohlenem Stolz.

Aminas heiteres Gesicht zeigte an, daß sie sein Gefühl teilte. »Möge der Herrgott ihn sein Ziel erreichen und uns alt genug werden lassen, damit wir noch erleben, wie er das Diplom erfolgreich besteht.«

»Warst du heute in der Sukkarija?«

»Ja, und ich habe alle eingeladen. Sie werden kommen, nur nicht die alte Dame. Sie hat sich entschuldigt, weil sie zu abgespannt ist, schickt aber beide Söhne, damit sie auch in ihrem Namen Kamal beglückwünschen.« Mit einem Wink in Richtung der abgelegten Gubba erklärte Herr Abd al-Gawwad: »Scheich Mitwalli Abd as-Samad ist heute bei mir erschienen und hat mir für die Kinder von Chadiga und Aischa Amulette gebracht. Er hat das Gebet mit dem Wunsch verbunden, daß er, so Gott will, mir noch Amulette für die Kinder meiner Enkel geben darf.« Er schüttelte den Kopf, lächelte. »Für Gott liegt nichts zu fern. Selbst Scheich Mitwalli ist ja wie aus Eisen, obwohl er schon die Achtzig erreicht hat.«

»Möge Ihnen der Herrgott Gesundheit und Wohlergehen schenken.«

Der Herr Gemahl überlegte und zählte dabei an den Fingern. »Wenn mein Vater – Gott sei ihm gnädig – noch lebte, wäre er jetzt kaum älter als der Scheich.«

»Möge sich Gott der teuren Toten erbarmen.«

Für einen Moment herrschte Schweigen, denn das Gedenken an die »teuren Toten« mußte erst einmal verkraftet werden. Dann aber schien Herrn Abd al-Gawwad etwas Wichtiges eingefallen zu sein, und er sagte: »Zainab hat sich wieder verlobt.«

Amina hob den Kopf und machte große Augen. »Wirklich?«

»Ja. Herr Mohammed Iffat hat es mir heute erzählt.«

»Und mit wem?«

»Mit einem Beamten namens Mohammed Hassan. Er ist Direktor des Archivs im Unterrichtsministerium.«

»Dann ist er wohl schon ziemlich alt?« fragte sie bestürzt.

»Aber nein«, widersprach der Herr Gemahl. »Er ist so an die Vierzig, vielleicht fünfunddreißig oder sechsunddreißig Jahre alt. Allerhöchstens vierzig Jahre.« Spöttisch fügte er hinzu: »Erst hat sie ihr Glück mit jungen Leuten probiert, mit solchen Grünschnäbeln, soll sie jetzt ihr Glück mit Männern mit Verstand versuchen.«

»Jasin wäre am besten für sie gewesen, schon wegen des Sohns«, meinte Amina bedauernd.

Herr Abd al-Gawwad war der gleichen Meinung, hatte sich auch lange bei Herrn Iffat dafür verwendet. Doch als er jetzt Amina recht gab, konnte er nicht länger verschweigen, wie sehr er in seinen Bemühungen enttäuscht worden war. »Der Mann hat kein Vertrauen mehr zu Jasin«, grollte er. »Und es stimmt ja auch – Jasin hat wirklich keins verdient. Deshalb habe ich auf Herrn Iffat auch nicht weiter eingeredet. Ich will unsere Freundschaft nicht dafür mißbrauchen, ihn zu etwas zu drängen, was vielleicht nichts Gutes bringt.«

»Ein jugendlicher Fehltritt muß doch verzeihbar sein«, murmelte Amina mitleidig.

Herr Abd al-Gawwad glaubte, wenigstens teilweise seine fehlgeschlagenen Bemühungen eingestehen zu können. »Ich habe ziemlich stark auf Jasins Recht bestanden, stieß aber auf keinerlei Entgegenkommen. Herr Iffat hat mir mit bittendem Ton erklärt: ›Der erste Grund, deinem Wunsch nicht nachzukommen, liegt in der Besorgnis, unsere Freundschaft könnte einen Riß bekommen.‹ Dann hat er noch gesagt: ›Normalerweise kann ich dir keine Bitte abschlagen, aber unsere Freundschaft geht mir in diesem Fall vor.‹ Da habe ich geschwiegen.«

Ja, das waren Mohammed Iffats Worte, aber im Grunde hatte er nur deshalb so gesprochen, um sich seinem beharrlichen Drängen zu widersetzen. In der Tat, Herr Abd al-Gawwad wünschte sich sehr, die verwandtschaftliche Bindung wiederhergestellt zu wissen, zum einen, weil Mohammed Iffat seinem Herzen nahestand, und zum anderen wegen der Stellung der Iffatschen Familie in der Gesellschaft. Er hätte für Jasin keine bessere Frau als Zainab finden können. Letztendlich hatte er sich aber die Niederlage eingestehen müssen, vor allem nachdem Herr Iffat ihm offenbart hatte, was er – wenigstens teilweise – über Jasins Privatleben wußte. Schließlich hatte Herr Iffat erklärt: »Erzähl mir nicht, daß wir beide uns nicht von Jasin unterscheiden. Erstens gibt es tatsächlich einen Unterschied, und zweitens würde ich für Zainab nicht das gutheißen, was ich für ihre Mutter billige.«

»Weiß Jasin davon?« fragte Amina.

»Er wird es morgen oder übermorgen erfahren. Meinst du, es interessiert ihn? Er ist weit davon entfernt, eine vornehme Heirat schätzen zu können.«

Amina schüttelte bekümmert den Kopf. »Und Radwan?«

Herr Abd al-Gawwad runzelte die Stirn. »Er wird bei seinem Großvater bleiben oder auch zu seiner Mutter gehen, wenn er die Trennung von ihr nicht aushält. Möge Gott den ratlos machen, der einen verwirrt.«

»Der arme Junge! Seine Mutter lebt dort, der Vater hier. Wird Zainab es ertragen, ihn nicht bei sich zu haben?«

»Not kennt kein Gebot«, erwiderte er eher beiläufig. »Wann ist Radwan in dem Alter, um ins Haus seines Vaters überzuwechseln? Weißt du das?«

Amina überlegte. »Er ist ein wenig jünger als Naima und ein bißchen älter als Abd al-Munim. Er müßte jetzt fünf Jahre alt sein, Herr, so daß sein Vater ihn in zwei Jahren holen kann. Ist es nicht so?«

Herr Abd al-Gawwad gähnte. »Wir werden ja sehen«, und als wollte er schnell das Thema ändern, fügte er hinzu: »Er war schon einmal verheiratet, ich meine, der neue Ehemann.«

»Hat er Kinder?«

»Nein. Seine erste Frau hat ihm keine geboren.«

»Vielleicht hat das für Herrn Mohammed Iffat den Ausschlag gegeben.«

Unwillig wehrte Herr Abd al-Gawwad ab. »Vergiß nicht die angesehene Stellung dieses Mannes.«

»Wenn es darum ginge«, hielt Amina dagegen, »würde sich niemand von deinem Sohn abbringen lassen, zumindest schon deinetwegen nicht.«

Herr Abd al-Gawwad fühlte Mißmut aufsteigen, und trotz aller freundschaftlichen Gefühle für Herrn Mohammed Iffat verfluchte er ihn im Innern. Erneut versuchte er, auf den Punkt zurückzukommen, von dem er sich noch am ehesten Trost versprach. »Du darfst nicht vergessen, daß er nicht gezögert hätte, meiner Bitte zu entsprechen, wenn er nicht aufs äußerste bedacht wäre, unsere Freundschaft vor aller Gefahr zu schützen.«

»Natürlich, natürlich, Herr«, bekräftigte Amina ihn in seiner Meinung. »Schließlich handelt es sich um eine lebenslange Freundschaft und nicht um irgendeinen Zeitvertreib oder irgendeine Spielerei.«

Wieder überkam ihn ein Gähnen, und er brummelte vor sich hin: »Bring die Lampe hinaus.«

Amina stand auf, um der Aufforderung nachzukommen. Herr Abd al-Gawwad schloß für einen Moment die Augen, doch dann sprang er auf, als wollte er die Trägheit überwinden. Er ging hinüber zum Bett, legte sich hin. O ja, jetzt ging es ihm gut. Nichts war angenehmer, als sich ausstrecken zu können, wenn man müde war. In seinem Kopf hämmerte es, aber das war ja selten anders. Auf jeden Fall hatte er Gott zu danken, auch wenn die Zeit ungetrübter Heiterkeit der Vergangenheit angehörte. Beginnt man erst einmal nachzudenken, vermißt man vieles, das unwiederbringlich ist und aus der Vergangenheit als verblaßte Erinnerung herüberwinkt, matt wie das schwache Licht, das durch den Türspalt dringt. Wie auch immer, er sollte Gott danken und das Leben genießen, um das ihn viele beneideten. Das einzige, worüber genauestens nachgedacht werden mußte, war, ob er die Einladung Mohammed Iffats annehmen sollte oder nicht. Ach was, überlassen wir dem Morgen, was dem Morgen gehört. Nur Jasin – der war das Problem von gestern, heute und morgen. Mit achtundzwanzig Jahren war man kein junger Bursche mehr. Eine andere Frau für ihn zu finden sollte kein Problem sein, aber »Gott ändert die Lage eines Volkes nicht, ehe es nicht selbst das ändert, was in seinem Herzen ist«. Wann endlich wird sich die göttliche Führung offenbaren, so daß das Licht sich über die Welt ergießt und die Augen blendet? Aus tiefstem Herzen würde er jubeln – Gott gebührte der Dank. Doch was hatte Mohammed Iffat gesagt? Jasin lungert und bummelt in Ezbekija in den schlimmsten Kellerkneipen herum. Als er selbst noch in Ezbekija unterwegs war, hatte es dort anders als heutzutage ausgesehen. So manches Mal hatte ihn schon die Sehnsucht gepackt, einige Schenken dort wieder aufzusuchen und die Erinnerungen aufleben zu lassen. Gott sei's gedankt, daß er rechtzeitig von Jasins geheimen Unternehmungen erfahren hatte; andernfalls hätte der Satan aus tiefstem Herzen ein Hohngelächter angestimmt. Sollten die Söhne ihrer Wege ziehen, jetzt, da sie den Kinderschuhen längst entwachsen waren. Zuerst hatten ihm die australischen Soldaten den Weg nach Ezbekija versperrt, und nun kam ihm dieser Hornochse in die Quere und erwies sich als ebenso lästig wie sie.

2

Durch die Stille der Morgendämmerung drang vom Ofenraum her das Schlagen des Teigs, begleitet vom Krähen des Hahns. Umm Hanafis massiger Körper stand über den Trog gebeugt, und der Schein der auf dem Herdsims abgestellten Lampe verlieh ihrem Gesicht einen gewissen Glanz von Frische. Nicht das Haar und die Fülle des Körpers ließen sie ältlich erscheinen, sondern die mürrische Miene und harten Gesichtszüge. Rechts auf dem Küchenstuhl saß Amina und streute Kleie auf die Bleche, damit die Fladen darauf gelegt werden konnten. Die beiden Frauen arbeiteten schweigend, bis schließlich Umm Hanafi mit dem Kneten aufhörte und ihre Hand herauszog. Sie wischte sich mit dem Unterarm über die schweißige Stirn und schwenkte die mit Teig bedeckte Faust, einem weißen Boxerhandschuh ähnlich, durch die Luft. »Ein anstrengender, aber auch schöner Tag liegt heute vor Ihnen, Herrin«, sagte sie. »Möge uns Gott noch viele Tage der Freude bescheren.«

»Wir müssen den Tisch appetitlich herrichten«, meinte Amina, ohne von ihrer Arbeit aufzuschauen, worauf Umm Hanafi nur lächelte und – mit dem Kinn auf ihre Herrin weisend – erwiderte: »Gesegnet sei das Werk der Patronin.« Sie tauchte die Hände wieder in den Trog ein und knetete weiter.

»Ich wünschte, wir hätten uns entschlossen, den Armen im Hussain-Viertel Brotsuppe abzugeben.«

»Es kommt doch kein Fremder zur Feier«, wehrte Umm Hanafi mit leichtem Unmut ab.

»Auf jeden Fall«, murrte Amina verärgert, »wird es ein Festessen mit viel Lärm sein. Fuad, der Sohn von Gamil al-Hamzawi, hat auch das Abitur gemacht, aber dort feiert man nicht mit einem solchen Gelage.«

»Wir nutzen doch nur die Gelegenheit, um mit den Lieben zusammenzukommen«, beharrte Umm Hanafi.

Wie sollte Amina sich freuen, wenn sie Gewissensbisse fühlte, auch verborgene Furcht? Hatte sie sich früher die Zukunft vorstellen wollen, dann hieß es immer, daß, wenn Kamal die Schule abschließt, Fahmi schon das Diplom erreicht hat. Nein, diese Feier hatte es nicht gegeben, und ihr frommer Wunsch war nicht in Erfüllung gegangen. Neunzehn Jahre, zwanzig, einundzwanzig, zweiundzwanzig, dreiundzwanzig, vierundzwanzig Jahre – in der Blüte der Jugend, deren Frucht sie nicht in den Händen hatte halten dürfen. Zu Sand sollte sie werden. Oh, wie unendlich tief schnitt der Riß ins Herz, und doch fand sich dafür nur das Wort Kummer.

»Aischa freut sich bestimmt über das Baklawa. Es wird sie an früher erinnern, nicht wahr, Herrin …«

O ja, Aischa wird sich freuen und du auch. Der Tag folgt der Nacht, Essen dem Hunger, Wachen dem Schlaf, als wäre nichts geschehen. Vergessen die Behauptung, keinen einzigen Tag ohne ihn leben zu können. Du hast überlebt, um auf sein Grab Schwüre ablegen zu können. Mag auch das Herz von Beben erschüttert werden, die Erde wankt noch lange nicht. Ein in Vergessenheit Geratener, dessen man sich nur noch beim Besuch des Grabs erinnert. Zuerst, mein Söhnchen, waren noch alle Augen voller Tränen, alle Seelen gerührt, doch schon bald hat man deiner nur noch an Feiertagen gedacht. Ihr alle – die von einst –, wo seid ihr geblieben? Jeder ist mit seinem Alltag beschäftigt. Einzig du, Chadiga, fühlst mit dem Herzen deiner Mutter mit, weißt, was in ihrer Seele vorgeht. So stark ist dein Empfinden, daß selbst ich dir eines Tages zusprechen mußte, gefaßt zu bleiben. Ganz anders hingegen Aischa. Doch gemach – sei nicht ungerecht. Sie hat getrauert, wie es sich geziemt. Und Kamal? Ihm gilt kein Vorwurf, denn mit einem kleinen, zarten Herzen muß man milde umgehen. Der einzige Sohn ist er geworden. Dein Haar ist grau, du gleichst einem Gespenst. So sagt Umm Hanafi. Was soll Gesundheit, was Jugendlichkeit – du bist an die Fünfzig, doch er durfte nicht einmal die Zwanzig vollenden. Schwangerschaft, Entbindung, Stillen, Liebe, Hoffnungen, und auf einmal – nichts. Ob wohl mein Gebieter auch nicht mehr an ihn denkt? Und wennschon, das geht nur ihn etwas an. Die Trauer der Männer ist nicht die der Frauen, so hast du, Mutter, immer gesagt, und auch dir hat Gott nun schon im Paradies ein Heim gegeben. Aber ach, Mutter, es schneidet mir trotzdem ins Herz, daß mein Herr wieder sein gewohntes Leben aufgenommen hat; als wäre Fahmi nicht gestorben, als hätte sich die Erinnerung an ihn in Rauch aufgelöst. Er schimpft mich sogar aus, wenn ich allzusehr in Trauer verfalle. Ist er denn nicht sein Vater, so wie ich seine Mutter bin? ›Amina, mein kleines, armes Mädchen, öffne deine Brust nicht solchen Gedanken … Gewiß, würden wir die Herzen der anderen an unserer mütterlichen Wärme messen, kämen sie uns vor wie aus Stein. Dein Gebieter ist ein Mann, und die Trauer von Männern ist nicht die der Frauen. Würden sich die Männer dem Schmerz überlassen, dann würden sie, deren Schultern ohnehin schwer mit

Sorgen beladen sind, unter der Last zusammenbrechen. Erlebst du ihn traurig, mußt du ihn aufmuntern. Er ist dein sicherer Hort, du mein armes Töchterchen.‹ Dahingegangen war jene zärtliche Stimme, in jener Zeit, da die Herzen ohnehin voller Traurigkeit waren und kaum noch jemand Tränen besaß. Doch die mütterliche Weisheit hatte ihren Beweis gefunden, in jener Nacht, als der Gebieter zu später Stunde berauscht heimkehrte, sich auf das Kanapee warf und in Tränen ausbrach. In jener Nacht habe ich einzig und allein für sein Wohl gebetet, auch um den Preis immerwährenden Vergessens. Und du – vergißt du nicht auch bisweilen? Was noch viel schlimmer ist: Du genießt das Leben, klammerst dich daran. So ist die Welt, das sagen alle. Also schließe dich dieser Meinung an und glaube daran. Wie kamst du dazu, Jasin zu zürnen, nur weil er zur alten Gelassenheit zurückgefunden und sein gewohntes Leben fortgesetzt hat? Nein, sei stark im Glauben, harre aus in Geduld, und stelle dich Gott anheim. Von ihm rührt alles her, was über dich kommt. »Umm Fahmi« bist du, bleibst es für immer. Ich bin deine Mutter, mein Sohn, und du bleibst mein Sohn.

Noch immer fielen die klatschenden Schläge. Herr Abd al-Gawwad öffnete die Augen. Frühes Morgenlicht drang herein. Er streckte sich, gähnte laut und lange, ein Geräusch, das fast wie eine Klage, gar wie ein Einspruch grollte. Schließlich setzte er sich auf, die Beine weit ausgestreckt, die Hände flach darübergelegt, der Rücken krumm, verschwitzt der Halsausschnitt des Nachthemds. Er drehte den Kopf nach rechts und links, als wollte er die Schläfrigkeit abschütteln. Die Füße glitten auf den Boden, und mit wiegendem Schritt ging er ins Badezimmer, um kalt zu duschen. Nur das konnte seinen Körper wieder in Schwung bringen und dem Kopf die gewohnte Klarheit, dem Gemüt die notwendige Straffheit geben. Er zog sich aus, und als das Wasser über ihn sprühte, fiel ihm wieder die Einladung ein, die er gestern erhalten hatte. Beides, die Erinnerung und das kalte Wasser, ließen sein Herz schneller klopfen. Ali Abd ar-Rahim hatte gesagt: »Schau zurück, denk an die Geliebten von einst. So wie jetzt kannst du nicht ewig leben. Ich weiß Bescheid, denn ich kenne dich von allen am besten.« Sollte er es wagen, die letzte Hürde zu nehmen? Fünf Jahre lang hatte er sich geweigert. War er mit der Reue eines von schmerzlichem Verlust betroffenen Gläubigen zu Gott zurückgekehrt, oder hatte er schon immer Reue empfunden und sich nur gescheut, sie auch zu zeigen? Hatte er vielleicht plötzlich in ehrlichster Absicht bereut, ohne aber ganz in Buße aufzugehen? Er wußte es nicht, wollte es auch nicht ergründen. Mit fast fünfundfünfzig Jahren war man kein junger Bursche mehr. Was also beunruhigte und erschütterte ihn so? Ihm war wie damals zumute, als er zum erstenmal zum Trinken, zum erstenmal zum Musikhören eingeladen war. Sollte er nun den Ruf erhören und die Geliebten von einst wiedersehen? Wann hatte Trauer Tote je lebendig gemacht? Sollte es Gottes Wille sein, daß wir uns, ist ein geliebter Mensch verschieden, zugrunde richten?

Im Jahr der Trauer, verbracht in völliger Zurückgezogenheit, hatte ihn der Schmerz fast dahingerafft. Es war ein langes Jahr gewesen, denn kein Getränk hatte er genossen, kein Musikstück gehört, keinen einzigen Scherz über die Lippen gebracht. Ja, jenes Jahr hatte sogar bewirkt, das erste Grau an den Schläfen zu entdecken. Danach war er zum Trinken und Musizieren zurückgekehrt, aus Mitleid mit seinen drei treuen Freunden, die um seiner Trauer willen von allen Vergnügungen gelassen hatten. Das war aber nur die halbe Wahrheit. Er hatte es ebensosehr um ihretwillen wie um seinetwillen getan, war doch seine Standhaftigkeit aufgebraucht gewesen. O ja, diese drei standen hoch über den anderen, dennoch solltest du niemandem einen Vorwurf machen. Auch die anderen haben mit dir getrauert, und wenn sie dann ihr feuchtfröhliches Feiern deiner trockenen Gesellschaft vorzogen – wie solltest du sie deshalb tadeln? Die drei hingegen, die dir die Liebsten sind, hatten es schlichtweg abgelehnt, mehr als du vom Leben zu bekommen. Doch nach und nach bist du zu allem wieder zurückgekehrt, ausgenommen die Frauen. Das war dir als schwere Sünde erschienen, und die anderen hatten dich zunächst auch nicht bedrängt. Wie hast du dich gesträubt, wie warst du betrübt; der Bote von Zubaida erreichte nichts, und auch Umm Marjam hast du entschlossen abgewiesen, obwohl du unendlich gelitten hast. Du hast fest geglaubt, nie mehr zu den Weibern zurückzukehren, denn ein ums andere Mal hast du dir immer wiederholt: »Kann ich in den Armen einer schönen Frau liegen, wenn Fahmi im Grabe ruht?«

O Gott, wie sehr bedürfen wir doch der Barmherzigkeit, wenn wir schwach und elend sind. Bei aller Trauer – wer sagt einem, daß man nicht morgen stirbt? Einer der Freunde hat diesen klugen Satz gesagt, entweder Ali Abd ar-Rahim oder Ibrahim Alfar, denn Mohammed Iffat Bey versteht sich nicht sonderlich auf Weisheiten. Erst lehnt er meine Bitte ab und verheiratet das Mädchen mit einem Fremden, und dann versucht er, mich mit freundschaftlichen Küssen abzuspeisen. Im Grunde ist er noch immer wütend auf mich, und seine einzige Sorge besteht darin, daß ich es nicht merke. O Gott, was ist das für Treue, was soll solche Freundschaft! Erinnerst du dich noch, wie er auf dem Friedhof seine Tränen mit deinen vermischte? Was ihn keineswegs daran hinderte, dir wenig später zu erklären: »Ich fürchte, du wirst zu schnell alt, wenn du nicht … hm, hm. Also los, komm mit aufs Hausboot zu den Weibern«. Als Mohammed Iffat sah, daß du zögertest, hat er hinzugefügt: »Ein völlig harmloser Besuch, niemand wird dich mit Gewalt ausziehen und auf eine Frau pakken.« Weiß Gott, ich habe wirklich nicht wenig getrauert. Mit Fahmis Tod ist ein gewaltiger Teil von mir gestorben. Meine größte Hoffnung ist mit ihm dahingegangen. Wer könnte mir wohl den Vorwurf machen, ich hätte mich nun gefaßt und Trost gefunden? Mein Herz bleibt eine offene Wunde, selbst wenn es fröhlich ist. Was mag wohl aus den Frauen geworden sein? Haben die fünf Jahre sie verändert? Es sind fünf lange Jahre gewesen.

Das erste, was Kamal beim Aufwachen ans Ohr drang, war Jasins Schnarchen. Er konnte sich nicht beherrschen und rief seinen Namen, mehr um ihn zu ärgern, als ihn zur rechten Zeit wachzubekommen. Unablässig setzte er ihm zu, bis Jasin schließlich antwortete, ächzend und jammernd, als läge er im Todeskampf. Gleich darauf wälzte er den massigen Körper herum, so daß das Bett wie von Schmerzen geplagt quietschte. Jasin öffnete die geröteten Lider und stöhnte. Wie er fand, gab es keinerlei Grund zur Eile. Solange der Vater noch im Badezimmer war, konnte ohnehin niemand hinein. Ins Bad zu kommen war nicht mehr so einfach, seit vor fünf Jahren die Zimmer im Haus neu verteilt worden waren. Bis auf den Empfangsraum und den sich daran anschließenden und nur spärlich möblierten Salon, der nicht mehr als ein Durchgangszimmer war, nutzten die Familienmitglieder jetzt nur noch die Zimmer in der oberen Etage. Auch wenn Jasin und Kamal es keineswegs begrüßt hatten, mit dem Vater im gleichen Stockwerk zu leben, waren sie nicht umhingekommen, seinem Wunsch Rechnung zu tragen und die untere Etage nur noch zu betreten, wenn ein Besucher ins Haus kam.

Jasin schloß die Augen, ohne aber wieder einschlafen zu wollen. Nicht etwa, weil es ein vergebliches Bemühen gewesen wäre, sondern wegen eines Bildes, das sich seiner Vorstellung aufdrängte und seine Gefühle in Wallung brachte. Ein rundes Gesicht, elfenbeinfarbene Haut, schwarze Augen. Marjam! Jasin überließ sich seinen Träumen und gab sich der Betäubung hin, die noch süßer als Schlaf war. Dabei hatte Marjam bis vor wenigen Monaten für ihn noch nicht existiert; es war gewesen, als gäbe es sie nicht. Erst als eines Abends Umm Hanafi zur Frau seines Vaters sagte: »Haben Sie schon gehört, Herrin? Sitt Marjam ist geschieden und zu ihrer Mutter zurückgekehrt«, erst da hatte er sich wieder an Marjam erinnert, war ihm wieder Fahmis Liebe und die Geschichte mit dem englischen Sodaten, dem Freund von Kamal – auf den Namen kam er nicht –, eingefallen. Damals, kurz nach dem Skandal auf dem Dach, hatte sie ihn zu interessieren begonnen. Unwillkürlich war da sein Innerstes wieder in Wallung geraten. Wie Reklametafeln in der Nacht aufleuchten, erstrahlte plötzlich ein eindrucksvolles Bild, auf dem geschrieben stand: »Marjam, deine Nachbarin, die von nebenan, die mit Geschichten – und was für welchen –, ist geschieden. Was für eine gute Nachricht!« Doch im gleichen Moment erschrak er über sich selbst, war doch ihr Bild mit Fahmi verbunden, und das bereitete ihm Schmerzen, ließ ihn innehalten und trieb ihn dazu an, dieses Kapitel für abgeschlossen zu halten. Er mußte darauf achten, selbst den flüchtigsten, verborgensten Gedanken an sie zu bereuen, insoweit von Reue überhaupt zu sprechen war. Zufällig war er ihr mit ihrer Mutter in Muski begegnet. Unachtsam hatten sie sich angesehen, doch im nächsten Moment funkelte der Glanz gegenseitigen Erkennens, was ein für das bloße Auge fast unsichtbares Lächeln verriet. Sein Herz kam in Bewegung, und war zuallererst nur die zufällige Begegnung daran schuld, so machte ihm gleich darauf der hübsche Anblick zu schaffen, den das elfenbeinfarbene Gesicht mit den kuhlgeschminkten Augen und der vor Lebenskraft strotzende Körper hervorriefen. Marjam erinnerte ihn an die Zainab von einst. Nachdenklich und aufgeregt zugleich war er seines Wegs gegangen, doch nach wenigen Schritten, als er ins Kaffeehaus von Achmed Abduh hinunterstieg, brach über ihn der Kummer der Erinnerung herein, der ihn traurig stimmte. Fahmis Bild erstand in seiner Vorstellung – sein Gesicht, seine Figur, seine Art zu reden, seine Bewegungen. Da ließ alle Leidenschaft nach und verlöschte, und wilde Trauer überwältigte ihn. Es mußte sein, er mußte das Kapitel schließen. Aber warum nur, warum?

Diese Frage wiederholte er nach einer Stunde, auch noch nach Tagen. Die Antwort lautete: wegen Fahmi. Nur – welche Beziehung hatte zwischen ihm und Marjam bestanden? Er wollte sich mit ihr verloben – warum hatte er es nicht getan? Dein Vater war nicht einverstanden gewesen. War das alles? Zumindest hatten da die Schwierigkeiten angefangen. Und dann? Dann war der Skandal mit dem Engländer geschehen, und von da an war selbst der blasseste Gedanke an das Mädchen verlöscht. Wirklich? Bestimmt, denn wenn er sie zuerst nur nicht sonderlich beachtet hatte, war danach jeglicher Gedanke an sie geschwunden. War es so gewesen? Ja. Aber was für eine Beziehung hatte zwischen Marjam und Fahmi bestanden? Keine. Aber … was aber? Könnte es sein, daß an meinem brüderlichen Gefühl für Fahmi zu zweifeln ist? Nein und abermals nein. Verdient das Mädchen einen Mann? Ja, schon wegen ihres Körpers, ihres Gesichts. Worauf wartest du dann noch?

Von Zeit zu Zeit konnte er sie am Fenster entdecken, manchmal – erst selten, dann immer häufiger – auch auf dem Dach. Warum war sie wohl geschieden? Lag es am schlechten Charakter ihres Ehemanns, hat sie mit der

Scheidung Glück gehabt. Lag es an ihrem schlechten Charakter, bringt die Scheidung dir Glück.

»Steh auf, sonst schläfst du noch einmal ein!«

Jasin gähnte und fuhr sich mit den Fingern durch das volle Haar. »Du kannst dich freuen, so lange Ferien zu haben«, sagte er zu Kamal.

»Bin ich nicht vor dir aufgewacht?«

»Aber du kannst weiterschlafen, wenn du Lust hast.«

»Wie du siehst, will ich nicht.«

Jasin lachte vor sich hin, dann fragte er: »Wie hieß der englische Soldat, mit dem du befreundet warst?«

»Julian.«

»Richtig, Julian war sein Name.«

»Warum fragst du nach ihm?«

»Ach, einfach so.« Einfach so? Was für dummes Zeug reden wir manchmal. Bin ich, Jasin, nicht etwa diesem Julian überlegen? Zumindest war Julian eine vorübergehende Erscheinung gewesen, Jasin aber gibt es. Da ist immer ein kleines Lächeln für dich auf ihrem Gesicht. Ob sie nicht merkt, wie beharrlich du auf dem Dach erscheinst? Bestimmt, denke nur mal an Julian. Sie gehört nicht zu den Mädchen, denen etwas entgeht. Sie hat deinen Gruß erwidert. Beim erstenmal hat sie lächelnd den Kopf abgewendet, beim zweitenmal hat sie gelacht. Ah, nichts Schöneres gibt es als dieses Lachen. Beim drittenmal hat sie warnend auf die umliegenden Dächer gezeigt. Nach Sonnenuntergang gehe ich noch einmal auf das Dach, ein kühner Entschluß. Hatte Julian ihr nicht sogar von der Straße aus Zeichen gegeben?

»Wie sehr habe ich die Engländer geliebt, als ich klein war, und sieh nur, wie sehr ich sie jetzt hasse.«

»Dein Held Saad ist zu ihnen gefahren, um ihre Freundschaft zu gewinnen.«

»Nein, bei Gott«, rief Kamal scharf, »sie verdienen unseren Haß, und stände ich ganz allein mit dieser Meinung da.«

Schweigend sahen sie sich an, beiden war bitter zumute. Das Schlurfen der Pantinen des Herrn Vater war zu hören, der, aus dem Bad kommend, auf dem Weg in sein Zimmer unaufhörlich die Formeln »Im Namen Gottes, des barmherzigen Erbarmers« und »Es gibt keine Macht noch Stärke als bei Gott« vor sich hin murmelte. Jasin schlüpfte aus dem Bett und ging gähnend hinaus.

Kamal drehte sich erst auf die Seite, dann auf den Rücken. Er zog die Knie an, verschränkte die Arme unter dem Kopf und starrte in die Luft. Ah, Ras al-Barr wird glücklich sein, daß du an seinem Strand liegst. Deine zarte, engelsgleiche Haut ist nicht dafür geschaffen, in der Hitze von Kairo zu braten. Der Sand wird es genießen, deine Sohlen zu spüren, und Wind und Wasser werden sich an deinem Anblick erfreuen. Du wirst schwärmen von der Sommerfrische, davon, wie schön alles war, und der Blick deiner Augen wird den vergangenen Freuden wehmütig nachhängen. Ich aber werde dich betrübt ansehen, mit dem sehnsuchtsvollen Herzen und dem bettelnden Blick des Außenstehenden, dem es nicht vergönnt war, an dem Ort zu weilen, der dich bezaubert hat und damit würdig wurde, dir zu gefallen. Wann kommst du endlich zurück? Wann darf mein Ohr wieder dein betörendes Zwitschern vernehmen? Wie mag es in der Sommerfrische sein? Wenn ich es nur wüßte. Es heißt, daß man dort frei wie der Wind ist, sich inmitten des Meers, umarmt von Wellen, begegnen kann und immerfort neue Leidenschaften entstehen, nicht weniger zahlreich als die Körner im Sand. Wie unendlich viele Geschöpfe dürfen sich deines Anblicks erfreuen, ich aber … ich bin es, dessen gepeinigtes Herz das heftige Schlagen an den Gewölben der Rippen widerhallen läßt; ich bin es, der in der Hölle des Wartens verglüht. Nein, nie kann ich vergessen, wie du, mit von Freude berauschtem Gesicht, gejauchzt hast: »Morgen ist es soweit, morgen fahren wir ab. Was könnte schöner als Ras al-Barr sein.« Nie mehr wird mich die Niedergeschlagenheit verlassen, die mich überfiel, als dein verzückt lächelnder Mund die Nachricht von der Trennung verkündete – Gift, das heimlich in einen Strauß duftender Blumen eingebunden war. Nie werde ich meine Eifersucht auf all das vergessen, was dich glücklich machte, wo ich versagte, was deine Zuneigung gewann, wo ich ausgeschlossen war. Hast du bei der Trennung nicht verspürt, wie bedrückt ich war? Nein, du hast nichts gemerkt, und zwar nicht, weil ich einer unter vielen bin, sondern weil du, Geliebte, so etwas nicht zur Kenntnis nimmst. Es ist, als könnte nichts deine Aufmerksamkeit erregen; du fremdartiges Wunderwesen, das, über allem Leben stehend, zwar auf uns schaut, doch mit Blicken, die in uns nicht bekannten Gefilden weilen. Von Angesicht zu Angesicht haben wir uns gegenübergestanden – du die Flamme lodernder Freude, ich die Asche glimmenden Kummers. Mag sein, du genießt die völlige Freiheit, mag sein, du fügst dich Normen, die unser Verstand nicht begreift – ich werde immer, von gewaltigen Kräften angezogen, in deiner Himmelsbahn kreisen. Du die Sonne, ich die Erde. Solltest du etwa am Strand eine Freiheit auskosten, die dir in den Häusern von Abbasija verwehrt ist? Nein, gewiß nicht, denn bei allem, was mir lieb und teuer an dir ist – du bist nicht wie die anderen. Im Garten des Schlosses, in der Allee – überall noch der Duft deiner Schritte, und ein jeder von uns hegt seine Erinnerungen, seine Hoffnungen. Was für ein Wesen – liebenswürdig und zugleich unerreichbar, von allen umschwirrt, als hätte der Okzident in der Nacht des Schicksals diese Erscheinung dem Orient als Gabe gereicht. Wieviel mehr an Großmut wirst du wohl noch verschenken, wo doch die Küste sich weithin erstreckt, der Horizont ins Unendliche reicht, der Strand von Bewunderern wimmelt? Wieviel Großmut denn noch, du meine Hoffnung, du mein Kummer? Kairo ohne dich – eine Ödnis, getränkt von Schwermut, Trostlosigkeit, das Leben ein zähflüssiger Sud. Sicher, da sind die Wahrzeichen und Sehenswürdigkeiten der Stadt, doch keine Leidenschaft regt sich bei ihrem Anblick, kein Herz wird in Schwingungen versetzt, nackte Zeugen dieser Welt, steinerne Erinnerungen, glanzlos wie Schätze einer pharaonischen Grabkammer, die noch niemand geöffnet hat. Kein Ort, der Trost verspricht, kein Platz, an dem sich Geselligkeit, Vergnügen finden ließen. Mal ist es zum Ersticken, mal komme ich mir wie ein Gefangener vor, dann wieder ist mir, als wäre ich verlorengegangen und streunte herum, ohne daß mich auch nur einer vermißt. Seltsam, sollte einzig deine Anwesenheit eine Hoffnung bewirken, die gleich wieder schwindet, wenn du nicht da bist? Nein, du mein Schicksal, du mein Verhängnis, mit dir ist das immerwährende Verlangen verbunden, Frieden und Kühle in deinem Schatten zu finden, auch wenn es unerreichbar zu sein scheint. Nützt dem, der mit verzweifeltem Blick den finsteren Himmel durchbohrt, etwa sein Wissen, daß der Vollmond gerade im anderen Teil der Welt prächtig scheint? Unerreichbar für den, der sich nach ihm sehnt, auch wenn er ihn nicht begehrt. Was ich erstrebe, ist das pralle Leben, selbst um den Preis heftigen Schmerzes. Du bist es, die mich mit bebendem Herzen leben läßt und mir die Gnade einer wundersamen Gabe verliehen hat: das Gedächtnis. Bevor ich dich kannte, habe ich seinen Zauber nicht erfahren. Heute oder morgen oder in zig Jahren, ob nun in Abbasija oder in Ras al-Barr oder am entlegensten Winkel der Welt – nie werden aus meinem inneren Bild weichen: deine teakholzschwarzen Augen, deine geschwungenen Brauen, deine hübsche gerade Nase, deine runden, bronzefarbenen Wangen, dein langer anmutiger Hals, dein schlanker Wuchs. Dein betörender Zauber verschließt sich jeder Beschreibung, doch er macht trunken wie der Duft von Jasminblüten. O ja, solange ich lebe, soll dieses Bild in mir sein, und weicht das Leben und fallen die Schranken, dann soll diese Liebe mein eigen sein. Wenn aber nicht, dann sag mir, welcher Sinn noch im Leben erstrebenswert, welcher Genuß noch für die Ewigkeit begehrenswert ist. Behaupte keiner, das Leben ergründet zu haben, solange er nicht geliebt hat. Das alles – Hören, Sehen, Schmecken, Ernst und Scherz, Freundschaft und Sieg – sind geringschätzige Freuden, wenn die Liebe das Herz erfüllt. O ja, ein Blick hatte genügt. Erst als ich wußte, du würdest kein flüchtiger Gast in meinem Herzen sein, sondern dich auf Dauer darin niederlassen, erst da konnte ich die Augen abwenden. Ein kurzer, entscheidender Moment, ähnlich gewaltig wie das Einpflanzen eines neuen Wesens in den Mutterleib und ähnlich erschütternd wie das Beben der Erde. O Gott, das bin nicht mehr ich. Mein Herz stößt ans Gewölbe der Rippen, das Mysterium allen Zaubers gibt seine Geheimnisse preis, der Verstand bäumt sich bis an die Grenze des Wahnsinns auf, süße Wonne bricht strahlend hervor, reicht dem Schmerz die Hand, Leib und Seele stimmen gemeinsam heimliche Weisen an, das Blut schreit um Hilfe, ohne zu wissen, vor wem es erschaudert. Der Blinde kann sehen, der Lahme laufen, der Tote ist wieder lebendig. Bei allem, was mir lieb ist, beschwöre ich dich, nie mehr von dannen zu gehen. Dich, o Gott, weiß ich im Himmel, sie aber weilt hienieden auf Erden. Alles bisherige Leben diente der Botschaft der Liebe. Nur deshalb kein Sterben als Säugling, nur deshalb keine andere als die Fuad-der-Erste-Schule, nur deshalb keine engere Freundschaft als mit Hussain, nur deshalb dies, nur deshalb das … Alles nur deshalb, um eines Tages in den Palast der Schaddad-Familie zu gelangen. O denkwürdiger Tag, allein die Erinnerung zerreißt mir das Herz.

Hussain, Ismail, Hassan und ich sprachen über die verschiedensten Dinge, als plötzlich eine weiche, melodische Stimme mit einem Gruß an die Ohren drang. Abrupt drehte ich mich um. Wer mochte das sein? Wie konnte es ein junges Mädchen wagen, in eine Runde von fremden Burschen einzudringen? Aber schon im nächsten Augenblick ließ ich alles Fragen sein und vergaß die traditionellen Normen, befand ich mich doch einem Wesen gegenüber, das nicht von dieser Welt zu kommen schien. Offensichtlich kannte sie die anderen. Hussain stellte uns vor. »Mein Freund Kamal, meine Schwester Aida.« An diesem Abend begriff ich, warum ich geboren wurde, warum ich nicht gestorben bin, warum mich das Schicksal nach Abbasija verschlagen hat, warum ich Hussain und die Villa der Schaddad-Familie kennengelernt habe. Wann genau war das geschehen? Ein Jammer, aber die Zeit ist ins Vergessen entschwunden. Nur den Tag weiß ich noch – es war ein Sonntag, denn das war der freie Tag der französischen Schule, die sie besucht, und zufällig feierten wir auch, wahrscheinlich den Geburtstag des Propheten. Eins aber ist sicher: An diesem Tag wurde ich geboren. Was bedeutet schon ein Datum? Der einzige Zauber von Kalendern besteht darin, uns glauben zu machen, daß die Erinnerung aufersteht und alles wieder zu leben beginnt. Und selbst wenn du weißt, daß du es nicht findest, wirst du nicht aufhören, nach dem Datum zu suchen. Unablässig wirst du dir wiederholen: »Es muß zu Beginn des zweiten Jahrs in der Oberschule gewesen sein, Oktober oder November, zu der Zeit, als Saad Zaghlul Oberägypten besuchte, also noch vor seiner zweiten Ausweisung.«

Immer wieder wirst du in deinem Gedächtnis kramen, wirst Ereignisse und Vorfälle durchgehen, alles nur, weil du dich verzweifelt daran klammerst, einen Moment des Glücks, eine für immer entschwundene Zeit zurückzuholen. Hättest du doch, als du ihr vorgestellt wurdest, das getan, was du impulsiv wolltest: ihr die Hand reichen. Dann hätte sie die deinige gedrückt, und du wüßtest, wie sich ihre Haut anfühlt. Nun aber bleibt dir nichts anderes, als dir diese Berührung ein ums andere Mal vorzustellen, zerrissen zwischen Ungewißheit und leidenschaftlicher Liebe, als sei sie ein körperloses Wesen, das nicht anfaßbar ist. Nicht nur, daß dir das Datum verlorengegangen ist, es ist dir auch eine Gelegenheit, schön wie ein Traum, entgangen. Sie war an die anderen Jungen herangetreten, hatte mit ihnen zu sprechen begonnen, und während die sich locker mit ihr unterhielten, bist du verwirrt auf deinem Platz im Pavillon sitzengeblieben, vollgepropft mit den Traditionen des Hussain-Viertels. Eine Frage hat dich nicht losgelassen: Benimmt man sich so in Palästen, oder liegt das am Hauch von Paris, mit dem die Angebetete groß geworden ist? Aber dann hast du dich dem melodischen Klang der Stimme überlassen, hast alle Nuancen ausgekostet, hast dich an ihrem Zwitschern berauscht, hast dich vollgesogen mit jedem Laut, doch wahrscheinlich hast du – du Ärmster – an jenem Tag nicht begriffen, daß du ein zweites Mal geboren wurdest und wie jedes Neugeborene deine neue Welt erschrocken und mit Tränen begrüßen solltest.

»Wir werden uns heute abend ›Die Tändlerin‹ ansehen«, hatte die herrliche Stimme weich geklungen, woraufhin Ismail lächelnd fragte: »Gefällt Ihnen Munira al-Mahdija?« Sie hatte ein wenig gezögert, wohl weil ein Mädchen mit französischer Erziehung es so machte, und dann geantwortet: »Mama mag sie.«

Hussain, Ismail und Hassan vertieften sich mit ihr in ein Gespräch über Munira, Sajjid Darwisch, Salich Abd al-Hajj und Abd al-Latif al-Banna, aber unverhofft wendete sich diese zauberhafte Stimme plötzlich an dich und fragte: »Und Sie, Kamal? Gefällt Ihnen Munira?«

Erinnerst du dich an den plötzlichen Überfall? Ich meine, weißt du noch, wie natürlich die Frage geklungen hat? Das war kein Sprechen, das war eine Melodie; ein Zauber, der sich tief drinnen festsetzte und von da an mit lautloser Stimme wisperte, so daß dein Herz in himmlischem Glück, von dem niemand wußte, immerfort darauf lauschen konnte. Wie warst du in jenem Moment erschrokken. Ein Ruf aus dem Himmel galt dir, hob dich unter den anderen hervor, nannte dich beim Namen. Alle Herrlichkeit ergoß sich über dich, alle Glückseligkeit, alle Gnade, und am liebsten hättest du um Hilfe gerufen und wie der Prophet gefleht: »Bedecke mich, hülle mich ein!« Statt dessen hast du eine Antwort gegeben, doch wie die lautete, weißt du nicht mehr. Ein paar Minuten blieb die Angebetete noch, dann verabschiedete sie sich und ging.

Die schwarzen Augen, verführerisch schön, strahlen in einer Weise, die eine Vorliebe für Offenheit verrät, auch von Mut zeugt, der von Selbstbewußtsein herrührt, nicht etwa von Leichtsinn oder Dreistigkeit. Der Blick dieser Augen spricht aber auch von beängstigendem Stolz, ist lockend und abweisend zugleich. Von ihrer Schönheit geht eine Verführung aus, deren Wesen ich nicht erfassen kann und die ich mit nichts zu vergleichen weiß. Oftmals kommt es mir vor, als wäre dieser betörende Reiz nur der Schatten eines noch gewaltigeren Zaubers, der tief in ihrem Innern schlummert. Was von beidem liebe ich eigentlich – die Schönheit oder das verborgene Mysterium? Beides ist ein Rätsel, und dazu kommt noch, was nicht weniger ein Rätsel ist, meine Liebe.

Der Tag unseres Bekanntwerdens rückt an jedem neuen Morgen weiter in die Ferne, doch die Erinnerungen sind in meinem Herzen auf immer eingepflanzt, umrankt von Fakten wie Ort, Zeit, Namen, Freunde, Gespräche, so daß das Herz wie im Rausch mal hierhin, mal dahin tänzelt und einen glauben läßt, das alles mache überhaupt das Leben aus. Zweifel tauchen auf, ob es außerhalb davon überhaupt ein Leben gibt. Sollte es wirklich eine Zeit gegeben haben, da das Herz keine Liebe gefühlt und die Seele nicht dieses göttliche Bild beherbergt hat? Ja, so trunken macht dich das Glück, daß du der vertanen, öden Zeit nachtrauerst, doch möglicherweise wird dich auch Schmerz befallen, und du verzehrst dich vor Kummer darüber, daß der Frieden von einst dahin ist. So oder so, dein Herz wird nicht mehr zur Ruhe kommen und dringlich nach Mitteln der Heilung suchen, die manchmal die Natur, manchmal die Wissenschaft, zeitweise auch die Kunst, am häufigsten aber der Dienst an Gott bieten. Ist ein Herz erst einmal erwacht, verspürt es aus tiefstem Grunde das leidenschaftliche Verlangen nach göttlicher Glückseligkeit. O ihr Menschen, liebt oder sterbt! Ein stummer Schrei, während du stolz einherschreitest, weil in deinem Innern das Licht der Liebe mit all ihren Geheimnissen glüht. Die Liebe läßt dich auf alles Leben und alle Geschöpfe hinabsehen; eine mit Rosen des Glücks geschmückte Brücke führt für dich in den Himmel. Aber ach, manchmal horchst du auch in dich hinein, und dann überfällt dich das schmerzlich krankhafte Verlangen, all deine Fehler aufzuzählen, die du in deinem unbedeutenden Wesen, deiner bescheidenen Welt, deiner menschlichen Unvollkommenheit finden kannst. O Gott, wie kann ich aus mir ein neues Geschöpf machen? Diese Liebe ist ein Tyrann, der über den höchsten Höhen thront, und mitten in seinem Gefolge prankt dein Idol. Ein Mehr an

Tugenden könnte es nicht vollkommener machen, und keinerlei Mängel könnten ihm schaden; sollte aber da ein Makel sein, so ließe der die Perlen der Krone nur noch stärker glänzen, zwänge er dich vor Bewunderung in die Knie. Setzt es sie etwa in deinen Augen herab, daß sie die herkömmlichen Sitten überschreitet? Nein, wenn sie es nicht täte, wäre es schlimm. Bisweilen fragst du dich, was du dir von der Liebe zu ihr erhoffst, und die Antwort lautet schlicht und einfach: sie zu lieben. Wozu nach einem Sinn suchen, wenn in der Seele das volle Leben strömt? Das ist der Sinn, es gibt keinen anderen. Nur aus Gewohnheit werden Liebe und Ehe in einem Atemzug genannt. Nicht der Unterschied des Alters noch der der sozialen Schicht machen es in diesem Fall unmöglich, an eine Heirat zu denken, sondern die Ehe selbst verbietet sich, holt sie doch die Liebe aus dem Himmel herunter und wirft sie hinab auf die Erde der Verträge und des Schweißes. Wenn jemand unbedingt meint, dich zur Verantwortung ziehen zu müssen, und dich fragt, welche Gunst sie dir gewährt, um deine zügellose Liebe zu entgelten, dann antworte ohne jedes Zögern: ein bezauberndes Lächeln, das ach so teure »Und Sie, Kamal?«, ihr seltener, doch um so glücklicher machende Besuch im Garten, ihr Anblick am taufrischen Morgen, wenn der Schulbus sie davonträgt, die Streiche, die sie deiner Phantasie beim dämmernden Wachsein und beim verworrenen Träumen spielt. Doch stellt dir deine lechzende, wahnsinnsgetriebene Seele die Frage, ob es nicht sein könnte, daß auch die Angebetete sich in Gedanken mit dem Verehrer beschäftigt, dann lasse dich nicht von trügerischen Hoffnungen verführen, sondern sage dir strikt: Es ist schon gut, wenn bei der nächsten Begegnung mit ihr wieder dein Name fällt.

»Mach schnell, ab ins Bad! War ich zu lange drin?«

Kamal, aufgeschreckt durch den plötzlichen Überfall, blickte verwirrt Jasin an, der sich beim Hereinkommen den Kopf abtrocknete. Er sprang aus dem Bett, und als er den hochgeschossenen Körper aufrichtete, sah er noch dünner aus. Für einen Moment verharrte er vor dem Spiegel und betrachtete prüfend den großen Kopf, die gewölbte Stirn und die gewaltige, kräftige Nase, die aus Granit gemeißelt zu sein schien. Er nahm das Handtuch vom Bettpfosten und ging ins Bad.

Herr Abd al-Gawwad hatte das Gebet beendet und sprach mit sonorer Stimme die üblichen Segenswünsche für die Kinder und sich selbst, bat Gott um die rechte Führung und seinen Schutz im Diesseits und Jenseits. Amina, die indessen den Frühstückstisch gedeckt hatte, kam herein und bat den Herrn Gemahl mit sanfter Stimme zu Tisch. Danach ging sie ins Zimmer von Jasin und Kamal und sagte auch ihnen Bescheid.

Die drei Männer nahmen ihre gewohnten Plätze ein. Der Vater sprach das »Im Namen Gottes, des barmherzigen Erbarmers«, griff nach einem Fladen und gab damit das Zeichen, mit dem Essen zu beginnen. Als nächster griff Jasin nach dem Brot, danach Kamal. Die Mutter stand an der üblichen Stelle, gleich am Tischchen mit dem Wasserkrug. Nach außen hin gaben sich die Brüder unterwürfig und sittsam, obwohl beide nicht mehr – oder fast nicht mehr – jene Furcht verspürten, die sie früher in Anwesenheit des Vaters ergriffen hatte. Jasin genoß mit seinen achtundzwanzig Jahren das Vorrecht, als erwachsener Mann zu gelten, und war damit gegen verletzende Beleidigungen und kleine Seitenhiebe gefeit. Kamal, schon siebzehn Jahre alt, befand sich im fortgeschrittenen Stadium der Ausbildung, wodurch auch er eine gewisse Sicherheit erreicht hatte. Zumindest bei kleineren Vergehen stieß er oftmals auf Nachsichtigkeit und Milde, und insgesamt reagierte der Vater in den letzten Jahren weniger heftig und tyrannisch. Nicht selten geschah es, daß nach einer Weile bedrückenden Schweigens sich eine knappe Unterhaltung anbahnte. Natürlich war es noch immer so, daß, kaum hatte der Vater eine Frage gestellt, umgehend, selbst wenn der Mund gerade voll war, geantwortet wurde. Aber es gehörte nicht mehr zu den befremdlichen Dingen, Jasin das Wort an den Vater richten zu hören mit Sätzen wie: »Ich habe gestern Radwan bei seinem Großvater besucht, und er läßt Sie grüßen und küßt Ihnen die Hand.« Solches empfand der Herr Vater wohl nicht mehr als ungehörige Frechheit, denn schlicht und einfach erwiderte er: »Möge ihn unser Herr behüten und beschützen.« An einem solchen Punkt erst einmal angekommen, hielt es auch Kamal nicht mehr für unziemlich – eine ungeheure Entwicklung in der traditionellen Beziehung zum Vater –, in aller Höflichkeit zu fragen: »Wann kommt Radwan von Rechts wegen zu seinem Vater, Papa?« Nunmehr erwiderte der Herr Vater lediglich: »Mit sieben Jahren«, statt loszubrüllen: »Schweige, du Hundesohn!«

Eines schönen Tages hatte Kamal überlegt, wann er vom Vater zum letztenmal ein Schimpfwort gehört hatte, und da war ihm eingefallen, daß es zwei Jahre hersein mußte, also ungefähr ein Jahr nachdem er sich verliebt hatte; die Daten seiner Liebe bildeten den Grundstock aller Chronologie. Zu jener Zeit hatte er das Gefühl gehabt, seine Freundschaft mit Jungen vom Schlage eines Hussain Schaddad, Hassan Salim und Ismail Latif mache eine erhebliche Steigerung seines Taschengelds erforderlich, wolle er bei ihren harmlosen Vergnügungen mithalten können. Er hatte mit der Mutter über die Angelegenheit geredet und sie gebeten, mit dem Vater zu sprechen. Nun fiel es auch ihr nicht gerade leicht, solch ein Thema beim Herrn Gemahl vorzubringen, aber es fiel ihr wiederum auch nicht fürchterlich schwer, denn nach dem Tod von Fahmi hatte sich das Verhalten des Gatten ihr gegenüber ein wenig verändert. Also hatte sie ihm das Problem dargelegt, wobei sie die neue, äußerst ehrenvolle Freundschaft Kamals mit Söhnen der »Großen« in höchsten Tönen pries. Auf der Stelle hatte der Vater Kamal zu sich bestellt und wütend gebrüllt: »Denkst wohl, ich stehe dir und deinen Kumpanen nach Belieben zur Verfügung!? Verflucht seien ihre Väter und der deine auch!«

Kamal war enttäuscht hinausgegangen, er hatte die Angelegenheit damit für erledigt gehalten. Aber ehe er begriff, wie ihm geschah, hörte er den Vater am nächsten Morgen beim Frühstück fragen, was das für Freunde wären, und kaum hatte er den Namen »Hussain Abd al-Hamid Schaddad« gesagt, erkundigte sich der Vater interessiert: »Kommt dein Freund aus Abbasija?«

Mit klopfendem Herzen hatte Kamal bejaht, und gleich darauf hörte er den Vater sagen: »Ich habe seinen Großvater, Schaddad Bey, gekannt, und von seinem Vater, Abd al-Hamid Bey, weiß ich, daß er ins Ausland verbannt wurde, weil er in Beziehung zum Khediven Abbas gestanden hat. Ist es nicht so?«

Kamal bejahte wiederum und kämpfte heftig gegen die Erregung an, die das Gespräch über den Vater der Angebeteten in ihm aufsteigen ließ. Unverzüglich fiel ihm ein, was er über die Jahre wußte, die die Familie in Paris zugebracht hatte, jene Stadt des Lichts, in deren Glanz seine Angebetete aufgewachsen war. Auf einmal fühlte Kamal gegenüber dem Vater auf neue Weise Verehrung und Bewunderung, mehr noch, er liebte ihn um ein Vielfaches, denn daß der Vater »ihren« Großvater gekannt hatte, verlieh ihm geradezu magische Kraft, die ihn, wenn auch nur entfernt, auf eine Stufe stellte mit Verkündern von Offenbarungen und Erleuchtungen. Es dauerte nicht lange, und seine Mutter überbrachte ihm die frohe Kunde, der Vater hätte der Verdoppelung seines Taschengelds zugestimmt. Von jenem Tag an war Kamal nie wieder Beschimpfungen ausgesetzt, sei es, daß er keinerlei Anlaß dafür bot, sei es, daß der Vater zu dem Schluß gekommen war, ihn davon nunmehr zu verschonen.

Kamal stand mit der Mutter im Holzerker, und beide beobachteten, wie der Hausherr auf der Straße ausschritt und höflich und mit großer Würde die Grüße des Friseurs Amm Hassanein, des Bohnenverkäufers Hagg Darwisch, des Milchhändlers al-Fuli, des Saftverkäufers Bajumi, des Röstereibesitzers Abu Sari erwiderte. Als Kamal wieder ins Zimmer trat, stand Jasin vor dem Spiegel und widmete sich sorgfältig und in aller Geduld seinem Aufzug. Kamal setzte sich auf das Kanapee. Mit teils belustigtem, teils nachdenklichem Lächeln betrachtete er den Bruder – der Körper groß und beleibt, das Gesicht rund und rosig. Kamal brachte seinem Bruder aufrichtige Liebe entgegen, aber trotzdem konnte er, wann immer er ihn sah oder über ihn nachdachte, nie das heimliche Gefühl loswerden, sich in der Nähe eines schönen, zahmen Tiers zu befinden, obwohl es doch gerade Jasin gewesen war, der ihm den Klang von Poesie und Erzählungen nahegebracht hatte. Einer wie Kamal, der eben erst in der Liebe Sinn und Inhalt des Lebens entdeckt hatte, kam natürlich nicht umhin zu versuchen, sich hier und da Jasin als Verliebten vorzustellen. Die Antwort war jedesmal ein Lachen, entweder unterdrückt oder laut herausgeprustet. Unmöglich, dieser runde Wanst und Liebe. Liebe und dieser Fleischberg, Liebe und diese gierigen, hämischen Blicke. Er konnte nicht anders, als gegenüber Jasin Verachtung, gemildert ein wenig von Zuneigung, zu empfinden, auch wenn er bisweilen, vor allem in Zeiten, da ihm seine Liebe gerade wieder schmerzliche Schicksalsschläge eingebracht hatte, für ihn durchaus etwas wie Bewunderung, ja sogar Neid empfand. Völlig abwegig erschien Kamal nun auch der Gedanke, Jasin als Pfeiler der Kultur zu sehen, für den er ihn einstmals als Kind gehalten hatte. Ein Gelehrter, ein Zauberer, ein Herrscher über Gedichte und Geschichten war er für ihn gewesen, der sich nun als oberflächlicher Leser, gerade mal während der Kaffeerunde, und auch da nur für ein kurzes Stündchen, entpuppt hatte; einer, der ohne große Mühe von der »Hamasa« zu irgendeiner Erzählung sprang, bevor er sich endlich in Achmed Abduhs Kaffeehaus stürzen konnte. Kurzum, er führte ein Leben, entblößt vom Glanz der Liebe, von der Sehnsucht nach wirklichem Wissen, auch wenn seine Zuneigung zu ihm, Kamal, durch nichts getrübt war. Fahmi hingegen war ganz anders gewesen. Wie ihm, Kamal, hatte dem, was Gefühl und Verstand betraf, der Sinn nach Höchstem gestanden, der in der letzten Zeit, so schien es Kamal, ein wenig nachgelassen hatte. Waren Kamal zunächst nur Zweifel gekommen, war es immer mehr zur Gewißheit geworden, daß ein Mädchen wie Marjam nicht geeignet war, eine große Liebe, wie zum Beispiel die seine, zu entfachen. Er war sich auch nicht sicher, ob die juristische Bildung, zu der der verstorbene Bruder neigte, einen ähnlich hohen Wert hatte wie die humanistische, nach der es ihn, Kamal, mit aller Macht verlangte. Er beobachtete, was um ihn vorging, wägte ab, blieb kritisch. Mit dieser Wesensart trat er an alles heran, nur an der Schwelle zum Vater blieb er stehen, wagte es nicht, einen Fuß darauf zu setzen. Dieser Mann war etwas Gewaltiges, ein Wesen auf einem Thron, über alle Kritik erhaben.

»Heute stehst du im Mittelpunkt, gefeiert wie ein Bräutigam, ein Tag des Triumphs, nicht wahr? Wärst du nicht so mager, gäbe es an dir nichts auszusetzen.«

Kamal lächelte. »Ich fühle mich ganz wohl so.«

Jasin warf einen letzten Blick in den Spiegel. Er setzte den Tarbusch auf, rückte ihn sorgfältig weit nach rechts, so daß er fast an die Augenbraue heranreichte. Begleitet von einem Rülpser, sagte er: »Ein ziemlich großer Esel bist du, einer mit Abitur. Genieße endlich die Ruhe, stopfe dich mit gutem Essen voll, du hast doch Ferien. Wie kannst du dich nur dazu hinreißen lassen, in den Ferien doppelt soviel zu lesen wie im ganzen Schuljahr? Gott sei's gedankt, daß ich mit solch mageren Menschen wie dir nichts gemeinsam habe.« Mit dem elfenbeinernen Fliegenwedel in der Hand fügte er beim Hinausgehen noch hinzu: »Vergiß nicht, mir einen guten Roman herauszulegen. Etwas in der Art von ›Pardaillan‹ oder ›Fausta‹, ja? Es gab eine Zeit, da hast du mich angefleht, dir wenigstens ein Kapitel vorzulesen. Ach, das ist lange her, daß ich dir den Verstand geschärft habe.«

Kamal freute sich, endlich allein zu sein. Er stand auf und murmelte: »Wie soll einer dick werden, wenn das Herz keine Ruhe findet?« Das Beten machte ihm nur Freude, wenn er niemanden um sich hatte. Es glich eher einem Kampf, denn alles – Herz, Verstand, Seele – war darin verwickelt, und er scheute keinerlei Anstrengung, den Sieg davonzutragen und mit reinem, redlichem Gewissen daraus hervorzugehen, auch wenn er sich etliche Abrechnungen wegen manchen Vergehens, sei es eines tatsächlichen oder auch nur eingebildeten, abverlangen mußte. War schließlich die Fürbitte an der Reihe, dann galt sie »ihr« – ihr ganz allein.

3

Abd al-Munim: »Kommt, der Hof ist viel größer als das Dach. Wir heben den Deckel vom Brunnen ab und sehen nach, wie es drinnen aussieht.«

Naima: »Aber Mama und meine Tante und meine Großmutter werden böse sein.«

Othman: »Es wird uns schon keiner sehen.«

Achmed: »Der Brunnen ist schrecklich, wer hineinsieht, stirbt.«

Abd al-Munim: »Wir heben den Deckel ab und schauen dann von weitem hinein.« (Mit lauter Stimme:) »Los, wir gehen hinunter.«

Umm Hanafi (die Tür des Dachs versperrend): »Ich habe nicht mehr die Kraft dazu. Ihr habt gesagt, gehen wir aufs Dach, und das haben wir getan. Ihr habt gesagt, steigen wir hinunter in den Hof, und wir sind hinuntergegangen. Dann wolltet ihr wieder aufs Dach, und nun sind wir oben. Was wollt ihr auf dem Hof? Da unten ist es heiß, und hier weht wenigstens ein bißchen Wind, und die Sonne verschwindet auch bald.«

Naima: »Sie wollen den Brunnendeckel wegnehmen und hineinschauen.«

Umm Hanafi: »Ich werde Sitt Chadiga und Sitt Aischa rufen.«

Abd al-Munim: »Naima lügt. Wir wollen den Brunnen gar nicht öffnen. Wir gehen überhaupt nicht hin. Wir spielen ein bißchen auf dem Hof und kommen wieder nach oben. Du kannst hierbleiben, bis wir wieder da sind.«

Umm Hanafi: »Ich und hierbleiben? Ich folge euch auf dem Fuß, möge Gott euch auf den rechten Weg geleiten. Im ganzen Haus gibt es keinen schöneren Platz als das Dach. Seht euch doch nur mal diesen Garten an.«

Mohammed: »Leg dich hin, und ich klettere auf dich hinauf.«

Umm Hanafi: »Genug geklettert. Überleg dir ein anderes Spiel. Ach wie schön, o wie herrlich, seht euch nur den Jasmin und den Efeu an. Schaut nur, die Tauben dort!«

Othman: »Du bist häßlich wie eine Büffelkuh, und du riechst schlecht.«

Umm Hanafi: »Gott vergebe dir! Ich bin ins Schwitzen gekommen, als ich euch hinterherlief.«

Othman: »Laß uns in den Brunnen hineingucken, nur ein ganz klein bißchen.«

Umm Hanafi: »Der Brunnen ist voller Dämonen, deshalb haben wir ihn zugemacht.«

Abd al-Munim: »Alles Lüge! Mama hat das nie gesagt, und meine Tante auch nicht.«

Umm Hanafi: »Die Wahrheit kenne nur ich, ich und meine alte Herrin. Wir haben die Dämonen mit eigenen Augen gesehen. Wir haben abgewartet, bis sie wieder im Brunnen waren, und dann haben wir auf das Loch den Holzdeckel gelegt und ihn mit Steinen beschwert. Denkt nicht mehr an den Brunnen, sondern sprecht mit mir: ›Im Namen Gottes, des barmherzigen Erbarmers.‹«

Mohammed: »Leg dich hin, ich will herumklettern.«

Umm Hanafi: »Seht euch den Efeu und den Jasmin an, so etwas Schönes habt ihr nicht zu Hause. Bei euch auf dem Dach gibt es nur Hühner und die zwei Hammel, die ihr für das Fest mästet.«

Achmed: »Bäh! Bäh! Bäh!«

Abd al-Munim: »Bring eine Leiter, dann klettern wir noch höher.«

Umm Hanafi: »Großer Gott, nur das nicht! Der Junge ist wie sein Onkel. Spielt gefälligst auf der Erde und nicht im Himmel.«

Radwan: »Bei uns gibt es auf dem Balkon und beim Gästehaus rote und weiße Rosen und Nelken.«

Othman: »Und wir haben zwei Hammel und Hühner.«

Achmed: »Bäh! Bäh! Bäh!«

Abd al-Munim: »Ich gehe zur Koranschule. Wer von euch noch?«

Radwan: »Ich kann schon den Gott-sei-Dank-Vers auswendig.«

Abd al-Munim: »Gott sei Dank, da ist 'ne Bank.«

Radwan: »Pfui! Du bist ein Ungläubiger!«

Abd al-Munim: »Aber das singt der Aufpasser immer auf der Straße.«

Naima: »Wir haben dir schon tausendmal gesagt, du sollst nicht wiederholen, was er sagt.«

Abd al-Munim (zu Radwan): »Warum lebst du nicht bei deinem Vater, bei Onkel Jasin?«

Radwan: »Ich wohne bei Mama.«

Achmed: »Und wo wohnt deine Mama?«

Radwan: »Bei meinem anderen Großvater.«

Othman: »Und wo wohnt der?«

Radwan: »In Gamalija. In einem großen Haus, mit einem Gästehaus.«

Abd al-Munim: »Warum ist deine Mutter in einem Haus und dein Vater in einem anderen?«

Radwan: »Weil meine Mutter bei dem anderen Großvater wohnt und mein Vater beim Großvater hier.«

Othman: »Warum leben sie denn nicht in einem Haus, so wie mein Papa und meine Mama?«

Radwan: »So hat's das Schicksal gewollt, sagt immer mein anderer Großvater.«

Umm Hanafi: »Ihr habt ihn genug ausgefragt. Es gibt keine Macht noch Stärke als bei Gott, habt Erbarmen mit ihm und spielt.«

Achmed: »Die Büffelkuh spricht.«

Mohammed: »Leg dich hin und schlafe, dann kann ich auf dir herumklettern.«

Radwan: »Seht mal, da ist ein Spatz im Efeu.«

Abd al-Munim: »Bringt die Leiter, ich fange ihn.«

Achmed: »Nicht so laut! Er sieht zu uns herüber, und bestimmt hört er jedes Wort.«

Naima: »Ist der hübsch! Ich kenne ihn, bestimmt ist das der Vogel, den ich gestern bei uns auf der Wäscheleine gesehen habe.«

Achmed: »Aber das ist doch in der Sukkarija, wie soll er denn wissen, welche Straße zu Großvaters Haus führt?«

Abd al-Munim: »Du Esel! So ein Spatz kann von der Sukkarija hin- und zurückfliegen, bevor es Abend wird.«

Othman: »Dort ist seine Familie, und hier sind eben seine Verwandten.«

Mohammed: »Leg dich hin, ich will klettern. Oder ich weine so lange, bis mich Mama hört.«

Naima: »Kommt, wir spielen Hopse.«

Abd al-Munim: »Nein, lieber Wettrennen.«

Umm Hanafi: »Aber ohne zu zanken!«

Abd al-Munim: »Sei ruhig, du Büffelkuh!«

Othman: »Muh! Muh! Muh!«

Achmed: »Bäh! Bäh! Bäh!«

Mohammed: »Ich mach beim Wettlauf als Reiter mit. Los, leg dich hin, damit ich raufklettern kann.«

Abd al-Munim: »Auf die Plätze, fertig … los!«

Herr Achmed Abd al-Gawwad zeigte sich als liebenswürdiger Gastgeber, denn den Vormittag über widmete er sich einzig den Besuchern. Als es schließlich zu Tisch ging, nahm er in der Mitte Platz, umgeben von Ibrahim und Chalil Schaukat, Jasin und Kamal. Danach lud er die zwei Männer in sein Zimmer ein, um es sich dort mit ihnen gemütlich zu machen. Man begann sich angeregt und freundlich zu unterhalten, auch wenn der Hausherr eine gewisse Zurückhaltung beibehielt und die Schwiegersöhne auf höfliches Benehmen achteten. Herr Abd al-Gawwad verhielt sich zu den dazugekommenen Mitgliedern der Familie nicht anders als zu denen, die in seinem Haus lebten, auch dann nicht, wenn der Altersunterschied, wie im Fall von Ibrahim Schaukat, dem Gatten von Chadiga, nicht allzu groß war.

Der Hausherr ließ die Enkelkinder kommen, damit sie ihm die Hand küßten und die kostbaren Geschenke, Schokolade und Pistazienbonbons, empfingen. Nach Alter geordnet, trat einer nach dem anderen an ihn heran: zuerst Aischas Tochter Naima, dann Jasins Sohn Radwan, und weiter ging es mit Chadigas Sohn Abd al-Munim, Aischas Sohn Othman, Chadigas Sohn Achmed und schließlich Aischas Sohn Mohammed. Herr Abd al-Gawwad achtete streng darauf, all seinen Enkeln das gleiche Maß an Zuneigung zukommen zu lassen und jedem von ihnen gleich freundlich zuzulächeln, wobei er die Gelegenheit, außer Ibrahim und Chalil keine Beobachter zu haben, nutzte, um die ihm eigene kühle Distanziertheit ein wenig zu lockern. Er schüttelte herzlich die kleinen Hände, zwickte zärtlich die geröteten Wangen, drückte Küsse auf die Stirn eines jeden Enkels, scherzte mit diesem und spaßte mit jenem Kind. Doch immer hielt er das Prinzip gleichberechtigter Behandlung ein, selbst bei Radwan, seinem ausgemachten Liebling.

Befand er sich mit einem der Enkelkinder allein im Raum, dann betrachtete er es liebevoll und in aller Ruhe, wozu ihn nicht nur natürlich gegebene Empfindungen, wie beispielsweise die Väterlichkeit, trieben, sondern auch selbständig erworbene Gefühle – und hier wäre die Neugier zu nennen. Mit großem Vergnügen versuchte er, bei den ungezügelt herumtollenden Nachkommen, die ihm noch nicht mit absolutem Respekt – ganz zu schweigen von Furcht – begegneten, Wesenszüge von Großvätern, Vätern und Müttern herauszufinden. Er erfreute sich an Naima, denn mit ihrer goldenen Haarpracht und den blauen Augen übertraf sie selbst ihre Mutter noch an Schönheit. Wie ein Kleinod zierte sie die Familie, vereinigte sie doch in sich das Trefflichste beider Linien, der der Mutter und der des Vaters. Auch ihre Brüder Othman und Mohammed waren hübsche Kinder, nur hatte sich bei ihnen – die großen, leicht hervorstehenden Augen und der ruhige, träge Blick sprachen dafür – eher der Vater, Chalil Schaukat, durchgesetzt.

Ganz anders hingegen verhielt es sich mit Abd al-Munim und Achmed, Chadigas Söhnen. Die Hautfarbe hatten sie wohl von den Schaukats, und die kleinen, niedlichen Augen waren die der Mutter, auch der Großmutter. Aber die Nasen versprachen der der Mutter oder, richtiger gesagt, der des Großvaters ähnlich zu werden. Radwan wiederum konnte nicht anders als schön aussehen, hatte ihm doch das Glück die schwarzen Augen des Vaters, genauer gesagt, die von dessen Mutter Hanija, dazu die elfenbeinfarbene Haut der Iffat-Familie und Jasins gerade, ebenmäßige Nase beschert. Ja, das Gesicht des Jungen besaß eine Harmonie, die einen in Bann zog.

Wie lange war es schon her, daß seine eigenen Kinder ohne Furcht herbeigestürzt waren und er ihre Umarmung ohne jede Verkrampftheit angenommen hatte, so wie jetzt bei den Enkelkindern. Wie schön war diese Zeit gewesen, wie lieb die Erinnerung daran. Jasin, Chadiga, Fahmi, dann Aischa und Kamal. Keiner, den er nicht unter der Achselhöhle gekitzelt hätte, keiner, der nicht auf seinen Schultern geritten wäre. Ob sie sich noch erinnern konnten? Er selbst hatte es ja fast vergessen.

Naima hielt sich trotz ihres zauberhaften Lächelns immer schamhaft und sittsam zurück. Achmed hingegen hörte nie auf, noch mehr Schokolade und Bonbons haben zu wollen, eine Forderung, deren Ausgang Othman in aller Geduld abwartete. Mohammed stürmte gleich immer auf die goldene Uhr und den Diamantring los, die im Tarbusch abgelegt waren, und ließ sie nicht eher los, bis Chalil Schaukat sie ihm mit Gewalt aus der Hand nahm. O ja, es gab schon Momente, in denen sich der Herr Großvater bedrängt und verwirrt fühlte, nicht mehr wußte, was er – von allen Seiten von den lieben Kleinen eingekreist, ja bedroht – tun sollte.

Am Nachmittag verließ Herr Abd al-Gawwad das Haus und ging ins Geschäft. Nun herrschte im Salon, wo sich der Rest der Familie zusammengefunden hatte, völlige Freiheit.

Ein Raum im oberen Stockwerk hatte die Nachfolge des Salons in der verlassenen Etage angetreten, war mit dessen Matten, Kanapees eingerichtet worden, und an der Decke hing die große Lampe. Hier bot sich für alle, die noch geblieben waren, die Gelegenheit, zusammenzukommen und Kaffee zu trinken. Den ganzen Tag über hatte im Haus trotz der vielen Menschen die übliche Stille geherrscht. Erst als vom Hausherrn nichts mehr zu verspüren war als der wohlriechende Duft des Kölnisch Wassers, da atmeten alle kräftig durch, und im Nu lärmten die Stimmen, ertönte Lachen, und es rappelte und regte sich auf Flur und Treppe. Die Stunde der Kaffeerunde war gekommen, und wie einst hatten alle ihre Plätze eingenommen: Amina saß auf dem Kanapee, vor dem alle Utensilien aufgebaut waren, und auf dem Kanapee gegenüber hatten Aischa und Chadiga Platz genommen. Das Sofa, das seitlich an der Wand stand, hatten Jasin und Kamal belegt, und als kurz nach dem Weggang des Hausherrn auch die beiden Schaukats dazustießen, setzten sich Ibrahim rechts neben die Schwiegermutter und Chalil links von ihr hin. Kaum hatte sich Ibrahim niedergelassen, wandte er sich in überaus freundlichem Ton an Amina und erklärte: »Möge Gott auch weiterhin die Hand segnen, die uns heute mit solch köstlichen und schmackhaften Speisen verwöhnt hat.« Die träge dreinschauenden, hervorstehenden Augen überflogen die Runde, als wollte er zu einem längeren Vortrag ansetzen. »Die vielen überbackenen Braten! Die Braten sind das Wunder aller Wunder in diesem Haus. Und zwar nicht wegen der Zutaten, auch wenn die allesamt köstlich waren, sondern vor allem wegen der Art, wie sie zubereitet werden. Das Überbacken ist alles, die Machart ist das wirkliche Wunder. Zeigt mir solche Braten wie die, die wir heute geradezu verschlungen haben.«

Chadiga hörte ihm aufmerksam zu. Sie schwankte zwischen Zustimmung und Widerspruch, denn wenn sie auch die Geschicklichkeit ihrer Mutter anerkannte, mißfiel ihr doch, daß ihr Mann die ihrige mit keinem Wort erwähnte. Als er nun für einen Moment innehielt, um seinem Publikum die Gelegenheit zu bieten, seine Meinung zu bestätigen, konnte Chadiga nicht länger an sich halten. »Das ist ein allbekanntes Urteil, das keinerlei Bekräftigung braucht. Aber ich möchte meinen, und darüber solltest du einmal nachdenken, daß du dir bei dir zu Hause schon oft den Bauch mit Braten vollgeschlagen hast, die nicht anders als die von heute zubereitet wurden.«

Ein Lächeln huschte über die Gesichter von Aischa, Jasin und Kamal, während die Mutter mehr und mehr vom Gefühl überfallen wurde, sie müsse ihre Scheu überwinden und etwas sagen, mit dem sie sowohl Ibrahim dankte als auch Chadiga zufriedenstellte. Doch Chalil Schaukat kam ihr zuvor. »Frau Chadiga hat völlig recht«, meinte er. »Ihr Braten hat uns allen immer gefallen. Das darfst du nicht vergessen, Bruder.«

Ibrahim schaute von seiner Frau zur Schwiegermutter und lächelte entschuldigend. »Gott bewahre, wie könnte ich das!« erklärte er. »Ich wollte nur einmal über die große Lehrmeisterin sprechen.« Er kicherte. »Auf jeden Fall habe ich wenigstens deine Mutter, Chadiga, und nicht meine in den höchsten Tönen gelobt.«

Der letzte Satz brachte alle zum Lachen. Ibrahim wartete ein wenig ab, bevor er zu einem neuen Lob ansetzte. »Zurück zum Braten. Aber warum? In der Tat, die anderen Gerichte waren nicht weniger großartig. Denkt doch nur einmal an die gefüllten Kartoffeln, die Muluchija, den Pfefferreis mit Leber und Geflügelmägen, die vielen verschiedenen Gemüsefüllungen, und dann – Gott ist groß – dieses Huhn! Was für ein wunderbares Fleisch es hatte. Sagen Sie, verehrte Frau Schwiegermutter, womit füttern Sie Ihre Hühner?«

»Mit Braten«, warf Chadiga spöttisch ein.

»Ich werde wohl lange für meine anerkennenden Worte büßen müssen. Wie auch immer, Gott verzeiht und hat Erbarmen, bitten wir ihn also, uns möglichst viele solcher Festtage zu bescheren. Glückwunsch zum Abitur, Si Kamal, und so Gott will, bist du dann auch beim Diplom erfolgreich.«

Vor lauter Freude, auch Beschämung, hatte sich Aminas Gesicht gerötet. Dankend erwiderte sie: »Möge Ihnen der Herr viel Freude an Abd al-Munim und Achmed schenken, wie auch Sie sich, Si Chalil, an Naima, Othman und Mohammed erfreuen mögen.« Sich an Jasin wendend, fügte sie hinzu: »Und auch du, Jasin, sollst deinen Gefallen an Radwan haben.«

Kamal hatte zwischendurch immer wieder verstohlen zu Ibrahim und Chalil geschaut. Das erstarrte Lächeln auf seinen Lippen sollte darüber hinwegtäuschen, daß ihn die Unterhaltung wieder einmal langweilte. Er konnte keinerlei Gefallen daran finden, aber der Anstand erforderte, sich wenigstens in Form aufmerksamen Zuhörens zu beteiligen. Dieser Mann sprach über das Essen, als säße er noch immer heißhungrig am Tisch. Essen, immer nur das Essen. Warum erfuhr die Nahrungsaufnahme eine solche Heiligsprechung? Beide Brüder waren seltsam; offensichtlich veränderten sie sich im Lauf der Zeit überhaupt nicht. Es schien, als ständen sie außerhalb aller Zeitläufte. Der Ibrahim von heute war der von gestern. Nichts ließ erkennen, daß er fast fünfzig Jahre alt war, abgesehen von einigen kaum zu bemerkenden Falten unter den Augen und um den Mund. Die Gelassenheit, mit der er in die Welt schaute, verlieh ihm nicht so sehr den Ausdruck von Alterswürde als vielmehr den von Trägheit. Kein einziges graues Haar war zu entdecken, weder auf dem Kopf noch beim gezwirbelten Schnurrbart. Trotz aller Beleibtheit war sein Fleisch fest und straff, zeigte nicht die geringste Schlaffheit. Die beiden Brüder waren sich so ähnlich, daß kaum Unterschiede auszumachen waren, höchstens so unerhebliche wie die der Frisur. Chalil hatte glattes Haar und trug es lang, Ibrahim kurzgeschnitten und im Nacken ausrasiert. Mit ihrer strotzenden Gesundheit und der Trägheit des Blicks sahen sie sich so ähnlich, daß es schon fast lächerlich war. Beide trugen weiße Seidenanzüge, und da sie das Jackett abgelegt hatten, saßen beide im Seidenhemd mit goldenen Manschettenknöpfen da; ein Anblick, der von der Gediegenheit der reichen Schicht sprach. Während der sieben Jahre, die die beiden Familien schon zusammen verbracht hatten, war Kamal mit dem einen oder anderen Schwager mal länger, mal kürzer allein gewesen, ohne je in ein wirklich interessantes Gespräch verwickelt zu werden. Aber warum sich darüber aufregen? Wäre es anders, dann würden seine Schwestern mit ihren Männern wahrscheinlich nicht so harmonisch zusammenleben.

Glücklicherweise schloß seine Verachtung für die Männer nicht grundlegend ein gewisses Maß an Sympathie aus, was wiederum ermöglichte, gut und freundschaftlich miteinander umzugehen. O weh, das Gespräch über die Braten schien noch immer nicht zu Ende zu sein. Jetzt rüstete sich Chalil Schaukat, um nun seinerseits auch noch das Wort zu ergreifen.

»Mein Bruder Ibrahim hat zu Recht so gesprochen. Die Hand, die alles hübsch gerichtet hat, möchten wir nicht missen, und die Tafel war es wert, in aller Öffentlichkeit gepriesen zu werden.«

Amina liebte es, gelobt zu werden; oft genug hatte sie es als bitter empfunden, dergleichen nicht zu hören. Sie wußte am besten, wieviel unermüdliche Mühe sie freiwillig und liebevoll aufwendete, um der Familie zu dienen. Wie oft hatte sie gierig darauf gewartet, vom Herrn des Hauses ein anerkennendes Wort zu hören. Doch zu dessen Gewohnheiten gehörte es nicht, sich großzügig mit Lobesreden abzugeben; wenn überhaupt, fiel nur ein knappes Wort, und selbst das geschah so selten, daß sie sich kaum daran erinnern konnte. Die jetzige Situation, seltsam und ungewohnt, wie sie war, bereitete ihr zwar aufrichtige Freude, erregte sie aber auch in einem Maß, daß es sie vor lauter Scham verwirrte. Sie war bemüht, sich nichts anmerken zu lassen, und sagte: »Sie dürfen nicht übertreiben, Si Chalil. Jemand wie Sie, der an die Küche Ihrer Mutter gewöhnt ist, läßt doch am liebsten alles andere stehen.«

Während Chalil nochmals das Lob bekräftigte, drehte sich Ibrahim zu Chadiga um. Sie starrte ihn an, als hätte sie auf seinen Blick gewartet und sich vorbereitet. Ibrahim lächelte triumphierend, bevor er, gerichtet an die Schwiegermutter, sagte: »Manche Leute scheinen keineswegs Ihrer Meinung zu sein.«

Jasin, der sofort verstanden hatte, worauf die Bemerkung abzielte, lachte laut los. Im Nu brachen alle in Gelächter aus, und selbst Amina konnte sich ein breites Schmunzeln nicht verkneifen. Angestrengt bemüht, das Lachen zu unterdrücken, schüttelte sich ihr Oberkörper, und als sie nicht mehr anders konnte, senkte sie den Kopf und starrte hinunter. Einzig Chadiga saß mit ungerührtem Gesicht da, darauf wartend, daß sich der Sturm legte. Erst dann erwiderte sie scharf: »Der Streit zwischen deiner Mutter und mir hat nichts mit dem Kochen zu tun. Es geht um mein Recht, in meinem Haushalt unabhängig zu sein, um mehr nicht.«

Alle mußten wieder an die Schlacht denken, die im ersten Jahr von Chadigas Heirat zwischen ihr und ihrer Schwiegermutter entflammt war. Das Problem hatte darin bestanden, ob es auch weiterhin nur eine Küche, und zwar ganz unter der Kontrolle der Mutter, geben solle oder ob Chadiga ihren Wunsch nach einer eigenen Küche erfüllt bekäme. Es war ein gefährlicher Streit gewesen, der den Zusammenhalt der Schaukatschen Familie bedrohte. Die Nachrichten darüber drangen bis in die Baina-l-Kasrain-Straße. Alle wußten davon, nur der Hausherr nicht, weil niemand es wagte, ihm davon zu erzählen. Weder erfuhr er etwas von dieser Schlacht noch von den vielen anderen Streitigkeiten, die in der Folgezeit immer wieder zwischen Schwiegermutter und Schwiegertochter ausbrachen. Chadiga, vom Gedanken an Kampf erfüllt, hatte vom ersten Augenblick an begriffen, daß sie auf sich allein gestellt war, denn ihr Ehemann, den sie als »Schlafmütze« bezeichnete, war weder für noch gegen sie. Immer wenn sie ihn anstachelte, ihr Recht einzufordern, meinte er nur spaßend: »Aber Frau, bereite uns doch keine Kopfschmerzen.« War er ihr auch keine Hilfe, so versuchte er wenigstens nicht, sie zum Schweigen zu bringen. Sie stand also allein auf dem Schlachtfeld und trotzte mit erhobenem Kopf der an

Ehrerbietung gewöhnten Alten, und zwar mit einem für sie selbst unerwarteten Mut und einer auch in zugespitzten Situationen nicht nachlassenden Hartnäckigkeit. Die alte Dame war über die Kühnheit des Mädchens, das sie mit eigener Hand aus der Welt des Verborgenen hervorgeholt hatte, fürchterlich empört. Im Nu brach der Streit los, tobte wie wahnsinnig. Die Alte begann Chadiga daran zu erinnern, daß eine wie sie ohne ihre Huld nicht einmal im Traum einen Ehemann aus der Schaukat-Familie bekommen hätte. Chadiga unterdrückte trotz aller Erregung ihre Wut, und war sie auch fest entschlossen, an dem festzuhalten, was sie als ihr Recht betrachtete, so hielt sie es doch für günstiger, nicht mit der üblichen Schärfe der Zunge zu reagieren; einerseits mußte sie der Würde des Alters Respekt zollen, andererseits hegte sie die Furcht, die Schwiegermutter könnte sich beim Vater ausklagen. Schlau, wie sie war, kam sie auf die Idee, Aischa zum Widerstand aufzuhetzen. Doch es stellte sich heraus, daß Aischa nicht nur zu träge war, um zu rebellieren, sie war auch zu feige. Sie liebte die Schwiegermutter zwar nicht, aber sie bevorzugte die Ruhe und den Müßiggang, die die großzügige und allen Mitgliedern der Familie gleichermaßen auferlegte Bemutterung der Alten ihr brachte. Wütend fiel Chadiga über sie mit dem Vorwurf her, ein Schwächling und Faulpelz zu sein, und dann, hartnäckig, wie sie war, versteifte sie sich darauf, den »Krieg« ohne alles Zögern und ohne jede Mäßigung allein weiterzuführen. Schließlich wurde es der Alten zuviel, und sie gestand haßerfüllt diesem »Luder« von Schwiegertochter das Recht zu, eine eigene Küche zu haben, nicht allerdings ohne ihrem älteren Sohn mitzuteilen: »Mach, was du willst, und wenn du solch ein Schwächling bist und deine Frau nicht zähmen kannst, dann verdienst du es, auf immer und ewig vom Genuß meiner Speisen ausgeschlossen zu sein.«

Chadiga hatte den Sieg davongetragen; es kam Kupfergeschirr ins Haus, und Ibrahim richtete die Küche ganz nach ihrer Vorstellung ein. Aber dafür hatte Chadiga die Schwiegermutter verloren, und alle Freundlichkeit, die auch ihr als einem Mitglied der Abd-al-Gawwad-Familie schon als Kind zuteil geworden war, hatte sich auf einen Schlag verzogen.

Amina, die diesen schweren Zwist nicht ertragen konnte, geduldete sich, bis die Gemüter sich ein wenig beruhigt hatten. Dann setzte sie all ihr Bemühen bei der verehrten alten Dame ein, suchte auch die Hilfe von Ibrahim und Chalil, bis schließlich die Versöhnung stattfand. Aber was war die schon wert? Sie dauerte genau bis zum nächsten Streit, und folgte dem dann wiederum ein Waffenstillstand, so brauchte es nicht lange, bis der Kampf wiederum ausbrach; so ging es weiter und weiter, wobei jede der Frauen, die Alte wie auch Chadiga, die andere für alles verantwortlich machte. Amina stand beiden ratlos gegenüber. Ibrahim bezog die Position einer neutralen Macht, die eines Zuschauers, als ginge ihn alles nichts an. Wenn er bisweilen doch in Versuchung geriet einzugreifen, dann begnügte er sich in aller Ruhe, ja geradezu mit Gefühlskälte damit, die beiden Frauen zu ermahnen, ohne aber je seiner Mutter Vorhaltungen zu machen, noch Chadiga zu tadeln.

Ohne Aminas sanftmütigen Charakter und ihre aufopfernden Schlichtungsbemühungen wäre die Alte bestimmt zum Herrn des Hauses gelaufen und hätte sich bei ihm ausgeklagt. Nur widerwillig hatte die Witwe Schaukat bisher davon abgesehen, machte ihrem Herzen dafür aber in langen Gesprächen mit jedwedem Luft, der ihr in der Nachbarschaft oder in der Familie über den Weg lief. Wann immer sich ein Zuhörer fand, erklärte sie, daß die Wahl von Chadiga als Frau für ihren Sohn der größte

Fehler ihres Lebens gewesen sei und sie nun dafür büßen müsse.

Jetzt jedenfalls ließ es sich Ibrahim nicht nehmen, Chadiga, wenn auch mit einem milden Lächeln, zu korrigieren. »Du hast dich nicht darauf beschränkt, dein Recht zu fordern, sondern hast deine Zunge nach Belieben gewetzt. War es nicht so, oder täuscht mich mein Gedächtnis?«

Chadigas Kopf, der sorgsam mit einem braunen Tuch bedeckt war, schnellte trotzig in die Höhe. Wütend sah sie ihren Mann an. Ihre Stimme triefte vor Spott, als sie erwiderte: »Wie sollte dich dein Gedächtnis trügen? Belastest du es etwa je mit irgendwelchen Sorgen, daß es dich im Stich lassen könnte? Nicht alle Menschen erfreuen sich eines solch ruhigen, sorglosen, ausgeglichenen Gedächtnisses wie du. O nein, Si Ibrahim, deins hat dich nicht getrogen, dafür aber meins. In Wirklichkeit habe ich mich nie der Macht deiner Mutter entgegengestellt; weder ging es mir darum, noch hatte ich je das Bedürfnis danach. Gott sei Dank kenne ich meine Pflichten und weiß genau, wie ich sie zu erfüllen habe. Aber ich hasse es, zu Hause herumzusitzen und wie ein Hotelgast das Essen gereicht zu bekommen, ganz abgesehen davon, daß ich es – im Unterschied zu bestimmten Leuten – nicht ertragen kann, den ganzen Tag zu schlafen oder herumzutändeln, und ein anderer macht die Arbeit.«

Aischa begriff sofort, wer mit den »bestimmten Leuten« gemeint war. Noch ehe Chadiga zu Ende gesprochen hatte, lachte sie los. Freundlich, als würde sie nur aus Mitgefühl sprechen, sagte sie: »Tu doch du, was dir gefällt, und laß die Leute – zumindest die ›bestimmten‹ – machen, was sie wollen. Es gibt nichts, was dich noch verdrießen könnte. Du bist unabhängig – ginge es doch Ägypten auch so gut. Vom frühen Morgen bis spät in die Nacht arbeitest du, in der Küche, im Bad, auf dem Dach. Du machst alles auf einmal, die Möbel polieren, die Hühner füttern, die Kinder versorgen. Die Dienerin traut sich nicht mehr, die Türschwelle deiner Wohnung zu betreten oder eins deiner Kinder herumzutragen. Bei Gott, wozu die Plagerei, wenn doch ein Bruchteil davon ausreicht?«

Chadiga schob das Kinn vor und schmunzelte. Es war ihr anzusehen, wie sehr ihr Aischas Worte gefielen.

Jasin mischte sich ein. »Manche Leute sind fürs Herrschen geschaffen, andere fürs Dienen.«

»Frau Chadiga ist vorbildlich, was den Haushalt betrifft«, meinte Chalil Schaukat mit einem Lächeln, das die zu dicht aneinanderstehenden Schneidezähne entblößte. »Nur eins übersieht sie – ihr Recht, einmal auszuruhen.«

»Genau das meine ich auch«, bestätigte Ibrahim Schaukat. »Ich habe ihr das mehrmals in aller Deutlichkeit gesagt, aber dann zog ich es vor zu schweigen, einfach, um keine Kopfschmerzen zu bekommen.«

Kamal schaute zur Mutter hinüber. Sie füllte Chalils Tasse schon zum zweitenmal. In Gedanken sah er den Vater vor sich, stellte sich dessen übermächtiges, würdiges Auftreten vor. Ein Lächeln schlich sich auf seine Lippen. Verwundert blickte er auf Ibrahim. »Du machst den Eindruck, als hättest du Angst vor ihr?«

Ibrahim schüttelte den Kopf. »Ich vermeide um des lieben Friedens willen Scherereien, während deine Schwester um der lieben Scherereien willen den Frieden vermeidet.«

»Hört euch diesen seltsamen Weisen an!« rief Chadiga. Aufgebracht wies sie auf ihn. »Das einzige, was du vermeidest, ist um des lieben Schlafs willen das Aufwachen!«

»Chadiga!« Die Mutter sah sie mahnend an.

Ibrahim strich ihr beruhigend über die Schulter. »So etwas müssen wir uns dauernd anhören. Jetzt können Sie sich selbst überzeugen.«

Demonstrativ, damit es ja alle mitbekamen, schweifte Jasins Blick hin und her zwischen der stämmigen, kräftig gebauten Chadiga und der schmalen, zarten Aischa. »Ihr erzählt uns ständig, daß sich Chadiga vom frühen Morgen bis zum späten Abend plagt«, meinte er bissig. »Wieso sieht man ihr das nicht an? Man könnte meinen, sie ruht sich den ganzen Tag aus und Aischa ist die, die sich abmüht.«

Chadiga hielt ihm die rechte Hand mit gespreizten Fingern direkt vor das Gesicht. »›Und vor dem Übel des Neiders, wenn er neidet, nehme ich Zuflucht beim Herrn der Morgendämmerung‹«, zitierte sie.

Die Wendung, die das Gespräch nahm, gefiel Aischa nicht. In ihren blauen Augen schimmerte etwas wie Widerspruch. Eifersüchtig auf Chadigas Leibesfülle, hatte sie Jasins spitze Bemerkung durchaus verstanden und wollte nun unbedingt ihre schmale Figur verteidigen. »Dick sein ist gar nicht mehr Mode«, platzte sie heraus, und als sich Chadiga zu ihr umdrehte, fuhr sie fort: »Zumindest finden es jetzt viele Frauen genauso schick, dünn zu sein.«

»Doch nur die, die nicht dick werden können«, spottete Chadiga.

Beim Wort »dünn« begann Kamals Herz zu klopfen. Im Nu stand ihm das Bild jener gertenschlanken Gestalt vor Augen. Ein Taumel ergriff ihn, versetzte ihn in einen Freudenrausch. Das starke, reine Glücksgefühl ließ ihn in einen tiefen, ruhigen Traum gleiten, so daß er alles, sich selbst, Ort und Zeit vergaß. Wie lange das währte, war ihm nicht bewußt, aber auf einmal schob sich der Schatten einer Wolke von Trübnis heran, was ihm oftmals geschah, wenn er glücklich träumte. Es war kein plötzliches Befremden, auch kein Sträuben, das die Wolke brachte, sondern sie drängte sich in den prächtigen Traum, als wäre sie einer der vielen Fäden im Gewebe, eine Klangfarbe in dessen Harmonie. Kamal holte tief Luft und ließ den noch träumerischen Blick über die Gesichter jener schweifen, die er seit jeher liebte. Jeder schien auf seine Weise zufrieden mit seinem Aussehen zu sein, vor allem jenes Wesen dort, das mit der hellen Haut, dessentwegen er eine Zeitlang darauf erpicht gewesen war, aus jedem Glas nur von der Stelle zu trinken, wo diese Lippen gelegen hatten. Beschämt, fast schon mit Mißbehagen, rief er sich dieses Bild in die Erinnerung zurück, und auf einmal hatte er das Gefühl, daß alle Schönheit, außer der der Angebeteten, geeignet war, ihn ungehalten zu machen, selbst wenn es sich dabei um einen Menschen handelte, für den er Zuneigung empfand und den er liebte.

»... und nie werde ich Magerkeit, nicht einmal bei Männern, schön finden«, so noch immer Chadiga. »Seht euch doch nur Kamal an! Er würde gut daran tun, sich um sein Gewicht zu kümmern. Denke bloß nicht, Brüderchen, daß das Anhäufen von Wissen alles ist.«

Kamal lächelte und ließ forschend den Blick auf ihrem Körper ruhen – ein einziger Klumpen von Fett und Fleisch und das Gesicht so rund, daß vor lauter Fülle fast alle Mängel verschwanden, strahlend vor Glück und triumphierender Zufriedenheit. Er verspürte keinerlei Lust, sich mit ihr auf eine Diskussion einzulassen.

Jasin griff ein. Hämisch spöttelte er: »Dann bist du also mit mir zufrieden. Das kannst du nicht leugnen!« Auf dem rechten Unterschenkel hockend, streckte er das linke Bein weit von sich. Weil es sehr heiß war, hatte er den Gilbab am Hals geöffnet, so daß das Unterhemd den Blick auf sein schwarzes, dichtes Brusthaar freigab.

Durchdringend starrte Chadiga genau auf diese Stelle, bevor sie erklärte: »Bloß hast du es schon aufs Doppelte von dem gebracht, was gut ist. Das Fett ist dir bereits ins Gehirn gedrungen.«

Jasin stöhnte verzweifelt. Dann drehte er sich zu Ibrahim Schaukat um und fragte mitleidig: »Wie hältst du es nur zu Hause aus – mit einer Frau wie der da und deiner Mutter?«

Ibrahim zündete sich eine Zigarette an, nahm einen Zug und stieß mit gespitzten Lippen den Rauch aus, womit er seinem Bruder, der die Pfeife nur beim Sprechen aus dem Mund nahm, kräftig half, die Luft im Salon zu verpesten. Gleichgültig meinte er: »In einem Ohr Lehm, im anderen Teig, das ist es, was mich meine Erfahrung gelehrt hat.«

»Mit Erfahrung hat das nichts zu tun, jedenfalls nicht, solange du unser Zusammenleben meinst«, tönte Chadiga, und es war ihr deutlich anzumerken, daß sie sich ärgerte. Sie wandte sich an Jasin. »Das Problem ist: Gott hat ihn mit einem Naturell versehen, das kühl wie das Eis des Türken Amm Badr ist. Selbst wenn das Minarett der Hussain-Moschee ins Wanken geriete, würde sich bei ihm kein Härchen bewegen.«

Amina hob den Kopf, sah Chadiga vorwurfsvoll an. Die lächelte ein wenig und senkte die Augen, was beinahe beschämt wirkte. Da griff Chalil ein. Mit leichtem Stolz erklärte er: »So sind die Schaukats nun einmal beschaffen. Sie haben das Wesen von Sultanen, nicht wahr?«

Schmunzelnd, um die Wirkung ihrer Worte ein wenig abzuschwächen, meinte Chadiga: »Welches Unglück für mich, Si Chalil, daß eure Mutter davon leider nichts abbekommen hat.«

Amina war mit ihrer Geduld am Ende. »Keine andere Frau reicht an deine Schwiegermutter heran. Sie ist eine Dame, der im vollsten Sinn des Wortes Ehrerbietung gebührt.«

Ibrahim neigte den Kopf nach links und sah Chadiga von oben herab an. Mit einem Funkeln in den hervorstehenden Augen und von einem triumphierenden Seufzer begleitet, erklärte er: »Ha, ein Zeuge aus der eigenen Familie hat da gesprochen. Möge Ihnen Gott Ehre erweisen, verehrte Frau Schwiegermutter.« Er wandte sich an die anderen. »Meine Mutter ist eine alte Dame, und in ihren Jahren muß sie rücksichtsvoll und sanftmütig behandelt werden, aber gerade darauf versteht sich meine Frau nun gar nicht.«

»Wieso? Ich werde nie ohne Grund wütend«, verteidigte sich Chadiga. »Wutanfälle waren noch nie meine Art. Da ist meine Familie, frage sie doch.«

Es setzte Schweigen ein, denn keiner wußte, was er sagen sollte. Schließlich mußte Kamal lachen, und als sich alle Blicke auf ihn richteten, konnte er nicht anders und erklärte: »Chadiga hat die tobendste Sanftmut, die ich kenne.«

Da faßte auch Jasin Mut. »Oder – sie hat die sanftmütigste Tobsucht, was nur Gott wissen kann.«

Es erhob sich allgemeines Gelächter. Chadiga wartete, bis sich alle wieder beruhigt hatten, und wandte sich dann, augenzwinkernd und den Kopf bekümmert wiegend, an Kamal. »Ausgerechnet der verrät mich, den ich auf meinen Armen mehr herumgetragen habe als meine Söhne Achmed und Abd al-Munim.«

Als wollte er sich entschuldigen, entgegnete Kamal: »Glaube nicht, daß ich ein Geheimnis verraten habe.«

Amina, die ihre Tochter in einer wenig beneidenswerten Lage sah, meinte, sie verteidigen zu müssen. »Groß ist der, der vollkommen ist«, sagte sie lächelnd, worauf Ibrahim Schaukat geschickt hinzufügte: »Wie wahr! Meine Frau hat viele gute Seiten, die nicht geringzuschätzen sind. Aber verflucht sei der Zorn, der zuallerst dem schadet, der da wütet. In meinen Augen berechtigt nichts auf der Welt dazu, sich aufzuregen.«

Da mußte Chadiga lachen. »Ach du Glücklicher! Deshalb hast du es noch immer geschafft, und ich beneide dich keineswegs darum, dich gegen jegliche Veränderung abzuschotten.«

Jetzt schien Amina zum erstenmal ernsthaft verärgert zu sein. »Möge der Herr ihn jung und frisch erhalten, ihn und seinesgleichen.«

»Jung und frisch?« fragte Ibrahim lachend, der seine Freude über diese Fürbitte nicht verstecken konnte. Chalil antwortete anstelle der Schwiegermutter: »Na ja, mit neunundvierzig Jahren zählt man bei den Schaukats durchaus noch zu den Jungen.«

»Sprechen Sie nicht so, mein Sohn, lassen wir das«, bat die Mutter.

Angesichts der Sorge, die aus den Worten Aminas klang, mußte Chadiga schmunzeln, kannte sie doch die Ursachen und Beweggründe dafür bestens. Die Gesundheit laut und deutlich zu preisen galt im alten Haus als verwerflich, denn man wollte das »Auge des Neids« und das Unheil, das es brachte, nicht auf sich lenken. Auch sie, Chadiga, wäre nicht offen auf die robuste Gesundheit ihres Gatten zu sprechen gekommen, wenn sie nicht bereits sechs Jahre bei den Schaukats verbracht hätte, wo viele überlieferte Auffassungen, wie zum Beispiel die über Neid, keinen großen Widerhall fanden und wo man über die verschiedensten Dinge wie Dämonen, Tod und Krankheit ohne jede Furcht eingehend diskutierte, was man im alten Haus aus lauter Vorsicht und Besorgnis gründlichst vermied.

Wenn es auch nicht so schien, bestand zwischen Chadiga und ihrem Mann eine innige Beziehung. Was auch immer beide sagten oder taten – ihre Ehe wurde dadurch nicht gefährdet. Sie lebten glücklich miteinander, denn jeder von beiden verspürte im Innern, daß er trotz aller bemängelten Schwächen den anderen nicht entbehren konnte. Als Ibrahim einmal erkrankte, bot sich ihm die seltene Gelegenheit zu erleben, was Chadiga an Zuneigung und aufopfernder Fürsorge verbarg. O ja, die Streitigkeiten kamen nie zum Stillstand, zumindest nicht aus Chadigas Richtung, wobei seine Mutter keineswegs ihr einziges Ziel war. Trotz Ibrahims Verhaltenstaktik und seiner kühlen Zurückhaltung schaffte sie es, jeden Tag an ihm etwas zu entdecken, das ihr neuen Stoff für Kritik bot, zum Beispiel, daß er zuviel schlief, untätig im Haus herumsaß, den bloßen Gedanken an Arbeit überheblich abtat, sich in nicht enden wollendes Geschwätz verlor, den Kampf und die Beschimpfungen zwischen ihr und seiner Mutter nicht zur Kenntnis nehmen wollte. Wie Aischa immer sagte, konnte Chadiga Tage und Wochen damit zubringen, ihn bei jedem Gespräch nur auszuschimpfen und zu verletzen. Trotz alledem – oder dank dessen? Wer weiß, vielleicht zeigen Zänkereien bisweilen die gleiche Wirkung wie Pfefferschoten, wenn es darum geht, den Appetit anzuregen. Trotz alledem also blieb das Gefühl füreinander stark und beständig, wurde nicht von dem beeinflußt, was das Äußere trübte. Ein tiefer Strom ändert auch nicht seinen Lauf, wenn Strudel und Schnellen die Oberfläche kräuseln. Ibrahim kam zudem nicht umhin, den Eifer seiner Frau hochzuschätzen – die Wohnung glänzte, das Essen schmeckte, seine Kleidung war tadellos gepflegt, die Kinder sahen schmuck aus. Scherzhaft pflegte er zu ihr zu sagen: »Du bist schon ein Schatz, du ›Luder‹.«

Seine Mutter hingegen hegte eine ganz andere Meinung über diesen unablässigen Fleiß und gab sie auch laut und deutlich bei Streitigkeiten, also ausgesprochen häufig, zu verstehen. Einmal hatte sie bissig bemerkt: »Fleiß ist eine Tugend, die zu einer Dienerin, nicht aber zu einer Herrin paßt«, worauf Chadiga prompt erwiderte: »Ihr gehört zu denen, die außer Essen und Trinken keine andere Beschäftigung kennen. Aber nur dem gehört das Haus, der ihm dient.«

Die Alte spottete weiter: »Diese Redensart haben sie dir zu Hause beigebracht, damit du nicht merkst, daß du in ihren Augen nur als Dienerin taugst.«

Da hatte Chadiga geschrien: »Ich weiß, warum Sie so gegen mich geifern, weil Sie nämlich in meinem Haushalt nichts mehr zu sagen haben.«

Nun brüllte auch die Alte los. »Gott sei mein Zeuge, Herr Achmed Abd al-Gawwad ist zwar ein guter Mann, aber er hat leider eine Teufelin in die Welt gesetzt! Ich habe es wirklich verdient – zur Strafe, dich ausgewählt zu haben –, mit Pantinen geschlagen zu werden!«

Leise, um von der Alten nicht verstanden zu werden, hatte Chadiga im Weggehen gebrummelt: »Tatsächlich, man sollte dich schlagen. Was das betrifft, gibt's nichts zu streiten.«

Jetzt jedenfalls schaute Jasin zu Aischa hinüber und lächelte hämisch. »Bestimmt bist du sehr glücklich. Du unterhältst zu allen Parteien gute Beziehungen.«

Chadiga verstand, daß das eine Anspielung auf sie war. Also zuckte sie verächtlich mit den Schultern und erklärte: »Alter Streithammel, bist nur darauf aus, Zwietracht zwischen Schwestern zu säen.«

»Ich? Gott weiß, daß ich voll der lautersten Absichten bin.«

Bedauernd schüttelte sie den Kopf. »Du warst noch nie, an keinem einzigen Tag, gutwillig.«

Chalil Schaukat mischte sich ein. »An sich leben wir alle ganz friedlich zusammen, denn unsere Devise lautet: Lebe und laß den anderen auch leben.«

Chadiga lachte schallend los, ließ ihre hübschen weißen Zähne blitzen. »O ja«, stichelte sie, »im Heim von Si Chalil herrscht immer Fröhlichkeit. Er klimpert ununterbrochen auf den Saiten der Laute, und die Dame hört zu, betrachtet sich im Spiegel oder plaudert vom Holzerker oder Fenster aus mit dieser und jener Freundin, während Naima, Othman und Mohammed auf den Sesseln und Kissen herumtollen. Sogar Abd al-Munim und Achmed haben schon versucht, meiner Aufsicht zu entkommen und in die Wohnung ihrer Tante zu flüchten, weil sie lieber mit diesen Banditen toben.«

Aischa schmunzelte. »Ist das alles, was du in unserem glücklichen Heim mit ansehen mußt?«

»O nein, die Dame singt auch manchmal, und Naima tanzt dazu.«

»Zum Glück haben mich alle Nachbarinnen gern«, brüstete sich Aischa, »und meine Schwiegermutter mag mich auch.«

»Ich für meinen Teil hätte keine Lust, einem dieser geschwätzigen Weiber mein Herz zu öffnen. Und was deine Schwiegermutter angeht, so liebt sie jeden, der ihr schmeichelt und aus Ehrfurcht vor ihr auf den Knien liegt.«

»Man soll die Menschen lieben, und was kann schöner sein, als daß sie einen auch gern haben. Ein Herz spricht zum anderen, und alle verstehen sich. Aber vor dir haben alle Angst, und wie oft haben die Frauen schon zu mir gesagt: ›Deiner Schwester sind wir nicht willkommen, statt dessen macht sie uns unermüdlich schlecht.‹« Sie sah die Mutter an und lachte. »Noch immer erfindet sie für alle Spitznamen und amüsiert sich damit, sie zu Hause so zu nennen. Also kennen auch Abd al-Munim und Achmed die Namen, plappern sie bei den anderen Jungen im Viertel herum, und alle wissen Bescheid.«

Amina schmunzelte vor sich hin, und selbst Chadiga lachte, wenn auch ein wenig verlegen. Offensichtlich hatte sie sich an ein paar peinliche Situationen erinnert.

»Jedenfalls sind wir eine kleine Musikgruppe«, tönte plötzlich Chalil fröhlich. »Wir haben den Lautenspieler, eine Sängerin und eine Tänzerin. Was uns noch fehlt, sind ein paar Begleitstimmen, aber da verspreche ich mir viel von meinen Kindern. Das ist nur eine Frage der Zeit.«

An Amina gewandt, erklärte Ibrahim: »Ihre Enkelin Naima – das kann ich schwören – ist eine vorzügliche Tänzerin.«

Sie lachte, wurde rot im Gesicht und sagte: »Ich habe sie schon erlebt. Sie ist wirklich sehr anmutig.«

»Und hübsch ist sie! Sie sieht wie die Mädchen auf den Reklameplakaten aus«, fügte Chadiga begeistert hinzu, und aus ihren Worten klang die Zuneigung, die sie für die Familie hegte.

»Eine hübschere Braut kann man für Radwan nicht finden«, erklärte Jasin.

»Sie ist doch älter! O weh, ich werde es wohl nie schaffen, wie eine ordentliche Mutter beim Alter zu schummeln«, meinte Aischa.

»Warum machen es die Leute zur Bedingung, daß die Braut jünger als der Bräutigam ist?« fragte Jasin.

Da niemand antwortete, sagte Amina schließlich: »Naima wird nicht lange auf einen passenden Bräutigam warten müssen.«

»Weiß Gott, sie ist wirklich wunderschön. Nie habe ich ein so hübsches Mädchen gesehen«, staunte Chadiga nochmals.

Da lachte Aischa. »Und ihre Mutter? Hast du nicht ihre Mutter gesehen?«

Chadiga runzelte die Stirn, wohl um ihrer Antwort den gehörigen Ernst zu geben. »Sie ist schöner als du, Aischa. Das kannst du nicht leugnen.« Schon im nächsten Augenblick funkelten wieder ihre Augen. »Und ich bin hübscher als ihr beide zusammen.«

Da reden diese Menschen über Schönheit, was wissen die schon davon? Farben wie Elfenbein und Gold gefallen ihnen, ihr solltet mich mal fragen. Ich werde euch nichts von brauner Haut, teakholzschwarzen Augen, einer schlanken Figur und Pariser Eleganz erzählen. Das ist zwar alles schön, aber im Grunde sind es doch nur Linien, Formen, Farben, die letztendlich nur dem normalen Empfinden und Maß entsprechen. Nein – Schönheit ist der Riß, der das Herz verwundet, ist der Odem, der die Seele mit Leben erfüllt, ist glühende Liebe, die den Geist sich aufschwingen und mit dem Himmel umarmen läßt. Erzählt mir davon, wenn ihr könnt.

»Wie sollten die Frauen in der Sukkarija-Straße auch darauf kommen, Chadigas Freundschaft zu gewinnen? Sie hat zwar etliche Tugenden – Ibrahims gepflegtes Äußeres spricht dafür –, aber die Menschen lassen sich im allgemeinen leider nur von einem hübschen Gesicht und einer zarten Zunge verführen.« So sprach Jasin, dem das Gespräch zu friedlich von Chadiga wegglitt und der deshalb nochmals den Versuch starten wollte, sie wieder in Wut zu bringen.

Der Blick, den sie ihm zuwarf, besagte soviel wie: ›Du willst also kein Erbarmen finden‹, und gleich darauf kam der laute Seufzer: »Großer Gott! Ich habe nicht gewußt, daß ich auch hier eine Schwiegermutter habe.« Plötzlich griff sie selbst noch einmal das Thema der Nachbarinnen auf, dieses Mal aber in ernstem Ton, als scherte sie sich nicht länger um Jasin. »Ich habe nicht genügend Zeit, um sie mit Besuchen zu vertrödeln. Das Haus und die Kinder lasten mich völlig aus, vor allem weil mein Mann sich weder um das eine noch das andere kümmert.«

»Fürchte Gott, und schiebe dich nicht bei allem und jedem in den Vordergrund«, verteidigte sich Ibrahim Schaukat. »Die Sache ist doch ganz einfach: Wenn man eine Frau wie die meinige hat, muß man das Schlimmste zu verhindern wissen. Man muß die Möbel davor bewahren, zu Kleinholz zu werden, weil sie vom vielen Abstauben und Polieren schon ganz dünn geworden sind. Man muß die Kinder beschützen, weil diese Frau ihnen mehr zumutet, als sie ertragen können. Erst neulich ist so etwas wieder passiert. Da schickt sie Abd al-Munim in die Koranschule, obwohl er doch erst fünf Jahre alt ist.«

»Wenn es nach euch ginge, müßte ich ihn im Haus behalten, bis er volljährig ist«, widersprach Chadiga. »Zwischen euch Schaukats und der Bildung muß so etwas wie Feindschaft bestehen. Nein, mein Lieber, meine Söhne werden aufwachsen wie ihre Onkel, und ansonsten habe ich selbst es übernommen, Abd al-Munim bei seinen Schulaufgaben abzuhören.«

»Du? Du lernst mit ihm?« fragte Jasin ungläubig.

»Warum nicht? Ich tue das, was Mama mit Kamal gemacht hat. Ich setze mich jeden Abend mit ihm hin, und er sagt auf, was man ihm in der Koranschule beigebracht hat.« Sie lachte. »Auf diese Weise wiederhole ich eine Menge, was ich sonst im Lesen und Schreiben zu vergessen fürchte.«

Scham und Freude ließen Amina rot werden. Sie sah zu Kamal hinüber, als suchte sie einen Hinweis darauf, daß auch er sich der unbekümmerten Abende erinnerte. Mit einem Lächeln bestätigte er ihre Hoffnung. Sollte Chadiga nur ihre Jungen aufwachsen lassen wie deren Onkel, dachte Amina. Vielleicht eiferte einer von ihnen Kamal nach, der sich nun ans Studieren macht, und möglicherweise ähnelte einer der Jungen auch … Ach, wie schwer fällt es dem gebrochenen Herzen, das vor Verzweiflung schmerzende Klopfen zu ertragen. Hätte er länger leben dürfen, dann wäre er heute schon Richter oder wenigstens kurz davor. Wie oft sprach er mit dir über seine Hoffnungen und seine Wünsche. Wo ist das alles hin? Ach, wenn er doch nur lebte, selbst als ein ganz unbedeutender Mensch, als einer von vielen.

»Was deine Schwester uns vorwirft, stimmt nicht«, meinte Ibrahim Schaukat zu Kamal. »Ich habe die Schulprüfung 1895 abgelegt, und Chalil hat sie 1911 gemacht. Zu unserer Zeit war das noch eine bedeutende Angelegenheit im Unterschied zu heute, da sich kaum jemand damit zufriedengibt. Wir haben die Ausbildung nicht fortgesetzt, weil wir nicht darauf aus waren, einen Beruf zu ergreifen, oder anders gesagt, weil wir es nicht nötig hatten zu arbeiten.«

Daß Ibrahim von der »Schulprüfung« sprach, fand Kamal lächerlich. Doch höflich stimmte er mit einem »Aber gewiß doch, das ist doch klar« zu. Welchen Eigenwert sollte schon Wissen für zwei selbstzufriedene Ochsen wie euch besitzen? Jeder von euch stellt für mich die wertvolle Erfahrung dar, daß man vermutlich fähig sein muß, Menschen zu lieben – in welcher Form auch immer –, die man an sich verabscheut, daß man es schafft, ihnen Gutes zu wünschen, auch wenn ihre Lebensart einem nur Ekel und Widerwillen verursacht. Wie auch immer, ich kann nicht anders: Tierische Dumpfheit hasse ich aus tiefstem Herzen. Das ist für mich zur unumstößlichen Wahrheit geworden, seit ein Hauch des Himmels mein Herz beflügelt hat.

»Es lebe die gute alte Schule!« witzelte Jasin.

»Auf jeden Fall sind wir hier in der Mehrheit«, rief Chalil, was Jasin ärgerte. Er wollte sich keineswegs in eine Reihe mit ihm und dessen Bruder gestellt sehen.

»Abd al-Munim und Achmed werden das Diplom machen«, erklärte Chadiga. »Damit wird in der Schaukatschen Familie eine neue Generation einsetzen. Hört euch mal die beiden Namen an: Abd al-Munim Ibrahim Schaukat,

Achmed Ibrahim Schaukat. Klingt das nicht ähnlich gut wie ›Saad Zaghlul‹?«

»Woher nimmst du bloß all diesen Ehrgeiz?« rief Ibrahim lachend.

»Warum nicht? War Saad Pascha nicht auch Stipendiat der Azhar-Universität? Vom armen Studenten zum Ministerpräsidenten! Ein Wort von ihm, und alle Welt gerät in Aufruhr. Für Gott ist nichts unmöglich.«

Spöttisch warf Jasin ein: »Könntest du dich nicht damit begnügen, sie auf einer Stufe mit Adli oder Tharwa zu sehen?«

»Was denn, mit diesen Verrätern?« rief Chadiga und zog ein Gesicht, als suchte sie vor lauter Entsetzen Hilfe bei Gott. »O nein, meine Jungen werden nicht zu denen gehören, deren Rücktritt die Leute Tag für Tag und Nacht für Nacht fordern.«

Ibrahim holte ein Taschentuch heraus und wischte sich das Gesicht ab, das wegen der großen Hitze röter als sonst war. Da er abwechselnd mal eisgekühltes Wasser, mal kochend heißen Kaffee trank, lief ihm ständig der Schweiß. »Wenn bedeutende Männer durch die Härte von Müttern geschaffen werden«, sagte er und wischte sich noch immer über das Gesicht, »dann kannst du dich schon jetzt auf den künftigen Ruhm deiner Söhne freuen.«

»Wäre es dir lieber, wenn ich sie machen ließe, was sie wollen?«

»Ich kann mich nicht erinnern«, warf Aischa freundlich ein, »daß Mama je einen von uns gescholten oder gar geschlagen hätte. Solltest du das vergessen haben?«

»Mama mußte nicht hart zu uns sein, weil es Papa gab. Erwähnte sie nur seinen Namen, reichte das aus, um zu gehorchen. Aber in meiner Familie, und in deiner ist es nicht anders, da existiert der Vater nur vom Namen her.« Nun mußte sie selbst lachen. »Was bleibt mir denn anderes übrig? Wenn sich der Vater wie eine Mutter aufführt, dann muß die Mutter den Vater ersetzen.«

»Bestimmt hast du als Vater außerordentlichen Erfolg«, wieherte Jasin los. »Du bist ein Vater. Gespürt habe ich es schon lange, aber nun weiß ich es auch.«

Chadiga tat, als wäre sie damit einverstanden. »Ich danke dir, du Bamba Kaschar.«

Chadiga und Aischa – zwei völlig unterschiedliche Wesen. Schau sie dir gut an: Welche von beiden gleicht deiner Angebeteten am ehesten? Gott bewahre, keine ähnelt ihr. Auf keinen Fall kann ich sie mir als Hausfrau vorstellen. Sie und ein Kind am Schürzenrock? Sie und in der Küche? Was für ein entsetzlicher, geradezu abscheulicher Gedanke. Nein, sie kann man sich nur vergnügt plaudernd, tändelnd, in prächtigen Gewändern einherstolzierend vorstellen, in einer Umgebung wie einem Park, einem Vergnügungslokal oder im Auto. Ein Engel, der der Welt unversehens einen beglückenden Besuch abstattet. Ein einzigartiges Wesen, das nichts mit dem übrigen Menschengeschlecht zu tun hat, das nur mein Herz kennt. Zählt man dieses Geschöpf wie alle anderen zu den Frauen, dann nur, weil man ihren wirklichen Namen nicht kennt. Wird ihre Schönheit mit Begriffen benannt wie die von Aischa und anderen, dann nur, weil die richtigen Worte dafür fehlen. So laß mich dir mein Leben weihen, laß mich dich erkennen! Könnte es einen anderen Sinn für Wissensdurst geben?

»Was gibt es Neues von Marjam?« fragte Aischa, sich plötzlich der alten Freundin erinnernd.

Der Name rief sehr unterschiedliche Wirkungen hervor. Aminas Gesichtsausdruck wechselte im Nu, ließ heftigen Mißmut erkennen. Jasin tat, als hätte er die Frage nicht gehört, und beschäftigte sich intensiv mit den Fingernägeln. Kamal, von Erinnerungen bestürmt, sah betroffen aus. Einzig Chadiga erwiderte kühl: »Was für Neuigkeiten soll es schon geben? Sie ist geschieden und nach Hause zurückgekehrt.«

Erst jetzt, als es zu spät war, begriff Aischa, daß sie mit ihrer gedankenlosen Frage eine peinliche Situation heraufbeschworen hatte. So gering der Lapsus auch sein mochte, der Mutter bereitete er Schmerz; seit damals war sie nicht vom Gedanken abzubringen, daß sowohl Marjam als auch deren Mutter in ihrer Trauer um Fahmi nicht aufrichtig gewesen waren, weil der Herr Gatte der Verlobung mit Fahmi nicht zugestimmt hatte, ja, daß sie vielleicht sogar Schadenfreude fühlten. Chadiga war die erste gewesen, die diesen Verdacht laut äußerte, und ohne lange nachzudenken und zu zögern, war ihr die Mutter gefolgt. Von da an hatte sich ihr freundschaftliches Gefühl für die langjährige Nachbarin schnell geändert, war erst kühler geworden, schließlich in Feindseligkeit umgeschlagen.

Verlegen, wie Aischa war, versuchte sie sich zu entschuldigen. »Ich weiß auch nicht, wie ich auf die Idee kam, mich nach ihr zu erkundigen.«

»Du mußt über sie nicht weiter nachdenken«, erwiderte die Mutter erregt.

Aischa hatte gleich damals, als der erste Verdacht gegenüber ihrer Freundin Marjam aufgekommen war, laut von ihren Zweifeln gesprochen und diese damit begründet, daß alles, was mit der Verlobung zusammenhing, unter dem Siegel größter Verschwiegenheit behandelt worden war. Keine einzige Nachricht darüber sei in Marjams Haus vorgedrungen, also könne weder sie noch ein anderer aus der Familie einen Grund zur Schadenfreude haben. Aber die Mutter war völlig anderer Meinung – bei einer so gewichtigen Angelegenheit wie einer Verlobung lasse es sich nicht verhindern, daß die, die damit zu tun hätten, auch davon erführen. Aus Furcht, sie könnte beschuldigt werden, Marjam zu sehr zu begünstigen und nachlässig im Gedenken an den Bruder zu sein, hatte Aischa nicht lange auf ihrer Meinung bestanden. Nun, da sie sah, wie sich die Mutter aufregte, fühlte sie sich bemüßigt, ihren Fehler abzuschwächen. »Schau, Mama, nur Gott kennt die Wahrheit. Vielleicht ist sie sogar unschuldig bei dem, was wir ihr vorwerfen.«

Anders als erwartet verstärkte sich noch der Groll der Mutter, ja, auf ihrem Gesicht kündigten sich sogar Anzeichen von Zorn ab, was bei ihr, die doch immer sanft und ruhig blieb, ungewöhnlich war. Ihre Stimme bebte, als sie sagte: »Sprich mit mir nicht über Marjam, Aischa«, und Chadiga, die die Gefühle der Mutter teilte, rief: »Mit Marjam und ihren Angelegenheiten haben wir nichts mehr zu schaffen!«

Verwirrt lächelnd blieb Aischa stumm. Jasin starrte noch immer auf seine Fingernägel, darauf wartend, daß das hitzige Wortgefecht bald beendet sein würde. Einmal, als Aischa davon gesprochen hatte, nur Gott könne die Wahrheit wissen, war er fast versucht gewesen, einzugreifen und Aischa beizustehen. Aber Aminas gegen alle Gewohnheit bebende Stimme hatte ihn schweigen lassen, und innerlich dankte er dafür, der Gnade des Verstummens teilhaftig geworden zu sein.

Kamal verfolgte das Gespräch aufmerksam, auch wenn seiner Mimik nichts anzusehen war. Die Bürde der Liebe hatte ihn seit langem befähigt, in gefühlsmäßig schwierigen Situationen sich zu verstellen, nichts von seinen Empfindungen preiszugeben und anderen Menschen einen geradezu entgegengesetzten Eindruck von dem, das in ihm vorging, zu vermitteln. Er erinnerte sich durchaus an das, was er einst über die angebliche Schadenfreude von Marjams Familie gehört hatte, und nahm er diesen Vorwurf auch nicht allzu ernst, so war ihm doch die Geschichte mit dem heimlichen Brief für Marjam und ihrer Antwort an Fahmi noch im Gedächtnis. Die ganze Zeit über hatte er dieses Geheimnis bewahrt, und auch jetzt noch achtete er darauf, es nicht zu enthüllen, aus Rücksicht auf das dem Bruder damals geleistete Versprechen und aus Achtung gegenüber Fahmis Wunsch. Was ihm aber Vergnügen bereitete, war, daß er jetzt, da ganz neue Saiten in seinem Innern zum Klingen kamen, verstehen konnte, worin die Bedeutung des Briefs bestanden hatte. Bis dahin war er, so sein Ausdruck, wie eine Stele voll dunkler, unverständlicher Zeichen gewesen, deren Rätsel sich ihm erst erschlossen, als er die Liebe kennenlernte.

Es war ihm nicht entgangen, wie aufgebracht die Mutter reagierte. Daß ihr Gesicht Zorn verkündete, war neu; das hatte es vor diesem Schicksalsschlag nicht gegeben. Die Mutter war nicht mehr die, die er kannte. Nicht, daß sie sich grundlegend verändert hätte, aber nun unterlag sie hier und da Verstimmungen, was ihr früher entweder so nicht passierte oder dem sie sich, wenn es ihr dennoch zustieß, nicht wie jetzt überlassen hätte. Wie sollte er sich verhalten? Vom verwundeten Herzen einer Mutter wußte er nur wenig, eigentlich nur das, was er aus Büchern erfahren hatte. Oh, wie sehr fühlte er Mitleid mit ihr. Was mochte wohl in Aischa, was in Chadiga vorgehen? Konnte es sein, daß Aischa sich kaum noch an Fahmi erinnerte? Nein, er wollte sich das nicht vorstellen, konnte den Gedanken nicht ertragen. Aischa war im Grunde eine gute Seele, und ihr Herz barg reichlich Platz für Freundschaft und Liebe. Sicher, sie war geneigt, Marjam von Schuld freizusprechen, aber das rührte vielleicht daher, daß sie, offenherzig, wie sie nun einmal war, sich zurücksehnte nach der Zeit mit der Freundin. Chadiga hingegen, die völlig im ehelichen Leben aufging, nur noch als Mutter und Hausfrau existierte, fühlte weder nach Marjam noch sonstjemand ein Bedürfnis. Aus der Vergangenheit hatte sie sich nur das durch nichts zu erschütternde Gefühl für die Familie bewahrt, vor allem aber das für die Mutter, der sie in allem nachzueifern versuchte. Wie seltsam das alles war.

»Und du, verehrter Jasin, wie lange willst du noch Junggeselle bleiben?« fragte Ibrahim, vom Wunsch gedrängt, die Atmosphäre von allem Belastenden wieder zu reinigen.

»Die Jugend ist dahin, die Würfel sind gefallen«, scherzte Jasin, worauf Chalil Schaukat, der den Spaß nicht mitbekommen hatte, völlig ernst antwortete: »Als ich heiratete, war ich ungefähr in deinem Alter. Bist du nicht gerade achtundzwanzig?«

Jasins Alter war für Chadiga kein angenehmes Thema, gab es doch, wenn auch nur indirekt, Aufschluß über das ihrige. Ziemlich spitz bemerkte sie also, an Jasin gewandt: »Warum heiratest du nicht und läßt die Leute endlich mit dem Geschwätz über dein Junggesellendasein in Ruhe?«

Darauf bedacht, Aminas Wohlwollen zu erringen, erwiderte er: »Wir haben schwere Jahre durchgestanden, in denen der Mensch seine Wünsche vergessen mußte.«

Chadiga warf den Kopf nach hinten. Der Schlag hatte getroffen. Sie warf ihm einen Blick zu, der soviel bedeuten sollte wie ›Hast mich besiegt, du Satan‹ und seufzte laut: »Ausgerechnet du! Sag lieber, daß dir die Ehe nicht schmeckt. Das wäre ehrlicher.«

Amina, die ihm für seine Freundlichkeit dankbar war, hielt ihr entgegen: »Jasin ist ein ordentlicher Mann, und wenn einer wie er nicht heiratet, dann nur, weil ihn die Umstände dazu zwingen. Doch nun wäre es tatsächlich an der Zeit, wieder daran zu denken, deiner Glaubenspflicht nachzukommen.«

O ja, lange genug ging ihm schon diese »Glaubenspflicht« durch den Kopf. Nicht nur weil er sein Glück nochmals von neuem ausprobieren wollte, sondern auch weil er sich von der Schmach reinwaschen wollte, die ihm damals angetan worden war, als der Vater ihn zur Scheidung von Zainab gezwungen hatte, und zwar lediglich auf Grund des »Wunsches« von Herrn Mohammed Iffat, ihrem Vater. Danach hatte sich das schreckliche Unglück mit Fahmi ereignet, was wirklich keinen Gedanken an Heirat zuließ, und schließlich hatte er am freien Leben Gefallen gefunden und sich daran gewöhnt. Doch als er jetzt antwortete: »Was sein muß, muß sein« und »Alles kommt zu seiner Zeit«, da glaubte er selbst, was er sagte.

Auf einmal erhob sich draußen lautes Geschrei und Getöse. Abrupt brach die Unterhaltung ab, und als aus Richtung der Treppe eilige Schritte zu hören waren, starrten alle fragend auf die Tür. Es dauerte keine Sekunde, da stand Umm Hanafi keuchend und mit düsterer Miene auf der Schwelle und rief: »Die Kinder, Herrin! Si Abd al-Munim und Si Radwan kämpfen miteinander. Ich wollte sie trennen, aber da haben sie mit Steinen nach mir geworfen.«

Jasin und Chadiga sprangen auf und liefen zur Treppe. Nach ein oder zwei Minuten kamen sie zurück – Jasin mit Radwan an der Hand, und Chadiga schubste Abd al-Munim vor sich her. Der Rest kam johlend hereingestürzt – Naima lief zu Chalil, Othman zu Aischa, Mohammed zur Großmutter, Achmed zu Ibrahim. Chadiga schimpfte Abd al-Munim aus und kündigte ihm an, er würde nicht noch einmal ins Haus des Großvaters mitkommen. Der heulte los, zeigte auf Radwan, der zwischen seinem Vater und Kamal saß, und schrie: »Er hat erklärt, seine Familie ist reicher als unsere!«

»Er war das!« rief Radwan. »Er hat gesagt, sie sind reicher als wir! Und dann noch, daß seine Familie das Mitwalli-Tor besitzt, mit allen Schätzen, die da drin sind.«

Jasin versuchte, ihn zu beruhigen, und meinte lachend: »Du mußt ihn entschuldigen, er ist genauso ein Prahlhans wie seine Mutter.«

Auch Chadiga konnte ein Schmunzeln nicht unterdrücken. »Ihr habt wegen des Mitwalli-Tors gestritten? Da ist das Nasr-Tor, kleiner Herr, es steht ganz in der Nähe vom Haus deines Großvaters, also nimm dir das und streite nicht.«

Radwan schüttelte heftig den Kopf. »Da sind nur Tote drin, keine Schätze. Soll er es doch nehmen.«

Mit sanfter Stimme schlug Aischa vor: »Gesegnet sei der Prophet, heute bietet sich die seltene Gelegenheit, Naima singen zu hören. Was meint ihr dazu?«

Von allen Seiten wurde Beifall gespendet, Mut zugesprochen, und Chalil zog Naima zu sich heran, setzte sie auf seinen Schoß und sagte: »Laß uns deine Stimme hören, und wehe, du zierst dich. Ich mag es nicht, wenn jemand verlegen ist.«

Aber das Mädchen konnte wohl nicht anders, denn sie verbarg das Gesicht im Schoß des Vaters, so daß außer dem Schimmer der blonden Haare nichts mehr zu sehen war. Aischa, die sich in diesem Moment zufällig umgesehen hatte, bemerkte, wie ihr Sohn Mohammed sich vergeblich mühte, der Großmutter an der Wange das Muttermal abzukratzen. Sie stand auf, holte ihn zu sich und zwang ihn, trotz allen Widerstands bei ihr sitzen zu bleiben. Dann ermunterte sie Naima wieder, doch zu singen, unterstützt von Chalil. Schließlich flüsterte die Kleine dem Vater zu, daß sie nur hinter seinem Rücken singen würde, weil sie dann vor den Blicken der anderen sicher sei. Kaum hatte er es ihr gestattet, kroch sie auf allen vieren um ihn herum und versteckte sich zwischen seinem Rükken und der Sofalehne. Im Salon herrschte erwartungvolles Schweigen, und als es immer länger andauerte, verlor

Chalil fast die Geduld. Aber da ertönte das zarte, hohe Stimmchen, und war es zunächst eher ein Flüstern gewesen, so faßte die Kleine nach und nach Mut und sang schließlich voller Inbrunst:

»Nur keine Scheu und komm herein,
wir beide werden bald Liebende sein.«

Die kleinen Hände setzten an, den Rhythmus zu klatschen.

4

»Es ist Zeit, mir zu erklären, in welcher Hochschule du dich einschreiben willst.« Herr Achmed Abd al-Gawwad saß in seinem Schlafzimmer mit gekreuzten Beinen auf dem einen Kanapee, Kamal auf dem anderen, gegenüber der Tür. Die Hände brav gefaltet, bot er das Bild vollkommenen Wohlverhaltens und äußerster Demut.

Am liebsten wäre es dem Herrn Vater gewesen, wenn der Junge geantwortet hätte: »Ihr Wille soll der meine sein«, doch er hatte sich in den Gedanken geschickt, daß die Auswahl der Hochschule nicht zu den Angelegenheiten zählte, die allein seiner Befugnis unterlagen. Die Zustimmung des Sohns war insofern wichtig, als sein eigenes Wissen über die unterschiedlichen Möglichkeiten sehr beschränkt war. Das meiste davon hatte er im Kreis der Freunde aufgeschnappt, und diese, Beamte und Anwälte, waren einhellig der Meinung, daß einem Sohn das Recht zustände, seinen Studienweg selbst auszusuchen, schon allein deshalb, um einen Fehlschlag zu vermeiden. Aus diesem Grund hielt er es nicht für unter seiner Würde, die Angelegenheit mit dem Sohn zu beraten und ansonsten die Sache Gott anheimzustellen.

»Mit Gottes gütiger Erlaubnis und natürlich mit Ihrer Zustimmung möchte ich gerne die Hochschule für Lehrer besuchen.«

Unwillkürlich schüttelte Herr Abd al-Gawwad den Kopf, eine Bewegung, die Mißbilligung verriet. Aus großen blauen Augen starrte er den Sohn befremdet an und brummte verächtlich: »Hochschule für Lehrer? Die, wo man nichts bezahlen muß?«

Kamal zögerte einen Moment, bevor er antwortete: »Möglich, aber darüber weiß ich nicht so recht Bescheid.«

Herr Abd al-Gawwad winkte mit der Hand ab, als wollte er Geduld anmahnen, wo keine genaue Kenntnis herrschte. Abschätzig erklärte er: »Es ist, wie ich sage. Deshalb trägt sich dort auch nur selten ein Sohn aus besserem Hause ein. Und dann – Lehrer. Weißt du etwas über den Beruf? Oder hast du davon auch nicht mehr Ahnung als über die Hochschule? Es ist ein mieser Beruf, von niemandem geschätzt. Ich weiß, wie man über Lehrer spricht. Du bist ein Grünschnabel, hast von der Welt keine Ahnung. Lehrer – das ist ein Beruf, den sich der europäisch angezogene Kleinbürger mit dem armseligen Azhar-Stipendiaten teilt, der ohne jegliches Ansehen und ohne jegliche Würde ist. Ich kenne eine Menge Leute, hohe Herren und geachtete Beamte, die es rundum ablehnen, eine ihrer Töchter mit einem Lehrer zu verheiraten, gleichgültig, welchen Rang er einnimmt.« Es folgte ein Rülpser, dann ein erleichtertes Durchatmen. »Fuad, der Sohn von Gamil al-Hamzawi, der immer deine abgetragenen Sachen bekommen hat, der wird an der Jura-Fakultät studieren. Ein intelligenter, fleißiger Junge, aber keineswegs klüger als du. Ich habe seinem Vater versprochen, ihm so lange bei den Kosten zu helfen, bis der Junge es geschafft hat, nichts mehr bezahlen zu müssen. Warum sollte ich Söhne anderer Leute, die geachtete Schulen besuchen, unterstützen, während mein eigener Sohn unentgeltlich in einer dieser miserablen Anstalten lernt?«

Diese gewichtigen Worte über »die Rolle des Lehrers und seine Mission« stellten für Kamal eine unangenehme Überraschung dar. Woher rührte die Voreingenommenheit des Vaters? Bestimmt nicht von dem Fakt, daß ein Lehrer das erworbene Wissen an andere Menschen weitergab. Hing das Vorurteil also damit zusammen, daß das Studium unentgeltlich war? Reichtum oder Armut hatten doch nichts mit Wissen zu tun, oder wurde da etwa noch ein anderer – außerhalb liegender – Wert erwartet? Nein, sein Glaube an Bildung und Wissen war durch nichts zu erschüttern, auch nicht sein Vertrauen in die erhabenen Gedanken, die ihm in den Schriften von solch verehrten und geliebten Männern wie al-Manfaluti, al-Muwailihi und anderen begegneten. Da er mit ganzem Herzen in der Welt jener Ideale lebte, die ihm auf den Seiten der Bücher entgegentraten, schwankte er keinen Moment lang, bei aller Wertschätzung und Achtung für den Vater dessen Meinung für falsch zu halten und sie höchstens damit zu entschuldigen, daß der Vater von einer überholten Gesellschaft geprägt war und sich unter seinen Freunden zu viele Ignoranten befanden. Der Vater tat ihm unendlich leid, aber es war nichts anderes möglich, als ihm, wenn auch mit äußerster Höflichkeit und Sanftmut, die Worte, genauer gesagt, den aus einem Buch angelesenen Satz, entgegenzuhalten: »Wissen steht höher als Ansehen und Geld, Papa.«

Herr Abd al-Gawwad schwenkte den Kopf hin und her, mal zu Kamal, mal zum Kleiderschrank, als beschwörte er einen unsichtbaren Dritten, sich die Dummheit zu vergegenwärtigen, die er sich da anhören mußte. Ungehalten knurrte er: »Ach wirklich? Mußte ich etwa so alt werden, nur um mir solchen Blödsinn sagen zu lassen? Als gäbe es einen Unterschied zwischen Wissen und Ansehen! Wirkliches Wissen hat immer etwas mit Ansehen und Geld zu tun. Und außerdem, wieso tust du, als gäbe es nur ›das‹ Wissen? Habe ich nicht gesagt, daß du ein Grünschnabel bist? Es gibt die unterschiedlichsten Kenntnisse, nicht aber ›das‹ Wissen. Die Habenichtse haben ihr Wissen, die Paschas haben ihr Wissen. Das mußt du begreifen, du Tor, damit du später nichts bereust.«

Da Kamal überzeugt war, daß der Vater die Religion, also auch deren Würdenträger, sehr schätzte, erwiderte er listig: »Aber die Azhariten studieren auch umsonst und geben Unterricht, und trotzdem verachtet niemand ihr Wissen.«

»Religion ist eins, und religiöse Würdenträger sind etwas anderes«, meinte Herr Abd al-Gawwad mit einem verächtlichen Zug um die Lippen.

Vor Verzweiflung wuchs Kamal eine Kraft zu, die es ihm ermöglichte, mit diesem Mann, dem er immer nur zu gehorchen gewöhnt war, weiterzudiskutieren. »Aber Papa, Sie schätzen und lieben doch die Glaubensgelehrten!«

Mit ziemlicher Schärfe entgegnete der Vater: »Vermische nicht Dinge, die nicht zusammengehören. Ich achte Scheich Mitwalli Abd as-Samad sehr, ich liebe ihn sogar. Aber ich ziehe es vor, dich als hohen Beamten zu sehen und nicht unter seinesgleichen, selbst wenn du den Leuten Segen spendest und sie mit Amuletten und Talismanen vor Unheil bewahrst. Jede Zeit hat ihre Männer. Aber offensichtlich willst du nicht verstehen.«

Eindringlich sah er den Sohn an, um die Wirkung seiner Worte zu ergründen, doch der senkte den Blick, kaute auf den Lippen herum, blinzelte, und der linke Mundwinkel begann nervös zu zucken. Seltsam, daß manche Menschen dermaßen starrsinnig auf etwas beharrten, das ihnen garantiert schaden würde. Kurz davor, einen

Wutanfall zu bekommen, erinnerte er sich noch gerade rechtzeitig daran, daß diese Angelegenheit außerhalb seiner persönlichen Willkür lag. Mühsam den Zorn unterdrükkend, fragte er: »Warum versteifst du dich ausschließlich auf diese Lehrerausbildung, tust, als wäre dort das ganze Wissen gepachtet? Was hast du zum Beispiel an der Juristischen Hochschule auszusetzen? Werden dort nicht die bedeutenden Männer, Minister und so, ausgebildet? Haben nicht dort Männer wie Saad Pascha und seinesgleichen ihre wissenschaftliche Bildung erhalten?« Mit gesenkter Stimme und niedergeschlagenem Blick fuhr er fort: »Und es ist auch die Schule, die sich der selige Fahmi nach reiflichem Überlegen erwählt hat, und hätte ihn der Tod nicht so früh ereilt, gehörte er heute zur Staatsanwaltschaft oder zu den Richtern. Ist es nicht so?«

Ergriffen sagte Kamal: »Sie haben in allem recht, Papa, nur ich möchte nicht Jura studieren.«

Herr Abd al-Gawwad schlug die Hände zusammen. »Möchte nicht, möchte nicht! Was haben Wissenschaft und Hochschulen mit ›möchte‹ zu tun? Erklär mir nur mal, was dir an dieser Lehrerschule gefällt? Ich würde gern wissen, was an der so toll ist, daß sie dir den Kopf verdreht. Oder gehörst du zu denen, die Plunder lieben? Rede, ich bin ganz Ohr!«

Kamal machte eine ruckartige Bewegung, als brauchte er all seine Kraft, um sich dem Vater verständlich zu machen. Er war darauf gefaßt, es schwer zu haben, und er wußte auch, daß jede weitere Erklärung eine Flut von sarkastischen Bemerkungen nach sich ziehen mußte; einen Vorgeschmack darauf hatte er bereits zu kosten bekommen. Aber ganz abgesehen davon – sein Ziel stand ihm nicht klar, nicht deutlich genug vor Augen, um es dem Vater erläutern zu können. Was sollte er sagen? Schon nach kurzem Nachdenken wußte er, was er nicht wollte:

Jura auf keinen Fall, auch nicht Ökonomie, Geographie, Geschichte und englische Sprache, selbst wenn er die beiden letzten Fächer für das, was er vorhatte, wichtig fand. Trotzdem – das alles wollte er nicht studieren. Was aber wollte er? Er fühlte Sehnsucht nach etwas, ein Verlangen, aber um genau zu wissen, worauf er aus war, mußte er gründlicher nachdenken, abwägen, prüfen. Möglicherweise mußte es gar nicht die Lehrerschule sein, doch schien sie ihm den kürzesten Weg für sein Ziel zu bieten. Wonach ihn verlangte, war angeregt worden durch das Lesen unterschiedlichster Schriften, die kaum auf einen Nenner gebracht werden konnten: literarische Aufsätze, soziale Betrachtungen, Religion, Antaras Heldensage, Tausendundeine Nacht, die Hamasa-Gedichte, al-Manfaluti, Philosophie. Wahrscheinlich hatte das alles noch mit den Träumen zu tun, die ihm einst Jasin eröffnete, aber auch mit den Legenden, mit denen ihn die Mutter beschert hatte. Es gefiel ihm, diese undurchsichtige Welt mit dem Begriff »Denken« zu belegen und sich selbst als »Denker« zu bezeichnen, glaubte er doch, daß das gedankliche Leben das höchste Ziel des Menschen war, das ihn – mit der dem Denken eigenen Erleuchtung – über das Materielle, über Ruhm, Ansehen und sonstige Bezeichnungen fälschlicher Größe hoch hinaushob. Ja, das war es! Ob die Richtung nun völlig klar oder noch unscharf war, ob nun die Lehrerschule ihn geradewegs zu seinem Ziel brachte oder nur eine Etappe auf dem Weg dorthin darstellte, sein Verstand würde von diesem Weg nicht mehr lassen. Doch ebensosehr stimmte auch, daß ein starker Trieb des Herzens, genauer gesagt, seine Liebe ihn drängte. Wie das? Nun, zwischen »seiner Angebeteten« und Jura oder Ökonomie gab es keinerlei Bindeglied, aber dafür spielten da Beziehungen, wenn auch subtil und geheimnisvoll, zwischen »ihr« und Religion, Seele, Natur, Philosophie und anderen ähnlich verlockenden Kenntnissen, aus deren Quellen er trinken wollte. Solcherlei Schwingungen glichen den Geheimnissen zwischen »ihr« und dem Gesang und der Musik, die er sehnsuchtsvoll, im Rausch des Entzückens, zu ergründen versuchte. Das war es, was ihn zutiefst bewegte, daran glaubte er voll und ganz. Aber wie sollte er darüber mit dem Vater reden? Wieder griff er zu einer List. »An der Hochschule für Lehrer werden angesehene Fächer gelehrt wie Geschichte, mit einer Fülle wichtiger Einsichten, und englische Sprache.«

Als Herr Abd al-Gawwad sich seinen Sohn betrachtete, fiel auf einmal jeglicher Groll von ihm ab. Es war, als sähe er ihn zum erstenmal: magerer Körper, gewaltiger Schädel, große Nase, langer Hals. Das seltsame Aussehen des Sohns stand in nichts der Abnormität von dessen Gedankengängen nach. Bei dem ihm eigenen Hang zum Spott hätte er am liebsten losgelacht, doch seine Zuneigung und Liebe zum Sohn geboten ihm Einhalt. Statt dessen begann er zu überlegen. Die Magerkeit würde vorübergehen, die große Nase hatte er von ihm, aber woher rührte der groteske Schädel? Ob es nicht häufig passierte, daß Leute, die sich gern über die Fehler anderer lustig machten, und er zählte sich durchaus dazu, über den Sohn Witze rissen? Der Gedanke bereitete ihm Kummer, ließ die Zuneigung zum Sohn doppelt stark aufwallen. Als er nun zu sprechen begann, klang seine Stimme sehr viel ruhiger, kündete von der Bereitschaft, ein weiser und geduldiger Ratgeber zu sein.

»Wissen an sich ist nichts«, erklärte er. »Entscheidend ist, was man damit macht. Studierst du Jura, kannst du Richter werden, aber wenn du dich mit Geschichte und Morallehre beschäftigst, dann läuft das darauf hinaus, daß du ein schäbiger Lehrer wirst. Das solltest du dir vor Augen halten und darüber nachdenken. Ansonsten …«, seine

Stimme schwoll ein wenig an, wurde schärfer, »... gibt es keine Macht noch Stärke als bei Gott. Geschichte, Moral – ist alles für die Katz. Kannst du nicht über etwas reden, was Hand und Fuß hat?«

Den Vater über die hehren Werte, die ihm heilig waren, in dieser Weise sprechen zu hören, ließ Kamal erröten; Scham erfüllte ihn, und er fühlte sich schmerzlich betroffen. Wie konnte der Vater nur solch erhabene Dinge auf dieses niedere Niveau hinunterziehen? Trost fand er nur in dem, was ihm zur Verteidigung der großen Denker durch den Kopf schoß, was er in ihren Werken über das Denken und seine heilige Aufgabe gelesen hatte. Auch sie hatten sich gegenüber den unwissenden Toren wehren müssen, die alles Wissen aus reinem Nützlichkeitssinn oder gesellschaftlicher Normiertheit verachteten. Ach ja, im Grunde hatten sich diese Denker mit Menschen wie seinem Vater auseinandergesetzt. Doch halt, sein Vater war nicht irgendein Dummkopf. Nein, ohne jeden Zweifel besaß er eine gewisse Größe, aber er war das Opfer seiner Zeit, seiner Lebensumstände, seiner Freunde geworden. Hatte es nicht vielleicht doch Sinn, sich mit ihm auf ein Streitgespräch einzulassen? Sollte er es nicht noch einmal versuchen?

»Aber Papa! Sehen Sie nicht, welche ungeheure Wertschätzung diese Wissenschaften in den fortgeschrittenen Nationen genießen? Für die Europäer sind sie geradezu heilig. Den großen Genies werden sogar Denkmäler gesetzt!«

Herr Abd al-Gawwad wandte sein Gesicht ab, als müßte er sich Geduld zusprechen. Wirklich böse war er nicht, eher empfand er die Angelegenheit als komische Überraschung, auf die er nicht gefaßt gewesen war. Als er sich wieder zu Kamal umdrehte, sagte er: »Ich spreche als Vater! Ich will deine Zukunft gesichert sehen, ich will eine gesellschaftliche Stellung für dich, in der man dich achtet. Ist dagegen etwas einzuwenden? Woran mir einzig und allein liegt, ist, dich als respektierten Beamten, nicht aber als mickrigen Lehrer zu sehen, selbst wenn man dem ein Denkmal wie das für Ibrahim Pascha mit ausgestrecktem Zeigefinger hinstellt. Großer Gott, da ist man so alt geworden und muß sich immer wieder neu wundern! Was haben wir mit Europa zu tun? Du lebst in diesem Land – wer baut denn hier Denkmäler für Lehrer? Zeige mir ein einziges, wenn du kannst.« Seine Stimme klang noch abfälliger, als er hinzufügte: »Erklär mir nur eins: Willst du eine Stellung oder ein Denkmal?«

Da Kamal mit verwirrtem Schweigen reagierte, sprach der Vater weiter, wenn auch mit fast schon bedrücktem Ton. »Ich weiß nicht, was für Gedanken sich da in deinem Kopf festgesetzt haben. Ich will nichts weiter, als daß du eines Tages zu den großen Männern gehörst, die mit ihrem Ansehen, ihrer Machtstellung im Leben etwas bewirken. Vielleicht hast du ähnliches vor, und ich weiß es nur nicht? Erkläre mir alles offen und ehrlich, damit ich deine Absichten kenne und zur Ruhe komme. Bis jetzt bin ich tatsächlich ziemlich ratlos, was dich betrifft.«

Sei's drum, dachte Kamal, es mußte ein neuer Anlauf gewagt werden. Vertraue auf Gott, und versuche, dich verständlich zu machen. »Ist es eine Schande, Papa, wenn ich danach strebe, eines Tages ein Mann wie al-Manfaluti zu sein?«

»Etwa Scheich Mustafa Lutfi al-Manfaluti?« fragte der Vater überrascht. »Gott sei ihm gnädig. Ich habe ihn öfter in der Sajjidna-l-Hussain-Moschee gesehen, aber soviel ich weiß, war er doch kein Lehrer? Er war weit mehr als das, gehörte zum Kreis der Berater von Saad, war sein Sekretär. Und dann – er war ein Azharit, nicht so einer von einem Lehrerinstitut. Seine Größe kam nicht einmal von der

Azhar her, sie war ein Geschenk Gottes. Alle sagen das. Aber worüber wir hier reden, das ist deine Zukunft und die Schule, die du besuchen wirst, also lassen wir aus dem Spiel, was Gott anheimgestellt ist. Solltest du aber auch ein Geschenk Gottes sein, dann kannst du al-Manfalutis Größe auch als Staatsanwalt oder Richter haben. Warum nicht?«

»Aber ich meine doch nicht al-Manfaluti als Person«, wehrte Kamal zäh ab, »seine Kultur will ich erreichen. Es gibt außer der Lehrerschule keine andere Einrichtung, die meinem Ziel nähersteht oder die mich zumindest auf den Weg dahin bringt. Deshalb ziehe ich sie vor, nicht aber, weil es mein spezieller Wunsch ist, Lehrer zu werden. Wahrscheinlich habe ich sie überhaupt nur ausgesucht, weil sich mir damit der Weg zur Kultur des Denkens eröffnet.«

Des Denkens? Eine Zeile aus einem Lied von al-Hamuli, das er sehr liebte und zu seiner Zeit immer gern gesungen hatte, fiel ihm ein: »Die Gedanken sind flüchtig, o steht mir bei, Tränen des Auges.« War sein Sohn hinter solchen Gedanken her? Verstört fragte er: »Was soll das sein – Kultur des Denkens?«

Kamal geriet in Verlegenheit. Er schluckte mühsam und antwortete leise: »So genau weiß ich das nicht.« Er lächelte gewinnend. »Wenn ich es wüßte, wäre ich ja nicht so erpicht darauf, es zu studieren.«

»Wie kommst du auf etwas, von dem du keine Ahnung hast? Häh? Oder bist du einfach versessen darauf, um Gottes blanken Lohn erbärmlich dazustehen?«

Kamal riß sich zusammen, um seine Verlegenheit zu überwinden. Mit Todesverachtung machte er sich daran, sein Glück zu verteidigen. »Geistige Kultur ist zu groß, zu gewaltig, um sie erfassen zu können. Sie forscht nach dem, was Anfang und Ende des Lebens ausmacht.«

Für einen Moment starrte der Vater ihn verblüfft an,

dann fragte er: »Und für so etwas willst du deine Zukunft aufs Spiel setzen? Anfang und Ende des Lebens? Der Anfang war Adam, und unser Ende ist entweder das Paradies oder das Feuer. Oder gibt's da was Neues?«

»Nein, nein. Ich weiß ja, aber ich wollte sagen …«

Doch da unterbrach ihn der Vater. »Hast du den Verstand verloren? Ich rede mit dir über deine Zukunft, und du erklärst mir, du willst Anfang und Ende des Lebens kennenlernen? Und was machst du, wenn du es weißt? Vielleicht einen Wahrsager-Laden eröffnen?«

Aus der Furcht heraus, daß die Angelegenheit erledigt wäre, wenn er jetzt verschreckt oder schweigend bliebe, und da er sich gezwungen sah, sich dem Standpunkt des Vaters anzuschließen, nahm er noch einmal allen Mut zusammen. »Entschuldigen Sie, Papa, wenn ich mich nicht klar genug ausgedrückt habe. Ich möchte das geisteswissenschaftliche Studium fortsetzen, das ich in der Oberschule begonnen habe. Ich will Geschichte, Sprachen, Morallehre und Dichtkunst studieren. Was dann die Zukunft bringt, das entscheidet allein Gott.«

Als wollte er die Aufzählung vervollständigen, äffte ihn der Vater bissig nach: »Ja, und dann noch die Kunst der Schlangenbeschwörer, des Marionettenspiels, des Wahrsagens und Hellsehens mit Muscheln. Warum denn nicht? Großer Gott! Eine tolle Überraschung hast du dir da ausgedacht … Es gibt keine Macht noch Stärke als bei Gott!«

Endgültig überzeugt, daß die Lage ernster war, als er gedacht hatte, wußte sich Herr Abd al-Gawwad keinen Rat mehr. Besorgt fragte er sich, ob es nicht ein Fehler gewesen war, dem Sohn zu gestatten, offen zu reden und frei seine Meinung zu äußern. Je geduldiger er sich gezeigt, je nachsichtiger er ihn behandelt hatte, um so mehr versteifte sich der Herr Sohn auf seine Ansichten und beharrte aufs Disputieren. Was tun? Da er einerseits auf

Kamals Zukunft bedacht war, andererseits nichts mehr scheute als eine Niederlage, brauchte es nicht lange, um in seinem Innern den Kampf zu entfesseln zwischen seinem Hang zur Despotie und der guten Absicht, dem Sohn das Recht auf eigene Wahl der Hochschule einzuräumen. Entgegen aller Gewohnheit, genauer gesagt entgegen seiner Gewohnheit aus früherer Zeit, trug die Weisheit den Sieg davon, zeigte er sich also bereit, das Gespräch wiederaufzunehmen.

»Sei kein Dummkopf! Irgend etwas, das mir unbekannt ist, vernebelt dir den Verstand, und da kann ich nur Gott bitten, dich zu retten. Die Zukunft, mein Sohn, ist kein Spaß und auch kein Spiel. Sie bedeutet dein Leben, und du hast nur dieses eine. Also denke gründlich nach. Die Juristische Fakultät ist das beste für dich. Ich verstehe mehr von der Welt als du, und meine Freunde, die aus allen Schichten kommen, sehen die Dinge genau so wie ich. Du bist ein kleines Dummchen, andernfalls müßtest du wissen, was das bedeutet – Staatsanwalt, Richter. Das sind Stellungen, die die Welt in Bewegung bringen. Es liegt in deiner Hand, einen solchen Posten zu bekleiden. Wie kannst du es also einfach ausschlagen und statt dessen etwas werden wollen wie … Lehrer?!«

Wie das schmerzte! Nicht nur der Beruf des Lehrers wurde verhöhnt, sondern – und darum ging es vor allem anderen – das Wissen, das, was in seinen Augen wirkliche Bildung ausmachte. »Stellungen, die die Welt in Bewegung bringen« – pah, davon hielt er überhaupt nichts. Oft genug hatten Autoren, die sich seiner Seele bemächtigt hielten, von der falschen Größe solcher Stellungen, von deren vergänglichem Ruhm geschrieben, hatten sie diese immer nur mit verächtlichen, abschätzigen Attributen belegt. Nein, er glaubte fest an das, was dort zu lesen war, daß nämlich wirkliche Größe nur in der Welt des Wissens und der Suche nach Wahrheit zu finden war. Alles, was die Merkmale von Macht und einflußreichem Ansehen trug, war für ihn gleichbedeutend mit Heuchelei und Dummheit. Doch diesen seinen Glauben mußte er tunlichst für sich behalten, wollte er nicht den Zorn des Vaters aufs schrecklichste herausfordern. Sehr sanft, sehr einschmeichelnd erklärte er lediglich: »Jedenfalls ist das Lehrerinstitut eine Hochschule.«

Der Vater überlegte einen Moment, bevor er verbittert und verzweifelt wieder zu sprechen begann. »Wenn du also auf keinen Fall Jura studieren willst, und es gibt ja Menschen, die einen Hang zum Niederen haben, dann wähle wenigstens eine der anderen geachteten Fakultäten, die Militärakademie zum Beispiel oder die Polizeischule. Etwas ist immer noch besser als gar nichts.«

Kamal reagierte unwillig. »Was soll ich beim Militär oder der Polizei, wenn ich das Abitur gemacht habe?«

»Was weiß ich, denn mit Medizin hast du ja offensichtlich auch nichts im Sinn!« Herr Abd al-Gawwad mußte blinzeln. Der Spiegel warf einen Lichtstrahl herüber, der ihn blendete. Er drehte den Kopf mehr zum Schrank hin und bemerkte, daß vom Hoffenster her die Nachmittagssonne ins Zimmer drang. Die Strahlen fielen von der Wand gegenüber dem Bett genau auf die Stelle, wo der Spiegel stand. Es wurde Zeit, ins Geschäft zu gehen. Herr Abd al-Gawwad rutschte ein wenig zur Seite, um dem Licht zu entkommen. Ein lauter Stoßseufzer gab seinen Überdruß zu erkennen, mahnte – oder kündigte froh – an, daß das Gespräch seinem Ende entgegenging. Mißmutig fragte er nur noch: »Und außer dieser verfluchten Hochschule gibt's keine andere?«

Beschämt, den Vater nicht zufriedengestellt zu haben, senkte Kamal den Blick. »Es gibt noch die Handelsschule, aber das liegt mir nicht.«

Wenn diese voreilige Ablehnung Herrn Abd al-Gawwad auch ärgerte, so ließ ihn die Erwähnung der Handelsschule doch gleichgültig. In der Meinung, dort würden »Händler« ausgebildet, kam das für seinen Sohn sowieso nicht in Frage. Sicher, ein Laden wie seiner gestattete ihm persönlich ein angemessenes Leben, aber wenn einer der Söhne ihm als Besitzer nachfolgte, konnte er in Anbetracht der Güteraufteilung auf die anderen Nutznießer nicht mehr damit rechnen. Von daher war Herr Abd al-Gawwad auch nicht darauf aus, daß einer seiner Söhne dereinst seinen Platz einnahm. Allerdings stellte diese Überlegung nicht den Hauptgrund für seine Gleichgültigkeit gegenüber der Handelsschule dar. Was in der Tat schwerer wog, war das überaus hohe Ansehen, das er einer öffentlichen Stellung und dem Beamtentum generell beimaß, hatte er doch deren Bedeutung und Rolle im gesellschaftlichen Leben entweder mittels einiger beamteter Freunde oder seiner arbeitsbedingten Kontakte zu Regierungsstellen wahrgenommen. Deshalb drängte er darauf, seine Söhne als Beamte zu sehen und sie auf eine entsprechende Laufbahn vorzubereiten. Es war ihm nicht entgangen, daß ein Händler in den Augen der Menschen nicht ein Viertel von dem Respekt genoß, der einem Beamten zuteil wurde, selbst dann, wenn er das Doppelte an Vermögen hinterließ. Er selbst teilte diese Meinung, auch wenn er sie nicht laut bekannte. Daß Beamte ihm Wertschätzung zuteil werden ließen, erfüllte ihn mit Stolz, und vom »Verstand« her gesehen, zählte er sich auch zu ihnen, zumindest empfand er sich ihnen als ebenbürtig. Wer außer ihm hatte es schon geschafft, Händler und trotzdem Partner von solchen Menschen zu sein? Woher sollten seine Söhne je eine Persönlichkeit wie die seinige erlangen? Ach, was für eine Enttäuschung. Wie sehr hatte er sich früher immer gewünscht, einen der Söhne als Arzt zu sehen. Wie sehr hatte er dabei auf Fahmi gebaut, aber dann hatte sich herausgestellt, daß das Abitur des sprachlichen Zweigs der Oberschule für das Medizinstudium nicht galt. Da hatte er sich mit dem Jura-Studium einverstanden erklärt, denn auch davon versprach er sich Gutes für die Zukunft. Der nächste Hoffnungsträger war für ihn Kamal gewesen, und als auch der den sprachlichen Zweig besuchte, da träumte Herr Abd al-Gawwad erneut von der Karriere eines künftigen Juristen. Niemals hätte er sich vorstellen können, daß seine Hoffnungen frontal mit den Schicksalsmächten zusammenstoßen könnten, zuerst durch den Tod des »Genies« der Familie, dann durch die Sturheit, mit der Kamal darauf bestand, Lehrer werden zu wollen. Ach, was für eine schreckliche Enttäuschung.

Als Herr Abd al-Gawwad erneut zu sprechen begann, sah er wirklich betrübt aus. »Ich habe dir aus aufrichtigstem Herzen meinen Rat gegeben, nun ist es an dir, deine Wahl zu treffen. Nur denke immer daran, daß ich deiner Meinung nicht zugestimmt habe. Überlege noch einmal in Ruhe, und übereile nichts. Es bleibt genügend Zeit, und wenn du jetzt nicht die richtige Entscheidung triffst, wirst du es dein Leben lang bereuen. Gott schütze uns vor Dummheit, Torheit und alberner Einfalt.« Er setzte die Füße auf den Boden, und eine Bewegung deutete an, daß er sich gleich erheben würde, um das Haus zu verlassen. Höflich, wie er war, stand Kamal auf und ging hinaus.

Im Salon fand er die Mutter und Jasin vor, die sich unterhielten. Er fühlte sich bedrückt, uneins mit sich selbst, denn nicht nur, daß er auf seinem Widerstand beharrt und sich dem Vater widersetzt hatte, obwohl der doch mild und nachsichtig zu ihm gewesen war – der Vater hatte am Ende auch traurig und enttäuscht ausgesehen. In aller Kürze berichtete er Jasin die Quintessenz dessen, was sich in des Vaters Zimmer abgespielt hatte, und während der aufmerksam zuhörte, zeichneten sich auf seiner Stirn immer mehr Falten des Protests ab. Die Lippen kräuselten sich zu einem spöttischen Lächeln. Kaum hatte Kamal zu Ende gesprochen, da erklärte Jasin auch schon, er sei der gleichen Meinung wie der Vater und könne sich nur wundern, mit welcher Einfalt er, Kamal, die hochgeschätzten Werte dieses Lebens verkenne, sich aber statt dessen um völlig albernes, illusorisches Zeug kümmere. »Du willst dein Leben dem Wissen opfern? Was soll das sein? Na sicher, al-Manfaluti bezieht eine bewunderungswürdige Haltung in manchen seiner Kapitel, in etlichen Abschnitten seiner Essays, aber im wirklichen Leben ist das alles nur Zeitverschwendung. Das bewegt nichts, bringt nichts voran und nichts zurück. Du aber lebst in der Wirklichkeit und nicht in den Werken von al-Manfaluti. Oder etwa nicht? In Büchern kannst du die sagenhaftesten, tollsten Dinge finden. Da steht zum Beispiel: ›Der Lehrer kommt dem Propheten nahe‹, aber ist dir einmal ein Lehrer über den Weg gelaufen, der einem Propheten gleicht? Komm doch mal mit in die Nahassin-Schule, oder versuche, dich an irgendeinen deiner Lehrer zu erinnern, und dann zeige mir einen einzigen, der es verdient hätte, wenn schon nicht als ›Prophet‹, so doch wenigstens als ›Mensch‹ bezeichnet zu werden. Und dann – was soll denn das sein, dieses Wissen, nach dem du strebst? Morallehren, Geschichte, Poesie? Zur Unterhaltung ist das alles sehr hübsch, aber mit Arbeit hat das nichts zu tun. Paß lieber auf, daß dir nicht die Gelegenheit entwischt, ein angenehmes Leben zu führen. Wie oft bedaure ich, daß mir die Umstände nicht erlaubt haben zu studieren.«

Als auch Jasin aus dem Haus gegangen war und Kamal sich mit der Mutter allein befand, fragte er sich, was sie wohl über die Sache dachte. Nun gehörte sie zwar nicht zu den Personen, deren Meinung man bei Problemen einholte, aber da sie das Gespräch mit Jasin zum größten Teil verfolgt hatte, mußte sie also auch wissen, daß der Herr Vater ihn unbedingt an der Juristischen Fakultät sehen wollte, dem Ort, der für sie ein schlimmes Vorzeichen darstellte und ihr unangenehm war. Kamal war sich sicher, wie er auf kürzestem Weg ihr Einverständnis mit seinen Plänen erreichen konnte. »Was ich da studieren will«, erklärte er, »steht in engem Zusammenhang mit der Religion und ihren Gebieten wie Lebensweisheit, Moral, Betrachtungen über Gottes Eigenschaften, die Beschaffenheit seiner Worte und Geschöpfe.«

Das Gesicht der Mutter leuchtete auf. Begeistert erwiderte sie: »Ja, das ist es, das wirkliche Wissen! Das Wissen meines Vaters, deines Großvaters, das Erhabenste, was man erfahren kann.« Sie überlegte einen Moment, und Kamal beobachtete sie aus dem Augenwinkel heraus, lächelnd. Lebhaft wie zuvor, sprach sie weiter: »Wer kann denn so etwas tun – einen Lehrer geringschätzen! Heißt es nicht im Volksmund: ›Wer mich einen Buchstaben lehrt, des Diener ich werd‹?«

Kamal war zwar bereit, ihr das Argument des Vaters vorzutragen, mit dem der seinen Wunsch hauptsächlich abgewehrt hatte, doch wiederholte er es in einer Art, die auf die Unterstützung seiner Position abzielte. »Aber man sagt, daß ein Lehrer keine angesehene Stellung einnehmen kann.«

Die Mutter winkte verächtlich ab. »Ein Lehrer verdient durchaus reichlich, ist es nicht so? Für dich wird es genug sein. Ich werde Gott bitten, dir Gesundheit, ein langes Leben und viel gutes Wissen zu schenken. Dein Großvater hat immer gesagt: ›Wissen ist kostbarer als Geld.‹«

War es nicht seltsam, daß die Meinung der Mutter gescheiter als die des Vaters war? Aber nein, eine Meinung war es eigentlich nicht, eher ein gesundes Empfinden, das nicht wie beim Vater durch die rauhe Wirklichkeit verdorben worden war. Wahrscheinlich hatte ihre Unkenntnis von den Dingen dieser Welt ihre Gefühle vor Fäulnis bewahrt. Nur worin bestand schon der Wert von Gefühlen, selbst von erhabenen, wenn sie auf Unwissenheit beruhten? Ob vielleicht auch bei seinen Ansichten Unkenntnis eine Rolle spielte? Sich gegen diese Art Logik wehrend, begann er, mit sich selbst zu diskutieren. Du hast die Welt in den Büchern kennengelernt, ihr Gutes, aber auch ihr Schlechtes, und du ziehst aus vollem Glauben und mit ganzer Gewißheit das Gute vor. Ein spontanes, naives Gefühl kann durchaus mit einem klugen Urteil zusammengehen; einfaches Fühlen muß der Weisheit keinen Abbruch tun. Nein, da ist kein Zweifel, daß deine Meinung richtig und erhaben zugleich ist. Aber – weißt du wirklich, was du willst? Der Lehrerberuf ist es nicht. Eigentlich träumst du davon, ein Buch zu schreiben. Ja, das ist es. Und was für ein Buch? Keine Gedichte. Wenn sich im Tagebuch ein paar Verse fanden, dann war der Grund dafür Aida, die Angebetete, die Prosa zu Lyrik werden ließ. Ein wirklich dichterisches Fühlen war das nicht. Das Buch würde Prosa sein, ein gewaltiger Band, in Form und Umfang wie der Koran, und auch mit Fußnoten und Anmerkungen versehen. Doch worüber willst du schreiben? Steht nicht schon alles im Koran? Kein Grund zur Sorge, eines Tages wirst du dein Thema finden. Fürs erste reicht es, Umfang und Form zu wissen. Ist es nicht besser, mit einem Buch die Welt zu erschüttern als mit einer Beamtenstelle, vorausgesetzt, das gibt es überhaupt? Alle Menschen mit Bildung kennen Sokrates, doch wer kennt schon die Namen der Richter, die ihm den Prozeß gemacht haben?

5

»Guten Abend!«

Sie antwortet nicht. Ich habe es geahnt, auch wenn ich mir nicht sicher war. So fängt es immer an, das war früher nicht anders und wird sich auch künftig nicht ändern. Ah, jetzt dreht sie dir den Rücken zu. Sie geht von der Mauer weg … hin zur Wäscheleine … steckt die Klammern fest. Hat sie das nicht schon vorhin gemacht? Na klar, sie will sich bloß verstecken. Ich kriege es genau mit, verstehe alles. Zehn Jahre Erfahrung im Flirten ist nicht gerade wenig. Laß deine Augen den Anblick ihres Rückens genießen, bevor sich die hereinbrechende Dämmerung festsetzt und ihr Körper nur noch schemenhaft zu sehen ist. Sie ist dicker geworden, insgesamt ein wenig stärker. Das macht sie noch hübscher. Als junges Mädchen war sie wie eine Gazelle, dafür hatte sie aber auch nicht diesen schönen dicken Hintern. Doch halt, noch hat sie sich ein gut Teil jungfräulicher Anmut bewahrt. Wie alt kannst du jetzt sein, du kleines Biest? Deine Leute haben immer behauptet, du wärst so alt wie Chadiga, aber die war der Meinung, du würdest ihr etliche Jahre voraushaben. Vor ein paar Tagen hat mir Sitt Amina erklärt, du müßtest jetzt so an die Dreißig sein, und als Beleg hat sie ein paar alte Erinnerungen ausgekramt, so in der Art wie: »Als ich mit Chadiga schwanger ging, da war die Kleine schon fünf Jahre alt.« Aber was bedeutet das schon? Willst du etwa mit ihr bis ins hohe Alter zusammenleben? So hübsch, anziehend und appetitlich bleibt sie nicht lange. Ah, jetzt hat sie getan, als ob sie in Richtung der Straße blicken würde, doch in Wirklichkeit hat sie dich angeschaut. Hast du ihre Augen gesehen? Wie ein Huhn hat sie dich beobachtet. Nein, meine Süße, ich werde die Stellung nicht aufgeben.

Sieh dir den jungen Mann nur an, du weißt durchaus, wie gut er aussieht, wie stark er ist, wieviel Geld er hat. Ist er nicht besser als dieser Engländer?

»Bei euch antwortet man wohl nicht auf einen Gruß? Nicht mal kurz und knapp?«

Ah, wieder hat sie sich umgedreht. Aber war da nicht ein Lächeln? Also wirklich, wer bei ihr für die Schönheit gesorgt hat, der hat damit in hexenhaft betörender Weise übertrieben. Es stimmt, sie hat gelächelt. Der Weg ist frei für den nächsten Schritt, nun kann's ans Werk gehen. Sicher weiß sie noch von früher Bescheid über deine Manöver und Operationen. Die Zeit ist gekommen, für mich … für dich. Zum Glück gehörst du, meine Hübsche, nicht zu denen, die unter Schamhaftigkeit leiden. Brauchst nur an diesen Engländer, diesen Julian, zu denken. Und hier nun vor dir – ein edler Hengst, gerüstet zum Besteigen. Hörst du sein Wiehern?

»Ein Nachbar wird wohl bei euch nicht geehrt? Ein Gruß wäre doch zumindest Rechtens.«

Eine zarte, schwache Stimme drang an sein Ohr, klang wie aus weiter Ferne, da die Hübsche das Gesicht abgewendet hatte. »Nicht bei Ihnen, so wie Sie reden.«

Himmel, das Klopfen wurde erhört, die Türklinke gedrückt. Na klar, bevor du deinen Zucker bekommst, wird erst die Peitsche geschwungen. Halte stand, denk an den Ruf der Azhar-Studenten: »Haltet stand, haltet stand!«

»Wenn ich etwas getan haben sollte, das Sie verärgert hat, werde ich es mir mein Leben lang nicht verzeihen.«

»Das Dach von Umm Ali, der Hebamme, ist auf der gleichen Höhe wie unser und euer«, tönte es vorwurfsvoll. »Was würde wohl jemand denken, wenn er mich beim Wäscheaufhängen sieht, und Sie stehen in der Nähe?« Dann kam verschmitzt die Frage: »Oder wollen Sie mich ins Gerede bringen?«

Auf deinen guten Ruf bist du bedacht? Hat dich solche Vorsicht auch gekümmert, als du damals mit Julian verkehrt hast? Doch halt, die Schönheit deiner Augen und deines Hintern sind Vergebung genug für alle vergangene und künftige Schuld.

»Keinen Moment länger soll Gott mich leben lassen, wenn ich Ihnen etwas Schlechtes antun wollte. Ich hatte mich lediglich unter die Jasminranken gestellt, um darauf zu warten, daß die Sonne verschwindet, und an die Mauer bin ich erst herangetreten, als ich mir sicher war, daß Umm Alis Dach leer ist.« Laut hörbar seufzte er auf. »Zur Entschuldigung kann ich sagen, daß ich immer aufs Dach steige, wenn ich allein sein möchte. Als ich jetzt hier oben stand, hat mich einfach die Freude übermannt. Wie auch immer, der Herrgott wird uns schützen.«

»Komisch, was strengen Sie sich so an?«

Eine echte Frage war das wohl nicht; Frauen fragen immer nach Dingen, die sie schon wissen. Was soll's, immerhin redet sie mit dir, und da kannst du froh drüber sein. »Ich hatte so bei mir gedacht: Die junge Dame zu grüßen und vielleicht wiedergegrüßt zu werden würde kostbarer sein als Gesundheit und Wohlergehen.«

Sie drehte sich zu ihm um, und im Zwielicht ließ eine heftige Bewegung des Kopfs erkennen, daß sie das Lachen unterdrückte. »Ihre Zunge ist länger, als Sie groß sind. Was steckt wohl hinter all diesen Worten?«

»Was soll dahinterstecken? Sind Sie nicht schon einmal an die Mauer herangetreten? Ich will Ihnen etwas erzählen. Als ich vor ein paar Tagen aus dem Haus ging, sah ich etwas über den Boden huschen, den Schatten einer Hand. Ich schaute auf, und da standen Sie, über die Mauer gebeugt – ein wunderschöner, unvergeßlicher Anblick.«

Flugs drehte sie sich zu ihm um, kam aber nicht näher. »Wie können Sie es wagen, nach oben zu sehen?« Die

Stimme war eine einzige Anklage. »Wenn Sie, wie Sie behaupten, ein anständiger Nachbar wären, dürften Sie Ihre Nachbarin nicht in dieser Weise verletzen. Ihr Geständnis und die Art, wie Sie sich jetzt benehmen, zeigen mir, daß Sie schlechte Absichten hegen.«

O ja, das tat er. Ging Herumhuren nicht immer mit schlechten Absichten zusammen? Das ist es doch, was du so liebst. Ach, die Weiber! Keine Stunde länger, und du willst es haben, erklärst sogar, du hättest ein Recht darauf. Und nach zwei Stunden, wenn ich mich aus dem Staub machen will, klebst du mir an den Fersen. Wie auch immer, wir werden eine Nacht süß wie Jasmin haben. »Gott ist mein Zeuge, von welch guter Absicht ich mich leiten ließ. Ich habe nur deshalb nach oben gesehen, weil ich meinen Augen nicht den Ort vorenthalten wollte, wo Sie weilen. Können Sie das nicht verstehen? Fühlen Sie es nicht nach? Wir sind schon lange Nachbarn, doch endlich will ich offen sprechen, auch wenn es ein wenig spät dafür ist.«

Als wollte sie sich über ihn lustig machen, sagte sie: »Aber bitte, reden Sie. Lassen Sie Ihrer langen Zunge freien Lauf, und schön laut, wenn's geht. Nur, was machen Sie, wenn Ihre Stiefmutter plötzlich aufs Dach kommt und Sie hier mit mir sieht?«

Weich mir nicht aus, du läufige Katze. Es wird mich wohl ein Wunder kosten, deinen Verstand zu zähmen. Fürchtest du wirklich die Frau meines Vaters? Oh, eine einzige Nacht in deinen Armen wiegt ein ganzes Leben auf. »Ich würde die Schritte hören, noch bevor hier oben jemand erscheint. Also lassen Sie uns weitermachen …«

»Wobei denn ›weitermachen‹?«

»Oh, es ist zu schön, um es beschreiben zu können.«

»Also ich finde das gar nicht. Vielleicht geht es nur Ihnen so?«

»Ja, vielleicht, obwohl es bedauerlich wäre. Es ist schon schlimm, wenn ein Herz zum anderen spricht und ohne Antwort bleibt. Ich kann mich noch gut erinnern, wie Sie früher immer zu uns ins Haus kamen, eine schöne Zeit, in der wir wie eine große Familie waren. Welch Schmerz erfaßt mich, wenn ich daran denke.«

Sie nickte mit dem Kopf und murmelte: »Ach, damals.«

Warum habe ich nur mit der Vergangenheit angefangen? Ein schwerer Fehler war das. Paß auf, daß dir der Kummer nicht deine ganze Mühe verdirbt. Streng dich an, alles zu vergessen und nur ans Heute zu denken.

»Als ich Sie unlängst wiedersah, da erschienen Sie mir schön und jung wie eine Blume, die selbst noch die Finsternis der Nacht mit ihrer Pracht leuchten läßt. Es war, als hätte ich Sie zum erstenmal gesehen. Sollte das, habe ich mich gefragt, unsere Nachbarin Marjam sein, die, die immer mit Chadiga und Aischa gespielt hat? O nein, bestimmt nicht, sagte ich mir, denn dieses junge Mädchen dort ist von vollendeter Schönheit. Alles, die ganze Welt, schien mir auf einmal verändert zu sein.«

»Damals, da ließen Sie Ihren Augen nicht solch freien Lauf. Da verhielten Sie sich, wie es sich für einen Nachbarn geziemt«, spöttelte sie. »Aber ach, was ist schon übriggeblieben von jener Zeit? Alles hat sich verändert. Wir sind uns fremd geworden, als hätten wir nie ein Wort miteinander getauscht, als wären wir nicht wie in einer einzigen Familie zusammen aufgewachsen. Es ist Ihre Familie, die es so gewollt hat.«

»Ach, lassen wir das, belasten Sie mich nicht mit noch mehr Sorgen.«

»Heutzutage lassen Sie den Blick schweifen, vom Fenster aus, von der Straße. Sie wagen es sogar, hier auf dem Dach zu erscheinen.«

Du hättest doch weggehen können, was hätte dich daran gehindert, wenn du es wirklich wolltest? O Licht in der Finsternis, deine Lügen sind süßer als Honig.

»Oh, da gibt es noch mehr, was ich tue. Ich beobachte Sie auch, wenn Sie es gar nicht vermuten, und in meiner Vorstellung sehe ich Sie öfter, als Sie es sich ausmalen können. Jedenfalls sage ich mir, und ich bin mir dessen völlig bewußt: ›Entweder ihr nahe sein oder sterben!‹«

Das unterdrückte Kichern ließ sein Herz freudig erschauern. Doch da fragte sie schon: »Woher nehmen Sie solche Sätze?«

Er wies auf seine Brust. »Aus meinem Herzen.«

Sie strich mit dem Fuß über den Boden, als sollte das Schlurfen ihres Pantoffels den nahenden Aufbruch ankündigen. Doch sie blieb, wo sie war. »Wenn schon vom Herzen die Rede ist«, erklärte sie, »ist es besser, ich gehe.«

»Aber nein«, rief er stürmisch, und da er merkte, daß er viel zu laut war, dämpfte er seine Stimme. »Sie müssen kommen, zu mir kommen, jetzt gleich und für immer.« Gewitzt fügte er hinzu: »Nehmen Sie mein Herz. Es gehört Ihnen mit allem, was darin ist.«

»Gehen Sie nicht zu verschwenderisch mit sich um«, mahnte sie belustigt. »Das wäre wirklich eine Sünde, wenn ich Ihnen Ihr Herz ausreißen würde.«

Willst du mich nicht verstehen? Ich ziele auf das Biest in dir ab, das ich liebe. So einfältig bist du nicht, erinnere dich nur an Julian. Komm her, du Bild eines Urweibs. Ich fürchte, vor lauter Feuer wie eine Fackel die Finsternis zu erleuchten.

»Mit größtem Vergnügen schenke ich Ihnen mein Herz, mit allem, was darin ist. Es wäre das höchste Glück, wenn Sie es nehmen. Ihnen, nur Ihnen soll es gehören.«

»Sie Schlauberger«, erklärte sie lachend. »Sie wollen nicht geben, sie wollen nehmen!«

Guck mal an, wo hast du so geschickt reden gelernt?

Das hat damals nicht einmal Zanuba fertiggebracht. Verflucht soll die Welt sein, wenn ich ohne dich leben müßte. »Ich möchte, daß Sie mir genauso gehören wie ich Ihnen. Was sollte daran unrecht sein?«

Schweigen. Die Blicke der beiden kreuzten sich.

»Vielleicht fragen sich die anderen schon, wo Sie so lange bleiben?« sagte sie schließlich.

»Es gibt niemanden, der sich um mich kümmert«, lautete seine mitleidheischende, duchtriebene Antwort.

Bei diesen Worten wechselte ihr Tonfall, sie wurde ernst. »Wie geht es Ihrem Sohn? Ist er noch immer bei seinem Großvater?«

Was sollte das nun wieder bedeuten? »Ja, er ist noch dort.«

»Wie alt ist er jetzt?«

»Fünf.«

»Und was ist mit seiner Mutter?«

»Entweder ist sie schon wieder verheiratet, oder sie steht kurz vor der Eheschließung.«

»Ach, wie schade. Warum haben Sie sie nicht wieder zurückgeholt, schon wegen Radwan?«

Du kleines Biest! Mal sehen, worauf du hinauswillst. »Würden Sie sich das wirklich wünschen?«

Sie lachte leise. »Glücklich ist der, der zwei Seelen auf ehrbare Weise zusammenbringt.«

Nicht auch auf unehrbare Weise?

»Ich sehe nicht in die Vergangenheit zurück.«

Ein seltsames Schweigen setzte ein, als hinge ein jeder seinen Gedanken nach. Schließlich sagte sie, weich und warnend zugleich: »Wehe, Sie versuchen noch einmal, mir auf dem Dach zu begegnen.«

»Ihr Wille geschehe«, antwortete er und fuhr kühn fort: »Das Dach ist kein besonders sicherer Ort. Wissen Sie, daß ich ein Haus in Kasr asch-Schauk besitze?«

»Ein eigenes Haus!« rief sie ungläubig. »Herzlichen Glückwunsch, Herr Hausbesitzer.«

»Schätzen Sie mal, worüber ich nachdenke.«

»Das interessiert mich nicht.«

Schweigen. Dunkelheit. Zwei Menschen allein. Wahnsinn, wie mich das Dunkel erregt.

»Da sind die beiden Dachmauern, eng aneinandergefügt. Woran denken Sie, wenn Sie die sehen?«

»An nichts.«

»Ich denke an zwei Liebende, die sich umschlingen.«

»So etwas will ich nicht hören.«

»Wenn sie so dicht beieinander sind, kann sie nichts trennen.«

»He!« entfuhr es ihr kurz, doch voll der schönsten Verheißungen.

»Mir ist, als riefen die Mauern: ›Steig über uns rüber!‹« erklärte er lachend.

Sie trat zwei Schritte zurück, stieß mit dem Rücken an die Wäsche. Vorwurfsvoll flüsterte sie: »Ich erlaube das nicht.«

»Was – ›das‹?«

»Das zu sagen.«

»Auch ›das‹ zu tun?«

»Ich gehe, weil ich böse auf Sie bin.«

O nein, bei deinem Leben, das mir so teuer ist – tu das nicht! Meinst du wirklich, was du sagst? Entweder bin ich dümmer, als ich dachte, oder du bist raffinierter, als ich mir vorstellen konnte. Warum hast du mit Radwan und seiner Mutter angefangen? Sollte das ein Hinweis aufs Heiraten sein? Wie sehr begehre ich dich? Bis zum Verrücktwerden.

»Oh, was stehe ich hier noch herum?« wunderte sich Marjam plötzlich laut. Sie drehte sich um, beugte den Kopf, um unter der Wäsche hindurchzukriechen.

»Gehen Sie ohne jeden Gruß?« rief er ihr traurig hinterher.

Sie reckte den Kopf über die Wäscheleine und zitierte aus dem Koran: »›Ihr sollt die Häuser betreten durch ihre Türen‹, das ist mein Gruß.« Flink lief sie zur Tür, und gleich darauf war sie verschwunden.

Jasin ging in den Salon hinunter und entschuldigte seine lange Abwesenheit gegenüber Sitt Amina damit, daß es drinnen zu warm wäre. Dann trat er in sein Zimmer, um sich umzuziehen.

Kamal, der den Bruder verwirrt und nachdenklich beobachtet hatte, sah zu seiner Mutter hinüber. Sie machte einen ruhigen, sorglosen Eindruck, trank den letzten Schluck Kaffee aus und machte sich daran, den Grund zu studieren. Wie wäre ihr wohl zumute, so überlegte er, wenn sie wüßte, was sich oben auf dem Dach abgespielt hat. Ihn selbst hatte die Unruhe nicht mehr losgelassen, seit er, neugierig wegen Jasins Fortbleiben, dem Bruder gefolgt war und zufällig miterlebte, wie der und Marjam sich leise unterhielten. Jasin wagte, das zu tun. Bedeutete ihm das Gedenken an Fahmi so wenig? Er konnte es nicht glauben. Jasin hatte doch Fahmi aufrichtig geliebt? Er hatte um ihn unendlich getrauert. Nein, an dessen ehrlichen Gefühlen bestand kein Zweifel. Na, was schon, passierten solche »Vorkommnisse« nicht öfter? Überhaupt, warum brachten immer alle Marjam mit Fahmi in Verbindung? Fahmi hatte unmittelbar nach dem Vorfall mit Julian davon erfahren, und dann war lange Zeit vergangen, und Fahmi schien sie völlig vergessen zu haben, offensichtlich weil er Wichtigeres und Bedeutenderes zu tun hatte. Marjam verdiente nichts anderes, nie war sie seines Bruders würdig gewesen. Trotzdem setzte ihm hartnäckig die Frage zu, ob man eine Liebe vergessen konnte. Wahre Liebe blieb immer im Gedächtnis, das war Kamals fester Glaube.

Aber woher sollte er wissen, ob Fahmis Empfindung für Marjam das war, was er unter Liebe verstand, was er fühlte. Vielleicht war da nur eine starke Begierde gewesen, so wie jetzt bei Jasin? Oder wie bei ihm selbst, damals, als er noch ein kleiner Junge war und die gleiche Marjam mit ihm plänkelte und durch seine Träume geisterte? Ja, auch das war geschehen, und er hatte zweifach gelitten – wegen des schmerzlichen Verlangens und wegen der bitteren Reue. Beide Gefühle waren gleich stark gewesen, und nur die Heirat von Marjam und ihr Weggehen von zu Hause hatten ihn von dem Übel befreit. Was er jetzt gern wüßte, war, ob Jasin nun auch den Schmerz des Verlangens und der Reue empfand, und wenn ja, wie sehr ihm der zusetzte. Gleichgültig, was er über Jasins tierische Dumpfheit und dessen mangelnde Begeisterung für höhere Ideale dachte, konnte er sich nicht vorstellen, daß die Situation für den Bruder leicht war. Doch bei aller toleranten Haltung war Kamal verärgert und unwillig, wie es von einem Menschen, an dessen Ideale nichts in der Welt heranreichte, zu erwarten war.

Jasin kam aus dem Zimmer, fein angezogen und prächtig herausgeputzt. Er grüßte die beiden und machte sich auf den Weg.

Gleich darauf war an der Tür ein Klopfen zu hören. Da Kamal wußte, wer das war, genügte der kurze Zuruf einzutreten. Herein kam ein Bursche in Kamals Alter. Er war nicht sehr groß, sah gut aus und trug über dem Gilbab ein Jackett. Nachdem er Amina die Hand geküßt hatte, begrüßte er Kamal und setzte sich zu ihm. Obwohl er sich übermäßig höflich benahm, bewegte er sich mit einer Vertraulichkeit, als gehörte er zur Familie. Ja, Amina verwickelte ihn sogar in ein Gespräch, sprach ihn ganz einfach mit »Fuad« an, fragte nach der Gesundheit des Vaters und der Mutter. Dankbar für die herzliche Aufnahme antwortete er ihr voller Freude. Kamal ließ die beiden allein, um sich in seinem Zimmer ein Jackett überzuziehen. Dann kehrte er zurück und verließ mit Fuad das Haus.

6

Seite an Seite liefen sie in Richtung der Karmaz-Gasse. Die Nahhasin-Straße wollten sie meiden, um nicht am Geschäft mit den beiden Vätern vorbeizukommen. Der hoch aufgeschossene Kamal und der kleingewachsene Fuad boten einen Anblick, der mit seiner Gegensätzlichkeit viele Blicke auf sich lenkte.

»Wohin willst du heute abend gehen?« fragte Fuad ruhig, worauf Kamal erwiderte: »Zu Achmed Abduhs Kaffeehaus.«

Gewöhnlich war es immer Kamal, der die Entscheidungen traf, und Fuad willigte ein, obwohl er doch eigentlich vernünftiger und ausgeglichener war und Kamal mit seinen ausgefallenen Ideen auf den Freund bisweilen belustigend wirkte. Zum Beispiel schlug Kamal des öfteren vor, auf den Mukattamfelsen zu steigen, zur Zitadelle oder zum Zeltmarkt zu gehen, um, wie er es nannte, den Blick über die Spuren der Geschichte und die Wunder der Gegenwart schweifen zu lassen. Tatsache war, daß die Beziehung der beiden Freunde vom Unterschied in der sozialen Stellung nicht unbeeinflußt blieb, denn immerhin war Kamal der Sohn des Geschäftsinhabers und Fuad nur der Sohn des Angestellten. Zur Verinnerlichung dieses Unterschieds hatte beigetragen, daß Fuad von Kindheit an daran gewöhnt war, für den Haushalt der Familie Abd al-Gawwad Besorgungen zu verrichten, was durch die fürsorgliche Behandlung Sitt Aminas zum Genuß wurde, geizte sie doch nie mit Leckerbissen. Oft genug kam er zufällig gerade zu den Mahlzeiten ins Haus. Sie versorgte ihn auch mit guten Kleidungsstücken, die Kamal nicht mehr gebrauchen konnte. Von Beginn an war das Verhältnis der beiden Jungen davon geprägt, daß Kamal der Anführer und Fuad der Unterstellte war. Auch nachdem sie sich angefreundet hatten, blieb im Innern die psychische Verankerung des sozialen Unterschieds bestehen. Ihr häufiger Umgang hatte sich daraus ergeben, daß Kamal während der Sommerferien keinen anderen Gefährten fand als Fuad al-Hamzawi. Die einstigen Spielkameraden aus dem Viertel besuchten die Schule nicht bis zum Ende; einige bekleideten schon eine Stellung nach der Grundschule oder der mittleren Reife; andere waren gezwungen, sich in niederen Beschäftigungen zu verdingen. So diente beispielsweise ein ehemaliger Mitschüler als Gehilfe im Kaffeehaus von Baina l-Kasrain und ein anderer in der Bügelstube in Chan Djafar. Beide waren schon mit Kamal zur Koranschule gegangen, und wenn man sich später zufällig begegnete, grüßte man sich wie alte Kameraden; die beiden ersteren immer mit dem Respekt, der einem Wissensdurstigen zukam, und Kamal immer mit der Freundlichkeit, die seinem von Natur aus einfachen, bescheidenen Wesen eigen war. Was aber seine neuen Freunde – die aus Abbasija – betraf, also Hassan Salim, Ismail Latif und Hussain Schaddad, so verbrachten sie ihre Ferien immer in Alexandria oder Ras al-Barr. Da blieb dann nur noch Fuad.

Nach wenigen Minuten hatten die beiden das Kaffeehaus erreicht und stiegen hinunter in das seltsame Erdreich, die Höhle unter Chan al-Chalili. Sie steuerten eine freie Sitzecke an, und kaum hatten sie einander gegenüber Platz genommen, da murmelte Fuad ein wenig verschämt: »Ich hatte gedacht, du würdest heute ins Kino wollen.«

Offensichtlich war das sein Wunsch gewesen, und wahrscheinlich hatte er sich den Kinobesuch schon auf dem Hinweg zu Kamals Haus ausgemalt, dann aber doch geschwiegen. Nicht nur, daß er Kamal von einem einmal gefaßten Entschluß nicht abbringen konnte, sondern Kamal war es, der das Kino bezahlte, wenn sie zusammen hingingen. Deshalb hatte Fuad nicht den Mut gefunden, seinen Wunsch vorsichtig anzudeuten. Erst jetzt, als sie im Kaffeehaus saßen, hoffte er, daß seine Bemerkung als unschuldiger, flüchtiger Einfall verstanden würde.

»Nächsten Donnerstag gehen wir in den Ägyptischen Klub, da gibt es einen Charlie-Chaplin-Film. Jetzt spielen wir lieber Domino.« Sie nahmen die Tarbuschs ab, legten sie auf den dritten, freien Stuhl, und Kamal rief den Kellner und bestellte grünen Tee und ein Domino-Spiel.

Das ins Erdreich gegrabene Kaffeehaus glich dem Wanst eines ausgestorbenen Tiers, von dem nur noch, bedeckt vom Geröll der Geschichte, der riesige, sich an die Erddecke stemmende Kopf herausragte. Der Eingang – ein riesiges aufgesperrtes Maul, die lange Treppe – scharfe, reißende Zähne. Die Mitte des Kaffeehauses bildete eine große freie Fläche, viereckig geformt, gepflastert mit Keramikfliesen aus al-Masara, und ein Springbrunnen ließ sein Wasser über Töpfe mit Nelken sprudeln. Rundum standen Sofas, die mit brokatbestickten Decken und Kissen belegt waren. In die Wände waren dicht an dicht kleine Nischen eingelassen, jede wie eine Grotte, ohne Fenster und Tür, und nur mit einem Holztisch und vier Stühlen möbliert. In der Rückwand stand hoch oben in einer Vertiefung eine kleine Lampe, die ständig, tags und nachts, brannte. Die Atmosphäre im Kaffeehaus schien von seinem eigenartigen Bau geprägt zu sein. Schläfrige Ruhe herrschte hier, was ansonsten ungewöhnlich war; es war schummrig, feucht und kühl. Die Gäste saßen grüppchenweise zusammen, entweder in einer Nische oder auf einem der Sofas, rauchten Wasserpfeife, schlürften Tee und überließen sich Plaudereien, so daß ein ständiges schwaches Gesumme herrschte, nur hier und da von einem Husten und Lachen oder dem Gluckern der Pfeife unterbrochen.

Nach Kamals Meinung war das Kaffeehaus von Achmed Abduh der beste Ort zum Träumen und um auf neue Gedanken zu kommen. Fuad hingegen hatte sich zwar anfangs von dessen eigenartiger Atmosphäre einfangen lassen, doch dann fand er, daß einem dort schwermütig wurde und die Luft viel zu feucht und abgestanden war. Trotzdem blieb ihm nichts anderes übrig, als Kamals Einladung, wann immer der wollte, zu folgen.

»Erinnerst du dich, wie dein Bruder, Si Jasin, uns einmal hier entdeckt hat?«

»O ja«, erwiderte Kamal lächelnd. »Und wenn er auch ein toleranter und netter Mensch ist und nie den großen Bruder herauskehrt, habe ich ihn damals trotzdem gebeten, zu Hause nichts davon zu erzählen, und zwar nicht aus Furcht vor meinem Vater – bei dem es ohnehin niemand wagt, eine solche Geschichte vorzubringen –, sondern aus der Sorge heraus, meine Mutter nicht zu beunruhigen. Stell dir bloß vor, wie sie beim Gedanken, daß wir in diesem oder einem anderen Kaffeehaus herumsitzen, in Angst geriete. Für sie sind die meisten, die so etwas tun, Haschischraucher oder Strolche.«

»Und sie weiß nicht, daß Si Jasin häufig in Kaffeehäuser geht?«

»Wenn ich ihr das erzählen würde, bekäme ich nur als Antwort, daß man sich um Jasin keine Sorgen machen müsse, weil er ›groß‹ sei. Für sie bin ich eben noch ›klein‹, und dafür wird man mich zu Hause auch so lange halten, bis ich graue Haare habe.«

Der Kellner kam, legte das Domino-Spiel auf den Tisch, nahm die zwei Gläser Tee vom glänzenden Messingtablett herunter und ging. Kamal griff nach dem Glas und wollte trinken, obwohl der Tee noch nicht abgekühlt war. Er pustete ein wenig, nahm einen Schluck, pustete wieder und biß sich jedesmal auf die Lippen, wenn er sich verbrüht hatte, was ihn allerdings nicht davon abhielt, es immer wieder mit hartnäckigem Eifer zu versuchen, als hätte man ihn dazu verurteilt, das Glas in ein oder zwei Minuten zu leeren. Fuad sah ihm schweigend zu, ließ den Blick auch mal schweifen, und wie er sich da so gelassen nach hinten lehnte, wirkte er gesetzter, als man es in diesem Alter erwarten konnte. Der Blick seiner großen schönen Augen war ruhig und in sich gekehrt. Fuad hatte noch nicht nach dem Glas gegriffen, als Kamals Kampf mit dem heißen Tee bereits überstanden war. Erst da begann er bedächtig zu trinken, den Geschmack auskostend, den Duft genießend, und bei jedem Schluck murmelte er: »Großer Gott, ist das gut.«

Kamal hingegen, am Ende seiner Geduld angelangt, trieb ihn an, schneller zu trinken, um endlich mit dem Spiel zu beginnen. Warnend erklärte er: »Heute schlage ich dich in die Flucht, du kannst nicht immer Glück haben.«

Fuad schmunzelte. »Wir werden sehen.«

Das Spiel fing an.

Kamal stürzte sich hingebungsvoll hinein, mit einer hektischen Betriebsamkeit, als ginge es um einen Kampf, von dem sein Leben oder seine Ehre abhingen. Fuad brachte indes seine Steine ruhig und geschickt ins Spiel, immer mit einem leichten Lächeln auf den Lippen, gleichgültig, ob das Glück sich ihm zuwandte oder ihm den Rücken kehrte, Kamal frohlockte oder die Stirn runzelte. Schon bald geriet Kamal, wie es fast immer geschah, aus der Fassung und rief: »Was für eine blöde Runde, du hast einfach nur Glück.« Fuad reagierte einzig mit einem höflichen Lächeln, das weder Mißmut hervorrufen noch herausfordernd wirken konnte. Berstend vor Wut, sagte sich Kamal ein ums andere Mal, daß Fuad einfach mehr Glück hatte. Er verfügte nicht über jenes Maß an Großzügigkeit, das für jedes Spiel und jegliche Vergnügung notwendig war. Unterschiedslos zeigte er in der Freizeit den gleichen Eifer und die gleiche Besessenheit wie bei seinen ernsthaften Vorhaben. Fuad hingegen war bereits in der Schule besser als er gewesen. Er war immer der Erste, Kamal gehörte nur zu den fünf besten Schülern. Ob nicht auch da das Glück eine Rolle gespielt hatte? Wie anders hätte sich Kamal den Erfolg eines Jungen erklären können, dem er sich innerlich überlegen fühlte – eine Gewißheit, aus der er gleichermaßen auch höhere geistige Fähigkeiten ableitete. Es mangelte ihm nicht an Erklärungen, um Fuads ausgezeichnete Leistungen herabzuwürdigen; er hatte ständig nur für die Schule gelernt, obwohl er doch, wenn er so großartig war, wie alle behaupteten, sich durchaus ein wenig Müßiggang hätte gönnen können; vor sportlichen Übungen drückte er sich, während er, Kamal, in mehreren Disziplinen hervorragend gewesen war; Fuads Lektüre war immer nur auf Schulbücher beschränkt gewesen, und wenn er ihn in den Ferien mal mit einem anderen Buch sah, dann war das garantiert eins, das er für das spätere Studium gebrauchen konnte. Er hingegen, Kamal, kannte keinerlei Grenze bei dem, was er las, und ließ sich auch nicht von Nützlichkeit lenken. Was sollte also verwunderlich daran sein, daß der andere ihm in der schulischen Rangfolge vorausgegangen war? Bei allem Groll auf Fuad blieb die Freundschaft zwischen beiden beständig. Kamal mochte ihn, fand seine Begleitung unterhaltsam und vergnüglich, so daß er sogar, zumindest innerlich, bereit war, ihm gewisse Vorzüge und Verdienste anzuerkennen.

Das Spiel ging weiter, und die erste Partie endete anders, als es sich zu Beginn angekündigt hatte: Kamal gewann. Da strahlte sein Gesicht, er lachte laut und fragte begierig: »Noch eine Runde?«

»Für heute reicht es«, meinte Fuad lächelnd, vielleicht weil ihn das Spiel langweilte, vielleicht aber auch, weil er fürchtete, die nächste Runde könnte Kamal eine Enttäuschung bringen und seine Freude würde in Mißmut umschlagen.

Erstaunt schüttelte Kamal den Kopf. »Du hast kaltes Blut wie ein Fisch.« Sich mit Daumen und Zeigefinger die Nasenspitze reibend, nörgelte er weiter herum. »Ich muß mich wirklich über dich wundern. Wenn du besiegt wirst, willst du keine Revanche nehmen. Du liebst Saad, aber du drückst dich vor der Demonstration, mit der man ihn als Ministerpräsidenten feierte. Du verlierst dich in Lobpreisungen von al-Hussain, aber zuckst mit keiner Wimper, wenn der Beweis erbracht wird, daß sein Leichnam sich nicht im Grabmal befindet. Wirklich, ich kann mich über dich nur wundern.«

Wie sehr haßte Kamal diese Kälte. Was man gemeinhin »Vernunft« nannte, konnte er nicht ertragen, mehr noch, er schien geradezu besessen auf Verrücktheit zu sein. Eines Tages hatte man ihnen in der Schule erklärt: »Das Grabmal von al-Hussain ist ein Symbol und nichts anderes.« Auf dem Heimweg hatte Fuad den Satz des Lehrers für islamische Geschichte laut wiederholt, und er, Kamal, fragte sich gequält, wo denn der Freund bloß die Kraft hernahm, diese schreckliche Nachricht mit einer Gleichgültigkeit zu ertragen, als ginge es ihn nichts an. Er selbst konnte nicht überlegen, keinen einzigen klaren Gedanken fassen – wie denn, wenn im Innern alles in Aufruhr geraten war? Der Stoß, mitten ins Herz gedrungen, ließ ihn vor lauter Entsetzen taumeln. Er weinte wegen der Vision, deren Quelle zu versiegen drohte; er vergoß Tränen wegen des Traums, der sich in nichts auflöste. Al-Hussain sollte nicht mehr ihr Nachbar sein, schlimmer noch, er sollte noch nie, keinen einzigen Tag ihr Nachbar gewesen sein? Wohin waren die Küsse entschwunden, die er voller Inbrunst und Aufrichtigkeit auf die Tür des Grabmals gedrückt hatte? Wo sollte er nun das stolze Wissen lassen, nahe bei al-Hussain zu leben, wo den Dünkel über solch heilige Nachbarschaft? Nichts blieb mehr von alledem, nur ein Symbol existierte in der Moschee, was trostlose Verlassenheit und Enttäuschung mit sich brachte. In jener Nacht war sein Kopfkissen von Tränen getränkt – alles wegen einer seelischen Erschütterung, die bei seinem vernunftbegabten Freund sich nur andeutungsweise dadurch zeigte, daß seine Zunge den einen, entsetzlichen Satz des Geschichtslehrers immer wieder hersagte. Was gab es Abscheulicheres als solche »Vernunft«.

»Hast du deinem Vater schon gesagt, daß du zum Lehrerinstitut willst?«

»Ja.« Kurz und hart fiel das Wort, und das nicht nur aus Ärger über die Gefühlskälte des Freunds, sondern weil ihn wieder Schmerz darüber erfaßte, sich dem Vater bei diesem Gespräch entgegengestellt zu haben.

»Und was hat er gesagt?«

Im Gefühl, sich ein wenig Luft schaffen zu können, wenn er Fuad wenigstens indirekt angriff, erklärte er: »Ein Jammer ist das. Mein Vater ist wie die meisten Menschen auf verlogene Äußerlichkeiten aus – eine hohe Stellung, Staatsanwalt, Richter, das ist alles, was ihn interessiert. Ich wußte nicht, wie ich ihn von der Erhabenheit des Gedankens, der höheren Werte, die es einzig wert sind, in diesem Leben gesucht zu werden, überzeugen sollte. Was soll's, immerhin hat er mir die freie Wahl überlassen.«

Fuad begann, mit einem der Dominosteine zu spielen. Behutsam und einfühlsam sagte er: »Sicher gibt es höhere

Werte, doch kannst du mir sagen, wo sich hier eine Möglichkeit findet, sie in den ihnen gebührenden Rang zu heben?«

»Ich kann doch hehre Prinzipien nicht einfach nur deshalb aufgeben, weil die Menschen, die mit mir leben, nicht an sie glauben?«

»Eine bewunderungswürdige Haltung«, meinte Fuad beschwichtigend. »Aber wäre es nicht besser, du würdest deine Zukunft in einem etwas realistischeren Licht sehen?«

Verächtlich hielt ihm Kamal entgegen: »Hätte unser Führer, Saad Pascha, auf solche Ratschläge gehört, meinst du, daß er dann ernstlich daran gedacht hätte, zum Sitz des Protektorats zu gehen und die Unabhängigkeit zu fordern?«

Ein Lächeln schlich sich auf Fuads Lippen, als fände er Kamals Argumentation zwar ehrbar, doch als generelle Lebenshaltung wenig tauglich. »Schreib dich bei den Juristen ein«, riet er. »Dann ist dir eine anständige Arbeit sicher, und du kannst dich nebenbei mit Kultur so viel beschäftigen, wie du willst.«

»O nein, Gott hat keinem Mann zwei Herzen in sein Inneres gepflanzt«, protestierte Kamal mit einem Vers aus dem Koran. »Und ich muß auch Widerspruch anmelden, wenn du das Jurastudium in unmittelbaren Zusammenhang mit anständiger Arbeit bringst – als gehörte das Unterrichten nicht dazu.«

Um mit allem Nachdruck diesen Verdacht von sich zu weisen, erklärte Fuad eiligst: »Das habe ich nicht gemeint. Wer könnte behaupten, daß die Aufgabe, Wissen weiterzugeben, keine ehrbare Tätigkeit ist? Ich habe vielleicht nur unbewußt wiederholt, was alle sagen, denn die Leute, du hast selbst ähnliches gesagt, lassen sich nun mal vom Glanz der Macht und des persönlichen Einflusses blenden.«

Kamal zuckte verächtlich mit den Schultern. »Ein dem

Denken gewidmetes Leben ist das Höchste, was zu erreichen ist«, beharrte er.

Ein zustimmendes Nicken, und dann flüchtete sich Fuad ins Schweigen. Erst auf die Frage Kamals, warum er sich für das Jurastudium entschieden hätte, begann er wieder, nach kurzem Nachdenken, zu sprechen. »Mich hat es nie in dem Maß wie bei dir nach geistiger Aufklärung verlangt. Ich habe nur unter dem Gesichtspunkt der Zukunft entschieden, welches Hochschulstudium am besten ist, und so habe ich eben Jura gewählt.«

War das etwa nicht die Stimme berechnender Vernunft? Aber sicher. Wie ihn das wütend machte, wie es ihn empörte! War es nicht ungerecht, einen ganzen Sommer lang in dieses Viertel eingesperrt zu sein und keinen anderen Kameraden als diesen ach so vernünftigen Menschen zu haben? Es gab ein Leben, das dem in diesem alten Viertel völlig entgegengesetzt war; es gab Gefährten, die sich von Fuad grundlegend unterschieden, und nach diesem anderen Leben und den anderen Gefährten verlangte es seine Seele. Er fühlte Sehnsucht nach Abbasija, nach den völlig andersgearteten Altersgenossen, vor allem aber nach der erlesenen Eleganz, dem Pariser Tonfall, dem einzigartigen Traum … nach seiner Angebeteten. Es drängte ihn, zu Hause zu sein, allein in seinem Zimmer, wo er das Tagebuch hervorholen, nachblättern, in Erinnerungen schwelgen und seine Gefühlswallungen festhalten konnte. Warum saß er hier noch herum, war es nicht höchste Zeit, zu gehen?

»Ich habe ein paar Leute getroffen, die nach dir gefragt haben.«

»Wen?« fragte Kamal, nur mühsam aus dem Strom leidenschaftlicher Erregung auftauchend.

Fuad lachte. »Kamar und Nargis.«

Kamar und Nargis waren die Töchter von Abu Sari, dem Besitzer der Rösterei … Der Karmaz-Tunnel, die dunklen Gassen nach Sonnenuntergang, Spiele von naiver Sinnlichkeit oder körperlicher Unbefangenheit, fiebrige Pubertät.

Erinnerte er sich etwa nicht mehr? Weshalb verzogen sich die Lippen voller Ekel? Lag das auch alles schon relativ lange zurück, jedenfalls vor dem Hereinbrechen des heiligen Geists, so stiegen in Erinnerung jener Zeit noch immer Mißmut, Schmerz und Verlegenheit in ihm auf, ganz wie es einem Herzen ergehen mußte, das die reine Liebe in sich aufgesogen hatte.

»Wo hast du sie getroffen?«

»Im Gedränge des Fests zu al-Hussains Geburtstag. Ohne zu zögern und ohne verwirrt zu sein, bin ich einfach neben ihnen hergegangen, als gehörten wir alle zu einer Familie, die beim Fest herumzieht.«

»Ganz schön kühn.«

»Ich hatte sie gegrüßt, und sie haben den Gruß erwidert, und als wir dann ein Weilchen miteinander gesprochen haben, hat sich Kamar nach dir erkundigt.«

Kamal wurde ein bißchen rot im Gesicht. »Und dann?«

»Wir haben ausgemacht, daß ich dir Bescheid sage und wir uns alle einmal treffen.«

Kamal schüttelte ablehnend den Kopf und antwortete nur kurz und knapp mit einem »Auf keinen Fall«.

»Wieso nicht?« fragte Fuad überrascht. »Ich dachte, du freust dich, wenn wir uns im Tunnel oder auf dem Hof von dem verlassenen Haus treffen. Die beiden Mädchen haben sich ganz schön herausgemacht, nicht lange, und es sind richtige Frauen. Übrigens – Kamar hatte zwar die Milaja an, aber das Gesicht war frei. Aus Spaß habe ich gesagt, daß ich, wenn sie verschleiert gewesen wäre, es nicht gewagt hätte, sie anzusprechen.«

»Nein, auf gar keinen Fall«, lehnte Kamal nochmals hartnäckig ab.

»Aber warum?«

»Ich kann solchen Schmutz nicht mehr ertragen.« Die Schärfe, mit der er weitersprach, verriet, welch abgrundtiefen Schmerz er angesichts des Vorschlags verspürte. »Ich kann Gott nicht im Gebet begegnen, wenn meine Unterwäsche besudelt ist.«

»Du reinigst und wäschst dich doch vor dem Gebet.«

Angesichts solch einer hohlen Metapher konnte Kamal nur kopfschüttelnd antworten: »Wasser befreit einen nicht von Unreinheit.«

Es war der alte Konflikt. Von Gier und Unruhe getrieben, ging er zum Stelldichein mit Kamar. Kehrte er zurück, erlitt sein Gewissen Qualen, und sein Herz weinte. Am Ende des Gebets aber bat er Gott flehentlich um Verzeihung, doch wiederum schlich er hin, hilflos sich ausgeliefert, um abermals gepeinigt heimzukehren und erneut Gott um Vergebung zu bitten. Wie überreichlich war der Kelch in jenen Tagen von Begierde, Bitterkeit und Pein gefüllt. Aber dann brach das Licht hervor, und Liebe und Gebet waren wieder vereinbar. Warum auch nicht? Wenn die Liebe aus den Quellen des Glaubens strömte – war sie dann nicht lauter und rein?

»Ich habe Nargis nicht mehr gesehen«, meinte Fuad ziemlich bekümmert, »seit es ihr verboten wurde, im Viertel zu spielen.«

»Aber hat dir, als gläubigem Mensch, diese Beziehung nicht zugesetzt?« fragte Kamal neugierig.

Beschämt senkte Fuad den Blick. »Es gibt Dinge, gegen die man nicht ankommt.« Bemüht, seine Verlegenheit zu überspielen, fuhr er fort: »Du lehnst es tatsächlich ab, diese Gelegenheit zu nutzen?«

»Auf jeden Fall.«

»Einfach nur der Religion wegen?«

»Reicht das als Grund nicht aus?«

Fuads Gesicht verzog sich zu einem breiten Grinsen. »Du belastest dich wirklich mit unerträglichen Dingen.«

»So bin ich eben«, beharrte Kamal. »Ich sehe nicht ein, warum ich anders sein sollte.«

Sie blickten sich fest an, Kamal hart und herausfordernd, Fuad versöhnlich und mit einem Lächeln, glitzernd wie der Tanz glühender Sonnenstrahlen auf den Wellen des Wassers. Kamal nahm als erster das Gespräch wieder auf. »Für mich ist körperliche Begierde ein niederer Instinkt, und ich verabscheue den Gedanken, mich ihr auszuliefern. Vielleicht ist sie uns nur gegeben worden, damit wir des Gefühls mächtig werden, Widerstand zu leisten und uns zu Höherem aufzuschwingen, um so in den Rang wirklichen Menschseins aufzusteigen. Entweder schaffe ich es, ein Mensch zu sein, oder ich bin ein Tier.«

Fuad zögerte einen Moment, bevor er ruhig antwortete: »Ich glaube nicht, daß Begierde nur schlecht ist. Immerhin treibt sie den Menschen zum Heiraten, also dazu, Nachkommen in die Welt zu setzen.«

Kamals Herz machte einen heftigen Satz. Sollte das alles sein, was letzten Endes von der Ehe zu erwarten war? Wenn er auch diesen Fakt nicht gänzlich verkannte, so brachte es ihn doch in Verwirrung, wie die Menschen es schafften, Liebe und Ehe in Übereinstimmung zu bringen. Noch nie hatte er sich mit der Ehe beschäftigt, doch wenn für ihn, den Liebenden, sie aus mehr als einem Grund jenseits aller Hoffnungen lag, blieb sie dennoch ein Problem, das gelöst werden mußte. Er konnte sich nicht vorstellen, daß es eine glückliche Vereinigung zwischen ihm und der Angebeteten geben könnte, wenn es nicht bei ihr seelische Zuneigung und bei ihm Verehrung, ja Anbetung gäbe. Hatte das etwas mit Ehe zu tun?

»Die, die wirklich lieben, heiraten nicht.«

»Was hast du gesagt?« fragte Fuad überrascht.

Noch bevor die Frage fiel, begriff Kamal, daß seine Zunge ihn verraten hatte. Einen Moment lang sah er verlegen aus, doch dann versuchte er, sich an den letzten Satz Fuads, der vor seiner seltsamen Bemerkung gefallen war, zu erinnern. Nur mit Mühe, obwohl es noch nicht lange her war, fiel ihm ein, was Fuad über Ehe und Nachkommenschaft gesagt hatte. Entschlossen, seinen Fehler zu überspielen oder, so gut es irgend ging, zu korrigieren, erklärte er: »Die, die höhere Werte als das Leben lieben, heiraten nicht. Das habe ich sagen wollen.«

Fuad schmunzelte, und wahrscheinlich widerstand er nur schwer der Versuchung, laut loszulachen. Die tiefliegenden Augen verrieten ihn jedenfalls nicht. Er begnügte sich zu sagen: »Das sind alles sehr ernste Dinge, und sicher ist es viel zu früh, darüber zu sprechen. Verschieben wir das Gespräch auf die Zeit, wenn es soweit ist.«

Nachlässig, ja gleichmütig mit den Schultern zuckend, erwiderte Kamal: »Lassen wir es und warten ab.«

Ein Graben trennte sie beide. Trotzdem waren sie Freunde. Kamal konnte nicht leugnen, daß gerade diese Unterschiedlichkeit ihn zu Fuad hinzog, auch wenn ihn das Gespräch mit ihm immer wieder Überwindung kostete. War es nicht Zeit, nach Hause zu gehen? Allein sein, geheime Zwiesprache halten. In der Schublade des Schreibtischs ruhte das Tagebuch, der Gedanke daran wühlte ihn auf. Fühlte man sich abgehetzt, gequält von der Wirklichkeit, galt es, Zuflucht zu suchen in der Abgeschiedenheit.

»Es ist Zeit, laß uns gehen.«

7

Die Kutsche fuhr am Nilufer entlang, bis sie schließlich vor einem Hausboot in Höhe des ersten Drittels der Straße nach Imbaba stehenblieb. Herr Achmed Abd al-Gawwad stieg aus, gefolgt von Herrn Ali Abd ar-Rahim. Die Nacht war angebrochen, und die Welt versank in Dunkelheit. Nur hier und da blinkten vereinzelt Lichter von den Hausbooten, die auf beiden Seiten des Ufers, flußabwärts der Zamalek-Brücke, festgemacht hatten. Vom Ende der Straße her, wo ein Dorf lag, schimmerte schwache Helligkeit herüber, ähnlich einer Wolke, die, schon umgeben von grauschwarzem Himmel, noch das gleißende Strahlen der Sonne in sich birgt.

Herr Abd al-Gawwad kam zum erstenmal auf dieses Hausboot, obwohl Herr Mohammed Iffat es schon seit vier Jahren gepachtet hatte. Er nutzte es vor allem für Liebesabende, und von solchen Vergnügungen hatte sich Herr Abd al-Gawwad seit Fahmis Tod ferngehalten. Herr Ali Abd ar-Rahim ging voraus, um ihm den Steg zu zeigen, und als beide Männer an der Treppe standen, mahnte er: »Die Treppe ist schmal und hat hohe Stufen, und ein Geländer gibt es nicht. Leg deine Hand auf meine Schulter, und steig langsam hinunter.«

Beide Männer gingen vorsichtig weiter, begleitet vom Geplätscher der an Ufer und Bug aufschlagenden Wellen, eingehüllt in den Duft von Pflanzen, der sich mit dem Geruch des – durch die anfangs September übliche Überschwemmung – reichlich herangetragenen Schlamms vermischte. Herr Ali Abd ar-Rahim suchte an der Eingangstür nach dem Klingelknopf. »Das ist eine historische Nacht, für dich und für uns«, erklärte er. »Wir müssen ihr unbedingt einen passenden Namen geben, um sie feierlich zu begehen. Vielleicht ›Nacht der Rückkehr des Scheichs‹? Was meinst du?«

Herr Abd al-Gawwad verstärkte den Druck auf die Schulter des Freunds. »Ich bin kein Scheich. Dein Vater – das war einer.«

Der Freund lachte. »Du wirst gleich ein paar Gesichter wiedersehen, denen du seit fünf Jahren nicht begegnet bist.«

Er zögerte mit der Antwort. »Das heißt aber nicht, daß ich mich anders benehmen oder von meinen Prinzipien abweichen werde«, und nach einem kurzen Schweigen kam: »Obwohl ... vielleicht ...«

»Kannst du dir einen Hund vorstellen, der nicht an das Fleisch herangeht, wenn er in der Küche allein ist?«

»Hund, Hund ... dein Vater war einer, du Hundesohn.«

Die Glocke läutete, und schon nach einer halben Minute wurde die Tür geöffnet. Die Männer hatten einen alten Nubier vor sich. Er trat zur Seite, beide Hände zum Gruß an den Kopf gelegt. Sie gingen hinein, schritten auf eine Tür links zu, von der aus sie in einen kleinen Vorraum kamen. Eine Deckenlampe spendete Licht, und an den sich gegenüber befindenden Wänden war jeweils ein Spiegel aufgehängt. Unter jedem stand ein großer Ledersessel mit einem kleinen Tischchen. Dem Eingang gegenüber befand sich eine zweite Tür, und da sie nur angelehnt war, drang das Geplauder von Stimmen herüber, das Herrn Abd al-Gawwads Herz erbeben ließ. Ali Abd ar-Rahim stieß die Tür auf, und gleich nach ihm folgte auch Herr Abd al-Gawwad.

Kaum daß er über die Schwelle getreten war, sah er sich den anderen Männern gegenüber, die sich erhoben hatten. Beide eilten auf ihn zu, und alle waren so freudig erregt, daß die Gesichter das Maß an Glück beinahe nicht fassen konnten. Am schnellsten war Mohammed Iffat zu ihm geeilt, und als er ihn umarmte, sagte er: »Heute – heute erleuchtet uns der Mond.«

Dann trat Ibrahim Alfar an ihn heran. »Endlich hat mir die Zeit meinen Wunsch erfüllt«, erklärte er.

Die Männer gingen zur Seite, und da konnte er denn auch Galila, Zubaida und – zwei Schritte hinter ihnen – eine dritte Frau sehen. Er brauchte nicht lange, um sich zu erinnern, daß das Zanuba, die Lautenspielerin, sein mußte. Ah, die ganze Vergangenheit hatte sich hier versammelt. Er strahlte, wenn auch ein wenig verwirrt. Doch da lachte Galila schon laut los, breitete die Arme aus und zog ihn fest an sich. Mehr singend als sprechend, säuselte sie: »Wohin warst du, o Süßer, entschwunden?«

Er löste sich aus der Umarmung und sah, daß Zubaida zwar zur Begrüßung freudig lächelte, aber doch zauderte und abseits stehenblieb. Er streckte die Hände nach ihr aus, und als sie sie wärmstens drückte, verzog sie vorwurfsvoll die schön geschwungenen Brauen und sagte nicht ohne Spott: »Dreizehn Jahre warte ich schon …«

Da konnte er nicht anders, als aus vollster Brust zu lachen. Schließlich war da noch Zanuba. Sie hatte sich nicht von der Stelle gerührt. Ihr verschämtes Lächeln schien zu sagen, daß sie in der Vergangenheit nichts entdecken konnte, was sie berechtigte, sich nicht förmlich zu geben. Er reichte ihr die Hand und ermunterte sie freundlich mit den Worten: »Ein herzliches Willkommen, der Fürstin aller Lautenspielerinnen.«

Alle begaben sich wieder auf ihre Plätze, und Mohammed Iffat hakte sich bei Herrn Achmed unter, zog ihn mit sich und ließ ihn neben sich sitzen. Schmunzelnd fragte er: »Bist du nur zufällig hereingestolpert, oder hat dich die Leidenschaft übermannt?«

»Mich hat die Leidenschaft übermannt, und da bin ich zufällig hereingestolpert.«

Erst jetzt, da ihn der heiße Empfang und die Scherze der Freunde nicht mehr ablenkten, konnte er den Blick schweifen lassen und die neue Umgebung erkunden. Der Raum war von mittlerer Größe, Wände und Decke waren smaragdgrün gestrichen. Zwei Fenster gingen zur Flußseite, zwei zur Straße hin. Sie standen offen, aber die Läden waren geschlossen. Von der Decke hing eine elektrische Lampe mit kegelförmiger Kristallschale herunter, deren Schein genau auf den Tisch in der Mitte des Raums, bedeckt mit Gläsern und Whiskyflaschen, fiel. Auf dem Boden lag ein Teppich, dessen Farbe auf die der Wände und Decke abgestimmt war. An allen Seiten standen große Sofas, durch Kissen in zwei Hälften geteilt und mit brokatbestickten Decken bedeckt. In den Ecken des Raums lagen Polster und Kissen herum. Galila, Zubaida und Zanuba saßen auf dem Sofa mit dem Blick zum Nil, die drei Männer auf dem gegenüber. Auf den Bodenpolstern lagen die Musikinstrumente – Laute, Tamburin, Darabukka, Zimbal. Noch immer ließ Herr Achmed Abd al-Gawwad den Blick schweifen, doch schließlich seufzte er zufrieden und erklärte genüßlich: »Gott, ist das schön! Aber warum habt ihr nicht die Fenster zur Nilseite hin geöffnet?«

»Wir machen sie erst auf, wenn die Segellastschiffe aufhören zu fahren. ›Trifft euch die Heimsuchung, verbergt euch‹, so hat schon der Prophet gesagt.«

»Wer sich verbirgt, den trifft erst recht die Heimsuchung«, erwiderte Herr Achmed schmunzelnd.

»O ja, zeig uns, daß du noch so geistreich wie früher bist«, rief Galila provozierend.

Er hatte eigentlich nur einen Spaß machen wollen, mehr nicht. Daß er diesen umstürzlerischen Schritt gewagt hatte und nach so langer Abgeschiedenheit auf dieses Boot gekommen war, ließ ihn immer noch zögerlich und erregt sein. Aber noch etwas anderes bedrängte ihn. Es gab eine

Veränderung, hinter die er, um seiner selbst willen, kommen mußte. Es galt, genau hinzusehen, gründlich zu prüfen. Was bot sich seinem Blick? Da saßen Galila und Zubaida, eine jede, wie er früher immer gesagt hatte, massig wie eine Sänfte, ja vielleicht noch dicker und runder. Aber etwas anderes haftete ihnen an, was eher vom Gefühl als von der Wahrnehmung her zu erfassen war. Ganz ohne Zweifel hatte es etwas mit dem Alter zu tun. Den Freunden fiel es wahrscheinlich nicht auf, denn im Unterschied zu ihm hatten sie die Frauen immer um sich gehabt. Konnte es nicht sein, daß er vom Alter im gleichen Maß wie die beiden betroffen war? Sein Herz verkrampfte sich, sein Feuer ließ nach. Der Freund, der nach langer Abwesenheit zurückkehrt, ist für die anderen der beste Spiegel. Doch woran zeigten sich die Veränderungen? Da war keine graue Strähne in den Haaren von Galila und Zubaida. Sicher, denn was hatte graues Haar bei lustigen Damen zu suchen? Es gab auch keine Falten im Gesicht. Also hast du dich vielleicht geirrt? Gewiß nicht. Sieh dir nur diese Augen an, sie spiegeln, mögen sie noch so blitzen und funkeln, das Erlöschen der Seele wider. Bisweilen verbirgt sich die Mattigkeit hinter einem Lächeln, einem Scherz, doch zwischen diesem und jenem taucht die Wahrheit wieder auf, und dann wird es offenbar – das Sterben der Jugend. Schweigendes Klagen. War nicht Zubaida schon in den Fünfzigern? Galila hatte noch mehr Jahre auf dem Buckel, mußte ungefähr in deinem Alter sein. Was immer sie sagen mochte, sie konnte es nicht abstreiten. Ja, aber auch dein Herz ist verändert, es sträubt und verkrampft sich. Atemlos und hechelnd bist du hergekommen, auf der Jagd nach einem Bild, das es nicht mehr gibt. Soll sein, was will – du lieferst dich keiner Niederlage aus. Also trinke, singe, lache, denn keiner kann dich zu etwas zwingen, das du nicht selbst wünschst.

»Ich hatte nicht geglaubt, meinen Augen in diesem Leben noch einmal deinen Anblick vergönnen zu können«, sagte Galila, worauf er der Versuchung nicht widerstehen konnte, sie zu fragen: »Und was ist das für ein Anblick?«

Zubaida mischte sich ein. »Er ist wie gewohnt. Ein Prachtexemplar von einem Kamel, wie man es sonst nicht findet. Ein paar weiße Haare schimmern unterm Tarbusch hervor, aber ansonsten ist nichts weiter zu entdecken.«

»Vielleicht läßt du mich mal antworten«, beschwerte sich Galila, »denn schließlich hat er ja mich gefragt. Also, ich finde, du siehst wie immer aus. Das ist auch nicht weiter merkwürdig, denn wir zwei beide sind noch immer die Kinder von vorgestern.«

Herr Achmed verstand, worauf sie abzielte. So gab er sich also Mühe, betont ernsthaft und aufrichtig zu antworten: »Was euch betrifft, so seid ihr noch hübscher und verführerischer geworden. Das hatte ich nicht erwartet.«

Zubaida sah ihn eindringlich an. »Was hat dich so lange von uns ferngehalten?« Sie lachte. »Wärst du ein guter Mensch, hättest du uns durchaus in aller Unschuld treffen können. Können wir uns denn nur sehen, wenn ein Bett unter uns ist?«

Herr Ibrahim Alfar, den Arm durch die Luft wedelnd, um den Ärmel des Kaftans hinaufzuschieben, meinte: »Weder hat er noch haben wir eine Ahnung, wie man sich mit euch ›in aller Unschuld‹ treffen kann.«

»Möge uns Gott vor den Männern bewahren«, stöhnte Zubaida empört. »Für euch sind die Frauen bloß zum Besteigen da.«

Galila brüllte vor Lachen los. »Aber Schätzchen, danken wir Gott dafür! Hättest du dir soviel Fett angefuttert, wenn du nicht genau wüßtest, als Pferd oder Matratze benutzt zu werden?«

»Laß mich mit dem Angeklagten sprechen, damit ich das Verhör fortsetzen kann«, schalt Zubaida sie aus.

Herr Achmed lächelte. »Ich war bereits zu fünf unschuldigen, untätigen Jahren verurteilt.«

»Ach, du armer Junge«, spottete Zubaida angriffslustig, »hast dich von allem Vergnügen ferngehalten, du Ärmster, und da ist dir nichts anderes übriggeblieben, als gut zu essen, Wein zu trinken, zu singen und jede Nacht bis zum Morgengrauen zu feiern.«

»Nun ja«, entschuldigte sich Herr Abd al-Gawwad, »das alles braucht ein Herz, das traurig ist, aber was das andere angeht ...«

Zubaidas Hand fuhr drohend durch die Luft. »Ah, jetzt habe ich verstanden, daß du uns für schlimmer als alle anderen Sünden und Vergehen hältst.«

Als wäre ihm etwas Wichtiges eingefallen, das er fast vergessen hätte, rief Mohammed Iffat mitten ins Gespräch hinein: »Sind wir aus allen Himmelsrichtungen zusammengeströmt, nur um zu reden? Da stehen die Gläser, und niemand kümmert sich darum. Gieß sie voll, Ali! Zanuba, spann die Saiten! Und du, verehrter Angeklagter, mach es dir ein bißchen bequem. Glaubst wohl, du bist in der Schule? Also los, leg die Gubba ab, nimm den Tarbusch herunter. Denke nicht, das Verhör sei beendet, aber erst müssen Richter und Anwälte betrunken sein, und dann kann es weitergehen. Galila hat darauf bestanden, daß wir uns nicht eher einen Rausch antrinken, als bis – wie sie es nannte – der ›oberste Genießer‹ bei uns ist. Diese Dame schätzt dich ebensosehr wie der Teufel den ewig Herumirrenden. Möge Gott dich mit ihr und sie mit dir segnen.«

Herr Abd al-Gawwad erhob sich und zog die Gubba aus, während Herr Ali Abd ar-Rahim aufstand, um sich wie gewohnt als Mundschenk zu betätigen. Leise Töne wurden der Laute entlockt, den Weg suchend und deshalb noch wenig harmonisch. Zubaida summte ein Lied vor sich hin, und Galila zupfte sich erst das Haar zurecht, dann den Ausschnitt ihres Kleids. Sehnsüchtig verfolgten die Augen, wie Ali Abd ar-Rahim die Gläser füllte. Herr Achmed setzte sich bequem mit gekreuzten Beinen hin, und während er sich umschaute, fiel sein Blick zufällig auf Zanuba, die ihn ansah. Beider Augen tauschten lächelnd einen Gruß.

Ali Abd ar-Rahim servierte die erste Runde, und Mohammed Iffats Toast »Auf eure Gesundheit, auf unsere Freundschaft« fügte Galila hinzu: »Auf deine Rückkehr, Si Achmed«, und Zubaida ergänzte: »Auf das Wiederfinden des rechten Wegs.«

Herr Abd al-Gawwad erklärte: »Auf meine geliebten Freunde, von denen mich die Trauer getrennt hielt.« Alle tranken, und gerade als auch er das Glas an die Lippen setzen wollte, sah er, über den Fuß des Glases hinweg, Zanubas Gesicht, dessen jugendliche Frische ihn erschauern ließ.

Ein Wink von Herrn Iffat, und Ali Abd ar-Rahim goß wieder ein, worauf Herr Alfar sich beeilte zu sagen: »Die dritte Runde sollte gleich folgen, damit wir eine sichere Grundlage haben.« Ali Abd ar-Rahim erklärte: »Ein wirklicher Herr ist immer der Diener« und ging ans Werk.

Herr Abd al-Gawwad beobachtete, wie Zanubas Finger über die Saiten glitten, und überlegte dabei, wie alt sie sein mochte. Er schätzte sie zwischen fünfundzwanzig und dreißig Jahre. Warum war sie wohl hier, nur wegen der Laute, oder bereitete ihr die Tante den Weg zum eigenen Lebensunterhalt vor?

»Wenn ich auf den Nil schaue, wird mir ganz schwindlig«, brummte Ibrahim Alfar, was Galila kreischen ließ: »Da haben wir ihn, den Sohn einer Schwindlerin!«

»Wenn man eine Frau vom Umfang Galilas oder Zubaidas in den Fluß wirft«, überlegte Ali Abd ar-Rahim laut, »geht sie dann unter, oder treibt sie an der Oberfläche?«

»Wenn sie keine Löcher hat, treibt sie«, meinte Herr Abd al-Gawwad, doch in Gedanken war er mit der Frage beschäftigt, was wohl geschähe, wenn es ihn nach Zanuba verlangte. Ließe er jetzt den Wunsch zu, erschiene es ihm bestimmt als Schande; nach dem fünften Glas hätte er vielleicht noch Hemmungen, aber nach einer ganzen Flasche würde er den Gedanken wahrscheinlich geradezu als Pflicht empfinden.

Mohammed Iffat schlug vor, ein Glas auf das Wohl von Saad Zaghlul und Mustafa an-Nahhas zu leeren, die Ende des Monats von Paris aus nach London fahren wollten, um die Verhandlungen aufzunehmen. Als Ibrahim Alfar auf MacDonalds Gesundheit trinken wollte, dem Freund der Ägypter, da fragte ihn Ali Abd ar-Rahim, was der gemeint hätte, als er erklärte, er könnte das ägyptische Problem in kürzerer Zeit lösen, als er brauchte, um eine Kaffeetasse leerzutrinken. Herr Abd al-Gawwad gab zur Antwort, das bedeute, daß ein Engländer gewöhnlich ein halbes Jahrhundert für eine Tasse Kaffee brauche.

Wie hatte er sich nach Fahmis Tod gegen die Revolution aufgelehnt. Erst nach und nach stellte sich wieder sein ursprüngliches patriotisches Gefühl ein, schon deshalb, weil die Leute ihn als Vater eines Märtyrers mit übermäßiger Ehrerbietung behandelten. Schließlich war im Verlauf der Zeit Fahmis Tragödie zu einem glorreichen Ereignis geworden, mit dem er herumprahlte.

Galila hob ihr Glas in Richtung von Herrn Abd al-Gawwad und erklärte: »Auf deine Gesundheit, mein starkes Kamel. Wie oft habe ich mich gefragt, ob uns Herr Achmed wirklich vergessen haben kann. Aber Gott weiß, daß ich immer eine Entschuldigung für dich fand. Gebeten habe ich, der Herr möge dir Geduld verleihen und dir Trost schenken. Das darf dich nicht erstaunen, denn ich bin deine Schwester, und du bist mein Bruder.«

Verschmitzt lächelnd fragte Mohammed Iffat: »Wenn ihr Bruder und Schwester seid, darf man dann das treiben, was ihr früher miteinander gemacht habt?«

Galila lachte, und alle erinnerten sich wieder ans Jahr 1918 und die Zeit davor. »Da frage mal deine Onkel, du Seelchen«, gab sie bissig zurück.

»Ich habe mir seine lange Abwesenheit anders erklärt«, meinte Zubaida und bedachte Herrn Abd al-Gawwad mit einem durchtriebenen Blick.

Auf der Stelle wollten alle wissen, wie ihre Erklärung lautete, während Herr Abd al-Gawwad laut flehte: »O Herr, gib mir deinen Schutz.«

»Nun ja, ich hielt es für wahrscheinlich, daß er – wie bei Männern in seinem Alter üblich – von Schwäche befallen ist, also die Trauer nur als Vorwand nimmt, um von der Bildfläche zu verschwinden.«

Galila reagierte mit dem gekünstelten Kopfschütteln einer Tänzerin und widersprach: »Herr Achmed ist wirklich der letzte, dem etwas wie Altwerden zustoßen kann.«

»Welche Meinung stimmt nun?« fragte Mohammed Iffat.

»Die erste Meinung drückt eine Sorge aus«, erwiderte Herr Abd al-Gawwad mit nachdrücklicher Betonung, »die zweite eine Hoffnung.«

»Ich bin noch nie in meinen Erwartungen enttäuscht worden«, triumphierte Galila.

Eigentlich hatte Herr Abd al-Gawwad sagen wollen, daß nur eine Prüfung zeigt, ob dem Mann Ehre gebührt oder nicht. Aus Furcht, zu einer solchen Prüfung aufgefordert zu werden oder den Eindruck zu erwecken, ihm läge daran, ließ er es sein. Schaute er sich seine Umgebung näher an, so überfiel ihn mehr und mehr das Gefühl von Abneigung und Gleichgültigkeit, was er, bevor er hierherkam, nicht für möglich gehalten hätte. Ohne Zweifel war eine Veränderung eingetreten. Das Gestern war dahin, nichts war mehr wie früher. Das war nicht die Zubaida, die er gekannt hatte, das war auch nicht die Galila von einst. Es gab nichts, was einen zu Abenteuern hätte verführen können. Da war es am besten, sich mit dem Geschwisterstatus zu begnügen, auf den Galila angespielt hatte, und diesen auch gleich noch auf Zubaida auszudehnen.

Höflich wehrte er ab: »Wie sollte jemand alt werden, wenn er Frauen wie euch um sich hat?«

Zubaida sah abwechselnd jeden der Männer an. »Wer von euch ist der Älteste?«

»Ich bin nach dem Orabi-Aufstand geboren worden«, erwiderte Herr Achmed mit treuherzigem Blick, was sofort auf Widerspruch bei Mohammed Iffat stieß.

»Behaupte bloß das nicht. Mir hat man erzählt, daß du bei Orabi schon mitgekämpft hast.«

»Man ging mit mir sozusagen als Soldat schwanger, wie es ja heutzutage auch Schüler gibt, die nicht in der Schule, sondern von zu Hause aus lernen.«

Ali Abd ar-Rahim tat verdutzt. »Und was hat deine selige Mutter gemacht, als sie erleben mußte, daß du bei jeder Schlacht ständig rein- und rausgerutscht bist?«

»Flüchtet euch nicht in Späße«, rief Zubaida, nachdem sie mit einem kräftigen Schluck das Glas geleert hatte. »Ich will jetzt euer Alter wissen.«

»Wir Männer sind hier alle zwischen fünfzig und fünfundfünfzig. Wie wäre es, wenn ihr jetzt euer Alter sagt?« erklärte Ibrahim Alfar herausfordernd.

Zubaida zuckte gleichgültig mit den Schultern. »Also ich bin … ich bin im Jahr …« Ihre kuhlgeschminkten

Augen verengten sich, starrten angestrengt zur Lampe hinauf. Doch da kam ihr Herr Abd al-Gawwad zuvor und beendete für sie den Satz mit den Worten: »... im Jahr nach der Revolution von Saad Pascha geboren.«

Man lachte laut und herzlich, doch Zubaida hob drohend den Mittelfinger, eine reichlich obszöne Geste. Galila schien das ganze Gespräch nicht zu gefallen, denn plötzlich tönte sie: »Hört auf mit diesem beschissenen Gerede. Was geht uns das Alter an? Soll der Herrgott im Himmel sich darum kümmern. Wir, die Frauen, sind jedenfalls so lange jung, wie uns jemand haben will, und bei euch Männern ist es nicht anders.«

Ali Abd ar-Rahim schrie plötzlich los: »Gratuliert mir!«, und da die anderen ihn mit Fragen überhäuften, erklärte er: »Ich bin betrunken.«

Während Herr Achmed meinte, man müsse ihm so schnell wie möglich folgen, damit er in der Welt des Rauschs nicht allein herumirre, bestand Galila darauf, ihn zur Strafe für seine Eile ruhig seinem Schicksal zu überlassen. Ali Abd ar-Rahim verzog sich mit einem vollen Glas in eine Ecke und brummte: »Sucht euch einen anderen Mundschenk.«

Zubaida stand auf, ging hinüber zu der Stelle, wo ihr Umschlagtuch lag. Emsig kramte sie in ihrer Handtasche nach der Dose mit dem Kokain, bis sie sich schließlich vergewissert hatte, daß alles an seinem Platz war. Ibrahim Alfar nutzte die Gelegenheit, setzte sich neben Galila und lehnte mit einem vernehmlichen Seufzer den Kopf an ihre Schulter. Mohammed Iffat trat an die Fenster, die zum Nil gingen, und als er die Läden aufgeschlagen hatte, lag der Fluß in schlingerndes Dunkel getaucht, durchfurcht von sanft glänzenden Streifen Licht, die die Nachtlampen der Barken über die Wellen warfen. Als Zanuba auf der Laute eine Tanzmelodie anschlug, schaute Herr Abd al-Gawwad für eine Weile zu ihr hinüber. Dann erhob er sich und goß sich das Glas voll. Mittlerweile hatte Zubaida wieder Platz genommen, und da sie nun zwischen Mohammed Iffat und Achmed Abd al-Gawwad saß, tätschelte sie letzterem den Rücken. Galila sang mit leiser Stimme: »Der Tag, an dem der Pfeil ins Herz mich traf ...«, was durch den Ruf von Ibrahim Alfar unterbrochen wurde, daß man nun auch ihm gratulieren könne. Mohammed Iffat und Zubaida stimmten ein, als Galila bei der Zeile angelangt war: »... brachte man mir den Trunk der Linderung.« Zanuba summte mit, und kaum hatte Herr Achmed zu ihr hinübergesehen, konnte er nicht anders, als sich den Sängern anzuschließen. Selbst Ali Abd ar-Rahim sang von seiner Ecke aus mit, und Ibrahim Alfar, dessen Kopf noch immer an Galilas Schulter ruhte, rief beglückt: »Sechs Sänger für einen einzigen Zuhörer, und der bin ich.«

Ohne im Gesang zu stocken, sagte sich Herr Abd al-Gawwad im Innern, daß Zanuba ihm gewiß willfährig sein würde. Letztendlich wird sie sogar froh und zufrieden sein, dachte er, doch dann erhob sich für ihn die Frage, ob es nur ein flüchtiges Beisammensein gäbe oder eine lang anhaltende Beziehung.

Ibrahim Alfar sprang auf und begann zu tanzen. Alle klatschten den Takt dazu und sangen:

»Ach steck mich doch in deine Tasche,
dort zwischen Gurt und Lasche.«

Herr Abd al-Gawwad überlegte noch immer. Würde Zubaida einem Treffen mit Zanuba in ihrem Haus wohl zustimmen?

Gesang und Tanz waren vorbei, und nun brach eine Flut von Scherzen und Späßchen aus. Immer, wenn Achmed Abd al-Gawwad einen Witz riß, schaute er verstohlen Zanuba an, um zu sehen, welche Wirkung er bei ihr hinterließ. Die Zeit floß dahin, und das Durcheinander wurde immer größer.

»Ich muß jetzt gehen«, erklärte Ali Abd ar-Rahim und schwankte auf seine Gubba zu.

Verärgert rief Mohammed Iffat: »Ich hatte dir gesagt, du sollst sie mitbringen, damit du uns nicht den Abend zerstörst.«

Zubaida zog die Brauen hoch. »Wer ist denn das Schätzchen?«

»Eine neue Gespielin, sehr erfahren. Sie besitzt ein Haus im Vergnügungsviertel Wagh al-Birka«, antwortete Ibrahim Alfar.

Herr Achmed fragte neugierig: »Wer ist sie?«

Ali Abd ar-Rahim legte sich schon die Gubba um. Er lachte. »Deine ehemalige Freundin, Sanija al-Kulali.«

Herr Abd al-Gawwad riß die blauen Augen auf, verträumter Glanz lag in seinem Blick. Er lächelte. »Bring mich in Erinnerung bei ihr, ich lasse sie grüßen.«

Im Aufbruch begriffen, erklärte Ali Abd ar-Rahim, sich den Schnurrbart zwirbelnd: »Sie hat bereits nach dir gefragt und vorgeschlagen, in ihrem Haus einmal nach Arbeitsschluß eine Feier zu machen. Ich habe ihr erzählt, daß dein werter Erstgeborener ein Alter erreicht hat, das gemäß den Sitten in der Familie es geradezu verlangt, in Wagh al-Birka und ähnlich lasterhaften Stätten aufzutauchen; du wärst also nicht sicher, deinem Sohn nicht zu begegnen.« Er grinste über das ganze Gesicht und ging hinaus, gefolgt von Mohammed Iffat und Achmed Abd al-Gawwad, die ihn bis zur Tür begleiten wollten. Beim Hinausgehen schwatzten und lachten die Männer noch eine Weile, doch schließlich verließ Herr Ali das Boot. Genau in diesem Augenblick hielt Mohammed Iffat seinen Freund Achmed am Arm fest und fragte: »Zubaida oder Galila?«

Schlicht und einfach kam die Antwort: »Weder die eine noch die andere.«

»Aber warum? Möge uns Gott Unheil ersparen.«

»Halt, ein Schritt nach dem anderen«, beschwichtigte Herr Abd al-Gawwad. »Ich werde mich für den Rest der Nacht damit begnügen, zu trinken und der Laute zuzuhören.«

Der Freund drängte ihn, einen neuen Anlauf zu wagen, doch als Abd al-Gawwad mit höflichen Entschuldigungen auf seinem Wunsch bestand, ließ er von ihm ab. Sie kehrten in den Raum zurück, der von einer Atmosphäre sorgloser Abgestumpftheit erfüllt war, und nahmen wieder ihre Plätze ein. Ibrahim Alfar kümmerte sich um die Getränke. Das beträchtliche Maß an Trunkenheit verriet sich am Leuchten der Augen, an den gelockerten Bewegungen und am Dahinplätschern des Gesprächs. Zubaida stimmte ein Lied an, und alle fielen ein. »Warum denn, warum lacht das Meer?« Abd al-Gawwad sang immer lauter, so daß er Zubaida fast übertönte. Galila gab ein paar ihrer Abenteuer zum besten.

Seit mein Blick auf sie gefallen ist, wußte ich, daß in dieser Nacht noch etwas geschieht. Gott, ist die hübsch, die Kleine. Die Kleine? Na sicher, immerhin bin ich ein Vierteljahrhundert älter als sie.

Ibrahim Alfar war eben dabei, dem für das Kupfergeschäft goldenen Zeitalter der Kriegstage nachzutrauern. Mit schwerer Zunge erklärte er: »Damals, da hättet ihr mir für ein halbes Kilo Kupfer die Hände geküßt«, worauf Abd al-Gawwad trocken erwiderte: »Brauchst du etwas von einem Hund, dann mußt du ihn ›Herr‹ nennen.«

Sich beklagend, daß sie zuviel getrunken hätte, stand Zubaida auf und ging im Raum auf und ab, was die anderen als Anlaß nahmen, ihren schwankenden Gang mit rhythmischem Klatschen und dem Ruf zu begleiten:

»Noch ein Schrittchen, noch ein Trittchen, noch ein Schrittchen, noch ein Trittchen.«

Mit der Bemerkung »Es reicht« stand Galila auf und ging hinaus. Draußen im Flur steuerte sie eins der gegenüberliegenden kleinen Zimmer an, die auf der Nilseite lagen. Wenig später, als sie den gewaltigen Körper auf das Bett warf und das Krachen des Betts an die Ohren der anderen drang, fand Zubaida, daß das eine gute Idee sei. Sie machte sich auf, betrat das andere Zimmer, und gleich darauf war ein noch heftigeres Krachen zu hören. »Das Bett hat gesprochen«, meinte Ibrahim Alfar. Da aber tönte aus dem ersten Zimmer eine Stimme, die den heiseren Klang von Munira al-Mahdija nachahmte: »O Liebster, komm …« Mohammed Iffat erhob sich und säuselte auf gleiche Weise: »Gleich bin ich da, Geliebte.«

Da Herr Abd al-Gawwad den fragenden Blick von Ibrahim Alfar auf sich ruhen fühlte, zitierte er die Worte des Propheten: »›So du keine Schande fühlst, tue, was du möchtest‹«, woraufhin der andere aufstand und mit den Worten »Auf dem Boot gibt's keine Schande« entschwand.

Die Luft war rein, endlich war der lang ersehnte Augenblick gekommen. Die Kleine legte die Laute beiseite, setzte sich mit gekreuzten Beinen hin, die sie artig mit dem Kleid bedeckte. Schweigend sahen sich beide kurz an, doch dann wendete sie den Blick ab und starrte ins Leere. Die Atmosphäre war so geladen, daß er es kaum noch ertragen konnte. Plötzlich stand sie auf.

»Wohin willst du?« fragte er. Durch die Tür entschwindend, hörte er sie gerade noch murmeln: »Ins Bad.«

Er ging zu ihrem Platz hinüber, nahm die Laute und schlug die Saiten an. Ob es wohl noch ein drittes kleines Zimmer gibt? Dein Herz klopft, als triebe dich der englische Soldat in dunkler Nacht vor sich her. Das war die Nacht von Umm Marjam, erinnerst du dich noch? Laß das, es tut zu weh. Oh, die Kleine kehrt zurück. Wie jung und blühend sie ist.

»Sie spielen Laute?«

Er lächelte. »Du sollst es mich lehren.«

»Reicht Ihnen nicht das Tamburin? Da sind Sie doch ein Meister.«

»Das ist vorbei. Was für eine herrliche Zeit. Du warst damals noch ein Kind. Warum setzt du dich nicht?« Fast hätte sie dich gestreift. Der Beginn der Jagd ist immer das Schönste. »Nimm die Laute, spiel ein wenig.«

»Für heute haben wir genug gesungen, gespielt und gelacht. An diesem Abend ist mir klargeworden, warum die anderen Sie immer bei ihrem Vergnügen vermißt haben.«

Sein breites Lächeln ließ erkennen, wie sehr er sich freute. Listig meinte er: »Aber vielleicht hast du noch nicht genug getrunken?«

Kaum hatte sie lachend zugestimmt, schoß er wie ein Pfeil zum Tisch hinüber. Mit einer halbvollen Flasche und zwei Gläsern in den Händen setzte er sich wieder hin. »Laß uns gemeinsam trinken.«

Welch süße Gier spricht aus den bezaubernden Augen dieses kleinen Teufels. Frag sie nach dem dritten Zimmer, doch besser beantwortest du dir selbst erst die Frage, ob es dir nur um eine Nacht oder um eine längere Beziehung geht. Und die Folgen? Kümmer dich nicht darum. Achmed Abd al-Gawwad, in all seiner Herrlichkeit, öffnet seine Arme der Lautenspielerin Zanuba. Mit einer Schüssel Obst hat sie schon einmal vor dir gestanden. Wer so hübsch und jung ist, der hat es verdient, glücklich gemacht zu werden. Überheblichkeit hat noch nie zu meinen Eigenschaften gehört.

Ihre Hand, die das Glas hielt, war dicht an seinem Knie. Er streckte die seinige aus und streichelte sie sanft. Ohne ein Wort und ohne ihn anzusehen, zog sie die Hand zurück und legte sie in den Schoß. Vielleicht war solcherlei Tändelei zu später Stunde nicht angebracht, fragte er sich, vor allem, wenn es sich um zwei so verschiedene Menschen handelte. Trotzdem, er wollte sich nicht von Zärtlichkeit und Liebkosungen abhalten lassen.

»Gibt es hier noch ein drittes Zimmer?«

Sie wies in Richtung des Flurs und antwortete, als wäre sie völlig ahnungslos: »Ja, auf der anderen Seite.«

Lächelnd und den Schnurrbart zwirbelnd, fragte er: »Ob es wohl für uns beide reicht?«

Höflich, aber ohne die geringste Koketterie erwiderte sie: »Auf jeden Fall ist genug Platz für Sie, falls Sie jetzt schlafen möchten.«

Er tat überrascht. »Und was ist mit dir?«

»Ich kann mich auch hier ausruhen«, antwortete sie mit unveränderter Stimme.

Er schob sich ein wenig dichter an sie heran. Sie stand auf, stellte das Glas auf den Tisch und ging dann zum gegenüberliegenden Sofa. Wie sie da so saß, machte sie den Eindruck vollkommenen Ernstes und schweigender Ablehnung, eine Haltung, die ihn maßlos erstaunte. Sein Feuer ließ nach, er fühlte sich in seiner Eitelkeit schmerzlich getroffen. Er starrte sie an, fragte mit einem bemühten Lächeln: »Warum bist du böse?«

Sie verschränkte die Arme auf der Brust, verharrte in Schweigen.

»Ich habe dich gefragt, warum du böse bist?«

»Fragen Sie nicht, wenn Sie die Antwort wissen«, erwiderte sie knapp und bündig.

Er lachte unbekümmert los, als wollte er zeigen, wie wenig Glauben er ihr schenkte. Er ging zum Tisch, füllte die Gläser, und als er ihr eins reichte, erklärte er: »Hier, damit sich deine Laune bessert.«

Sie nahm das Glas, stellte es mit einem »Danke« auf den

Tisch zurück. Er ging wieder an seinen Platz, und kaum hatte er sich gesetzt, hob er sein Glas an die Lippen und trank es mit einem Schluck aus. Gleich darauf überfiel ihn lautes Gelächter.

Hätte ich mir je vorgestellt, solch eine Überraschung zu erleben? Könnte ich die Uhr nur um eine Viertelstunde zurückstellen. Zanuba, die kleine Zanuba. Ist das zu glauben? Laß dich durch diesen Schock nicht durcheinanderbringen. Wer weiß, du alter Tölpel, vielleicht ist es jetzt, im Jahr 1924, an der Mode, auf diese Art zärtlich zu sein? Was hat sich bei mir verändert? Nichts. Also liegt es an Zanuba. Nun ja, jeder Mann stößt einmal im Leben auf eine Frau, die sich ihm widersetzt, und da dir Zubaida, Galila und Umm Marjam hinterherlaufen, muß es also Zanuba, dieser kleine Mistkäfer, sein, die dir Widerstand leistet. Ertrage den Gedanken, bis du dich daran gewöhnt hast. Jedenfalls spielt sich hier keine Katastrophe ab. Sieh nur, was für hübsche runde Waden sie hat, fest im Fleisch. Wie kommst du auf die Idee, daß sie sich wirklich sträubt? »Trink noch ein wenig, meine Süße.«

Höflich, doch energisch kam die Antwort: »Ich trinke, wenn ich Lust habe.«

Eindringlich blickte er sie an und fragte nachdrücklich: »Und wann hast du Lust?«

Die Art, wie sie die Augenbrauen verzog, verriet, daß sie seine Anzüglichkeit sehr wohl verstanden hatte. Sie schwieg.

Als seine Lippen die Frage formten: »Stößt meine Zuneigung auf kein bißchen Entgegenkommen?«, da war ihm, als stürzte er in die Tiefe.

Sie senkte den Kopf, um das Gesicht zu verbergen. »Können Sie das nicht lassen?« erwiderte sie sanft, aber entschieden.

Als müßte er sich gegen den drohenden Abgrund wehren, überfiel ihn plötzlich Wut. »Warum bist du dann hergekommen?«

Sie wies auf die Laute, die neben ihm lag. »Deswegen.«

»Nur deshalb? Und wennschon, das steht doch in keinerlei Widerspruch zu dem, was ich will.«

»Etwa auch mit Gewalt?« fragte sie ungehalten.

»Aber nein! Nur sehe ich keinen Grund, sich zu verweigern.« Enttäuschung und Wut gleichermaßen ausgeliefert, litt er unendlich.

»Vielleicht habe ich einen Grund«, kam kühl ihre Antwort.

Ein trockenes Lachen, und dann kam wütend die hämische Frage: »Hast wohl Angst um deine Jungfräulichkeit?«

Sie blickte ihn an, lange und frostig. Voller Genugtuung, als könnte sie damit Rache nehmen, erklärte sie: »Ich gebe mich nur dann mit jemandem ab, wenn ich ihn liebe.«

Versucht, erneut laut loszulachen, hielt er inne. Das künstliche und eigentlich nur traurige Gelächter schnürte ihm die Brust ab. Er langte nach der Flasche und goß sein Glas halb voll, ohne darauf zu achten. Es blieb auf dem Tisch stehen. Verwirrt blickte er auf die junge Frau, wußte er doch nicht, wie er aus der Klemme herauskommen sollte, in die er sich selbst gebracht hatte. Diese kleine Schlange, diese Vipernbrut. Gibt sich nur dem, den sie liebt. Was ja wohl nichts anderes heißen kann, als daß sie sich jede Nacht in einen anderen verliebt. Doch ach, die heutige Schande wirst du so schnell nicht löschen. Die beiden anderen Männer sind drinnen, und du stehst hier, ausgeliefert der Gnade einer kleinen, verhätschelten Lautenspielerin. Wetze deine Zunge an ihr, trete sie mit dem Fuß, stoße sie mit Gewalt vor dich her, bis zu diesem Zimmer! Nein, das beste wird sein, du wendest den Blick ab von ihr und verschwindest auf der Stelle. In den Augen liegt ein Fluch, der den stolzen Nacken beugen läßt. Und doch – was hat sie für einen schönen Hals. Versuche nicht abzustreiten, daß sie wirklich süß ist. Wo keine Klarheit ist, macht sich Schmerz breit.

»Darauf bin ich nicht gefaßt gewesen.« Die Stirn in Falten gelegt, stand er mit düsterer Miene auf, zuckte verächtlich mit den Schultern und fügte hinzu: »Ich hatte dich für ebenso liebenswürdig und geschmackvoll gehalten, wie es deine Tante ist. Na gut, ich habe mich geirrt, und dafür verdiene nur ich selbst Schelte.«

Ein leises Schnalzen ihrer Lippen war zu vernehmen, als hätte sie vor Widerspruch schwer zu schlucken. Doch er, er holte sich die Gubba, warf sie sich hastig über, brauchte dafür höchstens die halbe Zeit, die ihm die sonstige Sorgfalt abverlangte. Er war entschlossen und wütend zugleich, aber noch hatte die Verzweiflung nicht ihren Höhepunkt erreicht. Ein Teil von ihm lehnte sich dagegen auf, das Vorgefallene wirklich zu glauben, machte es ihm zumindest schwer, sich damit abzufinden. Er nahm den Stock, von einem Moment zum anderen darauf lauernd, daß irgend etwas geschähe, was ihm zeigte, sich getäuscht zu haben und die Hoffnungen seines verletzten Stolzes doch noch bestätigt zu sehen. Ein Lachen vielleicht, das von ihrem Gesicht die Maske des aufgesetzten Ernstes riß; ein Hinstürzen zu ihm, von Vorwürfen über seine Verärgerung begleitet; ein Sich-ihm-in-den-Weg-Stellen, damit er nicht ginge. Oft genug dient ja heftiges Schlucken, wie in ihrem Fall, nur als Manöver vor der Kapitulation.

Indes – es geschah nichts. Sie blieb auf ihrem Platz, starrte in die Luft, sah über ihn hinweg, als existierte er nicht. Da ging er hinaus, lief durch den Flur, hin zur Tür, hinaus auf die Straße, stöhnend vor Enttäuschung, Trauer, Wut. Er schritt die dunkle Straße bis zur Zamalek-Brücke entlang. Die feuchte Herbstluft drang sanft in seine Kleidung. An der Brücke bestieg er ein Taxi, und als es davonfuhr, verfiel er, benebelt vom Rausch, in bedrückende Grübeleien. Erst auf dem Opernplatz, als das Taxi die Straße nach al-Ataba al-Chadra einschlug, nahm er die Umgebung wieder wahr, denn in einer der Kurven drehte er sich zufällig um und sah im Schein der Straßenlaternen die Mauer des Ezbekija-Gartens. Er konnte den Blick nicht lösen, doch schließlich machte die Straße einen Bogen. Da schloß er die Augen, einen tiefen Stich im Herzen fühlend. Eine Stimme im Innern stöhnte auf, rief aus der Welt der schweigenden Tiefe nach Gottes Barmherzigkeit für den teuren Toten. Er wagte es nicht, seine Zunge, getränkt von Wein, das Gebet sprechen zu lassen und Gottes Namen zu nennen.

Als er die Lider wieder hob, rollten zwei große Tränen über seine Wangen.

8

Was war mit ihm los? Hatte ihn ein verfluchter Dämon befallen, eine gefährliche Krankheit? Er war mit der Hoffnung schlafen gegangen, Schluß mit den Albernheiten und dem Schwachsinn zu machen. Ohne jeden Zweifel war es blödsinnig, sich zu betrinken – der Genuß des Alkohols wurde einem verdorben, die Vergnügungen verkehrten sich in ihr Gegenteil. Vom Morgenlicht eingehüllt, hatte er sich unruhig im Bett herumgewälzt. Als er unter der Dusche stand und das kalte Wasser über den nackten Körper floß, wollte sich nicht, wie erhofft, ein klarer Gedanke einstellen, sondern sein Herz klopfte. Vor seinen Augen erstrahlte ihr Gesicht, in den Ohren summte das Schnalzen ihrer Lippen, und seine Brust hallte vom Echo quälenden Schmerzes wider.

Da läßt du dich von deinen unersättlichen Phantasien treiben wie ein pubertärer Bengel, während alles in deiner Umgebung dir mit großem Respekt zu Füßen liegt. Wenn die Menschen auf der Straße, die in dir den gesetzten, frommen, anständigen Nachbarn sehen, wüßten, wie mechanisch du ihre Grüße erwiderst. In Gedanken bist du weit weg von ihnen, voll und ganz damit beschäftigt, von einer Magd zu träumen – einer Dienerin des Vergnügens, einer Lautenspielerin, einer Frau, die ihren Körper Nacht für Nacht auf dem Markt des Beischlafs feilhält. Wenn die Menschen das wüßten, würden sie, statt dich zu grüßen, mitleidig und spöttisch grinsen. Sagt die kleine Schlange erst einmal ja, läßt du sie voller Verachtung und mit großer Erleichterung stehen. Was ist geschehen mit dir? Worauf hoffst du? Sollte es das Alter sein? Erinnere dich, wie Galila und Zubaida von den Unglücksschlägen der Zeit gezeichnet sind, auch wenn bisher nur das Herz die abscheulichen Spuren aufstöbert und die Sinne sie noch nicht wahrnehmen. Aber halt, überlaß dich nicht Illusionen, denn tust du das, stehst du nahe am Abgrund. Ein einziges weißes Haar hat dieser miesen Klimperin vielleicht ausgereicht, dich abzuweisen – was sollte sie sonst für Gründe haben? Scheuch sie dir aus dem Kopf, wie du eine Fliege ausspuckst, die dir beim Gähnen in den Mund kriecht. Das wirst du nicht tun, du weißt es genau, und wäre es nur wegen des Wunsches, Rache zu nehmen. Das Selbstbewußtsein wiederherstellen – sonst nichts. Die Schlampe muß »Ja« sagen, dann läßt du sie freudigen Herzens links liegen. Sie hat nichts, wofür es sich lohnt zu kämpfen. Erinnerst du dich an ihre Beine, den Nacken, die Gier in ihren Augen? Hättest du deinen Stolz mit einem Löffel voll Geduld behandelt, dann wärst du in dieser Nacht voller Freude und Glück als Sieger hervorgegangen. Warum bin ich so besorgt? Ich leide. Ja, ich leide. Ich bin verstört über das Ausmaß an Schande, das mich betroffen hat. Da drohe ich ihr mit Verachtung, aber kaum kommt sie mir in den Sinn, brennt es mir schon in den Adern. Bewahre dir deine Würde, mache dich nicht zum Gespött der Leute. Schwöre es dir bei deinen Kindern, bei denen, die noch leben, und bei denen, die gegangen sind. Hanija war die einzige Frau, der du, nachdem sie dich verlassen hat, hinterhergelaufen bist. Und was ist davon geblieben? Erinnerst du dich nicht? Was warst du damals für ein Kerl. Hast die Hochzeitszüge angeführt, hast getanzt, getrunken, bist straßauf, straßab gezogen, hast den Stock an Laternen, Rosensträußen, Instrumenten, Gästen ausgelassen, bis das entsetzte Geschrei lauter als die Freudentriller tönten. Ja, so muß ein Mann sein. Also benimm dich auf dem Hausboot wie ein ganzer Kerl, töte deine Feinde, indem du über sie hinwegsiehst und dich um sie nicht kümmerst. Sie sind schwach und stark zugleich. Ein kraftloses Bein, das kaum noch laufen kann, bringt manchmal wahre Berge ins Wanken. Wie schrecklich sind die Tage im September, wenn die Hitze von Feuchtigkeit strotzt, und wie herrlich sind die Abende, vor allem, wenn man sie auf dem Hausboot verbringen kann. Erst die Arbeit, dann das Vergnügen. Überlege dir deine Sache gut, und paß auf, welche Richtung du einschlägst. Du mußt das Schicksal fest ins Visier nehmen. Ein Vorstoß kann bitter sein, ein Rückzug wäre entsetzlich. Wie oft hast du sie als junges Mädchen gesehen, doch nichts hat sich in dir geregt, bist vorbeigegangen, als gäbe es sie nicht. Was ist geschehen, daß du die geliebten Wesen von einst nicht mehr kennen willst und statt dessen dich einer Frau zuwendest, die du einst nicht wahrgenommen hast? Sie ist nicht hübscher als Zubaida und Galila. Könnte ihre Schönheit mit der der Tante konkurrieren, würde die sie nicht mit aufs Hausboot nehmen. Dennoch – du begehrst sie, du willst sie mit ganzer Kraft. Ah, was nützt schon aller Hochmut. ›Ich gehe nur mit dem, den ich liebe‹? Dann laß es dir doch von einem Gecko machen, du Flittchen. O ja, vor lauter Schmerz bin ich fast am Ersticken. Nichts kann den Menschen mehr erniedrigen als er selbst. Was machst du nun? Gehst du zum Boot? Es gibt Schlimmeres, um einen Skandal an den Hals zu bekommen. Oder zu ihr nach Hause? Da stößt du auf Zubaida. Hallo, hallo, herzlich willkommen! Bist du endlich in die Höhle des Löwen zurückgekehrt? Was willst du darauf antworten? Vielleicht, daß du nicht ihretwegen, sondern wegen der Nichte kommst? Was soll der Unsinn, laß das Herumspinnen. Hast du den Verstand verloren? Bitte doch Ibrahim Alfar oder Mohammed Iffat um Hilfe. ›Herr Achmed Abd al-Gawwad sucht einen Fürsprecher bei ... Zanuba!‹ Vielleicht solltest du dich besser zur Ader lassen, damit das schlechte Blut, das dir nur Schande bringt, abfließen kann.

Die Nacht brach über die Ghurija-Gasse herein, die Türen der Läden waren verschlossen. Unmittelbar nach Geschäftsschluß ging Herr Abd al-Gawwad bedächtig und spähenden Blicks die Gasse entlang. Durch die zwei Fenster von Zubaidas Haus drang Licht, doch wie konnte er wissen, was dort geschah? Er schlenderte weiter die Gasse hinunter, machte dann kehrt und schritt aus in Richtung Gamalija, zum Haus von Mohammed Iffat, wo sich die Freunde gewöhnlich trafen, bevor sie zu ihrer Abendgesellschaft aufbrachen.

»Am schönsten ist es nachts auf dem Hausboot. Mein Herz sehnt sich danach«, sagte Herr Abd al-Gawwad.

»Es steht dir zur Verfügung, wann immer du willst«, kam lachend die triumphierende Antwort von Herrn Iffat, und Abd ar-Rahim fügte hinzu: »Sehnst dich doch bloß nach Zubaida, du Halunke.«

»Keinesfalls«, erwiderte Abd al-Gawwad ernst.

»Galila?«

»Ich sehne mich nach dem Hausboot, nach nichts anderem.«

Mohammed Iffat fragte listig: »Willst du, daß wir unter uns bleiben, oder sollen wir die alten Freundinnen einladen?«

Herr Abd al-Gawwads Lachen zeigte, daß er sich geschlagen gab. »Also lade sie ein, du Schlaumeier, am besten für morgen. Heute ist es schon ein wenig spät. Aber was mich betrifft, so habe ich nur vor, die Geselligkeit zu genießen.«

»Hem, hem«, hüstelte Ibrahim Alfar, und Ali Abd ar-Rahim erklärte: »Bei meiner Seele, ich werde der Missetäter sein.«

»Nenne es, wie du willst«, spöttelte Mohammed Iffat. »Begriffe gibt's dafür viele, aber die Sache bleibt sich immer gleich.«

Am nächsten Tag suchte er das Kaffeehaus von Si Ali auf, und es schien, als entdeckte er es zum erstenmal. Es war schon später Nachmittag, und er setzte sich auf die Bank unter dem kleinen Fenster. Der Besitzer des Kaffeehauses kam, um ihn zu begrüßen, und da Herr Abd al-Gawwad das Gefühl hatte, sich für den seltenen Besuch entschuldigen zu müssen, erklärte er: »Ich hatte ein paar Erledigungen zu machen, und da bekam ich Lust, deinen köstlichen Tee zu trinken.«

Wie es scheint, wird es nicht leicht sein, öfter herzukommen. Also gemach, sonst bringst du dich bei den Leuten noch in Verruf. Wozu soll das Herumsitzen gut sein? Erfreut es dich etwa, wenn sie dich durch die Läden hindurch erspäht und sich darüber amüsiert, wie weit es mit dir gekommen ist? Offensichtlich weißt du nicht mehr, was du tust. Du kannst dir die Augen ausgucken, du kannst dir das Gehirn zergrübeln – sie wird sich dir nicht zeigen, und was noch viel schlimmer ist, sie wird dich beobachten und sich über dich lustig machen. Was ist los mit dir? Du willst dich an ihrem Anblick weiden, gestehe es, gib es ruhig zu. Du willst ihren schmiegsamen Körper begutachten, ihr Lächeln sehen, ihr Blinzeln, der Bewegung ihrer gefärbten Fingernägel folgen. Und wozu das alles? Noch nie ist es dir so ergangen, nicht einmal mit Frauen, die viel hübscher, großartiger und berühmter waren. Hast du dich dazu verurteilt, dich wegen einer so erbärmlichen Geschichte zu quälen und zu erniedrigen? Nein, sie wird sich nicht zeigen, da kannst du so lange Ausschau halten, wie du willst. Schon starren alle zu dir herüber. Herr Achmed Abd al-Gawwad im Kaffeehaus von Si Ali lugt durch das kleine Fenster. Wie tief bist du gesunken. Wer sagt dir denn, daß sie von der Geschichte mit dir nichts erzählt hat? Vielleicht weiß es schon die Musikergruppe, vielleicht sogar Zubaida, vielleicht haben bereits alle davon gehört? ›Er hat seine Hand mit dem Diamantring nach mir ausgestreckt, aber ich habe sie zurückgeschlagen. Er hat mich angebettelt, aber ich bin stur geblieben. Das ist euer vielgerühmter Herr Achmed Abd al-Gawwad!‹ O weh, wie tief bist du gefallen. Tiefer geht es nimmer, und trotzdem bestehst du darauf, obwohl du von allen am besten weißt, welche Schmach und Schande dein Benehmen nach sich zieht. Wenn deine Freunde, wenn Zubaida und Galila davon erfahren – was machst du dann? Du bist zwar außerordentlich geschickt, eine schwierige Situation mit einem Witz zu überspielen, doch dieses Mal werden wahre Sturzfluten an Hohngelächter und Gespött über dich hereinbrechen und die bittere Wahrheit ans Tageslicht bringen. Du fühlst Schmerz, aber noch viel quälender ist, daß du sie willst. Belüge dich nicht: Du willst sie haben, und müßtest du dafür sterben.

Aber halt – was sah er da? Vor Zubaidas Haus hielt ein Karren an. Schon wenig später öffnete sich die Tür, und heraus kam Ajuscha, die Tamburinspielerin, die den blinden Kanunspieler Abduh hinter sich herzog. Dann erschienen die restlichen Musiker. Aha, sie brachen zu einer Hochzeitsfeier auf. Sehnsuchtsvoll und von bangem Gefühl erfüllt, starrte er auf die Tür. Sein Herz raste. Ohne jegliche Vorsicht, als nähme er die Umsitzenden überhaupt nicht mehr wahr, reckte und streckte er den Hals vor. Hinter der Tür erscholl ein Lachen, dann kam die Laute in ihrem leuchtendroten Futteral zum Vorschein, und gleich darauf schoß ungestüm und lachend die Besitzerin heraus. Sie packte die Laute auf den Wagen, stieg mit Ajuschas Hilfe hinauf, und nun, da sie sich zwischen die anderen gesetzt hatte, zeigte sich von ihr, in einer Lücke zwischen Ajuscha und Abduh, nur noch die Schulter. Herr Abd al-Gawwad knirschte mit den Zähnen, vor Wut und Sehnsucht gleichermaßen. Seine Augen folgten dem Karren, der schaukelnd die Straße hinabfuhr, was in Herrn Abd al-Gawwads Brust das Gefühl tiefster Niedergeschlagenheit und Beschämung auslöste. Sollte er aufstehen und hinterhergehen? Doch er verharrte regungslos, zu nichts anderem fähig, als sich zu sagen, daß es eine wahnsinnige Dummheit gewesen war, in dieses Kaffeehaus zu kommen.

Am Abend ging er wie verabredet zum Hausboot nach Imbaba. Sosehr er auch überlegte, er war zu keiner einhelligen Meinung gelangt, wie er sich verhalten würde. Er zog es vor, das Problem den Umständen und der Atmosphäre zu überlassen. Ihm genügte, sicher sein zu können, sie zu sehen, bei ihr zu sitzen und spät in der Nacht vielleicht allein mit ihr zu sein. Er würde noch einmal den Boden sondieren, und möglicherweise konnte er den Angriff nochmals wagen, doch dann würde er alle ihm nur zur Verfügung stehenden Mittel der Verführung nutzen.

Fast ängstlich betrat er das Boot, und hätte er jemand anders in einem ähnlichen verwirrten Zustand beobachtet und die entsprechende Ursache dafür vermutet, hätte er sich vor Lachen gekrümmt. Es waren alle da – die Freunde, Galila, Zubaida. Nur von der Lautenspielerin fehlte jede Spur.

Man hieß ihn herzlich willkommen, und kaum hatte er Gubba und Tarbusch abgelegt und sich gesetzt, begann das Gelächter und Gekreische. Gewandt, wie er war, stimmte er mit ein – erzählte, witzelte herum, machte Späßchen, trieb seine Spielchen, doch im Innern kämpfte er heftig gegen Unruhe und Besorgnis an. Konnte er auch seine Ängste hinter dem Vorhang der allgemeinen Heiterkeit verbergen, verscheuchen ließen sie sich nicht. Es war wie beim Schmerz, auch der ist durch Betäubungsmittel nur zeitweilig zu bannen. Ununterbrochen blickte er zur Tür, hoffend darauf, daß sie sich öffnete und das Mädchen hereinkäme. Er wartete auf ein Wort, mit dem ihre Abwesenheit erklärt oder ihr baldiges Eintreffen angedeutet würde. Doch je mehr Zeit zähflüssig verstrich, desto mehr sank seine Hoffnung, ließ seine Aufgeregtheit nach, verdüsterte sich seine Stimmung.

Was war eigentlich das größere Unglück? Daß sie vorgestern hier gesessen hatte oder daß sie heute nicht kam? Diese Frage kann ich keinem stellen, denn wie es scheint, ist mein Geheimnis noch bewahrt. Hätte Zubaida davon erfahren, würde sie nicht davor zurückschrecken, mich damit zu blamieren.

Herr Abd al-Gawwad lachte viel und trank noch mehr. Er bat Zubaida, das Lied zu singen: »Mein Mund lacht, aber mein Herz weint.« Einmal war er fast versucht, sich mit Mohammed Iffat zurückzuziehen und ihm zu enthüllen, was ihn bewegte. Ein anderes Mal wollte er sogar bei Zubaida vorfühlen. Doch er riß sich zusammen und schaffte es, sowohl sein Geheimnis als auch seine Würde zu wahren.

Als gegen Mitternacht Ali Abd ar-Rahim aufstand, um zu seiner Freundin nach Wagh al-Birka zu gehen, da erhob auch er sich. Niemand hatte erwartet, daß Herr Abd al-Gawwad so früh nach Hause ging, doch vergeblich waren alle Versuche, ihn von seinem Entschluß abzubringen oder diesen wenigstens für eine Stunde zu verschieben. Er brach auf, die Gesellschaft in völliger Verwirrung, aber auch in Enttäuschung hinter sich lassend, waren doch einige dabei, die sich von der Verabredung mehr erhofft hatten.

Es kam der Freitag. Kurz vor der Zeit des Gebets verließ er das Haus, um in die Hussain-Moschee zu gehen. Wie er die Chan-Djafar-Straße entlangschritt, sah er sie plötzlich aus dem Watawit-Viertel kommen und in die Gasse einbiegen, die zur Moschee führte. Ah, so heftig war sein Herz noch nie zusammengezuckt! Darauf verfiel es in solche Erstarrung, daß alle sinnliche Wahrnehmung gelähmt war. Dem Zustand der Ohnmacht ähnlich, gaukelte sein Gefühl ihm vor, stehengeblieben und von Grabesstille umgeben zu sein. Es war wie bei einem Auto, bei dem man den Motor abstellt. Das Brummen verstummt, doch kraft des eigenen Schwunges rollt der Wagen geräuschlos weiter. Als Herr Abd al-Gawwad wieder zu sich kam und sah, daß sie schon ein ganzes Stück vorauslief, überlegte er nicht lange, sondern folgte ihr auf der Stelle. Er kam zur Moschee, ging vorbei, bog, immer in gewissem Abstand hinter ihr, in Richtung Sikkat-al-Gadida ab. Was tat er da? Er wußte es nicht, gehorchte blind einem Reflex. Niemals zuvor, nicht einmal in frühester Jugend, war er einer Frau auf der Straße hinterhergegangen. Bei aller Scham verhielt er sich vorsichtig. Plötzlich überfiel ihn ein Gedanke, ebenso komisch wie entsetzlich. Was wäre, wenn Jasin oder Kamal von der heimlichen Verfolgungsjagd erfahren würden? Besorgt wachte er darüber, den Abstand zu ihr nicht zu kurz werden zu lassen. Seine Augen weideten sich gierig an den Formen ihres reizenden Körpers, und in nicht abreißenden Wellen überfluteten ihn Sehnsucht und Schmerz. Plötzlich sah er, wie sie zur Seite trat und in einem Juweliergeschäft verschwand. Er kannte den Besitzer, wußte, daß er Jakub hieß. Er verlangsamte den Schritt, um zu überlegen, und da er sich zunehmend bewußt wurde, in welch schreckliche Lage er sich brachte, ermahnte er sich, vorsichtig zu sein. Wäre es nicht besser, dorthin zurückzukehren, von wo er gekommen war? Sollte er vielleicht am Geschäft vorbeigehen, ohne zu ihr hinzusehen? Oder konnte er einen Blick hineinwerfen und abwarten, was geschah?

Immer näher kam er dem Laden, und als ihn schließlich nur noch ein paar Schritte davon trennten, fiel ihm eine äußerst kühne Idee ein. Ohne zu zögern, auch ohne nur im geringsten an das Risiko zu denken, machte er sich daran, den Plan in die Tat umzusetzen. Er wollte auf den Bürgersteig treten, an dem Geschäft gemächlich vorbeischlendern, in der Hoffnung darauf, daß der Besitzer ihn sähe und ihn wie gewohnt einladen würde einzutreten – eine Bitte, der er auf der Stelle Folge leisten wollte.

Er ging langsam weiter, kam an das Geschäft, warf wie zufällig einen Blick hinein, und da geschah es. Jakub sah ihn und rief im gleichen Moment: »Herzlich willkommen, Herr Abd al-Gawwad! Bitte, kommen Sie doch herein.«

Freundlich lächelnd betrat er den Laden. Nach herzlichem Händeschütteln bot ihm der Besitzer ein Glas Karube an, eine Einladung, der er, großzügig, wie er war, gern folgte. Er ging auf ein Ledersofa zu, das vor einem Tischchen mit einer Waage stand, und erst als er sich setzte, schien er die Anwesenheit einer dritten Person im

Geschäft zu bemerken. Tatsächlich, da war Zanuba. Sie stand Herrn Jakub gegenüber und drehte und wendete ein Paar Ohrringe in den Händen. Er tat überrascht, und auch als sich ihrer beider Blicke trafen, spielte er noch den Erstaunten. Sie lächelte, er auch. Er legte die Hand auf die Brust und grüßte: »Guten Tag! Wie geht's?«

Sie schaute wieder auf die Ohrringe. »Danke, gut. Möge Gott Ihnen Ehre erweisen.«

Herr Jakub hatte wohl vorgeschlagen, ihr für das mitgebrachte Armband die Ohrringe zu verkaufen, und nun war man dabei, den Preisunterschied auszuhandeln. Da beide beschäftigt waren, konnte Herr Abd al-Gawwad die Gelegenheit nutzen und in aller Ruhe die zarte Haut ihrer Wangen bewundern. Es war ihm nicht entgangen, wie günstig das Feilschen um den Umtausch war, bot sich doch damit die Möglichkeit, der Hübschen seine Dienste anzubieten. Konnte man's wissen? Doch unwissentlich versperrte sie ihm plötzlich diese Aussicht. Sie gab die Ohrringe dem Besitzer zurück und erklärte, nun doch nicht den Tausch machen und nur das Armband reparieren zu wollen. Sie grüßte, nickte Herrn Abd al-Gawwad kurz zu und – verließ das Geschäft. Das alles war mit äußerster Geschwindigkeit geschehen, dazu noch, wie ihm schien, ohne jeglichen Grund. Verstört blieb er sitzen, gelähmt von Schwäche und Unmut. Allein gelassen mit Herrn Jakub, tauschte er mit ihm die üblichen Freundlichkeiten aus, bis er schließlich das Glas Karube ausgetrunken hatte. Er bat, ihn zu entschuldigen, und ging.

Scham erfüllte ihn beim Gedanken, daß die Gefahr bestand, das Freitagsgebet zu versäumen. Trotzdem zögerte er, zur Moschee zurückzugehen. Er hatte nicht den Mut, sich unmittelbar nach der Verfolgung einer Frau – zur Zeit des Gebets – dorthin zu begeben. War nicht die rituelle Reinheit durch seine Leichtfertigkeit hinfällig geworden?

Mehr noch, hatte er damit nicht das Recht verspielt, vor den Allmächtigen zu treten? Niedergeschlagen und von Schmerz zerrissen, gab er den Gedanken ans Gebet auf und streifte eine gute Stunde lang statt dessen ziellos durch die Straßen. Nach Hause zurückgekehrt, verfiel er wieder in Grübeleien über seine Schuld. Aber selbst in einem solch empfindsamen, von Reue erfüllten Augenblick geisterte in seinem Kopf noch immer Zanuba herum.

Am Abend machte er sich früher als gewohnt zu Mohammed Iffat auf den Weg; er wollte mit ihm sprechen, bevor noch die anderen Freunde eintrafen.

»Ich brauche deine Hilfe. Ich möchte, daß du für morgen abend Zubaida auf das Boot einlädst.«

Mohammed Iffat lachte. »Wozu lauter Umwege und Ausreden, wenn du sie also doch willst? Hättest du sie gleich am ersten Abend gefragt, sie wäre dir mit offenen Armen entgegengekommen.«

Etwas peinlich berührt murmelte Herr Abd al-Gawwad: »Ich möchte, daß du nur sie zu kommen bittest.«

»Wie denn, sie allein? Was bist du doch für ein egoistischer Mann, denkst nur an dich. Und Alfar? Und ich? Nein, im Gegenteil, wir machen uns alle zusammen eine wunderbare, unvergeßliche Nacht und laden nicht nur Zubaida und Galila, sondern auch Zanuba ein.«

»Zanuba?!« Die Frage klang fast schon mißbilligend.

»Warum nicht? Es ist immer gut, eine Reserve zu haben, auf die man zurückgreifen kann.«

Das tat weh. Wie war es dann möglich, daß diese kleine Schlampe, Lehrling der Alten, ihn abgewiesen hat? Warum hatte sie es getan? »Du weißt nicht, worauf ich hinauswill. Ich selbst habe nicht die Absicht, morgen zu erscheinen.«

Mohammed Iffat war baff. »Was soll das nun wieder? Ich soll Zubaida einladen, und dann erklärst du, du wirst nicht kommen? Was sind das für Geschichten?«

Um nicht zu zeigen, wie verwirrt er war, lachte Herr Abd al-Gawwad laut los. Doch dann blieb ihm nichts anderes übrig, als verzweifelt zu erklären: »Sei kein Esel! Du sollst Zubaida allein kommen lassen, damit Zanuba zu Hause bleibt.«

»Zanuba!? Du bist mir einer!« brüllte Herr Iffat unter schallendem Gelächter. »Aber wozu dieser Aufwand? Das hättest du bereits am ersten Abend haben können. Brauchtest nur mit dem Finger zu winken, und schon wäre sie zu dir geflogen und wie Leim an dir klebengeblieben.«

Herr Abd al-Gawwad lächelte gedankenverloren vor sich hin, auch wenn ihm tiefer Groll schmerzlich zusetzte. »Tue bitte das, worum ich gebeten habe. Ich will es so«, sagte er dann.

Der andere zwirbelte seinen Schnurrbart, grinste und zitierte aus dem Koran: »›Schwach ist der Suchende wie der Gesuchte.‹«

Mit großem Ernst sprach Herr Abd al-Gawwad: »Laß es unser Geheimnis sein.«

9

Menschenleer die Gasse, eingehüllt in tiefstes Dunkel. Er klopfte. Es war gegen neun. Die Tür wurde einen Spalt geöffnet, aber noch konnte er niemanden erkennen. Die Stimme, die nur kurz fragte: »Wer ist da?«, ließ sein Innerstes erschaudern.

»Ich«, antwortete er ruhig und trat unaufgefordert ein. Die Tür schlug hinter ihm zu, er sah sie vor sich. Sie stand an der ersten Stufe der Treppe, in der ausgestreckten Hand eine Lampe. Sie starrte ihn verblüfft an und stammelte: »Sie?!«

Schweigend verharrte er, auf den Lippen ein leichtes Lächeln, das von besorgter Unruhe sprach. Da von ihrer Seite kein Einspruch kam, sie auch nicht verärgert aussah, faßte er Mut. »Empfängst du so einen alten Freund?«

Sie drehte sich um, stieg nach oben und sagte: »Bitte schön.«

Er folgte ihr schweigend. Da sie selbst die Tür geöffnet hatte, mußte sie allein im Haus sein, woraus er folgerte, daß die Stelle der vor zwei Jahren verstorbenen Dienerin Gulgul noch immer nicht besetzt war. Oben im Flur hängte sie die Lampe an einen Nagel unweit der Tür, dann trat sie in das Empfangszimmer, zündete das Licht der Deckenlampe an, sicherer Beweis dafür, daß seine Vermutung stimmte. Mit einem Wink bedeutete sie ihm einzutreten und ging weg.

Er setzte sich auf seinen gewohnten Platz, auf das Kanapee in der Mitte. Er nahm den Tarbusch ab, legte ihn auf das Polster, das die beiden Sitzflächen voneinander trennte. Die Beine weit von sich gestreckt, sah er sich prüfend um. Er erinnerte sich so gut an alles, als wäre er erst unlängst noch hier gewesen. Die drei Sofas, die Sessel, der persische Teppich, die drei Tischchen mit Perlmutt-Intarsien. Im großen ganzen sah alles wie immer aus. Wann hatte er hier zum letztenmal gesessen? Seine Erinnerungen an das Musikzimmer und das Schlafzimmer standen ihm klarer vor Augen, doch daß hier, in diesem Raum, sogar auf diesem Sofa, das erste Treffen mit Zubaida, und was da sonst noch alles gewesen war, stattgefunden hatte, das würde er nie vergessen. An jenem Tag hatte es wohl keinen Mann gegeben, der heiterer und selbstsicherer als er war. Wann würde Zanuba wohl zurückkommen? Was rief dieser Besuch bei ihr hervor? Wie weit würde sie in ihrem Dünkel gehen? Hatte sie überhaupt verstanden, daß er allein ihretwegen, nicht aber wegen der Tante gekommen war? Wenn er nochmals einen Fehlschlag einstecken mußte, dann lebe wohl und adieu.

Er hörte leises Klappern von Pantöffelchen. In der Tür stand Zanuba – in einem weißen, mit roten Rosen bestickten Kleid, mit einem straßgeschmückten Schal über den Schultern, aber unbedecktem Kopf. Zwei dicke Zöpfe zierten den Rücken. Er empfing sie stehend, mit einem Lächeln auf den Lippen, ihren sorgfältig gewählten Aufzug als gutes Omen empfindend. Sie nickte ihm zu und bat ihn mit einem Zeichen der Hand, wieder Platz zu nehmen. Sie selbst setzte sich auf das Sofa, das rechts von ihm stand. Als sie zu sprechen anfing, klang ihre Stimme noch immer erstaunt. »Herzlich willkommen. Was für eine Überraschung.«

Lächelnd fragte er: »Welcher Art ist sie denn?«

»Freudig natürlich.« Sie verzog die Brauen, doch nichts ließ erkennen, ob ihre Antwort ernst gemeint war oder nur ein Spaß sein sollte.

Haben wir den Füßen erlaubt, uns herzubringen, dann müssen wir das Getue in allen seinen Spielarten, ob angenehm oder unangenehm, ertragen. Er betrachtete in aller Ruhe ihr Gesicht, ihren Körper, als suchte er Anhaltspunkte dafür, warum ihn die Leidenschaft quälte und mit seiner Würde Spott getrieben worden war. Es herrschte Schweigen. Schließlich sah sie auf, und wenn sie auch nicht sprach, so kam diese Bewegung einer höflichen Frage gleich, in der Art wie ›Was kann ich für Sie tun?‹

Boshaft fragte er: »Werden wir lange warten müssen, bis die Sultanin kommt? Ist sie noch immer nicht fertig mit dem Ankleiden?«

Sie kniff die Augen zusammen, sah ihn befremdet an. »Die Sultanin ist nicht zu Hause.«

Er tat überrascht. »Nein, wirklich? Wo mag sie wohl sein?«

Sie wiegte den Kopf, kräuselte die Lippen. »Ich weiß nicht mehr als Sie.«

Die Antwort gab ihm für einen Moment zu denken. Doch dann fragte er: »Ich meinte, sie würde dir Bescheid sagen, wenn sie weggeht.«

Sie winkte ab. »Oh, da erwarten Sie zuviel.« Sie lachte. »Das Militärregime von einst ist längst vorbei, und wenn Sie so wollen, müßten Sie besser als ich wissen, wo sie sich aufhält.«

»Ich?«

»Warum nicht? Sind Sie nicht ein alter Freund von ihr?«

Lächelnd und mit einem eindringlichen, vielsagenden Blick erklärte er: »Ein alter Freund kann dennoch ein Fremder sein. Teilst du deinen alten Freunden mit, wo du hingehst?«

Sie hob die rechte Schulter, verzog den Mund. »Ich habe keine Freunde, weder alte noch neue.«

Herr Abd al-Gawwad zupfte an seinem Schnurrbart. »Das kannst du einem Dummen erzählen. Wer ein bißchen Verstand hat, wird sich kaum vorstellen können, daß die vielen Leute, denen du dich zeigst, nicht emsig bestrebt sind, deine Freundschaft zu erlangen.«

»Vielleicht ist das die Meinung von ehrenwerten Herren wie Sie, doch in Wirklichkeit sind das Hirngespinste. Der Beweis liegt auf der Hand. Sie sind ein alter Freund des Hauses, aber hat es Ihnen je gefallen, mir auch nur einen Teil Ihrer Freundschaft zu gewähren?«

Verlegen runzelte er die Stirn. Nach kurzem Zögern erwiderte er: »Damals war ich … ich meine, es gab da gewisse Umstände …«

Sie spielte mit den Fingern, ließ die Knöchel knacksen. »Na ja, bester Herr«, spottete sie, »vielleicht sind es eben diese Umstände, die die anderen von mir immer ferngehalten haben.«

Betont theatralisch warf er sich zurück, schaute von oberhalb seiner gewaltigen Nase auf sie hinunter und schüttelte den Kopf, als brauchte er Gottes Hilfe, um sich vor ihr zu schützen. »Du bist ein Wunder und voller Rätsel. Ich gebe gerne zu, daß ich bei dir nicht weiterweiß.«

Erfreut über das Lob, war sie bemüht, sich nicht mit einem Lächeln zu verraten. Sie tat überrascht. »Ich verstehe nicht, was Sie meinen. Offensichtlich reden Sie von ganz anderem als ich. Doch wichtig allein ist, daß Sie gekommen sind, um meine Tante zu sehen. Soll ich ihr also etwas ausrichten, wenn sie heimkehrt?«

Er lachte kurz auf. »Sage ihr, daß Achmed Abd al-Gawwad gekommen ist, um sich bei ihr über dich zu beklagen, und betrübt war, sie nicht angetroffen zu haben.«

»Beklagen? Über mich? Was habe ich getan?«

»Sage ihr: Ich wollte mich bei ihr über die – einer hübschen, jungen Frau unwürdigen – Grausamkeit beklagen, mit der du mich behandelst.«

»Natürlich, so etwas kann nur ein Mann sagen, der wie Sie aus allem und jedem einen Witz macht.«

Er richtete sich auf und antwortete mit großem Ernst: »Da sei Gott vor, wenn ich versuchte, mich über dich lustig zu machen. Meine Beschwerde war aufrichtig gemeint, und ich glaube, du bist längst hinter das Geheimnis gekommen. Nur, wie alle schönen Frauen zierst du dich. Natürlich hat jede Frau das Recht dazu, aber sie muß auch Gnade walten lassen können.«

Auf den Lippen herumkauend, stieß sie hervor: »Seltsam.«

»Das ist überhaupt nicht seltsam. Erinnerst du dich, was gestern in Jakubs Juwelierladen geschah? Verdient jemand wie ich, der dir solch freundschaftliche Gefühle entgegenbringt und stolz darauf ist, dich schon lange zu kennen, verdient der diese barsche Begrüßung? Dabei hätte ich mir so sehr gewünscht, daß du beispielsweise meinen Beistand beim Disput mit dem Juwelier suchtest. Ich hatte gehofft, du bietest mir die Gelegenheit, dir mit all meiner Erfahrung dienen zu können, oder daß du dich gar damit zufriedengibst, mir die ganze Sache zu überlassen, und so tust, als gehörte mir das Armband oder als wärst du eine gute Freundin.«

Sie lächelte verlegen, ließ ein knappes »Danke« hören.

Herr Abd al-Gawwad atmete tief durch und sagte beherzt: »Einer wie ich begnügt sich nicht mit einem ›Danke‹. Was hat der Hungrige davon, wenn du ihm mit einem ›Gott befohlen‹ den Rücken zukehrst? Der Hungrige will Essen haben. Gute, köstliche Nahrung.«

Zanuba verschränkte die Arme auf der Brust, sah ihn überrascht an. »Sie, dieser feine Herr, sind hungrig? Oh, wir haben Muluchija und Kaninchenbraten in der Küche, ganz nach Ihrem Geschmack.«

Er lachte laut los. »Großartig, einverstanden! Muluchija und Kaninchenbraten, dazu noch ein Glas Whisky, und dann spielen wir ein bißchen Laute, tanzen ein wenig und legen uns für ein Stündchen hin, damit wir alles in Ruhe verdauen.«

Sie riß die Hand hoch, als wollte sie ihm den Befehl »Zurück!« geben, und rief: »Großer Gott! Da hat man ihm vertraut, und nun will er sich mit Sack und Pack häuslich einrichten. Bleiben Sie mir vom Leib!«

Mit den Fingern seiner rechten Hand deutete er einen runden, geschlossenen Mund an, hob und senkte sie bedeutungsvoll und sprach in predigendem Ton: »Mein liebes Kind, verlieren Sie nicht kostbare Zeit mit Reden.«

»Sagen Sie besser, ich sollte die teure Zeit nicht mit allzu reifen Männern verplempern«, antwortete sie und warf stolz den Kopf zurück. Herr Abd al-Gawwad legte seine Hand auf die breite Brust, und die Art, wie er sich darüberstrich, kam einer genüßlichen Herausforderung gleich. Sie lachte, zuckte mit den Schultern und meinte spitz: »Etwa nicht?«

»Was ›etwa nicht‹? Du bist wirklich noch ein kleines Mädchen. Ich werde nicht eher zur Ruhe kommen und schlafen, bevor ich dir nicht all das beigebracht habe, was du noch lernen mußt. Also los, her mit der Muluchija, dem Braten und dem Whisky, der Laute und deinem Tanzband! Hopp, hopp, her damit!«

Kokett tippte sie mit dem linken Zeigefinger an die eine Augenbraue, wackelte mit der anderen und fragte: »Haben Sie keine Angst, daß die Sultanin unverhofft auftaucht?«

»Nur keine Sorge, sie kommt heute nacht nicht nach Hause.«

Sie sah ihn durchdringend und mißtrauisch an. »Woher wollen Sie das wissen?«

Ihm wurde bewußt, daß er einen Fehler gemacht hatte, und für einen Moment schien er völlig durcheinanderzugeraten. Doch er bekam sich wieder in den Griff und sagte leichthin: »Wenn die Sultanin bis jetzt nicht zurückgekommen ist, heißt es, daß sie bis zum Morgen wegbleiben wird.«

Zanuba beobachtete schweigend sein Gesicht, dann schüttelte sie den Kopf und erklärte aus tiefster Überzeugung: »Was sind doch alte Kerle für Schlauberger. Alles an ihnen wird schwächer, bloß nicht ihre Verschlagenheit. Halten Sie mich für blöd? Das sollten Sie nicht tun, ich weiß alles!«

Verlegen zwirbelte er den Schnurrbart. »Was weißt du?«

»Alles.« Sie hielt inne, um ihn noch ein wenig zappeln zu lassen, und fuhr dann fort: »Erinnern Sie sich noch, wie Sie in Si Alis Kaffeehaus gesessen und heimlich herübergeschaut haben? Fast hätten Sie ein Loch in die Hauswand mit den Augen gebohrt, so haben Sie gestarrt. Als ich dann mit den anderen Musikern auf den Karren geklettert bin, habe ich mich gefragt, ob Sie uns vielleicht noch kreischend hinterherlaufen werden, wie es die kleinen Jungen tun. Doch Sie waren vernünftig genug, um auf eine bessere Gelegenheit zu warten.«

Herr Abd al-Gawwad lachte so herzlich, daß er im Gesicht rot anlief. »Gütiger Gott, vergib uns«, rief er als Zeichen der Kapitulation.

»Nur gestern – da haben Sie wirklich den Verstand verloren. Sie haben mich an der Chan-Djafar-Kreuzung gesehen, sind mir wirklich gefolgt und auch noch in den Laden gekommen.«

»Das hast du alles mitbekommen, du kluges Kind?«

»Aber ja, Sie Zierde aller Liebhaber. Daß Sie wirklich ins Geschäft hineinkommen, hatte ich nicht geglaubt. Ich traute meinen Augen nicht, als ich Sie plötzlich auf dem Kanapee entdeckte. Das kriegt nicht einmal der Dämon der Frauen fertig. Und dann taten Sie auch noch überrascht, mich zu sehen. Ich war nahe daran, Ihnen ein paar unschöne Dinge zu sagen, aber angesichts der Situation mußte ich höflich bleiben.«

Er lachte noch immer, schlug sich in die Hände und keuchte: »Habe ich nicht gesagt, daß du ein rätselhaftes Wunder bist?«

Beglückt, als hätte sie einen Sieg errungen, sprach sie weiter: »Neulich abend erklärte plötzlich die Sultanin: ›Mach dich fertig, wir gehen aufs Hausboot von Mohammed Iffat.‹ Ich war schon nach oben unterwegs, da hörte ich sie sagen, daß ein gewisser Herr Achmed für die Einladung gesorgt hätte. Ah, das sieht nach Katz-und-Maus-Spiel aus, dachte ich, denn der verehrte Herr Achmed schlägt doch nichts vor, wenn er nicht etwas davon hat.

Da war mir der Salat klar, und ich habe erklärt, Kopfschmerzen zu haben und nicht mitzugehen.«

»Ich Ärmster bin in die Klauen einer erbarmungslosen Frau geraten! Hast du noch mehr solcher Sachen auf Lager?«

»Nicht mehr viel, nur noch die Einladung heute abend, die allein der Sultanin galt.«

»Da kann ich bloß sagen: ›Würdet ihr das Verborgene kennen, hättet ihr lieber die Wirklichkeit gewählt.‹«

»Was können Sie hübsch reden, wie ein Prediger, dabei sind Sie das lasterhafteste Wesen auf Gottes weiter Welt.«

Er kam aus dem Lachen nicht heraus. »Der Herr möge dir verzeihen.« Mit diebischer Freude fügte er hinzu: »Den Trick mit heute hast du also auch verstanden. Immerhin bist du aber zu Hause geblieben und hast dich nicht vor mir versteckt.« Noch bevor er zu Ende gesprochen hatte, stand er auf und setzte sich neben Zanuba. Er hob den Schal an den Mund, drückte einen Kuß darauf und sagte: »Bei Gott, ich schwöre, daß diese reizende Person süßer ist als alle Klänge, die sie auf der Laute hervorzaubert. Ihre Zunge ist eine Peitsche, ihre Liebe ist Feuer, und ihr Liebhaber gleicht einem Märtyrer. Die heutige Nacht wird in die Geschichte eingehen.«

Sie schob ihn mit der Hand weg. »Versuchen Sie ja nicht, mich mit Ihrem Geschwätz einzulullen. Los, zurück auf den Platz.«

»Von nun an soll uns nichts mehr trennen.«

Sie zog ihm den Schal weg, stand auf und stellte sich, eine Armeslänge von ihm entfernt, hin. Als müßte sie sich auf etwas Wichtiges konzentrieren, blickte sie ihn schweigend an. Schließlich sagte sie: »Sie haben mich noch nicht gefragt, warum ich an jenem Abend nicht auf dem Boot erschienen bin.«

»Na, um mich noch mehr anzuheizen.«

»Ha, ha, ha! Keine schlechte Idee, aber zu abgegriffen, finden Sie nicht, Sie Frevler allen Übels? Der wahre Grund wird mein Geheimnis bleiben, und ich werde es erst lüften, wenn ich es für richtig halte.«

»Mein Leben setze ich als Preis, damit du den Grund nennst.«

Zum erstenmal lächelte sie rein und aufrichtig, und in ihren Augen lag ein warmer Glanz, als wollte sie mit den Spöttereien Schluß machen. Es war die Ruhe nach dem Sturm, die Ankündigung einer neuen Politik auf Grund neuer Absichten. Sie trat einen Schritt näher, faßte spielerisch nach seinem Schnurrbart und begann ihn sorgfältig zu zwirbeln. In völlig verändertem Ton sagte sie: »Wenn Sie Ihr Leben als Preis für das Geheimnis geben, was bleibt dann für mich?«

Tiefe Zufriedenheit überkam ihn, ein Gefühl, das ihn seit dem verdorbenen Abend auf dem Hausboot nicht mehr erfüllt hatte. Es war, als hätte er zum erstenmal im Leben eine Frau erobert. Er nahm ihre Hände vom Schnurrbart weg, legte sie in seine großen Pranken. Seine Stimme klang zärtlich und dankbar, als er sagte: »Ich fühle einen Rausch, du Herrin über alles, den ich nicht beschreiben kann. Gehöre mir für immer – auf ewig. Tod über den, der es wagt, dir einen Wunsch oder eine Bitte abzuschlagen. Laß deine Huld mir gegenüber noch großzügiger sein – bereite uns unser Beisammensein vor. Diese Nacht ist einzigartig, und da ist es nur recht, sie bis zum Morgengrauen zu feiern.«

Sie krabbelte mit den Fingerspitzen seine Handflächen. »O ja, diese Nacht ist einzigartig. Aber Sie müssen sich trotzdem mit wenigem begnügen.«

Mit wenigem!? Härte wieder nach all der Milde? Nein, ich habe keine Geduld mehr. Er streichelte ihre Hände, breitete sie aus und schaute bewundernd auf die hennagefärbten, rosa Innenflächen. Sie lachte und fragte: »Lesen Sie mir jetzt aus der Hand, großer Scheich?«

»Ich bin berühmt dafür«, erwiderte er scherzhaft. »Soll ich dir dein Schicksal sagen?« Sie nickte zustimmend, und er nahm ihre rechte Hand, betrachtete sie lange und machte ein nachdenkliches Gesicht. Mit gehobener Stimme erklärte er: »Da kommt ein Mann auf dich zu, er wird für dein Leben von Bedeutung sein.«

Sie lachte. »Eine offizielle Beziehung?«

Er zog die Augenbrauen hoch, guckte noch genauer hin. »Nein, eine inoffizielle«, erwiderte er, und nun war seinem Gesicht nicht die leiseste Spur von Spaß anzusehen.

»Verhüte Gott! Wie alt ist er?«

Er schaute zu ihr auf. »Das ist nicht ganz klar. Aber wenn man von seinen Fähigkeiten ausgeht, steht er in der Blüte der Jugend.«

»Ist er großzügig?« fragte sie verschmitzt.

Ach, darauf ist es deinen Frauen bisher nie angekommen. »Sein Herz kennt keinen Geiz.«

Sie überlegte einen Moment. »Würde er sich damit zufriedengeben, mich als Untergebene in diesem Haus zu sehen?«

Das Kalb ist gefallen, her mit dem Messer! »Er wird aus dir die Herrin der Welt machen.«

»Wo werde ich leben, wenn ich unter seinem Schutz stehe?«

Mit so etwas hat dich nicht einmal Zubaida belästigt. Das würde ein schönes Gerede geben. »In einer schönen Wohnung.«

»Eine Wohnung?«

Verblüfft über den Abscheu, der in ihrer Stimme lag, fragte er: »Würde dir das nicht gefallen?«

Sie wies auf ihre Handfläche. »Ist da kein fließendes Wasser zu sehen? Sehen Sie ganz genau hin.«

Fließendes Wasser? Willst du in einem Badezimmer wohnen?

»Ist nicht vielleicht der Nil zu sehen? Ein Hausboot oder eine Barke?«

Vier oder fünf Pfund im Monat auf einen Schlag, abgesehen von allen anderen Ausgaben. Ah, man sollte sich nie in eine aus niedrigen Kreisen verlieben. »Warum willst du weit weg von den Leuten wohnen?«

Sie kam so dicht an ihn heran, daß ihre Knie seine berührten. »Sie stehen an Ansehen Herrn Iffat nicht nach, und ich habe nicht weniger Glück als die Sultanin, da Sie mich, wie Sie sagten, lieben. Auf einem Hausboot könnten Sie und Ihre Freunde herrlich feiern. Es ist mein Traum, lassen Sie ihn wahr werden.«

Er legte seine Arme um ihre Taille, verharrte schweigend, um die Nähe und Weichheit ihres Körper in aller Ruhe auszukosten. »Du wirst haben, was du dir wünschst, du meine Hoffnung.«

Als Zeichen des Danks legte sie ihm die Hände auf die Wangen. »Glauben Sie nicht, daß Sie nur geben, ohne etwas zu bekommen. Eins dürfen Sie nicht vergessen – nur Ihretwegen verlasse ich dieses Haus, in dem ich mein ganzes Leben verbracht habe und in das ich dann nie wieder zurückkehren kann. Wenn ich gebeten habe, mir ein Leben als Dame einzurichten, dann nur, weil Ihre Gefährtin nicht geringer als andere Frauen behandelt werden darf.«

Er umschlang sie noch fester, zog sie heran, bis sein Gesicht an ihrem Busen ruhte. »Ich verstehe alles, du mein Augenlicht. Du bekommst, was du willst und mehr. Deine Wünsche sind auch meine. Und nun – bereite unser Beisammensein vor. In dieser Nacht will ich mein Leben beginnen.«

Sie faßte nach seinen Armen und lächelte entschuldigend. Zart sagte sie: »Das wird erst auf unserem Hausboot auf dem Nil sein.«

»Mach mich nicht verrückt«, warnte er. »Meinst du, du könntest Widerstand leisten, wenn ich über dich herfalle?«

Sie trat zurück. Bei allem bittenden Klang kündete ihre Stimme von Entschlossenheit, als sie erwiderte: »Es soll nicht in dem Haus geschehen, in dem ich als Dienerin gearbeitet habe. Warten Sie, bis uns unser neues Heim empfängt, Ihres und meins. Von da an werde ich Ihnen auf immer gehören. Vorher nicht. Ihr Leben für meins und mein Leben für das Ihrige.«

10

So Gott will, kommt er mit Gutem, sagte sich Herr Abd al-Gawwad, als im Geschäft Jasin an ihn herantrat. Es war ein seltener, unerwarteter Besuch, und er erinnerte sich an den Tag, als Jasin ihn im Laden aufgesucht hatte und sich mit ihm über den Entschluß seiner Mutter, das viertemal zu heiraten, beraten wollte. Er war überzeugt, daß der Sohn auch heute nicht nur hereinschaute, um guten Tag zu sagen oder über Alltägliches zu reden. Das hätte er auch gut und gern zu Hause machen können. Jasin kam immer dann ins Geschäft, wenn es sich um eine wichtige Angelegenheit handelte. Er drückte ihm die Hand, bat ihn, sich zu setzen, und sagte: »So Gott will, hast du gute Neuigkeiten.«

Jasin nahm auf dem Stuhl Platz, der neben dem Sessel des Vaters, hinter dem Schreibtisch, stand. Er saß mit dem Rücken zum Verkaufsraum, wo Gamil al-Hamzawi für einen Kunden etwas auswog. Er sah verlegen aus, was die Befürchtungen des Vaters bestätigte. Herr Abd al-Gawwad schlug das Buch zu, in das er Zahlenkolonnen eingetragen hatte, richtete sich auf und hielt sich bereit für das, was da kommen würde. Zu seiner Rechten stand der Safe, die Tür halb geöffnet, und über seinem Kopf hing ein Bild von Saad Zaghlul in der gepflegten Bekleidung des Ministerpräsidenten. Über dem Bild prangte im alten Rahmen die Gebetsformel »Im Namen Gottes, des barmherzigen Erbarmers«.

Natürlich war Jasin nicht zufällig vorbeigekommen. Nach reiflicher Überlegung schien ihm der Laden für das Gespräch mit dem Vater der sicherste Ort zu sein, denn sowohl die Anwesenheit von Gamil al-Hamzawi als auch von Kunden stellten eine Art Schutzpanzer für den Fall dar, daß er den Zorn des Vaters herausfordern würde. Obwohl ihm sein Alter eine gewisse Sicherheit verschafft hatte und der Vater im allgemeinen freundlich mit ihm umging, jagte ihm der Gedanke, einen Wutausbruch des Vaters zu provozieren, noch immer größte Angst ein. Er verlieh seiner Stimme einen besonders höflichen Klang, als er zu sprechen begann. »Schenken Sie mir bitte einige Minuten Ihrer wertvollen Zeit. Wäre das Gespräch nicht dringlich, hätte ich es nicht gewagt, Sie zu stören. Ich möchte keinen Schritt unternehmen, ohne nicht Ihre Erleuchtung spendende Meinung zu hören und sicherzugehen, Ihre Zustimmung zu finden.«

Obwohl Herrn Abd al-Gawwad das höfliche Getue amüsierte, beobachtete er wachsam den stattlichen, eleganten jungen Mann. Sein Blick umfing dessen Erscheinung in Gänze – der Schnurrbart genauso gezwirbelt wie seiner, ein dunkelblauer Anzug, dazu ein Hemd mit gestärktem Kragen, blaue Fliege, ein Wedel aus Elfenbein, schwarze Lackschuhe. Um auf den Vater einen anständigen Eindruck zu machen, war Jasin in zwei Punkten von seinem gewohnten Aufzug abgewichen. Der Zipfel des seidenen Tüchleins guckte nicht aus der oberen Tasche des Jacketts, und der Tarbusch, sonst frech auf die rechte Seite gerückt, saß gerade auf dem Kopf.

Behauptet, ohne meine ›erleuchtende‹ Meinung nicht auszukommen, na bravo! Läßt er sich etwa davon ›erleuchten‹, wenn er trinkt? Oder wenn er durch die Lasterhöhlen von Wagh al-Birka zieht, was ich ihm verboten habe? War er damals ›erleuchtet‹, als er sich auf dem Dach über die Dienerin hermachte? Nur weiter so, bravo. Was mag wohl hinter dieser Salbaderei stecken? »Sehr gut, mein Junge. Bei einem klugen Mann wie dir ist das das mindeste, was man erwarten kann. Also – gibt's was Gutes?«

Jasin drehte sich hastig um, warf einen Blick auf Gamil al-Hamzawi und die Kunden. Dann rutschte er mit dem Stuhl noch näher an den Schreibtisch heran. Er sammelte all seinen Mut und erklärte: »Ich habe mich entschlossen, natürlich nur mit Ihrem Einverständnis und Ihrer Zustimmung, dem religiösen Gebot nachzukommen und zu heiraten.«

Wenn das keine Überraschung war! Entgegen allen Befürchtungen sogar eine freudige! Gemach, gemach, erst einmal die näheren Umstände begutachten. Es hieß abzuwarten, denn das Wichtigste mußte ja noch kommen. Gab's vielleicht keinen Grund zur Sorge? Aber sicher. Daß er das Geschäft als Gesprächsort gewählt hatte, mit übertriebenen Höflichkeiten und Schmeicheleien begann – all das waren Hinweise, die einem scharfsinnigen Menschen nicht entgehen konnten. Gegen eine Heirat war an und für sich nichts zu sagen. Im Gegenteil, seit langem war das schon sein Wunsch, seit damals, als er Mohammed Iffat gedrängt hatte, seine Tochter, Jasins ehemalige Gattin, wieder zurückzuschicken. Wie oft hatte er seine Gebete damit beendet, Gott zu bitten, den Sohn auf den Pfad der Vernunft zu führen und ihn ein nettes Mädchen finden zu lassen. Oh, hätte er nicht befürchtet, mit einem der anderen Freunde den gleichen Ärger zu bekommen wie mit Mohammed Iffat, dann wäre er selbst ohne Zögern ans Werk gegangen und hätte ihm eine Frau gefunden. Jetzt jedenfalls hieß es erst einmal abzuwarten; möglicherweise bestätigte sich keine seiner Befürchtungen. »Ein sehr schöner Entschluß, dem ich voll zustimme. Ist deine Wahl auf eine bestimmte Familie gefallen?«

Jasin senkte den Blick, dann schaute er wieder auf. »Ich habe eine Frau gefunden, wie ich sie mir immer wünschte. Sie kommt aus einer geachteten Familie, die uns durch langjährige Nachbarschaft vertraut ist. Der Herr des Hauses stand bei dir immer in hohem Ansehen.« Da der Vater nichts sagte, sondern nur fragend die Augenbrauen emporzog, verkündete Jasin: »Ich meine den verstorbenen Herrn Mohammed Radwan.«

»Nein!« schleuderte er dem Sohn entgegen, unfähig, sich beherrschen zu können. Sein ganzes Mißbehagen, all sein Protest hatte in dem einen kurzen Wort gelegen. Wollte er nicht die wahren Gründe für seinen Unmut nennen, mußte er einsichtige Argumente vorbringen, und daran mangelte es ihm nicht. »Ist die Tochter nicht geschieden? Sollte die Welt so klein sein, daß du jetzt schon eine Frau nehmen mußt, die ein anderer abgelegt hat?«

Der Einwand überraschte Jasin nicht; er hatte sich darauf eingestellt, seit sein Entschluß feststand, Marjam zu heiraten. Aber er vertraute fest darauf, den Widerstand des Vaters überwinden zu können, bei dem es sich ja nur um die Abneigung gegen eine Geschiedene, vielleicht auch noch gegen eine Frau, die den Vater an den tragischen Tod seines Sohns erinnerte, handeln konnte. Jasin glaubte fest an die Weisheit des Vaters, die es ihm letztendlich möglich machen würde, die beiden unerheblichen Einwände aus dem Weg zu schaffen. Ja, er rechnete sogar fest mit der Unterstützung des Vaters, war das doch die einzige

Möglichkeit, den wirklich schweren Widerstand, den er von seiten Sitt Aminas erwartete, zu brechen. Allein der Gedanke daran brachte ihn in solche Bedrängnis, daß er schon mehr als einmal überlegt hatte, heimlich das Haus zu verlassen, ganz nach Wunsch zu heiraten und die Familie mit der vollendeten Tatsache zu konfrontieren. Wäre es nicht über seine Kräfte gegangen, den Vater zu erzürnen, hätte er den Plan bestimmt ausgeführt, auch wenn es ihm schwergefallen wäre, sich über die Gefühle seiner zweiten Mutter – nein, der ersten, weil für ihn sorgenden Mutter – einfach hinwegzusetzen, ohne sich die Mühe gemacht zu haben, sie für seinen Entschluß zu gewinnen und ihre Zustimmung zu erhalten.

»Nein, Vater, zu klein ist die Welt nicht, aber diese Frau ist nun einmal mein Schicksal. Mir kommt es nicht auf Geld und Ansehen an, sondern es reicht mir, wenn sie aus einer ordentlichen Familie kommt und einen guten Charakter hat.«

Gab es angesichts dieser komplizierten, betrüblichen Situation einen Trost, dann nur den, daß Herr Abd al-Gawwad sich in seiner Meinung über den Sohn nicht getäuscht hatte. Ja, so war Jasin nun einmal, so und nicht anders. Ein Mensch, eher schon ein Tier, der von vorne bis hinten nur Probleme bereitete. Wäre er heute mit einer guten Nachricht gekommen, hätte er ihm jetzt eine frohe Botschaft überbracht, dann wäre das nicht Jasin gewesen, dann hätte er als Vater in der Einschätzung des Sohns eine schwere Schlappe einstecken müssen. Vielleicht war es nicht einmal das schlimmste, daß er sich bei einer Frau nicht um Geld und Ansehen scherte. Aber wenn er in diesem Fall von gutem Charakter sprach, dann lag das Problem ganz anders. Für diesen Ochsen ließ sich nur eine Entschuldigung finden: Offensichtlich hatte er keine Ahnung – was nicht weiter verwunderlich war – vom Lebenswandel der Mutter jenes Mädchens, das er so sehr als Ehefrau begehrte. Was die Mutter trieb, wußte nur er, der Vater, und zwar aus eigener Erfahrung, woraus man schlußfolgern konnte, daß möglicherweise vor oder nach ihm noch andere Männer ähnliche Erfahrungen gemacht hatten. Was tun? Sicher, das Mädchen war ordentlich erzogen, aber ebenso sicher war, daß sie weder mit der besten Mutter noch mit dem besten Milieu bedacht worden war. Bedauerlicherweise konnte er diese Meinung nicht laut werden lassen, wenn er nicht bereit war, seine Behauptungen zu beweisen. Eine solch üble Einschätzung mußte bei jedem auf Ablehnung stoßen und Verärgerung hervorrufen. Am schlimmsten war, daß er nicht einmal eine Andeutung machen durfte, denn damit hätte er Jasin nur dazu gebracht, nachzuforschen und sich zu erkundigen. Und was würde er schließlich entdecken? Die Spuren des eigenen Vaters, was einen Skandal ohnegleichen heraufbeschwören würde. Handelte es sich also an sich schon um ein äußerst delikates und schwerwiegendes Problem, kam noch hinzu, daß sich in die Erinnerungen ein spitzer Stachel bohrte – die alte Geschichte mit Fahmi. Wußte Jasin das alles nicht mehr? Wie konnte er einfach darüber hinwegsehen, daß er ein Mädchen wollte, nach dem einst sein Bruder getrachtet hatte? War das etwa kein abscheuliches Verhalten? Gewiß doch, auch wenn er nicht daran zweifelte, daß Jasin dem verstorbenen Bruder aufrichtig zugetan gewesen war. Die grausame Logik des Lebens gab Leuten wie Jasin eine Entschuldigung in die Hand: Begierde war immer ein blinder, erbarmungsloser Tyrann. Niemand wußte das besser als er selbst.

Die gerunzelte Stirn sollte ankündigen, wie verärgert er war. »Ich bin mit deiner Wahl nicht zufrieden. Ich weiß nicht, warum. Der selige Herr Mohammed Radwan war tatsächlich ein anständiger Mann, aber gelähmt, wie er war, hatte er sich schon lange vor seinem Tod nicht mehr richtig um die Familie kümmern können. Ich will mit dieser Bemerkung niemandem zu nahe treten, auf keinen Fall, aber da hat es mal so ein Gerede gegeben, und natürlich greifen die Leute das dann auf, nicht wahr? Nein, für mich ist das wichtigste, daß das Mädchen geschieden ist. Warum, aus welchem Grund? Eine von vielen Fragen, die beantwortet werden müssen. Es wäre nicht recht von dir, einer geschiedenen Frau zu vertrauen, bevor du nicht alles über sie herausbekommen hast. Das ist es, worauf es mir ankommt. Die Welt ist voll von Töchtern aus gutem Hause.«

Dadurch beflügelt, daß der Vater nur seine Meinung sagen und Ratschläge geben wollte, faßte Jasin Mut. »Ich habe selbst, auch mit Hilfe von anderen, Erkundigungen eingeholt. Es scheint klar zu sein, daß der Ehemann die Schuld trägt. Er war schon mit einer anderen verheiratet und hat das verschwiegen. Abgesehen davon, daß er nicht fähig war, für zwei Haushalte aufzukommen, hatte er auch einen schlechten Charakter.«

Ausgerechnet er redet, ohne sich zu genieren, von ›schlechtem Charakter‹. Dieser Hornochse versorgt dich mit genügend frischem Nachschub, um eine ganze Nacht Witze zu reißen. »So, du hast also nachgeforscht.«

»Das ist doch selbstverständlich«, erwiderte Jasin verschüchtert, wobei er bemüht war, dem durchdringenden Blick des Vaters auszuweichen.

Herr Abd al-Gawwad schlug die Augen nieder und fragte: »Weißt du nicht mehr, daß sich für uns mit diesem Mädchen schmerzliche Erinnerungen verknüpfen?«

Jasin geriet in große Verlegenheit. Die Farbe wich aus seinem Gesicht. »Unmöglich, das zu vergessen. Aber an der Geschichte war eigentlich nichts dran. Ich weiß ganz sicher, daß mein verstorbener Bruder sich nur ein paar

Tage lang mit der Sache beschäftigt hat, danach war alles vorbei für ihn. Ich möchte sogar behaupten, er war richtig glücklich über das Scheitern seiner Idee, weil er nämlich feststellen mußte, daß Marjam keineswegs so sehr nach ihm verlangte, wie er geglaubt hatte.«

Sprach er die Wahrheit, oder wollte er nur etwas zu seiner Verteidigung finden? Fahmi hatte Jasin vertraut, und da war er vielleicht der einzige Mensch, der zu Recht behaupten konnte, über dessen persönliche Dinge Bescheid zu wissen. Oh, wenn das nur wahr wäre. Dann fühlte er sich von einer Qual befreit, die ihm den Schlaf raubte, wenn er sich vorstellte, er hätte dem Glück des teuren Toten im Wege gestanden, oder wenn ihm der Gedanke durch den Kopf schoß, der Sohn wäre noch in seiner letzten Minute verzweifelt gewesen und hätte ihm, dem Vater, wegen dessen tyrannischem Wesen und seiner Verbohrtheit gegrollt. Konnte es sein, daß Jasin ihn von diesen Schmerzen, die ihm immer wieder das Herz zerrissen, befreien wollte? »Bist du wirklich davon überzeugt? Hat Fahmi dir das gesagt?« fragte er mit einer Ungeduld, von der Jasin nicht ahnen konnte, wie tief sie in ihm bohrte.

Zum zweitenmal in seinem Leben erlebte Jasin den Vater niedergeschlagen und verzweifelt. Nur damals, als Fahmi getötet worden war, hatte er ihn in einem ähnlich schrecklichen Zustand gesehen.

Der Vater drängte weiter auf ihn ein. »Sag mir die volle Wahrheit, schonungslos und ohne alle Umschweife. Die Wahrheit und nichts als die Wahrheit. Du ahnst nicht, wie mich das ...« Schon war er versucht, von seinem Schmerz zu sprechen, da konnte er gerade noch innehalten.

Ohne alles Zögern kam Jasins Antwort. »Ich bin mir völlig sicher, ich habe es selbst von ihm erfahren. Mit eigenen Ohren habe ich es gehört. Da gibt's überhaupt keinen Zweifel.«

Unter gewöhnlichen Umständen hätte diese Antwort, auch wenn sie noch nachdrücklicher ausgefallen wäre, Herrn Abd al-Gawwad nicht gereicht, um überzeugt zu sein. Aber da er danach dürstete, die Aussage unbedingt für wahr zu halten, hielt er sich daran fest und vertraute Jasins Worten, ja, sein Herz war erfüllt von großem Dank und reichen Segenswünschen. Jasins Heiratswunsch stellte, zumindest in diesem Augenblick, kein bedrückendes Problem mehr dar. Herr Abd al-Gawwad verfiel in Schweigen, kostete den Frieden aus, der sein Herz erfüllte. Nur nach und nach konnte er sich der Situation wieder bewußt werden und Jasin, nachdem die Erregtheit sich ein wenig gelegt hatte, erneut ins Visier nehmen. Marjam, ihre Mutter, Jasins Bitte, seine Pflicht als Vater – was konnte er ihm sagen, was nicht? »Wie auch immer«, erklärte er schließlich. »Ich möchte, daß du über die Sache noch gründlicher nachdenkst und vorsichtiger damit umgehst. Überstürze nichts, laß dir genügend Zeit zum Überlegen und Prüfen. Schließlich geht es um deine Zukunft, deine Ehre, dein Glück. Ich bin bereit, noch einmal eine Frau für dich auszusuchen, aber nur, wenn du mir dein Manneswort gibst, daß ich es einst nicht bereue, mich um deines Wohls willen eingemischt zu haben. Was meinst du dazu?«

Jasin schwieg und überlegte, unzufrieden darüber, daß das Gespräch eine solch kritische Wendung nahm. Gewiß, der Vater redete in ungewöhnlich sanftem Ton, dennoch war ihm anzumerken, daß er verärgert und nicht einverstanden war. Wenn er, Jasin, jetzt auf seiner Meinung bestand, würde die Diskussion zu einem nicht empfehlenswerten Zwist ausarten. Aber sollte er nur deshalb einen Rückzieher machen? Nein. Er war kein Kind mehr. Er würde die heiraten, die er sich wünschte. Mochte ihm Gott beistehen, sich dennoch die Zuneigung des Vaters zu bewahren. »Ich möchte Ihnen keinen Kummer machen, Vater«, sagte er schließlich. »Ich danke Ihnen. Mein größter Wunsch ist es, daß ich Ihre Zustimmung finde und Sie mit mir zufrieden sind.«

Der winkte ungeduldig ab und erklärte ziemlich scharf: »Du bist nicht bereit, die Klugheit meines Rats zu erkennen.«

»Seien Sie nicht böse, Papa«, stürmte Jasin bittend auf ihn ein. »Bei Gott beschwöre ich Sie, mir nicht zu zürnen. Sind Sie zufrieden, dann ist es ein Segen, und ich könnte es nicht ertragen, daß Sie ihn mir vorenthalten. Lassen Sie mich mein Glück versuchen, und beten Sie für einen glücklichen Ausgang.«

Herr Abd al-Gawwad war überzeugt, daß er sich in die Situation schicken mußte, doch er konnte es nur traurig und verzweifelt tun. Gewiß, möglicherweise war Marjam trotz der Leichtfertigkeit ihrer Mutter ein achtbares Mädchen, und vielleicht gab sie auch eine gute Ehefrau ab. Trotzdem gab es keinen Zweifel daran, daß es Jasin weder gelungen war, sich die beste aller möglichen Gattinnen noch die geschätzteste aller möglichen Familien zu erwählen. Aber nun lag die Sache in Gottes Hand. Die Zeit, da er unwidersprochen seinen Willen durchdrücken konnte, war vorbei. Jasin war ein erwachsener Mann, der Verantwortung trug, und jeder Versuch, ihm seinen Willen aufzuzwingen, würde nur zur Auflehnung führen. Er mußte sich also in das schicken, was unvermeidlich war, und Gott darum bitten, alles gut enden zu lassen.

Nachdem Herr Abd al-Gawwad nochmals seine Ratschläge und Belehrungen wiederholt hatte, worauf Jasin sich abermals entschuldigte und seine Zuneigung beteuerte, gab es nichts mehr zu sagen. Jasin verließ das Geschäft, überzeugt davon, die Zustimmung des Vaters erhalten zu haben. Die härteste Auseinandersetzung, dessen war er sich bewußt, würde ihn erst zu Hause erwarten. Eins war klar – er mußte ausziehen. Schon der Gedanke, die Eingliederung Marjams in die Familie zu erwägen, wäre Wahnsinn gewesen. Er hoffte lediglich, in Frieden aus dem Haus zu gehen und weder Feindseligkeit noch Haß hinter sich zu lassen. Die Frau des Vaters verächtlich zu behandeln oder ihr etwas übelzunehmen wäre ihm nach all den Jahren der Verbundenheit und der Güte, die er von ihr erfahren hatte, nicht leichtgefallen. Nie hätte er sich vorstellen können, eines Tages eine so befremdliche Haltung zu diesem Haus und dessen Familie einzunehmen, aber die Dinge lagen kompliziert, und der Handlungsraum war eingeschränkt, denn Marjam bekam er nur, wenn er sie heiratete. Das seltsamste daran war, daß ihm die weibliche Taktik, die darauf abzielte, ihn einzufangen, nicht verborgen geblieben war, obwohl sie doch auf einem alten Muster beruhte, das in zwei Worte zu fassen war: anziehen – abstoßen. Aber die Gier nach diesem Mädchen erhitzte ihm das Blut, und wenn sich keine andere Möglichkeit fand, sich abzukühlen, dann mußte eben geheiratet werden. Noch erstaunlicher war, daß er zwar über Marjams Leben genausogut Bescheid wußte wie die anderen in der Familie – abgesehen natürlich vom Vater –, dennoch aber so von Verlangen nach ihr erfüllt war, daß er sie sich weder aus dem Kopf schlagen noch sich von ihr zurückziehen konnte. Warum sollte ich, so überlegte er, mein Herz wegen einer Vergangenheit quälen, für die ich nicht verantwortlich bin? Sie wird ein neues Leben beginnen, wenn sie bei mir ist, und erst dann muß ich für sie einstehen. Mein Selbstvertrauen ist unbegrenzt; sollte ich mich dennoch getäuscht haben, werfe ich sie weg wie einen alten Schuh.

In der Tat beruhte seine Entscheidung nicht so sehr auf einer klaren Überlegung, sondern lag in seinem unbändigen, unbezwinglichen Verlangen nach diesem Mädchen begründet. Die Heirat stellte nur einen Ersatz für das von Marjam nicht akzeptierte Verhältnis dar. Aber er war dazu ohne jede schlechte Absicht bereit, sah in der Ehe mit ihr auch keineswegs nur die – zeitlich begrenzte – Möglichkeit, sein sinnliches Verlangen zu stillen. Bei aller Unbeständigkeit seiner Wesensart, gegen die er nichts ausrichten konnte, sehnte er sich nach dem Eheleben und einem geordneten, dauerhaften Heim.

In solcherlei Gedanken versunken, nahm er wie immer in der Kaffeerunde seinen Platz neben Kamal ein. Es würde wohl das letzte Mal sein, daß er daran teilnahm. Betrübt schweifte sein Blick über die Kanapees, bunten Matten und hinauf zur großen Deckenlampe. Amina hockte wie auch sonst auf dem Sofa, das zwischen der Tür zum Schlafzimmer des Hausherrn und der zum Eßzimmer stand. Trotz der Hitze beschäftigte sie sich emsig mit dem Kohlebecken, um den Kaffee zu bereiten. Der weiße Kopfschleier fiel auf den veilchenblauen Gilbab, der bei aller Weite zu erkennen gab, wie dünn sie war. Ruhe ging von ihr aus, eine Stille, die ahnen ließ, wieviel Trauer sich dahinter verbarg. Wenn Wellen am Ufer für einen Moment in der Bewegung verharren, ist der Grund dem Blick nicht mehr verborgen. Wie sehr fühlte sich Jasin von Schmerz bedrückt, als er sich bereit machte, sein Anliegen vorzubringen. Es gab keine andere Möglichkeit, er mußte es tun.

Nachdem er seinen Kaffee ohne besonderen Genuß getrunken hatte, erklärte er: »Tja also … es gibt ein Problem, und ich würde gerne deinen Rat hören.« Der schnelle Blick zu Kamal hinüber verriet, daß dieser in die Sache eingeweiht war. Offensichtlich sah Kamal mit nicht minderer Unruhe als Jasin dem Ausgang des Gesprächs entgegen.

»Ist es etwas Gutes?« fragte Amina.

»Ich werde heiraten«, antwortete Jasin knapp.

Freudiges Interesse glänzte in Aminas kleinen honigfarbenen Augen. »Da hast du dich zu etwas sehr Schönem entschlossen, mein Sohn. Du darfst damit nicht länger warten.« Fragend blickte sie ihn an, doch statt ihre Neugier laut werden zu lassen, wollte sie ihn wohl dazu bringen, selbst sein Geheimnis zu offenbaren. »Sprich mit deinem Vater, oder laß mich mit ihm reden. Es wird ihm nicht schwerfallen, für dich eine neue Frau zu finden, eine, die besser als die erste ist.«

»Ich habe bereits mit ihm gesprochen«, erwiderte er mit einem Ernst, der auf Amina unangemessen wirkte. »Wir brauchen Vater nicht nochmals zu bemühen, weil ich bereits eine Frau erwählt habe. Er hat zugestimmt. Nun hoffe ich sehr, daß auch du mir deine Einwilligung gibst.«

Daß Jasin ihr solche Bedeutung beimaß, ließ ihr Gesicht vor Freude und Scham erröten. »Möge Gott dir helfen, daß alles gut wird. Beeile dich, damit recht schnell wieder Leben in die leerstehende Etage zieht. Aber – wer ist die Glückliche, die du zur Frau nehmen willst?«

Wieder wechselte er mit Kamal einen kurzen Blick. Mit Mühe brachte er hervor: »Eine aus der Nachbarschaft, die du kennst.«

Sie schob die Augenbrauen zusammen, starrte ins Leere, und das Auf und Ab des Zeigefingers ließ erkennen, daß sie in Gedanken die Nachbarn durchging. »Du bringst mich in Verwirrung, Jasin. Könntest du mir nicht etwas mehr sagen?«

Ein schwaches Lächeln zeichnete sich auf seinen Lippen ab. »Sie kommt aus unserer unmittelbaren Nachbarschaft.«

»Wer?!« stieß sie aufgebracht hervor, und die Frage allein verriet schon so viel Unwillen, daß Jasin den Kopf senkte, die Lippen zusammenkniff und düster dreinblickte.

Doch da sprach Sitt Amina, mit dem Daumen hinter sich weisend, mit zitternder Stimme weiter: »Die da? Unmöglich! Meinst du wirklich, was du sagst, Jasin?«

Da seine Antwort nur aus mürrischem Schweigen bestand, rief sie: »Was für ein Schrecken! Etwa die, die sich voller Schadenfreude an unserem Unglück geweidet hat?«

Er konnte sich nicht länger beherrschen. »Bei Gott, schwöre mir, nie wieder diese Worte zu wiederholen!« rief er. »Das ist reines Gefasel, und wenn mein Herz nur einen einzigen Augenblick davon überzeugt gewesen wäre ...«

»Natürlich, du verteidigst sie, aber denk bloß nicht, daß sich davon jemand täuschen läßt. Streng dich nicht weiter an, mich zu etwas Unmöglichem überreden zu wollen. Großer Gott! Welchen zwingenden Grund sollte es für einen solchen Skandal geben? Nachbarn, die nur aus Fehlern und Mängeln bestehen. Ist da auch nur eine Tugend, die diese frevelhafte Wahl entschuldigen könnte? Du erklärst, dein Vater hätte dir sein Einverständnis gegeben. Bloß, dieser Mann weiß nichts von diesen Dingen, also sag lieber, daß du ihn getäuscht hast.«

»Beruhige dich doch«, flehte Jasin. »Nichts hasse ich mehr, als dich in Wut zu bringen. Komm, laß uns in Ruhe reden.«

»Dir zuhören, wo du mir einen dermaßen grausamen Schlag versetzt hast? Höchstens wenn du erklärst, es hätte sich um nichts anderes als einen albernen Scherz gehandelt. Marjam! Dieses leichtfertige junge Ding, über die du genauso Bescheid weißt wie wir alle. Hast du etwa ihre schändliche Vergangenheit vergessen? Solltest du das tatsächlich nicht mehr wissen? Willst du dieses Mädchen in unser Haus bringen?«

Stöhnend, als könnte er damit allen Kummer und alle Erregung vertreiben, erklärte Jasin: »Das habe ich niemals gesagt, und darum geht es auch nicht. Wichtig ist mir einzig und allein, daß du dir ohne jedes Vorurteil die Sache ernsthaft überlegst.«

»Wieso Vorurteil? Habe ich sie etwa zu Unrecht beschuldigt? Du sagst, dein Vater hätte zugestimmt. Hast du ihm von ihrem schamlosen Geplänkel mit dem englischen Soldaten erzählt? O Gott, was ist bloß aus den Söhnen anständiger Leute geworden!«

»Bitte, beruhige dich, laß uns vernünftig reden. Was bringt diese ganze Aufregung?«

Mit einer Schärfe, die ihrem Wesen fremd war, rief sie: »Ich kann mich nicht beruhigen, solange diese Angelegenheit etwas mit Ehre zu tun hat!«, und schluchzend fügte sie hinzu: »Ich kann mich nicht beruhigen, solange die Angelegenheit etwas mit dem Gedenken an deinen Bruder zu tun hat.«

Jasin schluckte. »An meinen Bruder? Möge Gott sich seiner erbarmen und ihn aufnehmen in den Weiten seines Paradieses. Aber meine Absicht berührt das Andenken an meinen Bruder nicht im geringsten. Das kannst du mir glauben, denn ich weiß, wovon ich spreche. Bring keine Unruhe in seine Ruhe.«

»Nicht ich tue das, sondern du, der Bruder, der die Augen auf dieses Mädchen richtet. Das weißt du genau, Jasin, kannst es nicht leugnen.« Sie geriet wieder in heftige Erregung. »Vielleicht hast du schon damals, zu seiner Zeit, nach ihr Ausschau gehalten.«

»Sitt Amina!«

»Ich habe in nichts mehr Vertrauen, wie sollte ich auch – nach diesem Verrat! Ist die Welt so klein geworden, so menschenleer, daß du unter den Töchtern des Landes keine andere Frau findest als dieses Mädchen, das das Herz deines Bruders bluten ließ? Erinnerst du dich nicht mehr, wie traurig er war, als er von der Geschichte mit dem englischen Soldaten hörte?«

Jasin hob bittend die Hände. »Verschieben wir das Gespräch auf ein andermal. Ich werde dir beweisen, daß mein verstorbener Bruder, als er dem Ruf des Herrn folgte, keinerlei Gram wegen dieses Mädchens im Herzen verspürte. Die augenblickliche Atmosphäre ist nicht geeignet, um miteinander zu reden.«

Aufgebracht schrie sie ihn an: »Um über so etwas zu reden, wird nie die Zeit für mich sein! Du bewahrst nicht das würdige Gedenken an Fahmi!«

»Wenn du dir nur vorstellen könntest, welchen Schmerz mir deine Worte bereiten.«

»Was für Schmerz?« Ihr Zorn war nicht mehr zu überbieten. »Du hast doch nicht einmal um deinen Bruder Schmerz gefühlt! Selbst fremde Menschen haben mehr um ihn getrauert als du!«

»Mutter!«

Kamal, der nun eingreifen wollte, wurde von ihr mit einem Wink der Hand zum Schweigen gebracht. »Nenn mich nicht mehr Mutter!« rief sie. »Wahrhaftig, ich war dir eine Mutter, aber weder warst du ein guter Sohn noch ein guter Bruder für meinen Sohn!«

Jasin ertrug es nicht länger, im Raum zu bleiben. Bekümmert und niedergeschlagen stand er auf und ging hinaus, in sein Zimmer. Gleich darauf trat Kamal ein, nicht weniger bedrückt als er. »Habe ich dich nicht gewarnt?« fragte er.

Jasin stierte düster vor sich hin. »Ich werde keine einzige Minute länger in diesem Haus bleiben.«

»Du mußt ihr verzeihen«, meinte Kamal beklommen. »Du weißt, daß Mutter nicht mehr die ist, die sie einmal war. Selbst Vater übt manchmal Nachsicht, wenn sie etwas falsch macht. Sie war eben wütend, aber das gibt sich wieder, also nimm das, was sie sagte, nicht so wörtlich. Ich bitte dich herzlich darum.«

Jasin seufzte. »Ich bin ihr nicht böse, Kamal. Wie könnte ich mir das Gute von soviel Jahren durch eine Stunde Groll verderben lassen. Wie du schon sagtest, man muß ihr verzeihen. Aber wie soll ich ihr morgens und abends entgegentreten, wenn ich nun weiß, wie sie über mich denkt?« Für einen Moment herrschte bedrücktes Schweigen. »Du darfst nicht glauben, daß Marjam unserem toten Bruder das Herz gebrochen hat. Sicher, er wollte sich mit ihr verloben, und als Vater das abgelehnt hat, bemühte er sich, sie zu vergessen. Das hat er auch geschafft, und die Sache war erledigt. Welche Schuld sollte also Marjam haben? Was für eine Schuld lade ich auf mich, wenn ich – sechs Jahre später – auf den Gedanken komme, sie zu heiraten?«

»Du hast völlig recht, und Mama wird das auch einsehen. Deshalb hoffe ich, daß das mit deinem Weggehen nur so dahingesagt war.«

Traurig schüttelte Jasin den Kopf. »Mir tut es am meisten leid, wenn ich dieses Haus verlasse. Aber über kurz oder lang muß es ja doch sein, weil Marjam hier auf keinen Fall einziehen darf. Unter diesem Gesichtspunkt mußt du mein Weggehen sehen. Ich werde in meinem Haus in Kasr asch-Schauk leben. Glücklicherweise ist die Wohnung meiner Mutter noch immer frei. Mit Vater werde ich im Geschäft reden, und wenn ich ihm die Gründe für meinen Entschluß erkläre, werde ich alles vermeiden, was ihn verstören könnte. Ich gehe nicht im Zorn, sondern verlasse das Haus mit allergrößtem Bedauern – traurig darüber, von der Familie zu scheiden, vor allem aber von Umm Amina. Du aber laß den Kopf nicht hängen, schon bald wird alles wieder seinen gewohnten Lauf nehmen. In dieser Familie ist niemand nachtragend, und das Herz deiner Mutter ist das großmütigste.«

Er ging zum Schrank, öffnete ihn und glitt mit dem

Blick über die Kleidungsstücke, noch ein wenig zögernd, den einmal gefaßten Entschluß in die Tat umzusetzen. Er drehte sich um, sah Kamal an. »Ich werde das Mädchen heiraten, das Schicksal will es so. In einem Punkt, und Gott ist mein Zeuge, bin ich mir völlig sicher: Ich habe das Andenken an Fahmi nicht verletzt. Du weißt am besten, Kamal, wie sehr ich ihn geliebt habe. Wie denn auch nicht? Falls jemand durch diese Heirat einen Schaden erleiden sollte, dann werde ich, ich ganz allein es sein.«

11

Eine junge Dienerin führte Jasin ins Empfangszimmer. Es war das erste Mal, daß er dem Haus des seligen Herrn Mohammed Radwan einen Besuch abstattete. Wie die Zimmer im Haus seines Vaters war auch dieser Raum weitläufig und hatte eine hohe Decke. Es gab einen Holzerker, der auf die Baina-l-Kasrain-Straße hinausging, und zwei Fenster zur Seitenstraße hin, in der der Hauseingang lag. Kleine Teppiche bedeckten den Boden, und an den Seiten standen Kanapees und Sessel. An Tür und Fenstern hingen graue Samtvorhänge, deren Farbe im Verlauf der Zeit verblaßt war. An der Wand gegenüber der Tür hing in einem großen schwarzen Rahmen die rituelle Formel »Im Namen Gottes, des barmherzigen Erbarmers«, und mitten auf der rechten Wand, über dem gewichtigsten Sofa, prangte das Bild des verstorbenen Herrn Mohammed Radwan, aufgenommen in seinen besten Jahren.

Jasin steuerte auf das Kanapee zu, das gleich rechts vom Eingang stand. Er setzte sich hin und sah sich sorgfältig um, bis schließlich sein Blick auf dem Gesicht von Herrn Mohammed Radwan hängenblieb, der ihn mit den Augen Marjams anzusehen schien. Jasin lächelte zufrieden und schwenkte den elfenbeinernen Fliegenwedel durch die Luft. Seit er daran dachte, herzukommen und um Marjams Hand anzuhalten, hatte sich für ihn ein Problem aufgetan: Es gab keinen Mann im Haus, und er konnte auch keine Frau schicken, die für ihn die Verlobung einleitete. Das Ergebnis war nun, daß er selbst kam, allein auf sich gestellt wie ein Junges, das aus dem Nest gefallen ist. So sein Ausdruck für den Vorgang, der einen Mann wie ihn, mit überkommener Wertschätzung für Sippe und Familie, ziemlich genierte. Andererseits war er jedoch recht zuversichtlich, daß Marjam bei ihrer Mutter bestimmt schon den Weg für ihn geebnet hatte, also allein schon die Ankündigung seines Besuchs zu erkennen gab, weshalb er erschienen war. Er würde gewiß auf genügend Freundlichkeit stoßen, um sein Vorhaben zu vollenden.

Die Dienerin trat ein, stellte auf dem kleinen Tisch vor ihm ein Tablett mit Kaffeegeschirr ab und teilte ihm mit, daß ihre alte Herrin bereits auf dem Weg zu ihm sei. Aha, und die junge Herrin? Ob sie wohl auch wußte, daß er hier saß? Was hatte sich in ihrer zarten Seele geregt, als sie davon erfuhr? O ja, er wird sie mit all ihrer Schönheit nach Kasr asch-Schauk tragen, und dann ... dann sollte der Sturm toben. Wer hätte je gedacht, daß Sitt Amina so zornig werden konnte? Sie, die doch ansonsten von der Sanftmut eines Engels war. Ach, möge Gott alle Traurigkeit dahinraffen. Und dann war auch der Vater noch wütend geworden, als er ihm im Laden eingestanden hatte, das Haus verlassen zu haben. Doch dessen Ausbruch hatte etwas Barmherziges an sich gehabt, ließ wenigstens erkennen, wie erregt und traurig der Vater war. Ob Amina ihn über Marjams Geschichten unterrichten würde? Der Zorn einer Mutter, die ihres Sohnes beraubt wird, hat etwas Furchterregendes an sich. Aber Kamal hatte ja versprochen, sie dazu zu bringen, nichts zu sagen. Wenigstens hast du bei aller stürmischen Aufregung eine glückliche Nachricht erfahren, als du nach Kasr asch-Schauk gekommen bist: Der Obsthändler war gestorben, und in seinem Laden hat sich ein Uhrmacher eingerichtet. Ab ins Grab mit ihm, da gehörte er hin!

Er hörte ein Räuspern an der Tür. Noch während er sich umdrehte, erhob er sich. Gleich darauf erblickte er Sitt Bahiga, die seitlich durch die Tür trat, weil für ihre ganze Breite nicht genug Platz gewesen wäre. Unwillkürlich maß er mit den Augen den Umriß ihres gewaltigen Körpers ab. Als ihr Hinterteil vor ihm auftauchte, konnte er nicht anders als es bewundern, reichte doch der obere Teil fast bis zur Mitte des Rückens hinauf, während der untere Teil bis über die Schenkel hinunterwogte. Der Hintern sah aus wie ein in der Luft schwebender Ballon. Gemächlichen Schritts trat sie an ihn heran, als würde sie demnächst unter dem Gewicht von all dem Fleisch und Fett zusammenbrechen. Sie reichte ihm die Hand, weiß und weich, die sich aus dem Ärmel eines ebenso weißen und weit wallenden Gewandes hervorgeschoben hatte.

»Herzlich willkommen. Ihr Besuch ehrt und erleuchtet dieses Haus«, erklärte sie, worauf Jasin ihr höflich die Hand schüttelte. Er blieb stehen, und erst als sie sich auf dem Sofa neben dem seinen niedergelassen hatte, setzte auch er sich. Zum erstenmal sah er sie ganz aus der Nähe. Die langjährige Beziehung zwischen ihr und seiner Familie und das ihr im Verlauf der Zeit durch Alter und Stellung zukommende Ansehen, das dem einer Mutter glich, hatten bei ihm bewirkt, daß er, tauchte sie von weitem auf der Straße auf, es vermied, sie ähnlich eingehend wie sonst die Frauen zu betrachten. Deshalb kam es ihm vor, als machte er eben eine völlig neue Entdeckung. Ihr Kleid reichte vom Hals bis an die Füße, und auch die waren – trotz der Hitze – von weißen Strümpfen verhüllt. Die Ärmel gingen bis zu den Handgelenken, und Kopf und Hals bedeckte ein weißes Tuch, dessen breite Seite bis auf den Brustansatz und den Rücken fiel. Alles in allem machte sie den Eindruck jener sittsamen Bescheidenheit, die ihrer Stellung und ihrem Alter zukam. Wie er wußte, mußte sie fast an die Fünfzig sein, dennoch erstrahlte sie in blühender Gesundheit, was für ein heiteres Gemüt und jung gebliebenes Herz sprach. Während er sie sich betrachtete, fiel ihm auf, daß ihr Gesicht rein und natürlich, ohne jede Verzierung und Schmuck war, obwohl sie doch für ihre Vorliebe, sich zu putzen, und ihr Geschick dabei bekannt war – ein Talent, das ihr von jeher im ganzen Viertel maßgebliche Autorität für alles eintrug, was für Frauen mit gutem Geschmack mit Kleidung und Toilette zusammenhing. Bei dieser Gelegenheit fiel ihm ein, wie Amina diese Frau früher immer verteidigt hatte, wenn jemand meinte, deren Putzsucht als übertrieben kritisieren zu müssen, wie sie – Amina – dann aber, in den letzten Jahren, ihre Meinung völlig verändert hatte und Sitt Bahiga beim nichtigsten Anlaß angriff und ihr vorwarf, es an der bescheidenen Zurückhaltung, die ihrem Alter entspreche, mangeln zu lassen.

»Ein liebenswerter Schritt, Jasin Effendi.«

»Möge Gott Ihnen Ehre erweisen …« Beinahe war er versucht gewesen, ein »Tantchen« anzuhängen, aber instinktiv hatte ihn im letzten Moment Scheu erfüllt, vor allem, da sie ihn nicht mit »mein Sohn« angeredet hatte, was eigentlich zu erwarten gewesen wäre.

»Wie geht es der Familie, Ihrem Vater, Umm Fahmi, Chadiga, Aischa und Kamal?«

Obwohl er sich von der Frage nach all denen, die ihr ohne begründeten Anlaß feindlich gesinnt waren, beschämt fühlte, antwortete er: »Es geht allen gut. Man hofft, auch Sie befinden sich wohl.«

Bestimmt erinnerte sie sich jetzt wieder an die harsche Behandlung, die ihr seit Fahmis Tod im Haus seines Vaters widerfuhr. Immerhin hatte sie sich daraufhin veranlaßt gesehen, nach all den Jahren besten nachbarschaftlichen Zusammenlebens die Beziehungen abzubrechen. Auf welche Abneigung war sie gestoßen, mehr noch: auf wieviel stumme Feindseligkeit. Alles nur deshalb, weil die Frau seines Vaters eines Tages verkündet hatte, »ihr Gefühl« würde ihr sagen, daß Marjam und ihre Mutter um Fahmi nicht aufrichtig getrauert hätten. Warum nur, um Gottes willen? Sitt Amina hatte einfach erklärt, es sei absurd zu glauben, Marjam und ihre Mutter hätten nicht auf diese oder jene Weise erfahren, zumindest aber den Schluß gezogen, daß der Vater Fahmis Verlobung mit Marjam abgelehnt habe, und noch dümmer sei es – so Sitt Amina – zu denken, daß die beiden Frauen, wenn sie doch davon wußten, keinen Groll gegen die Familie hegten. Immer wieder erzählte Sitt Amina, sie habe gehört, wie Marjam bei der Trauerfeier für Fahmi mit den Worten klagte: »Was für Schmerz bereitet es mir, daß du deine Jugend nicht ausleben konntest.« Sitt Amina übersetzte sich das mit: »Was für Schmerz bereitet es mir, daß du deine Jugend nicht ausleben konntest, weil sich dir deine Familie in den Weg gestellt hat«, worauf sie alle möglichen Schmähungen, die ihr Trauer und Ärger eingaben, folgen ließ. Es nützte kein Mittel, um sie von »ihrem Gefühl« abzubringen; im Handumdrehen veränderte sich ihr Verhalten gegenüber Marjam und deren Mutter, und schließlich kam es zum Bruch.

Jasin, noch unter dem Eindruck von Scham und Beklemmung stehend, stöhnte: »Gottes Fluch treffe Satan.«

»Gottes tausendfacher Fluch«, bekräftigte Sitt Bahiga. »Wie oft habe ich mich schon gefragt, welches Verbrechen ich begangen habe, um so von Umm Fahmi behandelt zu werden. Ich weiß mir dann keine andere Antwort, als um Geduld zu beten. Die Ärmste.«

»Möge Gott Sie für Ihren guten Charakter und Ihr freundliches Herz mit Gutem belohnen. Ja wirklich, sie ist eine bedauernswerte Frau und braucht viel Geduld.«

»Aber ich – was habe ich falsch gemacht?«

»Sie haben keine Schuld. Es ist der Satan, Gottes Fluch über ihn.«

Sie nickte, ganz wie ein unschuldiges Opfer. Für einen Moment schwieg sie, doch dann beugte sie sich vor, wies auf die Tasse Kaffee, die in Vergessenheit geraten zu sein schien. »Sie haben noch gar nicht getrunken.«

Jasin griff nach der Tasse, trank sie aus und stellte sie zurück auf das Tablett. Er räusperte sich ein wenig, bevor er wieder zu sprechen begann. »Wie sehr hat es mich betrübt, die Freundschaft der beiden Familien in die Brüche gehen zu sehen. Aber da ist nichts zu machen. Wir müssen es einfach vergessen und alles der Zeit überlassen. Mir liegt nichts daran, traurige Erinnerungen heraufzubeschwören, deshalb bin ich bestimmt nicht gekommen. Ich mache diesen Besuch, weil es etwas gibt, das jenseits aller bedrükkenden Erinnerungen liegt.«

Bahiga schüttelte den Kopf, bemüht, Kummer und Gram zu verscheuchen. Dann lächelte sie, Zeichen dafür, daß sie bereit war, sich einem neuen Thema zuzuwenden. Es war, als wollte sie – wie ein Musiker dem Sänger – Jasin mit einer Bewegung des Kopfs und der Lippen helfen, sich auf die veränderte Tonart einzustellen. Jasin, der sich durch das Lächeln von Sitt Bahiga tatsächlich lockerer fühlte, erklärte: »Auch ich verfüge über traurige Erfahrungen, die aus meinem bisherigen Leben resultieren. Ich meine damit meine erste Ehe, bei der Gott mich nicht mit einem rechtschaffenen Mädchen beschenkt hat. Ich will darauf nicht weiter eingehen, denn ich bin in der Tat gekommen, weil ich mich entschlossen habe, im Vertrauen auf Gott eine neue Seite in meinem Leben aufzuschlagen, von der ich mir schon im voraus das allergrößte Glück verspreche.«

Kaum hatte Jasin Sitt Bahiga angesehen, da konnte er in ihren Augen wärmstes Interesse erkennen. War es günstig gewesen, von der ersten Ehe zu sprechen? Ob ihr über die wahren Ursachen des Scheiterns nicht etwas zu Ohren gekommen war? Ach was, kümmer dich nicht darum. Ihr hübsches Gesicht spricht von unendlicher Großmut. Hübsches Gesicht? Na, etwa nicht? Aber sicher. Wenn sie nicht schon älter wäre, müßte man sie als weitaus schöner als Marjam in ihrer blühendsten Jugend bezeichnen. Nein – sie ist trotz des Altersunterschieds hübscher als Marjam. Tatsächlich, so ist es. »Ich denke, Sie haben verstanden, worauf ich hinauswill. Ich bin gekommen, weil ich um die Hand Ihrer Frau Tochter Marjam anhalten möchte.«

Ein leuchtendes Strahlen überzog das Gesicht von Sitt Bahiga, erfüllte es mit überschäumender Lebendigkeit. »Da kann ich nur ›Herzlich willkommen‹ sagen! Was für eine noble Familie, was für ein trefflicher Mann! Hatte uns gestern das Unglück noch einen Menschen ohne jeden Charakter beschert, da steht heute nun ein Mann vor uns, der würdig ist, Marjam glücklich zu machen. Und auch sie wird mit Gottes Huld fähig sein, ihn zu beglücken. Welches Mißverständnis auch immer uns auseinandergebracht haben mag, wir sind doch von jeher wie eine Familie gewesen.«

Jasin war überglücklich. Unwillkürlich fingerte er hastig an seiner Fliege herum, und vor Verwirrung rötete sich der bräunliche Teint seines schmucken Gesichts. »Ich danke Ihnen aus tiefstem Herzen, möge Gott Ihnen an meiner Stelle Ihre freundlichen Worte vergelten. Wie Sie schon sagten – wir sind trotz allem eine Familie. Marjam ist ein Mädchen, das dem ganzen Viertel wegen seiner guten Herkunft und seines Naturells zur Zierde gereicht. Möge Gott Sie für Ihre Geduld mit Gutem und mich für die meinige mit ihr belohnen.«

»Amen«, murmelte Bahiga und stand auf. Ihr prächtiger Körper bewegte sich auf das Tischchen zu. Sie nahm das Tablett mit dem Kaffeegeschirr, rief nach der Dienerin Jasmina. Die kam herbeigestürzt und trug es hinaus. Unerwartet blickte sich Sitt Bahiga zu Jasin um, wollte ihn mit einem »Sehr erfreut« nochmals willkommen heißen, da ertappte sie ihn dabei, wie er ihr gewaltiges Hinterteil anstarrte. Im Gefühl, auf frischer Tat vielleicht erwischt worden zu sein, schlug er schnell die Augen nieder, um sie glauben zu machen, er hätte auf den Boden geschaut. Doch es war zu spät. Verwirrt fragte er sich, was sie nun wohl von ihm denken würde. Kaum hatte Sitt Bahiga wieder ihren Platz eingenommen, sah er verstohlen zu ihr hinüber. Auf ihren Lippen lag ein Lächeln, das ihm zu sagen schien: »Ich habe dich gesehen.« Er verfluchte seine Augen, die keine Scham kannten, und fragte sich ein ums andere Mal, was ihr jetzt durch den Kopf gehen mochte. Sie tat zwar, als hätte sie nichts bemerkt, aber ihre Haltung, wie schon zuvor das Lächeln, gaben ihm zu verstehen: »Ich habe dich gesehen.« Am besten vergaß er den Vorfall, das war noch die klügste Lösung. Ob Marjam eines Tages wie ihre Mutter aussähe? Wann würde das sein? Diese Mutter besaß Vorzüge, die das Schicksal nur selten so freigebig gewährte. Herr im Himmel, was war das für eine Frau! Er mußte sich auf andere Gedanken bringen, mußte den Anflug von Zweifel bei ihr zerstreuen. Das beste war, das Schweigen zu brechen. »Wenn mein Antrag auf Zustimmung stößt, stehe ich Ihnen gerne zur Verfügung, um die nötigen Einzelheiten zu besprechen.«

Sie lachte kurz auf, und die strahlende Heiterkeit gab

ihrem Gesicht zarte, jugendliche Frische. »Warum sollten wir nicht zustimmen, Jasin Effendi? Sie sind doch von geradezu sprichwörtlich guter Herkunft und Nachbarschaft.«

Er wurde rot. »Ihre Freundlichkeit hält mich ganz gefangen.«

»Ich habe nur gesagt, was wahr ist. Gott ist mein Zeuge.« Sie hielt inne, schwieg einen Moment. »Hat sich Ihre Familie einverstanden erklärt?«

Für den Bruchteil einer Sekunde huschte der Schatten düsteren Ernsts über sein Gesicht, doch dann deutete er mit einem Schnauben ein kurzes Lachen an. »Lassen wir die Familie und das, was sie tut.«

»Wieso? Möge der Herr Unheil verhüten.«

»Zu Hause ist nicht alles so, wie man es sich wünscht.«

»Aber haben Sie nicht mit Herrn Achmed gesprochen?«

»Mein Vater hat zugestimmt.«

Sie schlug die Hände zusammen. »Ah, ich habe verstanden. Umm Fahmi, nicht wahr? Als Sie zu sprechen begonnen haben, mußte ich sofort an sie denken. Natürlich, sie ist nicht einverstanden. Oder etwa nicht? Gepriesen sei Gott, der ewig Unveränderliche. Die Frau Ihres Vaters ist ein merkwürdiger Mensch.«

Er zuckte verächtlich mit den Schultern. »Das ändert nichts.«

»Was habe ich nur verbrochen? Wie oft habe ich mich das schon gefragt«, klagte Bahiga. »Ich habe ihr doch nichts Schlechtes getan?«

»Ich möchte in unser Gespräch nichts hineinbringen, das einem nur Kopfschmerz bereitet. Soll sie denken, was sie will. Wichtig ist nur, daß ich mein Ziel erreiche. Woran mir liegt, ist einzig Ihre Zustimmung.«

»Falls Sie zu Hause keinen Platz mehr haben, können Sie gerne hier leben.«

»Danke. Ich habe mein Haus in Kasr asch-Schauk, weit weg von diesem Viertel. Aus dem meines Vaters bin ich bereits vor Tagen ausgezogen.«

Entsetzt schlug sie die Hände über der Brust zusammen und rief: »Sie hat Sie hinausgeworfen?«

»O nein«, lachte er. »So weit ist es nicht gekommen. Das Problem ist nur, daß sie meine Wahl wegen alter Geschichten, die mit meinem verstorbenen Bruder zu tun haben, geschmerzt hat.« Ein bedeutungsvoller Blick, dann sprach er weiter: »Obwohl ich ihren Einwand nicht wirklich berechtigt fand, hielt ich es für passender, ein neues Heim für das eheliche Leben vorzubereiten.«

Sie schob die Brauen in die Höhe, schüttelte zweifelnd den Kopf. »Warum sind Sie nicht wenigstens bis zum Termin der Eheschließung geblieben?«

»Ich hatte Angst«, gestand er lachend ein, »daß sich die Lage noch verschärft. Deshalb habe ich es vorgezogen wegzugehen.«

»Gott wird's schon richten«, spöttelte sie, und bevor sie noch etwas hinzufügte, stand sie auf, ging zum Fenster und öffnete die Flügel, damit das Nachmittagslicht hereindringen konnte; die Tür des Holzerkers ließ nicht genug Helligkeit in den Raum. Gegen seinen Willen und entgegen allen eigenen Ermahnungen, vorsichtig zu sein, musterte er wiederum verstohlen diesen köstlichen Schatz, der wie eine Kuppel hervorprangte. Sie kniete sich auf das Sofa, beugte sich zum Fensterbrett vor, um die Flügel fest einzuhaken – ein wunderbarer Anblick, der bei ihm tiefe Wirkung hinterließ. Die Kehle wurde ihm trocken, und er fragte sich, warum sie nicht die Dienerin gerufen hatte, um das Fenster zu öffnen. Wie konnte sie es zufrieden sein, seinen Augen, die sie ja gerade erst erwischt hatte, diese Aussicht zu bieten, wenn doch auch ihr die Tragweite dessen nicht verborgen bleiben konnte? Warum, wieso, weshalb? Für alles, was mit Frauen zusammenhing, hatte Jasin ein feines Gespür entwickelt, wobei er immer erst einmal Schlechtes vermutete. Kein Wunder also, daß bei ihm nun etwas wie Argwohn auftauchte. Noch zögerte er, ihn die Schwelle des wirklichen Begreifens übertreten zu lassen, denn weder wollte er sich seinen Zweifel bewußtmachen, noch wollte er ihn ganz aus dem Kopf bannen. Verwirrt durch die Gefährlichkeit der Situation, schloß er schnell die Augen. Entweder war er verrückt, oder sie war es. Und wenn weder er noch sie verrückt waren? Ach, würde ihn doch nur jemand aus dieser beklemmenden Lage befreien.

Sie richtete sich auf, trat zurück auf den Boden und schritt auf ihren Platz zu. Im Nu, noch bevor sie sich ihm zuwandte, hob er die Augen in Richtung der eingerahmten rituellen Formel und tat, als wäre er ganz und gar mit dem Betrachten beschäftigt. Er drehte den Kopf nicht um, und erst als das Krachen des Sofas verriet, daß sie sich hingesetzt hatte, erst da trafen sich wieder beider Blicke. In ihren Augen glänzte ein listiges Lächeln, was ihm das Gefühl gab, daß ihr nichts, rein gar nichts entgangen war. Es schien, als wollte sie ihm wieder frank und frei bedeuten: »Ich habe dich gesehen.« In der Seele verstört, im Kopf verwirrt, harrte er aus und war sich über nichts mehr im klaren. Er fürchtete, der Frau unrecht getan oder sich selbst in Verdacht gebracht zu haben. Es kam ihm vor, als würde er für jede seiner Bewegungen zur Rechenschaft gezogen werden, als könnte der geringste Ausrutscher in einen Skandal umschlagen.

»Es ist noch immer heiß und feucht.«

Ihre Stimme klang ruhig und normal. Offenbar hatte sie den Wunsch, das Schweigen zu brechen. »O ja, das ist es«, erwiderte Jasin erleichtert. Er fand zur gewohnten Gelassenheit zurück, auch wenn ihm der Anblick, der ihm zuvor am Fenster geboten worden war, noch immer vor Augen schwebte. Ohne es zu wollen, ließ ihn das nicht los, verirrte er sich in der Verlockung, wünschte er sich, wenigstens einmal bei all seinen Abenteuern auf solch ein Weib gestoßen zu sein. Wenn doch nur Marjam einen Körper wie diesen hätte! O ja, das war es doch, wonach »›die Begehrenden‹ streben«.

Wahrscheinlich hielt Sitt Bahiga für den Grund seines Schweigens, daß ihn noch immer die Streitereien mit der Frau seines Vaters beschäftigten, die ja sie – Bahiga – zur Sprache gebracht hatte. Scherzhaft erklärte sie nämlich: »Machen Sie sich doch keine Gedanken! Nichts auf der Welt ist es wert, sich zu sorgen.«

Mit einem Wink der Hände, einem Schütteln des Kopfs – auch der Körper schwang in einer eigentümlichen Bewegung mit – schien sie ihn ermutigen zu wollen, unbekümmert zu sein. So lächelte er folgsam und murmelte: »Da haben Sie etwas Wahres gesagt«, wobei er gleichzeitig allergrößte Mühe hatte, sich im Griff zu behalten. Eine ungeheure Sache war geschehen. Rein äußerlich war da nur dieser Ruck des Körpers gewesen, mit dem sie ihn zu Unbeschwertheit auffordern wollte. Trotzdem hatte die Bewegung etwas Unerhörtes an sich, etwas, das auf Verworfenheit, Koketterie und Leichtfertigkeit schließen ließ. Die ganze Zeit über hatte sie Sitte und Anstand gewahrt, und nur ein Moment des Vergessens hatte gereicht, um die verborgenen Seiten ihres Wesens zu enthüllen. Sie hatte es vielleicht nicht einmal bemerkt, oder war es Absicht gewesen? Er konnte weder das eine noch das andere mit Sicherheit behaupten; woran für ihn aber keinerlei Zweifel mehr bestand, war, daß er hier einer Frau gegenübersaß, die wirklich würdig war, die Mutter von Marjam zu sein, dem Mädchen mit der Geschichte mit dem Engländer. Wie auch immer, von seiner Meinung über diese

Mutter würde er nicht ablassen; eine solch tänzelnde, kokette Bewegung wäre bei einer züchtigen Frau nie zu erwarten. Jasin war verstört, aber nur für einen flüchtigen Moment, denn wieder überfiel ihn eine geradezu lüsterne und hinterhältige Freude. Er versuchte sich zu erinnern, wann und wo er solch eine Bewegung schon einmal beobachtet hatte. War es Zanuba gewesen? Oder Galila, damals in der Hochzeitsnacht, als sie im Empfangszimmer der Schaukat-Familie über seinen Vater herfiel? Genau, sie war das gewesen. Trotz ihres Alters kam ihm die Mutter viel appetitlicher und verführerischer als Marjam vor. Das Triebhafte seines Wesens gewann die Oberhand, flüsterte ihm ein, mal auf den Puls zu fühlen und sich, soweit wie möglich, um keinerlei Schranke zu scheren. Angesichts solch seltsamen Einfalls hätte er am liebsten losgelacht. Ein ziemlich beschwerlicher Weg lag vor ihm. Doch von seiner Begierde hatte er sich noch nie zurückhalten lassen. Wohin würde ihn dieser Weg führen? Wäre es möglich, daß er Marjam wegen ihrer Mutter aufgäbe? Aber nein, an so etwas würde er nie denken. Aber man stelle sich vor: Ein Hund ist auf dem Weg zur Küche und findet unterwegs einen Knochen – würde er ihn liegenlassen? Bisher waren das alles nur Gedanken, Überlegungen, Vorstellungen, also hieß es abzuwarten.

Das Schweigen dauerte immer noch an. Man tauschte ein Lächeln, und wenn das von Sitt Bahiga ganz dem einer Gastgeberin entsprach, so verzog sich Jasins Mund vor lauter mühsam unterdrückter Angriffslust zu einem verlegenen Grinsen.

»Ihr Besuch erleuchtet unser Heim, Jasin Effendi.«

»Aber meine Dame, Ihrem Haus mangelt es nicht an Glanz. Sie lassen die ganze Stadt leuchten.«

Sie warf den Kopf nach hinten, lachte und stammelte: »Möge Ihnen Gott Ehre erweisen, Jasin Effendi.«

Entweder mußte er jetzt nochmals auf seinen Antrag zu sprechen kommen, oder er mußte um einen neuen Termin bitten und sich entschuldigen. Aber weder fing er zu reden an, noch ging er fort. Statt dessen begann er, sie mit merkwürdigen Blicken zu bedenken, die mal länger, mal kürzer andauerten, doch nie abrissen, und all das eingehüllt in verdächtiges Schweigen. Blicke verkünden eine Botschaft, die der, der Augen hat, nicht übersehen kann. Kein Zweifel, er würde ihr seine Gedanken mit den Augen übermitteln und dann sehen, wie sie reagiert.

Paß auf, ehe du den ersten Schritt machst. Nieder mit Allenby! Hier, nimm diesen feurigen Blick, und dann erklär mir, ob du wirklich glaubst, jemand könnte verrückt genug sein, die üble Absicht zu übersehen und nur die reine Unschuld zu erkennen. Ach schau doch nur, schon blinzelt sie mit den Augen, als ob sie nicht mehr aus noch ein wüßte. Auf jeden Fall ein Beweis dafür, daß sie nicht nur Verdacht geschöpft hat, sondern zu verstehen beginnt. Nun ist es soweit: Die Flut hat Assuan erreicht, die Schleuse muß geöffnet werden. Um die Tochter wolltest du anhalten? Verrückt muß der sein, der von heute an nicht an Wahnsinn glaubt. Du, die Mutter, bist mir im Augenblick das Süßeste. Nach uns die Sturmflut. Sieht man dich an, denkt man nie mehr an Verzweiflung.

»Wohnen Sie allein in Kasr asch-Schauk?«

»Ja.«

»Mein Herz ist bei Ihnen.«

Der Satz könnte vom Teufel kommen … auch von einem Engel. Ob Marjam jetzt hinter der Tür lauschte? »Sie haben in diesem Haus erfahren, was Einsamkeit heißt. Ein unerträglicher Zustand.«

»Ja, unerträglich.«

Plötzlich hob sie die Hand und zog das Tuch herunter, das Kopf und Hals bedeckt hatte. »Es ist so heiß«, sagte sie, sich angeblich entschuldigend. War der Kopf noch von einem orangefarbenen Seidentüchlein bedeckt, so schimmerte die Haut am Hals rein und klar. Mit wachsender Erregung starrte er eine Weile hin, dann blickte er fragend zur Tür hinüber. Zu Hilfe dem, der um die Tochter freit und der Mutter in die Hände fällt.

Mit den Worten »Machen Sie es sich bequem, Sie sind in Ihrem Heim, und kein Fremder ist da«, ging er auf ihre Entschuldigung ein.

»Wenn doch nur Marjam zu Hause wäre, dann könnte ich ihr die gute Nachricht verkünden.«

Sein Herz machte einen gewaltigen Satz, als wollte es das Signal zum Angriff geben. »Und wo ist Marjam?«

»Bei Bekannten in Darb al-Achmar.«

Ade, Verstand! Der Freier deiner Tochter will dich, und du willst ihn. Möge Gott sich derer erbarmen, die über die Frauen noch Gutes denken. Die hier kann jedenfalls nicht viel Verstand haben. Ein Leben lang ist sie die Nachbarin, und du lernst sie erst heute kennen. Sie muß verrückt sein … mit fünfzig Jahren in der Pubertät.

»Wann wird Frau Marjam zurückkommen?«

»Am frühen Abend.«

»Ich habe das Empfinden, schon zu lange hierzusein«, meinte Jasin boshaft.

»Aber nein, fühlen Sie sich ganz wie zu Hause.«

Hinterhältig fragte er: »Darf ich hoffen, daß Sie meinen Besuch erwidern und zu mir kommen?«

Sie lächelte breit, als gäbe sie ihm zu verstehen, daß sie schon wüßte, was sich hinter dieser Einladung verbarg, doch gleich darauf senkte sie verschämt den Kopf, eine Geste, deren Gestelltheit ihm nicht verborgen blieb. Er kümmerte sich nicht weiter darum, sondern begann ihr zu beschreiben, wie sie zu dem Haus hinkäme und in welcher Wohnung er lebte. Den Kopf noch immer gesenkt haltend, lächelte sie und schwieg. Hatte sie denn gar kein Gefühl dafür, daß sie ihrer Tochter ungeheuer schadete? Daß sie an ihr eins der abscheulichsten Vergehen verübte? »Wann werden Sie mich mit Ihrem Besuch beehren?«

Sie hob das Gesicht und stammelte: »Ich weiß nicht, was ich sagen soll.«

Er legte Nachdruck und Zuversicht in seine Stimme, als er sagte: »Dann werde ich stellvertretend für Sie reden – morgen abend. Ich werde auf Sie warten.«

»Da gibt es noch einiges, was wir regeln müssen.«

»Wir regeln es zusammen, bei mir zu Hause.« Er sprang auf, doch als er näher an sie herantreten wollte, gab sie ihm, sich zur Tür umdrehend, ein warnendes Zeichen. Als käme es ihr nur darauf an, seinem Angriff zu entkommen, erklärte sie: »Bis morgen abend.«

12

Das Haus in Kasr asch-Schauk lernte Bahiga als eifrige Besucherin kennen. Senkte sich der Schleier der Dunkelheit, hüllte sie sich in die Milaja, schlug die Richtung Gamalija ein, um dann dem Haus von Hanija zuzustreben. Dort wartete Jasin schon auf sie, in dem einzigen möblierten Zimmer der Wohnung. Keiner von beiden erwähnte Marjam, bis auf eine Ausnahme, als sie ihm erklärte: »Ich habe Marjam deinen Besuch nicht verheimlichen können. Unsere Dienerin kennt dich. Ich habe ihr erzählt, daß du mir deinen Wunsch vorgetragen hast und um sie anhalten wirst, wenn die Schwierigkeiten behoben sind, denen du in der Familie gegenüberstehst.« Zu bestürzt, um sich mit ihr auf ein Gespräch darüber einzulassen, ließ er sie in dem Glauben, mit ihrer Erklärung einverstanden zu sein.

Beiden bot sich ein Leben voll des größten Genusses.

Die Frau, die einen solchen Schatz wie diesen Hintern ihr eigen nannte, zeigte sich seiner Lust immer geneigt, so daß er wie ein ungestümer Hengst loslegen konnte. Das Zimmer, hastig und sparsam eingerichtet, war zwar für das leidenschaftliche Lieben nicht die ideale Umgebung, aber dafür scheute Jasin keine Mühe, die Atmosphäre verführerisch zu gestalten. Zu essen und zu trinken gab es reichlich, und wenn ihm schließlich der Sinn nach Liebesgenuß stand, fiel er über sie mit einer triebhaften Gier her, die kein Maß und keine Grenze kannte.

Aber – noch bevor die erste Woche zu Ende gegangen war, erfaßte ihn Überdruß; es war genau die Zeitspanne, die er brauchte, um sein Verlangen zu stillen. Danach schlug der Heilungsprozeß sogar in eine Art Gebrechen um. Überraschend kam das nicht für ihn. Von Anfang an war er an diese seltsame Beziehung ohne besonders gute Meinung herangegangen und hatte ihr deshalb auch keinerlei Dauer eingeräumt. Wahrscheinlich hatte er sich sogar vom Flirt im Empfangszimmer nur einen hastigen Beischlaf erhofft. Statt dessen erlebte er, daß diese Frau sich an ihn hängte, auf ihn aus war, darauf hoffend, er wäre zufrieden mit ihr und würde alle Heiratspläne aufgeben. Wollte er sich den eigenen Spaß nicht verderben, sah er keine andere Möglichkeit, als sich ihr anzupassen und darauf zu vertrauen, daß es einzig eine Frage der Zeit war, wann wieder alles wie vorher sein würde. Was ihn betraf, so geschah das schnell, sogar eher, als er geglaubt hätte. Zunächst war er der Meinung, daß die Neuartigkeit ihrer Reize ausreichte, um ihr ihre Anziehungskraft für Wochen oder zumindest für einen Monat zu bewahren. Er mußte sich getäuscht haben. Ja, ihr attraktives Äußeres hatte ihn, wie er nun meinte, dazu verleitet, die größte aller Dummheiten seines Lebens zu begehen und ihr Alter zu übersehen. Das trügerische Rot der Wangen hätte noch vom

Fieber herrühren können, aber die wogenden Massen von Fleisch, zusammengezwängt zu Wulsten unter den Falten der Kleidung, stellten sich als weniger appetitlich heraus, wenn man sie entblößt zu sehen bekam. Nichts zeigt die traurigen Spuren des Alterns deutlicher als Fleisch und Haut, was Jasin insgeheim sagen ließ: ›Nun habe ich verstanden, warum Frauen Kleider vergöttern.‹ Angewidert davon, wie sich all ihre Fülle über ihn ergoß, war es nicht weiter verwunderlich, daß er sie schließlich als »Krankheit« bezeichnete und den Entschluß faßte, die Beziehung zu ihr abzubrechen. Nachdem der Anfall von Tollheit sich gelegt hatte, kehrte Marjam wieder auf den alten Platz in seinem Herzen zurück, mehr noch, er merkte, daß sie ihn nie verlassen hatte. Wie eine vorbeihuschende Wolke das Antlitz des Mondes für einen Moment verhüllt, hatte die plötzlich entflammte Leidenschaft Marjams Stellung ein wenig ins Abseits gedrängt. Seltsam, er sehnte sich Marjam nicht nur herbei, weil er den ewigen Ruf nach dem anderen Geschlecht erhört haben wollte – und in Marjams Fall war das sogar ein übermächtiger Wunsch –, sondern es verlangte ihn danach, mit ihr eine Familie zu gründen, was er als unabdingbares und erstrebenswertes Schicksal empfand. Widerwillig faßte er sich in Geduld, einzig darauf hoffend, daß Bahiga wieder zu Verstand käme, um ihr eines Tages sagen zu können: »Wir hatten unseren Spaß, jetzt geh und bring mir die Braut.« Leider stieß seine Hoffnung auf keinerlei Echo bei ihr. Unermüdlich suchte sie ihn Nacht für Nacht heim, wurde sogar noch maßloser und begieriger. Allmählich bekam er das Gefühl, daß sie mit der Zeit vom Glauben erfüllt war, sie hätte ein Recht auf ihn und würde ihn als Achse ihres Lebens, als ihren Besitz betrachten. O nein, für sie war diese ganze Beziehung keineswegs eine geringzuachtende Angelegenheit oder Spielerei. Ihr flatterhaftes, leichtsinniges Wesen bestärkte ihn in der Überzeugung, daß ihr auffälliges Benehmen bei der ersten Begegnung nichts Ungewöhnliches war. Er sah also immer mehr auf sie herab, verachtete sie zusehends, und seine mißschätzigen Augen ließen ihre Mängel ins ungeheure steigen. Schließlich hatte er sie rundum satt und beschloß, bei der erstbesten Gelegenheit sich ihrer zu entledigen, allerdings ohne Grobheit, damit sich ihm auf dem Weg zu Marjam keine Stolpersteine boten.

Einmal erkundigte er sich: »Fragt Marjam nicht, warum ich verschwunden bin?«

Bahiga schüttelte den Kopf und beruhigte ihn mit den Worten: »Sie weiß Bescheid über die ablehnende Haltung deiner Familie.«

Er zögerte ein wenig, bevor er sagte: »Ich will dir offen erklären, daß wir manchmal auf dem Dach miteinander gesprochen haben, wobei ich ihr mehrmals versicherte, daß ich entschlossen sei, sie ungeachtet aller Widerstände zu heiraten.«

Sie starrte ihn durchdringend an, dann fragte sie: »Was meinst du damit?«

Mit unschuldiger Miene erwiderte er: »Ich meine, daß sie meine feste Zusicherung vernommen hat und auch über den geplanten Besuch bei dir Bescheid wußte. Also ist es notwendig, ihr einen annehmbaren Grund für mein Verschwinden zu geben.«

Mit einer Gleichgültigkeit, die ihn überraschte, erklärte sie: »Sie wird schon keinen Schaden nehmen. Nicht jede Unterhaltung muß zu einem Verlobungsantrag führen, und nicht jeder Antrag muß mit einer Heirat enden. Das weiß sie genau.« Mit gedämpfter Stimme fügte sie hinzu: »Es wird ihr auch nicht schaden, wenn sie dich verliert. Sie ist jung und schön, da wird es heute oder morgen an Bewerbern nicht fehlen.«

Sie sprach, als wollte sie sich für ihren Egoismus entschuldigen oder darauf verweisen, daß sie – nicht aber die Tochter – zu leiden hätte, wenn sie ihn verlieren würde. Sie so reden zu hören machte Jasin noch unwilliger und verdrossener. Allmählich packte ihn auch Furcht, mit einer Frau zu verkehren, die zwanzig Jahre älter war als er, kannte er doch die Volksweisheit, daß der Beischlaf mit alten Frauen der Jugend die Frische nimmt. Die Stunden, die er mit ihr verbrachte, waren für ihn mit so viel Anspannung und ängstlicher Wachsamkeit verbunden, daß er sie schließlich richtig haßte.

Genau in diesem Stadium seiner Beziehung zu Bahiga erblickte er eines Tages Marjam in der Sikkat-al-Gadida. Ohne zu zögern, trat er an sie heran, begrüßte sie und ging neben ihr her, als wäre er ein Verwandter. Marjam schien beunruhigt zu sein, machte ein mürrisches Gesicht. Er teilte ihr mit, daß er nach langen Gesprächen mit dem Vater endlich dessen Einverständnis zur Heirat erreicht hätte und nun die Wohnung in Kasr asch-Schauk herrichtete, damit sie sich beide darin wohl fühlen könnten. Sein langes Fernbleiben entschuldigte er mit zuviel Arbeit, und dann erklärte er: »Sag deiner Mutter, ich würde kommen, um mit ihr den Ehevertrag abzuschließen.«

Froh darüber, die sich unverhofft bietende Gelegenheit genutzt zu haben, ging er weiter, ohne sich im Überschwang des Glücksgefühls darum zu kümmern, wie sich Bahiga ihm gegenüber verhalten würde. Zur gewohnten Zeit kam sie am Abend des gleichen Tages in die Kasr asch-Schauk, doch diesmal machte sie einen aufgelösten, gebrochenen Eindruck. Noch bevor sie den Schleier abgelegt hatte, rief sie: »Du hast mich verkauft, heimtückisch und verräterisch!« Sie ließ sich aufs Bett fallen, fingerte nervös an dem Schleier herum und erklärte: »Nie wäre ich auf den Gedanken gekommen, daß du mir einen solchen

Verrat antun könntest. Du bist wie die übrigen Männer – feige und hinterhältig.«

»Es ist nicht so, wie du glaubst«, versuchte Jasin sich mit sanfter Stimme zu entschuldigen. »Ich habe sie tatsächlich ganz zufällig getroffen.«

»Du lügst!« schrie sie, das Gesicht finster verzogen. »Bei Gott, du bist ein Lügner, der mich in dir hat sehen lassen, was ich wollte. Denkst du, ich glaube dir noch ein einziges Wort, nachdem ich das erleben mußte?« Sie äffte ihn nach: »›Ich habe sie ganz zufällig getroffen‹! Ein toller Zufall, du Halunke! Und selbst wenn es so wäre – warum hast du dann mitten auf der Straße, wo jeder vorbeikommt, mit ihr gesprochen? Ist das etwa nicht die Tat eines hinterhältigen Verräters? Pah …«, wieder ahmte sie ihn nach, »›ich habe sie tatsächlich zufällig getroffen‹.«

Jasin, ein wenig verlegen, erwiderte: »Plötzlich stand ich ihr gegenüber, direkt vor ihr, und da streckte sich meine Hand zum Gruß aus. Ich konnte sie doch, nach allen Gesprächen auf dem Dach, nicht einfach übersehen.«

Blaß vor Wut schrie sie: »›Da streckte sich meine Hand zum Gruß aus‹! Eine Hand streckt sich nicht von allein! Verrecken soll die Hand und der, dem sie gehört! Besser solltest du sagen, daß du ihr die Hand gereicht hast, um mich loszuwerden.«

»Ich konnte nicht anders, ich mußte sie begrüßen. Ich bin ein Mensch und habe Benehmen.«

»Benehmen? Wo sollte das denn bei dir stecken? Ersticken sollst du daran, du Verräter, du Meister der Heuchelei!« Sie schluckte schwer. »Und dein Versprechen, wegen des Ehevertrags zu kommen – ist dir das auch wie die Hand nur so ausgerutscht? Erklär mir das, du Herr mit Benehmen.«

»Das ganze Viertel weiß«, sagte Jasin erstaunlich ruhig, »daß ich das Haus meines Vaters verlassen habe, weil ich deine Tochter heiraten will. Da kann ich doch wohl nicht, wenn ich mit ihr spreche, einfach darüber hinweggehen.«

»Hättest du gewollt«, brüllte sie, »dann wären dir wer weiß was für Entschuldigungen eingefallen. Du gehörst nicht gerade zu denen, die sich mit Lügen schwertun. Aber du willst nur eins, mich loswerden, das ist die Wahrheit.«

Er vermied es, sie anzusehen. »Unser Herrgott weiß, daß ich in bester Absicht gehandelt habe.«

Sie faßte ihn fest ins Auge und fragte herausfordernd: »Willst du sagen, daß du ihr nur aus der peinlichen Situation heraus etwas versprochen hast, was nicht deinem Wunsch entspricht?«

Er begriff, wie gefährlich es wäre, wenn er zustimmte. Also senkte er den Blick und flüchtete in Schweigen.

Vor Wut keuchend, schrie sie ihn an: »Da siehst du, du bist ein Heuchler, ein Lügner, wie ich dir gesagt habe!« Ihre Stimme überschlug sich fast, als sie brüllte: »Siehst du es ein? Siehst du ein, was für ein Verräter du bist?«

Für einen Moment zögerte er, doch dann erklärte er: »Man kann kein Geheimnis auf Dauer für sich behalten. Stell dir nur mal vor, was die Leute sagen, wenn sie von unserem Verhältnis erfahren. Noch schlimmer, stell dir vor, was Marjam sagt.«

Vor Wut knirschte sie mit den Zähnen. »Was bist du für ein Schwein! Warum hast du dir das nicht überlegt, als du damals wie ein Hund mit fließendem Speichel vor mir gestanden hast? Männer! Pah! Die Glut der Hölle ist noch eine zu geringe Strafe für euch.«

Jasin schmunzelte; fast wäre er in lautes Lachen ausgebrochen, wenn ihn die Feigheit nicht gebremst hätte. Behutsam und sanft meinte er: »Wir beide haben eine schöne Zeit miteinander verbracht, und ich werde mich immer nur im Guten daran erinnern. Es reicht, was du an

Wut und Ärger gezeigt hast. Marjam ist immerhin deine Tochter, und da bist du die erste, die sie glücklich sehen will.«

Spöttisch nickte sie mit dem Kopf. »Ach, und du bist der Mann, der das kann? Hört euch das an, ihr Wände dieses Zimmers! Die Arme weiß überhaupt nicht, was für einen Teufel sie da heiraten wird. Du bist der läufige Sohn einer Herumtreiberin. Möge Gott meiner Tochter das Unheil ersparen, das mich getroffen hat.«

Er bewahrte noch immer Ruhe. »Bei Gott liegt alle Redlichkeit. Ich fühle den aufrichtigen Wunsch nach einem festen Heim und einer guten Frau.«

»Den Arm hacke ich mir ab, wenn das wahr sein soll. Wir werden sehen. Glaube ja nicht, daß ich eine schlechte Mutter bin. Das Glück meines Kindes geht mir über alles. Hättest du mich nicht belogen und betrogen, würde es mir nichts ausmachen, dich ihr hinterherzuschmeißen.«

Insgeheim fragte sich Jasin, ob der Krach nun endlich beendet sein würde. Schon wartete er darauf, daß sie sich den Schleier umlegte und sich verabschiedete. Aber sie rührte sich nicht. Die Zeit verging, und sie saß immer noch auf dem Bett und er auf dem Stuhl gegenüber. Weder wußte er, wie dieses starre und merkwürdige Beieinandersein zu Ende gebracht werden könnte, noch, wann das geschehen würde. Er blickte verstohlen zu ihr hinüber. Sie starrte gedankenverloren auf den Boden, machte einen völlig verlassenen Eindruck, so daß er fast schon geneigt war, Mitleid mit ihr zu fühlen. Ob sie noch einmal anfangen würde herumzuschreien? Auszuschließen war das nicht, aber wie es schien, war sie augenblicklich damit beschäftigt, über die heikle Situation nachzudenken, in der sie sich, zwischen ihm und ihrer Tochter stehend, befinden würde und dennoch allen Obliegenheiten nachkommen mußte.

Da aber, völlig unerwartet, zog sie die Milaja von den Schultern herunter und murmelte: »Es ist warm.« Sie rutschte ans Kopfende des Betts, lehnte sich an und streckte die Beine aus, ohne sich um die Schuhe zu kümmern, deren Absätze sich in die Bettdecke bohrten. Wieder starrte sie vor sich hin. Sollte es immer noch etwas geben, was sie ihm sagen wollte? So sanft wie möglich fragte er: »Würdest du mir gestatten, euch morgen besuchen zu kommen?«

Eine Minute lang oder mehr tat sie, als hätte sie die Frage nicht gehört. Dann, mit einem Blick, der einem Fluch gleichkam, erklärte sie: »Herzlich willkommen, du Sohn einer alten Schlampe.«

Er lächelte befriedigt, auch wenn er das Gefühl hatte, ihre Blicke würden ihm die Haut verbrennen. Nach einem Weilchen hörte er sie sagen: »Halt mich nicht für dumm. Ich hatte mich längst darauf eingestellt, daß früher oder später das Ende kommt. Du hättest es bloß nicht auf eine Weise beschleunigen sollen, die …« Sie zögerte, und verächtlich und resigniert zugleich kam dann: »Ach, lassen wir das.«

Er mißtraute ihr zwar, wollte sich aber nichts anmerken lassen. Also erklärte er, daß er ihr durchaus glaube und nur wünsche, sie könne ihm verzeihen und ihm ihr Wohlwollen schenken. Doch offenbar scherte es sie nicht, was er sagte; sie rutschte an den Bettrand, stellte sich hin und hüllte sich in die Milaja. »Gott befohlen.«

Er erhob sich schweigend, ging zur Tür und öffnete sie. Dann eilte er voraus zum Eingang, aber da, ohne daß er wußte, wie ihm geschah, traf ihn ein Schlag am Hinterkopf, und im selben Moment glitt Bahiga an ihm vorbei, stürzte zur Treppe und ließ ihn, die Hand an der Stelle, wo sie ihn getroffen hatte, völlig verdutzt stehen. Bahiga stützte sich auf das Geländer, drehte sich zu ihm um und sagte: »Du solltest noch viel mehr davon bekommen. Mir hast du mehr Schmerz zugefügt. Habe ich da nicht das Recht, du Hundesohn, wenigstens mit einer Ohrfeige Rache zu nehmen?«

13

»Entschuldigen Sie, Herr Achmed, wenn ich Ihnen offenheraus erkläre, daß Sie Ihr Geld zur Zeit recht leichtsinnig ausgeben.«

Gamil al-Hamzawis Tonfall war sowohl von der Höflichkeit des Angestellten als auch von der Vertrautheit des Freundes geprägt. Obwohl schon siebenundfünfzig Jahre alt, sah er noch immer kräftig und gesund aus, auch wenn das Haar ergraut war. Die vielen Arbeitsjahre hatten ihm nichts von seiner Energie genommen, so daß er wie schon zu Zeiten des ersten Geschäftsinhabers auch heute noch Tag für Tag den Aufgaben im Laden und dem Dienst an den Kunden nachkam. Im Verlauf der langen Zeit hatte er sich feste Rechte und eine Achtung erworben, die ganz seinem Fleiß und seiner Vertrauenswürdigkeit entsprachen. Herr Abd al-Gawwad erachtete ihn als Freund, und dieses warmherzige Gefühl, das er al-Hamzawi erst wieder unlängst hatte spüren lassen, als er ihm half, seinen Sohn Fuad an der Juristischen Fakultät studieren zu lassen, – dieses Gefühl verstärkte noch al-Hamzawis Treue, ließ ihn sich aber auch verpflichtet fühlen, notwendigenfalls offen mit Herrn Abd al-Gawwad zu reden, sei es, um Schaden abzuwenden, sei es, um einen guten Gewinn zu machen.

»Das Geschäft läuft doch prächtig, Gott sei's gedankt«, erwiderte Herr Abd al-Gawwad gelassen, und offensichtlich zielte er mit dieser Bemerkung auf die vom Kaufrausch belebte Marktlage ab.

Lächelnd meinte al-Hamzawi: »Möge Gottes Segen noch reichlicher über Sie kommen. Trotzdem möchte ich wiederholen, daß Sie, würden Sie mehr kaufmännische Veranlagung ins Gewerbe einbringen, jetzt schon zu den ganz Großen gehörten.«

Herr Abd al-Gawwad schmunzelte zufrieden und zuckte verächtlich mit den Schultern. Er verdiente viel, gab viel aus. Wie sollte er die Freuden des Lebens bedauern, die ihm reichlich zuflossen? Noch nie hatte er den Sinn für das ausgewogene Verhältnis von Einnahmen und Ausgaben verloren, und sein Konto war noch immer gedeckt gewesen. Aischa war verheiratet, Chadiga auch, Kamals Ausbildung näherte sich dem Ende. Was sprach also dagegen, daß er die Genüsse, die das Leben bot, auskostete? Allerdings war al-Hamzawis Bemerkung über seine Verschwendung nicht zu Unrecht gefallen.

In diesen Tagen schien er tatsächlich weit entfernt von dem zu sein, was mit Sparsamkeit und Mäßigung hätte bezeichnet werden können. Das Spektrum seiner Ausgaben war breit gefächert: aufwendige Geschenke, die Kosten für das Hausboot, die ihm die Haare vom Kopf fraßen. Und obendrein forderte die Geliebte immer neue Opfer. Kurzum, Zanuba trieb ihn gnadenlos zur Verschwendung an, und er ließ sich ohne nennenswerten Widerstand darauf ein. Früher hatte es so etwas nicht gegeben. Sicher, er hatte immer viel Geld ausgegeben, aber nie hatte es eine Frau vermocht, ihn die Grenze der Mäßigung überschreiten oder gar zwangsweise das Geld aus dem Fenster werfen zu lassen. Früher, im vollen Bewußtsein seiner Kraft und Macht, hatte er sich nicht darum gekümmert, der jeweiligen Geliebten alle Wünsche zu erfüllen; es hatte ihn auch nicht geschert, wenn sie sich zierte und spröde tat, denn da konnte er im stolzen Gefühl seiner prachtvollen Männlichkeit Gleichgültigkeit hervorkehren. Heutzutage aber beugte er aus lauter Verlangen nach der Geliebten den Nacken, und nichts war ihm für sie zu teuer. Er schien sich vom Leben nichts anderes mehr zu erhoffen, als sich ihre Zuneigung zu erhalten und ihr Herz auf ewig zu gewinnen. Aber wie störrisch war diese Zuneigung, wie widerspenstig dieses Herz. Er schätzte die eigene Situation durchaus richtig ein, was ihm Schmerz und Traurigkeit bereitete, und an die Zeit, da er noch in vollem Glanz stand, erinnerte er sich voller Wehmut. Sich einzugestehen, daß diese Tage vorbei und vorüber waren, dazu war er nicht bereit. Jedenfalls rührte er nicht den kleinsten Finger, um ernsthaft Widerstand zu leisten. Dafür fehlte es ihm an Kraft.

Er wandte sich wieder Gamil al-Hamzawi zu und meinte spöttisch: »Vielleicht halten Sie mich zu Unrecht für einen guten Kaufmann«, und resignierend fügte er hinzu: »Gott allein bedeutet Reichtum.«

Es kamen Kunden ins Geschäft, und al-Hamzawi mußte sich ihnen widmen. Gerade wollte Herr Abd al-Gawwad sich wieder seinen Gedanken überlassen, da sah er den Eingang von einem massigen Körper versperrt, der schwankend auf ihn zusteuerte. Was für eine Überraschung! Seit vier Jahren oder länger war ihm diese Person nicht mehr unter die Augen gekommen. Einzig seine Höflichkeit veranlaßte ihn, sich zur Begrüßung zu erheben und zu erklären: »Ein herzliches Willkommen unserer verehrten Frau Nachbarin.«

Umm Marjam streckte ihm die Hand entgegen, die von einem Zipfel der Milaja verhüllt blieb. »Guten Tag, Herr Achmed.«

Er bat sie, sich zu setzen, und sie nahm auf dem gleichen Stuhl Platz, wo sie sich damals niedergelassen hatte, an jenem Tag, der nun schon der Geschichte angehörte. Herr Abd al-Gawwad kam ins Grübeln. Er hatte sie nicht mehr gesehen, seit sie – ein Jahr nach Fahmis Tod – ins Geschäft gekommen war, um zu versuchen, ihn wieder in ihrem Haus zu empfangen. Von der Trauer um Fahmi umfangen, hatte ihn ihre Kühnheit erstaunt, und so hatte er sie grob behandelt und frostig verabschiedet. Was konnte sie heute hergebracht haben? Er sah sie sich an. Sie wirkte unverändert – der gleiche Körper, die gleiche Eleganz, eingehüllt in eine Duftwolke. Glänzende Augen funkelten oberhalb des Gesichtsschleiers. Doch aller Putz konnte die verstrichene Zeit nicht verdecken. Unter den Augen zeigten sich die Spuren des Alters, was ihn sich an Galila und Zubaida erinnern ließ. Mit welcher Unerschrockenheit führten diese Frauen den Kampf um Leben und Jugend. Amina hingegen war im Handumdrehen das Opfer von Trauer und Dahinwelken geworden.

Umm Marjam rückte den Stuhl näher an den Schreibtisch, und mit gedämpfter Stimme erklärte sie: »Nehmen Sie bitte diesen Besuch nicht übel, Herr Achmed, aber Notwendigkeiten haben ihre eigenen Regeln.«

Er setzte eine ernste, gefaßte Miene auf und beeilte sich zu sagen: »Sie sind herzlich willkommen, Ihr Besuch ist uns Ehre und Auszeichnung.«

Sie lächelte. »Gott sei's gedankt, daß ich Sie wohl und gesund sehen darf«, sagte sie, und ihre Stimme verriet, daß es aufrichtig gemeint war, worauf Herr Abd al-Gawwad ihr seinerseits nun dankte und ihr weiterhin gute Gesundheit wünschte, was sie wiederum veranlaßte, ihm abermals zu danken und auf ihre guten Wünsche für ihn zurückzukommen. Für einen Moment setzte Schweigen ein, bevor sie bedeutungsvoll erklärte: »Ich komme in einer wichtigen Angelegenheit zu Ihnen. Man hat mir gesagt, Ihr Sohn hätte mit Ihnen seinerzeit darüber gesprochen und Ihr Einverständnis erhalten. Ich meine den Antrag von Jasin Effendi, um die Hand meiner Tochter Marjam anzuhalten.

Stimmt es, was mir gesagt wurde? Ich bin nur gekommen, um mich dessen zu vergewissern.«

Herr Abd al-Gawwad hielt die Augen gesenkt, um sich nicht anmerken zu lassen, mit welcher Wut er ihren Worten folgte. Nein, er ließ sich von ihrer angeblichen Sorge wegen seines Einverständnisses nicht täuschen. Sollte sie es bei anderen, die nicht wußten, was dahintersteckte, versuchen, aber nicht bei ihm. Für ihn stand fest, daß es sie überhaupt nicht scherte, ob er einverstanden war oder nicht. War ihr denn nicht klar, warum er nicht den Sohn begleitet hatte, als der seinen Antrag vorbringen wollte? Sie war also gekommen, um sein Einverständnis zu hören, doch falls sie noch etwas anderes im Schilde führte, würde sich das sicher gleich herausstellen. Er sah auf, blickte sie ruhig an. »Jasin hat mir von seinem Wunsch erzählt, und ich habe ihm alles Gute gewünscht. Marjam war und ist uns noch immer wie eine eigene Tochter.«

»Möge Gott meine Segenswünsche für Sie erhören, Si Achmed. Die verwandtschaftlichen Beziehungen werden uns in den Augen der Leute Ehre verleihen.«

»Danke für Ihre werte Meinung.«

»Es freut mich, Ihnen offen zu sagen«, fuhr sie eifrig fort, »daß ich meine Zustimmung zurückgehalten habe, weil ich mich erst von der Ihrigen überzeugen wollte.«

Unverschämtes Weibsbild! Wahrscheinlich war sie schon einverstanden gewesen, als sie Jasin noch gar nicht zu sehen bekommen hatte. »Ich danke Ihnen nochmals, Umm Marjam.«

»Das erste, worum ich Jasin Effendi bat, war, mich selbst überzeugen zu lassen, daß sein Vater wirklich zustimmt. ›Alles ist zu ertragen‹, habe ich gesagt, ›nur nicht sein Unwillen.‹«

Großer Gott, kaum hat sie den Esel gestohlen, da geht sie schon ans Werk, um dessen Herrn einzufangen. »Solch nette Worte aus Ihrem Mund waren immer schon Ihre Art.«

Mit überschwenglicher Begeisterung redete sie weiter. »Sie, Si Achmed, sind unser Mann, der trefflichste, dessen sich das Viertel rühmen kann.«

Weiberlist, Koketterie – wie überdrüssig war er dessen. Ob sie je auf den Gedanken käme, daß er sich im Dreck wälzte und um die Zuneigung einer Lautenspielerin bettelte, die selbst Betrunkene nicht mehr wollten? »Aber nicht doch«, wehrte er bescheiden ab.

Ihre Stimme schwoll an, klang betrübt. »Wie hat es mich traurig gemacht …«

Besorgt, daß die Kunden sie hören könnten, wies er mit dem Kopf warnend in deren Richtung.

»… als Jasin Effendi mir mitteilte, daß er das Haus seines Vaters verlassen hätte.«

Sein Gesicht verdüsterte sich. »Gewiß, sein Verhalten hat mich erzürnt«, beeilte er sich zu sagen. »Es hat mich befremdet, daß er sich allein entscheidet und eine solche Dummheit begeht. Richtig wäre gewesen, sich erst mit mir zu beraten. Aber nein, er schleppt sein Hab und Gut nach Kasr asch-Schauk, und danach erst kommt er und entschuldigt sich bei mir. Nichts als jugendlicher Unfug, Umm Marjam. Ich hatte mit ihm zuvor ernsthaft geredet, mich aber dann um seine Auseinandersetzung zu Hause nicht weiter gekümmert, und das hat er als dummen Vorwand genommen, um sein noch dümmeres Vorgehen zu entschuldigen.«

»Weiß Gott, genau das habe ich ihm auch gesagt. Aber Satan ist gewitzt. Ich habe ihm erklärt, daß Sitt Amina zu entschuldigen ist. Möge ihr der Herr viel Geduld geben für das, was er ihr aufgeladen hat. Wie es auch sei, bei einem Menschen wie Ihnen kann man auf Vergebung hoffen, Si Achmed.«

Er winkte mit der Hand ab, als wollte er nichts weiter hören. Aber Bahiga beharrte geradezu flehentlich: »O ja, ich werde nicht eher zufrieden sein, bevor Sie nicht vergeben und verzeihen.«

Uff! Könnte er ihr doch nur frank und frei erklären, in welchem Maße ihn alle anekelten – sie, ihre Tochter und dieser Hornochse. »Was er auch anstellt, Jasin ist mein Sohn. Möge Gott ihm auf den rechten Weg helfen.«

Bahiga lehnte den Kopf ein wenig nach hinten, verharrte einen Moment in dieser Stellung, als wollte sie entspannt die Süße eines Erfolgs auskosten. Besonders liebenswürdig zwitscherte sie: »Möge Gott Ihnen gütig sein, Si Achmed. Als ich auf dem Weg zu Ihnen war, habe ich mich gefragt, ob Sie mich wohl zurückweisen und enttäuscht heimkehren lassen würden oder ob Sie Ihre alte Nachbarin so behandeln, wie sie es aus früherer Zeit gewohnt ist. Gott sei's gedankt, Sie erweisen sich immer des Guten würdig, das man von Ihnen erwartet. Möge der Herr Ihnen ein langes Leben, Gesundheit und Wohlergehen schenken.«

Meinst du nicht, daß sie sich über dich lustig macht? Recht hat sie, bist doch nichts weiter als ein Vater mit Fehlschlägen. Der beste deiner Söhne ist gestorben, der zweite Sohn steht unter einem schlechten Omen, der dritte macht, was er will. Alles geschieht, wie ich es nicht wollte, du Weibsbild. »Ich weiß nicht, wie ich Ihnen danken soll.«

Sie senkte den Kopf. »Was ich Ihnen auch sage, es ist weniger, als Sie verdienten. Aber das habe ich Ihnen schon des öfteren eingestanden ...«

Ah, wieder diese Vergangenheit. Diese Tür läßt du besser zu, schon um dieses Hornochsen willen, den du dir per Vertrag sichern willst.

Als Zeichen des Danks schlug er die Hand auf die

Brust, doch schon fuhr sie fast träumerisch fort: »Und wie sollte es auch anders sein. Habe ich Ihnen nicht eine Hochschätzung entgegengebracht, wie sie kein anderer Mensch zuvor und danach erfahren hat?«

Aha, darauf lief es hinaus. Warum habe ich das nicht gleich von Anfang an begriffen? Sie ist nicht wegen Jasin gekommen, auch nicht wegen Marjam, sondern einzig und allein wegen mir. Und natürlich bist du wegen dir da, du Weibsbild. Wenn es jemanden gibt, den die Zeit nicht verändert hat, dann – bis auf die Jugendlichkeit natürlich – bist du das. Aber gemach, kannst du etwa das Gestern zurückholen, das ein für allemal entschwunden ist?

Er ließ sie reden, und statt einen Kommentar zu geben, begnügte er sich mit einem Lächeln, das Dank ausdrücken sollte. Bahiga erwiderte es mit einem so breiten Strahlen, daß durch den Schleier hindurch ihre Zähne blitzten.

»Es scheint, Sie erinnern sich an nichts mehr«, meinte sie vorwurfsvoll.

Er wollte seine laue Reaktion entschuldigen, gleichzeitig aber vermeiden, sich auf Sitt Bahigas Gefühle einzulassen. Also begnügte er sich zu antworten: »In meinem Kopf ist nicht mehr genug Verstand, um mich an etwas zu erinnern.«

»O weh«, rief sie mitleidsvoll, »so sehr sind Sie also in Trauer versunken. Solch ein Unglück kann kein Mensch ertragen, so etwas kann man nicht einfach hinunterschlucken, und zudem sind Sie – ich bitte, mir meine Worte nicht übelzunehmen – ein Mann, der das Leben tausendfach auszukosten weiß. Hinterläßt Trauer beim einfachen Menschen eine Spur von einem Karat, dann ist das bei Ihnen vierundzwanzigmal schlimmer.«

Ah, die Predigt soll dem Prediger nützen. Könnte doch Jasin nur die Tochter ähnlich satt haben wie ich die Alte. Warum ekle ich mich nur so vor ihr? Zweifelsohne ist sie willfähriger als Zanuba und unvergleichlich weniger aufwendig, was die Kosten betrifft. Wie es scheint, ist mein Herz aufs Leiden erpicht.

Beschwichtigend, aber auch ein wenig verschlagen, meinte er: »Wie könnte ein Herz, das in Trauer ist, fröhlich sein.«

Als hätte sie einen Funken Hoffnung entdeckt, sprudelte sie begeistert los: »Lachen Sie einfach, dann macht auch Ihr Herz mit. Warten Sie nicht darauf, daß es von selbst anfängt, denn das kann, nach so schwerem Kummer, lange dauern. Kehren Sie wieder zurück zu Ihrem alten Leben, dann wird das schlummernde Glück erwachen. Stürzen Sie sich in die Vergnügungen früherer Zeiten, halten Sie Ausschau nach denen, die Sie liebten. Wer sagt Ihnen, daß da nicht Herzen sind, die sich nach Ihnen sehnen und Ihnen, obwohl Sie sie lange mieden, verbunden geblieben sind?«

Auch wenn er es nicht wollte – in seiner Brust tobte ein Freudenrausch, und Stolz überkam ihn. Ja, so hatte man mit Achmed Abd al-Gawwad zu reden. Das war es, was seine Ohren in wonnevollen Nächten beim Leeren der Gläser oft vernommen hatten. Ach, könnte die Lautenspielerin die Lobrede hören, vielleicht würde sie dann ihren frechen Hochmut ein wenig zügeln. Wie schade, daß das Lob aus einem Mund kam, den er verschmähte. Ohne sich von der Freude etwas anmerken zu lassen, erwiderte er: »Ach was, diese Zeit ist vorbei.«

Sie warf den Oberkörper zurück und erklärte mißbilligend: »Beim heiligen al-Hussain, Sie sind doch noch jung!« Es folgte ein verschämtes Lächeln, und dann: »Ein tolles Kamel und schön wie der Mond. Nein, Ihre Zeit ist noch längst nicht vorbei, und das wird sie auch nie sein. Machen Sie sich nicht älter, als Sie sind, und überlassen Sie das Urteil darüber anderen Menschen, denn die sehen Sie besser, als Sie es können.«

Seine Antwort klang höflich, und doch war der freundlichen Stimme der Wunsch anzumerken, daß er das Gespräch beenden wollte. »Glauben Sie mir, Umm Marjam, ich bringe mich vor lauter Trauer bestimmt nicht um. Vielmehr versuche ich, mich auf verschiedene Art und Weise zu zerstreuen.«

Ihr Eifer schien abzunehmen. »Und das soll reichen, einen Mann wie Sie aufzurichten?«

»Auf mehr ist die Seele nicht aus.«

Offensichtlich hatte er sie verärgert, auch wenn sie erleichtert tat. »Ich danke Gott, Sie, wie ich es mir wünschte, heiter und gelassen zu sehen.«

Es war nichts mehr zu sagen. Bahiga erhob sich, reichte ihm die von der Milaja noch immer verdeckte Hand. Schon im Weggehen begriffen, murmelte sie: »Bleiben Sie wohlauf.« Sie riß den Blick von ihm los, der trotz aller Anstrengung, nichts zu zeigen, von Enttäuschung sprach.

14

Die Bahn dröhnte die Hussainija-Straße entlang, bog dann auf die Abbasija-Straße ein, wo die zwei ausgemergelten Pferde, vom Kutscher mit der langen Peitsche angetrieben, über den Asphalt zu traben begannen. Kamal saß vorne im Wagen, auf dem ersten Platz der langen Bank, die gleich hinter dem Schaffner stand. Drehte er nur ein wenig den Kopf, lag die Abbasija-Straße vor ihm: breit, wie man es in seinem alten Viertel nicht kannte, und lang, als erstreckte sie sich bis ins Unendliche. Der Boden war glatt und eben, auf beiden Seiten standen pompöse Häuser mit großzügigem Vorplatz, einige sogar mit üppigem Garten. Für Abbasija hegte Kamal große Bewunderung, ja, er liebte diese Gegend so sehr, daß es schon fast an Heiligenverehrung grenzte. Der Grund für die Bewunderung war die Sauberkeit, die hier herrschte, die Baukunst, die erholsame Ruhe, die über den Anwesen lag – Eigenschaften, die sein altes, lärmendes Viertel nicht kannte. Doch seine Liebe und Verehrung waren darauf zurückzuführen, daß hier die Heimat seines Herzens lag, seine Sehnsucht ihre Heimstätte hatte und seine Angebetete sich hier in ihrem Schloß befand.

Vier Jahre schon fuhr er nach Abbasija, immer mit wachsamem Herzen und geschärften Sinnen, so daß er alles aus der Vorstellung heraus hätte beschreiben können. Wohin er auch blickte, bot sich ihm ein Bild, das nicht minder vertraut war als das Gesicht eines alten Freundes. Die Silhouetten der Gebäude, die Ansichten, die Seitenstraßen, sogar einige der Anwohner waren für ihn verknüpft mit Gedanken, Gefühlen und Vorstellungen, die in ihrer Gesamtheit die Substanz seines Lebens und den Hort seiner Träume ausmachten. Wohin er auch das Gesicht wendete, hörte er den Ruf, sein Herz demütig im Gebet zu beugen.

Er holte aus der Tasche den Brief heraus, den er vorgestern erhalten hatte. Hussain Schaddad teilte ihm mit, daß er und die zwei anderen Freunde, Hassan Salim und Ismail Latif, aus der Sommerfrische zurückgekehrt seien und er vorschlagen wolle, sich bei ihm zu treffen. Nun brachte ihn also die Straßenbahn dorthin. Träumerisch, dankbar, zärtlich, anbetend, verehrend, fromm schaute er auf den Brief, und das nicht nur, weil der Absender der Bruder der Angebeteten war, sondern weil dieser Bogen Papier schon irgendwo im Haus gelegen hatte, bevor Hussain ihn beschrieben hatte, es also in diesem Fall nicht ausgeschlossen war, daß »sie« zufällig daran vorbeigekommen und ihr lieblicher Blick darauf gefallen war, ja, ihre Fingerspitzen den Bogen aus diesem oder jenem Grund oder sogar nur aus Zufall berührt hatten. Es genügte ihm selbst der Gedanke, daß das Papier sich in der Umgebung befunden hatte, in der sie sich bewegte, also ihr Wesen aufgesogen hatte, was den Brief zu einem heiligen Symbol werden ließ, dem seine Seele zuflog und das sein Herz begehrte.

Er las den Brief wohl schon zum zehntenmal, blieb bei der Zeile stehen: »Wir sind am Abend des ersten Oktober nach Kairo zurückgekehrt.« Das hieß, daß sie bereits seit vier Tagen die Hauptstadt mit ihrer Anwesenheit beehrte, und er hatte nichts davon gewußt. Wie konnte das sein? Warum hatte er nichts von ihrer Anwesenheit bemerkt, sei es nun instinktiv, vom Gefühl her, oder durch Intuition? Wie hatte die Einsamkeit, die ihn den Sommer hindurch gepackt hielt, es geschafft, ihren schwer lastenden Schatten auch noch während dieser vier gesegneten Tage auf ihn zu werfen? Hatte die Schwermut, die ihn ununterbrochen gefangenhielt, es vermocht, sich seiner Sensibilität zu bemächtigen und ihn stumpf und träge zu machen? Wie auch immer, zu dieser Stunde frohlockte sein Herz, und seine Seele stieg auf zu den höchsten Höhen der Erhabenheit und des Glücks. Zu dieser Stunde blickte er vom höchsten Gipfel auf die Welt hinunter, deren Wahrzeichen, wie Traumbilder aus dem Jenseits der Engel, von durchscheinendem, leuchtendem Glorienschein umhüllt waren. Zu dieser Stunde brachte der Rausch von Lebenskraft, Freudentaumel und Beglückung seine Seele zum Glühen. Aber zu dieser Stunde – oder gerade zu dieser Stunde – suchte ihn auch jener Schmerz heim, der mit den Freuden der Verliebtheit unauflöslich einhergeht wie das Echo mit der Stimme.

In früherer Zeit, als sein Herz noch frei und unberührt von aller Liebe war, hatte ihn die Straßenbahn den gleichen Weg entlanggefahren. Was hatte er damals gefühlt, erhofft, befürchtet und ersehnt? An die Zeit vor der Liebe konnte er sich nur schemenhaft erinnern; er verdrängte das wenige, wenn er die Macht der Liebe erfuhr, und er sehnte sich danach, wann immer der Schmerz zu groß wurde. Von seinen Gefühlen überwältigt, drohte alles Erinnern zur Legende zu werden, weshalb er dazu übergegangen war, seine Lebensabschnitte auf die Liebe bezogen zu datieren. Jenes Ereignis hatte vor der Liebe, also v. L., stattgefunden, jenes erst nach der Liebe, n. L.

Die Bahn hielt in Wailija an. Kamal steckte den Brief wieder in die Tasche, stieg aus und lief zur Sarajat-Straße, die Augen fest auf die erste Villa rechts gerichtet, die am Rand der Abbasija-Wüste lag. Schon vom äußeren Eindruck her war das Haus, auch wenn es nur zwei Etagen hatte, ein gewaltiger Bau. Die Vorderfront reichte bis an die Sarajat-Straße, und auf der Rückseite gab es einen weitläufigen Garten. Die Wipfel der Bäume ragten über die graue, mittelhohe Mauer hinaus, die sich um das gesamte Anwesen, Villa und Garten, zog. Mit ihr war ein riesiges Rechteck abgesteckt, das sich in die Wüste, die das Haus im Süden und Osten umschloß, hinein erstreckte. Das Bild dieser Villa hatte sich in Kamals Kopf fest eingeprägt. Die majestätische Erhabenheit hielt ihn gefangen, die Zeichen der Pracht bezauberten ihn. Die Gewaltigkeit dieses Schlosses stellte für ihn ein der Würde des Besitzers angemessenes Zeugnis dar. Einige Fenster waren geschlossen, an anderen waren die Vorhänge zugezogen, und dieser Eindruck von Abgeschiedenheit und Zurückhaltung symbolisierte für ihn die Erhabenheit seiner Angebeteten, ihre Reinheit, Unerreichbarkeit und Rätselhaftigkeit. Der weite Garten und die bis an den Horizont sich erstreckende Wüste bestätigten ihn nur noch in seinem Gefühl. Hier und dort ragten Palmen auf, Efeu rankte sich an Wänden hinauf, ineinander verschlungene Jasminzweige kletterten über die Gartenmauer, und Büschel von Erinnerungen bemächtigten sich seiner, hingen schwer an ihm wie die Früchte der Palmen, raunten ihm Worte der Leidenschaft, des Schmerzes, der Anbetung zu, umfingen ihn als Schatten der Geliebten, als Hauch ihrer Seele, als Bild ihrer Züge, verbreiteten um ihn – vermehrt noch durch das Wissen um den Pariser Aufenthalt – den Atem von Schönheit und Traum, beides für ihn wie seine Liebe von Erhabenheit, Heiligkeit, Stolz und Drang nach dem Unbekannten geprägt.

Er näherte sich dem Portal. Wie jeden Nachmittag saßen dort auf einer Bank nahe der Tür der Pförtner, der Koch und der Fahrer. Als er bei ihnen war, erhob sich der Pförtner und sagte: »Hussain Bey erwartet Sie im Gartenhaus.«

Kamal lief weiter, begrüßt vom Duft von Jasmin, Nelken und Rosen, sprießend in Töpfen, die auf beiden Seiten der Treppe aufgestellt waren. Die wenigen Stufen führten zu einer großen Veranda, doch Kamal wendete sich nach rechts und ging den Seitenweg zwischen Villa und Mauer entlang, bis er an den Anfang des Gartens kam, in den der hintere Teil der Veranda hineinragte. O nein, es fiel ihm nicht leicht, sich in diesem Haus, das er als große Gebetsnische empfand, mit klopfendem Herzen zu bewegen und den Fuß dort aufzusetzen, wo »sie« zuvor geschritten war. Vor lauter Ehrfurcht wäre er fast stehengeblieben, hätte am liebsten die Hand an die Hauswand gelegt, um gesegnet zu werden, so wie früher am Grabmal al-Hussains, bevor er erfuhr, daß es nur als Symbol diente. In welchem Teil der Villa vergnügte sich wohl jetzt die Geliebte? Was würde er tun, wenn sie plötzlich vor ihm stehen und ihm einen ihrer bezaubernden Blicke zuwerfen würde? Könnte er ihr doch nur im Gartenhaus begegnen, damit seine Augen endlich für all die Geduld, Sehnsucht und Schlaflosigkeit belohnt werden würden. Er schaute umher, ließ den Blick bis ans Ende des Gartens, zu jener Mauer schweifen, hinter der sich die Wüste erstreckte. Von der Vorderfront des Hauses her strahlte die sich neigende Sonne die Spitzen der Bäume, der Palmen und das Blätterwerk des Jasmins an, das sich überall über die Mauer rankte, und Lichtsprenkel fielen auch über die Rondells, Rabatten und die rechteckig oder halbmondförmig angelegten Beete, die von Mosaiken eingerahmt waren. Kamal schlenderte den Hauptweg entlang, zur Mitte des Gartens, wo sich der Pavillon befand. Schon von weitem konnte er Hussain und seine beiden Gäste erkennen: Hassan Salim und Ismail Latif. Sie hatten in den Rohrstühlen Platz genommen, und auf dem runden Holztisch standen Gläser und eine Wasserkaraffe. Er hörte, wie Hussain laut etwas zur Begrüßung rief, man hatte ihn also bereits bemerkt. Die jungen Leute sprangen auf, und Kamal umarmte einen nach dem anderen, hatte doch die Zeit der Trennung den ganzen Sommer gedauert … Gott sei Dank geht's dir gut. Du hast uns sehr gefehlt. Wie seid ihr braun geworden, da ist kein Unterschied mehr zwischen euch und Ismail. Dafür bist du der Europäer unter lauter Farbigen. Wir haben uns schon gefragt, warum die Sonne in Kairo nicht bräunt. Hier kann doch nur einer bleiben, der keine Angst hat, einen Sonnenstich zu bekommen. Warum wird man überhaupt braun? Irgendwann haben wir in der Schule darüber etwas gehört. Ja, wahrscheinlich in Chemie. Über die Sonne wurde andauernd geredet, in Astronomie, Chemie und Physik, aber wo hörte man etwas über das Braunwerden? Die Frage kommt zu spät, die Oberschule haben wir beendet. Laßt uns lieber hören, was es Neues in Kairo gibt. Ach nein, erzähl du mir über Ras al-Barr, und Hassan und Ismail berichten dann, wie es in Alexandria war. Wartet, wartet, jeder kommt an die Reihe.

Der Pavillon war nichts anderes als ein großer Holzschirm, der auf einer massiven Säule ruhte. Rosenstöcke in Töpfen umsäumten den Sandfußboden, und der Holztisch und die Rohrstühle bildeten das einzige Mobiliar. Die vier Freunde saßen im Halbkreis, die Gesichter dem Garten zugewandt. Sie alle freuten sich über das Wiedersehen, nachdem der Sommer sie getrennt hatte, abgesehen von Hassan Salim und Ismail Latif, die sich beide in Alexandria erholt hatten. Der geringste Grund reichte, um die jungen Leute zum Lachen zu bringen, und manchmal genügte schon ein Blick, wenn damit auf frühere komische Erlebnisse hingedeutet wurde. Kamals Freunde trugen Seidenhemden und graue Hosen, und auch er war mit einem bleifarbenen Anzug bekleidet, kam doch in seinen Augen der Fahrt nach Abbasija ein offizieller Charakter zu, bei der es sich im Unterschied zu den Gewohnheiten seines Viertels nicht schickte, sich mit einem Jackett über der Galabija zu begnügen. Alles hier, die ganze Umgebung, sprach sein Herz an, wühlte es im tiefsten Grunde auf. Da war der Pavillon, in dem er die Botschaft der Liebe empfangen hatte; da der Garten, der als einzig Eingeweihter sein Geheimnis bewahrte; dann die Freunde, die er um der Freundschaft willen liebte, aber auch weil sie Weggefährten seiner Liebe waren. Alles hatte mit ihm, seiner Liebe und seinem Herzen zu tun. Wann, so fragte er sich, wann würde wohl »sie« erscheinen? Könnte es sein, daß dieses Treffen vorüberginge, ohne den sehnsüchtigen Augen ihren Anblick zu bieten? Da »sie« fernblieb, schaute er, quasi als Ersatz, so lange wie nur irgend möglich, Hussain Schaddad an. Das war kein Blick, der nur einem Freund galt, nein – als Bruder der Angebeteten kam Hussain eine Art Zauber zu, umwogte ihn etwas Geheimnisvolles. Kamal hegte nicht nur ein liebevolles Gefühl für Hussain, sondern er bewunderte und verehrte ihn geradezu, war betört von ihm. Mit seinen schwarzen Augen, dem schlanken, hohen Wuchs, dem glatten, tiefdunklen Haar, der Art, wie er blickte und sich bewegte, erhaben und gütig zugleich, ähnelte Hussain seiner Schwester in hohem Maß. Es gab so gut wie keinen Unterschied zwischen den beiden, bis auf Hussains adlerförmig gebogene, volle Nase und seine helle Haut, die nun von Sommerbräune getönt war.

Wie Kamal hatten auch Hussain und Ismail in diesem Jahr mit Erfolg das Abitur abgelegt, nur mit dem Unterschied, daß Hussain und Kamal siebzehn Jahre alt waren, Ismail aber breits einundzwanzig Jahre. Man redete also über die Prüfung und was zukünftig auf einen zukommen würde. Ismail hatte als erster darüber zu sprechen begonnen. Beim Reden reckte er den Hals in die Höhe, als könnte er damit den kleinen und schlanken Wuchs – zumindest im Vergleich zu den anderen – aufwiegen. Allerdings war er durchaus kompakt und muskulös gebaut, und der scharfe, spöttische Blick aus schmalen Augen, die spitze Nase, die buschigen Brauen und die breiten, kräftigen Lippen waren eine deutliche Warnung an jeden, der ihn angreifen wollte.

»Dieses Jahr konnten wir einen hundertprozentigen Erfolg verbuchen«, erklärte er, »was noch nie, jedenfalls nicht bei mir, geschehen ist. An sich müßte ich ja schon das letzte Jahr auf der Hochschule verbringen, so wie Hassan, der mit mir am gleichen Tag und im gleichen Jahr in die Fuad-Schule aufgenommen worden ist. Als mein Vater meine Nummer in der Examensliste in der Zeitung sah, hat er mich spöttisch gefragt, ob ihn Gott wohl noch genügend lange leben lassen würde, um mich auch unter den Diplomierten zu sehen.«

»So spät bist du noch nicht dran, als daß dein Vater verzweifeln müßte«, meinte Hussain Schaddad.

»Du hast völlig recht«, lachte Ismail. »Zwei Jahre die gleiche Klasse ist wirklich nicht zuviel.« Er wandte sich an Hassan Salim. »Du bist sicher schon damit beschäftigt, dir deine Zukunft nach dem Diplom auszumalen.«

Hassan Salim absolvierte das letzte Jahr an der Juristischen Fakultät. Er begriff, daß Ismail Latif etwas über seine Zukunftspläne hören wollte. Doch Hussain Schaddad kam seiner Antwort zuvor, als er einwarf: »Darum braucht er sich nicht zu kümmern. Garantiert bekommt er eine Stelle bei der Staatsanwaltschaft oder im diplomatischen Korps«, was Hassan aus seiner ansonsten recht überheblichen Ruhe lockte. Auf sein hübsches, feingeschnittenes Gesicht legte sich ein Zug von Kampfbereitschaft, und angriffslustig fragte er: »Und was sollte mich überzeugen, daß du recht hast?«

Hassan Salim war stolz auf seinen Fleiß, seine Intelligenz und erwartete von den anderen, daß sie es anerkannten. Nun stritt das zwar niemand ab, aber man vergaß auch nicht, daß er der Sprößling von Salim Bey Sabri war, dem Herrn Rat am Appellationsgericht, und daß ein solcher Vater einen Vorzug darstellte, der weit höher als Fleiß und Klugheit zu bewerten war.

Offensichtlich wollte Hussain Schaddad vermeiden, den Freund wütend zu machen, denn er antwortete lediglich: »Dein hervorragender Erfolg – das ist deine Garantie.«

Ismail Latif, der Hassan das Kompliment nicht auskosten lassen wollte, bemerkte spitz: »Und dann vergiß nicht deinen Vater. Der ist bestimmt, davon bin ich überzeugt, viel wichtiger als alle Leistung.«

Hassan nahm den Angriff unerwartet gelassen hin; entweder fand er es langweilig, mit Ismail, den er während des Sommers jeden Tag in Alexandria um sich gehabt hatte, zu streiten, oder er hielt ihn für einen »professionellen« Querulanten, den man nicht unbedingt ernst zu nehmen brauchte. Allerdings gab es unter den Freunden bisweilen so heftige Diskussionen, daß sie fast in Streit ausarteten, was aber der allgemeinen Verbundenheit keinen Abbruch tat. Hassan bedachte Ismail mit einem höhnischen Blick. »Und was ist mit dir? Was haben deine Vermittler für dich erreicht?«

Ismail lachte laut los, so daß seine spitzen gelben Zähne zu sehen waren; er hatte zu den ersten gehört, die an der Oberschule rauchten. »Ah, nichts besonders Erfreuliches«, prustete er. »Wegen des zu niedrigen Durchschnitts wollte man mich weder an der Medizinfakultät noch an der Ingenieursfakultät aufnehmen. Da blieb nur noch der Handel und die Landwirtschaft, also habe ich ersteres gewählt.«

Erregt beobachtete Kamal, wie sein Freund die Hochschule für Lehrerausbildung, als existierte sie nicht, geflissentlich übersah. Was ihm aber bei allem Kummer und aller Trostlosigkeit half, war der Gedanke, daß er, der ja durchaus fähig gewesen wäre, sich in der unbestreitbar angesehenen Juristischen Fakultät einzuschreiben, etwas so Außerordentliches wie das Lehrerinstitut gewählt hatte.

Hussain zeigte sein liebenswürdiges Lächeln, das Mund und Augen noch hübscher aussehen ließ. »Schade, daß du nicht Landwirtschaft gewählt hast. Stellt euch das vor: Ismail auf dem Feld, ein Leben lang mitten unter Bauern.«

»Wenn das Feld in der Imad-ad-Din-Straße wäre, mit all den Theatern, hätte ich nichts dagegen«, meinte Ismail vergnüglich.

Kamal sah Hussain an. »Und du? Was wirst du tun?«

Nachdenklich richtete der den Blick in die Ferne, was Kamal die Gelegenheit bot, ihn aufmerksam zu betrachten. Wie sehr faszinierte ihn der Gedanke, daß Hussain Aidas Bruder war, er also genauso vertraut und harmonisch mit ihr umging wie er selbst einst mit Chadiga und Aischa. Es fiel ihm schwer, sich das vorzustellen, und dennoch stimmte es: Hussain leistete Aida Gesellschaft, plauderte mit ihr, verbrachte manchmal die Zeit allein mit ihr, berührte sie … Berührte sie? Ob er ihr auch Häppchen in den Mund steckte? Wie sah sie wohl beim Essen aus? Ob sie schmatzte? Schmeckten ihr zum Beispiel Muluchija-Suppe und gekochte Bohnen? Alles das war unvorstellbar, doch wichtig allein blieb – Hussain war ihr Bruder, und er, Kamal, durfte die Hand berühren, die die ihrige angefaßt hatte. Ach, könnte er nur den Duft von dessen Atem aufnehmen, der ganz bestimmt dem ihren glich.

»Vorläufig gehe ich erst einmal zur Juristischen Fakultät«, antwortete schließlich Hussain.

Ob er sich da vielleicht mit Fuad al-Hamzawi befreundete? Warum nicht? Kein Zweifel, wenn Hussain zur Juristischen Fakultät ging, kam ihr wirklich Bedeutendes und Gewichtiges zu. Um so verwegener war es, ihn oder die anderen vom Wert ideeller Dinge überzeugen zu wollen.

»Ich wußte gar nicht«, spottete Ismail, »daß es Studenten gibt, die etwas ›vorläufig‹ studieren. Könntest du uns das ein wenig erklären?«

Hussain blieb ernst. »Für mich sind alle Hochschulen gleich, weder die eine noch die andere interessieren mich besonders. Ich möchte mich bilden, arbeiten will ich nicht. Ich werde hier wohl keine Hochschule finden, die zwar Bildung vermittelt, aber nicht auf praktische Arbeit aus ist. Da ich in der Familie niemanden von meiner Idee überzeugen konnte, sehe ich keinen anderen Ausweg, als mich erst einmal zu fügen. Ich habe gefragt, welche Hochschule sie für mich passend fänden, und als mein Vater erklärte, daß nichts anderes als Jura in Frage käme, habe ich mir gesagt: Na bitte, soll es denn also Jura sein.«

»Jedenfalls vorläufig«, spaßte Ismail und ahmte Hussains Tonfall und Bewegungen nach.

Es erhob sich allgemeines Gelächter, doch schon sprach

Hussain weiter: »Natürlich vorläufig, du Streithammel, und wenn sich die Dinge so entwickeln, wie ich mir es wünsche, breche ich hier das Studium ab und gehe nach Frankreich, nötigenfalls unter dem Vorwand, dort weiterzustudieren. Da kann ich uneingeschränkt aus allen Quellen der Kultur trinken, kann ich denken, sehen, hören.«

Ismail, ihn noch immer nachahmend, fügte hinzu, was der Freund seiner Meinung nach verschwiegen hatte: »... und schmecken, anfassen, riechen.«

Hussain wartete ab, bis sich das Gelächter gelegt hatte. »Du kannst sicher sein, daß ich nicht auf das aus bin, wovon du träumst.«

Kamal brauchte dafür keinen Beweis, er glaubte Hussain aus tiefstem Herzen. Nicht nur, daß er ihn zu sehr verehrte, um ihn leichtfertiger Spinnereien zu verdächtigen, sondern auch weil er überzeugt war, daß das Leben, das sich Hussain in Frankreich erhoffte, einzig und allein imstande war, die Seele zu erheben. Ismail jedoch konnte diese Wahrheit, so einfach sie auch war, nicht begreifen – weder er noch seinesgleichen, denn die glaubten ohnehin nur an Zahlen, legten nur auf Äußerlichkeiten Wert. Oh, wie oft hatte Hussain schon Träume in ihm geweckt, und dieser hier, der Aufbruch nach Frankreich, war wohl der großzügigste und schönste von allen. Es war ein Traum, voll des prächtigsten Gewinns für Sinne und Verstand, für Hören und Sehen. Wie oft habe ich davon geträumt, in der Nacht und am Tag. Doch nach allem Sehnen und Hoffen wird nichts anderes sein, als daß ich und mein Traum im Lehrerinstitut enden. »Meinst du wirklich, was du sagst? Daß du nicht arbeiten willst?« fragte er Hussain.

In dessen schöne schwarze Augen kam träumerischer Glanz. »Ich werde kein Spekulant an der Börse wie mein Vater. Ich könnte kein Leben ertragen, das ununterbrochen nur aus Arbeit besteht und bei dem alles nur um das

Geld geht. Ich will auch kein Beamter sein, das bedeutet Versklavung nur um des Lebensunterhalts willen. Ich habe reichlich Vermögen und will die Welt durchstreifen, will lesen, sehen, hören, nachdenken, von den Bergen in Täler hinabsteigen und wieder die Berge erklimmen.«

Hassan Salim, der ihn, wenn auch versteckt hinter der ihm eigenen aristokratischen Reserviertheit, die ganze Zeit über geringschätzig angesehen hatte, protestierte: »Man arbeitet keineswegs nur wegen des Lebensunterhalts. Ich habe es beispielsweise auch nicht nötig, und trotzdem liegt mir viel daran, mich in einer ehrenvollen Position zu betätigen. Der Mensch muß arbeiten. Eine noble Arbeit ist um ihrer selbst willen schon ein Ziel.«

»Genau«, stimmte Ismail Latif zu. »Eine Tätigkeit wie Richter oder Diplomat wünschen sich selbst die Reichsten von den Reichen.« Er wandte sich an Hussain. »Warum wählst du dir nicht eine Karriere in diesen Berufen, wenn es doch für dich im Bereich des Möglichen liegt?«

Nun griff auch Kamal ein. »Als Diplomat hättest du eine herausragende Stellung und könntest zudem noch reisen.«

»Tja«, meinte Hassan Salim bedeutungsvoll, »in den diplomatischen Dienst kommen aber nur wenige Auserwählte.«

»Natürlich bietet die Diplomatie wunderbare Vorteile. Da das meistens nur Tätigkeiten ehrenhalber sind, würde es nicht besonders stark meinem Wunsch widersprechen, mich nicht als Arbeitssklave verdingen zu müssen. Ich würde reisen, hätte genügend Freizeit, beides günstige Bedingungen für ein schöngeistiges Leben. Aber ich glaube nicht, daß ich es schaffe, und zwar nicht, weil, wie Hassan sagte, nur ›wenige Auserwählte‹ zugelassen werden, sondern weil ich bezweifle, daß ich das Studium bis zum Ende durchhalten will.«

Ismail grinste. »Allmählich glaube ich, daß du wegen

allem möglichen, bloß nicht wegen der Kultur, nach Frankreich willst. Ist doch in Ordnung.«

Hussain lachte, schüttelte verneinend den Kopf. »Aber nein! Das kommt, weil du nur von dir ausgehst. Mein Widerwille gegen das Studium hat andere Gründe. Erstens: Jura interessiert mich nicht. Zweitens: Es gibt hier keine Hochschule, die mir Kenntnisse in verschiedenen Disziplinen und Künsten vermitteln könnte, also auf dem Gebiet des Theaters, der Malerei, der Musik, der Philosophie. Alle diese Hochschulen füllen dir den Kopf mit einem Haufen Sand, in dem du dann, falls überhaupt, ein einziges Körnchen Gold aufstöberst. In Paris hingegen kann man Vorlesungen über alle möglichen Künste und viele andere Gebiete hören, ohne in ein festes Programm gepreßt zu werden oder Prüfungen machen zu müssen. Da findest du alles, was du für ein schöngeistiges Leben brauchst.« Seine Stimme klang ein wenig gedämpft, als er hinzusetzte: »Vielleicht heirate ich dort sogar, dann kann ich mein ganzes Leben als Wanderer zwischen Wirklichkeit und Phantasie verbringen.«

Hassan Salims Gesicht war nicht anzumerken, ob ihn das Gespräch ernsthaft interessierte. Ismail Latif hingegen zog die buschigen Brauen in die Höhe, als sollte jedermann seinen Augen ansehen, wie sehr ihn die Spottlust zwickte.

Einzig Kamal schien erregt, ja begeistert zu sein. Bis auf einige unwesentliche Abweichungen hegte er die gleichen Hoffnungen. Herumzureisen oder gar in Frankreich zu heiraten, das interessierte ihn nicht, aber sich Wissen zu erwerben, ohne dabei in ein festes Schema gepreßt zu werden und an einen Prüfungsrhythmus gebunden zu sein? Das wäre unbestritten nützlicher, als sich den Kopf im Lehrerinstitut mit einem Haufen Sand vollstopfen zu lassen und letztendlich nur ein paar Gramm goldenen Wissens davonzutragen. Paris! Diese Stadt war für ihn zum wunderbaren Traum geworden, seit er wußte, daß sie die Angebetete in zarten Kindheitstagen beherbergt hatte. Es war die Stadt, die Hussain noch immer mit ihrem Zauber gefangenhielt und ihn, Kamal, mit den verschiedensten Erwartungen in ihren Bann zog. Wie konnte nur der Schmerz gestillt werden, den das bange Hoffen ihm bereitete?

Zögerlich und behutsam sagte er: »Ich könnte mir vorstellen, daß das, was du vorhast, selbst wenn nur in geringem Maß, in Kairo am ehesten noch an der Hochschule für Lehrer zu verwirklichen ist.«

Ismail Latif sah ihn fast besorgt an. »Welche Fakultät hast du eigentlich gewählt? Jetzt erkläre bloß nicht, daß du auf das Lehrerinstitut willst. Herr im Himmel, wahrscheinlich habe ich ganz vergessen, daß du einen ähnlichen Tick wie Hussain hast.«

Ein breites Lächeln zog sich über Kamals Gesicht, brachte sogar seine gewaltigen Nasenflügel zum Beben. »Ich habe mich tatsächlich für das Lehrerinstitut entschieden, und zwar aus dem eben erwähnten Grund.«

Hussain Schaddad sah ihn interessiert an, schmunzelte. »Bestimmt haben dir deine kulturellen Flausen ganz schön zu schaffen gemacht, als du mit dem Problem der Hochschulwahl beschäftigt warst.«

Es klang fast anklagend, als Ismail erklärte: »Du bist in hohem Maß dafür verantwortlich, daß sich diese ›Flausen‹ bei Kamal festgesetzt haben. Du redest zwar andauernd, aber du liest nicht, während dieser arme Kerl die Sache unerhört ernst nimmt und fast bis zum Blindwerden in Büchern wühlt. Jetzt siehst du, was dein schlechter Einfluß bewirkt. Letzten Endes kommt es wirklich noch so weit, daß er auf dieses Lehrerinstitut geht.«

Hussain überhörte geflissentlich Ismails Einwand, sprach

weiter zu Kamal. »Bist du dir sicher, daß du das, was du suchst, am Lehrerinstitut findest?«

Überwältigt von der Freude, zum erstenmal nach dieser Hochschule nicht geringschätzig oder gar verächtlich gefragt zu werden, erklärte Kamal begeistert: »Mir genügt, daß ich dort Englisch lernen kann. Das eröffnet mir die Möglichkeit, mich unbegrenzt weiterzubilden. Außerdem bietet sich dort, wie ich glaube, die günstige Gelegenheit, Geschichte, Pädagogik und Psychologie zu studieren.«

Hussain überlegte einen Moment, bevor er sagte: »Ich habe ziemlich viel über Lehrer während meiner Privatstunden erfahren, weil ich sie da aus nächster Nähe erlebt habe. Sie sind nicht gerade ein gutes Beispiel für das, was man unter einem kultivierten Menschen versteht. Aber vielleicht sind daran auch die überholten Unterrichtsmethoden schuld.«

»Mir genügt die Hochschule als Mittel zum Zweck«, ereiferte sich Kamal noch immer begeistert. »Wirkliche Bildung hängt vom einzelnen ab, nicht von der Studieneinrichtung.«

»Hast du die Absicht, Lehrer zu werden?« fragte Hassan Salim.

Auch wenn die Frage sehr höflich geklungen hatte, machte sie Kamal unsicher. Bei Hassan war Höflichkeit geradezu ein Teil seines Wesens, den er nur in äußerster Not oder im Fall einer Provokation außer acht ließ. Zum einen war dies das natürliche Resultat der ihm eigenen Gesetztheit, zum anderen lag es auch an seiner vornehmen Erziehung. Es fiel Kamal nicht leicht herauszuhören, ob die Frage frei von aller Verächtlichkeit gestellt worden war. Deshalb zuckte er nur nachlässig mit den Schultern und erwiderte: »Es wird mir wohl nichts anderes übrigbleiben, wenn ich entschlossen bin, das zu lernen, was ich mir wünsche.«

Ismail Latif betrachtete verstohlen Kamal – den Schädel, die Nase, den langen Hals, den schmächtigen Körper –, und bei der Vorstellung, wie Kamal auf Schüler im allgemeinen, aber auf die Strolche unter ihnen im besonderen wirken würde, konnte er nicht anders als murmeln: »Bei meinem Leben, das wäre eine Katastrophe.«

Hussain wandte sich wieder an Kamal, und als er zu sprechen begann, verriet seine sanfte Stimme die Zuneigung, die er für Kamal empfand. »Die Tätigkeit ist nebensächlich, wenn man ein Ziel vor Augen hat. Außerdem dürfen wir nicht vergessen, daß ein gut Teil der aufklärerischen Intelligenz Ägyptens aus dieser Hochschule hervorgegangen ist.«

An dieser Stelle brach das Gespräch ab. Es herrschte Schweigen. Kamal war bemüht, sich der Atmosphäre des Gartens zu überlassen, doch das Hochschulthema hatte ihm einen heißen Kopf gemacht, und nun mußte er erst einmal abkühlen. Er blickte zur Seite. Auf dem Tisch stand eine Karaffe mit eisgekühltem Wasser. Ein Gedanke schoß ihm durch den Kopf, der ihm schon oftmals in ähnlichen Situationen ein Glücksgefühl verschafft hatte. Er würde sich ein Glas Wasser nehmen und seine Lippen vielleicht zufällig auf die Stelle drücken, an der die ihrigen schon einmal gelegen hatten. Er ging zum Tisch, goß sich ein und trank. Als er wieder auf seinen Platz zurückging, konzentrierte er sich ganz auf sich selbst, legte sich auf die Lauer, als erwartete er, daß sich – falls ihm das Glück beistände und seine Erwartung zuträfe – eine Veränderung an ihm selbst ergäbe, ihm eine noch nie dagewesene Zauberkraft zuwüchse, ihn ein göttlicher Rausch in die himmlischen Gefilde des Glücks aufsteigen ließe. Aber ach – und wie sollte es auch anders sein? –, er mußte sich mit der Süße des abenteuerlichen Versuchs und dem Glück der durchlebten Hoffnung begnügen. Statt dessen begann er sich unruhig zu fragen, wann »sie« erscheinen würde. Sollte dieser vielversprechende Augenblick zu den drei Monaten der Trennung dazugezählt werden müssen? Er blickte wieder zur Karaffe hinüber. Ein Gespräch fiel ihm ein, das er vor längerer Zeit mit Ismail Latif über die Karaffe geführt hatte, oder genauer gesagt darüber, daß im Haus der Schaddads immer nur eisgekühltes Wasser gereicht wurde. Bei dieser Gelegenheit hatte Ismail auf die rigorose Haushaltsführung hingewiesen, die in dieser Villa vom Dach bis zu den »bedrooms« eingehalten wurde. Ob das nicht vielleicht schon an Geiz grenze, hatte er gefragt. Da Kamal es strikt ablehnte, das Ansehen der Familie seiner Angebeteten auch nur im geringsten verunzieren zu lassen, hatte er diesen Verdacht heftig abgewiesen und als Gegenargument den luxuriösen Lebensstil, die zahlreiche Dienerschaft und die zwei Autos genannt, denn außer dem Minerva gab es noch den Fiat, den fast nur Hussain benutzte. Wie konnte man da von Geiz sprechen? Ismail, dem es noch nie schwergefallen war, anderen etwas Übles nachzusagen, – Ismail hatte erklärt, daß Geiz die verschiedensten Formen annehmen könne. Da Schaddad Bey ein Millionär im wahrsten Sinn des Worts sei, erachte er es als unumgänglich, nach außen hin das Prestige zu wahren. Aber im Haus selbst begnüge er sich mit dem, was unbedingt notwendig sei. Die Vorschrift, und niemand von der Familie wiche je davon ab, laute, keinem zu gestatten, auch nur einen Millim an der unrechten Stelle und ohne zwingenden Grund auszugeben. Die Diener bekämen die niedrigsten Löhne und zuwenig Essen. Wenn einer von ihnen einen Teller zerbräche, würde der Preis von seinem Lohn abgezogen werden. Selbst Hussain, der doch der einzige Sohn sei, bekäme, wie sonst üblich bei seinesgleichen, kein Taschengeld, damit er sich ja nicht daran gewöhne, Geld sinnlos auszugeben. Möglicherweise kaufe ihm sein Vater anläßlich von Festtagen ein paar Aktien und Wertpapiere, aber in die Hand bekäme er keinen blanken Kirsch. Und den Gästen des geliebten Sprößlings böte man nichts anderes als eisgekühltes Wasser an – sei das etwa kein Geiz, gleichgültig wie aristokratisch geartet?

Kamal, mit dem Blick auf die Karaffe, mußte an dieses Gespräch denken, und wie damals schon fragte er sich bestürzt, ob es möglich wäre, daß die Familie seiner Angebeteten von einem Makel befallen sein könnte. Sein Herz lehnte es ab, es zu glauben, konnte doch kein Vorwurf, so gering er auch sein mochte, an deren Vollkommenheit rütteln. Aber zugleich kam es ihm vor, als rührte sich in ihm ein Gefühl, das fast einer Art Erleichterung gleichkam, ihn geradezu foppte und zu ihm wisperte: »Sei nicht entsetzt, denn zieht nicht ein solcher Makel, falls er denn zutrifft – zieht er ›sie‹ nicht ein klein wenig auf dein Niveau hinunter? Oder anders gesehen, läßt er dich nicht in gewissem Maß zu ihr aufsteigen?« Obwohl er gegenüber Ismails Behauptung zurückhaltend und mißtrauisch blieb, ertappte er sich dabei, unwillkürlich über das sogenannte Laster Geiz nachzudenken. Es gab, wie er fand, zwei Arten: die niedere und die, die lediglich eine kluge Politik darstellte, weil sie das Wirtschaftsleben auf Grundlage von Ordnung und Genauigkeit absicherte. Bezeichnete man ein solches Verhalten als Geiz oder hielt man es für einen Makel, dann war das absolut übertrieben. Oder nicht? Der Bau von Villen, der Kauf von Autos und die Zurschaustellung von Luxus und Pracht standen doch zu sparsamem Verhalten in keinem Widerspruch? Wie hätte es auch anders sein können, wenn es sich um erhabene Wesen handelte, denen jede Schlechtigkeit und Niedrigkeit abging?

Ismail Latif, der ihn am Arm faßte und ihn schüttelte, ließ Kamal aus seiner Nachdenklichkeit erwachen. Schon im nächsten Moment hörte er ihn, an Hassan Salim gewandt, sagen: »Paß auf, gleich wird dir der Vertreter der Wafd-Partei eine Antwort geben.« Er begriff, daß die Freunde, während er in Gedanken abwesend gewesen war, zur Politik übergewechselt hatten. Solche Diskussionen waren ebenso beschwerlich wie interessant. Ismail bezeichnete ihn also als »Wafd-Vertreter«, und wahrscheinlich war das spöttisch gemeint. Sollte er sich über ihn lustig machen, soviel er wollte – seine Beziehung zum Wafd basierte auf einer Überzeugung, die er von Fahmi ererbt hatte und in seinem Herzen mit dessen Märtyrertod, dessen geopfertem Leben verankert war. Er sah Hassan Salim an, lächelte. »Na, lieber Freund, hast du, der ansonsten nur von majestätischer Größe beeindruckt ist, etwa etwas über Saad gesagt?«

Hassan Salim zeigte sich nicht sonderlich interessiert, was Kamal nicht verwunderte. Wie oft hatte er sich mit ihm schon auf Diskussionen eingelassen, nur um am Ende immer wieder auf Hassans bornierte, hochmütige Meinung über Saad Zaghlul zu stoßen, die höchstwahrscheinlich identisch mit der seines Vaters, des Herrn Rat am Appellationsgericht, war. Wenn Kamal für Saad Zaghlul eine hingebungsvolle und schon fast an Heiligenverehrung zu bezeichnende Liebe hegte, dann bezeichnete Hassan Salim den großen Mann nur als pöbelhaften Spaßmacher, ein Ausdruck, den er mit so viel Ekel und Verachtung herausstieß, daß er weit über das Maß seiner sonstigen Höflichkeit und Sanftheit hinausging. Er erging sich auch gern in bissigen Bemerkungen über Saads Politik und seine Rhetorik, vergaß nie, im gleichen Atemzug die wirkliche Größe von Adli, Tharwa, Mohammed Machmud und anderen Vertretern der Liberal-Konstitutionellen Partei hervorzuheben, die nach Kamals Meinung nichts anderes als »Verräter« oder »Engländer mit Tarbuschs« waren.

»Wir sprachen gerade über die Verhandlungen«, erwiderte Hassan Salim ruhig. »Drei Tage, und dann war alles vorbei.«

»Eine wunderbar nationale Haltung, die Saad Zaghlul völlig gemäß ist«, begeisterte sich Kamal. »Er hat unsere nationalen Rechte eingefordert und voller Stolz alles Feilschen abgelehnt. Er hat die Gespräche eingestellt, als es sich als notwendig erwies, und dann kam sein historischer Ausspruch: ›Man hat uns kommen lassen, damit wir Selbstmord begehen. Wir jedoch haben das abgelehnt, und das war alles.‹«

Ismail Latif, für den die Politik ein günstiges Gebiet darstellte, um seine Witze loszulassen, meinte: »Hätte er das mit dem Selbstmord akzeptiert, wäre sein Leben mit dem größten Dienst gekrönt gewesen, den er seinem Land erweisen kann.«

Er und Hussain lachten laut los, und als sie sich beruhigt hatten, erklärte Hassan: »Was nützt uns dieser ›historische Ausspruch‹? Saads Patriotismus ist nichts anderes als eine Art Rhetorik, mit der er die breite Masse in Verzückung versetzt ... ›Man hat uns kommen lassen, damit wir Selbstmord begehen‹ und so weiter, und so weiter ... ›Ich liebe es, wahr und aufrichtig zu sprechen‹ – nichts als Geschwätz. Aber es gibt Männer, die, statt zu reden, in aller Stille etwas tun, und die sind es, die dem Vaterland den einzigen Erfolg in der neueren Geschichte eingebracht haben.«

Wut brannte in Kamal auf, und hätte er nicht Hassans Persönlichkeit und sein Alter respektiert, wäre er explodiert. Er konnte sich nicht genug darüber wundern, wie ein junger Mann wie Hassan den politischen Abwegen seines Vaters, der immerhin der alten Generation angehörte, folgen konnte. »Du wertest Reden ab, als bedeuteten sie nichts. In Wahrheit wurden aber die wichtigsten Ereignisse in der menschlichen Geschichte letztendlich durch Worte bewirkt. Großartig Gesagtes birgt in sich Hoffnung, Stärke, Wahrheit. Wir schreiten durchs Leben, geleitet von Worten. Und im übrigen kommen von Saad nicht nur Worte, sein Werk ist voll von Aktivitäten und Stellungnahmen.«

Hussain Schaddad strich sich mit langen, eleganten Fingern durch das schwarze Haar und bemerkte: »Generell stimme ich dem zu, was du über den Wert der Worte gesagt hast, nur nicht hinsichtlich Saads.«

Hassan kümmerte sich nicht um den Einwurf, sondern wandte sich wiederum an Kamal. »Die Nationen leben und entwickeln sich mittels Intelligenz, politischer Klugheit und starker Arme, nicht aber durch Reden und billige Volkspossen.«

Ismail sah Hussain an und witzelte: »Meinst du nicht auch, daß einer, der ständig über Reformen in diesem Land spricht, nichts anderes versucht, als einen Sack mit Licht zu füllen?«

Kamal, zögerlich genug, um Hassan seine Meinung offen ins Gesicht zu sagen, fiel über Ismail her, konnte er doch an ihm seinem Ärger Luft machen. »Dich, dich interessiert doch die Politik überhaupt nicht. Aber deine Art, Witze zu machen, verrät bisweilen so klar die Haltung einer Schicht angeblicher Ägypter, als wärst du ihr Sprecher. Sie zweifeln die Bewegung, in die die Nation geraten ist, an, aber nicht weil sie etwas Bestimmtes anstreben oder besonders radikale Positionen einnehmen, sondern weil sie arrogant sind und generell alles verächtlich machen. Wenn die Politik für sie nicht ein Mittel wäre, ihre Interessen durchzusetzen, würden sie sich so wie du von allem fernhalten.«

Hussain Schaddad ließ sein freundliches Lachen hören, legte seine Hand auf Kamals Arm und drückte ihn. »Du bist ein hartnäckiger Diskutant. Dein Eifer gefällt mir, auch wenn ich deinen Glauben nicht teilen kann, bin ich doch, wie du weißt, ein völlig neutraler Mensch. Weder gehöre ich zu den Wafdisten noch zu den Konstitutionellen, und zwar nicht, weil mir wie Ismail Latif das Ganze gleichgültig ist, sondern weil ich davon überzeugt bin, daß die Politik Verstand und Herz verdirbt. Man muß sich von der Politik abheben, wenn das Leben unendlichen Raum für Weisheit, Schönheit, Toleranz bieten und nicht zum Schauplatz von Kämpfen und Intrigen werden soll.«

Kaum lauschte er Hussains Stimme, fühlte er sich besänftigt. Hörte er Zustimmung aus dessen Worten heraus, war er entzückt; meldete Hussain Widerspruch an, hörte er aufgeschlossen zu. Auch wenn er sich nicht vom Gefühl befreien konnte, daß dessen Versuch, seine neutrale Haltung zu rechtfertigen, nur eine Entschuldigung für die Schwäche seiner nationalen Gesinnung war, grollte er ihm deshalb nicht und hielt es auch nicht für einen Makel wie bei Ismail. Selbst wenn er dessen mangelnden Patriotismus als Fehler angesehen hätte, wäre er nachsichtig und tolerant damit umgegangen.

»Das Leben«, so Kamals Antwort, »umfaßt alles. Es ist Kampf, List, Weisheit, Schönheit. Vernachlässigst du nur einen Aspekt, dann läßt du dir die Gelegenheit entgehen, das Leben besser zu verstehen und all deine Fähigkeiten dafür einzusetzen, daß es sich zum Besseren wendet. Du solltest die Politik nicht verachten, sie ist das halbe Leben. Sie ist sogar das ganze Leben, wenn du Weisheit und Schönheit über alles Leben setzt.«

»Was die Politik betrifft«, warf Hussain fast entschuldigend ein, »so muß ich dir ganz offen sagen, daß ich zu all diesen Männern kein Vertrauen habe.«

»Was hat dir dein Vertrauen in Saad genommen?« fragte Kamal flehentlich.

»Laß mich dich besser fragen, warum ich ihm vertrauen

sollte. Saad und Adli, Adli und Saad – das ist doch alles der gleiche Schwachsinn. Wenn die beiden für mich, was Politik betrifft, auch ein und dasselbe sind, als Männer sehe ich bei ihnen durchaus einen Unterschied. Adli zeichnet sich durch seine vornehme Abstammung, sein gewaltiges Prestige und seine großartige Kultur aus, aber was Saad betrifft – wehe, du wirst böse! –, so ist er nichts weiter als ein alter Azharit.«

Oh, wie es weh tat, wenn Hussain versehentlich zu erkennen gab, mit welchem Dünkel er auf das Volk hinabsah. Niedergeschmettert, wie Kamal war, überfiel ihn das Gefühl, daß Hussain vielleicht sogar geringschätzig auf ihn herabsehen könnte und – was noch viel schlimmer wäre – nur das aussprach, was die Familie dachte. Sicher, wenn Hussain mit ihm redete, versuchte er ihm das Gefühl einzuflößen, als spräche er über ein Volk, zu dem sie beide nicht gehörten. Machte Hussain sich ein falsches Bild von ihm, oder blieb er ihm gegenüber nur höflich? Das seltsamste war, daß dessen Hochmut gegenüber dem Volk Kamal nicht in eine ähnlich starke Wut versetzte, wie die vermutete Überheblichkeit ihm gegenüber ihn traurig werden ließ. Da wallte keinerlei Art von Klassenfeindschaft in ihm auf, da fühlte er sich auch nicht in seinem Patriotismus herausgefordert, war dafür doch dieses reine, strahlende Lächeln, das von der Aufrichtigkeit und Gutwilligkeit des Freundes sprach, einfach zu entwaffnend. Klassenbewußtsein, Nationalgefühl – all das trat in den Hintergrund angesichts einer Liebe, die von jeglichen Meinungen und Ereignissen unberührt blieb. Ganz anders erging es Kamal mit Hassan Salims Haltung gegenüber dem Volk, obwohl die ähnlich überheblich wie Hussains war. Bei aller Freundschaft versetzten ihn dessen Meinungen über das Vaterland in heftige Wut, auch wenn sie sehr höflich und zurückhaltend formuliert waren. Ja, er glaubte darin sogar eine Art kluger Taktik zu sehen, mit der der Freund seine Autorität noch unterstreichen wollte, seinen aristokratischen Abscheu gegenüber dem Volk noch zu bekräftigen suchte.

»Muß ich dich etwa daran erinnern«, wandte Kamal sich wieder an Hussain, »daß wahrhafte Größe nichts mit Turban und Tarbusch, nichts mit arm und reich zu tun hat? Mir scheint, die Politik zwingt uns bisweilen dazu, über die größten Selbstverständlichkeiten zu diskutieren.«

»Was mir an Wafdisten wie Kamal gefällt«, erklärte Ismail Latif, »das ist deren ungeheurer Fanatismus.« Er blickte einen nach dem anderen an. »Und was mir an ihnen nicht gefällt, das ist genau dieser ungeheure Fanatismus.«

Hussain Schaddad lachte los. »Du hast wirklich Glück. Was auch immer du über Politik sagst, es bleibt ohne Widerspruch.«

An dieser Stelle griff Hassan Salim ein und fragte Hussain: »Du behauptest, du wärst über Politik erhaben. Beharrst du auf dieser Haltung auch, wenn es um den früheren Khediven geht?«

Alle Augen richteten sich auf Hussain, sahen ihn zwar freundlich, aber doch herausfordernd an, weil allgemein bekannt war, daß Hussains Vater ein Anhänger des Khediven war und aus diesem Grund auch mehrere Jahre im Pariser Exil verbringen mußte.

Unbeeindruckt erklärte Hussain: »Das geht mich alles nichts an. Mein Vater gehört immer noch zu den Männern, die den Khediven unterstützen. Trotzdem hat er nie von mir verlangt, seine Meinung zu übernehmen.«

Ismail Latifs kleine Augen funkelten. »War dein Vater vielleicht einer von denen, die gerufen haben: ›Gott hernieder, Abbas kommt wieder‹?«

Hussain lachte. »Den Spruch höre ich zum erstenmal.

Aber unbestritten ist, daß zwischen meinem Vater und dem Khediven freundschaftliche, von Treue erfüllte Beziehungen bestanden haben. Abgesehen davon gibt es, wie ihr wißt, keine Partei, die heutzutage die Rückkehr des Khediven fordert.«

»Er und seine Zeit sind ein Bestandteil der Geschichte geworden«, meinte Hassan Salim. »Die Gegenwart läßt sich in einem kurzen Satz zusammenfassen: Saad gesteht niemandem außer sich, selbst nicht dem Besten und Klügsten, das Recht zu, im Namen Ägyptens zu reden.«

Der Schlag hatte Kamal noch nicht einmal getroffen, da brauste er schon auf: »Die Gegenwart läßt sich sogar mit wenigen Wörtern zusammenfassen: Keiner außer Saad kann für Ägypten reden. Wenn sich die Nation um ihn schart, wird sie letztlich auch erreichen, worauf sie hofft.« Er verschränkte die Arme auf der Brust, streckte die Beine so weit vor, daß seine Schuhspitzen ans Tischbein stießen. Gerade wollte er zu einer längeren Erklärung ansetzen, da ertönte von hinten eine Stimme: »Budur, willst du nicht deine alten Freunde begrüßen?«

Seine Zunge war wie gelähmt, sein Herz machte einen solchen Satz, daß ihm die Brust erbebte. Er erschrak, fühlte Schmerz. Zugleich überfiel ihn in Blitzesschnelle ein überwältigender Glücksrausch, der ihn vor lauter Erregung fast die Augen schließen ließ. Er merkte, daß jeglicher Gedanke von nun an gen Himmel gerichtet war. Wie die Freunde sprang auch er auf, drehte sich um. Wenige Schritte vor dem Pavillon stand Aida, an der Hand hielt sie Budur, die dreijährige Schwester. Beide schauten die jungen Männer ruhig und lächelnd an.

Da war sie endlich, nach drei Monaten Warten oder noch mehr. Da zeigte sich ihm das Original, dessen Abbild ihm beim Wachen und Schlafen Geist und Seele erfüllt hatte. Da stand sie, vor seinen Augen, und erbrachte den

Beweis, daß der grenzenlose Schmerz, die unbeschreibliche Freude, die brennende Schlaflosigkeit, der im Himmel kreisende Traum, daß all das letztlich auf ein liebliches Menschenkind zurückzuführen war, das seine Füße auf den Sand aufsetzte und dort Spuren hinterließ.

Unverwandt blickte er sie an, von ihrer Anziehungskraft ganz in Bann gezogen, so daß er alles Gespür für Zeit, Ort, andere Menschen, sich selbst verlor. Ein körperloses Wesen, das in der Leere seinem Idol entgegenschwebte. Selbst die Wahrnehmung von ihr begriff er weniger körperlich als seelisch, befand er sich doch in einem Rausch der Verzauberung, einer Glückssymphonie, einem Schweben in höchsten Höhen. Seine Sehkraft schien schwächer zu werden, ja, zu schwinden, als würde die Erregung alle Lebenskraft verschlingen und Fühlen und Denken, Begreifen und Wahrnehmen in einen Dämmerzustand tauchen, der ihn in eine Art von Auflösung versetzte. Das machte es auch, daß »sie« sich besser ins Erinnern als in die Wirklichkeit einfügte. War er in ihrer Nähe, so sah er sie kaum. Doch im nachhinein zeichnete sie sich ihm in der Erinnerung deutlich ab, mit ihrem schlanken Wuchs, dem runden bronzefarbenen Gesicht, dem tiefschwarzen Haar, geschnitten »à la garçon«, die Ponyfransen wie Zähne eines Kamms auf der Stirn verteilt, mit den ruhig blickenden Augen, die von der Stille der Morgendämmerung, ihrer Zartheit und Feierlichkeit sprachen. Nur in der Erinnerung erstand dieses Bild, das er optisch nie wahrgenommen zu haben glaubte. Beim Hören zauberhafter Klänge – sind wir da nicht so entrückt, daß uns nur wenig später die Melodie nicht einfällt? Aber dann, als glückliche Überraschung im Moment des Erwachens oder einem Augenblick der Harmonie, schmelzen die Töne im tiefsten Innern zum vollen Lied wieder zusammen.

Hoffnungsvoll fragte sich Kamal, ob sie vielleicht ihre

übliche Art der Begrüßung verändert hatte und die Hand zum Gruß reichen würde, so daß er sie, und wäre es nur einmal im Leben, berühren konnte. Aber nein, sie grüßte mit einem Lächeln und dem Beugen des Kopfs, und dann ertönte jene Stimme, die ihm die liebsten Melodien erbärmlich erschienen ließ. »Wie geht es euch allen?«

Jeder beeilte sich, mit Gruß und Dank, auch Glückwunsch zur gesunden Rückkehr, der erste zu sein. Ihre schlanken Finger strichen über Budurs Kopf. »Geh«, sagte sie, »und begrüß deine Freunde.«

Die Kleine kniff die Lippen zusammen, biß darauf herum und schaute verschämt von einem zum anderen, bis ihre Augen schließlich auf Kamal gerichtet blieben. Sie lächelte, und er tat es auch. Hussain Schaddad, der wußte, welche Zuneigung die beiden füreinander fühlten, meinte: »Sie lacht nur den an, den sie mag.«

»Magst du ihn wirklich?« Aida schubste Budur näher an ihn heran. »Dann begrüße ihn doch.«

Kamal, mit vor Freude gerötetem Gesicht, streckte die Hände aus. Als sie zu ihm gelaufen kam, hob er sie auf, drückte sie an seine Brust und küßte sie zärtlich und gerührt auf die Wange. Er war stolz und glücklich, daß die Kleine ihn mochte. Was er da mit den Armen umfing, war vom Fleisch und Blut dieser Familie. Fühlte er einen Teil, dann umschloß er das Ganze. Konnte der Diener zu seiner Herrin je auf andere Weise als diese in Verbindung treten? Aller Zauber der Welt lag in der Ähnlichkeit, die zwischen dem kleinen Mädchen und ihrer Schwester bestand, und ihm schien, als wäre das kleine Wesen, das sich voller Vertrauen an seine Brust schmiegte, Aida in Kindheitstagen. Einst war sie so klein wie Budur gewesen, hatte wie diese ihre Zuneigung freigebig verschenkt. Also schau dir die Kleine an, erfreue dich an ihrer reinen Zuneigung, sei glücklich über die Berührung des Körpers, den »sie«

sonst umarmt, über den Kuß auf die Wange, auf die »sie« ihre Lippen sonst drückt.

Er überließ sich diesem Traum, bis ihm Herz und Verstand vergingen. Ihm war klar, warum er Budur, Hussain, das Haus, den Garten, die Dienerschaft liebte – aus Verehrung zu Aida. Nur was er nicht wußte, war, warum er sie, sie selbst, liebte.

Aidas Blick ging von Hassan Salim zu Ismail Latif. »Wie war es in Alexandria?« fragte sie.

»Wunderbar«, erwiderte Hassan.

»Warum zieht es euch ständig nach Ras al-Barr?« wollte Ismail wissen.

»Wir waren mehrmals in Alexandria«, erklärte sie mit weicher und melodiöser Stimme. »Aber in Ras al-Barr gefällt es uns besser. Dort ist es ruhig und schlicht, und alles ist einem so vertraut wie zu Hause.«

Ismail lachte. »Unglücklicherweise finden wir Ruhe nicht so gut.«

Nichts hätte Kamal glücklicher machen können als dieser Anblick, dieses Gespräch, diese Stimme. Er wurde nachdenklich. Ist das nicht das wahre Glück? Ein Schmetterling, leicht wie die Morgenbrise, gesprenkelt in den prächtigsten Farben, den Nektar der Blumen saugend – das bin ich. O könnte es doch so auf ewig bleiben.

»Es war eine schöne Reise«, sprach Aida weiter. »Hat Hussain davon nicht schon erzählt?«

»Wie denn? Sie haben ständig über Politik diskutiert«, meinte Hussain nörglerisch.

Sie wandte sich Kamal zu. »Ach ja, da gibt es jemanden, der am liebsten über nichts anderes reden würde.«

Ihr Blick – die reinste Gnade und von einer Klarheit, die eine engelsgleiche Seele offenbart. Wie der erste Glanz der Morgenstrahlen die Sonnenblumen die Köpfe heben läßt, so erwachst auch du, wenn sie dich ansieht.

»Ich habe heute die Diskussion nicht begonnen«, wehrte er ab.

Sie schmunzelte. »Aber bestimmt haben Sie die Gelegenheit voll genutzt.« Gerade noch konnte er mit einem Lächeln sich schuldig bekennen, da sah sie auch schon auf Budur und rief: »Willst du vielleicht in seinen Armen einschlafen? Komm her, das reicht als Begrüßung.«

Budur wurde verlegen und verbarg das Gesicht an Kamals Brust. Zärtlich streichelte er ihr über den Rücken, doch da drohte Aida: »Gut, dann lasse ich dich hier und gehe allein zurück.«

Die Kleine hob den Kopf, streckte die Arme nach ihr aus und brummelte: »Nein.«

Kamal gab ihr einen Kuß, und kaum hatte er sie auf den Boden gestellt, da lief sie auch schon zu Aida und griff nach deren Hand. Aida warf einen kurzen Blick in die Runde, winkte zum Gruß und ging fort. Die Freunde setzten sich und begannen wieder, sich zu unterhalten.

So war es immer mit Aidas Besuchen im Pavillon. Sie kam überraschend und blieb nicht lange. Trotzdem sah Kamal zufrieden aus. Er war vom Gefühl erfüllt, in diesem Sommer nicht umsonst monatelang ausgeharrt zu haben. Warum begehen die Menschen nicht Selbstmord, um ihr Glück zu bewahren, so wie sie es tun, um dem Unglück zu entfliehen? Wenn Hussain meint, nur auf Reisen Genuß für Sinne, Verstand und Geist zu finden, dann hast du es nicht nötig, kannst du doch all das in einem kurzen Moment erreichen und ohne dich von der Stelle zu bewegen. Woher besitzt nur ein Mensch die Macht, ein solches Wunder zu bewirken? Was soll da noch die Wut über dumme politische Äußerungen; was soll das hitzige Diskutieren, der wütende Streit, das Aneinandergeraten der Klassen? Dahin ist alles, aufgelöst und geschwunden, wegen eines Blickes von dir, du meine Angebetete. Wo liegt der Unterschied zwischen Traum und Wirklichkeit? Wie kann ich wissen, wo ich mich gerade befinde?

»Die Fußballsaison beginnt bald wieder.«

»Die vorige hat allein die Mannschaft vom Ahli-Klub beherrscht.«

»Sicher, die gemischte Mannschaft war unterlegen, aber es sind ein paar ausgezeichnete Spieler dabei.« Kamal verteidigte diese Mannschaft – so wie im Fall von Saad – aus dem Bemühen heraus, sie vor den Angriffen von Hassan Salim zu bewahren. Alle vier spielten Fußball, auch wenn sie sich in Geschick und Eifer unterschieden. Ismail war so gut, daß er sich unter ihnen wie ein Professioneller unter Amateuren ausnahm. Hussain Schaddad war der schwächste Spieler, und Kamal und Hassan lagen mit ihren Fähigkeiten irgendwo dazwischen. Der Streit über die bessere Mannschaft engte sich auf Kamal und Hassan ein; der erstere führte die Niederlagen der gemischten Mannschaft auf unglückliche Zufälle zurück, der zweite fand die Erklärung dafür in der Überlegenheit einiger neuer Spieler in der Ahli-Mannschaft. Der Streit dauerte an, ohne daß einer von seiner Meinung abwich. Insgeheim fragte sich Kamal, warum er ständig Front gegen Hassan Salim machte. Der Wafd gegen die Liberal-Konstitutionellen, die gemischte Mannschaft gegen den Ahli-Klub, der Sänger Higazi gegen den Sänger Muchtar, und im Kino bevorzugte er Charlie Chaplin, Hassan hingegen Max Linder.

Kurz vor Sonnenuntergang verließ Kamal die Freunde. Er ging wieder außen um das Haus herum, den kleinen Seitenweg entlang, der zum Portal führte. Plötzlich hörte er, wie jemand rief: »Da, da ist er!«

Wie verzaubert hob er den Kopf. An einem der Fenster in der ersten Etage sah er Aida mit Budur in den Armen, die auf dem Fensterbrett saß. Sie zeigte auf ihn. Er blieb stehen, schaute lächelnd zu der Kleinen hinauf, die ihm zuwinkte, doch er blickte von Zeit zu Zeit immer wieder hastig auf jenes Gesicht, mit dessen Zügen sich für ihn alle Hoffnung des Lebens, und was danach kam, verband. Das Herz schlug ihm wie besessen an die Rippen.

Wieder winkte Budur, und Aida fragte: »Willst du zu ihm?«

Die Kleine nickte, und Aida lachte über diesen Wunsch, der nicht in Erfüllung gehen konnte. Durch ihr Lachen ermutigt, nutzte Kamal die Gelegenheit, sich mit ganzer Seele in ihren Anblick zu versenken: ihre Augen – strahlendes Weiß gegen tiefes Schwarz, dann die wunderbare Stelle, wo sich die schön geschwungenen Brauen trafen. Er beschwor sich wieder das Echo ihres kehligen Lachens und den warmen Klang ihrer Stimme herauf, so daß es ihm schließlich vor Leidenschaft und Erregung den Atem verschlug. Doch da die Situation verlangte, etwas zu sagen, wies er auf seine kleine Verehrerin und fragte die Angebetete: »Hat sie sich während der Sommerfrische ab und zu an mich erinnert?«

Aida warf den Kopf ein wenig nach hinten. »Fragen Sie sie doch selbst. Mich geht es nichts an, was sich zwischen Ihnen und ihr abspielt.« Noch bevor er etwas erwidern konnte, fügte sie hinzu: »Haben Sie denn an sie gedacht?«

Ah, so war es damals auf dem Dach, als du bei Marjam und Fahmi zugehört hast.

»Keinen einzigen Tag habe ich mich nicht an sie erinnert«, stieß er heftig hervor.

Von drinnen ertönte ein Ruf. Aida richtete sich auf, nahm Budur auf den Arm. Schon im Weggehen begriffen, ließ sie die Bemerkung fallen: »Was für eine erstaunliche Liebe.«

Dann war sie verschwunden.

15

Vom gewohnten Kreis der Kaffeerunde waren nur noch Amina und Kamal anwesend, und da auch er bei Sonnenuntergang aus dem Haus ging, blieb die Mutter entweder allein sitzen, oder sie bat Umm Hanafi, ihr Gesellschaft zu leisten, bis es Zeit zum Schlafengehen war. Jasin hatte mit seinem Auszug eine große Leere hinter sich gelassen. Obwohl Amina sorgsam darauf bedacht war, ihn nicht zu erwähnen, empfand Kamal seit Jasins Abwesenheit eine Einsamkeit, die ihm die wahre Freude an der Kaffeerunde verdarb. Bot in früherer Zeit das Kaffeetrinken lediglich den Anlaß, sich zu versammeln und zu unterhalten, so hatten sich nun die Gewohnheiten der Mutter gänzlich verändert. Ohne sich dessen bewußt zu werden, trank sie Unmengen von Kaffee, und es schien geradezu, als wäre alles, was mit Kaffee zusammenhing, die Zubereitung und das Trinken, zum einzigen Vergnügen ihrer sonstigen Einsamkeit geworden. Es kam durchaus vor, daß sie fünf, sechs, bisweilen auch zehn Tassen Kaffee nacheinander hinunterschlürfte. Kamal verfolgte voller Unruhe diese Unmäßigkeit, und wenn er sie vor den Folgen warnte, dann bestand die Antwort zunächst in einem Lächeln, das die Frage zu enthalten schien, was sie denn sonst wohl machen sollte, und erst dann erklärte sie im Brustton der Überzeugung: »Kaffee schadet nicht.«

Die beiden saßen sich gegenüber; Amina hatte auf dem Kanapee Platz genommen, das zwischen der Schlafzimmertür und der Eßzimmertür stand, und Kamal auf dem, das sich an der Wand zwischen seinem Schlafraum und Arbeitsraum befand. Die Mutter beschäftigte sich mit dem Kohlebecken, in dem die Kanne bis zur Hälfte von Glut umgeben stand, während Kamal schweigend und geistesabwesend verharrte. Unvermittelt fragte sie: »Worüber denkst du wohl nach? Immer siehst du aus, als wärst du mit etwas sehr Wichtigem beschäftigt.«

Da Kamal einen gewissen Vorwurf heraushörte, entgegnete er: »Der Verstand findet immer etwas zu tun.«

Fragend richtete sie ihre kleinen, honigfarben schimmernden Augen zu ihm auf und sagte zaghaft: »Es gab eine Zeit, da konnten wir nicht lange genug miteinander reden.«

Tatsächlich? Das ist lange her. O ja, jene Zeit der Hausaufgaben in Religion, der Geschichten von Propheten und Dämonen, damals, als er sich so sehr an die Mutter klammerte, daß es schon fast dem Zustand von Besessenheit glich. Diese Zeit war vorbei. Worüber hätten sie sich jetzt unterhalten sollen? Wenn das Gespräch kein leeres Geschwätz sein sollte, bestand kein Anlaß zum Reden. Als wollte er sich für alles frühere und noch kommende Schweigen entschuldigen, lächelte er. »Wenn es etwas gibt, über das wir sprechen müssen, dann werden wir es tun«, meinte er.

»Liegt einem daran, miteinander zu reden, so findet sich immer ein Thema«, erwiderte sie sanft. »Aber du siehst immer so nachdenklich aus, und fast könnte man glauben, du wärst in Wirklichkeit gar nicht hier.« Sie überlegte einen Moment. »Du liest zuviel. Immer sitzt du über den Büchern, selbst in den Ferien. Keinen Tag gönnst du dir Ruhe. Ich habe Angst, daß du dich unnötig überanstrengst.«

»Ein Tag hat viele Stunden«, sagte Kamal, und seinem Tonfall war anzuhören, daß ihm dieses Verhör nicht willkommen war. »Wenn man ein paar Stunden liest, dann erschöpft es einen nicht gleich. Lesen ist eine Art Unterhaltung, selbst wenn es sich um nützliche Bücher handelt.«

»Ich fürchte«, erklärte sie nach kurzem Zögern, »daß das

Lesen der Grund ist, warum du so oft schweigst und geistesabwesend bist.«

Ach nein, das Lesen war nicht der Grund. Wüßte sie nur, wie sehr ihm die Bücher Zuflucht boten. Etwas ganz anderes beschäftigte seinen Kopf, und nicht einmal beim Lesen konnte er dem entrinnen. Er litt an einer Krankheit, gegen die weder die Mutter noch sonst ein Mensch ein Heilmittel wußte. Es war das Leiden eines Herzen, das vor liebender Anbetung immer verstörter wurde und nicht wußte, wohin die Pein es trieb. »Lesen ist wie Kaffeetrinken«, meinte er verschmitzt. »Es schadet nicht. Wolltest du nicht, daß ich ein ›Gelehrter‹ wie mein Großvater werde?«

Ihr blasses, längliches Gesicht erstrahlte vor Freude und Stolz. »Aber ja, das wünsche ich mir von ganzem Herzen. Nur möchte ich dich auch heiter und fröhlich sehen.«

Kamal lächelte. »Ich bin es, also belaste deinen Kopf nicht mit Hirngespinsten.«

Ihm war aufgefallen, daß sie ihre Fürsorge in den letzten Jahren unnötig übertrieb, mehr für ihn tat, als ihm lieb war. Ihre Anhänglichkeit und Zuneigung, die ständige Besorgnis, was ihm alles tatsächlich oder vermeintlich schaden konnte – all das war zu ihrer Hauptbeschäftigung geworden, und zwar in einem Maß, daß es ihm lästig fiel und er sich veranlaßt sah, seine Freiheit und Würde zu verteidigen. Die Ursache dafür war ihm klar, denn dieses übermäßige Kümmern hatte mit dem Schicksalsschlag – Fahmis Tod – eingesetzt. Deshalb überschritt Kamal, wenn er sich gelegentlich zur Wehr setzte, auch nie die Grenze freundlicher Höflichkeit.

»Es freut mich, wenn du sagst, daß es dir gutgeht, und hoffentlich stimmt es auch. Ich wünsche mir nichts anderes, als dich glücklich zu sehen, und so habe ich heute in der Sajjidna-l-Hussain-Moschee ein Gebet für dich gesprochen, hoffend darauf, daß Gott es erhört.«

»Amen.« Er beobachtete, wie sie die Kanne anhob und sich zum viertenmal die Tasse füllte. Seine Mundwinkel verzogen sich zu einem leichten Lächeln. Er konnte sich noch gut daran erinnern, daß ihr Wunsch, das Grabmal al-Hussains zu besuchen, ein Ding der Unmöglichkeit gewesen war. Nun aber ging sie dort vorbei, wann immer sie den Friedhof oder as-Sukkarija besuchte. Doch wie schwer lastete auf ihr der Preis, den sie für diese armselige Freiheit hatte bezahlen müssen. Hegte nicht auch er Hoffnungen, die außerhalb des Vorstellbaren lagen? Welcher Preis würde ihm abverlangt werden, um seine Träume verwirklicht zu sehen? Ach, jeder Preis, wie hoch auch immer, wäre bedeutungslos, könnte er damit ans Ziel gelangen.

Er lachte kurz auf. »Mit Hussains Grabmal verbinden sich unvergeßliche Erinnerungen.«

Die Mutter legte die Hand ans Schlüsselbein und schmunzelte. »Und bleibende Spuren.«

»Heute bist du nicht mehr wie früher ins Haus eingesperrt«, erklärte er zusehends begeisterter. »Jetzt gehört es zu deinen Rechten, Chadiga, Aischa oder die Sajjidna-l-Hussain-Moschee zu besuchen, wann immer du möchtest. Stell dir nur vor, wie ausgeschlossen du von allem wärst, wenn unser Vater deine Fesseln nicht gelöst hätte.«

Sie sah zu ihm auf – verwirrt, auch verlegen, als fiele es ihr schwer, sich eines Rechts zu erfreuen, das ihr nach dem Verlust eines Kindes eingeräumt worden war. Im nächsten Moment senkte sie niedergeschlagen den Kopf, Zeugnis genug, daß sie sich den früheren Zustand zurückwünschte, wenn dafür ihr verstorbener Sohn noch am Leben wäre. Aus Furcht, Kamals heitere Stimmung zu verderben, hütete sie sich jedoch, laut auszusprechen, welche Sehnsüchte in ihrer Brust tobten. So begnügte sie sich zu sagen, und es klang, als glaubte sie sich für die erlangte Gunst entschuldigen zu müssen: »Wenn ich von Zeit zu

Zeit ausgehe, dann nicht zu meinem Vergnügen. Al-Hussain suche ich auf, um für dich zu beten, und bei deinen Schwestern schaue ich vorbei, um beruhigt zu sein und Probleme zu lösen, bei denen ich nicht wüßte, wer sich sonst damit beschäftigen sollte.«

Ihm war auf Anhieb klar, von welchen Problemen die Mutter sprach, und da er wußte, daß sie an diesem Tag in der Sukkarija gewesen war, fragte er: »Gibt es Neuigkeiten?«

Sie seufzte. »Das Übliche.«

Bedauernd schüttelte er den Kopf. »Eine Frau, fürs Streiten geschaffen – das ist Chadiga«, meinte er lächelnd.

»Ihre Schwiegermutter«, fuhr die Mutter bedrückt fort, »hat mir erklärt, daß jeder Wortwechsel mit ihr ein Wagnis ist, führt er doch fast immer zu unliebsamen Folgen.«

»Aber offenbar redet diese Schwiegermutter auch eine Menge dummes Zeug.«

»Bei ihr kann man es mit dem hohen Alter entschuldigen, aber bei deiner Schwester?«

»Geht es dir um die Wahrheit, oder willst du der Alten nur recht geben?« Er lachte anzüglich, doch die Mutter seufzte und entgegnete: »Deine Schwester ist zu hitzig. Sie braust viel zu schnell auf, selbst bei gutgemeinten Ratschlägen. Wehe mir, wenn ich mit der Schwiegermutter aus lauter Rücksicht auf ihr Alter und ihre Stellung höflich umgehe, dann fragt Chadiga gleich mit feurigen Augen: ›Bist du für oder gegen mich?‹ Ach ja, es gibt keine Macht noch Stärke als bei Gott. ›Für oder gegen‹ – befinden wir uns denn im Krieg, mein Sohn? Merkwürdig ist nur, daß ihre Schwiegermutter manchmal wirklich im Recht ist, Chadiga aber trotzdem herumstreitet.«

O nein, Chadiga konnte er nicht böse sein, sie war und blieb ihm eine zweite Mutter, eine nie versiegende Quelle der Zuneigung. Ganz anders hingegen verhielt es sich mit der hübschen, unbekümmerten Aischa, die sich bis in die letzte Haarsträhne hinein mit der Schaukat-Art vollgesogen hatte. »Und was kam heute beim Verhör heraus?«

»Gegen alle Gewohnheit hat dieses Mal der Streit mit dem Ehemann begonnen. Als ich die Wohnung betrat, haben die beiden so heftig gezankt, daß ich mich verblüfft fragte, was diesen sanften Mann dermaßen in Wut gebracht hat. Ich bin dazwischengegangen, um den Frieden wiederherzustellen, und da habe ich dann erfahren, worum es ging. Sie hatte sich in den Kopf gesetzt, Staub zu wischen, und da er um neun Uhr noch schlief, setzte sie ihm so lange zu, bis er wach wurde. Natürlich war er wütend, und plötzlich wurde er halsstarrig und weigerte sich, das Bett zu verlassen. Seine Mutter hörte das Geschrei, und als sie eiligst angelaufen kam, brach das Feuer im Nu aus. Diese Geschichte war kaum erledigt, da ging es erneut los. Doch nun war Achmed der Grund, weil er von der Straße mit völlig beschmutztem Gilbab zurückkehrte. Sie hat ihn geschlagen und wollte, daß er noch einmal bade, worauf der beim Vater Hilfe suchte, und als er den Jungen tatsächlich in Schutz nahm, gab es den zweiten Streit, und das an nur einem Morgen.«

Kamal lachte. »Und was hast du gemacht?«

»Ich habe getan, was ich konnte, bin aber nicht heil davongekommen, weil deine Schwester mich ausgiebig damit beschimpft hat, ich würde mich immer in der Mitte halten. Sie hat mir erklärt, ich müßte ihr im gleichen Maß beistehen, wie es seine Mutter bei ihm tut.« Zum drittenmal seufzte sie. »Ich habe Chadiga gefragt, ob sie sich nicht mehr erinnert, wie ich mich verhielt, wenn ich vor dem Vater stand, aber da hat sie nur scharf zurückgefragt: ›Meinst du, daß es heutzutage auf der Welt noch einen Mann wie meinen Vater gibt?‹«

Unwillkürlich tauchte in Kamals Vorstellung das Bild

von Abd al-Hamid Bey Schaddad und seiner Gattin Sanija Hanum auf, wie die beiden, Seite an Seite, von der Veranda zum Auto gingen, das vor dem Portal der Villa wartete. Da gab es keinen Herrn und keine Dienerin, sondern beide machten den Eindruck, einander völlig gleichgestellt zu sein. Ungezwungen plauderten sie miteinander, sie hakte sich bei ihm unter, und als sie beim Auto angekommen waren, trat er zur Seite, um sie als erste einsteigen zu lassen. Kannst du dir das bei deinen Eltern vorstellen? Was für ein komischer Einfall. Nein, das Ehepaar Schaddad bewegte sich mit der Erhabenheit, die seiner Angebeteten, ihrer Tochter, angemessen war. Obwohl Sanija Hanum nicht jünger als seine Mutter war, trug sie einen Mantel aus teurem Stoff, ein Meisterwerk an Geschmack, Eleganz und Stil. Sie ging ohne Schleier aus – ein hübsches Gesicht, auch wenn es nicht an das des unvergleichbaren Engels heranreichte. Sanija Hanum umschwebte der Duft von Parfüm, sie strahlte einen Charme aus, der einen gefangennahm. Nur allzugern hätte er gewußt, wie es war, wenn sich das Ehepaar unterhielt, wenn die beiden gemütlich beieinandersaßen, wenn sie sich stritten, falls es das überhaupt gab. Ungestüm wünschte er sich, mehr über das Leben jener Menschen zu wissen, mit dem das der Angebeteten aufs engste verbunden und verknüpft war. Erinnerst du dich, wie du die beiden betrachtet hast? Es war der Blick des frommen Verehrers, der einen hohen Priester oder den Wächter heiligster Reliquien anschauen darf.

»Hätte Chadiga nur ein wenig von deinem Charakter geerbt«, erklärte Kamal. »Dann könnte sie ein glückliches Leben führen.«

Ein freudiger Glanz huschte über Aminas Gesicht, auch wenn ihr im nächsten Moment schon die bittere Wahrheit bewußt wurde, daß alle Milde des Charakters kein dauerndes Glück hatte sichern können. Sie behielt das Lächeln bei, wollte sie doch verhindern, daß Kamal diese schwarzen Gedanken erriet. »Gott allein zeigt uns den Weg. Möge unser Herr deinem Wesen noch mehr Süße geben, damit du immer zu denen gehörst, die von den Menschen geliebt werden und diese lieben.«

»Was hältst du eigentlich von mir?« fragte er plötzlich.

»Du bist, wie ich es gerade sagte, und noch mehr.«

Wie kannst du nur auf den Gedanken kommen, daß ein Engel dich lieben könnte? Erinnere dich ihres glücklichen Gesichts, schau es dir an. Kannst du es dir schlaflos vorstellen, kannst du glauben, sie läge aus lauter Liebe und Leidenschaft hilflos darnieder? Nein, das übersteigt alle Vorstellungskraft. Liebe ist so lange unvollkommen, als sie nicht von einem geliebten Wesen zur Vollendung gebracht wird. Harre aus in Geduld, auch wenn sich dir das Herz vor Schmerz krampft. Dir muß es genügen, daß du lieben darfst. Dir muß es reichen, ihren Anblick zu genießen, der dir die Seele mit strahlendem Glanz überflutet. Du mußt dich damit bescheiden, die Musik ihrer Stimme zu hören, die deinen Körper vor Entzücken in Rausch versetzt. Von ihr, der Angebeteten, geht ein Leuchten aus, das alle Geschöpfe zu neuen Wesen werden läßt. Jasmin und Efeu flüstern sich nach langem Schweigen Geheimnisse zu; Minarette und Kuppeln fliegen auf dem Teppich der Abendröte gen Himmel; die Wahrzeichen des alten Viertels legen Zeugnis von der Weisheit von Generationen ab; das Orchester des Seins nimmt das Zirpen der Heimchen auf; Zärtlichkeit ergießt sich aus Höhlen; ein Hauch von Eleganz schmückt Gassen und Gäßchen; Vögel seligen Entzückens zirpen auf den Gräbern; alles Leblose verliert sich in schweigender Meditation; ein Regenbogen legt sich nieder auf die Matte, auf die du die Füße setzt. Das ist sie – die Welt meiner Angebeteten.

»Als ich auf dem Weg zur Hussain-Moschee an der Azhar vorbeikam, stieß ich auf eine große Demonstration. Die Rufe der Menschen haben mich an die frühere Zeit erinnert. Ist irgend etwas Neues passiert, mein Sohn?«

»Die Engländer wollen nicht friedlich abziehen.«

Aminas Augen blitzten wütend. »Die Engländer, die Engländer!« brauste sie auf. »Wann wird sie endlich Gottes gerechte Strafe treffen?!«

Eine Zeitlang hatte die Mutter selbst auf Saad Zaghlul Haß verspürt, doch schließlich konnte Kamal sie davon überzeugen, daß es nicht Rechtens wäre, einen Menschen zu hassen, den Fahmi geliebt hatte.

Sichtbar besorgt fragte sie nochmals: »Was meinst du, Kamal? Werden wir wieder Zeiten der Heimsuchung erleben?«

»Allein Gott kennt das Verborgene«, brummelte er unwillig.

Das Zucken ihres blassen Gesichts gab zu erkennen, wie besorgt sie war. »O Gott, bewahre uns vor allem Leid. Stellen wir diese Engländer dem Zorn des Allmächtigen anheim, das ist das Beste, was wir tun können. Gott bewahre, es wäre Wahnsinn, sich nochmals in den Schlund des Verderbens zu stürzen.«

»Beruhige dich. Vor dem Tod gibt es kein Entrinnen. Die Menschen sterben aus diesem oder jenem Grund, manche sogar wegen gar nichts.«

»Ich leugne nicht, daß du recht hast«, erwiderte sie ungehalten, »aber deine Art zu reden gefällt mir nicht.«

»Und wie sollte ich reden?«

Erregt antwortete sie: »Ich möchte von dir hören, daß du es als Sünde betrachtest, wenn sich ein Mensch von selbst dem Verderben aussetzt.«

Bemüht, nicht zu lächeln, meinte er versöhnlich: »Einverstanden.«

Mißtrauisch sah sie ihn an, bevor sie flehentlich bat: »Ich will, daß du das mit dem Herzen und nicht nur mit der Zunge sagst.«

»Also gut, es kam von Herzen.«

Welche Kluft tut sich zwischen Alltäglichem und Geistigem auf. Da strebst du begierig nach den höchsten Idealen in Religion, Politik, Denken und Liebe, und die Mütter haben nur eins im Kopf – die Sicherheit ihrer Kinder. Wie auch nicht, denn welche Mutter könnte es ertragen, nach fünf Jahren wiederum einen Sohn zu begraben? Doch jedes dem Ideal geweihte Leben verlangt Opfer und Märtyrer. Körper, Verstand und Geist werden geopfert, und Fahmi hat sogar ein hoffnungsvolles Leben für einen glorreichen Tod gegeben. Könntest du, unerschrocken wie er, dem Tod ins Auge sehen? Dein Herz würde nicht zögern, müßtest du wählen, auch wenn diese unglückliche Mutter daran zerbrechen würde. Der Tod, verursacht durch eine offene Wunde, schließt all die anderen. Was für eine gewaltige Liebe! O nein, ich meine nicht eine von der Art, die mich mit Budur verbindet, und du, Angebetete, weißt das genau. Die große, wunderbare Liebe ist es, die ich für dich empfinde. Sie legt der Welt Zeugnis davon ab, daß die wahre Liebe aller Schwarzseherei von Widersachern trotzt. Sie hat mich gelehrt, daß der Tod nicht das Schrecklichste ist, das wir fürchten müssen, und das Leben nicht das Herrlichste, das wir begehren. Wieviel Roheit zeigt das Leben, wie flüchtig ist es bei dem, was es versprach, da kann der Tod nur willkommen sein. Aber zeigt es sich zart und verschwenderisch, dann verlangt es einen nach Unsterblichkeit. Was könnte mich froher stimmen als die Rufe des Lebens, die ich nicht zu beschreiben weiß. Nicht zu hoch, nicht zu grell darf es sein, doch auch nicht zu tief und zu dumpf. Ein mittlere Tonlage, wie das F, das man der Geige entlockt, mit einem Hall klar wie das Licht, mit einem Klang, bei dem man sich Farben vorstellen kann – das tiefe Blau des Himmels, wärmend und in erhabene Höhen lockend.

16

»Kommenden Donnerstag werde ich im Vertrauen auf Gott heiraten.«

»Möge dir unser Herr Glück bescheren.«

»Es wird sich alles zum Guten wenden, wenn mein Vater mit mir zufrieden ist.«

»Er ist es, Gott sei's gedankt.«

»Es wird nur die Familie anwesend sein. Ihr werdet nichts vorfinden, das Euch verdrießen könnte.«

»Schön, schön.«

»Ich hätte gerne Mama dabei, aber ...«

»Lassen wir das. Hauptsache, der Abend verläuft ruhig.«

»Darauf habe ich natürlich geachtet, ich kenne Euch besser als all die anderen. Es wird nur die Heiratsurkunde aufgesetzt, und ein paar Getränke werden gereicht.«

»Wunderbar, möge dich unser Herr auf den rechten Weg führen.«

»Ich habe Kamal beauftragt, seiner Mutter Grüße zu übermitteln und sie zu bitten, mich nicht aus ihren guten Segenswünschen, mit denen sie mich von jeher bedacht hat, auszuschließen. Sie möge verzeihen ...«

»Natürlich, natürlich.«

»Ich würde gern noch einmal hören, daß ich auch Euer Wohlgefallen genieße.«

»Du hast mein Wohlgefallen, und ich werde Gott bitten, dir Glück und Erfolg zu bescheiden. Er ist der Allhörende.«

Die Dinge nahmen ihren Lauf, auch wenn es nicht

seinem Willen entsprach. Wollte er nicht die Beziehung zum Sohn zerstören, mußte er so und nicht anders handeln. Sein Herz war zu weich, um einen Streit mit Jasin heraufzubeschwören, ganz zu schweigen von einem endgültigen Bruch. Deshalb hatte er zugestimmt, die Hand des ältesten Sohns in die von Bahigas Tochter zu legen und persönlich den Bund zu segnen, durch den seine frühere Geliebte zum engen Kreis der Familie gehören würde. Ja, er hatte sich sogar gegen Aminas Versuch verwahrt, sich einzumischen, als sie nämlich ihm gegenüber die Bitte äußerte, »Fahmis Geschwister« sollten bei dieser Hochzeit nicht anwesend sein. Er hatte entschieden abgelehnt und erklärt, daß das eine törichte Idee sei. »Es gibt Leute«, hatte er gesagt, »die die Witwe des Bruders mit dem Bruder verheiraten, obwohl der durchaus dem Verstorbenen in Liebe und treuem Gedenken zugetan ist. Marjam war mit Fahmi nie verheiratet, ja, nicht einmal verlobt. Diese alte Geschichte ist sechs Jahre her. Ich leugne nicht, daß Jasin bei seiner Wahl nicht die glücklichste Hand hatte, aber bei einem Hornochsen wie ihm reicht schon die gute Absicht. Er schadet anderen nicht mehr als sich selbst. Natürlich hätte er in eine bessere Familie einheiraten können, natürlich hätte er keine Geschiedene nehmen sollen, aber die Sache liegt in Gottes Hand und – eigene Schuld heißt eigenes Leid.«

Amina hatte sich schweigend der Entscheidung des Herrn Gemahl gebeugt, obwohl sie im Verlauf der unglückseligen Zeit kühner geworden war und es wagte, gegenüber dem Gatten ihre Meinung zu äußern, so war ihr doch nicht die Stärke gegeben, auf Gesagtem zu bestehen oder gar einen Streit zu beginnen. Als dann Chadiga zu Besuch kam und berichtete, Jasin hätte sie zu seiner Hochzeit eingeladen, sie aber würde eine Krankheit vorschützen, um nicht hingehen zu müssen, da hatte Amina diesen Gedanken abgelehnt und ihr den Rat gegeben, die Einladung anzunehmen.

Es kam der Donnerstag, und Herr Achmed Abd al-Gawwad machte sich auf ins Haus des verstorbenen Herrn Mohammed Radwan, wo er Jasin und Kamal, der ihm vorausgegangen war, vorfand. Wenig später stießen Ibrahim und Chalil Schaukat in Begleitung von Chadiga und Aischa dazu. Da von Marjams Familie nur einige Frauen erschienen, war sich Herr Abd al-Gawwad sicher, daß der Tag ruhig verlaufen würde. Auf dem Weg zum Empfangszimmer hatte er viel Vertrautes wahrgenommen, nur waren die Umstände von einst ganz anderer Art gewesen. Erinnerungen aus alter Zeit stürmten auf ihn ein, die, da sie seine neue Rolle als gesetzter Vater des Bräutigams mit höhnischem Schweigen aufnahmen, ihn ungehalten und verdrossen machten. Innerlich begann er Jasin zu verfluchen, der ihn – und auch unwissentlich sich selbst – in diese vertrackte Lage gebracht hatte. Da die Dinge nun aber nicht anders lagen, faßte er sich wieder, darauf hoffend, daß Gott die Tochter nicht nach dem Muster der Mutter geschaffen hatte, Jasin also in Marjam eine – im vollsten Sinne des Wortes – tüchtige Frau finden würde, bei der er von Leichtfertigkeit, nach Art der Mutter, bewahrt bliebe. Was anderes konnte er also tun, als Gott um Schutz und Schirm zu bitten.

Jasin, fein herausgeputzt, war trotz des bescheidenen Rahmens der Feier sichtlich in freudiger Stimmung. Besonders glücklich machte ihn, daß keines der Geschwister die Einladung abgelehnt hatte. Er war ein wenig besorgt gewesen, daß der eine oder andere unter dem Einfluß der Mutter nicht erscheinen würde. Hätte er ihnen zuliebe etwa auf Marjam verzichten können? Nein, auf keinen Fall. Er liebte sie, und da sie ihm ohne Eheschließung nicht gehören wollte, mußte geheiratet werden. Warum auch nicht? Die Einwände seines Vaters und dessen Frau reichten nicht aus, um von dem Vorhaben abzulassen oder sich um deren Befürchtungen zu kümmern. Außerdem – Marjam war die erste Frau, die er, bevor er sie heiraten wollte, bereits kannte und gesehen hatte. Deshalb ging er in diese Ehe auch voller Zuversicht, erhoffte er sich doch davon Beständigkeit. Gewiß, denn er spürte genau, daß er ein guter Ehemann und Marjam eine gute Ehefrau sein würden, und schon bald würde sein Sohn Radwan in ein glückliches Heim einkehren, in dem er gedeihen und heranreifen konnte. Viel zu lange war er herumgeschubst worden, nun war es höchste Zeit für ihn, zur Ruhe zu kommen.

Wäre diese Heirat von anderen Umständen begleitet gewesen, hätte Jasin nicht gezögert, ein großes Fest mit allem, was an Pracht und Frohsinn dazugehörte, zu feiern. Er war nicht alt und auch nicht arm, und schon gar nicht gehörte er zu denen, die vergnügte Nächte verachteten und sich mit solch einer griesgrämigen, stillen Feier, die ihm eher wie ein Begräbnis vorkam, freiwillig beschieden. Aber was half's? Not hat ihr eigenes Gebot. Am besten täte er daran, die heutige Askese Fahmis Gedenken zu widmen.

Das Wiedersehen Marjams mit Chadiga und Aischa verlief nach langen Jahren der Trennung trotz aller Zurückhaltung und Hemmung bewegend. Man tauschte Küsse und Komplimente, schwatzte miteinander, kam vom Hundertsten ins Tausendste, vermied aber, so gut es ging, die Vergangenheit zu berühren. Die ersten Minuten gestalteten sich am schwierigsten, befürchtete doch jede der Frauen, daß eine Anspielung auf frühere Zeiten fiele, die zu Anschuldigungen und Vorwürfen führte, was den erneuten Bruch, zumindest aber eine getrübte Stimmung bewirkt hätte. Aber alles verlief friedlich. Marjam kam auf

Chadigas elegantes Kleid zu sprechen und bewunderte Aischas schlanke Figur, die sie sich trotz der drei Schwangerschaften erhalten hatte. Als sie nach dem Befinden der »Frau Mutter« fragte, bestand die Antwort, ohne jeglichen weiteren Kommentar, aus einem knappen »Es geht ihr gut«. Aischa, deren Herz immer nach der Zuneigung anderer lechzte, schaute die alte Freundin voller Zärtlichkeit an, und wäre sie nicht so ängstlich gewesen, hätte sie das Gespräch am liebsten auf frühere gemeinsame Erlebnisse gelenkt und sich darüber vor Lachen ausgeschüttet. Chadiga hingegen prüfte Marjam verstohlenen Blicks. Auch wenn sie jahrelang nichts mit ihr zu tun gehabt hatte, war sie bei der ersten Nachricht über Jasins Heiratsabsicht mit bitteren Bemerkungen über sie hergezogen. Sie hatte Aischa an den Vorfall mit dem »Engländer« erinnert und ein ums andere Mal gefragt, was Jasin nur so blind und taub machte. Indes, ihr feines Familiengefühl, das stärker als ihre anderen Tugenden ausgeprägt war, erlaubte ihr nicht, der Schaukatschen Familie, und dazu zählte sie selbst den eigenen Gatten, auch nur die geringste Bemerkung zu Ohren kommen zu lassen. Chadiga war es auch, die die Mutter mit den Worten mahnte: »Ob es uns gefällt oder nicht, Marjam wird zu unserer Familie gehören.« Das war nicht weiter verwunderlich, denn trotz der Geburt ihrer Söhne Abd al-Munim und und Achmed empfand Chadiga die Schaukat-Familie bis zu einem gewissen Grad als »fremd«.

Am frühen Abend erschien der Bevollmächtigte, und nachdem die Eheschließung besiegelt war, wurden Fruchtgetränke gereicht, begleitet von einem einzigen Freudentriller. Jasin nahm die Glückwünsche und frommen Sprüche entgegen, und die Braut wurde nun aufgefordert, sich dem »alten Herrn« und dessen Familie zu zeigen. Begleitet von ihrer Mutter, Chadiga und Aischa trat sie vor Herrn

Achmed Abd al-Gawwad und küßte ihm die Hand – der rechte Zeitpunkt, ihr das Hochzeitsgeschenk zu überreichen: ein goldener Armreif, besetzt mit kostbaren Diamanten und Smaragden. Danach saß man noch einige Zeit beisammen, und erst gegen neun Uhr setzte nach und nach der Aufbruch ein. Schließlich fuhr die Kutsche vor, die das junge Paar nach Kasr asch-Schauk brachte, in Jasins Haus, dessen dritte Etage für die beiden hergerichtet war. Damit fiel nach Meinung aller Beteiligten der Vorhang über Jasins zweite Ehe, ungeachtet dessen, ob sich nun Gutes oder Schlechtes dahinter verbergen würde.

Zwei Wochen später jedoch erlebte das Haus des verstorbenen Herrn Mohammed Radwan eine erneute Feier, und zwar wiederum eine Hochzeit. Das war nicht nur für die Familie von Herrn Abd al-Gawwad, für die Schaukats in der Sukkarija, für das junge Paar in der Kasr asch-Schauk eine ungeahnte Überraschung, sondern für das ganze Viertel Baina l-Kasrain. Unerwartet für alle und ohne die leiseste Andeutung verehelichte sich Bahiga mit Bajumi, dem Saftverkäufer. Die Leute waren derart verblüfft, als hätten sie sich noch nie bewußtgemacht, daß sich Bajumis Laden an der Ecke des Gäßchens befand, wo Mohammed Radwans Haus stand, und zwar genau unterhalb eines der alten Holzerker. Angesichts dieser Entdekkung ging nun das große Fragen los, nicht ganz zu Unrecht. Immerhin war die Braut die Witwe von Herrn Radwan, der zu seinen Lebzeiten als rechtschaffener und frommer Mann bekannt gewesen war. Sie selbst zählte trotz aller Putzsucht zu den geachteten »Damen« des Viertels, ganz zu schweigen davon, daß sie bereits fünfzig Jahre alt war. Der Bräutigam hingegen war ein Mann aus dem Volk. Immer mit einem Gilbab bekleidet, verkaufte er Johannisbrot- und Tamarindegetränk in einem winzigen Laden, und obwohl er erst vierzig Jahre alt war, hatte er schon zwanzig Ehejahre hinter sich gebracht, in denen ihm neun Kinder, Mädchen und Jungen, geboren worden waren. Das Gerede nahm kein Ende, und ohne jede Zurückhaltung stürzten sich die Leute auf Vermutungen, wie sich die Heirat angebahnt haben mochte, da doch niemand auch nur das geringste bemerkt hatte. Wann und wie war das geschehen, und vor allem – wie hatte das Verhältnis so weit gedeihen können, daß es schließlich mit dem Heiraten endete? Wer von den beiden hatte die Initiative ergriffen, wer war dem Ruf willfährig gefolgt?

Amm Hassanein, der Friseur, dessen Geschäft sich auf der anderen Straßenseite, gleich neben dem Baina-l-Kasrain-Brunnen, befand, erklärte, daß er Sitt Bahiga des öfteren an Bajumis Stand Johannisbrotsaft trinken gesehen habe. Manchmal seien ein paar Worte gewechselt worden, wobei er sich aber, gutgläubig, wie er nun einmal sei, nichts Schlechtes gedacht habe. Abu Sari, der seine Rösterei später als die anderen Läden schloß, sagte, daß er – Gott vergebe ihm – etliche Male beobachten konnte, wie mehrere Personen des Nachts in Bahigas Haus geschlichen seien, wobei er allerdings nicht wisse, ob sich Bajumi darunter befunden habe. Darwisch, der Bohnenverkäufer, wußte auch etwas zu berichten, ebenso al-Fuli, der Milchhändler.

Stellten sie alle auch Mitleid mit dem armen Bajumi, Ernährer einer großen Familie, zur Schau – natürlich nicht, ohne sich bissig darüber auszulassen, was für ein Dummkopf einer sei, der eine Frau im Alter der eigenen Mutter heiratete –, so neideten sie ihm doch im tiefsten Grunde ihres Herzens sein Glück und hegten ihm gegenüber Groll, weil er sich durch diese unbotmäßige List aus ihrer Schicht gelöst hatte und aufgestiegen war. Nachdem alles gesagt war, hatte man lange damit zu tun, sich in Schätzungen dessen zu verlieren, was er als Anteil vom

Haus erben, wieviel ihm die Beute an Geld und Schmuck einbringen würde.

Was aber das Haus des Herrn Abd al-Gawwad und das der Schaukats betraf, ja sogar das des jungen Paars in Kasr asch-Schauk, so wurden sie von einem wahrhaften Erdbeben erfaßt. Was für ein Skandal! Das war der einheitliche Ruf, der sich allen Mündern entrang.

Herr Achmed Abd al-Gawwad geriet dermaßen in Wut, daß er die Familie in Angst und Schrecken versetzte und niemand es wagte, ihn während mehrerer Tage anzusprechen. Konnte sich Bajumi nicht von jetzt an mit Recht und Fug als sein Verwandter bezeichnen? Verflucht sollten Jasin und seine Gelüste sein. Der Saftmann Bajumi würde allem zum Trotz etwas Ähnliches wie sein »Schwippschwager« sein.

Als Chadiga die Neuigkeit erfuhr, rief sie: »Ach du großes Unglück!«, und zu Aischa sagte sie: »Wer wagt es jetzt noch, Mama Vorwürfe zu machen? Ihr Herz hat sie noch nie getäuscht.« Jasin aber legte vor dem Vater den Schwur ab, daß sich diese Angelegenheit ohne sein und seiner Frau Wissen entwickelt hatte. Ja, Marjam sei sogar über alle Maßen verzweifelt, doch was sollte sie tun?

Indes, die Schande ging weiter. Kaum hatte nämlich Bajumis erste Frau von der Heirat erfahren, da verlor sie den Verstand. Wie eine Wahnsinnige stürzte sie aus dem Haus, die gesamte Kinderschar vor sich hertreibend, und überfiel Bajumi in seinem Laden. Ein erbitterter Kampf brach aus, bei dem auf beiden Seiten Zungen, Hände, Füße, Schreien und Gekreisch eingesetzt wurden, und all das vor den Kindern, die, zu Augen- und Ohrenzeugen geworden, im Nu heulten und die Passanten um Hilfe anflehten, so daß sich schließlich vor dem Laden eine Menge Menschen versammelte – Spaziergänger, Ladenbesitzer, Frauen und Kinder. Man trennte die beiden und zog die Frau hinaus auf die Straße, doch die pflanzte sich mit zerrissenem Gilbab, zerschlissener Milaja, zotteligem Haar und blutiger Nase unter dem Holzerker von Bahiga auf, hob den Kopf in Richtung der geschlossenen Fenster und ließ ihrer Zunge freien Lauf, als würde sie eine mit Giftkugeln beschwerte Peitsche schwingen. Aber es sollte noch schlimmer kommen, denn kaum hatte Bajumis erste Frau die Stellung unter dem Holzerker aufgegeben, da steuerte sie schnurstracks auf Herrn Abd al-Gawwads Geschäft zu, war er doch der Vater des Gatten von der Tochter ihres Gatten. Mit großartiger, weinerlicher Gebärde drängte sie auf ihn ein, er möge seinen Einfluß geltend machen und ihren Mann davon überzeugen, von seiner Verfehlung abzulassen. Von Verzweiflung darüber gepackt, wie weit es mit ihm gekommen war, und nur mühsam den Zorn unterdrückend, hörte Herr Abd al-Gawwad zu, bis er schließlich, so sanft er konnte, zu erklären versuchte, daß diese Geschichte anders lag, als sie glaubte, nämlich außerhalb seiner Möglichkeiten. Kaum hatte er den Satz beendet, wies er sie, innerlich vor Wut kochend, aus dem Geschäft. Trotzdem geriet er ins Grübeln, und zwischen Bestürzung und Neugier schwankend, überlegte er, was wohl Bahiga auf diese merkwürdige Heirat gebracht haben konnte. Die Antwort fiel ihm schwer, war er doch überzeugt, daß Bahiga, so ihr Herz denn unbedingt nach Bajumi verlangte, durchaus imstande war, auch ohne Heirat, die ihr und ihrer Familie nur die vielfältigsten Scherereien einbringen mußte, sich ihren Wunsch zu erfüllen. Warum hatte sie diese Dummheit begangen, ohne sich um Bajumis Frau und Kinder zu kümmern, ohne auf die Empfindungen ihrer Tochter und deren neuer Familie zu achten? Sie mußte von Wahnsinn befallen sein, oder sollte es gar das bedrückende Gefühl des Alters sein, das sie in eine neuerliche Ehe flüchten ließ? Wollte sie etwa einen großen Teil ihres Hab und Guts opfern, nur weil sie jenem Glück nachjagte, das ihr die längst entschwundene Jugend einst geboten hatte? Niedergeschlagen wälzte er diese Gedanken im Kopf, und er erinnerte sich daran, welche Demütigung ihm die kleine Lautenspielerin Zanuba zugefügt hatte, als sie es ablehnte, ihm auch nur einen Blick der Zuneigung zu schenken, bevor er sie nicht auf das Hausboot brachte. Es war eine Schmach gewesen, die sein Selbstvertrauen erschüttert hatte und ihn trotz aller zur Schau getragenen Sicherheit dazu brachte, im Groll auf frühere Zeiten zurückzublicken und griesgrämig zu werden.

Wie auch immer, Bahiga sollte das neue Eheglück nicht lange genießen dürfen. Nach der dritten Woche klagte sie plötzlich wegen eines Abszesses am Bein, und bei der ärztlichen Untersuchung stellte sich heraus, daß sie zuckerkrank war. Sie wurde ins Kasr-al-Aini-Krankenhaus gebracht, und täglich war zu erfahren, daß sich ihr Zustand verschlechterte. Und dann ereilte sie das ihr verhängte Schicksal.

17

Kamal stand vor dem Palast der Schaddads – eleganter grauer Anzug, kleiner Koffer unter dem Arm, glänzende schwarze Schuhe, und mit dem senkrecht aufgesetzten Tarbusch wirkte er noch aufgeschossener und dünner; den Hals, der aus dem Hemdkragen heraus steil aufragte, schien es nicht zu kümmern, daß er den gewaltigen Schädel und die riesige Nase tragen mußte. Die Luft war angenehm, auch wenn ein kühler Wind davon kündete, daß der Dezember nahte. Am Himmel zogen gemächlich vereinzelte strahlendweiße Wolken entlang, die ab und zu die Morgensonne verdeckten.

Kamal wartete, schaute unablässig zur Garage hinüber. Schließlich kam der Fiat heraus, am Steuer saß Hussain Schaddad. Er bog auf die Sarajat-Straße ein, blieb vor Kamal stehen. Er steckte den Kopf aus dem Wagenfenster und fragte: »Sind sie noch nicht gekommen?« Dann hupte er dreimal, öffnete die Tür und erklärte: »Komm, setz dich neben mich.«

Kamal begnügte sich damit, den Koffer auf den Sitz zu werfen und zu murmeln: »Nur Geduld.« Aus der Richtung des Gartens vernahm er Budurs Stimme, und als er sich umdrehte, sah er sie gelaufen kommen, hinter ihr Aida. Da war sie – die Angebetete. Die wunderbare Gestalt stolzierte heran, in einem kurzen grauen Kleid, geschnitten nach der neusten Mode. Eine dunkelblaue Seidenweste bedeckte zwar den oberen Teil des Kleids, ließ aber die braunen glänzenden Arme erkennen. Das schwarze Haar, das sich über die Wangen schob, schwang beim Gehen wellenartig mit, und nur die glatt gestrählten Ponyhaare auf der Stirn verharrten bewegungslos. Umgeben von dieser schwarzen Aureole, erstrahlte das Gesicht schön wie der Mond und engelsgleich, verkündend die Botschaft des Landes glücklichster Träume.

Kamal verharrte wie gebannt in einem Zustand zwischen Wachen und Schlaf, nichts anderes von der Welt mehr wahrnehmend als sein Gefühl der Dankbarkeit, aufgewühlt von Leidenschaft.

Leichtfüßig, als hätte eine wunderschöne Melodie Körperform angenommen, tänzelte sie herbei, und wenig später fühlte sich Kamal eingehüllt in den Duft eines Pariser Parfüms. Als sich ihre Augen trafen, lag nicht nur in ihrem Blick, sondern auch auf den geschlossenen Lippen ein Lächeln, das freundlich und sanft war, aber auch von vornehmem Stolz sprach. Kamal dankte und senkte verwirrt lächelnd den Kopf.

»Du und Budur«, wandte sich Hussain an seine Schwester, »ihr setzt euch nach hinten.«

Kamal trat zurück, öffnete die Tür und blieb stramm wie ein Diener stehen, was ihm als Entschädigung ein Lächeln und ein Dankeswort in Französisch einbrachte. Er wartete, bis Budur und die Angebetete Platz genommen hatten, schloß die Tür und setzte sich neben Hussain. Der hupte noch einmal und schaute in Richtung der Villa, worauf wenig später der Torwächter mit einem kleinen Korb kam, den er neben Kamals Koffer, zwischen seinem und Hussains Sitz, stellte. Hussain lachte, wies auf Korb und Köfferchen und erklärte: »Wozu sollte schon ein Ausflug ohne Proviant gut sein?«

Der Motor heulte auf, und der Wagen setzte sich in Richtung der Abbasija-Straße in Bewegung.

»Ich weiß eine Menge über dich«, meinte Hussain, »aber heute bietet sich mir die Gelegenheit, deinen Magen etwas näher kennenzulernen. Obwohl du ziemlich dünn bist, scheinst du eine Menge essen zu können. Oder denke ich da etwas Falsches?«

Kamal, der über alle Maßen glücklich war, lachte und erwiderte: »Warte nur ab, dann wirst du sehen.«

Er und sie im selben Auto, ein Beieinandersein, das er sich höchstens im Traum hätte vorstellen können. Trotzdem bohrte ein Wunsch in ihm, wisperte ihm zu: ›Hättest du dich nur nach hinten gesetzt und sie sich nach vorne, dann könntest du sie unbeobachtet während der ganzen Fahrt mit den Augen verschlingen.‹ Doch dann sagte er sich, daß er nicht zuviel verlangen durfte, sondern sich dankbar und demütig verneigen sollte. ›Schlag dir alles Grübeln aus dem Kopf, vertreibe alle Leidenschaft aus deiner Seele, und lebe statt dessen mit ganzem Bewußtsein dem Augenblick. Bedeutet er nicht das ganze Leben, ja, die Ewigkeit?‹

»Hassan und Ismail konnte ich nicht auch noch einladen.«

Kamal sah Hussain fragend an, ohne etwas zu sagen. Sein Herz klopfte vor Freude und Aufregung, weil ihm allein eine solche Auszeichnung zuteil geworden war.

»Es gibt nicht genug Platz im Auto«, fügte Hussain entschuldigend hinzu.

»Ist doch klar«, sagte Kamal leise.

Hussain lächelte. »Wenn man eine Wahl treffen muß, nimmt man den, der einem liegt. Offensichtlich stimmen wir in unseren Neigungen doch überein, ist es nicht so?«

»Gewiß«, und Kamals Gesicht verriet die übergroße Freude, die sein Herz erfüllte. Dann aber lachte er und sagte: »Nur begnüge ich mich damit, mit dem Kopf auf Reisen zu gehen, während du, wie mir scheint, erst dann zufrieden sein wirst, wenn dich deine gedankliche Tour rund um die Welt gebracht hat.«

»Aber hast du keine Sehnsucht, in alle Himmelsrichtungen zu ziehen?«

Kamal dachte einen Moment lang nach. »Ich glaube, ich habe von Natur aus eher eine Vorliebe fürs Seßhafte. Schon der Gedanke ans Verreisen scheint mich zu erschrecken, das heißt die Bewegung, das Durcheinander, nicht aber, Neues zu sehen und zu erkunden. Am liebsten wäre mir, die Welt könnte an mir, dort, wo ich gerade bin, vorüberziehen.«

Hussain stimmte sein liebenswürdiges, von Herzen kommendes Lachen an. »Wenn das ginge, wäre ein feststehender Ballon für dich das beste, da würde sich dann die Welt unter dir drehen.«

Eine Weile lang kostete Kamal Hussains gewinnendes Lachen aus, und als sich ihm Hassan Salims Bild aufdrängte, begann er, die beiden unterschiedlichen Möglichkeiten von aristokratischer Vornehmheit zu vergleichen. Der eine war liebenswürdig und umgänglich, der andere arrogant und kühl. Ansonsten aber waren beide bewunderungswürdig. »Bei geistigen Reisen braucht man sich glücklicherweise nicht fortzubewegen«, erklärte er.

Hussain schob zweifelnd die Brauen hoch. Fröhlich, als wollte er auf dem Thema nicht weiterbestehen, meinte er: »Wichtig allein ist, daß wir jetzt gemeinsam eine kleine Reise machen und unsere Vorstellungen vom Leben ähnlich sind.«

Ehe er noch begriff, wie ihm geschah, hörte er plötzlich die süße Stimme sagen: »Kurzum, Hussain liebt Sie ebenso, wie es Budur tut.«

Umwoben von Liebe, zu Musik geworden durch den engelhaften Klang, drang der Satz ihm ins Herz und schien ihm vor Entzücken Flügel zu verleihen. Es war, als hörte man einem Lied zu, das sich plötzlich, entgegen allem Erwarteten, Gewohnten und Vorstellbaren, zu einer bezaubernden Melodie aufschwang und den Zuhörer zwischen Verstand und Wahnsinn schwanken ließ. Da nahm die Angebetete das Wort »Liebe« unbedacht in den Mund, nicht ahnend, daß sie einen Funken ins glühende Herz warf. Er beschwor den Klang noch einmal herauf, um den Widerhall dieses Worts tief in sich aufzunehmen. Die Liebe ist ein alter Gesang, der jedoch immer wieder auf wunderbare Weise neu erklingt, wenn schöpferische Harmonie ihn hervorbringt. O Gott, vor lauter Glück schwinde ich gleich dahin.

»Aida übersetzt meine Gedanken in die typisch weibliche Sprache«, kommentierte Hussain.

Das Auto fuhr in Richtung Sakakini, bog in die Königin-Nazili-Straße und dann in die Fuad-der-Erste-Straße ein, von wo aus Hussain den Weg nach Zamalek nahm und so schnell fuhr, daß Kamal das Gefühl bekam, er würde wie verrückt rasen.

»Der Himmel ist ein wenig verhangen, aber wir brauchen mehr Wolken, wenn wir am Fuß der Pyramiden einen angenehmen Tag verbringen wollen.«

Offensichtlich an Budur gewandt, tönte die wunderbare Stimme: »Warte ab. Wenn wir angelangt sind, kannst du so lange, wie du willst, neben ihm sitzen.«

»Was will Budur?« fragte Hussain lachend.

»Neben deinem Freund sitzen.«

Warum sagt sie ›dein Freund‹ und nicht ›Kamal‹? Will sie nicht wenigstens dem Namen das Glück schenken, auf das dessen Träger nicht zu hoffen wagt?

»Gestern, als mein Vater Budur fragen hörte, ob Onkel Kamal mit zu den Pyramiden käme, hat er mich gefragt, wer du bist«, berichtete Hussain. »Nachdem ich ihm von dir erzählt habe, fragte er Budur, ob sie ›Onkel Kamal‹ gerne heiraten würde, und da hat sie schlicht und einfach mit Ja geantwortet.«

Kamal drehte sich um, doch Budur wich, so weit es ging, zurück und verbarg das Gesicht an der Schulter der Schwester. Hastig warf er einen flüchtigen Blick auf das bezaubernde Gesicht, dann richtete er sich wieder nach vorn und sagte: »Hoffentlich vergißt sie ihre Worte nicht, wenn es ernst wird.«

Auf der Straße nach Gizeh beschleunigte Hussain noch die Geschwindigkeit. Der Motor dröhnte, und es herrschte Schweigen. Kamal war darüber froh, konnte er sich doch nun in sich zurückziehen und sein Glück genießen. Man hatte also gestern bei den Schaddads über ihn gesprochen, und der Gebieter über alle hatte ihn, Kamal, als Ehemann für die Kleine ins Spiel gebracht. O trällernde, blühende Glückseligkeit! Jedes Wort, das da gesagt worden ist, mußt du dir bewahren. Sauge auf den Duft aus Paris, fülle dein Ohr mit dem Gurren der Taube und dem lockenden Ruf der Gazelle, falls du all das in schlafloser Nacht wieder hören willst. Fehlt auch den Worten der Angebeteten die Weisheit der Philosophen und der Glanz der Literaten, wie sehr machen sie dich dennoch im Innersten erbeben, wie viele Quellen des Glücks lassen sie im Herzen sprudeln. Das ist es, was Glück zu einem Geheimnis macht, in dem sich alles Verstehen und alle Vernunft verlieren. O ihr, die ihr dem Glück hinterherjagt – ich habe es gefunden, in einem läppischen Wort, einer fremdländischen, dunklen Wendung, im Schweigen und selbst im Nichts. O Herr, was könnte gewaltiger als diese Bäume sein, die, hoch aufragend auf beiden Seiten, sich über die Straße hinweg mit den Wipfeln umarmen und einen Himmel aus Grün über uns breiten. Und da der strömende Nil, den das Gleißen der Sonne mit einem perlenbestickten Schleier schmückt. Wann war es, daß ich diese Straße das letztemal sah? Auf einem Ausflug zu den Pyramiden, im dritten Jahr der Oberschule, und wie immer hatte ich mir auch da versprochen, einmal allein dorthin zurückzukehren.

Nun aber sitzt hinter dir das Wesen, das dich alles neu und schöner sehen läßt, selbst das altertümliche Leben in deinem Viertel. Könntest du je mehr erhoffen, als was du gerade erlebst? O ja, daß das Auto nie aufhört zu fahren, uns dahinträgt in die Ewigkeit. O Herr, ist das die lang ersehnte Antwort auf die Frage, was ich mir von dieser Liebe erhoffe? Plötzlich ist diese Antwort über mich gekommen, eine Eingebung der Stunde, die doch bislang undenkbar war. Ach, freue dich über den Augenblick. Schon zeichnen sich in der Ferne, wenn auch noch klein, die Silhouetten der Pyramiden ab, und nicht mehr lange, dann stehst du zu ihren Füßen, winzig wie eine Ameise, die unter einem riesigen Baum krabbelt.

»Wir werden das Grab unseres ersten Großvaters besuchen.«

Kamal lachte. »... und auch die Fatiha in Hieroglyphen lesen.«

»Ein prächtiges Vaterland«, spottete Hussain, »dessen Hinterlassenschaft nur aus Gräbern und Leichen besteht.« Er wies in Richtung der Pyramiden. »Sieh dir nur diesen Aufwand an, die reinste Verschwendung.«

Doch Kamal schwärmte begeistert: »Die Unvergänglichkeit – das ist es.«

»O weh, wieder einmal bist du eifrig am Verteidigen. Dein Patriotismus gleicht schon fast einer Krankheit, und darin unterscheiden wir uns gründlich. Wahrscheinlich wäre ich viel lieber in Frankreich als in Ägypten.«

Um nicht zu zeigen, wie verletzt er sich fühlte, lächelte Kamal schwach. »Du würdest dort nur entdecken, daß die Franzosen die größten Patrioten von allen sind.«

»Sicher richtig, weil heutzutage alle Welt daran leidet. Aber ich mag Frankreich an sich, und die Franzosen besitzen ein paar sehr angenehme Eigenschaften, die mit Patriotismus nichts zu tun haben.«

War es auch schmerzlich, das zu hören, so erregte es doch nicht Kamals Groll. Es waren Hussain Schaddads Worte, nicht die von Ismail Latif, dessen Verächtlichkeit ihn aufregte, und es hatte auch nicht Hassan Salim gesprochen, dessen Arroganz ihn bisweilen wütend machte. Was Hussain Schaddad auch immer sagte und tat – Kamal nahm es hin und billigte es.

Hussain parkte das Auto in einer langen Reihe anderer Wagen, die am Fuße der großen Pyramide standen. Überall wimmelte es von Menschen, drängten sie sich grüppchenweise zusammen. Einige hatten einen Esel oder ein Kamel bestiegen, andere kletterten die Steine hinauf. Händler, Esel- und Kameltreiber standen herum. Inmitten einer unendlichen Weite ragte die Pyramide wie ein märchenhafter Riese empor. Zu Füßen der abschüssigen Seite lagerte sich die Stadt; Baumwipfel, Dächer und der Flußlauf waren zu erkennen. Wo mochte wohl Baina l-Kasrain liegen? Wo das alte Haus? Wo war die Mutter, die vielleicht gerade, beschirmt vom Jasmin, den Hühnern Wasser gab?

»Wir lassen alles im Auto, dann haben wir beim Spazierengehen nichts zu tragen.«

Sie stiegen aus und gingen nebeneinander her, links lief Aida, dann kamen Hussain und Budur und schließlich Kamal, der seine kleine Freundin an der Hand hielt. Sie spazierten um die große Pyramide herum, bestaunten sie von allen Seiten und zogen dann in die Wüste hinaus. Der Sand machte das Gehen beschwerlich, ließ sie nur langsam vorankommen, aber dafür wehte ein leichter, erfrischender Wind, und die Sonne schwankte zwischen Kommen und Gehen. Wolken ballten sich am weiten Horizont zu Haufen auf, malten auf die Himmelsleinwand Zufallsbilder, mit denen der Wind je nach Belieben spielte.

Hussain holte tief Luft. »Schön, wunderschön.«

Aida sagte irgend etwas auf französisch, und trotz seiner begrenzten Kenntnisse begriff Kamal, daß sie Hussains Worte übersetzte. In der fremden Sprache zu reden gehörte zu ihren Gewohnheiten, was einerseits Kamals fanatische Beziehung zur Nationalsprache, dem Arabischen, etwas dämpfte, und andererseits von ihm als typisches Attribut weiblicher Schönheit empfunden wurde.

Kamal schaute ergriffen um sich und stammelte nur: »Ja, es ist wirklich wunderschön. Gelobt sei Gott, der Allmächtige.«

»Du findest immer etwas hinter den Dingen, entweder ist es Gott, oder es ist Saad Zaghlul«, erklärte kichernd Hussain.

»Was Gott betrifft, sind wir wohl nicht verschiedener Meinung, denke ich.«

»Nein, aber dein Eifer, ihn ständig im Mund zu führen, verleiht dir einen eigentümlich frommen Anstrich, so daß man dich fast für einen religiösen Scheich halten könnte.« Als wollte er einlenken, setzte er hinzu: »Ist ja nicht weiter verwunderlich, da du aus einem religiös geprägten Viertel kommst.«

Verbarg sich hinter dem Satz Spott? Konnte es sein, daß sich Aida auch über ihn lustig machte? Welche Meinung haben die beiden überhaupt vom alten Viertel? Was denken Leute aus Abbasija über die in Baina l-Kasrain und Nahhasin? Schämst du dich? Nicht so voreilig. Hussain zeigt kaum Interesse an der Religion, und deine Angebetete kümmert sich noch weniger als er darum. Hat sie nicht einmal erzählt, daß sie an den christlichen Religionsstunden der Schule »La Mère de Dieu« teilnimmt, beim Gebet dabei ist und die Choräle mitsingt? Trotzdem, sie ist eine Muslimin. Sie gehört dem Islam an, auch wenn sie darüber so gut wie nichts weiß. Was sagst du dazu? Ich liebe sie. Ich liebe sie so sehr, daß es schon fast an göttliche Verehrung reicht. Ich liebe ihre Religion, auch wenn mich das Gewissen plagt. Ich gestehe es ein und bitte Gott um Vergebung.

Mit einer großzügigen Handbewegung wies Hussain auf all die Schönheit und Pracht, die sie umgab. »Das ist etwas, das mich bezaubern kann. Du aber bist vor lauter Patriotismus richtig verrückt. Vergleiche nur einmal die Erhabenheit dieser Landschaft mit Demonstrationen, Saad, Adli und den Lastwagen voller Soldaten.«

Kamal lächelte. »Beides ist erhaben – die Natur und die Politik.«

Als wäre ihm im Zusammenhang damit etwas Wichtiges eingefallen, rief Hussain plötzlich: »Beinahe hätte ich es vergessen, dein großer Führer ist zurückgetreten!«

Kamal lächelte traurig, erwiderte nichts, doch Hussain

schien die Absicht zu verfolgen, ihn wütend zu machen. »Er ist zurückgetreten«, fuhr er fort, »nachdem der Sudan und die Verfassung verlorengingen, etwa nicht?«

Mit einer Ruhe, die von Kamal unter anderen Bedingungen nicht zu erwarten gewesen wäre, erwiderte er: »Der Mord an Sir Lee Stack Pascha war ein Anschlag auf Saads Regierung.«

»Dann laß mich wiederholen, was Hassan Salim gesagt hat, nämlich daß dieses Attentat der Ausdruck des Hasses ist, den einige Leute, zu denen auch die Mörder gehören, auf die Engländer verspüren, und Saad Zaghlul ist hauptverantwortlich dafür, daß dieser Haß in einem solchen Ausmaß entfacht wurde.«

Mühsam unterdrückte Kamal die Wut, die Hassan Salims »Meinung« in ihm erregte. Mit der in Gegenwart der Angebeteten gebotenen Ruhe erklärte er: »Das ist die Meinung der Engländer. Hast du nicht in der ›Ahram‹ die Telegramme gelesen? Ist doch kein Wunder, daß die liberalen Konstitutionellen die Meinung der Engländer wiederholen. Es gehört durchaus zu Saads Ruhmestaten, Feindschaft gegen sie erzeugt zu haben.«

Vorwurfsvoll und fast schon warnend, wenn auch begleitet von einem reizenden Lächeln, mischte sich Aida mit der Frage ein: »Machen wir einen Ausflug oder eine politische Versammlung?«

Auf Hussain weisend, entschuldigte sich Kamal: »Er hat damit begonnen.«

Hussain mußte lachen, fuhr mit den schlanken Fingern durch das seidig glänzende schwarze Haar und meinte: »Ich hielt es für angemessen, mein Beileid zum Rücktritt des Führers auszudrücken. Das war alles.« Gleich darauf wurde er ernst. »Hast du nicht auch an den gefährlichen Demonstrationen in eurem Viertel während der Revolution teilgenommen?«

»Ich war noch nicht volljährig.«

»Auf jeden Fall«, witzelte Hussain wieder, »kann man den Vorfall im Laden des Zuckerbäckers als Teilnahme an der Revolution ansehen.«

Nun mußten alle lachen, und als selbst Budur mit einstimmte, klang es wie ein Quartett, das aus zwei Trompeten, einer Geige und einer Pfeife bestand. Dann herrschte für einen Moment Stille, bevor Aida, als wollte sie Kamal verteidigen, erklärte: »Es reicht, daß er seinen Bruder verloren hat.«

Kamal, getrieben von Stolz und suchend nach mehr Mitleid ihrerseits, seufzte: »O ja, wir haben das Beste verloren, das die Familie besaß.«

Interessiert fragte Aida: »Er hat Jura studiert, nicht wahr? Wie alt wäre er, wenn er noch lebte?«

»Fünfundzwanzig Jahre.« Seine Stimme klang bekümmert. »Er war wirklich ein Genie.«

Hussain, der die Gelenke der Finger knacken ließ, griff wieder ein. »Genau – er war. Das ist es, was Patriotismus einbringt. Wie kannst du nach allem, was geschehen ist, daran noch hängen?«

»Wir alle werden einmal nicht mehr existieren. Aber zwischen Sterben und Sterben kann ein gewaltiger Unterschied bestehen.« Wieder knackten Hussains Fingergelenke, aber diesmal unterließ er jeden Kommentar. Offenbar konnte er bei der letzten Bemerkung keinen Sinn ausmachen. Was hatte sie bloß auf die Politik gebracht? Da gab es ohnehin nichts mehr, was einen erfreuen konnte. Das Parteiengezänk lenkte das Volk nur von den Engländern ab. Zum Teufel mit allem. Wer einen Hauch vom Paradies atmen darf, der sollte sich mit irdischen Sorgen nicht belasten, wenigstens nicht in einem solchen Moment. Du läufst in Begleitung von Aida durch die Wüste, also betrachte diese wunderbare Wirklichkeit, schreie dein Staunen heraus, auf daß die Erbauer der Pyramiden es hören mögen. Angebetete und Anbeter schreiten gemeinsam über den Sand. Der Anbeter, geschüttelt von Leidenschaft, wird vom Wind fast davongetragen, die Angebetete dagegen amüsiert sich, indem sie Kieselsteinchen zählt. Wenn Liebe eine ansteckende Krankheit wäre, würden dich die Schmerzen nicht kümmern. Da spielt der Wind mit dem Saum ihres Kleids, zerzaust ihr das Haar, erfüllt ihre Brust – wer oder was könnte glücklicher sein. Die Geister der Liebenden segnen von der Pyramide herab die Karawane, bewundern die Angebetete, beklagen den Anbeter, lassen die Stimme der Ewigkeit verkünden: Einzig die Liebe ist stärker als der Tod. Nur wenige Fußbreit ist sie von dir entfernt, doch in Wirklichkeit ist sie dir fern wie der Himmel, von dem du auch immer glaubst, daß er dann die Erde berührt, wenn er in Wahrheit am weitesten von ihr entfernt ist. Wie sehr hast du dir gewünscht, bei diesem Ausflug ihre Hand zu berühren, doch wie es scheint, wirst du aus der Welt scheiden, ohne diese Empfindung je kennengelernt zu haben. Warum bist du nicht mutig genug, dich niederzuwerfen und im Sand die Spur ihrer Füße zu küssen? Warum nimmst du nicht eine Handvoll davon auf, damit du in den Nächten des Grübelns ein Amulett hast, das dich vor den Qualen der Liebe schützt? Aber ach, alles deutet darauf hin, daß einzig hymnischer Gesang oder der Wahnsinn es sind, die dich mit der Angebeteten verbinden. So singe denn, oder verfalle dem Wahnsinn.

Kamal spürte, wie die kleine Hand an seiner zerrte. Als er hinunterschaute, streckte Budur ihm die Arme entgegen, um getragen zu werden.

Er beugte sich hinunter, hob sie auf, aber da protestierte Aida: »Nicht doch! Wir sind alle müde, ruhen wir uns ein wenig aus.«

Sie setzten sich auf einen Stein oberhalb der abschüssigen Fläche, die zur Sphinx hinunterführte, und zwar in der gleichen Anordnung, wie sie gegangen waren. Hussain streckte die Beine aus, stemmte die Absätze seiner Schuhe in den Sand; Kamal hielt die Beine übereinandergeschlagen und drückte Budur an sich. Links von Hussain saß Aida. Sie begann sich das Haar zu kämmen und den Pony zurechtzuzupfen. Unwillkürlich fiel Hussains Blick auf Kamals Tarbusch. Seine Stimme hörte sich ein wenig nörglerisch an, als er fragte: »Warum setzt du bei einem Ausflug den Tarbusch auf?«

Kamal nahm ihn ab, legte ihn in den Schoß. »Ich bin es nicht gewohnt, ohne ihn auszugehen.«

Hussain lachte. »Du bist wirklich ein vorzügliches Beispiel für einen Konservativen.«

Sollte das ein Lob oder ein Tadel sein? Gerade wollte Kamal nachhaken, um es sich von Hussain näher erklären zu lassen, da beugte sich Aida vor, als wollte sie sich seinen Kopf genauer ansehen. Im Nu vergaß er jegliche Fragerei und richtete besorgt alles Interesse auf seinen Schädel, der nicht nur, da er nun entblößt war, sein immenses Ausmaß offenbarte, sondern auch das dünne, ungepflegte Haar zeigte. Die wunderschönen Augen der Angebeteten ruhten auf ihm. Welcher Eindruck würde sich ihnen wohl einprägen?

»Warum lassen Sie sich nicht die Haare wachsen?« hörte er die melodiöse Stimme fragen. Über so etwas hatte er noch nie nachgedacht, denn im alten Viertel trugen alle Jungen, auch Fuad al-Hamzawi, die Haare wie er, und selbst Jasin hatte sich Kopfhaar und Bart erst wachsen lassen, seit er angestellt worden war. Konnte er sich überhaupt vorstellen, dem Vater morgens beim Frühstück mit langen, sorgfältig gekämmten Haaren zu begegnen?

»Wozu? Warum sollte ich?« fragte er.

»Sähe es nicht besser aus?« meinte Hussain nachdenklich.

»Das ist überhaupt nicht wichtig.«

Hussain erwiderte lachend: »Mir scheint, daß du wirklich dafür geschaffen bist, Lehrer zu sein.«

Wieder wußte Kamal nicht, ob das als Kompliment oder abfällig gemeint war. Auf jeden Fall sollte er seinen Kopf zu solch hehrer Fürsorge beglückwünschen. »Ich bin geschaffen, Student zu sein«, meinte er knapp.

»Eine gute Antwort.« Hussain hob die Stimme, als er fragte: »Du hast mir noch nicht erzählt, wie du nach fast zwei Monaten Studium das Lehrerinstitut findest?«

»Ich hoffe immer noch, daß sich mir dort der richtige Zugang zu jener Welt des Wissens bietet, nach der ich strebe. Gegenwärtig versuche ich, mit Hilfe der englischen Professoren die Bedeutung solch unklarer und verwirrender Begriffe wie ›Literatur‹, ›Philosophie‹, ›Denken‹ herauszufinden.«

»Kurzum, die menschheitliche Kultur, nach der wir alle streben.«

»Aber diese Begriffe schwimmen wie in einem aufgewühlten Meer völlig durcheinander«, hielt ihm Kamal verstört entgegen. »Man muß genau die Abgrenzungen kennen, man muß viel klarer wissen, was man eigentlich will. Die Frage der Kultur ist wirklich ein Problem.«

Hussain blickte ihn interessiert an. »Für mich nicht. Ich lese französische Erzählungen oder Theaterstücke, und wenn es schwierige Stellen gibt, frage ich Aida. Wir hören uns auch zusammen westliche Musik an, und manche der Stücke spielt sie vorzüglich auf dem Klavier. Unlängst habe ich ein Buch gelesen, das in leichtverständlicher Form einen Überblick über die griechische Philosophie gibt. Worauf ich aus bin, ist einzig, Körper und Geist gleichermaßen zu bilden. Du aber willst schreiben, und da mußt du sicher genaue Grenzen und klare Ziele kennen.«

»Das schlimmste ist, abgesehen von allem anderen, daß ich nicht einmal genau weiß, worüber ich schreiben soll.«

»Sie wollen Schriftsteller werden?« fragte Aida, und aus ihrem Tonfall war amüsiertes Schmunzeln herauszuhören.

Eine Woge des Glücks, zu gewaltig, um von einem Menschen allein ertragen werden zu können, schlug über Kamal zusammen. »Schon möglich.«

»Wollen Sie Lyrik schreiben oder Prosa?« Wieder beugte sie sich vor, um ihn sehen zu können. »Halt, lassen Sie mich sagen, was ich vom Äußeren her vermuten würde.«

Alle Gedichte brauche ich für das Zwiegespräch mit deinem Traumbild. Die Lyrik ist die dir gewidmete heilige Sprache, die ich nie für den Broterwerb mißbrauchen würde. Im Dunkel der Nächte sind die Quellen meiner Tränen versiegt, und nun, da dein Blick auf mich gerichtet ist, könnte ich nicht glücklicher sein, mich aber auch nicht elender fühlen. Schaust du auf mich, gleiche ich dürstendem Boden, den der Blick der Sonne zum Glühen bringt.

»Ein Dichter, natürlich, Sie werden ein Dichter sein.«

»Wirklich? Woher wollen Sie das wissen?«

Aida richtete sich auf, und als sie leise lachte, klang es wie das Gewisper von Hoffnungen. »Menschenkenntnis ist etwas Instinktives, wie können Sie da eine Erklärung verlangen?«

»Sie macht sich lustig«, warf Hussain lachend ein.

»Keineswegs«, beeilte sie sich zu sagen. »Du brauchst ja kein Dichter zu sein, wenn es dir nicht paßt.«

Eine Biene, die die Natur als Königin erschuf. Der Garten ist ihr Reich, der Nektar der Blumen ihre Tränkung, der Honig ihre Gabe. Wagt ein Umherirrender sich zu nah an den Thron, dann ist ihre Strafe ein Stich. Doch sie – sie hat »keineswegs« gesagt.

»Haben Sie etwas an französischen Romanen oder Erzählungen gelesen?«

»Ja, einiges, was Michel Zévaco übersetzt hat. Wie Sie wissen, kann ich nicht in Französisch lesen.«

»Aber Sie werden erst Schriftsteller sein, wenn Sie Französisch beherrschen«, ereiferte sie sich. »Sie müssen Balzac lesen und George Sand, Madame de Staël und Loti, und danach schreiben Sie dann einen Roman.«

»Einen Roman?« fragte Kamal verächtlich. »Das ist doch keine bedeutende Kunst, nein – ich will etwas Ernsthaftes leisten.«

»In Europa erachtet man den Roman als Kunst«, erwiderte Hussain. »Es gibt Autoren, die nichts anderes schreiben und dennoch zu den Unsterblichen gezählt werden. Ich rede keinesfalls nur so dahin, sondern ich weiß es. Auch mein Französischlehrer hat mir das bestätigt.« Da Kamal nur zweifelnd den großen Kopf wiegte, fuhr Hussain fort: »Paß auf, daß du nicht Aida verärgerst. Sie ist eine große Bewunderin von französischen Romanen, kommt sich geradezu wie eine der vielen Heldinnen vor.«

Kamal beugte sich ein wenig vor, nicht nur, um ihre Reaktion auf Hussains Behauptung zu sehen, sondern weil er die günstige Gelegenheit nutzen wollte, ihre Schönheit mit ganzem Auge aufzunehmen. »Wie das?« fragte er.

»Romane ziehen sie auf eigenartige Weise in Bann. Ihr Kopf ist voll von imaginärem Leben. Einmal, als ich sie vor dem Spiegel herumstolzieren sah und sie fragte, was das zu bedeuten hätte, gab sie mir zur Antwort: ›So ist Aphrodite an Alexandrias Küste geschritten.‹«

Aida setzte spaßend eine finstere Miene auf und protestierte: »Glauben Sie ihm ja nicht. Er lebt noch viel mehr in der Welt der Bücher als ich. Nur fühlt er sich erst wohl, wenn er mir etwas anhängen kann, selbst wenn es nicht stimmt.«

Aphrodite? Wer ist schon Aphrodite, du meine Angebetete? Bei deiner Vollkommenheit macht es mich traurig, daß du dich als ein anderes Wesen sehen willst. »Kümmern Sie sich nicht darum. Meine Phantasie ist ganz von den Helden al-Manfalutis und Rider Haggards eingenommen«, erklärte er offenherzig.

Hussain ließ sein wundervolles Lachen hören, bevor er rief: »Was könnte besser sein, als uns in einem Buch gemeinsam wiederzufinden? Warum bleiben wir auf der Erde kleben, wenn uns die Phantasie dermaßen anzieht? Kamal, du hast diesen Traum zu verwirklichen, denn ich bin kein Schriftsteller, will auch keiner werden. Aber du, du könntest uns, wenn du willst, in einem Buch vereinen.«

Aida in einem Buch, das du schreibst. Ist das Gebet? Mystik? Wahnsinn?

»Und ich?« fragte Budur plötzlich, und das klang so empört, daß alle drei in lautes Gelächter ausbrachen.

»Vergiß nicht, Budur einen Platz freizuhalten«, mahnte Hussain, worauf Kamal die Kleine zärtlich an sich drückte und erklärte: »Du wirst gleich auf der ersten Seite stehen.«

Aida richtete den Blick in die Ferne. »Was werden Sie über uns schreiben?«

Da er nicht wußte, was er sagen sollte, versuchte er, seine Verlegenheit mit einem matten Lächeln zu überspielen. Aber da antwortete Hussain schon statt seiner: »Na, was so Schriftsteller schreiben. Eine stürmische Liebesgeschichte, die mit Tod oder Selbstmord endet. Sie spielen mit dem Herzen, als wäre es ein Fußball.«

»Dann hoffe ich nur, daß dieses Ende einzig dem Haupthelden widerfährt«, sagte Aida lachend.

Wie auch nicht; sich die Angebetete als dahinsiechendes Wesen vorzustellen war völlig unmöglich. »Ist es denn Vorschrift, daß ein Roman mit Tod oder Selbstmord endet?«

Nun lachte Hussain. »Das ist der natürliche Schluß einer leidenschaftlichen Liebesgeschichte.«

Auf der Flucht vor dem Schmerz, beim Festklammern ans Glück – da kann der Tod sogar wünschenswert sein.

»Ist ja fürchterlich traurig«, meinte er ironisch.

»Hast du das nicht gewußt? Wie es scheint, warst du noch nie verliebt.«

O Augenblicke des Lebens, da das Weinen der Wirkung einer Narkose gleicht.

»Und dann ist wichtig«, sprach Hussain weiter, »daß du nicht vergißt, auch mir einen Platz einzuräumen, selbst wenn ich nicht im Lande bin.«

Kamal sah ihn fest an. »Hältst du noch immer am Gedanken fest herumzureisen?«

Nun klang auch Hussains Stimme ernst. »Keine einzige Stunde lang habe ich diese Idee aufgegeben. Ich will leben, will die Welt in voller Länge und Breite, Höhe und Tiefe durchstreifen. Danach kann der Tod kommen.«

Und wenn er vorher kommt? Könnte das sein? Warum überkommt dich plötzlich eine Traurigkeit, die dich fast dahinrafft? Hast du Fahmi vergessen? Das Leben läßt sich nicht immer nach Längen und Breiten festlegen, und wenn Fahmis Leben auch nur aus einem kurzen Augenblick bestand, so war der doch in seiner Fülle vollkommen. Worin sollte sonst der Sinn von Wahrhaftigkeit und Unsterblichkeit liegen? Aber nein, du bist aus einem anderen Grund traurig. Wahrscheinlich fällt es dir zu schwer hinzunehmen, daß der Freund nur aufs Reisen aus ist und ihn die Trennung von dir nicht kümmert. Wie wird dein Leben aussehen, wenn er nicht mehr da ist? Wie wird es sein, wenn dir mit seinem Aufbruch der Weg zum Schloß der Geliebten abgeschnittten ist? Wie heuchlerisch ist das Lächeln von heute. Aber jetzt, jetzt ist sie nah, ihre Stimme klingt in deinem Ohr, der Duft ihres Parfüms steigt dir in die Nase, nur – vermagst du das Rad der Zeit anzuhalten? Wirst du den Rest deines Lebens das Schloß wie ein

Verrückter von weitem umschleichen? »Wenn du meine Meinung hören willst, so denke ich, daß es besser ist, die Reise aufzuschieben, bis du das Studium beendet hast.«

»Das ist genau das, was Papa ihm mehrmals gesagt hat«, pflichtete ihm Aida eifrig bei.

»Eine vernünftige Ansicht.«

Doch Hussain wehrte spöttisch ab: »Brauche ich etwa Zivilrecht und römisches Recht, um die Schönheit der Welt zu genießen?«

Wieder wandte sich Aida an Kamal. »Mein Vater macht sich ständig lustig über seine Träumerei. Er wünscht sich, Hussain als Richter oder als seinen Mitarbeiter in der Finanzwelt zu sehen.«

»Richterschaft, Finanzwelt! Niemals werde ich das machen. Und selbst wenn ich das Diplom ablegen würde und ernsthaft daran denken müßte, mir eine Stellung zu suchen, käme einzig der diplomatische Dienst in Frage. Und was das Geld betrifft, wollen wir denn immer noch mehr? Wir sind doch schon unerträglich reich.«

Erstaunlich, daß Reichtum zu groß sein kann, um als unerträglich empfunden zu werden. Früher hast du dir vorgestellt, du eiferst deinem Vater nach, wirst Händler und besitzt dann wie er einen Geldschrank. Von Reichtum träumst du nicht mehr, aber wünschst du dir nicht, von materiellen Zwängen frei zu sein und ganz deinen geistigen Abenteuern leben zu können? Was für ein elendes Leben, das einzig vom Kampf ums tägliche Brot bestimmt ist.

»Die gesamte Familie versteht nicht, wonach ich strebe. Sie halten mich für ein verwöhntes Kind. Einmal hat mein Onkel höhnisch erklärt, und zwar laut genug, daß ich es hören konnte: ›Vom einzig männlichen Nachkommen kann man ja wohl nichts Besseres erwarten.‹ Und warum? Weil ich nicht das Geld anbete, sondern es vorziehe zu leben. Verstehst du? Meine Familie glaubt, daß jegliches Handeln, mit dem Reichtum nicht vermehrt wird, nichts als Spielerei ist. Man träumt von Titeln, als könnte man damit das verlorene Paradies gewinnen. Weißt du, warum die Leute in meiner Familie den Khediven lieben? Immer wieder hat mir meine Mutter erklärt: ›Wenn unser Effendi auf dem Thron geblieben wäre, dann hätte dein Vater schon vor langer Zeit den Paschatitel verliehen bekommen.‹ Das ihnen ansonsten so teure Geld ist plötzlich nichts mehr wert und wird verschwendet, wenn uns ein Emir die Ehre seines Besuchs gibt.« Er lachte. »Vergiß nicht, diese grotesken Dinge festzuhalten, wenn du dich eines Tages an das Buch setzt, das ich dir eingeredet habe.«

Er hatte noch nicht ganz ausgesprochen, da beeilte sich Aida zu sagen: »Ich hoffe, daß Sie sich nicht vom Vorurteil meines aufsässigen Bruders beeinflussen lassen und unserer Familie kein Unrecht antun.«

Inbrünstig stieß Kamal hervor: »Verhüte Gott, daß Ihrer Familie durch mich je Schaden entstehen könnte. Aber abgesehen davon hat er eigentlich nichts Schlechtes gesagt.«

Aida lachte, und auch auf Hussains Lippen zeichnete sich ein entspanntes Lächeln ab, obwohl er die Brauen noch immer verärgert verzog. Kamal gewann den Eindruck, daß Hussain den Angriff auf die Familie nicht aufrichtig meinte. Er bezweifelte nicht, daß Hussain ehrlich gewesen war, als er sagte, daß er das Geld nicht anbete, sondern das pralle Leben vorziehe. Kamal weigerte sich darüber hinaus sogar zu glauben, diese liebenswerte Eigenschaft sei allein auf den reichen Besitz der Familie zurückzuführen; viel eher meinte er die Ursache in dem weiten geistigen Horizont des Freunds erkennen zu können, verhinderte doch Reichtum bei den meisten Menschen keineswegs, das Geld anzuhimmeln. Trotzdem kam es ihm vor, als sei der Hinweis auf den Khediven, den Titel und den Empfang von Emiren nur eine in Verachtung verpackte Prahlerei gewesen. Es war keine reine Protzsucht, es war aber auch keine eindeutige Kritik gewesen, vielmehr hatten Hussains Worte geklungen, als sei sein Herz von Stolz auf die Familie erfüllt, während sich sein Verstand ihr gegenüber kritisch verhielt. Sollte er sich aber aufrichtig über seine Familie empört haben, wie konnte er sie dann in Gegenwart eines Menschen verunglimpfen, den diese Familie – trotz aller kritischen Sicht – zweifelsohne faszinieren und blenden mußte?

Hussain lächelte ihn gelassen an. »Wer von uns wird der Held in deinem Buch sein – ich, Aida oder Budur?«

»Ich!« rief Budur, worauf Kamal sie an sich drückte und umgehend antwortete: »Einverstanden.« Zu Hussain aber sagte er: »Das bleibt so lange ein Geheimnis, bis das Buch geboren ist.«

»Und welchen Titel wirst du ihm geben?«

»›Hussain rund um die Welt‹.«

Die drei brachen in Gelächter aus, erinnerte sie doch dieser Titel an das Theaterstück »Der Barbar rund um die Welt«, das im »Majestic« gespielt wurde. Beiläufig fragte Hussain: »Warst du noch immer nicht da?«

»Nein, im Augenblick reicht mir das Kino.«

Hussain drehte sich zu Aida um. »Dem Autor unseres Buchs ist es nicht gestattet, nach neun Uhr abends außer Haus zu sein.«

»Immer noch besser«, parierte Aida, »als wenn manchen Leuten erlaubt wird, sich rund um die Welt herumzutreiben.« Sie wandte sich an Kamal, und mit einer Stimme, deren Zartheit von vornherein ihr sein Einverständnis zusicherte, fragte sie ihn: »Sollte es etwa ein Fehler sein, wenn ein Vater den Wunsch hat, seinen Sohn mit der Tatkraft und dem Ansehen aufwachsen zu sehen, die ihm selbst eigen sind? Ist es etwa falsch, wenn wir im Leben nach Geld, Würde, Titeln und hohen Werten streben?«

Bleibe, du meine Angebetete, wie du bist, denn all das – Geld, Würde, Titel, hohe Werte – eilt auf dich zu, um sich durch den Kuß deines Fußabtritts zu noch gewaltigerer Höhe aufzuschwingen. Was soll ich erwidern, wenn doch die Antwort, die du hören möchtest, einem Selbstmord gleichkommt? Wehe dem Herzen, das Wünsche hegt, die ihm nicht zukommen. »Aber nein, daran ist überhaupt nichts schlecht.« Er machte eine kleine Pause. »Allerdings unter der Bedingung, daß dieser Anspruch den Neigungen der betreffenden Person entspricht.«

»Aber welcher Neigung könnte es widersprechen? Das seltsame ist, daß Hussain den angesehenen Lebensstil nicht deshalb ablehnt, weil er nach noch Erhabenerem strebt, sondern weil er, jawohl mein Herr, weil er von einem Leben ohne Arbeit, von Freizeit und Müßiggang träumt. Muß man sich darüber etwa nicht wundern?«

Hussain lachte hämisch. »Leben die Emire, die ihr fast anbetet, nicht ebenso?«

»Ja, aber nur, weil es keinen höheren Lebensstil gibt, den sie noch anstreben könnten. Was bist du schon im Vergleich zu ihnen, du Faulpelz?«

Als sich Hussain an Kamal wandte und auf ihn einzureden begann, schwang in seiner Stimme durchaus Wut mit. »Das Prinzip, nach dem unsere Familie verfährt, lautet: Arbeite, um noch mehr Reichtum anzuhäufen, und suche die Bekanntschaft von einflußreichen Leuten, in der Hoffnung, den Titel eines Beys verliehen zu bekommen. Also bleibt dir nur übrig, doppelte Mühe für ein noch größeres Vermögen aufzuwenden und eine noch erlesenere Auswahl an hohen Persönlichkeiten kennenzulernen, um den Titel eines Paschas zu kriegen, was letztlich darauf hinausläuft, daß dein höchstes Ziel im Leben ist, den

Emiren den Hof zu machen. Und damit hat's sich, denn Emir kannst du weder durch Arbeit noch durch vornehme Lebensart werden. Weißt du, was uns der letzte Besuch des Emirs gekostet hat? Zigtausende Pfund wurden verschleudert, nur um neue Möbel und kostbare Pariser Raritäten zu kaufen.«

»Ach was«, wehrte Aida ab, »das Geld wurde doch nicht ausgegeben, um sich beim Emir einzuschmeicheln, weil er Emir ist, sondern weil er der Bruder des Khediven ist. Aus Treue und Freundschaft haben wir ihn herzlich empfangen, nicht aber, weil wir ihn hofierten und um seine Gunst buhlten. Außerdem ist solch ein Besuch an sich eine Ehre, das kann doch wohl kein vernünftiger Mensch abstreiten.«

Hussain blieb hartnäckig. »Ja, aber unser Vater verstärkt auch unablässig seine Beziehungen zu Männern wie Adli, Tharwa und Ruschdi, die nun wirklich nichts mit der Treue zum Khediven zu tun haben. Zeigt das nicht, daß hier nach dem Motto ›Der Zweck heiligt die Mittel‹ verfahren wird?«

»Hussain!«

So hatte Aidas Stimme noch nie geklungen, fand Kamal. Es lag Arroganz, Ungehaltenheit und Tadel darin. Es schien, als wollte Aida ihren Bruder darauf hinweisen, daß solcherlei Rede ungehörig war oder zumindest in Reichweite eines Fremden nicht offen ausgesprochen werden durfte. Vor lauter Verlegenheit und Schmerz wurde er rot im Gesicht, und das Gefühl das Glücks, in dessen Dunst er eine Zeitlang geschwebt hatte, weil er sich der geliebten Familie zugehörig empfinden durfte, schwand dahin. Aida reckte den Kopf starr in die Höhe, die Lippen hielt sie fest verschlossen, und ihre Augen blickten so finster, als würde sie am liebsten die Stirn runzeln. Kurzum, sie war verärgert, auch wenn sie das in einer Weise kundtat, die einer

Königin aus uraltem Geschlecht angemessen war. Nie zuvor hatte Kamal sie erregt gesehen, mehr noch, er hatte sie sich in einem solchen Zustand nie vorstellen können. Bestürzt und erschrocken starrte er sie an, und verlegen, wie er war, wünschte er sich, auf einen Gedanken zu kommen, mit dem sich das Thema wechseln ließ. Doch dieser ohnmachtsähnliche Zustand hielt nur wenige Sekunden an, denn schon im nächsten Augenblick begann er, die Schönheit der königlichen Wut, die dieses engelsgleiche Gesicht bedeckt hielt, zu genießen und die lodernde Flamme des Hochmuts, den herrschaftlichen Stolz und die dräuenden Wolken am Firmament auszukosten.

Als Aida wieder zu sprechen begann, schien sie darauf bedacht zu sein, daß vor allem er, Kamal, zuhörte. »Papas Freundschaft mit den Männern, die du erwähnt hast, geht auf die Zeit vor der Absetzung des Khediven zurück.«

An diesem Punkt wieder angekommen, wünschte sich Kamal nichts sehnlicher, als alle düsteren Wolken zu vertreiben. Scherzhaft wandte er sich deshalb an Hussain und sagte: »Wenn das deine Meinung ist, warum verachtest du dann einen Mann wie Saad, nur weil er ein Azharit war?«

Hussain ließ sein klares Lachen hören und erwiderte: »Ich hasse es, wenn man die Großen hofiert, was aber nicht heißt, daß ich die gewöhnliche Masse verehre. Ich liebe das Schöne und verachte das Häßliche, und leider ist Schönheit bei der Masse nur selten zu finden.«

Aida griff ein, nun wieder in gemäßigtem Tonfall. »Was meinst du mit Hofieren der Großen? Das ist nur dann eine Schande, wenn man nicht einer von ihnen ist. Wir gehören aber dazu, wie ich meine, und so suchen wir ihre Freundschaft nur in dem Maß wie sie die unsrige.«

Kamal sah sich bereit, an Stelle von Hussain im Brustton der Überzeugung zu antworten: »Na sicher, da gibt es keinen Zweifel.«

Hussain sprang plötzlich auf und erklärte: »Genug gesessen, gehen wir weiter.«

Man erhob sich und ging weiter in Richtung der von Schatten umgebenen Sphinx. Am Himmel schoben sich Wolken zusammen und ballten sich ineinander, so daß die Sonne wie mit einem milchigen Schleier verhangen war, der, in strahlendweißes Licht getaucht, Schönheit und Reinheit herniedertröpfeln ließ. Unterwegs begegneten sie Gruppen von Studenten und Europäern, Männern und Frauen. Hussain sah Aida an, und als wollte er sich wieder mit ihr aussöhnen, sagte er: »Die Europäerinnen mustern interessiert dein Kleid. Zufrieden?«

Ein leichtes Lächeln stahl sich auf ihre Lippen, stolz und zufrieden.

Anmutig hob sie den Kopf. »Natürlich«, erwiderte sie, und ihre Stimme verriet unerschütterliches Selbstvertrauen.

Hussain lachte, und auch Kamal mußte schmunzeln. »Aida zählt, was Pariser Geschmack betrifft, im ganzen Viertel als Autorität«, erklärte Hussain, worauf Kamal, noch immer lächelnd, bemerkte: »Natürlich, ist doch klar.«

Ein zartes, dem Gurren von Tauben ähnliches Lachen war Aidas Belohnung. Es nahm ihm den leichten Druck vom Herzen, den dieser einzigartige, aristokratische Streit hinterlassen hatte. Der kluge Mann weiß, noch bevor er den Fuß aufsetzt, an welcher Stelle er seinen Abdruck hinterläßt. Also sei dir bewußt, wie weit entfernt du dich von den Engeln befindest. Die Angebetete, die aus hohen Wolken auf dich herabschaut, erhebt sich selbst über einen so nahen Verwandten wie den Bruder. Was sollte daran verwunderlich sein? Sie könnte auch ohne Sippe, ohne Familie existieren, und wahrscheinlich bedient sie sich des Bruders nur als Medium, das zwischen ihr und den Verehrern vermittelt. So bewundere sie denn – ihre Ruhe und Heftigkeit, ihre Bescheidenheit und Einbildung, ihre

Aufgeschlossenheit und Abwendung, ihre Zufriedenheit und Wut. All das sind Eigenschaften, die zu ihr gehören. Tränke dein dürstendes Herz mit Liebe. Nimm ihren Anblick in dir auf. Der Sand erschwert ihr das Gehen, nimmt ihren Schritten die Leichtigkeit, läßt sie weiter ausholen, bringt sie wie einen vom matten Windhauch berauschten Zweig ins Schwanken – ein Bild, mit dem sie deine Augen beschenkt und das an Schönheit in nichts dem nachsteht, das du von ihr gewohnt bist, wenn sie über die Mosaiken im Garten schreitet. Und blickst du zurück und siehst im Sand den zierlichen Abdruck der Füße, so wisse, daß sie all denen einen Wegweiser setzt, die auf unbekannten Pfaden dem Wogen der Leidenschaft und dem Strahlen der Glückseligkeit entgegeneilen. Hast du zuvor hier in der Wüste geweilt, dann ging dein Tag mit Spielen und Toben vorüber, bist du unbekümmert am Duft verborgener Bedeutungen vorübergegangen, denn noch hatte sich die Knospe deines Herzens nicht geöffnet. Heute jedoch, da haben sich ihre Blätter entfaltet, sind sie benetzt vom Tau der Liebe, beperlt vom Glück, besprenkelt von Schmerz. Der Ruhe der Unwissenheit bist du beraubt, doch geschenkt wurden dir erhabene Unrast, das Leben des Herzens, die Hymne des Lichts.

»Ich habe Hunger«, klagte Budur.

»Zeit zurückzukehren, oder was meint ihr?« sagte Hussain. »Jedenfalls liegt eine ziemlich weite Strecke vor uns, und wer jetzt noch nicht hungrig ist, der wird es wohl sein, wenn wir ankommen.«

Als sie endlich den Parkplatz erreicht hatten, holte Hussain den Koffer und den Korb aus dem Wagen und stellte alles auf die Kühlerhaube. Schon wollte er das Tuch vom Korb nehmen, da schlug Aida vor, sich auf einem der steinernen Absätze der Pyramide niederzulassen. Sie klommen hinauf, stellten Korb und Koffer mitten auf einen der großen Steine, der hoch genug war, um die Beine beim Sitzen pendeln zu lassen. Kamal holte aus seinem Koffer eine Zeitung hervor und breitete darauf alles aus, was er zu essen mitgebracht hatte. Da waren zwei Hühnchen, Kartoffeln, Käse, Bananen und Apfelsinen. Aufmerksam beobachtete er, wie Hussain den Korb der »Engelsfamilie« leerte – fein zurechtgemachte Sandwiches, vier Gläser, eine Thermoskanne. Er hatte zwar kräftigeren Proviant mitgebracht, zumindest erschien es ihm so, doch hübsch dekoriert war es nicht, was er da auspackte. Er wurde verlegen, genierte sich. Hussain warf einen begehrlichen Blick auf die beiden Hühnchen, und als er fragte, ob denn auch irgend etwas an Besteck da wäre, brachte Kamal Messer und Gabel zum Vorschein und begann, die Hühnchen zu zerteilen. Aida hatte indessen die Thermoskanne geöffnet und füllte die vier Gläser. Ein gelber, wie Gold glitzernder Strahl ergoß sich, so daß Kamal sich nicht beherrschen konnte und erstaunt fragte, was das sei. Aida lachte, antwortete aber nicht. Hussain jedoch zwinkerte ihr zu und erwiderte kurz und knapp: »Bier.«

»Bier?« rief Kamal laut, als wäre er fürchterlich erschrocken.

Hussain wies auf die Sandwiches. »Und Schweinefleisch.«

»Du machst dich über mich lustig! Nein, das glaube ich nicht.«

»Glaube mir lieber und iß. Was bist du doch undankbar, wo wir dir das köstlichste Essen und beste Getränk spendieren.«

Kamals Augen sprachen deutlich davon, wie entsetzt und verstört er war. Die Zunge war wie gelähmt, er wußte nicht, was er sagen sollte. Am meisten beunruhigte ihn, daß dieser Proviant bei ihnen zu Hause vorbereitet worden war, also mit Wissen und Einverständnis der Familie.

»Hast du so etwas noch nie gegessen?«

»Eine Frage, auf die sich jede Antwort erübrigt.«

»Dann probierst du es dank uns jetzt zum erstenmal.«

»Unmöglich!«

»Wieso?«

»Warum wieso? Auch diese Frage erübrigt sich.«

Hussain, Aida und Budur hoben die Gläser an und tranken ein paar Schlucke. Die beiden ersteren sahen Kamal schmunzelnd an, als wollten sie sagen: ›Siehst du, es ist uns nichts passiert.‹

Hussain fragte: »Wegen der Religion, hm? Von einem Glas Bier wird man nicht betrunken, und Schweinefleisch schmeckt gut und ist nahrhaft. Ich weiß ohnehin nicht, warum es klug sein soll, die Religion bei Ernährungsfragen mitreden zu lassen.«

Bei diesen Worten verkrampfte sich Kamals Herz. Doch er blieb freundlich, als er vorwurfsvoll meinte: »Hussain, lästere nicht.«

Zum erstenmal, seit sie ihr kleines Bankett begonnen hatten, ergriff Aida das Wort. »Denken Sie nicht schlecht von uns. Wir trinken nur deshalb Bier, weil wir uns ein wenig aufmuntern wollen, und da Budur auch trinkt, gelangen Sie vielleicht zu der Überzeugung, daß wir nichts Schlechtes tun. Was das Schweinefleisch angeht, so schmeckt es wirklich sehr gut. Kosten Sie ruhig, seien Sie kein puritanischer Hanbalit. Es bleiben Ihnen genügend Gelegenheiten, wo Sie der Religion bei wichtigeren Dingen dienen können.«

Obwohl Aidas Worte sich in der Aussage nicht von denen Hussains unterschieden, brachten sie seinem gepeinigten Herzen Linderung und Frieden. Da er außerdem aber äußerst bedacht darauf war, die heitere Stimmung nicht zu verderben und die Gefühle der anderen nicht zu verletzen, lächelte er nachsichtig, griff nach einem Stück

Hühnerfleisch und sagte: »Laßt mich das essen, was ich gewöhnt bin, und gebt mir die Ehre, mit euch zu teilen.«

Hussain lachte, wies auf seine Schwester und erklärte: »Wir hatten uns zu Hause darauf geeinigt, von dir nichts anzunehmen, wenn du nicht von unseren Sandwiches kostest. Aber da mir scheint, daß wir deine Situation nicht richtig eingeschätzt haben, werde ich meinerseits diese Abmachung dir zu Ehren als hinfällig erachten. Vielleicht ist Aida bereit, mir darin zu folgen.«

Bittend sah Kamal zu ihr hinüber. Sie lächelte und sagte: »Nur, wenn Sie mir versprechen, nicht schlecht von uns zu denken.«

Überglücklich antwortete Kamal: »Tod über den, der von euch übel denkt!«

Alle aßen mit großem Appetit, zunächst nur Hussain und Aida, aber dann griff auch Kamal tüchtig zu, fühlte er sich doch von ihrem Beispiel ermutigt. Er übernahm es auch, Budur eigenhändig zu bedienen, die sich aber mit einem Sandwich und einem Stück Hühnerbrust begnügte und dann vom Obst aß. Kamal konnte dem Wunsch nicht widerstehen, heimlich zu beobachten, wie sich Hussain und Aida beim Essen benahmen. Hussain stürzte sich unbekümmert über alles her, als wäre er ganz allein, wobei er aber nie die Haltung verlor; gerade das war es ja, was für Kamal das ach so bewunderungswürdige selbstverständliche aristokratische Wesen ausmachte. Aida aber bestätigte mit der Eleganz, mit der sie das Fleisch schnitt, ein Sandwich mit den Fingerspitzen hielt oder beim Kauen den Mund bewegte, die Gewandtheit und Feinheit ihrer engelsgleichen Natur. Alles geschah bei ihr auf leichte und behende Art, ohne gekünsteltes Gehabe oder Hast. Tatsache war, daß Kamal sich einen solchen Augenblick ebenso erwartungsvoll wie ungläubig herbeigesehnt hatte, denn er konnte es nicht fassen, daß die Angebetete, wie andere

Menschen auch, Essen zu sich nahm. Obwohl das, was sie aß, seinem religiösen Gewissen stark zusetzte und nichts mit dem zu tun hatte, was er von seiner Umgebung her kannte, entdeckte er bei aller »Fremdartigkeit« eine gewisse Vertrautheit in der Art, wie sie das tat, was wiederum seine aufgeschreckte, von bohrenden Fragen bedrängte Phantasie ein wenig beruhigte. Zwei sich widersprechende Gefühle bemächtigten sich seiner: Zum einen machte es ihn verstört, daß die Angebetete der Notwendigkeit der Nahrungsaufnahme nachkam, die Mensch und Tier gleichermaßen betraf, zum anderen freute es ihn, daß der Vorgang selbst sie beide, wenn auch nur geringfügig, näherbrachte. Indes, der Verstand erließ es ihm nicht, es damit gut sein zu lassen und keine weiteren Fragen zu stellen, vielmehr trieb er ihn dazu an, darüber zu sinnieren, ob die Angebetete auch alle anderen natürlichen Funktionen erfüllte. Zu einem »Nein« konnte er sich nicht durchringen, und das »Ja« fiel ihm zu schwer. Also verweigerte er jegliche Antwort, wobei ihn ein bisher unbekanntes Gefühl zu plagen begann, nämlich der stille Protest gegen das Gesetz der Natur.

»Ich bewundere zutiefst dein religiöses Empfinden und deinen moralischen Idealismus.«

Darauf gespannt, was noch kommen würde, sah Kamal Hussain argwöhnisch an. »Das ist kein Spaß, ich meine es völlig ernst«, fuhr Hussain fort.

Kamal lächelte verlegen. Dann wies er auf die übriggebliebenen Sandwiches und das Bier und sagte: »Mal abgesehen von dem da, eure Feier im Monat Ramadan ist überwältigend. Die vielen Lichter, die Koranrezitation in der Empfangshalle, die Rufe der Muezzins im Herrensalon …«

»Mein Vater feiert die Ramadannächte, weil er die Traditionen, die mein Großvater pflegte, liebt, verehrt und an ihnen festhalten will. Meine Mutter und er unterwerfen sich sogar dem Fasten.«

Aida lächelte. »Ich auch.«

Betont ernst, und damit erst recht seinen Spott zeigend, erwiderte Hussain: »Aida fastet einen Tag während des Ramadans, und manchmal hört sie damit sogar schon gegen Nachmittag auf.«

»Und Hussain«, erklärte Aida, um sich zu rächen, »nimmt im Ramadan täglich vier Mahlzeiten zu sich, nämlich die üblichen drei und dann noch die für die Fastenden vor Tagesanbruch.«

Hussain prustete so laut los, daß ihm fast, hätte er nicht schnell den Kopf gehoben, ein paar Happen aus dem Mund gefallen wären. »Ist es nicht seltsam«, meinte er dann, »daß wir kaum etwas über unsere Religion wissen? Die Eltern haben so gut wie keine Kenntnisse, und unser Kindermädchen war eine Griechin. Aida weiß über das Christentum und dessen Riten besser Bescheid als über den Islam. Im Vergleich zu dir sind wir fast Heiden. Stell dir vor, Aida, Kamal kann den Koran und Mohammeds Biographie zitieren.«

»Wirklich?« Ihre Stimme klang tatsächlich erstaunt. »Bravo! Ich hoffe nur, daß Sie nicht allzu schlecht von uns denken. Immerhin kann ich auch einige Suren auswendig aufsagen.«

»Großartig, wunderbar«, stammelte Kamal verträumt. »Welche zum Beispiel?«

Sie hörte zu essen auf, schien sich erinnern zu wollen. »Ich meinte, ich habe welche auswendig gekannt. Was davon geblieben ist, weiß ich nicht.« Plötzlich wurde ihre Stimme lauter, als könnte sie sich, geschwächt von langem Suchen, wieder besinnen. »Zum Beispiel die Sure, in der es heißt, daß unser Herr der Einzige ist, und so weiter, und so weiter.«

Kamal lächelte, denn das war die kürzeste Sure. Er reichte ihr ein Stückchen Hühnerbrust hinüber, das sie zwar dankend, doch mit dem Eingeständnis, schon mehr als sonst gegessen zu haben, annahm. »Wenn die Leute draußen im Freien essen würden«, meinte sie, »würde niemand mehr schlank sein.«

Kamal zögerte einen Moment, dann sagte er: »Unsere Frauen wollen nicht dünn sein.«

»O ja«, stimmte Hussain zu, »bei unserer Mutter ist es auch so. Aber Aida zählt sich zu den Pariserinnen.«

O Gott, vergib meiner Angebeteten ihre geringschätzige Art. Wie sehr setzt sie damit meinem gläubigen Herzen zu, und fast leidet es so wie damals, als dir beim Lesen etlicher Werke zweifelnde Gedanken kamen. Wirst du die Kraft haben, die Verächtlichkeit deiner Angebeteten ähnlich kritisch und ungehalten abzuwehren wie deine damaligen Zweifel? Wahrscheinlich nicht, denn deine Seele kann außer aufrichtiger Liebe nichts anderes für sie hegen, so daß du selbst noch ihre Fehler liebst. Fehler? Aber nein, die hat sie nicht, auch wenn sie mit der Religion ein wenig leichtfertig umgeht und sich allzu dreist über Verbote hinwegsetzt. Bei einer anderen, ja, da wären das Fehler. Doch zu befürchten ist, daß mir von heute an keine Frau mehr gefallen wird, die nicht ähnlich leichtfertig ist. Hast du jetzt Angst? Bitte Gott um Verzeihung für dich und für sie, und sage dir, daß alles wunderbar ist. Das Wunder der Sphinx – nichts gleicht deiner Liebe mehr als diesem, und mit nichts anderem ist es vergleichbar als mit deiner Liebe. Beides ein Rätsel, beides die Ewigkeit.

Aida schenkte den Rest aus der Kanne in das noch unbenutzte Glas ein und fragte verführerisch: »Haben Sie vielleicht doch Ihre Meinung geändert? Es ist wirklich nur ein Erfrischungsgetränk.«

Mit einem Lächeln entschuldigte er sich und dankte zugleich, worauf Hussain ihm das Glas aus der Hand riß und rief: »Ich trinke es für Kamal.« Es folgte ein Stöhnen, und dann erklärte er: »Wir müssen aufhören zu essen, sonst platzen wir noch.«

Das Mahl war beendet, und da noch ein halbes Huhn und drei Sandwiches übriggeblieben waren, kam Kamal auf die Idee, es den Jungen zu geben, die herumschlenderten. Doch da bemerkte er, daß Aida nicht nur Kanne und Gläser in den Korb einpackte, sondern auch die Sandwiches. Also blieb ihm nichts anderes übrig, als auch den Rest Fleisch im kleinen Koffer zu verstauen. Das Gespräch mit Ismail Latif über die sparsame Wirtschaft im Haus der Schaddadschen Familie fiel ihm wieder ein.

Hussain sprang plötzlich auf. »Da ist noch eine hübsche Überraschung für dich. Wir haben den Phonographen und ein paar Platten mitgebracht. Das hilft der Verdauung. Du hörst einige europäische Aufnahmen, die Aida ausgewählt hat, aber auch einige ägyptische Lieder wie ›Rat doch mal, schätz doch mal‹ und ›Am späten Abend‹ und ›Komm hier entlang‹. Wie findest du die Idee?« Und Hussain lief zum Auto, um den Phonographen zu holen.

18

Es war Mitte Dezember, und obwohl der Monat mit Regen, stürmischem Wind und beißender Kälte begonnen hatte, war es jetzt nur ein wenig kühler als zu dieser Jahreszeit üblich. Bedächtigen Schritts und glücklich näherte sich Kamal der Schaddadschen Villa. Den Mantel hatte er lässig über den linken Arm gelegt, was darauf hinwies, daß er eher dazu diente, einen eleganten und würdigen Eindruck zu machen, als – bei der gemäßigten Temperatur –

vor Kälte zu schützen. Die vormittägliche Sonne strahlte, und Kamal vermutete, daß die Freunde sich nicht wie sonst, wenn es kalt war, in der Empfangshalle trafen, sondern im Pavillon, womit sich die Gelegenheit bieten würde, Aida zu sehen. Ihr zu begegnen war nur im Garten möglich. Ließ die Kälte es im Winter nicht zu, dann bemühte er sich, sie entweder am Fenster des Seitengangs zu entdecken, der zum Garten führte, oder aber auf dem Balkon, der über dem Eingang der Villa lag. Hier oder dort, beim Kommen oder beim Gehen würde er sie vielleicht sehen, die Ellenbogen auf den Fenstersims gestützt oder das Kinn in die Hand geschmiegt. Geschah das tatsächlich, richtete er den Blick hinauf und nickte mit der Demut eines Dieners. Die Antwort auf seinen Gruß war ein feines Lächeln, und dieses verstohlene Zeichen erleuchtete alle seine Träume, tags und nachts.

In der Hoffnung, sie zu erblicken, schaute er beim Betreten der Villa hastig hinauf, und dann, als er sich auf dem Seitenweg befand, geschah dasselbe. Weder hier noch dort war sie zu entdecken, und so schritt er, noch immer darauf hoffend, ihr im Garten zu begegnen, auf den Pavillon zu. Von weitem bemerkte er schon, daß Hussain, im Unterschied zu sonst, allein dort saß. Als Kamal ihm die Hand reichte, wurde ihm, da er das anmutige Gesicht des ihm vom Geist und Verstand her so vertrauten Gefährten sah, vor Freude und Zuneigung das Herz warm. Er genoß es, Hussains klare Stimme zu hören, als er ihn, übermütig wie immer, mit den Worten begrüßte: »Ein herzliches Willkommen dem Lehrer! Mit Tarbusch und Mantel. Vergiß ja nicht, beim nächstenmal noch die Kufija anzulegen und einen Stock zu nehmen. Willkommen, willkommen.«

Kamal nahm den Tarbusch ab und legte ihn auf den Tisch. Den Mantel warf er auf einen Stuhl und fragte: »Wo sind Ismail und Hassan?«

»Ismail ist mit seinem Vater aufs Land gefahren, also wirst du ihn heute nicht zu Gesicht bekommen. Hassan hat mich heute früh angerufen, um mir zu sagen, daß er sich um mindestens eine Stunde verspäten wird. Er hat noch einige Vorlesungen aufzuarbeiten. Du weißt, er ist ein ebenso vorbildlicher Student wie du und entschlossen, noch in diesem Jahr das Diplom abzulegen.«

Sie setzten sich mit dem Rücken zum Haus auf zwei nebeneinanderstehende Stühle. Blieben sie allein, konnte Kamal sicher sein, daß der Vormittag ruhig und ohne Streit ablaufen würde. Man hätte genügend Zeit, um über vieles nachzudenken, allerdings müßte er auf den zwar anstrengenden, aber doch spritzigen Disput verzichten, den Hassan Salim zumeist vom Zaun brach, auch auf die bissigen, spöttischen Bemerkungen, die Ismail Latif in Hülle und Fülle parat hatte.

»Im Unterschied zu euch beiden«, fuhr Hussain fort, »bin ich ein ziemlich mieser Student. Da ich konzentriert zuhören kann, finde ich zwar Gefallen an den Vorlesungen, aber was mir fast unerträglich ist, das sind die vielen Lehrbücher, die ich durcharbeiten müßte. Wie oft hat man mir erklärt, daß das Jurastudium besondere Intelligenz erfordert, aber viel eher müßte es heißen, daß dieses Studium Stumpfsinn und Geduld erfordert. Hassan Salim hat die Art von Fleiß, die von Ehrgeiz herrührt. Oft genug habe ich mich gefragt, was ihn dazu treibt, weit über das Maß dessen, was erträglich ist, emsig zu sein und auch noch nachts zu arbeiten. Für einen wie ihn, der der Sohn eines Herrn Rats ist, würde auch weniger zum Erfolg reichen; immerhin kann er sich auf den Einfluß seines Vaters verlassen, der ihm letztendlich durchaus die Stellung sichern kann, auf die er aus ist. Hassans ungewöhnlichen Fleiß kann ich mir nur damit erklären, daß ihn sein Stolz dazu treibt, besser als die anderen zu sein und keine

Rücksicht auf sich selbst zu nehmen. Oder was meinst du?«

»Hassan ist bewunderungswürdig, und zwar sowohl wegen seines Charakters als auch wegen seiner Intelligenz«, meinte Kamal, was seiner aufrichtigen Meinung entsprach.

»Ich habe einmal gehört, wie mein Vater zu jemandem sagte, daß Hassans Vater, Salim Bey Sabri, in seinen Urteilen einzigartig gerecht ist, ausgenommen in politischen Prozessen.«

Diese Meinung stimmte mit Kamals Gefühl überein, wußte er doch schon seit längerem, daß Salim Bey Sabri auf seiten der Liberal-Konstitutionellen stand. »Was nichts anderes bedeutet«, erwiderte er deshalb spöttisch, »als daß Hassans Vater zwar ein vorzüglicher Jurist, aber kein guter Richter ist.«

Hussain lachte laut los. »Na klar, ich habe völlig vergessen, daß ich mit einem Wafdisten rede.«

Kamal zuckte mit den Schultern. »Dein Vater hat es doch gesagt, und der ist kein Wafdist. Stell dir nur vor, Salim Bey Sabri würde den Vorsitz beim Prozeß gegen Abd ar-Rahman Fahmi und an-Nukraschi haben.«

Ob es Hussain paßte, wenn er, Kamal, so über Salim Bey Pascha redete? Offensichtlich ja, das war seinen schönen Augen, die keine Lüge und Verstellung kannten, anzusehen. Wahrscheinlich war sein Einverständnis auf das Gefühl der Konkurrenz zurückzuführen, das, bei aller Höflichkeit und allem feinen Benehmen, bei Söhnen ebenbürtiger Familien durchaus üblich war. Schaddad Bey war Millionär, ein maßgeblicher und angesehener Financier, ganz zu schweigen von seiner langjährigen Verbindung zum Khediven Abbas. Salim Bey Sabri wiederum bekleidete das Amt eines Rats am Obersten Gericht, und das in einem Land, in dem öffentliche Positionen geradezu als heilig verehrt wurden. Zweifelsohne blieb es nicht aus, daß die mit den hohen Ämtern und die mit dem vielen Geld einander mit scheelen Augen beobachteten.

Hussains Blick schweifte gelassen, auch ein wenig traurig, über den vor ihm liegenden Garten. Die Palmen hatten ihre Blätter abgeworfen, die Rosenbüsche zeigten keine Blüten mehr. Das satte Grün war gewichen, und kein Blumenkelch zeigte der Welt noch ein Lächeln. Der nahende Winter tauchte alles in tiefe Schwermut. »Sieh nur«, sagte er zu Kamal, »was der Winter anstellt. Es ist das letzte Mal, daß wir im Garten sitzen können. Aber du magst ja wohl den Winter?«

Ja, das stimmte, er liebte den Winter. Nur, da er Aida mehr als Winter, Sommer, Herbst und Frühling liebte, konnte er dem Winter nicht verzeihen, daß er ihm die glückseligen Treffen im Pavillon raubte. Trotzdem bejahte er Hussains Frage. »Das ist eine schöne und kurze Jahreszeit. Kälte, Wolken und Sprühregen tragen eine Vitalität in sich, die das Herz gern aufnimmt.«

»Mir scheint, daß alle, die den Winter lieben, normalerweise tüchtig und fleißig sind. Das ist bei dir so und bei Hassan Salim nicht anders.«

Kamal freute sich über das Lob, wollte es sich aber nicht mit Hassan Salim teilen müssen. »Ich konzentriere meine Kräfte nur zur Hälfte auf den Studienbetrieb. Tatsache ist, daß das geistige Leben sehr viel mehr umfaßt als das Studium.«

Hussain nickte zustimmend. »Ich glaube nicht, daß es eine Hochschule gibt, für die man den ganzen Tag über arbeiten muß. Nebenbei gesagt, finde ich es nicht einmal richtig, daß du soviel Zeit darauf verschwendest, auch wenn ich dich ein wenig darum beneide. Übrigens, was liest du gerade?«

Das war genau das Thema, das Kamal – außer allem, was mit Aida zusammenhing – am allerliebsten war, und so antwortete er: »Ich kann dir im Augenblick nur soviel sagen, daß bei dem, was ich lese, eine gewisse Systematik eingetreten ist. Mir geht es nicht mehr um irgend etwas, so zwischen übersetzten Romanen, Gedichtanthologien und Artikeln, sondern ich suche meinen Weg mit größerer Klarheit. Ich habe jetzt angefangen, jeden Abend zwei Stunden in der Nationalbibliothek zu lesen, und versuche, in Enzyklopädien dunklen, mysteriösen Begriffen wie ›Literatur‹, ›Philosophie‹, ›Denken‹, ›Kultur‹ auf die Spur zu kommen. Ich notiere Titel von Büchern, die mir in die Hände fallen, und muß sagen, daß das eine wunderbare Welt ist, in der man vor lauter Neugier und Eifer sich verlieren kann.«

Hussain hatte sich in seinem Rohrsessel zurückgelehnt und hörte, die Hände in die Taschen seines dunkelblauen englischen Jacketts gesteckt, interessiert zu. Auf seinen breiten Lippen lag ein Lächeln, das von aufmerksamer Teilnahme sprach. »Ist ja toll«, meinte er, »gestern noch warst du es, der mich manchmal gefragt hat, was man so lesen müsse, und heute ist es an mir, mich bei dir zu erkundigen. Ist dir schon klar, was du einmal tun willst?«

»Allmählich setzt sich bei mir der Gedanke fest, Philosophie zu betreiben.«

»Philosophie? Das ist ein ziemlich provokantes Wort, paß auf, daß du das nicht in Reichweite von Ismail sagst. Dabei war ich seit langem davon überzeugt, du würdest dich in Richtung Literatur entwickeln.«

»Damit hast du nicht einmal falsch gelegen. Literatur ist eine großartige Sache, ein wirklicher Genuß, aber gänzlich entspricht das meiner Neigung nicht. Wonach ich zuallererst suche – das ist die Wahrheit. Was ist Gott, was der Mensch, was der Geist? Was ist Materie? Die Philosophie umfaßt alle diese Fragen und vereinigt sie zu einer logischen, erhellenden Synthese. Das habe ich neuerdings verstanden, und nun ist es mein Herzenswunsch, das alles zu wissen. Da bietet sich mir eine wirkliche Reise, und selbst eine Weltreise erscheint mir im Vergleich dazu als zweitrangig. Stell dir vor, ich werde klare Antworten auf alle Probleme erhalten.«

Hussains Gesicht leuchtete vor Begeisterung. »Das ist wirklich phantastisch, und ich werde nicht länger zögern, dich bei deinem Aufbruch in diese faszinierende Welt zu begleiten. Ich habe ja bereits eine ganze Menge über griechische Philosophie gelesen, ohne allerdings Nennenswertes entdeckt zu haben. Ich habe nicht solchen Elan wie du. Mir liegt es mehr, mal diese, mal jene Blume zu pflücken, mal hier, mal dort herumzuflattern. Aber laß mich dir eins offen sagen: Ich fürchte, daß du durch die Philosophie am Schreiben gehindert wirst. Du kannst dich nicht damit zufriedengeben, nur immer Neues aufzunehmen, du mußt auch alles geistig verarbeiten. Und dann noch schreiben? Meiner Überzeugung nach wird es unmöglich sein, gleichzeitig als Philosoph und Schriftsteller tätig zu sein.«

»O nein, den Gedanken zu schreiben werde ich nicht aufgeben. Die Suche nach der Wahrheit steht doch in keinem Widerspruch zum Genuß des Schönen. Da aber Arbeit eine Sache ist und Freizeit eine ganz andere, habe ich mich entschlossen, als Philosoph zu arbeiten und nebenbei, zur Erholung, zu schreiben.«

Hussain lachte. »So also willst du dich um dein Versprechen drücken, über uns einen Roman zu verfassen.«

Da mußte auch Kamal schmunzeln. »Ich hoffe, eines Tages über das Leben des Menschen zu schreiben, und da seid ihr dann alle enthalten.«

»Der ›Mensch‹ an sich kümmert mich lange nicht so wie wir als Individuen. Warte nur ab, bis ich mich bei Aida beschwert habe.«

Kaum war der Name gefallen, begann sein Herz vor zärtlicher Sehnsucht heftig zu klopfen. Ein Rausch überfiel ihn, als wäre seine Seele aufgewühlt von den Klängen einer herrlichen Melodie. Glaubte Hussain tatsächlich, er würde etwas tun, das ihm von Aida Vorwürfe einbringen mußte? Wie dumm er doch war. Hatte er denn nicht bemerkt, daß jedes Gefühl, das er, Kamal, empfand, jeder Gedanke, der ihn beschäftigte, jedes Verlangen, das ihn befiel, von Aidas Glanz und Glorie durchdrungen war? »Warte ab, denn irgendwann wird sich zeigen, daß ich, wenn ich noch länger zu leben habe, mein Versprechen einlöse.« Kamal überlegte kurz und wurde auf einmal sehr ernst. »Warum denkst du nicht daran, selbst zu schreiben? Sowohl jetzt wie auch künftig werden dir deine Verhältnisse erlauben, dich ganz dieser Kunst zu widmen.«

Hussain zuckte verächtlich mit den Schultern. »Ich soll schreiben, damit andere Leute etwas zu lesen haben? Warum nicht umgekehrt?«

»Welche der beiden Möglichkeiten ist wohl großartiger?«

»Frag mich nicht nach Großartigkeit, sondern lieber nach dem, was Glück bedeutet. Ich halte Arbeit für den Fluch der Menschheit, und zwar nicht, weil ich faul bin. Nein, keinesfalls. Aber ich meine, daß man beim Arbeiten Zeit verschwendet, die Persönlichkeit in Fesseln legt und das pralle Leben versäumt. Ein glückliches Leben ist fröhlicher Müßiggang.«

Kamals Blick verriet, daß er den Freund nicht ganz ernst nahm. »Ich weiß nicht, wozu ein Leben ohne Arbeit gut sein sollte. Eine Stunde Nichtstun ist schwerer herumzubringen als ein Jahr voller Arbeit.«

»Das ist ja das Unglück! Was du sagst, trifft genau zu. Denke nicht, daß ich es jetzt schon schaffe, nichts zu tun. Leider nicht. Bis jetzt verplempere ich meine Zeit noch mit sogenannten nützlichen, in Wirklichkeit aber nichtssagenden Dingen. Da bleibt nur zu hoffen, daß ich mir eines Tages meine Vorstellung vom glücklichen Leben erfülle und es fertigbringe, einzig dem Müßiggang zu frönen.«

Gerade setzte Kamal zu einer Antwort an, da tönte aus etlicher Entfernung eine Stimme: »Worüber werdet ihr da wohl reden?«

Kaum war diese Stimme – nein, dieser liebliche Klang – an sein Ohr gedrungen, begannen alle Saiten in seinem Herzen zu erklingen, als wollten sie einstimmen in den großen Gesang, der gleich, komponiert aus Fragen und Antworten, einsetzen würde. Schluß mit den schweren Gedanken, vorbei das Zermartern des Hirns, nicht länger grübeln, nur noch süße Hingabe ans Nichtstun. Ob es das war, wovon Hussain träumte? Solcherlei Untätigkeit sollte keinen Sinn haben? O nein, es war das ganze Glück.

Er drehte sich um. Aida war noch einige Schritte entfernt, und Budur lief ihr ein wenig voraus. Schließlich standen beide bei ihnen. Aida trug ein kümmelfarbenes Kleid und eine blaue Wolljacke mit goldglänzenden Knöpfen. Ihre braune Hautfarbe hatte den warmen Glanz eines heiteren Himmels und die Reinheit von klarem Wasser. Budur stürzte zu ihm, und er hob sie auf, nahm sie in die Arme, drückte sie an sich, als könnte er mit dieser Umarmung den leidenschaftlichen Aufruhr im Innern beschwichtigen.

In diesem Augenblick kam ein Diener herbeigeeilt und teilte Hussain mit, daß er am Telefon verlangt wurde. Hussain stand auf, entschuldigte sich für einen Moment und ging weg. Zum erstenmal in seinem Leben war er »allein mit ihr«. Budurs Anwesenheit zählte nicht. Bange fragte er sich, ob sie bleiben oder gehen würde. Doch da trat sie zwei Schritte vor, so daß sie nun auch unter dem

Holzschirm stand und sich nur noch der Tisch zwischen ihnen befand. Mit einer Bewegung der Hand bedeutete er ihr, doch Platz zu nehmen, was sie mit einem Kopfschütteln lächelnd verneinte. Da erhob auch er sich, ließ Budur hinuntergleiten und setzte sie auf den Tisch. Verstört, wie er war, streichelte er der Kleinen über den Kopf und wendete all seine Kraft auf, um den Aufruhr im Innern zu unterdrücken und Herr seiner Erregung zu werden. Es herrschte Schweigen, begleitet vom Rauschen der Zweige, dem Rascheln der trockenen Blätter auf dem Boden und dem Gezwitscher eines Vogels. Alles, was sein Auge erfassen konnte – die Erde, der Himmel, die Bäume, die Mauer zwischen Garten und Wüste, der Pony auf der Stirn der Angebeteten, der leuchtende Kontrast zwischen dem Schwarz der Pupille und dem Weiß des Augapfels –, all das schien auf wundersame, beglückende Weise einem herrlichen Traum entsprungen zu sein. Noch war er sich nicht sicher, ob das, was sich seinem Blick bot, Wirklichkeit war oder ob es als Vision aus der Erinnerung sich formte, da murmelte sanft mahnend die weiche Stimme: »Budur, sei nicht lästig.«

Seine spontane Antwort war, die Kleine an die Brust zu drücken und zu sagen: »Nichts ist mir lieber als solch eine Belästigung.«

Er konnte den Blick nicht von ihr wenden, sah sie sehnsüchtig an, nahm ihren Anblick, diesmal sicher vor jeglichem wachsamen Auge, voll in sich auf, kostete ihn aus, als könnte er so ihr Geheimnis ergründen und Züge und Mimik dieses Gesichts auf einer neuen Seite seines Erinnerungsvermögens festhalten.

Gefangengenommen von ihrem Zauber, machte er wohl einen ziemlich verstörten, gar abwesenden Eindruck, denn plötzlich hörte er sie fragen: »Warum schauen Sie mich so an?«

Zurückgeholt in die Wirklichkeit, zeichnete sich auf seinem Gesicht Verlegenheit ab.

»Wollten Sie mir etwas sagen?« fragte Aida lächelnd.

Wollte er? Es wußte es nicht. In der Tat, ihm war nicht klar, was er wollte. Also reagierte er mit der Gegenfrage: »Sah ich so aus?«

Ein rätselhaftes Lächeln huschte über ihr Gesicht. »Ja.«

»Und was haben Sie in meinen Augen gelesen?«

Erstaunt hob sie die Brauen. »Das wollte ich doch gerade von Ihnen wissen.«

Sollte er ihr sein Geheimnis offenbaren und – komme, was wolle – schlichtweg erklären: ›Ich liebe Sie‹? Aber was würde das nützen? Was, wenn dieses Geständnis, wie zu vermuten war, die Sympathie und Freundschaft zwischen ihnen auf immer zerstörte? Nachdenklich sah er sie an, und plötzlich fiel ihm auf, daß sie ihn zwar gelassen und selbstbewußt, aber auch mit einer Kühnheit ansah, die von keinerlei Verlegenheit oder Verstörtheit getrübt war. Es war, als schaute sie von ganz oben auf ihn hinunter, obwohl sich doch ihrer beiden Augen auf gleicher Höhe begegneten. Ihm wurde ungemütlich und zögerlich zumute. Was verbarg sich hinter diesem Blick? Soweit er ihn deuten konnte, lag darin Verächtlichkeit, vielleicht sogar ein gewisses Belustigtsein, als wäre sie erwachsen und er ein Kind. Es schimmerte auch ein ziemliches Maß an Hoffart hindurch, was sich mit dem Altersunterschied – sie war höchstens zwei Jahre älter – nicht erklären ließ. Hätte die stolze Villa, gelegen in der Schloßallee, nicht mit einem ebensolchen Blick auf das alte Haus in der Baina-l-Kasrain-Straße herabsehen können? Warum war ihm das nicht eher aufgefallen? Vielleicht weil er noch nie allein mit ihr gewesen war oder sie noch nie so eindringlich angesehen hatte? Schmerz erfaßte ihn, auch Traurigkeit, so daß sein Glücksrausch fast gänzlich zu schwinden drohte.

Budur streckte ihm die Hände entgegen, Zeichen dafür, daß er sie tragen sollte. Er hob sie vom Tisch herunter, nahm sie auf den Schoß.

»Seltsam, wie kommt es, daß Budur Sie so schrecklich liebt?«

Er sah ihr in die Augen. »Weil ich sie ebensosehr liebe, oder noch viel mehr.«

»Ist dies das Gesetz, nach dem sich Zuneigung regelt?« fragte sie zweifelnd.

»Eine alte Weisheit besagt: Von Herz zu Herz fließt ein Strom.«

Ihre Finger trommelten auf den Tisch. »Nehmen wir mal an, daß da ein hübsches Mädchen ist, in die viele verliebt sind. Liebt sie dann auch alle? Erklären Sie mir, wie Ihr Gesetz in einem solchen Fall funktioniert.«

Der prickelnde Reiz dieses Gesprächs ließ ihn alles, selbst seine Traurigkeit, vergessen. »Sie wird den lieben, der die aufrichtigste Liebe für sie hegt.«

»Und wie findet sie das heraus?«

Ach, könnte doch dieser Augenblick ewiglich währen. »Da muß ich Sie nochmals auf das Sprichwort verweisen, denn – ›der Strom fließt von Herz zu Herz‹.«

Mit einem kurzen Auflachen, ähnlich dem Zupfen auf einer Saite, erwiderte sie: »Wenn es so wäre, dann dürfte kein wahrhaft Liebender je enttäuscht werden. Sehe ich das richtig?«

Diese Worte versetzten ihm einen Schlag, als wären die Tatsachen des Lebens über ihn, der nur auf die Logik setzte, hereingebrochen. Wenn seine kluge Weisheit stimmte, müßte er, der Liebende, wiedergeliebt werden und also der glücklichste Mensch auf Erden sein. Aber war es an dem? Gewiß, in der langen Geschichte seiner Liebe hatte es nicht an Momenten gefehlt, da ihn trügerische Hoffnungen überfielen und den finstersten Winkel seines

Herzens mit dem vermeintlichen Licht des Glücks erleuchteten. Ein sanftes Lächeln, von der Geliebten gewährt, ein flüchtiges Wort, das beliebig gedeutet werden konnte, ein glücklicher Traum nach nächtlichem, schlafraubendem Grübeln, die Zuflucht zu solch geschätzten Lebensweisheiten wie die vom ›Strom von Herz zu Herz‹ – das alles genügte, um sich mit verzweifelter Hartnäckigkeit so lange Hoffnungen vorzugaukeln, bis ihm schließlich wieder die rauhe Wirklichkeit ins Bewußtsein drang. Und so erging es ihm auch jetzt, als er diesen bissigen, unbestritten wahren Satz wie eine bittere Pille hinunterschlucken mußte, mit dem ihm ein für allemal die verlogenen Illusionen ausgetrieben werden sollten und der ihm den Platz, an den er gehörte, mit voller Gewißheit deutlich machte.

Da von ihm keine Antwort kam, jauchzte sie, Angebetete und Peinigerin zugleich, auf: »Ich habe gewonnen!«

Wieder herrschte Schweigen, wieder war nichts anderes zu hören als das Rauschen der Zweige, das Rascheln der Blätter und das Gezwitscher der Vögel, nur diesmal nahm er die Geräusche mit mattem Gefühl und enttäuschtem Herzen auf. Er bemerkte, daß ihr Blick mit unerklärlicher Eindringlichkeit auf ihm ruhte, so dreist und selbstbewußt, daß es schon an Koketterie grenzte, womit sie keineswegs dem Bild entsprach, das man sich von einer Frau machte, die sich eines Manns erwehren wollte. Ihn überlief ein Frösteln, und schaudernd fragte er sich, ob ihn das Schicksal nur deshalb mit ihr hatte allein sein lassen, damit seine Träume auf einen Schlag in sich zusammenbrachen.

Offensichtlich hatte sie gemerkt, daß er beunruhigt war, denn plötzlich lachte sie unbekümmert los, zeigte auf seinen Kopf und erklärte amüsiert: »Wie man sieht, haben Sie sich noch immer nicht die Haare wachsen lassen.«

»Nein«, erwiderte er knapp.

»Wollen Sie nicht?«

Verächtlich verzog er den Mund. »Nein.«

»Obwohl wir Ihnen gesagt haben, daß es viel schöner wäre?«

»Muß ein Mann schön sein?«

Sie schien befremdet zu sein. »Natürlich. Schönheit mögen alle, ob nun bei einer Frau oder einem Mann.«

Schon war er im Begriff, eine seiner Weisheiten wie »Die Schönheit des Mannes liegt in seinem Charakter« hervorzuholen, da ahnte er instinktiv, daß solch ein Spruch bei seinem Aussehen nur Hohn und Spott einbringen würde. »Ich bin nicht Ihrer Meinung«, antwortete er krampfhaft lächelnd, um nicht seinen Schmerz zu zeigen.

»Vielleicht empfinden Sie gegenüber dem Schönen den gleichen Widerwillen wie gegen Bier und Schweinefleisch?«

Wieder war er bemüht, hinter einem Lachen seine Verzweiflung zu verbergen.

»Langes Haar«, fuhr sie fort, »ist eine natürliche Hülle, und ich bin überzeugt, daß Ihr Kopf die nötig hat. Oder wissen Sie etwa nicht, daß Sie einen fürchterlich großen Schädel haben?«

›Der Zweiköpfige‹ – hast du den alten Spottnamen vergessen? Oh, welch ein Unglück. »Er ist, wie er ist.«

»Wieso?«

»Fragen Sie sich das selbst, ich weiß es nicht«, erwiderte er und schüttelte abweisend den Kopf.

Ein leises Lachen, dann setzte Schweigen ein. Deine Angebetete ist schön, betörend und bezaubernd, aber sie ist auch, wie es ihr zukommt, tyrannisch. Also genieße ihre Herrschsucht, wie du ihre Schönheit auskostest, und lerne zu leiden, was der Schmerz zu bieten hat.

Doch nicht genug damit: Sie schien auch erbarmungslos zu sein, denn noch immer glitt forschend der Blick über sein Gesicht, bis er schließlich – natürlich – an seiner Nase hängenblieb. Ein Beben erfaßte sein Innerstes, die Haare standen ihm zu Berge, und mit gesenkten Augen wartete er furchtsam ab. Er hörte sie lachen, und so schaute er auf und fragte: »Was gibt's?«

»Mir sind gerade ein paar ziemlich komische Sachen aus einem berühmten französischen Theaterstück eingefallen. Haben Sie ›Cyrano de Bergerac‹ gelesen?«

Der günstigste Moment, den Schmerz verschmähen zu lernen, ist der, wenn das Leid alles Maß übersteigt. So blieb er denn ruhig, verlieh seiner Stimme sogar eine gewisse Verächtlichkeit und erwiderte: »Sie brauchen nicht herumzureden. Ich weiß, daß meine Nase noch gewaltiger als mein Kopf ist. Nur bitte ich Sie, mich nicht wieder ›wieso‹ zu fragen.«

In diesem Augenblick streckte Budur plötzlich die Hand aus, und als sie seine Nase packte, warf sich Aida nach hinten und brach in lautes Gelächter aus. Da konnte auch Kamal nicht an sich halten und stimmte mit ein. Doch dann, um seine Verlegenheit zu überspielen, fragte er die Kleine: »Na, Budur, hat dich meine Nase erschreckt?«

Hussains Stimme drang zu ihnen herüber, als er, die Treppen der Veranda hinabsteigend, auf dem Weg zu ihnen war. Als wollte Aida den verbleibenden Moment des Alleinseins nutzen, erklärte sie in völlig verändertem Tonfall, warnend und bittend zugleich: »Wehe, wenn Sie wegen meiner Scherze verärgert sind.«

Als Hussain bei ihnen war, setzte er sich und bat Kamal, auch Platz zu nehmen. Kamal folgte der Einladung und hob, nach kurzem Zögern, Budur wieder auf den Schoß. Aber Aida, die offensichtlich nicht länger bleiben wollte, nahm sie ihm ab, grüßte und ging fort, allerdings nicht, ohne Kamal einen bedeutungsvollen Blick zuzuwerfen, als wollte sie die Warnung noch einmal wiederholen. Kamal, der keinerlei Lust mehr verspürte, mit Hussain ein ernsthaftes Gespräch zu beginnen, beschränkte sich darauf, zuzuhören oder hier und da mit einer Frage, einem erstaunten Ausruf, einem beifälligen oder abschätzigen Wort zu tun, als nähme er, einzig um seine Anwesenheit zu bekräftigen, Anteil an dem, was Hussain sagte. Glücklicherweise schlug Hussain ein schon oft besprochenes Thema an, das Kamals Aufmerksamkeit nicht sonderlich fesselte – der Wunsch, nach Frankreich zu reisen, und der Widerstand des Vaters, den er demnächst zu überwinden hoffte. Was aber Kamals Herz in Wirklichkeit bewegte und all sein Denken gefangenhielt, das war der neue Eindruck, den er von Aida in den wenigen Minuten, in denen er mit ihr allein gewesen war, jedenfalls so gut wie allein, gewonnen hatte. Da waren nicht nur Geringschätzung und Spott gewesen, nein, auch Härte. Ja, sogar Grausamkeit, denn sie hatte sich gnadenlos über ihn lustig gemacht, war mit ihren Späßchen über ihn hergefallen wie ein Zeichner, der seine Feder nur dazu benutzt, aus einem Menschen eine Karikatur zu machen, einzigartig in ihrer Häßlichkeit wie in ihrer Wahrheit. Völlig verstört ließ er diese Begegnung in der Erinnerung auferstehen, und wenn auch der Schmerz ähnlich schnell sein Gemüt bedrängte wie Gift, das sich im Blut verbreitet, und sich schwer der Schatten der Verzagtheit und Schwermut über ihn ausbreitete, so fühlte er doch keinerlei Groll, Wut oder gar Verachtung in sich aufsteigen. Hatte er nicht neue Eigenschaften an ihr entdeckt? Gewiß doch, und die waren ihm ebenso fremd wie ihr französisches Kauderwelsch, ihre Vorliebe für Bier und Schweinefleisch. Aber auch das gehörte zu ihrem Wesen, und was bei anderen als Makel der Leichtfertigkeit oder gar als Sünde hätte erachtet werden müssen, gereichte ihr zur Ehre, denn ihre Schuld war es nun wahrhaftig nicht, daß eine ihrer Eigenschaften ihm Schmerz bereitete, ihn in die Verzweiflung trieb. Er war es doch, der durch einen Makel entstellt war, und nicht sie. Hatte sie etwa Schuld an seinem großen Kopf, an der gewaltigen Nase? Und als sie ihre Späßchen trieb – hatte sie da die Unwahrheit gesagt, etwas, das nicht der Wirklichkeit entsprach? Nichts davon war geschehen, also waren ihr auch keine Vorwürfe zu machen, und es war nur recht und billig, daß er litt. Er mußte sich mit sufistischer Geduld fügen, mußte den Schmerz ertragen wie einen Schuldspruch, den der Herr über seinen Diener verhängte. Wie grausam der auch immer sein mochte, es war, und davon war er zutiefst überzeugt, ein gerechtes Urteil, beschieden durch ein angebetetes Wesen, dessen Eigenschaften über jeden Zweifel erhaben blieben.

In solcherlei Stimmung befand sich Kamal, nachdem er die nur wenige Minuten dauernde, aber erbitterte Leidensprüfung überstanden hatte – gefoltert und gepeinigt, doch ohne jede Minderung der Kraft seiner Liebe, des Betörtseins von der Angebeteten. Von nun an konnte er sich der Gnade erfreuen, eine neue Art von Schmerz kennenzulernen, nämlich das Sichschicken in das harte Urteil, mit dem er als nicht würdig und nicht geeignet abgetan worden war. Mit wieviel anderem Leid hatte ihn die Liebe schon vertraut gemacht – mit dem der Trennung, der Gleichgültigkeit, des Abschiednehmens, des Zweifels, der Verzweiflung. Er hatte gelernt, daß manche Qual erträglich, manche sogar wonnevoll, manch eine aber auch nicht durch noch soviel geopferte Seufzer und Tränen zu beschwichtigen war. Es schien, daß ihn die Liebe das gesamte Register an Schmerz und Leid lehren wollte. Doch wenn die lodernden Flammen feuriger Qual ineinanderschlugen, lernte er im Glanz der stiebenden Funken mehr über sich und das Leben kennen. Hatte er denn nur zu erfahren, was Gott, was den Geist, was die Materie ausmachte? Was war die Liebe, was Haß? Was war Schönheit, was Häßlichkeit? Was war die Frau, was der Mann? Das alles mußt du wissen. Steigst du hinunter auf der Leiter des Verderbens, dann wird die letzte Stufe die erste sein, mit der du den Aufstieg zur Rettung beginnst. Erinnere dich lachend, oder lache beim Erinnern, daß du versucht warst, ihr, der Angebeteten, dein tief verborgenes Geheimnis zu offenbaren. Erinnere dich weinend des Buckligen von Notre-Dame, der, als er sich tröstend über die Geliebte beugte, sie nur in Angst und Schrecken versetzte. Erst als sie den letzten Atem aushauchte, hat er, der Bucklige von Notre-Dame, ihr ein klein wenig Mitleid entlockt. Wie sagte sie doch, die Angebetete? ›Wehe, wenn Sie wegen meiner Scherze verärgert sind.‹ Selbst das Versenken in Verzweiflung mißgönnt sie dir. O spräche die Angebetete nur aus, was sie fühlt, dann könntest du die Hölle der Ratlosigkeit verlassen und Ruhe finden im Grab der Verzweiflung. Und wenn auch düsterste Ausweglosigkeit es nicht schaffen wird, dir die Wurzeln der Liebe aus dem Herzen zu reißen, so gelänge es ihr zumindest, dich aus dem trügerischen Netz falscher Hoffnungen zu erretten.

Hussain drehte sich zu ihm um, offenbar wollte er fragen, warum er so schweigsam war. Doch plötzlich rief er: »Ah, da kommt Hassan Salim. Wie spät ist es?«

Kamal wandte sich um. Tatsächlich, Hassan Salim war auf dem Weg zu ihnen.

19

Gegen ein Uhr verließen Kamal und Hassan die Villa der Schaddads. Kamal wollte sich gerade vor dem Tor verabschieden, da fragte Hassan: »Können wir noch ein Stück zusammen gehen?«

Bereitwillig stimmte er zu, und so liefen sie gemeinsam die Sarajat-Straße entlang, der hoch aufgeschossene Kamal und Hassan, dessen Kopf gerade bis an dessen Schulterhöhe reichte. Kamal überlegte. Die Tageszeit war nicht die günstigste für einen Spaziergang. Doch da wandte sich Hassan mit der Frage an ihn: »Worüber habt ihr gesprochen?«

»Über alles mögliche. Politik, Kultur und ähnliches mehr.«

Was für eine Überraschung, denn plötzlich sagte Hassan, ruhig und gemessen wie immer: »Nein, ich meine du und Aida.«

Kamal war verblüfft, wußte für ein paar Sekunden nichts zu antworten. Dann fand er die Beherrschung wieder und fragte seinerseits: »Wie hast du das erfahren, du warst doch nicht da?«

Ohne mit der Wimper zu zucken, erwiderte Hassan: »Ich war schon gekommen, als ihr euch beide unterhalten habt, hielt es aber für richtiger, euch nicht zu stören.«

Insgeheim fragte sich Kamal, ob er das in dieser Situation auch fertiggebracht hätte. Er wurde noch verlegener, ahnte aber auch, daß das ein aufregendes Gespräch sein würde. »Mir ist nicht klar, warum du so reagiert hast. Hätte ich dich bemerkt, würde ich dich gerufen haben.«

»Das ist eine Frage der Schicklichkeit, und ich gebe gerne zu, daß ich in diesem Punkt besonders sensibel bin.«

Aha, dachte Kamal, wieder einmal das aristokratische Gehabe. Ja, da kannst du nicht mithalten. Doch laut sagte er: »Nimm es mir nicht übel, wenn ich dir offen sage, daß du einfach zu penibel bist.«

Für eine Sekunde, nicht länger, verzog sich Hassans Mund zu einem feinen Lächeln, doch dann sah sein Gesicht wieder abwartend aus. Tatsächlich, gleich darauf fragte er: »Also was war? Worüber habt ihr gesprochen?«

Gehörte solche Neugier zu gutem Benehmen? Schon war Kamal versucht, darüber eine bissige Bemerkung fallenzulassen, da entschied er sich, besser doch eine Formulierung zu wählen, die seiner achtungsvollen Haltung gegenüber Hassan, wohlgemerkt gegenüber dessen Persönlichkeit und nicht so sehr dessen Alter, entsprach. »Da gibt es nicht viel zu sagen«, erklärte er. »Nur frage ich mich, inwieweit ich dir überhaupt antworten muß.«

»Ich hoffe sehr«, meinte Hassan entschuldigend, »daß du mich weder für aufdringlich hältst noch von mir glaubst, ich würde zu gern meine Nase in Angelegenheiten anderer Leute stecken. Ich habe meine Gründe für diese Frage. Bisher bot sich mir keine Gelegenheit, über bestimmte Dinge mit dir zu reden. Trotzdem bin ich überzeugt, daß du – immerhin sind wir Freunde – nicht wirklich verärgert bist. Ich hoffe, du verstehst mich nicht falsch.«

Die Spannung ließ nach, vielleicht weil es Kamal freute, von Hassan Salim, den er schon immer als Vorbild für Leute mit Titel und gesellschaftlicher Größe angesehen hatte, solch liebenswürdige Worte zu hören. Außerdem aber lag ihm noch viel mehr als Hassan daran, das Gespräch in irgendeiner Form auf die Angebetete zu bringen. Hätte Ismail Latif ihn gefragt, worüber er mit Aida gesprochen hatte, wäre das lange Hin und Her über Schicklichkeit und Notwendigkeit nicht nötig gewesen, denn dem hätte er bestimmt alles auf Anhieb erzählt, und beide hätten gelacht. Hassan Salim aber blieb immer zurückhaltend, und nie vermischte er Freundschaft und Vertraulichkeit. Also, überlegte Kamal, sollte er auch den Preis für seine Reserviertheit bezahlen. »Dank für deine Wertschätzung«, erwiderte er. »Glaube mir, daß ich dir bestimmt nichts verschweigen würde, wenn es etwas gäbe, das du wissen müßtest. Aber wir haben einfach nur über alltägliche Dinge geredet, mehr war da nicht. Doch nun hast du mich neugierig gemacht, erlaube mir deshalb die Frage, einfach nur zur Information, von welchen Gründen du gesprochen hast? Nicht, daß ich darauf bestehen würde, es zu erfahren. Falls du nicht darüber reden willst, hat sich meine Frage erledigt.«

Hassan, ruhig und gelassen wie immer, antwortete: »Ich werde es dir sicherlich erzählen, nur bitte ich dich, noch ein wenig zu warten. Du scheinst mir also nicht sagen zu wollen, worum es bei euch beiden ging. Das ist zweifellos dein Recht, und ich sehe darin auch keinen Verstoß gegen unsere freundschaftliche Beziehung. Nur möchte ich dich darauf aufmerksam machen, daß viele beim Gespräch mit Aida einem Irrtum anheimfallen und solche Plaudereien recht unrealistisch deuten. Möglicherweise schaffen sie sich damit unnötige Probleme.«

Na los, sprich schon aus, was du meinst. Etwas Bedrohliches zieht herauf. Nicht lange, und es wird einen Sturm geben, der mein geplagtes Herz kräftig durcheinanderbringt. Ach, es ist ja nicht nur das Herz, das leidet. Keine Stelle an Leib und Seele ist noch heil. Doch eins, lieber Freund, sollte dir klar sein: Du bist der, der sich täuscht, du bist der Rufer in der Wüste. Merkst du nicht, daß es mir einzig und allein der Anstand verbietet, mich dir anzuvertrauen? Eher soll der Blitz mich erschlagen, als daß ich dich von deiner Unruhe befreie. »Ich habe kein Wort von dem verstanden, was du gesagt hast.«

»Nun ja«, und nun wurde Hassans Stimme ein wenig lauter, »Aida bereitet es keinerlei Schwierigkeit, außerordentlich freundlich und liebenswürdig zu reden, so daß ihr Gesprächspartner ihren Worten eine gewisse Bedeutung zumessen oder irgendwelches Gefühl dahinter vermuten könnte. Dabei ist das einfach nur ihre Art, ob sie nun mit jemandem allein oder mit mehreren spricht. Wie viele haben sich bereits davon täuschen lassen.«

Aha, nun ist es heraus. Dein Freund ist von der gleichen Krankheit befallen, die dich zugrunde richtet. Doch wer kann schon für sich beanspruchen, sich in den geheimsten Tiefen der Seele auszukennen? Allmählich macht er mich entsetzlich wütend.

Kamal lächelte und setzte eine gleichgültige Miene auf. »Du scheinst dir deiner Worte sicher zu sein.«

»Ich kenne Aida sehr gut, wir sind schon seit langem Nachbarn.«

Den Namen, bei dem Kamal zurückscheute, ihn im geheimen, geschweige denn laut auszusprechen, diesen Namen ließ der Verrückte fallen, als wäre er einer von Millionen. Es war ein tolldreister Wahnsinn, und minderte er auch Kamals Gefühl für den Freund, so hob er doch dessen Ansehen. Der Satz »Wir sind seit langem Nachbarn« glich einem Messerstich ins Herz, entwurzelte Kamal wie den Fremden in einem fernen Land.

Höflich, doch nicht frei von Ironie, fragte Kamal: »Könnte es nicht sein, daß du dich wie die anderen hast täuschen lassen?«

Hochmütig warf Hassan den Kopf zurück. »Ich bin nicht wie die anderen«, sagte er voll überzeugt.

Wie machte diese Arroganz Kamal wütend, wie sehr erbitterten ihn das Selbstbewußtsein und das gute Aussehen dieses verwöhnten Burschen, Sohn des angesehenen Herrn Rat, an dessen Urteilen bei politischen Prozessen zunehmend mehr Zweifel bestanden.

Hassan gab einen Laut von sich, der ein Lachen andeuten sollte, auch wenn er keine Miene verzog. Es sollte ihm wohl helfen, von der überheblichen Tonlage wegzukommen und wieder liebenswürdig zu klingen. Darauf sagte er: »Sie ist ein vortreffliches Mädchen, frei von allem Makel, auch wenn die Art, wie sie sich gibt und redet, und ihre Vertraulichkeit bisweilen Zweifel aufkommen lassen.«

Eilends erklärte Kamal: »Alles an ihr, ihre Wesensart und ihr Auftreten, ist über allen Vorwurf erhaben.«

Zustimmend nickte Hassan, als wollte er sich bedanken. »Das muß man sich ganz klar vor Augen halten. Aber es gibt Dinge, die auf manch einen mißverständlich wirken. Ich will das mit ein paar Beispielen verdeutlichen. Einige Leute werten den Fakt, daß sie im Garten den Freunden ihres Bruders begegnet, als Abkehr von den orientalischen Sitten. Andere wiederum beobachten mißtrauisch, wie sie mit diesem hier plaudert, mit jenem dort scherzt, und es gibt welche, die hinter einer besonders netten Geste, die ihr spontan entfährt, ein schlimmes Geheimnis vermuten. Verstehst du, was ich meine?«

»Natürlich, aber ich fürchte, du übertreibst ein wenig. Ich habe beispielsweise noch nie Zweifel an ihrem Benehmen gehabt, denn gerade ihre Art, zu sprechen und zu scherzen, spricht doch für ihr unschuldiges Wesen, und außerdem hat sie keine rein orientalische Erziehung erhalten, weshalb man nicht von ihr verlangen kann, daß sie die traditionellen Sitten strikt einhält, oder ihr gar vorwerfen könnte, sich darüber hinwegzusetzen. Ich denke, daß alle anderen das auch so sehen.«

Hassan wiegte bedächtig den Kopf, als wünschte er sich, Kamals Meinung über »die anderen« würde zutreffen. Kamal verspürte kein Bedürfnis, auf diese lautlos geäußerte Skepsis einzugehen, war er doch viel zu glücklich, die Angebetete verteidigt und die Gelegenheit geboten bekommen zu haben, seine Meinung über ihre Reinheit und Unschuld zu verkünden. Indes, so überschwenglich wie sie wirkte, war seine Begeisterung nicht gewesen, und zwar nicht, weil er etwa insgeheim anderes dachte, als er sprach – o nein, zu lange schon glaubte er fest daran, daß die Angebetete über jeden Zweifel erhaben war –, sondern weil er Trauer darüber fühlte, daß die beglückenden Träume in sich zusammenbrechen könnten; denn in der Tat war er von einem »Geheimnis« ausgegangen, das hinter ihren Späßen und feinen Andeutungen steckte. Nachdem das Gespräch mit »ihr« schon einige seiner Illusionen hinweggefegt hatte, trug nun auch noch Hassan dazu bei. Obwohl sein beklommenes Herz noch insgeheim darum kämpfte, an den Hoffnungen, und wäre es auch nur mit wenigen Fasern, festzuhalten, setzte er doch eine Miene auf, als stimmte er mit Hassan Salims Meinung überein, nicht nur um seine eigene Lage, seine Niederlage, zu verdecken, sondern auch um den Anspruch des anderen zunichte zu machen, er sei der einzige Mensch, der das wahre Wesen der Angebeteten erkannt habe.

Hassan nahm das Gespräch wieder mit den Worten auf: »Kein Wunder, daß du sie richtig einschätzt, bist du doch ein gescheiter junger Mann. Es stimmt, daß Aida, wie ich schon sagte, unschuldig ist, aber nimm es mir nicht übel, wenn ich offen eine ihrer Eigenschaften anspreche, die auf dich möglicherweise befremdlich wirkt, aber weitgehend der Grund dafür ist, daß viele Menschen Aida falsch sehen. Ich meine damit ihre Sucht, für alle jungen Leute, die mit ihr zu tun haben, die ›Traumfrau‹ zu sein. Wohlgemerkt, das ist ein durchaus naiver, unschuldiger Hang, denn ich kann bezeugen, niemals einem Mädchen begegnet zu sein, das mehr als sie auf ihre Ehre bedacht ist. Aber sie liest einfach zu viele französische Romane, lebt dauernd mit deren Heldinnen und hat den Kopf voll von Phantasiegespinsten.«

Kamal lächelte zustimmend, wollte er doch zu erkennen geben, daß der Freund ihm nichts Neues sagte. Dann aber fühlte er den Wunsch, den anderen ein wenig in Rage zu bringen. »Mir ist das schon lange klar. Wir, also Hussain, Aida und ich, haben einmal darüber direkt gesprochen.«

Oh, endlich hatte er Hassan aus seiner vornehmen Zurückhaltung gelockt. Sein Gesicht sprach davon, wie überrascht er war, und gleich darauf fragte er auch ziemlich verstört: »Wann war das? Ich kann mich nicht erinnern, bei dem Gespräch dabeigewesen zu sein. War im Beisein von Aida tatsächlich davon die Rede, daß sie für jeden jungen Mann die ›Traumfrau‹ sein möchte?«

Siegesgewiß und entspannt beobachtete Kamal, wie verändert Hassan nun reagierte. Aus der Sorge heraus, das Spiel nicht zu weit zu treiben, meinte er vorsichtig: »Nun ja, es fielen nicht genau diese Worte, aber indirekt kam das Gespräch darauf, als wir von ihrer Leidenschaft für französische Romane und ihrer Traumwelt redeten.«

Hassan hatte zur gewohnten Gelassenheit zurückgefunden. Er schwieg für eine Weile, als wäre er bemüht, seine Gedanken wieder zu ordnen, nachdem es Kamal gelungen war, ihn etwas durcheinandergebracht zu haben. Hassan zögerte, und Kamal kam es vor, als wollte er unbedingt alles über das Gespräch mit Aida und Hussain erfahren – wann das gewesen war, wie sie auf solch ein delikates Thema zu sprechen kamen, was genau gesagt wurde. Aber sein Stolz ließ ihn nicht fragen. Statt dessen sagte er schließlich: »Dann kannst du selbst beurteilen, daß ich recht habe. Nur, unglücklicherweise gibt es viele, die Aidas Verhalten nicht ähnlich gut verstehen, weil sie eine wichtige Sache nicht begreifen, nämlich die, daß Aida in die Liebe verliebt ist und nicht in denjenigen, der gerade vor ihr steht.«

Wenn dieser Dummkopf genauer hinsehen würde, müßte er nicht soviel Mühe verschwenden. Weiß er denn nicht, daß ich nicht einmal darauf aus bin, meine Liebe geliebt zu sehen? Sieh dir meinen Schädel, meine Nase an und beruhige dich.

Ziemlich bissig erklärte Kamal: »Sie liebt die Liebe, aber nicht die Person. Komische Philosophie.«

»Aber es stimmt, ich weiß es.«

»Nur kannst du nicht garantieren, daß es sich in jedem Fall so verhält.«

»Aber sicher, sogar mit geschlossenen Augen.«

Verzweiflung überfiel Kamal, aber dennoch tat er überrascht und fragte: »Du könntest tatsächlich bestätigen, daß sie weder den einen noch den anderen liebt?«

Selbstbewußt antwortete Hassan: »Ich weiß mit absoluter Sicherheit, daß sie keinen von denen liebt, die sich ihre Liebe erhoffen.«

Auf soviel Selbstvertrauen haben nur zwei Arten von Menschen ein Recht – der Gläubige und der Dummkopf, und ein Dummkopf ist Hassan nicht. Warum rührt sich wieder Schmerz in mir, obwohl ich nichts Neues gehört habe? O ja, heute erleide ich soviel Schmerz wie sonst nur in einem Jahr.

»Aber du kannst nicht sagen, daß sie niemanden liebt?«

»Das habe ich nicht behauptet.«

Kamal schaute Hassan an, als wäre er ein Wahrsager. »Dann weißt du also, daß sie jemanden liebt?«

Hassan nickte bejahend. »Ich wollte nur deshalb ein Stück mit dir gehen, weil ich darüber sprechen wollte.«

Kamals Herz rutschte tief nach unten, als wollte es vor dem Schmerz fliehen, und doch schlug die Flut von Qualen über ihm zusammen. Zuvor hatte er gelitten, weil er sich nicht vorstellen konnte, daß sie sich verliebte. Jetzt stand sein Peiniger vor ihm und erklärte, sie würde jemanden lieben. Die Angebetete war verliebt! Ihr engelsgleiches Herz war den Gesetzen der Sehnsucht, dem Wunsch nach Zärtlichkeit, der Leidenschaft unterworfen, und alles das war ausgerichtet auf eine bestimmte Person. Gewiß, wenn auch sein Gefühl es nicht für möglich gehalten hatte, so doch bisweilen sein Verstand; aber diese Vorstellung war nie anders als die vom Tod gewesen, ein abstrakter Gedanke, aber keine kalte Wahrheit, die einen teuren Körper betraf oder gar seinen eigenen. Die Nachricht stürzte über ihn völlig unvermittelt herein, als müßte er sich diesen neuen Umstand zum erstenmal gedanklich vergegenwärtigen. ›Stelle dich also dieser Wahrheit‹, sagte er sich, ›und erkenne an, daß es in diesem Leben Qualen gibt, die du nie – trotz allem bisherigen Leiden – für möglich gehalten hättest.‹

Hassan nahm das Gespräch wieder auf. »Ich habe gleich zu Beginn gesagt, daß ich bestimmte Gründe sehe, in dieser Weise mit dir zu reden. Ansonsten hätte ich mir nicht erlaubt, mich in deine Privatangelegenheiten einzumischen.«

Das heilige Feuer soll ihn zu Asche machen! »Davon bin ich überzeugt. Also bitte, ich bin ganz Ohr.«

Ein leichtes Lächeln schlich sich auf Hassans Lippen, als zögerte er noch, das letzte und endgültige Wort auszusprechen. Obwohl Kamal im Innern schon auf Schreckliches eingestellt war, zwang er sich, geduldig abzuwarten. Aber dann konnte er nicht anders, als Hassan zum Reden zu drängen. »Du meinst, daß sie verliebt ist?«

Hassan ließ alles Zögern und Zaudern und erklärte: »Ja, und meine Beziehung zu Aida gibt mir das Recht, das zu sagen.«

O Himmel, es stimmt, Aida empfindet Liebe. Die Saiten deines Herzens klingen dumpf, als spielten sie zum Begräbnis auf. Hegt ihr Herz für diesen glücklichen Burschen das an Gefühl, was in deiner Seele für sie schlummert? Ist das möglich, dann soll die Welt bersten. Doch dein Freund kann kein Lügner sein – edle, schöne Menschen lügen nicht. Das einzige, worauf du hoffen kannst, ist, daß ihre Liebe von anderer Art als die deinige ist. Da dieses Unglück unvermeidlich seinen Lauf nehmen wird, bleibt dir als Trost, daß es Hassan ist, der geliebt wird.

Und helfen wird dir, wenn du vor lauter Trauer und Eifersucht die Wirklichkeit siehst – er ist reich, bezaubernd, bewunderungswürdig.

Wie einer, der genau weiß, daß er auf den Auslöser drückt, obwohl der Revolver nicht geladen ist, entschloß er sich zu sagen: »Offenbar bist du dir sicher, daß sie diesmal den Menschen selbst liebt und sich nicht nur in dessen Liebe spiegelt.«

Hassan genügte ein Räuspern, um seine Gewißheit auszudrücken, doch mit einem hastigen Blick vergewisserte er sich, ob Kamal beeindruckt war. Schließlich meinte er: »Mein Gespräch mit ihr war nie mißverständlich.«

Was für Gespräche mochten das sein? Mein Leben gäbe ich hin, wenn ich nur ein Wörtchen darüber erfahren würde. Jetzt will ich alles, die ganze Wahrheit wissen und den Kelch des Leidens bis zur Neige trinken. Hatte Hassan der Stimme, die einen in Entzücken versetzte, lauschen dürfen, als sie flüsterte: »Ich liebe dich«? Hauchte sie das in Französisch oder in Arabisch? Oh, was für eine Qual, glühend genug, um ein Feuer anzuzünden.

»Mein Glückwunsch«, sagte Kamal ruhig. »Wie ich sehe, seid ihr beide einander würdig.«

»Danke.«

»Allerdings frage ich mich, was dich dazu gebracht hat, mir dieses kostbare Geheimnis anzuvertrauen.«

Hassan zog die Brauen in die Höhe. »Als ich euch beide allein miteinander sprechen gesehen habe, befürchtete ich, daß du dich durch ihre Art zu reden so wie viele andere täuschen läßt. Deshalb habe ich mich entschlossen, dir die Wahrheit zu sagen, denn der Gedanke, daß ausgerechnet du dir falsche Hoffnungen machst, ist mir zuwider.«

Kamal stammelte ein »Danke«. Solch feinsinniges Mitgefühl von dem begnadeten Jüngling zu erfahren, den Aida liebte, bewegte ihn zutiefst. Hassan haßte es also, daß er sich trügerischen Illusionen hingab, und da hatte er beschlossen, ihn mit der Wahrheit umzubringen. Ob nicht auch Eifersucht einer der Gründe war, warum Hassan sich ihm anvertraut hatte? Nur – besaß Hassan nicht Augen im Kopf, mit denen er seinen Schädel und seine Nase sehen konnte?

»Aida und ihre Mutter«, sprach Hassan weiter, »besuchen uns recht häufig, und so bietet sich uns die Gelegenheit, miteinander zu sprechen.«

»Allein?« rutschte Kamal unversehens heraus, was er sofort bereute. Vor lauter Verlegenheit wurde er rot im Gesicht.

»Ja, bisweilen«, erwiderte Hassan gelassen.

Wie sehr wünschte er sich, sie einmal als Verliebte zu sehen, denn nie hatte er sie sich in einer solchen Rolle vorstellen können. Wie mochten wohl ihre schönen schwarzen Augen, mit denen sie ihn immer nur von oben herab betrachtet hatte, aussehen, wenn sie vor Leidenschaft und Zärtlichkeit glänzten? Die Vorstellung allein reicht, um den Verstand von der Glut geheiligter Wahrheit blenden und das Herz stillstehen zu lassen, wodurch auf ewig dem Fluch des Unglaubens Tür und Tor geöffnet wurden. Deine Seele flattert verstört, gleich einem gefangenen Vogel, der die Freiheit sucht. Nichts außer Ruinen, die man getrost hinter sich lassen kann. Selbst wenn du weißt, daß ihre Lippen sich trafen zu einem rosigen Kuß – du kannst im reißenden Strudel des Wahnsinns die Süße ungebundener Freiheit genießen.

Getrieben von fast selbstmörderischem Gelüst, das er weder unterdrücken noch verstehen konnte, fragte Kamal: »Wie kannst du aber einverstanden sein, wenn sie mit Hussains Freunden plaudert?«

Hassan zögerte ein wenig, bevor er antwortete: »Vielleicht gefällt mir das nicht sonderlich, aber es gibt nichts, was man ihr wirklich vorwerfen könnte. Sie bleibt immer in Reichweite ihres Bruders, und außerdem ist sie europäisch erzogen. Doch ich will dir nicht verschweigen, daß ich schon manchmal daran gedacht habe, ihr Vorhaltungen zu machen. Allerdings fände ich es abscheulich, wenn sie mich beschuldigen würde, eifersüchtig zu sein. Sie hätte großen Spaß daran. Du kennst ja die weibliche List, und ich gestehe ein, daß mir das nicht angenehm ist.«

Kein Wunder, daß die Erkenntnis von der Drehung der Erde um die Sonne zwar Schluß mit aberwitzigen Phantasien gemacht hat, aber den Menschen auch Schwindel bereitete.

»Das klingt ja, als ob sie dich mit Absicht ärgern will?«

Mit dem ihm eigenen Selbstvertrauen erwiderte Hassan: »Sicher, aber ich bin in der Lage, sie, wann immer ich will, gefügig zu machen.«

Dieser Satz, gesprochen mit solcher Selbstgefälligkeit, trieb Kamal an den Rand des Wahnsinns, und nichts wünschte er mehr, als einen Vorwand zu finden, um mit Schlägen über Hassan herzufallen und ihn – die Kraft dazu besaß er – im Dreck zu wälzen. Wie er ihn von oben herab betrachtete, bemerkte er, um wie vieles er größer als Hassan war, ein Eindruck, den er mutwillig übertrieb. Er staunte, wie Aida jemanden lieben konnte, der kleiner war als sie, und im Fieber des Schmerzes fragte er sich, warum sie sich dann nicht in einen Jüngeren hätte verlieben können. Doch er wußte genau – er hatte die Welt verloren.

Hassan lud ihn ein, bei ihm Mittag zu essen, doch da Kamal dankend ablehnte, verabschiedeten sie sich.

Niedergeschlagen und verzagt kehrte er heim, und nichts wünschte er sich mehr, als allein zu sein und sich die Ereignisse des Tages durch den Kopf gehen lassen zu können, um sich darüber Klarheit zu verschaffen. Das Leben trug das Gewand der Trauer, doch hatte er nicht von Anfang an um die Verlorenheit dieser Liebe gewußt? Was war das Unerwartete, das ihm offenbart worden war? Wie auch immer, er konnte sich damit trösten, daß alle über die Liebe sprachen, er aber bis in die letzte Faser des Herzens erfüllt von ihr war. Eine Liebe, die das ganze Sein ausmachte, die hatte noch niemand empfunden. Das war seine Besonderheit, seine Überlegenheit, und nie, niemals würde er den immerwährenden Traum aufgeben, mit der Angebeteten im Himmel vereinigt zu sein. Ja, im Himmel, wo keine Unterschiede mehr galten, wo kein großer Schädel, keine gewaltige Nase Makel waren.

Im Himmel wird Aida nur mir gehören, dort, wo die göttlichen Gesetze walten.

20

Er lebte kaum noch. Daß sie keinerlei Notiz von ihm genommen hatte, konnte nur absichtlich geschehen sein. Zu dieser Erkenntnis kam er am Freitag morgen, eine Woche nach dem Gespräch mit Hassan Salim, als sich die Freunde wieder im Pavillon der Schaddadschen Villa trafen. Sie hatten sich unterhalten, da stieß wie immer Aida zu ihnen, begleitet von Budur. Sie blieb eine Weile bei ihnen, plauderte mit diesem, scherzte mit jenem, ohne ihm, Kamal, die geringste Aufmerksamkeit zu schenken. Zuerst glaubte er, daß er noch an die Reihe käme, aber als das Warten immer länger wurde und er zudem feststellte, wie krampfhaft sie bemüht war, ihn nicht anzusehen, da unternahm er den Versuch, sich in ihre Unterhaltung mit einer flüchtigen Bemerkung einzumischen und sie damit zu zwingen, ihn ins Gespräch einzubeziehen. Aber nichts geschah – sie übersah ihn weiterhin. Auch wenn keiner der Freunde seinen mißlungenen Versuch zur Kenntnis genommen hatte – denn sie alle folgten gefesselt ihrer Plauderei –, so linderte das den gerade empfangenen und unerklärbaren Schlag keineswegs. Trotzdem neigte er dazu zu glauben, er hätte sich getäuscht, und unterdrückte allen Argwohn. Von großer Besorgnis erfüllt, begann er, auf eine neuerliche Gelegenheit zu warten, um sein Glück noch einmal zu versuchen. Und tatsächlich – Budur bemühte sich, Aidas Griff zu entkommen, winkte ihm zu, und so ging er zu ihr, um sie auf den Arm zu heben. Doch Aida zog sie an sich und erklärte, daß es Zeit für sie beide sei. Sie grüßte und ging fort.

Was hatte das alles zu bedeuten? War Aida wütend auf ihn und nur gekommen, um ihm ihren Ärger zu zeigen? Aber was nahm sie ihm übel? Welche Schuld hatte er auf sich geladen? Welches Vergehen, groß oder klein, hatte er begangen? Vor lauter Verwirrung fiel ihm das Denken schwer, was ihn noch mehr verunsicherte. Doch er mußte sich zusammenreißen, wenn er den anderen nichts von seiner Trübsal verraten wollte. Es gelang ihm, die von ihm erwartete Rolle vorzüglich zu spielen und den Freunden nichts von dem tödlichen Schlag zu zeigen, der ihn getroffen hatte.

Nachdem sich die Gruppe aufgelöst hatte, beschloß er, der Wahrheit, so grausam sie auch immer sein mochte, ins Gesicht zu sehen und sich einzugestehen, daß Aida ihn von der Huld ihrer Freundschaft zumindest an diesem Tag ausgeschlossen hatte. Sein liebendes Herz schien wie ein hoch empfindsames Gerät die geringste Regung, den leisesten Gedanken, den flüchtigsten Blick zu registrieren, ja selbst Absichten erriet es und sah künftige Geschehnisse voraus. Was auch immer der Grund für ihr Verhalten sein mochte – oder sollte gar, wie bei manch einer Krankheit, die ihr Geheimnis der Wissenschaft nicht enthüllt, vielleicht kein Grund existieren? –, er fühlte sich in jedem Fall wie ein Blatt, das ein frecher Wind vom Ast gerissen und auf den Kehricht geweht hatte.

Immer wieder mußte er an das Gespräch mit Hassan Salim denken. Hatte der nicht zum Schluß gesagt, er könne Aida letztendlich immer dazu bringen, das zu tun, was er wolle? Aber sie war doch heute wie gewohnt gekommen, und sein Unglück bestand nicht darin, daß sie sich nicht gezeigt, sondern ihn übersehen hatte. Hassan und er waren nach ihrem Gespräch im besten Einvernehmen aufgebrochen, es gab also nichts, warum Hassan Aida hätte auffordern müssen, ihn nicht zur Kenntnis zu nehmen. Außerdem gehörte sie nicht zu denen, die, gleichgültig, worum es ging, einfach gehorchten. Er selbst war sich keinerlei Schuld bewußt – also was, beim Herrn der Himmel, war das Geheimnis, daß sie sich so und nicht anders betragen hatte? Bei aller Grausamkeit, die Aida ihm beim Gespräch im Pavillon zugefügt hatte, als sie ihn, spottend über seinen Kopf und seine Nase, verletzte und demütigte – immer war eine Spur von Sympathie und fröhlicher Spaßerei zu spüren gewesen, ja, zum Schluß sogar etwas, das wie eine Entschuldigung klang. Hatte er sich auch für seine Liebe nie wirklich Hoffnung gemacht, so hatte er doch wenigstens lieben dürfen. Und nun dieser Tag, an dem er heimgesucht worden war mit Nichtbeachtung, Ablehnung, Schweigen – mit dem Tod. Oh, sollte die Geliebte grob zu ihm sein, sollte sie grausam spotten – das alles war immer noch gütiger, als über ihren Diener hinwegzusehen, als gäbe es ihn nicht. O welches Elend! Ein neuerlicher Schmerz, der der schweren Bürde des Leidens, lastend auf seiner Brust, noch hinzugefügt wurde. Ein neuerlicher Tribut, den die Liebe verlangte, obwohl ihn doch alle bisherigen Forderungen schon das Licht gekostet hatten, das ihn erleuchtete wie verbrannte.

Zorn packte ihn. Er konnte einfach nicht glauben, für

seine großartige Liebe mit kalter, anmaßender Abweisung belohnt zu werden. Es zerriß ihm das Herz, daß er seine Wut nur durch weitere Liebe und anhängliche Treue offenbaren und dem Schlag nur mit Demut und Fürbitte begegnen konnte. Hätte ein anderer die Angebetete eines Vorwurfs bezichtigt, so wäre er, selbst wenn es sich um Hussain Schaddad handelte, ohne jedes Zögern bereit gewesen, die Beziehung abzubrechen. Doch es ging um ihn selbst, und sosehr er vor Wut tobte, er konnte einzig sich selbst zerfleischen. Alle Feindseligkeit war auf ein Ziel gerichtet, und das war er. Es verlangte ihn, Rache zu nehmen und den Missetäter, also sich selbst, damit zu bestrafen, der Welt entsagen zu müssen. Die Trauer, die nie ganz gewichen war, hatte ihm seit jeher geboten, die Angebetete zu meiden. Doch die Freundschaft mit ihr hatte ihn aufs höchste beglückt, war mehr gewesen, als er sich je erträumte, obwohl für die Gewalt seiner Liebe Himmel und Erde ohnehin zu eng waren. Stärker hatte er nur die Verzweiflung genossen und das Toben der Sehnsüchte lustvoll beschwichtigt, sich begnügend mit einem zarten Lächeln und einem netten Wort, selbst wenn es nur beim Verabschieden geschah. Aber daß sie ihn einfach übersah – das war das Bedrückendste, was er je erlebt hatte. Es trieb ihn zum Wahnsinn, entriß ihn dem Leben. Wenn Tote noch empfinden könnten, fühlten sie sich nicht elender.

In der langen Woche, die er – von Freitag zu Freitag – dem Haus der Schaddads fernblieb, erbarmten sich seine Gedanken kein einziges Mal seiner selbst. Wieder und wieder trieb ihn sein Gefühl gnadenlos dazu an, die bittere Enttäuschung zu durchleiden – beim Frühstück, bei dem er mit dem Vater allein am Tisch saß, auf dem Weg zum Institut, den er wie ein Schlafwandler überwand, im Hörsaal, wo er geistesabwesend vor sich hin dämmerte, beim abendlichen Lesen, das ihn zerstreut in den Büchern blättern ließ, beim inbrünstigen Bitten, der Schlaf möge ihn in sein Reich einlassen. Und dann, erwacht am frühen Morgen, holten ihn die trübsinnigen Gedanken mit einer Schnelligkeit wieder ein, als hätten sie schon unruhig auf der Schwelle des Bewußtseins gelauert, heißhungrig und gierig danach drängend, sich für eine neue Runde wieder von ihnen verschlingen zu lassen. O ja, wie abstoßend war die eigene Seele, wenn sie sich gegen einen selbst kehrte.

Am Freitag machte er sich auf den Weg zum Schloß der Liebe und des Leidens, früher als gewohnt. Warum hatte er mit brennender Ungeduld auf diesen Tag gewartet? Was erhoffte er sich? Verlangte es ihn, einen – wenn auch noch so schwachen – Pulsschlag zu spüren, um sich der Illusion hinzugeben, daß der Leichnam der Hoffnung das Leben nicht gänzlich ausgehaucht hatte? Träumte er von dem Wunder, daß die Angebetete, so wie sie grundlos und unerwartet verärgert über ihn war, wieder freundlich und nett zu ihm wäre? Oder wollte er das Höllenfeuer schüren, um sich an der Kälte der Asche zu laben?

Auf dem schmalen Weg der Erinnerungen gelangte er in den Garten. Und da – plötzlich – sah er Aida im Pavillon sitzen und vor ihr, auf dem Rand des Tischs, Budur. Außer den beiden war niemand da. Er hielt inne, überlegte, ob er nicht besser zurückgehen sollte, bevor sie ihn bemerkte. Entschlossen und verächtlich schob er diesen Gedanken beiseite, getrieben vom Wunsch, sich den Qualen auszuliefern und das Rätsel zu enthüllen, das ihm alle Hoffnung genommen, allen Frieden zerstört hatte. Da saß sie, dieses liebenswürdige, schöne Wesen, diese ätherische Seele, gehüllt ins Gewand einer Frau. Wußte sie, was ihre Härte angerichtet hatte? Würde ihr Gewissen sie sorglos schlafen lassen, wenn er ihr sein Leid klagte? Wie glich doch ihre Despotie der der Sonne, die die Erde dazu verurteilt hatte, bis in alle Ewigkeit auf vorgezeichneter Bahn sich um sie zu drehen, immer bedroht von der Gefahr, bei zu großer Nähe hinschmelzend einverleibt zu werden oder bei zu weiter Entfernung in Kälte zu erstarren. Ach, ließe sie sich nur zu einem einzigen Lächeln herab, mit dem er sein Leid heilen könnte.

Er näherte sich, setzte absichtlich laut die Füße auf, um sie auf sein Kommen aufmerksam zu machen. Tatsächlich, sie drehte sich erstaunt um, doch ansonsten ließ ihr Gesichtsausdruck nichts erkennen. Als er zwei Schritte vor ihr stand, senkte er demütig den Kopf und sagte lächelnd: »Guten Morgen.«

Ein leichtes Nicken, doch keine Antwort. Statt dessen blickte sie sofort wieder weg. Kein Zweifel, die Hoffnung war ein starrer Leichnam. Ihm schien, daß sie ihm gleich zurufen würde: ›Geh weg, du mit deinem dicken Schädel und deiner gewaltigen Nase, damit ich die Sonnenstrahlen fühlen kann.‹ Doch in diesem Augenblick streckte ihm Budur die Hände entgegen, und er richtete den Blick auf ihr hübsches, strahlendes Gesicht. Er ging auf sie zu, froh, daß er hinter der kindlichen Zuneigung seine Niederlage verbergen konnte. Die Kleine schmiegte sich in seine Arme, und da beugte er sich hinunter und küßte sie zärtlich und dankbar auf die Wange. Was war das? Die Stimme, die ihm einst die Tore zu göttlicher Musik eröffnet hatte, fuhr ihn barsch an: »Bitte lassen Sie das. Ein Kuß ist kein sehr hygienischer Gruß.«

Er lachte verstört, doch weder wußte er, warum er es tat, noch wie ihm geschah. Blaß im Gesicht, verharrte er einen Moment niedergeschlagen, bevor er ungläubig sagte: »Aber das ist nicht der erste Kuß, wenn ich mich recht erinnere.«

Sie zuckte mit den Schultern, als wäre diese Bemerkung nicht maßgeblich. Ach, sollte noch eine qualvolle Woche vergehen, ohne daß er ein einziges Wort zu seiner Verteidigung vorgebracht hatte? »Gestatten Sie mir, Sie nach dem Geheimnis dieser seltsamen Veränderung zu fragen. Die ganze letzte Woche habe ich darüber nachgedacht, ohne zu einem Ergebnis zu kommen.«

Wie es schien, hatte sie nicht zugehört, und da keine Antwort kam, sprach er mit schmerzlich betroffener Stimme weiter: »Was mich betrübt, ist, daß ich mir keiner Schuld bewußt bin, die solche Strafe verdient hätte.«

Offenbar war sie entschlossen, weiterhin zu schweigen. Da Kamal fürchtete, Hussain könnte erscheinen, bevor er sie zum Reden gebracht hatte, fuhr er hastig, bittend und klagend zugleich, fort: »Hat ein alter Freund wie ich nicht das Recht, daß ihm sein Vergehen zumindest erklärt wird?«

Sie hob den Kopf, warf ihm von der Seite einen Blick zu, düster wie Wolken, die Regen ankündigen. »Tun Sie nicht so scheinheilig«, fauchte sie wütend.

»Herr der Himmel, kann man eine Schuld auf sich laden, ohne davon zu wissen?« Gedankenverloren streichelte er über die Hände von Budur, die ihn, da sie nicht verstand, was da vor sich ging, näher zu sich heranziehen wollte. »O Jammer, dann sind also meine Vermutungen berechtigt gewesen. Mein Herz hat mich gewarnt, doch ich habe es nicht wahrhaben wollen. In Ihren Augen bin ich schuldig, ist es nicht so? Aber was werfen Sie mir vor? Bei meinem Leben, sagen Sie etwas! Erwarten Sie nicht, daß ich ein Geständnis ablege, das geht schon deshalb nicht, weil ich nichts zu gestehen habe. Ich kann noch so lange alle Winkel meiner Seele, mein ganzes Leben, all mein Tun durchforschen – ich werde nichts entdecken, weder an Absichten noch an Worten oder Handlungen, was gegen Sie gerichtet wäre. Ich kann mich nur wundern, warum Sie das nicht von selbst wissen?«

»Ich bin keine von denen, die sich von theatralischem Gehabe beeindrucken lassen«, stieß sie verächtlich hervor. »Fragen Sie sich selbst, was Sie über mich gesagt haben.«

Aufgeschreckt überlegte er laut: »Was ich über Sie gesagt habe? Zu wem? Ich schwöre Ihnen ...«

»Ihre Schwüre interessieren mich nicht im geringsten«, unterbrach sie ihn verärgert. »Heben Sie sich die für sich selbst auf. Wer andere verleumdet, dem glaubt man auch keinen Schwur. Wichtig ist nur, daß Sie daran denken, was Sie über mich gesagt haben.«

Kamal legte den Mantel beiseite, als machte er sich für einen Kampf bereit. Er trat einen Schritt zurück, um nicht länger Budurs Versuchen ausgesetzt zu sein, auf sich aufmerksam zu machen, und erklärte mit einer Inbrunst, die für Ehrlichkeit sprach: »Ich habe nichts gesagt, dessen ich mich schämen würde, es in Ihrer Gegenwart nochmals zu wiederholen. Nie im Leben habe ich auch nur ein schlechtes Wort über Sie verloren, und Sie wissen genau, daß ich dazu gar nicht fähig wäre. Wenn aber irgend jemand Ihnen etwas über mich erzählte, das Sie verärgert hat, dann ist das ein niederträchtiger Verleumder, der Ihr Vertrauen nicht verdient. Ich bin bereit, mich in Ihrer Gegenwart ihm zu stellen, damit Sie selbst sich ein Bild von ihm und seiner Ehrlichkeit, besser gesagt von seiner Verlogenheit, machen. Welchen Makel sollte es an Ihnen geben, über den man überhaupt sprechen könnte? Oh, wie falsch Sie mich beurteilen.«

»Danke für das Kompliment, das ich nicht verdiene«, erklärte sie bissig. »Ich halte mich selbst nicht für frei von Fehlern, zumindest schon deshalb nicht, weil ich ja keine rein orientalische Erziehung genossen habe.«

Der letzte Satz ließ ihn aufhorchen. Er erinnerte sich, daß er ihn verwendet hatte, als er im Gespräch mit Hassan Salim die Angebetete vor irgendwelchen Verdächtigungen verteidigte. Sollte Hassan ihr gegenüber diesen Satz in einer Weise wiederholt haben, die seine gute Absicht ins Gegenteil verkehrte? Der noble Hassan Salim? Konnte er das tatsächlich getan haben? Oh, wie sich ihm der Kopf drehte.

Verwirrt und bekümmert schaute er sie an und sagte: »Wie meinen Sie das? Ich gestehe ein, diesen Satz ausgesprochen zu haben. Aber fragen Sie Hassan Salim, und er wird Ihnen antworten müssen, daß dieser Satz gefallen ist, als ich von Ihren guten Eigenschaften sprach.«

Ein eisiger Blick traf ihn. »Meine guten Eigenschaften? Gehört dazu auch, daß ich darauf aus bin, für jeden jungen Mann die ›Traumfrau‹ zu sein?«

»Das hat er gesagt, nicht ich«, rief Kamal verstört und wütend. »Warum warten Sie nicht, bis er kommt, damit ich ihn in Ihrem Beisein zur Rede stelle?«

Doch Aida setzte den bitteren Sarkasmus fort. »Und daß ich Ihnen schöne Augen mache, das ist wohl auch eine gute Eigenschaft?«

Angesichts der Flut der Beschuldigungen fühlte er sich ohnmächtig, sich zu verteidigen. Verzweifelt stammelte er: »Sie und schöne Augen machen? Mir? Wo denn? Wann?«

»Hier, in diesem Pavillon. Haben Sie das etwa vergessen? Leugnen Sie vielleicht, daß Sie ihn das haben glauben lassen?«

Ihr Spott schmerzte ihn. Auf der Stelle begriff er, daß sich Hassan Salim – o welche Dummheit! – über die Begegnung im Pavillon seine Gedanken gemacht und seinen Verdacht ihr vorgehalten hatte. Oder er hatte ihm, Kamal, diese Deutung angedichtet, um sich von ihr erklären zu lassen, was tatsächlich geschehen war. Bösartige Tricks, denen er nun zum Opfer fiel. Er war nicht nur traurig, er war wütend. »Ich streite das ab!« rief er. »Ich leugne es mit aller Kraft und aus ehrlichstem Herzen. Das einzige, was ich wirklich bereue, ist, von Hassan so eine gute Meinung gehabt zu haben.«

Als hielte sie den letzten Satz für einen Angriff gegen sich selbst, erklärte sie hochnäsig: »Von ihm wird man immer eine gute Meinung haben.«

Kamal glaubte zu ersticken. Ihm war, als hätte die Sphinx die gewaltige Steinpranke zum erstenmal seit Jahrtausenden gehoben, um sie auf ihn niederfahren zu lassen, ihn zu zerschmettern und auf ewig zu begraben. Mit bebender Stimme brachte er hervor: »Falls es Hassan war, der Ihnen diese Lügen über mich erzählt hat, dann ist er ein gemeiner Lügner, dann hat er mich verleumdet, nicht aber ich Sie.«

Ihre schönen Augen blickten ihn streng an, und scharf fragte sie: »Streiten Sie ab, daß Sie ihm gegenüber mein Zusammentreffen mit Hussains Freunden kritisiert haben?«

Ah, so verdreht der noble Aristokrat den Sinn der Wörter. »Nein«, erklärte er erregt, »so hat es sich nicht verhalten. Gott ist mein Zeuge, daß ich das nicht als Kritik gesagt habe. Es ist eine ungeheure Verfälschung. Er sagte, hm, er meinte, daß Sie ihn lieben und es ihm angenehm wäre, wenn Sie nicht immer mit uns zusammentreffen würden. Ich habe nie die Absicht gehabt …«

Bei diesen Worten richtete sie sich stolz auf, warf den Kopf nach hinten, so daß die schwarze Haarpracht wogend ins Schwingen geriet. Voller Verachtung schleuderte sie ihm entgegen: »Alles dummes Zeug, was Sie da faseln. Es interessiert mich nicht, was über mich geredet wird. Ich stehe über allem. Ich denke, mein einziger Fehler ist der, daß ich jedem Hergelaufenen meine Freundschaft schenke.« Schon während sie das sagte, hatte sie Budur hinuntergehoben, und nun nahm sie sie an die Hand, machte kehrt und ging fort.

Fast flehentlich rief er ihr nach: »Warten Sie bitte, nur

einen Moment …«, doch sie war schon zu weit weg. Viel zu laut hatte seine Stimme geklungen, über den ganzen Garten war sie geschallt, und alle Bäume und Sträucher, der Pavillon und die Stühle beobachteten ihn mit starrem, höhnischem Blick. Er biß die Lippen zusammen, stützte sich auf den Tisch auf. Der hoch aufgeschossene Körper beugte sich hinunter, als krümmte er sich unter der Last des Kummers.

Lange währte sein Alleinsein nicht, denn schon wenig später erschien Hussain Schaddad, heiter wie immer, und begrüßte ihn ungestüm. Sie setzten sich hin, und nach einer Weile kam auch Ismail Latif. Als letzter traf Hassan Salim ein, von weitem schon erkennbar an seiner arroganten Art zu gehen.

Insgeheim fragte sich Kamal, ob Hassan wie beim letztenmal seine Begegnung mit Aida beobachtet hatte. Wann und wie würde er von diesem entscheidenden, peinigenden Gespräch erfahren? Wie ein entzündeter Blinddarm platzte er fast vor Wut und Eifersucht, aber er schwor sich, seinem Widersacher keinen Grund zur Schadenfreude zu geben und den anderen keine Zielscheibe für deren Spott oder falsches Mitleid zu bieten. Niemand sollte seinem Gesicht ansehen, welche Erregung in seinem Innern tobte. Also warf er sich mitten in die Diskussion hinein, lachte über Ismail Latifs Bemerkungen, machte längere Ausführungen über die Gründung der Unionspartei, die Männer, die Saad Zaghlul und den Wafd verlassen hatten, die Rolle von Naschat Pascha, kurzum, er spielte seinen Part vorzüglich, damit das Treffen bis zum Ende friedlich verlief. Gegen Mittag brachen Kamal, Ismail und Hassan auf, und da war es denn auch mit seiner Geduld vorbei. Unmittelbar nach Verlassen der Schaddadschen Villa wandte er sich an Hassan und sagte: »Ich möchte dich einen Moment sprechen.«

»Aber bitte«, erwiderte Hassan ruhig, worauf Kamal entschuldigend Ismail ansah und meinte: »Ich würde gern allein mit ihm reden.«

Schon wollte Ismail davongehen, da bedeutete ihm Hassan mit einem Wink der Hand stehenzubleiben. »Ich habe vor Ismail nichts zu verbergen.«

Kamal ärgerte sich, argwöhnte aber auch, daß hinter diesem Manöver noch anderes steckte. Trotzdem tat er gleichgültig. »Na gut, soll er zuhören, ich habe auch nichts zu verheimlichen.« Er wartete, bis sie sich vom Haus weiter entfernt hatten, und begann dann zu sprechen. »Bevor ihr heute gekommen seid, hat es sich zufällig ergeben, daß ich Aida allein im Pavillon antraf. Wir führten ein seltsames Gespräch, dem ich entnehmen konnte, daß du, Hassan, ihr etwas über unsere Unterhaltung in der Sarajat-Straße – erinnerst du dich noch? – erzählt hast, und zwar so entstellt und verdreht, daß sie zu dem Eindruck kommen mußte, ich hätte sie völlig zu Unrecht in übelster Weise angegriffen.«

Hassan verzog unwillig die Lippen und wiederholte verärgert: »Entstellt und verdreht, pah!« Hochmütig sah er Kamal an, als wollte er ihn daran erinnern, daß er mit »Hassan Salim« und nicht mit sonstwem sprach, und erklärte dann kühl: »Du solltest deine Worte ein wenig sorgfältiger wählen.«

»Genau das habe ich getan«, entgegnete Kamal erregt. »Nur konnte ich Aidas Erklärung zweifellos entnehmen, daß du bemüht warst, es zwischen ihr und mir zum Bruch kommen zu lassen.«

Blaß vor Wut, beherrschte sich Hassan dennoch und erwiderte mit eisiger Stimme: »Tut mir leid, daß ich dich so lange, was Intelligenz und Urteilskraft betrifft, überschätzt habe.« Mit beißendem Spott fuhr er fort: »Vielleicht könntest du mir mal erklären, was ich von diesem sogenannten ›Bruch‹ hätte? Also wirklich, blindlings und ohne Verstand läßt du dich gehen.«

Kamal wurde immer wütender. »Du bist es«, rief er, »der sich zu schändlichem Tun hat hinreißen lassen!«

An dieser Stelle mischte sich Ismail ein. »Ich schlage vor, ihr verschiebt das Gespräch, bis ihr euch wieder beherrschen könnt.«

Doch Kamal blieb hartnäckig. »Wieso? Die Sache ist sonnenklar, da muß nicht viel diskutiert werden. Er weiß Bescheid und ich auch.«

»Erzähle uns«, versuchte Ismail nochmals einzugreifen, »worum es zwischen dir und Aida ging, dann können wir vielleicht ...«

Doch Hassan unterbrach ihn. »Ich lehne jegliches Verhör ab«, tönte er hoheitsvoll.

Um seiner Wut Luft zu machen, rief Kamal, auch wenn er wußte, daß er log: »Jedenfalls habe ich ihr erzählt, wie es sich in Wirklichkeit verhalten hat, damit sie endlich weiß, wer von uns die Wahrheit sagt.«

Hassan schrie los: »Na bitte, lassen wir sie also sich entscheiden zwischen dem, was der Sohn eines Krämers sagt, und dem, was der Sohn eines Rats erklärt.«

Mit geballter Faust stürzte sich Kamal auf ihn, doch Ismail sprang dazwischen, und da er trotz seines kleinen Wuchses der Stärkste war, konnte er sie trennen. Entschlossen verkündete er: »Das lasse ich nicht zu. Ihr seid beide meine Freunde, und jeder von euch ist der Sohn eines geachteten Vaters. Hört auf mit diesen Kindereien.«

Kamal kehrte mit scharfen, ungestümen Schritten erregt und verletzt heim. Im Innern loderte der Schmerz. Gefühl und Ehre waren verletzt, die Angebetete und der Vater geschmäht worden – was blieb ihm da noch vom Leben? Hassan, den er wie keinen anderen der Kameraden verehrte, dessen Charakter er mehr als sonst einen bewunderte – wie konnte der von einer Stunde zur anderen sich in einen heuchlerischen Verleumder verwandeln? In der Tat, trotz aller Wut, die er auf ihn verspürte, konnte er die Beschuldigung, die er gerade noch frei von Zweifel und Zögern und ehrlichen Herzens vorgebracht hatte, selbst nicht glauben. Wieder verfiel er ins Grübeln. Konnte hinter dieser schmerzlichen Geschichte nicht noch ein anderes Geheimnis stecken? Hatte Hassan wirklich seine Worte entstellt oder Aida nur etwas falsch verstanden, mehr vermutet, als da gewesen war, und sich nur allzugern dem Zorn überlassen? Aber da blieb noch der Vergleich zwischen dem »Sohn des Krämers« und dem »Sohn des Rats«, und gerade das war es ja, was ihn, Kamal, in die Hölle von Wut und Schmerz gestoßen hatte und allen Versuch, Hassan gerecht zu beurteilen, sinnlos machte.

Als er beim nächstenmal zum üblichen Treffen in der Schaddadschen Villa eintraf, fehlte Hassan. Es sei, hatte er ausrichten lassen, etwas Unvorhergesehenes dazwischengekommen. Als Kamal sich später mit Ismail Latif auf den Heimweg machte, teilte der ihm mit, Hassan bedaure sehr, was er in dem Wutanfall über den Sohn eines Krämers und den eines Rats gesagt habe, doch andererseits sei er der Meinung, daß Kamal ihm mit seinen Hirngespinsten schwer unrecht getan habe. Er, Hassan, wünsche sich trotzdem, daß dieser Vorfall nicht zum Abbruch ihrer Freundschaft führe. Ismail Latif solle ihm das ausrichten. Aber Kamal erhielt auch noch einen Brief, in dem Hassan nachdrücklich die Hoffnung ausdrückte, daß bei ihrer nächsten Begegnung keinerlei Groll mehr zwischen ihnen stünde und sie beide das Vorgefallene mit dem Schleier des Vergessens bedeckten. Der Brief endete mit den Worten: »Erinnere Dich an das, was Du mir vorgeworfen hast, und auch an das, was ich Dir angetan habe, vielleicht stimmst Du dann mit mir darin überein, daß wir beide falsch gehandelt haben und demzufolge keiner von uns das Recht hat, die Entschuldigung des anderen nicht anzunehmen.«

Zunächst freute sich Kamal sehr über den Brief, doch dann fiel ihm auf, daß diese völlig unerwartete und zudem einfühlsame Entschuldigung im Widerspruch zu Hassans sonstiger Arroganz stand. Niemals hätte Kamal sich vorstellen können, von Hassan, aus welchem Grund auch immer, eine Entschuldigung zu erhalten. Was hatte ihn so verändert? Daß er mit ihm, Kamal, weiterhin freundschaftlich verbunden sein wollte, konnte dessen übliche Dünkelhaftigkeit nicht in diesem Maß verändern. Möglicherweise lag Hassan, der bekannt für seine Höflichkeit war, mehr daran, seinen Ruf wiederherzustellen, als seine, Kamals, Freundschaft wiederzuerlangen. Vielleicht war er aber auch darauf bedacht, den Streit nicht so weit zu vertiefen, daß Hussain Schaddad, wenn er davon zu hören bekam, ungehalten darüber war, seine Schwester in eine solche Auseinandersetzung verwickelt zu sehen, oder ärgerlich wurde wegen des Vergleichs von Söhnen eines »Krämers« und eines »Herrn Rats«, war doch auch sein Vater ein Kaufmann. Jeder dieser Gründe erschien im Fall von Hassan Salim logischer zu sein, als sich einzig um der Freundschaft willen zu entschuldigen. Aber entscheidend war das alles nicht. Ob sich nun Hassan mit ihm wieder versöhnte oder weiterstritt – wichtig allein war zu wissen, ob Aida von sich aus beschlossen hatte, sich nicht mehr zu zeigen. Sie erschien nicht mehr im Garten, sie stand nicht mehr am Fenster, sie tauchte nicht mehr auf dem Balkon auf. Er, Kamal, hatte ihr absichtlich erzählt, Hassan fühle sich in der Lage, sie von allem fernzuhalten. Im Wissen um ihren Stolz glaubte er, sie darin zu bestärken, nun gerade den Pavillon aufzusuchen – die Gelegenheit für ihn, sie zu sehen. Statt dessen blieb sie verschwunden, als hätte sie das Haus, ja das Viertel, mehr noch – die Welt verlassen.

Einem Leben, in dem sie fehlte, konnte er keinerlei Geschmack abgewinnen. Wäre es möglich, daß dieser Trennung kein Ende gesetzt sein sollte? Wie schön wäre es, wenn sie lediglich beabsichtigte, ihn für eine Weile zu bestrafen, um ihm dann wieder zu verzeihen. Wenn doch wenigstens Hussain Schaddad einen Grund für ihre Abwesenheit genannt hätte und ihm damit seine Befürchtungen nähme. Er wünschte sich dieses, er hoffte auf jenes – und konnte nur warten. Endlos und immer wieder vergeblich.

Schon wenn er sich der Villa näherte, kam ein unruhiges Flackern in seine Augen, irrte sein Blick zwischen Hoffnung und Verzweiflung. Verstohlen schaute er zum Balkon über dem Eingang hinauf, lugte zum Fenster des Seitengangs, beobachtete den Gartenbalkon, wenn er auf dem Weg zum Pavillon oder zur Empfangshalle war. Er saß mit den Freunden und träumte von der glückseligen Überraschung, doch die wollte sich nicht einstellen. War das Treffen vorüber und ging er fort, dann sandte er wieder traurige, müde Blicke zu Balkon und Fenster hinauf, vor allem zu dem, das am Seitengang lag, erschien ihm dieses doch als Rahmen eines angebeteten Gemäldes, das er in seinen Tagträumen sah. Von Verzweiflung gepeinigt und beladen von Kummer, schlich er heim. Manchmal, wenn die Qual zu groß war, fühlte er sich versucht, Hussain Schaddad nach der Schwester zu fragen, doch da er durch und durch von den Sitten des alten Viertels geprägt war, blieben seine Lippen stumm. Besorgt stellte er sich immer wieder die Frage, inwieweit Hussain über die Umstände unterrichtet war, die zu Aidas Verschwinden geführt hatten. Was aber Hassan Salim betraf, so kam er mit keinem Wort auf die alte Geschichte zu sprechen, und auch seinem Gesicht war nicht anzumerken, daß er in irgendeiner Weise noch daran dachte. Doch zweifelsohne erfreute er sich bei jedem Treffen des Siegs, der mit Kamal körperhafte Gestalt angenommen hatte. Wie sehr quälte ihn dieser Gedanke, bis ins Rückenmark fühlte er den Schmerz, der auch seinem Kopf zusetzte und ihn fast irre machte. Schlimmer als alles körperliche Leiden peinigten ihn der Kummer über die Trennung, die Bitterkeit der Niederlage und die beklommene Verzweiflung, und das Schrecklichste von allem war das Gefühl der Erniedrigung, da er sich aus dem Garten ihres Wohlgefallens ausgestoßen fühlte, ausgeschlossen von der Harmonie und dem Glanz der Angebeteten. Überwältigt von Kummer und Leid, ergoß sich seine Seele in Tränen und hörte nicht auf zu fragen, was er, mißgestaltetes Wesen, mit jenen anderen Glücklichen zu tun zu haben geglaubt hatte. Was bedeutete noch das Leben, wenn sie darauf bestand, für ihn nicht mehr zu existieren? Woher sollte das Auge Licht empfangen? Das Herz Wärme verspüren? Die Seele Glück genießen? Oh, würde sie, die Angebetete, sich doch nur zeigen, um welchen Preis auch immer. Sollte sie lieben, wen sie wollte, Hassan oder einen anderen, sollte sie, sooft es ihr Spaß machte, über seinen Kopf und seine Nase spotten – der Wunsch, ihre Gestalt wahrzunehmen, ihre Stimme zu hören, überstieg alles, was die menschliche Kraft an Sehnsucht ertragen konnte. Wo blieb der Blick, der der Brust die düstere Schwermut und Trostlosigkeit entriß, auf daß das Herz, dem die Freude genommen ward wie das Licht dem Blinden, wieder froh werden konnte? O erschiene sie nur, selbst wenn sie ihn übersähe. Würde er auch der Seligkeit verlustig gehen, freundliche Aufnahme zu finden, so verlöre er doch nicht das Glück, sie zu sehen und die Welt, erleuchtet von ihrem prachtvollen Glanz, wieder erkennen zu können. Wenn das nicht geschähe, bestünde das Leben aus nichts anderem als nicht abreißen wollendem Schmerz, erschüttert von Wahnsinn. Kam ihr Verschwinden nicht dem Brechen des Rückgrats gleich, das den an aufrechten Gang und Gleichgewicht gewöhnten Menschen zum Ebenbild eines sprechenden Leichnams machte?

Kummer und Sorge ließen ihn die Geduld verlieren. Er konnte es nicht länger ertragen, auf den Freitag zu warten. So machte er sich also nach Abbasija auf, umkreiste von weitem die Villa, darauf hoffend, sie an einem der Fenster, auf einem der Balkons zu erblicken oder sie gar herumstolzieren zu sehen, wähnte sie sich doch geschützt vor seinen Augen. War das Warten in der Baina-l-Kasrain-Straße nur von Verzweiflung gekennzeichnet, so glich das Umschwärmen des Heims der Angebeteten einem fiebrigen Wahn, nicht weniger gefährlich als eine Packung Dynamit, die in die Nähe eines Feuers geriet. Kein einziges Mal konnte er sie sehen. Bisweilen konnte er eine der Dienerinnen beobachten, die die Straße betrat oder ins Haus zurückkehrte. Aufmerksam und staunend schaute er ihr dann hinterher, als stellte er den Schicksalsmächten die Frage, warum gerade dieser Mensch auserwählt war, in die Nähe der Angebeteten zu kommen, sich in ihrer Gesellschaft aufzuhalten, sie in den verschiedensten Lebenslagen zu erblicken, ruhend, singend oder sich vergnügend. Wie konnte es sein, daß sich jemand im Allerheiligsten aufhielt und sein Herz keine Liebesqual litt?

Auf einem dieser Streifzüge sah er, wie Abd al-Hamid Bey Schaddad und seine werte Gattin die Villa verließen und den Minerva bestiegen, der vor dem Portal auf sie wartete. Ach, was waren das für glückliche Menschen, denn ihnen erwies Aida Ehrerbietung und Achtung; sie konnten sie mit strenger Stimme zurechtweisen, und Aida hatte zu folgen. Oh, diese geheiligte Frau, die dieses Geschöpf neun Monate lang in ihrem Leib getragen hatte. So seltsam das auch erschien, es bestand kein Zweifel daran, daß auch Aida einst ein Fötus und Neugeborenes wie diese kleine Wesen gewesen war, die er sich lange in Aischas und Chadigas Bett betrachtet hatte. Niemand auf der Welt kannte die Kindheit der Angebeteten besser als diese glückliche, ehrwürdige Mutter.

Ja, solange er lebte, würde sein Schmerz nicht vergehen, zumindest müßte er dessen Folgen ewiglich ertragen. Wie sollte er je die langen Nächte im Januar vergessen – als er die tränenreichen Augen ins Kissen drückte; als er mit ausgebreiteten Händen zum Herrn der Himmel aus tiefster Seele betete: »Mein Gott, befehle dieser Liebe, zu Asche zu werden, so wie Du dem Feuer, das Abraham bedrohte, geboten hast, zu erkalten und ihm keinen Harm zu tun«; als er sich wünschte, daß die Liebe nur ein Glied des menschlichen Körpers befiele, damit es entfernt werden könnte wie ein krankes Organ; als er den Namen der Geliebten laut rief, um ihn als Echo im Schweigen des stillen Zimmers wieder aufzufangen, demütigen Herzens, als hätte ein anderer den Ruf ausgestoßen; als er den Klang ihrer Stimme, wenn sie seinen Namen sagte, nachahmte, um sich den Traum vom verlorenen Glück zurückzuholen; als er immer wieder das Tagebuch durchforschte, um sich zu bestätigen, daß das Vergangene Wirklichkeit gewesen war und kein Wahn.

Zum erstenmal seit Jahren blickte er auf die Zeit vor der Liebe mit einem Verlangen zurück, das ein Gefangener bei der Erinnerung an die verlorene Freiheit empfinden mußte. In der Tat, er hielt niemanden auf der Welt mehr für einen Gefangenen als sich selbst, denn jedes Gitter schien ihm schwächer und zerbrechlicher zu sein als die Ketten der übersinnlichen Liebe, die sich alle Empfindungen des Herzens, alle Gedanken des Verstands, alle Fasern des Körpers restlos unterwarf und niemals wieder freigab.

Eines Tages stellte er sich die Frage, ob wohl Fahmi

ähnlich gelitten hatte. Erinnerungen an den verstorbenen Bruder tauchten wie traurige, lang verborgene Weisen auf, die sich einem seufzend entringen. Er selbst hatte damals in Fahmis Beisein von Marjams Abenteuer mit Julian erzählt – er war es gewesen, der unbedacht und ohne vorherige Warnung dem Bruder den giftigen Dolch ins Herz gestoßen hatte. In Gedanken sah er Fahmi vor sich, von dessen Ruhe er sich zunächst hatte täuschen lassen. Doch dann, mit ihm allein, hatte er mit ansehen müssen, wie sich dessen schönes Gesicht vor Leid verzerrte, wie er in klagende Zwiesprache mit sich verfiel, versinkend in einen ähnlich reißenden Strudel, in dem er – Kamal – nun seufzend und stöhnend unterzugehen drohte. Ein Stich traf sein Herz, denn nun wußte er, daß Fahmi, bevor noch die Kugel ihn traf, unendlich mehr Schmerz erfahren hatte.

Seltsam, aber Kamal empfand das, was sich im politischen Alltag abspielte, als die vergrößerte Dimension des eigenen Lebens. Wenn er die Nachrichten in den Zeitungen verfolgte, dann war ihm zumute, als erlebte er noch einmal eigene Situationen in Baina l-Kasrain oder Abbasija. Saad Zaghlul – wie er quasi ein Gefangener, Objekt übelster Verleumdungen, ungerechter Angriffe, von den Freunden verraten und treulos behandelt. Beide, Saad und er, lernten das Leid kennen, weil sie mit Menschen zu tun hatten, die ihnen durch die vornehme Abstammung überlegen, durch ihre niedrige Handlungsweise aber unterlegen waren. Kamal schlüpfte in das Gewand des kummerbeladenen Führers ebenso wie in das des niedergezwungenen Vaterlands. Er empfand das gleiche Mitleid und die gleiche Empörung angesichts der Situation im Land und seiner eigenen Lage. Fragte er, ob ein aufrichtiger Mann wie Saad Zaghlul derart ungerecht behandelt werden durfte, dann schien er die Frage auch auf sich zu beziehen, und ließ er über Ziwar Pascha die Worte fallen: »Treu und

Glauben hat er gebrochen, alles Gemeine zu Recht erhoben, nur um die Macht an sich zu reißen«, dann zielte er damit auf Hassan Salim ab. Sprach er aber über Ägypten – »Wie kann es einen treuen Diener aufgeben, dem es einzig um seine Rechte geht?« –, dann war damit für ihn nur der Gedanke an Aida verbunden.

21

Das Haus der Familie Schaukat in der Sukkarija-Straße sollte offenbar nie zu denen gehören, die sich angenehmer Ruhe und heiterer Harmonie erfreuen durften. Das lag weniger daran, daß eine nunmehr reichliche Schar von Schaukats die drei Stockwerke bewohnte, sondern ging hauptsächlich auf Chadiga zurück.

Die alte Mutter bewohnte das Erdgeschoß, Chalil und Aischa lebten mit den Kindern Naima, Othman und Mohammed in der mittleren Etage, und ganz oben hatten sich Ibrahim und Chadiga mit den Söhnen Abd al-Munim und Achmed eingerichtet. Gemessen am Lärm, den Chadiga verursachte, war der der anderen geradezu unerheblich. Entweder tobte sie selbst, oder es gab ihretwegen Geschrei und Gezänk.

Dabei hatte es etliche Veränderungen im Haus gegeben, die es eigentlich ermöglichen sollten, die Ursachen für das Getöse auf ein Minimum einzuschränken: Chadiga besaß nicht nur eigene Räume und eine eigene Küche, nein, sie konnte auch auf der Dachterrasse, nachdem sie die Schwiegermutter mit ihrem Geflügel von dort vertrieben hatte, Hühner halten und einen kleinen Garten anlegen, ähnlich dem im alten Haus. An sich also gab es die besten Voraussetzungen, um den Frieden weitgehend aufrechtzuerhalten. Aber – nichts dergleichen geschah, zumindest hatte der Lärm nicht in einem Maß nachgelassen, daß es jemand hätte bemerken können.

An diesem Tag schien Chadiga von einer gewissen Lustlosigkeit befallen zu sein, doch verwundern tat das niemanden. Aischa und Chalil saßen schon in ihrer Wohnung, um ihr bei der Lösung der – sagen wir – Krise, die sie selbst heraufbeschworen hatte, zu helfen. Die beiden Brüder saßen den Schwestern gegenüber, und blickten sie alle auch ernst drein, so sah Chadigas Gesicht geradezu düster aus. Man tauschte bedeutungsvolle Blicke, aber keiner wollte als erster auf die Sache zu sprechen kommen, derentwegen sie sich versammelt hatten, bis schließlich Chadiga selbst weinerlich, aber auch gereizt, erklärte: »So ein Streit kommt überall vor. Das hat's schon immer auf der Welt gegeben, seit unser Herrgott sie erschuf, was aber nicht heißen soll, daß wir unsere Schwierigkeiten nach außen hin zeigen, schon gar nicht den Leuten, deren unnützes Geschwätz man sich ersparen sollte. Aber sie kann es nicht lassen, unsere Geschichten herumzutratschen. Vertrauen wir auf Gott und sein Wohlgefallen.«

Ibrahim rutschte in seinem Mantel hin und her, als wollte er sich ordentlich hinsetzen. Er lachte kurz auf, und niemand war sich im klaren, wie das gemeint war. Chadiga blickte ihn mißtrauisch an und fragte: »Was soll das, dieses ›Ha, ha‹? Gibt es nichts auf dieser Welt, das du wirklich ernst nimmst?« Als müßte sie an ihm verzweifeln, verzog sie das Gesicht, um sich im nächsten Moment an Chalil und Aischa zu wenden. »Seid ihr etwa damit einverstanden, daß sie zu meinem Vater ins Geschäft rennt und sich über mich ausklagt? Gehört es sich, einen Mann – vor allem einen von der Art meines Vaters – in Zwistigkeiten von Frauen hineinzuziehen? Es war absolut unnötig, ihm darüber etwas zu erzählen, und ohne jeden Zweifel fühlte er sich durch den Besuch und die Jammerei belästigt. Wäre er nicht so höflich, hätte er ihr gegenüber es bestimmt deutlich geäußert. Aber nein, sie muß ja so lange auf ihn einreden, bis er ihr auch noch verspricht herzukommen. Abscheulich, wie sie sich benimmt. Als kümmerte sich mein Vater um solche Lappalien. Wie ist es mit Ihnen, werter Si Chalil, finden Sie ein solches Benehmen richtig?«

Ungehalten verzog Chalil die Brauen. »Meine Mutter hat einen Fehler gemacht. Das habe ich ihr auch deutlich erklärt, worauf mich ihr ganzer Ärger getroffen hat. Aber sie ist eine alte Dame, und Sie, Chadiga, wissen sehr wohl, daß ein Mensch ihres Alters ein wenig umgänglich und fast wie ein Kind behandelt werden muß. Also wäre es ...«

»›Wäre es, wäre es‹«, unterbrach ihn Ibrahim verärgert. »Wie oft willst du das noch wiederholen, bevor es dir endlich selbst langweilig wird? Unsere Mutter ist, wie du schon sagtest, eine alte Frau, nur leider hat sie es hier mit einem Menschen zu tun, der keinerlei Gnade kennt.«

Empört starrte ihn Chadiga an, runzelte die Stirn, blies die Nasenlöcher auf. »Um Gottes willen! Fehlt nur noch, daß du diese Gemeinheit in Gegenwart des Vaters wiederholst!«

Ibrahim winkte bedauernd ab. »Der Vater ist nicht hier, und wenn er kommt, dann nicht, um mir zuzuhören. Ich spreche hier nur eine von allen bestätigte Wahrheit aus, und auch du wirst sie nicht leugnen wollen. Du kannst meine Mutter nicht ertragen, kannst sie nicht ausstehen. Großer Gott, steh mir bei. Und warum das alles, werte Gattin? Mit ein bißchen Geduld und Takt könntest du sie dir um den Finger wickeln. Aber eher holt man den Mond auf die Erde, als daß du Milde zeigen würdest. Kannst du ein Wort von dem, was ich sagte, abstreiten?«

Chadigas Blick ging zwischen Chalil und Aischa hin und her, als sollten die beiden diese »schreiende Ungerechtigkeit« bezeugen. Doch offenbar schwankten sie noch, der Wahrheit oder dem Frieden den Vorzug zu geben. Schließlich stammelte Aischa, nun doch von Mitleid erfaßt: »Si Ibrahim möchte doch nur, daß du ihr ein wenig Nachsicht entgegenbringst«, was Chalil mit einem Nicken bestätigte, froh darüber, in höchster Not Rettung gefunden zu haben.

Schließlich fügte er hinzu: »So ist es. Meine Mutter wird schnell ärgerlich, aber sie verdient Respekt. Mit ein bißchen Sanftmut würden Sie sich Streit ersparen und Ihre Nerven schonen.«

Chadiga schnaubte empört. »Richtig wäre es zu sagen, daß sie mich nicht erträgt, nicht einmal andeutungsweise. Sie macht mich fertig. Wann immer wir uns begegnen, läßt sie direkt oder indirekt ein Wort fallen, das mein Blut in Aufruhr bringt und mich mit Gift vollpumpt. Und da soll ich Nachsicht zeigen?! Ihr denkt wohl, ich bin aus Eis! Mir reichen schon Abd al-Munim und Achmed, für die brauche ich schon alle Geduld und Nachsicht. Großer Gott, wo finde ich jemanden, der mir Gerechtigkeit widerfahren läßt?«

Ibrahim schmunzelte spöttisch. »Vielleicht dein Vater?«

»Ah, schadenfroh bist du! Jetzt verstehe ich alles. Trotzdem, Gott steht mir bei.«

»Ja, Gott steht uns bei«, meinte Ibrahim, und seine Stimme klang bei allem versöhnlerischen Ton auch trotzig, und Chalil fügte besänftigend hinzu: »Beruhigen Sie sich doch, damit Sie wenigstens Ihrem Vater etwas gelassener entgegentreten können.«

Doch wie sollte ihr das gelingen? Die Alte hatte sich in der schlimmsten Weise an ihr gerächt. Nicht lange, und sie würde dem Vater gegenüberstehen müssen, ein Gedanke, bei dem ihr das Herz stehenblieb und das Blut gefror.

In diesem Augenblick gellte aus dem Zimmer der Jungen Geschrei, gefolgt von Achmeds heulendem Schluchzen. Behend sprang Chadiga auf und eilte trotz ihrer Körperfülle flink hinüber. Mit einem Ruck riß sie die Tür auf und brüllte: »Was soll das? Habe ich euch nicht schon tausendmal verboten, euch zu zanken? Wer von euch hat angefangen?«

Kaum war Chadiga aus dem Zimmer, meinte Ibrahim: »Die Ärmste. Zwischen ihr und dem, was man Ruhe nennt, scheint eine unüberwindbare Feindschaft zu bestehen. Vom frühen Morgen an zieht sie in die Schlacht, und dann kämpft sie den ganzen Tag über und findet erst Frieden, wenn sie ins Bett flüchtet. Alles muß sich ihrem Willen unterordnen, alles muß so sein, wie sie es will – die Diener, das Essen, die Getränke, die Möbel, die Hühner, Abd al-Munim, Achmed, ich. Alles hat sich ihrer Ordnung zu fügen. Sie tut mir wirklich leid, denn eins kann ich euch versichern: Wir hätten auch ohne ihr besessenes Kümmern ein ordentliches und gemütliches Heim.«

Chalil schmunzelte. »Möge Gott ihr helfen.«

»Mir auch«, fügte Ibrahim lächelnd und mit einem Kopfschütteln hinzu. Er holte aus der Tasche des schwarzen Mantels Zigaretten heraus, stand auf und bot seinem Bruder davon an. Chalil nahm sich eine und forderte Aischa auf, sich auch zu bedienen, doch die lehnte mit einem Lachen ab und zwinkerte in Richtung der Tür, hinter der Chadiga verschwunden war. »Wenigstens diese Stunde soll friedlich verlaufen.«

Ibrahim setzte sich, zündete sich die Zigarette an und wies ebenfalls zur Tür. »Das Gericht tagt, die Untersuchung hat begonnen. Doch in diesem Fall wird sie die beiden Angeklagten gnädig behandeln, auch wenn ihr das an sich nicht liegt.«

Mürrisch trat Chadiga wieder ein. »Wie soll ich in diesem Haus Ruhe finden, wie denn bitte und wann?« Mit einem schweren Seufzer ließ sie sich auf das Sofa fallen. »Ich habe gerade«, wandte sie sich an Aischa, »vom Holzerker hinaus auf die Straße gesehen. Es ist alles noch lehmig und glitschig vom gestrigen Regen. Bei Gott, wie soll da der Vater herkommen? Wozu dieser ganze Aufwand?«

»Und der Himmel? Ist er heller geworden?« fragte Aischa.

»Pechschwarz. Noch bevor es Abend ist, wird das ganze Viertel schwimmen. Aber was nützt es? War deshalb deine Schwiegermutter bereit, die Bosheit, die sie ausgeheckt hat, auch nur um einen Tag zu verschieben? Nein, keineswegs. Gleichgültig, wie schwer ihr das Gehen auch fällt, sie muß hin zum Geschäft und auf den Vater einreden, bis er verspricht zu kommen. Wenn jemand im Laden gewesen wäre und mitbekommen hätte, daß sie trotz allem widrigen Wetter kam, um sich zu beklagen, dann würde er vermuten, ich wäre Rajja oder Sakina, eine dieser zwei mörderischen Schwestern.«

Alle lachten los, froh über die Gelegenheit, sich ein wenig zu entspannen. Mitten hinein fragte Ibrahim: »Hältst du dich etwa für weniger gefährlich als Rajja oder Sakina?«

Es klopfte an die Tür, und als die Dienerin öffnete, stand das Dienstmädchen Suweidan da und schaute furchtsam zu Chadiga hinüber. »Der alte Herr ist gekommen.« Kaum war sie verschwunden, erhob sich Chadiga, blaß im Gesicht. Mit gedämpfter Stimme flüsterte sie: »Laßt mich nicht allein mit ihm.«

»Wir halten zu Ihnen bis zum Ende, verehrte Chadiga«, erklärte lachend Chalil.

»Tut das ja«, bat sie flehentlich, bevor alle hinuntergingen. Aischa warf schnell noch einen Blick in den Spiegel, um sich zu vergewissern, daß kein Rest Schminke mehr zu sehen war.

Herr Achmed Abd al-Gawwad hatte im alten Salon

Platz genommen, auf dem Kanapee, das unter dem großen Porträt des verstorbenen Herrn Schaukat stand. Die alte Dame saß in einem Sessel, nahe beim Sofa. Der schwere Mantel, den sie trug, konnte trotz seiner Fülle nicht verbergen, wie mager und krumm sie geworden war. Das schmale Gesicht zerfurchten tiefe Falten, die Haut wirkte zerknittert. Nichts erinnerte mehr an ihr früheres Aussehen, nur die Goldzähne glänzten noch.

Der Raum war Herrn Abd al-Gawwad nicht fremd. So alt die Einrichtung auch war, sie hatte an Pracht nichts verloren. Die Vorhänge waren zwar ein wenig verblichen und die Samtbezüge etlicher Sessel und Kanapees zerschlissen oder an den Lehnen gar abgerieben, doch der Perserteppich hatte seine Schönheit bewahrt und an Wert noch zugenommen. Es lag ein leichter, angenehmer Duft in der Luft.

Sich auf den Griff ihres Sonnenschirms stützend, beugte sich die alte Dame vor und erklärte: »Ich sagte mir, daß Herr Achmed, wenn er nicht wie versprochen kommt, nicht mehr mein Sohn ist und ich nicht länger seine Mutter bin.«

Lächelnd erwiderte er: »Da sei Gott vor, natürlich gehorche ich Ihnen, also bin ich auch weiterhin Ihr Sohn, wie denn auch Chadiga weiterhin Ihre Tochter ist.«

Sie verzog den Mund, als schmollte sie. »Ihr seid alle meine Kinder. Frau Amina ist mir eine gute Tochter, und Sie, Herr Achmed, sind der beste aller Männer. Was aber Chadiga betrifft«, sie starrte ihn mit weit aufgerissenen Augen an, »so scheint sie keine einzige Eigenschaft ihrer gütigen Eltern geerbt zu haben.« Sie nickte heftig. »Gütiger Gott, steh uns bei.«

Als wollte er sich entschuldigen, meinte Herr Abd al-Gawwad: »Ich kann mich nur wundern, daß Sie Euch dermaßen verärgert haben soll. Es kam für mich alles sehr überraschend, und ich kann Ihnen versichern, daß ich nichts durchgehen lassen werde. Aber vielleicht erzählen Sie mir zunächst, was sie getan hat?«

Mürrisch stieß die alte Frau hervor: »Es ist eine alte Geschichte, die wir Ihnen nur verschwiegen haben, weil wir den Wunsch Ihrer Gattin respektierten. Wie sehr hat die sich vergeblich gemüht, Chadiga zur Vernunft zu bringen. Aber wie ich Ihnen schon im Geschäft sagte – ich werde erst sprechen, wenn sie mir von Angesicht zu Angesicht gegenübersteht.«

In diesem Moment kamen die vier herein, vorneweg Ibrahim, dann Chalil und nach Aischa schließlich Chadiga. Ein jeder trat an Herrn Abd al-Gawwad heran, um ihn zu begrüßen, und als Chadiga an der Reihe war, beugte sie sich mit vollendeter Höflichkeit nieder, um ihm die Hand zu küssen, was die alte Frau aus der Fassung brachte, so daß sie verblüfft erklärte: »Herr im Himmel, was ist denn das für ein Getue? Solltest du etwa wirklich Chadiga sein? Herr Achmed, lassen Sie sich nicht von solchen Äußerlichkeiten täuschen.«

Vorwurfsvoll wandte sich Chalil an seine Mutter: »Gönne doch unserem Vater ein wenig Ruhe. Es gibt nichts, weshalb du hier ein Verhör anstellen müßtest.«

Die Stimme der Alten schwoll an. »Was willst du hier? Was habt ihr anderen hier zu suchen? Sie soll bleiben, und ihr könnt in Frieden eurer Wege ziehen.«

»Bekenne dich zu Gott …«, versuchte Ibrahim, sie zu beruhigen, doch sie schrie ihn an: »Ich bekenne mich mehr zu Gott als du, du Maultier! Wäre ich ein Mann, dann hätte ich es nicht nötig, diesen gütigen Herrn zu bemühen. Weshalb bist du hier? Warum liegst du nicht wie sonst auf dem Sofa und schläfst?«

Chadiga, froh über diesen Beginn, wünschte sich nichts mehr, als daß das Gespräch noch heftiger würde und dadurch von ihr ablenkte. Doch da ertönte die kräftige Stimme des Vaters, womit der Weg zu der erhofften Schlacht zwischen den beiden anderen versperrt wurde. »Was mußte ich über dich hören, Chadiga? Soll es wirklich stimmen, daß du deiner Schwiegermutter, unser aller Mutter, keine – vergebe mir Gott – höfliche, fügsame Tochter bist?«

Chadiga ließ alle Hoffnung fahren. Sie senkte den Blick, bewegte die Lippen in unverständlichem Gemurmel und schüttelte verneinend den Kopf.

Die alte Dame bedeutete allen mit einem Wink stillzubleiben und hob erneut zu sprechen an. »Verehrter Herr Achmed, da es sich wie gesagt um eine langwierige Geschichte handelt, werde ich sie Ihnen heute nicht in Gänze darstellen können. Vom ersten Tag, seit Chadiga ins Haus kam, hat sie ständig und ohne jeden Grund Streit mit mir gesucht, und zwar auf so unverschämte Weise, wie ich es noch nie in meinem Leben kennengelernt habe. Ich möchte Ihnen gegenüber nicht wiederholen, was ich mir in den fünf Jahren oder noch länger anhören mußte, immer und immer wieder, und jedesmal unverschämter. Zuerst hatte sie Einwände dagegen, daß ich den Haushalt beaufsichtige, dann mäkelte sie an meinem Essen herum – können Sie sich das vorstellen, Si Achmed? –, und schließlich ließ sie keine Ruhe, bis sie ihren Wohnraum von meinem abtrennte, also aus dem gemeinsamen Heim zwei getrennte Haushalte machte. Nicht einmal das Dienstmädchen Suweidan darf ihre Wohnung betreten, nur weil sie mein Mädchen ist. Sie hat sich eine eigene Dienerin besorgt. Dann die Geschichte mit der Terrasse! Die Dachterrasse, die wahrlich groß genug ist, mein Herr, die hielt sie für uns beide zu klein, so daß ich tatsächlich gezwungen war, meine Hühner auf den Hof zu bringen. Was soll ich Ihnen noch sagen, mein Sohn? Das ist nur ein Bruchteil von dem, was geschehen ist. Aber lassen wir das. Ich sage mir immer, was vorbei ist, ist vorbei. Ich habe alles ertragen, bin geduldig gewesen, weil ich glaubte, daß nach der Teilung des Hauses die Ursachen für die Streitereien beendet sein würden. Bekam ich recht? Ach, bewahre!«

Sie hielt inne, weil sie husten mußte. Es war ein so heftiger Anfall, daß ihr die Halsadern schwollen. Chadiga behielt sie scharf im Blick, betete insgeheim zu Gott, er möge sie heimsuchen, bevor sie weitersprechen konnte. Doch da hatte sie sich erholt, und noch am Speichel würgend, murmelte sie das Glaubensbekenntnis. Mit Tränen in den Augen sah sie Herrn Abd al-Gawwad an und fragte heiser: »Würden Sie es verschmähen, Herr Achmed, zu mir Mutter zu sagen?«

Der setzte eine düstere Miene auf, obwohl er die Söhne Ibrahim und Chalil lächeln sah, und erwiderte: »Da sei Gott vor, meine Mutter.«

»Bravo, Gott segne Sie. Aber Ihre Tochter lehnt das ab und nennt mich ›Tante‹. Mehrmals habe ich sie schon gebeten, zu mir Mama zu sagen, aber dann fragt sie jedesmal: ›Und wie soll ich dann meine Mutter nennen?‹ Wenn ich ihr erkläre, daß ich ebenso die Mama bin wie ihre Mutter, dann kommt als Antwort: ›Ich habe nur eine Mama, möge Gott sie mir lange erhalten.‹ Sehen Sie nur, Herr Achmed, wie sie ist, dabei war ich doch die, die sie mit eigenen Händen ans Licht der Welt gebracht hat.«

Herr Abd al-Gawwad bedachte Chadiga mit einem verärgerten Blick, dann fragte er scharf: »Ist das wahr, Chadiga? Rede!«

Chadiga hatte das Gefühl, kein Wort herauszubringen. Sie war fix und fertig, und zwar sowohl vor Zorn als auch vor Angst. Dem Ausgang des Gesprächs bang entgegensehend, fühlte sie sich instinktiv dazu getrieben, alles, was ihr an besänftigenden Worten und demütigendem Bitten zur Verfügung stand, für ihre Verteidigung einzusetzen.

»Mir wird unrecht getan«, sagte sie mit fast ersterbender Stimme. »Jeder hier weiß, welch Unrecht mir geschieht, jawohl, Unrecht – bei Gott, Vater.«

Herr Abd al-Gawwad war verblüfft. Zwar hatte er vom ersten Augenblick an bemerkt, in welch senilem Zustand sich die alte Frau befand, und es war ihm auch nicht entgangen, daß im Raum eine gewisse belustigte Atmosphäre herrschte – dafür sprachen schon die grienenden Gesichter von Chalil und Ibrahim –, dennoch war er entschlossen, Gesetztheit und Strenge hervorzukehren, und zwar nicht nur um die Alte zufriedenzustellen, sondern auch um Chadiga einzuschüchtern. Worüber er jetzt aber erstaunt war, das war die unerhörte Sturheit und Härte Chadigas, Eigenschaften, die er sich zuvor bei ihr nie hätte vorstellen können. War sie so schon geartet gewesen, als sie noch in seinem Haus lebte? Kannte Amina sie anders oder besser als er? Sollte er letzten Endes entdecken müssen, daß auch Chadiga – wie schon Jasin – ein ganz anderer Mensch war, als er glaubte? »Ich will die Wahrheit hören, ich will wissen, wie es sich mit dir verhält. Die Frau, über die unsere verehrte Frau Mutter sprach, scheint eine andere zu sein als die, die ich kenne. Welche von beiden bist du nun?«

Die alte Dame mahnte mit einer Gebärde der Bitte, die Fingerspitzen aneinandergelegt, die Hände auf und ab wiegend, um Geduld. »Als ich ihr sagte«, hob sie wieder an zu sprechen, »ich hätte sie mit eigener Hand ans Licht der Welt befördert, da hat sie mir doch freiweg und in einem derart bösartigen Ton, wie ich es noch nie gehört habe, erklärt: ›Was für ein Wunder, daß ich da nicht gestorben bin.‹« Ibrahim und Chalil lachten los, und Aischa senkte den Kopf, um nicht ihr Schmunzeln zu zeigen. Die Alte drehte sich zu den Söhnen um. »Ja, lacht nur, lacht. Lacht über eure Mutter.«

Herr Abd al-Gawwad sah noch grimmiger aus, obwohl er innerlich lachen mußte. Konnte es sein, daß auch die Töchter nach ihm kamen? War das nicht etwas, das er in der Runde mit Ibrahim Alfar, Ali Abd ar-Rahim und Mohammed Iffat zum besten geben mußte? Polternd fuhr er Chadiga an: »So nicht, so nicht! Wahrlich, dafür wirst du hart büßen müssen.«

Die Alte fuhr zufrieden fort: »Ja, und was den Streit gestern betrifft, so war es so: Ibrahim hatte ein paar Freunde eingeladen, und Chadiga hatte unter anderem eine Tscherkessa auf den Tisch gebracht. Als wir abends noch alle ein wenig beisammensaßen und Ibrahim darauf zu sprechen kam, daß die Gäste die Tscherkessa besonders gelobt hatten, da hat sich Frau Chadiga zwar gefreut, aber zufrieden war sie nicht, nein, sie mußte unbedingt noch hervorheben, daß die Tscherkessa schon immer das Lieblingsgericht in ihrem Elternhaus war. Da habe ich, natürlich in bester Absicht, nur entgegnet, daß doch Zainab, Jasins erste Frau, dieses Gericht eingeführt hat und Chadiga es also von ihr gelernt haben muß. Ich schwöre Ihnen, Herr Achmed, ich habe wirklich nur in bester Absicht gesprochen und wollte niemandem unrecht tun, und nun stellen Sie sich vor, mein Lieber – Gott möge Sie schützen –, da springt sie wütend auf und schreit mich an: ›Wissen Sie etwa mehr über mein Zuhause als ich?‹ Worauf ich nur antwortete, daß ich ihr Elternhaus schon lange kannte, bevor es sie überhaupt gab. Da brüllt sie doch los: ›Sie gönnen uns nichts Gutes, Sie können es nicht ertragen, wenn wir gelobt werden, nicht einmal, wenn es um eine Tscherkessa geht. Dieses Gericht wurde bei uns schon gegessen, als Zainab noch gar nicht geboren war. Schande über eine Frau, die in Ihrem Alter noch lügt!‹ Bei Gott, Si Achmed, das hat sie mir vor allen anderen entgegengeschleudert.

Nun sagen Sie, beim Herrn und seinem Segen, wer von uns beiden ist die Lügnerin?«

Erbost rief Herr Abd al-Gawwad: »Sie hat Sie der Lüge bezichtigt? O Herr der Himmel, das ist nicht meine Tochter!«

Doch nun griff Chalil ein. Ungehalten fragte er: »Und deshalb hast du unseren Vater herkommen lassen? Hältst du es für richtig, ihm wegen eines lächerlichen Streits – wegen einer Tscherkessa – die Laune zu verderben und seine Zeit zu verschwenden? Das ist wirklich ein starkes Stück, Mutter.«

Sie starrte ihn finster an. »Schweig!« rief sie. »Geh mir aus dem Gesicht! Ich lüge nicht, und kein Geschöpf darf mich eine Lügnerin nennen. Ich weiß, was ich sage, und für die Wahrheit muß man sich nicht schämen. Im Haus von Herrn Achmed hat man die Tscherkessa erst durch Zainab kennengelernt. Das ist keine Schande, das schmälert auch niemandes Ansehen, aber es ist eben die Wahrheit. Hier ist Herr Achmed, soll er mich eine Lügnerin heißen, wenn ich gelogen habe. Die Braten sind in seinem Haus beispielhaft und das Gemüse, gefüllt mit Reis, ebenso, aber die Tscherkessa hat erst Zainab eingeführt. Reden Sie, Herr Achmed, Sie sind der Richter.«

Während der ganzen Zeit, da die Frau sprach, war Herr Abd al-Gawwad bemüht, der Versuchung zu lachen zu widerstehen. Doch als er zu sprechen begann, klang seine Stimme schroff und barsch. »Wenn sich Chadigas Vergehen wenigstens nur auf Lügen und falsche Behauptungen beschränkte! Nein, sie führt sich auch noch schlecht erzogen auf. Traust du dich das, weil du nicht mehr in Reichweite meiner Hand lebst? Aber wehe, meine Hand langt überallhin, wenn es sein muß, und zwar ohne jedes Zögern. Es ist wirklich traurig, daß ein Vater seine Tochter noch erziehen und strafen muß, obwohl sie im reifen

Alter steht und Ehefrau und Mutter ist.« Mit der Hand fuchtelnd, fuhr er fort: »Du machst mich zornig, und es schmerzt mich, dein Gesicht sehen zu müssen.«

Chadiga brach plötzlich in Tränen aus, was nicht nur der Erregung geschuldet war, sondern auch planmäßig geschah. Es gab kein anderes Mittel mehr, mit dem sie sich hätte verteidigen können. Schluchzend und mit tränenerstickter Stimme stieß sie hervor: »Mir geschieht Unrecht, ja, bei Gott, Unrecht! Kaum sieht sie mich, fängt sie an, mich zu beschimpfen. Immer wieder erklärt sie, daß ich ohne sie eine alte Jungfer geblieben wäre. Dabei habe ich ihr nie Schlechtes getan, das können alle bezeugen.«

Der dramatische Auftritt, teils aufrichtig gemeint, teils geschummelt, verfehlte bei den anderen nicht die Wirkung. Chalil runzelte die Stirn, Ibrahim hielt den Kopf gesenkt, und selbst Herr Abd al-Gawwad, auch wenn sich sein Gesichtsausdruck nicht änderte, fühlte, daß sich sein Herz wie in früherer Zeit verkrampfte, wenn von Chadiga als alter Jungfer gesprochen wurde. Die Alte hingegen starrte Chadiga durchdringend an, als wollte sie ihr bedeuten, daß auch diese Rolle, so geschickt sie diese spielte, bei ihr nicht verfing. Doch da sie witterte, daß etwas wie Mitleid mit der Schauspielerin in der Luft lag, erklärte sie herausfordernd: »Bitte, da ist Aischa, ihre Schwester. Bei deinem Augenlicht, beim heiligen Koran beschwöre ich dich zu bezeugen, was du gesehen und gehört hast. Hat mir deine Schwester nicht ins Gesicht gesagt, daß ich lüge? Habe ich nicht die Sache mit der Tscherkessa ohne jede Übertreibung geschildert? Sprich, mein Töchterchen, sprich. Erst bezichtigt sie mich der Lüge und jetzt des Unrechts, also rede, damit dein Herr Vater weiß, wer hier der Missetäter und wer das Opfer ist.«

Aischa, erschrocken darüber, daß sie nun doch in die hitzige Auseinandersetzung verwickelt wurde, obwohl sie gehofft hatte, bis zum Schluß nur Beobachterin zu bleiben, – Aischa fühlte die Gefahr, die plötzlich von allen Seiten auf sie zukam. Hilfesuchend sahen ihre hübschen Augen mal auf ihren Mann, mal zu ihrem Vater hinüber, und schließlich begriff Ibrahim, daß er eingreifen mußte. Doch Herr Abd al-Gawwad kam ihm zuvor, indem er sagte: »Aischa, unsere werte Mutter ruft dich als Zeugin an, da mußt du schon sprechen.«

Vor lauter Aufregung wurde sie blaß, doch die Bewegung ihrer Lippen kündete lediglich davon, daß sie schwer schluckte. Um dem Blick des Vaters zu entgehen, schloß sie die Augen und schwieg hartnäckig.

»Niemals zuvor habe ich erlebt«, protestierte Chalil, »daß eine Schwester gegen die andere als Zeugin auftreten soll.«

»Und ich«, schrie die Alte los, »habe noch nie gehört, daß sich Söhne gegen die Mutter zusammenrotten, wie ihr das hier tut.« Sie wandte sich an Herrn Abd al-Gawwad. »Mir reicht Aischas Schweigen, denn es spricht für mich, Herr Achmed.«

Schon glaubte Aischa, die Marter überstanden zu haben, da hörte sie unverhofft, wie Chadiga, sich die Augen trocknend, sie bat: »Sprich, Aischa, hast du je gehört, daß ich sie beschimpft habe?«

Insgeheim verfluchte Aischa ihre Schwester aus tiefster Seele. Ihr goldblonder Kopf zuckte nervös.

»Ha!« schrie die Mutter. »Jetzt haben wir die Lösung. Deine Schwester will dich als Zeugin haben, da bleibt dir keine Entschuldigung mehr, mein Töchterchen. Du lieber Himmel, wenn ich wirklich so despotisch bin, wie Chadiga behauptet, warum tue ich Aischa kein Unrecht an? Warum geht es mit uns beiden bestens? Warum?«

Ibrahim Schaukat stand auf, setzte sich neben Herrn Abd al-Gawwad und sagte: »Verehrter Herr Vater, es tut mir leid, daß wir Sie ermüdet haben und Ihre wertvolle Zeit unnütz vergeuden. Also lassen wir alle Beschwerden und Zeugnisse beiseite, vergessen wir, was gewesen ist, und richten wir den Blick lieber auf Wichtigeres und Nützlicheres. Heil und Segen soll sich mit Eurem Besuch verbinden, also schließen wir Frieden zwischen meiner Mutter und meiner Frau. Seien Sie versichert, daß sie ihn beide auf ewig wahren werden.«

Herr Abd al-Gawwad, erfreut über diesen Vorschlag, hielt es dennoch für besser, klug vorzugehen. Er schüttelte den Kopf. »Nein, nein«, protestierte er, »ich kann dem nicht zustimmen. Frieden kann nur zwischen den rivalisierenden Seiten geschlossen werden, und in unserem Fall sind das die werte Frau Mutter und meine Tochter. Da eine Mutter vor der Tochter den Vorrang hat, muß sich zuerst Chadiga bei ihr für das entschuldigen, was vorgefallen ist, und dann kann ihr die Mutter, so sie will, vergeben. Danach können wir dann von Frieden reden.«

Das breite Lächeln, das über das Gesicht der Alten ging, schob alle Runzeln ineinander. Mißtrauisch blickte sie erst zu Chadiga hinüber, dann sah sie, ohne etwas zu sagen, Herrn Abd al-Gawwad an.

»Mein Vorschlag scheint keine Billigung zu finden«, meinte er, worauf die Mutter hastig erwiderte: »Aber nein, Sie sagen immer das Richtige. Gesegnet seien Ihre Lippen, der Herr segne Ihr Leben.«

Er gab Chadiga ein Zeichen. Unverzüglich erhob sie sich und ging auf ihn zu, niedergeschmettert wie nie zuvor. Als sie vor ihm stand, dröhnte seine Stimme: »Küsse die Hand deiner Mutter und sage: Verzeihen Sie mir, Mama.«

Um Himmels willen! Niemals, nicht in den schwärzesten Alpträumen, hätte sie sich je vorstellen können, sich in einer solchen Situation zu befinden. Und doch – es war ihr Vater, ihr angebeteter Vater, der ihr das befahl, der Mann, dessen Urteil sich niemand widersetzen konnte. So sollte denn Gottes Wille geschehen. Chadiga drehte sich zu der Alten um, beugte sich herab, nahm die Hand, die ihr schon entgegengehalten wurde – o ja, bei Gott, sie hielt sie ohne den geringsten, nicht einmal vorgeblichen Protest empor –, und küßte sie. Ein Schauder überlief Chadiga, Ekel empfand sie und den Schmerz der Unterwerfung, und leise murmelte sie: »Verzeihen Sie mir, Mama.«

Mit vor Freude strahlendem Gesicht behielt die Alte Chadiga fest im Blick und sagte: »Ich vergebe dir, Chadiga. Ich verzeihe dir um deines Vaters willen und weil ich bereit bin, deine Reue anzunehmen.« Sie kicherte und fügte warnend hinzu: »Von heute an kein Streit mehr über die Tscherkessa. Ist es nicht schon genug, daß Ihr die besten Braten und Reisgemüse auf der ganzen Welt habt?«

Freudig stimmte Herr Abd al-Gawwad zu: »Dem Herrn sei Dank für diesen Friedensschluß.« Er schaute zu Chadiga auf. »Von jetzt an gibt es nur noch Mama und keine Tante. Sie ist ebenso deine Mama wie die andere.« Ein wenig bekümmert fügte er hinzu: »Woher hast du nur diesen Charakter, mein Kind? Niemand, der in meinem Haus aufgewachsen ist, sollte so geartet sein. Hast du vergessen, mit welcher Sittsamkeit und Sanftmut sich deine Mutter schmückt? Weißt du nicht, daß mein Ansehen darunter leidet, wenn du dich schlecht verhältst? Bei Gott, ich konnte mich nicht genug wundern, als ich unserer Frau Mutter zuhörte, und so wird es mir noch lange ergehen.«

22

Nach dem Aufbruch von Herrn Abd al-Gawwad stiegen die vier zu ihren Wohnungen hinauf, angeführt von Chadiga, deren Gesicht vor Zorn fahl aussah. Die anderen, beherrscht vom Gefühl, daß an ein ungetrübtes Zusammenleben noch lange nicht zu denken war, machten sich Sorgen, was die schweigende Chadiga nun wieder ausbrütete. Deshalb hielten Chalil und Aischa es auch für besser, erst einmal mit in die Wohnung von Chadiga und Ibrahim zu gehen, obwohl sie wegen des Lärms, den Naima, Othman und Mohammed veranstalteten, eigentlich bei sich für Ordnung hätten sorgen müssen.

Kaum hatte man im Salon Platz genommen, wandte sich Chalil, der der Situation auf den Grund gehen wollte, an seinen Bruder. »Dein Schlußwort war entscheidend, es hat den guten Ausgang gebracht.«

Zum erstenmal machte Chadiga den Mund auf. Erregt erklärte sie: »Wegen der Versöhnung, nicht wahr? Für mich war das eine nie zuvor erlebte Demütigung.«

»Es kann doch nicht demütigend sein, meiner Mutter die Hand zu küssen und sie um Verzeihung zu bitten«, meinte Ibrahim mißbilligend.

»Für dich ist sie die Mutter, für mich ist sie eine Feindin. Ohne Vaters Befehl hätte ich sie nie Mutter genannt, ja, sie ist nur eine Mutter auf Befehl, und das darf als einziger mein Vater fordern.«

Ibrahim lehnte sich zurück und stöhnte verzweifelt. Aischa hingegen war beunruhigt, wußte sie doch nicht, wie die Schwester ihre Weigerung aufgenommen hatte, ihr als Zeugin zu helfen. Was ihre Besorgnis noch steigerte, war, daß Chadiga es vermied, sie anzusehen. Sie entschied sich, etwas zu sagen, damit Chadiga gezwungen war, ihre

Gefühle offen darzulegen. So sanft sie konnte, meinte sie: »Das war keine Schande. Ihr habt euch nur die Meinung gesagt. Du solltest nur noch daran denken, daß du alles gut überstanden hast.«

Durch Chadigas Körper ging ein Ruck, sie warf der Schwester einen wütenden Blick zu. »Fang du nicht auch noch an, Aischa«, entgegnete sie scharf. »Du hast als letzte das Recht, das Wort an mich zu richten.«

Aischa tat überrascht, blickte abwechselnd von Ibrahim zu Chalil. »Ich? Wieso? Verhüte Gott.«

Die Antwort kam kalt und verletzend wie ein Schuß aus der Pistole. »Weil du mich verraten hast und dein Schweigen ein Zeugnis gegen mich gewesen ist. Weil du es vorgezogen hast, der anderen zu Gefallen zu sein, statt deiner Schwester beizustehen. Das genau ist Verrat.«

»Du bist wirklich eigenartig, Chadiga. Jeder hier weiß, daß mein Schweigen in deinem Interesse lag.«

Chadigas Ton verlor nichts an Schärfe. »Wäre es dir um mich gegangen, dann hättest du meine Worte bezeugt, ob nun zu Recht oder Unrecht. Aber nein, du hast natürlich die vorgezogen, die dir das Essen vorsetzt. Schweig, kein Wort mehr! Unsere Mutter wird das beurteilen.«

Am nächsten Vormittag machte sich Chadiga trotz des Morasts und der vielen Pfützen auf, die Mutter zu besuchen. Schnurstracks eilte sie in den Backraum, und kaum hatte Amina sie erblickt, da begrüßte sie sie voller Freude, und Umm Hanafi kam jubelnd herbeigeeilt. Da Chadigas Begrüßung nur aus wenigen knappen Worten bestand, sah Amina die Tochter fragend an. Ohne weitere Erklärung stieß Chadiga hervor: »Ich will wissen, was du von Aischa denkst. Ich habe keine Kraft mehr, alles noch länger zu ertragen.«

Aufmerksam, aber auch besorgt betrachtete die Mutter sie. Mit einem Nicken des Kopfs bedeutete sie ihr, mit ihr hinauszugehen. »Was ist geschehen? Möge Gott Unheil verhüten. Dein Vater hat mir über den Vorfall erzählt, aber was hat Aischa damit zu tun?« Während die beiden die Treppe hinaufstiegen, redete die Mutter verstört weiter. »Wie oft habe ich dich gebeten, großzügiger zu sein. Deine Schwiegermutter ist eine alte Frau, darauf muß man Rücksicht nehmen. Daß sie bei dem schlimmen Wetter gestern deinen Vater im Geschäft aufgesucht hat, zeigt doch schon, wie wenig sie noch bei Verstand ist. Aber was hilft's? Oh, wie verärgert war der Vater. Er hätte nie geglaubt, daß du zu solchen Bösartigkeiten fähig bist. Nur, warum bist du auf Aischa wütend? Sie hat doch die ganze Zeit über geschwiegen, oder nicht? Etwas anderes konnte sie auch gar nicht tun.«

Im Salon angelangt, dort, wo sonst die Kaffeerunde immer stattfand, setzten sich die beiden Frauen nebeneinander aufs Kanapee.

»Mama«, erklärte Chadiga warnend, »ich hoffe doch sehr, daß du dich nicht auch noch auf ihre Seite schlägst. O Gott, was soll ich nur tun? Nirgendwo finde ich Beistand auf dieser Welt.«

Die Mutter lächelte vorwurfsvoll. »Du solltest so etwas nicht denken, Töchterchen, geschweige denn sagen. Erzähl mir lieber, was du gegen Aischa vorzubringen hast.«

Als schlüge sie auf einen Feind ein, ließ Chadiga die Hand durch die Luft sausen. »Lauter Niederträchtigkeiten! Sie hat gegen mich Zeugnis abgelegt und mir damit die schlimmste Niederlage zugefügt.«

»Wieso? Was hat sie gesagt?«

»Gar nichts.«

»Dem Himmel sei Dank.«

»Aber das ist ja das Unglück, daß sie nichts gesagt hat.«

Amina lächelte sie liebevoll an. »Was hätte sie denn sagen sollen?«

Als würde sie diese Frage in schwere Bedrängnis bringen, runzelte Chadiga die Stirn. »Sie hätte erklären können, daß ich dieser Frau nichts getan habe. Warum nicht? Das wäre völlig im Rahmen ihrer schwesterlichen Pflicht gewesen. Zumindest hätte sie sagen können, daß sie nichts gehört hat. Tatsache ist aber, daß sie diese Frau mir vorgezogen hat. Sie hat mich im Stich gelassen und mich der Gnade dieses boshaften, verschlagenen Weibs ausgeliefert. Das werde ich Aischa nie im Leben vergessen!«

Schmerzlich betroffen bat die Mutter: »Chadiga, mach mir nicht solche Angst. Das Ganze hätte doch am Morgen schon vergessen sein können.«

»Vergessen? Keine einzige Stunde habe ich heute nacht geschlafen. Kein Auge habe ich zugetan, der Kopf glühte mir. Alles Unglück wäre nicht so schlimm, wenn es nicht mit Aischa zu tun hätte. Die eigene Schwester, und schlägt sich auf die Seite des Satans! Sehr schön, wunderbar, soll sie tun, was sie will. Bisher hatte ich nur eine Schwiegermutter, jetzt habe ich zwei von der Sorte. Ausgerechnet Aischa, die ich so oft beschützt habe. Wenn ich solch eine Verräterin wie sie wäre, hätte ich dem Vater schon längst erzählt, wie sehr ihre Sittsamkeit zu wünschen übrigläßt. Sie möchte gern bei ihm als edler Engel dastehen, und ich soll der Teufel der Verdammnis sein. Nein, so nicht! Ich bin hundertmal besser als sie, meine Ehre beschmutzt kein einziges Körnchen Staub. Und wäre da nicht der Vater«, ihre Stimme wurde noch schneidender, »dann hätte mich keine Macht der Welt dazu bewegen können, die Hand meiner Feindin zu küssen und zu ihr Mutter zu sagen.«

Amina streichelte ihr sanft über die Schulter. »Du wirst immer gleich wütend, immer braust du so schnell auf. Beruhige dich doch. Du bleibst zum Mittagessen, und dann sprechen wir in aller Ruhe weiter.«

»Aber nein, ich bin durchaus besonnen und weiß, was

ich sage. Ich werde den Vater fragen, welche von uns beiden die Anständigere ist – die, die ihr Heim in Ordnung hält, oder die, die sich ständig bei den Nachbarn herumtreibt und dort singt und ihre Tochter tanzen läßt.«

Die Mutter seufzte. »Um das zu erfahren, brauchst du den Vater erst gar nicht zu fragen. Aischa ist eine verheiratete Frau, und da ist es allein an ihrem Ehemann, ihr Verhalten zu beurteilen. Solange er ihr den Besuch bei den Nachbarn erlaubt, solange er weiß, daß sie vor ihren Freundinnen, die sie lieben und ihre Stimme gerne mögen, singt, solange geht uns das nichts an. Fürchte Gott, Chadiga! Kannst du mit Fug und Recht ein solches Verhalten sittenwidrig nennen? Findest du es wirklich schrecklich, daß Naima tanzt? Sie ist sechs Jahre, da ist das noch alles Spielerei. Nein, Chadiga, du sprichst im Zorn, möge Gott dir verzeihen.«

»Ich bestehe auf jedem Wort, das ich gesagt habe«, versteifte sich Chadiga hartnäckig. »Wenn es dir gefällt, daß sie singt und ihre Tochter tanzt, findest du es dann auch gut, daß sie raucht? Sich wie ein Mann benimmt? Ach, sieh an, jetzt bist du überrascht. Ich wiederhole es noch einmal – Aischa raucht. Rauchen ist für sie zu einer Sucht geworden, von der sie nicht mehr lassen kann. Und ihr Mann? Tja, der hält ihr eine ganze Schachtel hin und erklärt schlicht und einfach: ›Hier, meine kleine Schuschu, deine Zigaretten.‹ Mit eigenen Augen habe ich gesehen, wie sie einen Zug macht und dann den Rauch durch Nase und Mund ausstößt. Durch die Nase! – Hast du gehört? Und jetzt verheimlicht sie es nicht einmal mehr wie anfangs. Sie hat mich sogar eingeladen, es auch zu versuchen, und zwar mit dem Argument, Rauchen würde die Nerven beruhigen. Ja, da hast du deine Aischa, was sagst du nun? Und was wird der Vater dazu sagen?«

Es setzte Schweigen ein. Die Mutter blickte verstört

drein, war aber dennoch entschlossen, ihre beschwichtigende und auf Mäßigung bedachte Art beizubehalten. »Rauchen ist schon bei Männern eine häßliche Unsitte, dein Vater hat es nie getan. Was soll ich also erst sagen, wenn Frauen das tun? Aber wenn es so ist, daß ihr eigener Mann sie dazu verführt und es ihr beigebracht hat – was kann man dann tun, Chadiga? Sie ist mit ihm und nicht mit uns verheiratet. Man kann nur gute Ratschläge geben, aber ob das hilft?«

Schweigend und zögerlich sah Chadiga sie an, bevor sie erneut zu sprechen begann. »Ihr Mann verwöhnt sie auf schändliche Weise, er verdirbt sie geradezu und bringt ihr alle seine Untugenden bei. Das Rauchen ist ja noch nicht das Schlimmste an ihm, er trinkt zu Hause auch ungeniert Alkohol. Da stehen immer Flaschen herum, als gehörte das zum normalen Leben, und irgendwann wird sie, wie beim Rauchen, mit dem Trinken anfangen. Warum auch nicht? Die Alte weiß ohnehin, daß die Wohnung ihres Sohns eine Kneipe ist, das kümmert sie nicht. Wie gesagt, er wird ihr auch das Trinken beibringen, und ich bin mir noch nicht einmal sicher, ob es nicht schon passiert ist. Einmal hat sie nämlich eigenartig gerochen, und als ich sie danach gefragt habe, hat sie zwar geleugnet, war aber ziemlich verlegen. Ich versichere dir, daß sie bestimmt schon Alkohol getrunken hat und auf dem besten Weg ist, sich daran zu gewöhnen.«

»Nicht auch das noch, o Herr!« rief Amina verzweifelt. »Erbarme dich deiner und unser, Chadiga, und fürchte Gott.«

»Beim Herrn der Welt, ich fürchte Gott. Ich rauche nicht und rieche auch nicht verdächtig. Bei mir kommt kein Alkohol ins Haus. Hast du nicht gewußt, daß dieser andere Hornochse auch eine dieser sündigen Flaschen vor mir verbergen wollte? Aber ich habe ihm aufgelauert, und als ich ihn erwischte, habe ich ihm klipp und klar gesagt, daß ich mit einer Flasche Alkohol nicht in einer Wohnung bleibe. Angesichts meiner Entschlossenheit hat er den Rückzug angetreten und die Flasche bei seinem Bruder, also in der Wohnung jener werten Dame, untergebracht, die mich gestern verraten hat. Wann immer ich laut den Alkohol und die Trinker verfluche, erklärt er – möge Gott ihn doch nur schweigen lassen! –: ›Woher hast du nur diesen puritanischen Hanbalismus? Dein Vater ist ein wahrer Ausbund an Geselligkeit, selten, daß bei einer seiner Feiern eine Flasche und eine Laute fehlen.‹ Hast du gehört? Das sagt er über meinen Vater im Haus der Schaukats!«

Aminas Augen sahen bedrückt und traurig aus. Nervös verkrampfte sie die Hände, öffnete sie wieder. Als sie zu sprechen begann, hörte sich ihre Stimme klagend und schmerzlich betroffen an. »Herr, erbarme dich, für solche Dinge sind wir nicht geschaffen. Bei Dir liegt alle Vergebung und Gnade, doch alles Unheil der Frauen kommt von den Männern. Ich werde nicht länger schweigen, nein, das wäre nicht richtig. Ich werde mit Aischa hart ins Gericht gehen, doch noch kann ich nicht glauben, daß das stimmen soll, was du sagst. Du hast Vorurteile, und deshalb glaubst du Dinge, die auf nichts begründet sind. Meine Tochter ist rein, und rein wird sie auch bleiben, selbst wenn ihr Mann sich in einen Satan verwandelt. Ich werde ganz offen mit ihr reden, ich werde mich auch mit Si Chalil unterhalten, falls es erforderlich ist. Soll er trinken, soviel er will und solange Gott sich seiner erbarmt. Was aber meine Tochter betrifft, so steht zwischen ihr und dem Teufel unser Herrgott.«

Zum erstenmal verspürte Chadiga eine gewisse Erleichterung. Zufrieden beobachtete sie, wie aufgeschreckt die Mutter war, denn nun war sie sich sicher, daß Aischa als

Strafe für ihren Verrat schon bald das volle Ausmaß an Schaden zu spüren bekommen würde. Es kümmerte sie wenig, die tatsächliche Situation übertrieben dargestellt und die Beschreibung der Wohnung ihrer Schwester als Kneipe überspitzt zu haben. Sie wußte sehr wohl, daß Ibrahim und Chalil sich dem Alkohol nur selten näherten und niemals sich einen Rausch antranken. Sie war eben einfach wütend und erregt gewesen. Nur bei dem, was man über ihren Vater gesagt hatte, daß er ein Ausbund an Geselligkeit sei und ähnliches mehr, da unterlegte sie ihrem Stimmfall eine gewisse Ungläubigkeit, um ja keinen Zweifel daran aufkommen zu lassen, daß sie so etwas nie glauben würde.

In Wahrheit aber war sie vor einiger Zeit gezwungen gewesen, sich der einhelligen Meinung von Ibrahim, Chalil und deren alter Mutter anzuschließen, und das um so mehr, als man ihr über das Treiben des Vaters weder vorwurfsvoll noch mißbilligend erzählt hatte. Ganz im Gegenteil, in höchsten Tönen hatten sie seine Freizügigkeit gepriesen und ihm den Titel »größter Charmeur seiner Epoche« zugestanden. Zunächst hatte sie, Chadiga, diese übereinstimmende Meinung hartnäckig abgestritten, doch dann, auch wenn sie darüber nicht sprach, waren ihr allmählich Zweifel gekommen. Es fiel ihr ungemein schwer, diese neuen Eigenschaften des Vaters mit seiner gesetzten und allmächtigen Persönlichkeit, an die sie zeit ihres Lebens geglaubt hatte, in eins zu bringen. Aber der aufgekommene Zweifel schmälerte ihre Verehrung und Bewunderung für den Vater nicht wirklich; eher stieg in ihren Augen sogar sein Ansehen auf Grund der ihm zugeschriebenen bezaubernden Witzigkeit und Großzügigkeit.

Offensichtlich war Chadiga mit dem errungenen Sieg noch nicht voll zufrieden, denn schon setzte sie ihre Sticheleien fort mit den Worten: »Aischa hat nicht nur mich verraten, mit dir hat sie das gleiche gemacht.« Sie legte eine Pause ein, um diesen Satz voll ins Bewußtsein dringen zu lassen. Dann schob sie hinterher: »Sie besucht Jasin und Marjam in der Kasr asch-Schauk.«

»Was sagst du da?« rief die Mutter und starrte sie bestürzt an.

Im sicheren Gefühl, jetzt den Gipfel des Siegs erklommen zu haben, erklärte sie: »Das ist die traurige Wahrheit. Jasin und Marjam sind mehrmals zu Besuch gekommen, mal waren sie bei Aischa, mal bei mir. Es stimmt, wenn ich sage, daß ich mich gezwungen sah, sie zu empfangen, denn aus Respekt vor Jasin konnte ich nicht anders handeln. Aber ich habe die beiden immer sehr zurückhaltend begrüßt. Er hat mich eingeladen, sie in der Kasr asch-Schauk zu besuchen, wobei ich dir sicher nicht erst sagen muß, daß ich nicht hingegangen bin. Auch wenn sich ihre Besuche wiederholten, hat das an meinem Entschluß nichts geändert. Doch eines Tages fragte mich Marjam: ›Warum kommst du nicht zu uns, wir sind doch seit langem Schwestern?‹ Ich habe mich unter den verschiedensten Vorwänden entschuldigt, aber sie hat immer wieder versucht, mich zu überreden. Sie fing an, sich bei mir über Jasin auszuklagen, wie er sie schlecht behandle, sich grob benehme, sie vernachlässige, alles in der Absicht, mich weich zu stimmen. Aber ich habe ihr mein Herz nicht geöffnet. Aischa hingegen verhält sich völlig anders – sie empfängt sie aufs herzlichste, küßt sie, und, was das schlimmste ist, sie besucht sie auch. Mal geht Si Chalil mit, mal begleiten sie die Kinder. Sie scheint unerhört glücklich über die neue Freundschaft mit Marjam zu sein. Einmal habe ich sie darauf aufmerksam gemacht, daß sie zu weit geht, und da hat sie mir erklärt: ›Das einzige, was wir ihr vorwerfen können, ist, daß wir es damals abgelehnt haben, sie mit Fahmi, unserem teuren Toten, zu verloben.

Was war daran gerecht?‹ Ich habe sie gefragt, ob sie die Geschichte mit dem englischen Soldaten vergessen hat, aber da hat sie nur geantwortet: ›Wir sollten uns lediglich daran erinnern, daß sie die Frau unseres großen Bruders ist.‹ Mama, hast du so etwas je zuvor gehört?«

Den Kopf gesenkt, sprachlos, bot Amina das Bild verzweifeltster Trauer. Chadiga betrachtete sie geraume Zeit, ehe sie erneut zu sprechen begann. »Ja, so ist Aischa nun einmal, nicht besser und nicht schlechter. Das ist die Aischa, die gestern gegen mich Zeugnis abgelegt hat und mich damit im Angesicht dieser schwachsinnigen Alten unendlich demütigte.«

Amina stöhnte, sah mit glanzlosen Augen Chadiga an und sagte mit schwacher Stimme: »Aischa ist ein Kind ohne jeden Verstand und ausgewogenen Charakter. Sie wird es bleiben, gleichgültig, wie alt sie ist. Meinst du, ich könnte dir etwas anderes sagen? Weder will ich es, noch vermag ich es. Aber sollte ihr die Erinnerung an Fahmi wirklich so wenig wert sein? Ich kann es nicht glauben. Warum geht sie mit ihren Gefühlen gegenüber dieser Frau nicht ein wenig sparsamer um – schon aus Respekt vor mir? Aber ich werde nicht schweigen, ich werde ihr sagen, daß sie mich verletzt und ich traurig und böse bin. Wir werden ja sehen, wie sie sich daraufhin verhält.«

Chadiga griff nach einer Haarsträhne. »Die hier schneide ich mir ab, wenn sie sich wirklich bessern sollte. Sie lebt in einer anderen Welt als wir. Gott weiß, daß ich ihr gegenüber nicht voreingenommen bin und kein einziges Mal mit ihr gestritten habe, seit ich verheiratet bin. Sicher, ich habe ihr des öfteren Vorwürfe gemacht, wenn sie die Kinder vernachlässigt, sich in beschämender Weise bei ihrer Schwiegermutter einschmeichelt und all dem anderen, von dem ich dir hier und da erzähle. Aber diese Vorwürfe haben nie die Grenze eines energischen Ratschlags oder einer ehrlich gemeinten Kritik überschritten. Es ist das erste Mal, daß ich wirklich außer mir bin und ihr deshalb vor aller Öffentlichkeit den Krieg erkläre.«

»Überlaß mir das, Chadiga«, bat die Mutter, auch wenn ihr deutlich Ärger anzusehen war. »Ich möchte nicht, daß es zwischen dir und ihr jemals zu wirklichem Streit kommt. Es wäre nicht richtig, wenn sich eure Herzen voneinander abwenden, denn immerhin lebt ihr gemeinsam in einem Haus. Vergiß nie, daß du ihre Schwester bist, dazu noch die ältere. Du hast ein gutes Herz, Gott sei's gedankt, es ist ein Hort der Liebe für deine ganze Familie. Wann immer es mir schlechtging, habe ich bei dir Trost gefunden. Welcher Fehltritte sich auch Aischa schuldig gemacht hat – sie ist deine Schwester. Vergiß das nie.«

»Ich kann ihr alles verzeihen, aber nicht, daß sie gegen mich Zeugnis abgelegt hat«, brauste Chadiga erregt auf.

»Aber nein, sie hatte lediglich Angst, dich oder die Schwiegermutter in Wut zu bringen, und da hat sie sich in Schweigen geflüchtet. Sie haßt es, jemanden zu verärgern, das weißt du genau, auch wenn sie mit ihrer Gedankenlosigkeit schon viele verletzt hat. Auf keinen Fall hat sie dir schaden wollen, also vermute hinter ihrem Verhalten nicht mehr, als ist. Ich werde euch morgen besuchen, und zwar nicht nur um mit ihr abzurechnen, sondern auch um Frieden zwischen euch zu stiften. Wehe, du hinderst mich daran.«

Zum erstenmal flackerten Chadigas Augen unruhig und ängstlich. Um sich nichts anmerken zu lassen, schlug sie sie nieder. Sie schwieg einen Moment, dann fragte sie leise: »Morgen willst du kommen?«

»Ja, die Situation verträgt keinen Aufschub.«

Als spräche sie mit sich selbst, flüsterte Chadiga: »Sie wird mich beschuldigen, ihre Geheimnisse verraten zu haben.«

»Und wenn schon.« Da Amina sah, wie besorgt Chadiga aussah, fügte sie hinzu: »Auf jeden Fall weiß ich, was gesagt werden muß und was nicht.«

Erleichtert atmete Chadiga auf. »Das ist gut, denn dann wird sie erkennen, daß ich nur die besten Absichten hege und den Wunsch habe, einen besseren Menschen aus ihr zu machen.«

23

Als Kamal Aida aus der Tür treten sah, entfuhr ihm vor lauter Aufregung unwillkürlich ein inbrünstiges »Oh!«. Wie an jedem Spätnachmittag stand er, getrieben vom Wunsch, Aida vielleicht auf einem der Balkone oder am Fenster zu erblicken, auch heute auf dem Gehweg der Abbasija-Straße, um von weitem die Villa zu beobachten. Als wollte er zur angenehmen, freundlichen Temperatur der letzten Märztage passen, trug er einen eleganten grauen Anzug, wobei er, ganz abgesehen vom Wetter, immer dann auf gutes Aussehen achtete, wenn ihm besonders verzagt zumute war. Seit dem Streit im Pavillon hatte er sie nicht mehr gesehen. Das Leben dünkte ihn schier unerträglich, wenn er nicht nachmittags nach Abbasija hinauspilgerte und unermüdlich um das Haus herumzog. Zufrieden damit, hier zu weilen, gab er sich seinen Träumen hin und verlor sich in Erinnerungen. In den ersten Tagen der Trennung kam sein Schmerz dem Wahnsinn eines Besessenen gleich, der irres Zeug vor sich hin faselte. Hätte dieser Zustand länger angedauert, wäre es um ihn geschehen gewesen, doch glücklicherweise überwand er diese gefährliche Phase – dank der Verzweiflung, auf die er sich seit langem eingestellt hatte. Der Schmerz hatte sich an seine gewohnte Heimstatt im Innern verkrochen, von wo aus er weiterbohrte, ohne aber die anderen lebenswichtigen Funktionen zu stören; als wäre er nun ein körpereigenes Organ oder eine für das Gemüt wesentliche Kraft geworden, nachdem er zunächst als heftig tobende Krankheit aufgetreten war, die dann – im chronischen Stadium – allmählich die schlimmsten Symptome verlor und sich stabilisierte. Trost hatte er nicht gefunden, wie denn auch, da es doch hier um die Liebe ging, das Höchste und Edelste, das ihm das Leben offenbarte. Er glaubte zutiefst an die Unvergänglichkeit der Liebe, und deshalb mußte er sich in die Geduld eines Menschen fassen, den das Schicksal mit einer lebenslangen Krankheit bedacht hatte.

Als er sie nun aus der Tür treten sah, entfuhr ihm dieses »Oh!«. Von weitem folgte er mit den Augen ihrem zierlichen Gang, ein Anblick, nach dem er sich lange gesehnt hatte. Seine Seele begann zu tanzen, überquellend vor Entzücken und Verlangen. Die Angebetete wandte sich nach rechts, ging die Sarajat-Straße entlang. Kamal geriet in einen solchen Aufruhr, daß das Gefühl der Niederlage, auf das er sich seit ungefähr drei Monaten einigermaßen eingestellt hatte, wie mit einem Handstreich hinweggefegt war. Sein Herz versetzte ihn in Schrecken, flüsterte es ihm doch ein, seinen ganzen Kummer vor den Füßen der Angebeteten auszubreiten, mochte kommen, was wollte.

Ohne länger zu zögern, lenkte er seine Schritte die Sarajat-Straße entlang. Aus der Angst heraus, die Angebetete zu verlieren, hatte er sich früher gehütet, sie anzusprechen. Jetzt aber gab es weder einen Grund, etwas zu befürchten, noch ließen die Qualen von drei Monaten jedwedes Zögern und Zurückweichen zu.

Es dauerte nicht lange, da hatte Aida bemerkt, daß er ihr folgte. Sie wandte sich um und sah ihn wenige Schritte von sich entfernt. Ohne weiter Notiz von ihm zu nehmen, drehte sie den Kopf wieder nach vorn. Kamal hatte zwar keine freundliche Begrüßung erwartet, dennoch kam er nicht umhin, Aida vorwurfsvoll zu fragen: »Ist das die Art, wie sich alte Freunde begegnen?«

Die Antwort bestand darin, daß sie, ohne ihm die geringste Aufmerksamkeit zu schenken, den Schritt beschleunigte, worauf er mit einer Hartnäckigkeit, die ihm sein Schmerz verlieh, weiter ausholte. Er hatte sie fast erreicht, als er sagte: »Übersehen Sie mich bitte nicht, das ist unerträglich. Würden Sie sich mir gegenüber gerecht verhalten, gäbe es dafür keinerlei Anlaß.«

Schon packte ihn die Furcht, sie könnte ihn auch weiterhin nicht beachten, da hörte er ihre melodische Stimme sagen: »Gehen Sie bitte weg, lassen Sie mich in Frieden.«

»Sie können durchaus in Frieden weitergehen, aber erst wenn wir die Rechnung beglichen haben«, erwiderte er stur und bittend zugleich.

»Ich weiß nichts von einer Rechnung und will davon auch nichts wissen. Ich möchte einzig und allein, daß Sie sich wie ein Gentleman benehmen.« Ihre Stimme fiel tief und klar ins Schweigen der vornehmen und fast menschenleeren Straße.

»Ich verspreche Ihnen«, sprach er mit warmer, inbrünstiger Stimme auf sie ein, »daß mein Benehmen sogar noch für Gentlemen vorbildlich sein wird. Anders kann ich mich ohnehin nicht verhalten, da alles von Ihnen bestimmt wird.«

Sie würdigte ihn keines Blicks. »Sie sollen mich in Frieden lassen. Das habe ich gemeint.«

»Das kann ich nicht. Das geht erst, wenn Sie die ungerechten Beschuldigungen fallenlassen, für die Sie mich bestrafen, ohne daß ich mich je hätte verteidigen können.«

»Ich bestrafe Sie, ich?«

Kamal unterbrach für einen kurzen Moment das Gespräch, um den Zauber der Situation auszukosten. Endlich war sie bereit, mit ihm zu reden und ihren schwungvollen Schritt ein wenig zu mäßigen, gleichgültig, ob es deshalb geschah, weil sie ihm zuhören oder, bevor sie ihr Ziel erreichte, ihn loswerden wollte. Es änderte nichts an der überwältigenden Wirklichkeit, daß sie beide – er und sie – Seite an Seite durch die Sarajat-Straße schritten, die von hohen Bäumen gesäumt war und in der ihnen aus den Gärten der Villen die Narzissen mit ruhigen Augen und die Jasminblüten mit lächelndem Mund zusahen, alles inmitten einer tiefen Ruhe, von der sein loderndes Herz einen Hauch für sich erhoffte.

»Sie haben mich grausam bestraft. Drei Monate, in denen ich die Qualen eines unschuldig Verurteilten litt, durfte ich Sie nicht sehen.«

»Darüber wollen wir besser nicht wieder sprechen.«

Erregt flehte er sie an: »Aber das müssen wir! Ich werde darauf bestehen und bitte Sie darum, schon um der Schmerzen willen, die kaum noch auszuhalten sind.«

»Was kann ich dafür?« fragte sie schnippisch.

»Ich möchte wissen, ob Sie immer noch meinen, daß ich Sie beleidigt habe. Eins ist sicher – ich bin überhaupt nicht fähig, Ihnen etwas Schlechtes anzutun. Wenn Sie sich nur erinnerten, wie freundlich und zugetan ich Ihnen gegenüber in den letzten Jahren immer gewesen bin, würden Sie mit mir mühelos einer Meinung sein. Lassen Sie mich Ihnen die Sache deutlich erklären: Gleich nach unserem Gespräch im Pavillon hat mich Hassan Salim um ein Treffen gebeten …«

»Hören Sie auf«, unterbrach ihn Aida, »das ist längst Vergangenheit.«

»Längst Vergangenheit«? Der Satz dröhnte ihm in den Ohren, wie es nicht schlimmer beim Klagegeschrei sein könnte, das ein Toter, wäre er zu hören imstande, über sich ergehen lassen müßte. Entsetzt, als stürzte er aus höchsten Höhen in tiefste Tiefen, sprach er weiter: »Ich weiß, daß alles Vergangenheit ist, aber mir liegt sehr daran, die Sache zu klären. Ich will nicht, daß Sie mich für einen Verräter oder Verleumder halten. Ich bin unschuldig, und es schmerzt mich, daß Sie schlecht über meine Person denken, die für Sie größte Hochachtung und höchsten Respekt hegt und Ihren Namen nur immer vollen Lobes über die Lippen bringt.«

Aida lehnte den Kopf zur Seite, sah ihn belustigt an, als fragte sie sich, woher er so viel Redegewandtheit nähme. Mit schon sanfterer Stimme sagte sie: »Es scheint, daß es unbeabsichtigt ein Mißverständnis gegeben hat. Aber was vorbei ist, ist vorbei.«

»Da sind noch Zweifel, wie ich sehe«, erwiderte Kamal eifrig und von neuer Hoffnung erfüllt.

»Aber nein, auch wenn ich nicht leugne, daß ich eine Zeitlang schlecht von Ihnen gedacht habe. Ich habe erst später erfahren, was sich wirklich zugetragen hat.«

Sein Herz schwamm auf einer Woge des Glücks, wiegte sich trunken obenauf. »Wann?«

»Vor einiger Zeit.«

Dankbar blickte er sie an, und vor lauter Zuneigung war er so gerührt, daß es einem inneren Schluchzen gleichkam. »Sie haben erfahren, daß ich unschuldig bin?«

»Ja.«

Sollte Hassan Salim wieder zu Recht Respekt verdienen? »Und wie haben Sie davon erfahren?«

»Ich habe – das ist das Wichtigste«, sagte sie hastig, als wünschte sie, es damit bewenden zu lassen.

Kamal wollte sie nicht verärgern, also sah er davon ab, weiter in sie zu dringen. Aber noch gab es etwas, das sein Herz betrübte, und so klagte er: »Trotzdem beharrten Sie darauf, sich nicht zu zeigen. Sie hielten es nicht der Mühe wert, mir Ihre Vergebung zu erklären, nicht mit dem kleinsten Zeichen oder Wort. Statt dessen hat es Ihnen Spaß gemacht, weiter die Zornige zu spielen. Aber jetzt ist Ihre Entschuldigung da, und ich akzeptiere sie.«

»Was für eine Entschuldigung?«

»Sie kennen keinen Schmerz«, murmelte er traurig, »und ich bete von ganzem Herzen zu Gott, daß Sie auch nie welchen kennenlernen.«

Ein wenig schuldbewußt meinte Aida: »Ich dachte, es würde Sie nicht kümmern, Vorwürfe zu hören.«

»Gott vergebe Ihnen! Das hat mich mehr getroffen, als Sie sich vorstellen können. Es war sehr schlimm für mich, einen solch tiefen Riß zwischen uns zu sehen. Nicht nur, daß Sie nicht zur Kenntnis nehmen wollten, welch hohes Maß an … an Zuneigung ich für Sie empfinde, Sie haben mir auch noch diese völlig ungerechten Beschuldigungen angehängt. Überlegen Sie, wie mir – im Unterschied zu Ihnen – zumute gewesen sein muß. Trotzdem möchte ich Ihnen freiheraus sagen, daß diese frevelhafte Verleumdung mir nicht einmal die schmerzlichsten Schläge versetzt hat.«

Sie lächelte. »Es war also nicht nur ein Schlag?«

Wie ein Kind faßte er angesichts des Lächelns Mut, über seine Gefühle zu sprechen. »Aber nein«, sagte er aufgewühlt, »die Verleumdung schmerzte noch am wenigsten. Viel schlimmer war Ihr Verschwinden. Jede Stunde der letzten drei Monate vergrößerte mein Leiden. Ich habe fast im Wahnsinn gelebt, und deshalb bete ich zu Gott aus tiefstem Herzen, daß Sie ähnliches nie erfahren müssen. Es ist das Gebet eines Geprüften. Ich weiß, was Schmerz ist, bis zur bitteren Neige habe ich ihn durchlitten, und ich habe daraus den Schluß gezogen, daß es klüger ist, mir, falls Sie einmal ganz aus meinem Leben verschwinden, lieber ein anderes Leben zu suchen. Alles war wie ein nicht enden wollender, abscheulicher Fluch. Spotten Sie nicht über mich, immer kommt es mir vor, als machten Sie sich über mich lustig. Wenn jemand leidet, darf man sich darüber nicht amüsieren, und bei einem holden Engel wie Ihnen kann ich mir auch nicht recht vorstellen, daß die Qualen anderer Menschen Sie nichts angehen, dessen ungeachtet, ob Sie die verursacht haben. Was kann ich tun? Seit langem hat mir das Schicksal auferlegt, Sie mit der ganzen Kraft meiner Seele zu lieben.«

Schweigen setzte ein, begleitet von Kamals stoßweisem Atmen. Da sie geradeaus sah, konnte er ihrem Blick nichts entnehmen. Daß sie nichts sagte, erleichterte ihn, denn das war besser als ein unbedachtes Wort. Ihre Stummheit erschien ihm erfolgversprechend. Stell dir vor, sagte er sich, gleich hörst du ihre süße, sanfte Stimme flüstern, daß sie genau das gleiche empfindet. Ach was, wahnsinnig bist du. Mußtest du alle Geheimnisse deines Herzens vor ihr ausschütten? Ein Hochspringer, der, immer höher hinaufstrebend, sich plötzlich in den Lüften kreisend wiederfindet. Doch welche Macht könnte dich nun noch zum Schweigen bringen? »Sagen Sie nichts, was ich nicht hören mag. Ich kann darauf verzichten. Meinen Schädel kann ich nicht vergessen, weil ich ihn Tag und Nacht mit mir herumtrage, meine Nase auch nicht, weil ich die mehrmals am Tag sehe. Aber dafür besitze ich etwas, was sonst kein anderer hat – meine einzigartige Liebe, und darauf bin ich stolz. Sie sollten es auch sein, obwohl Sie von dieser Liebe nichts wissen wollen. Von Anfang an, als ich Sie zum erstenmal im Garten sah, verspürte ich sie – haben Sie das nicht gefühlt? Ich wollte Ihnen nie meine Liebe gestehen, weil ich Angst hatte, daß es dann aus wäre mit unserer Freundschaft und ich aus dem Paradies vertrieben würde. Der Gedanke, mein Glück aufs Spiel zu setzen, fiel mir eben nicht leicht. Doch nun, da ich ohnehin aus dem Paradies verstoßen wurde – wovor sollte ich mich da noch fürchten?« Wie Blut aus einer frischen Wunde stürzten seine enthüllenden Worte hervor. Nichts nahm er mehr wahr außer der wunderbaren Gestalt. Straße, Bäume, Villen, vorbeihastende Menschen – alles schien hinter einer großen Wolke verschwunden zu sein, die nur einen Spalt frei ließ – für die schweigende Angebetete. Allein sie blieb sichtbar, mit ihrer schlanken Figur, der schwarzhaarigen Aureole, dem anmutigen, geheimnisvollen Profil. Gingen sie im Schatten, schimmerte ihre Haut in reinem Braun, doch kamen sie an einer baumlosen Kreuzung vorbei, ließen die Strahlen der sich neigenden Sonne sie in hellem Glanz erscheinen. Er hätte endlos, bis zum Morgen, weitersprechen können. »Hatte ich gesagt, daß ich es nicht wagte, Ihnen meine Liebe einzugestehen? Das ist nicht ganz richtig; in der Tat hätte ich es beinahe an jenem Tag getan, als wir uns allein im Pavillon befanden, weil Hussain telefonierte. Doch Sie sind mir mit dem Überfall auf meinen Schädel und meine Nase zuvorgekommen, so daß ich«, er lachte kurz auf, »wie einer dastand, der zu einer großen Rede ansetzt, und schon werfen die Leute, noch während er den Mund öffnet, mit Steinen nach ihm.«

Sie blieb ruhig, schwieg – so mußte es sein. Einem Engel aus einer anderen Welt geziemte es nicht, sich der Sprache der Menschen zu bedienen oder sich für ihre Kümmernisse zu interessieren. Wäre es seiner Würde nicht dienlicher gewesen, wenn er sein Geheimnis für sich behalten hätte? Seine Würde? Nein, gegenüber der Angebeteten Stolz zu zeigen wäre Sünde gewesen, aber als Opfer seinem Mörder vor die Augen zu treten, das hatte schon wieder etwas von Weisheit. Erinnerst du dich noch an den glücklichen Traum, mit dem du eines Morgens unter Tränen erwacht bist? Träume sind schnell vergessen, aber die Tränen, oder genauer gesagt die Erinnerung an sie, bleiben als Symbol auf ewig erhalten.

»Was ich damals sagte«, erklärte sie auf einmal, »war nur Spaß, und ich hatte Sie gebeten, nicht böse zu sein.«

O wie gut das tat! Dieses erfrischende Gefühl war es wert, ausgekostet zu werden. Es glich dem Behagen, das, ist der Zahnschmerz vorbei, plötzlich einsetzt. Schlummernde Töne wurden im Innern angeschlagen und verbanden sich zu einem wunderbaren Lied. Das engelhafte Gesicht der Angebeteten ergab die Noten für die himmlische Melodie. »Ich werde Ihnen immer zustimmen, auch ohne daß Sie mich darum bitten. Denn es ist, wie ich sagte – ich liebe Sie.«

Mit natürlicher Grazie wandte sie sich zu ihm um, bedachte ihn mit einem lächelnden Blick, worin sie aber, bevor er ihn noch deuten konnte, sogleich wieder innehielt. Was für eine Art Blick war das gewesen? Ein zufriedener? Erregter? Zärtlicher? Zustimmender? Oder in aller Höflichkeit spottender? War dieser Blick auf sein ganzes Gesicht gerichtet gewesen oder nur auf den Schädel und die Nase?

»Es bleibt mir nichts weiter«, hörte er sie sagen, »als Ihnen zu danken und mich dafür zu entschuldigen, daß ich Sie unwissentlich habe leiden lassen. Sie sind ein feiner und hochherziger Mensch.«

Schon wollte sich Kamal den glücklichsten Träumen von ganzer Seele hingeben, da fuhr sie mit gedämpfter Stimme fort: »Doch nun lassen Sie mich fragen, worauf Sie hinauswollen?«

War das die Stimme der Angebeteten gewesen oder das Echo seiner eigenen Worte? Irgendwo da oben am Himmel, der sich über der Baina-l-Kasrain-Straße wölbte, schwebte dieser Satz, besäumt von seinen Seufzern. War die Zeit gekommen, daß er eine Antwort finden mußte? Verwirrt fragte er zurück: »Muß man, wenn man liebt, auf etwas hinauswollen?«

Ah, wieder dieses Lächeln. Was hatte es nur zu bedeuten? Du wünschst dir mehr als ein Lächeln.

»Ein Geständnis ist ein Anfang, aber kein Ende. Also frage ich mich, was Sie bezwecken?«

»Ich will … ich möchte«, stammelte er verlegen, »daß Sie mir erlauben, Sie zu lieben.«

Aida konnte nicht anders, sie lachte los. »Ist es wirklich das, was Sie wollen? Was machen Sie, wenn ich es Ihnen nicht gestatte?«

Kamal seufzte. »Auch dann würde ich Sie lieben.« Sie schien belustigt zu sein, und das machte ihm angst.

»Wozu brauchen Sie dann eine Erlaubnis?«

Was kann dümmer sein als das, was einem unbedacht über die Lippen kommt, dachte Kamal. Er fürchtete, genau so schnell auf die Erde hinunterzufallen, wie er gerade gen Himmel geflogen war.

»Sie bringen mich in Verwirrung, und wie mir scheint, sind Sie auch ziemlich durcheinander.«

»Ich und durcheinander?« fragte er beklommen. »Vielleicht. Aber ich liebe Sie. Manchmal kommt es mir vor, als würde ich nach den unglaublichsten Dingen streben, doch dann, wenn ich ein wenig gründlicher überlege, bin ich nicht in der Lage, mein Ziel genau abzustecken. Sagen Sie mir, was das alles zu bedeuten hat. Ich möchte, daß Sie reden, und ich höre zu. Vielleicht kennen Sie ein Mittel gegen meine Ratlosigkeit?«

»Ich kann da nichts tun«, meinte sie lächelnd. »Eigentlich müßten Sie alles in Worte fassen können, und ich sollte nur zuhören. Sind Sie nicht Philosoph?«

Kamal wurde rot. »Sie machen sich über mich lustig«, erklärte er niedergeschlagen.

»Aber nein«, erwiderte sie hastig. »Allerdings hätte ich mir ein solches Gespräch, als ich aus dem Haus ging, nicht vorstellen können. Es kam völlig unerwartet für mich. Auf jeden Fall bin ich Ihnen sehr dankbar. Niemand könnte sich über soviel liebenswürdige und anständige Gefühle, wie Sie sie zeigen, hinwegsetzen, und nie würde ich auf den Gedanken kommen, mich darüber lustig zu machen.«

Das war Musik, die ihn gefangennahm, ein lieblicher Gesang. Aber noch war er sich nicht sicher, ob die Angebetete ernst gesprochen hatte oder nur spaßte. Sollte die Hoffnung ihre Tore geöffnet haben, oder hielt sie diese, wenn auch mittels einer frischen Brise, weiter geschlossen? Aida wollte wissen, was er bezweckte, und da er es selbst nicht wußte, hatte er geschwiegen. Was sprach dagegen, ihr zu erklären, daß er sich mit ihr verbinden wollte, von Seele zu Seele eine Vereinigung anstrebte? Was, wenn er mit einer Umarmung oder einem Kuß an die Tür des verborgenen Geheimnisses klopfte? Könnte das nicht seine Antwort sein?

Sie hatten die Kreuzung erreicht, an der die Sarajat-Straße endete. Aida hielt inne. Freundlich, aber durchaus entschieden sagte sie: »Bis hier.«

Kamal blieb stehen, schaute sie überrascht an. Das »Bis hier« sollte wohl heißen, daß sie sich trennen mußten. Dann war wohl sein Satz »Ich liebe Sie« nicht von solcher Tragweite gewesen, um noch weitere Fragen notwendig zu machen?

»Nein!« stieß er hervor, ohne lange nachzudenken, und gleich darauf rief er, als wäre ihm plötzlich etwas eingefallen: »Hatten Sie nicht wissen wollen, was ich mit meiner Liebe bezwecke? Hier ist die Antwort: daß wir uns niemals trennen.«

Aida blieb ruhig. »Hier müssen wir es jetzt leider tun.«

»Und da ist kein Grummeln mehr, kein Mißton?«

»Aber nein.«

»Dann kommen Sie wieder in den Pavillon?«

»Wenn es die Umstände erlauben …«

»Früher haben sie es doch erlaubt«, drängte Kamal voller Unruhe auf sie ein.

»›Früher‹ ist nicht jetzt.«

Die Antwort traf ihn schmerzlich. »Es scheint, daß Sie nicht mehr kommen wollen.«

Hastig, als müßte sie sich unbedingt verabschieden, meinte sie: »Ich werde in den Pavillon kommen, wann immer es möglich ist. Guten Tag!« Mit diesen Worten ging sie los, in Richtung der Straße, wo sich ihre Schule befand.

Kamal stand noch immer an der gleichen Stelle, schaute ihr wie verzaubert nach. An der Ecke drehte sie sich um, lächelte ihm zu, und dann war sie verschwunden.

Was hatte er gesagt? Was gehört? Oh, gleich würde er allein sein und jeden Satz noch einmal durchdenken. Doch erst mußte er wieder zu sich kommen. Wann würde das sein? Nun war er allein. Allein? Und das Herzklopfen? Der Aufruhr der Seele? Das Echo jener wundersamen Melodie? Trotzdem überfiel ihn das Gefühl der Einsamkeit mit solcher Macht, daß er im Innersten erbebte. Ein betäubender Duft von Jasmin hüllte ihn ein. Haftete diesem Duft nicht ebensoviel Geheimnisvolles, Zauberhaftes, Unerklärliches an wie der Liebe? Vielleicht führte ihn ein Geheimnis auf die Spur des nächsten? Um dieses Rätsel zu lösen, mußte er erst von den Wechselfällen der Verwirrung genesen.

24

»Leider müssen wir heute Abschied nehmen«, erklärte Hussain Schaddad.

Beim Wort »Abschied« spürte Kamal, wie Unwillen in ihm aufstieg. Er schaute hastig zu Hussain hinüber, wollte er doch sehen, ob der wirklich so betrübt war, wie er tat. Schon seit mehr als einer Woche hatte er die drückende Last der bevorstehenden Trennung empfunden. War der Juni erst einmal gekommen, lag die Abreise der Freunde nach Ras al-Barr und Alexandria nicht mehr fern. Nur noch wenige Tage, und die Freunde würden entschwunden und Garten und Pavillon für ihn verschlossen sein. Die Angebetete hatte es sogar noch vor der Reise vorgezogen, sich nicht mehr zu zeigen, trotz der Versöhnung, die das Gespräch in der Sarajat-Straße gekrönt hatte. Aber sollte der Tag des Abschieds tatsächlich vorübergehen, ohne daß sie noch einmal kam? Sollte sie der Freundschaft so wenig Wert beimessen, daß sie – vor einer dreimonatigen Trennung – selbst mit einer flüchtigen Begegnung geizte?

»Warum hast du ›leider‹ gesagt?« fragte Kamal lächelnd.

»Weil ich mir sehr wünsche, daß wir zusammen nach Ras al-Barr fahren würden. Himmel, was für Ferien könnten das sein!«

Sicher, das wäre phantastisch, schon allein deshalb, weil sich die Angebetete dort nicht versteckt halten könnte.

»Gott möge dir beistehen«, erklärte Ismail Latif, »wie hältst du die Hitze hier nur aus? Der Sommer hat noch nicht richtig angefangen, und nun sieh dir bloß an, wie heiß es heute ist.«

Es war wirklich sehr warm, obwohl die Sonne weder über dem Garten noch über der dahinter beginnenden Wüste stand. Trotzdem erwiderte Kamal gelassen: »Es gibt nichts im Leben, das man nicht ertragen könnte.« Schon im nächsten Moment machte er sich über sich selbst lustig. Wie konnte er nur so etwas sagen? Wo lag die Grenze, um mit Worten das aufrichtig wiedergeben zu können, was man im Innern empfand? Wenn er sich umschaute, sah er zweifelsohne lauter glückliche Menschen. Mit den kurzärmligen Hemden und den grauen Hosen schienen die anderen gut gegen die Hitze gewappnet zu sein. Nur er trug einen – wenn auch leichten – weißen Anzug und einen Tarbusch, den er auf dem Tisch abgelegt hatte.

»Hundertprozentigen Erfolg können wir verbuchen«, prahlte Ismail Latif. »Hassan Salim hat das Diplom, Kamal Abd al-Gawwad ist versetzt, Hussain Schaddad versetzt, Ismail Latif versetzt.«

Kamal mußte lachen. »Du hättest nur das letzte Ergebnis nennen müssen, bei den anderen war doch alles klar.«

Verächtlich mit den Schultern zuckend, meinte Ismail Latif: »Wir haben alle das gleiche geschafft, du nach einem ganzen Jahr voller Mühe und Anstrengung und ich nach einem Monat Kraftaufwand.«

»Was beweist, daß du ein Naturtalent bist.«

Ismail Latif feixte. »Hast du nicht einmal, als du bei deinen üblichen Spinnereien warst, erzählt, daß Bernard Shaw seinerzeit der schlechteste Schüler war?«

»O ja«, gab Kamal lachend zurück, »jetzt bin ich überzeugt, daß wir einen zweiten Shaw unter uns haben, zumindest was den Erfolg in der Schule betrifft.«

Hier griff Hussain Schaddad ins Gespräch ein. »Ich habe etwas Wichtiges mitzuteilen, bevor wir uns über anderes unterhalten.« Da niemand hinhörte, stand er plötzlich auf und erklärte in fast theatralischem Ton: »Laßt mich euch eine freudige, tolle Neuigkeit zu Gehör bringen.« Nach einem kurzen Blick auf Hassan Salim fragte er: »Ist es nicht so?« Er sah wieder Kamal und Ismail Latif an. »Gestern hat die Verlobung von Herrn Hassan Salim und meiner Schwester Aida stattgefunden.«

Die Nachricht versetzte Kamal einen Schock, der nicht weniger schlimm war, als hätte ihn, der sich gerade noch in Sicherheit wähnte, eine Straßenbahn überrollt. Sein Herz wurde von Beben erfaßt, wie bei einem Flugzeug, das plötzlich in ein Luftloch fällt. Nein, mehr noch, ein Schrei des Entsetzens, der nicht vermochte, nach außen zu dringen, schien seine Rippen bersten zu lassen. Er fragte sich erstaunt, und später würde er es noch viel weniger fassen können, wie er es schaffte, sich zu beherrschen und den Blick Hassan Salims mit einem Lächeln des Glückwunsches zu erwidern. Möglicherweise lenkte ihn, wenn auch nur für kurze Zeit, der Kampf, den er gegen die übermächtige Bestürzung führte, von der Katastrophe ab.

Hassan Salim machte wie immer einen ruhigen und gelassenen Eindruck, obwohl sich darin ein wenig Verlegenheit mischte. Ismail Latif, der abwechselnd mal zu ihm, mal zu Hussain Schaddad schaute, war der erste, der zu sprechen begann.

»Ist das wahr? Was für eine freudige Neuigkeit – freudig und überraschend, ja, noch anders: freudig, überraschend und treulos. Auf den Verrat komme ich später zu sprechen, jetzt begnüge ich mich erst einmal damit, meinen aufrichtigen Glückwünsch zu überbringen.« Er stand auf, schüttelte Hussain und Hassan die Hand, so daß nun auch Kamal sich erhob und den beiden gratulierte. Wenn er nach außen hin auch lächelte, hielten ihn noch immer die sich überstürzenden Ereignisse und seltsamen Bemerkungen gefangen, und es kam ihm vor, als befände er sich mitten in einem merkwürdigen Traum, als würde ein Regen auf ihn herniederprasseln und er verzweifelt nach einem Zufluchtsort suchen. Er drückte den beiden jungen Männern die Hand. »Wirklich, eine frohe Nachricht. Herzlichen Glückwunsch.«

Man setzte sich wieder. Kamal blickte unwillkürlich Hassan Salim an. Er sah noch immer gelassen aus, und da Kamal befürchtet hatte, seinem Gesicht Hochnäsigkeit oder – das zumindest hatte er sich vorgestellt – Schadenfreude anzumerken, überfiel ihn etwas wie Erleichterung.

Er nahm all seine Kraft zusammen, um die blutende Wunde den wachsamen Augen zu verbergen und sich nicht Spott und Hohn auszusetzen. Halte aus, Seele, ich verspreche dir, später darauf zurückzukommen, damit wir gemeinsam leiden bis zum Verlöschen, damit wir über alles nachdenken, bis wir den Verstand verlieren. Was könnte mehr Genuß bieten als das Zwiegespräch in der Stille der Nacht, dann, wenn kein Auge sieht und kein Ohr hört, wenn Schmerz und Wahnsinn freien Lauf haben, wenn keiner schmähen und niemand tadeln kann. Da – der alte Brunnen, hebe den Deckel auf, und schreie hinein, richte das Wort an die Dämonen, und vertraue dich all den Tränen aus traurigen Augen an, die im Bauch der Erde gesammelt sind. Ergieb dich nicht, sei auf der Hut, auch wenn die Welt um dich rot wie der Höllenschlund glüht.

»Nun mal langsam«, erklärte Ismail Latif in anklagendem Tonfall. »Wir haben noch eine Rechnung offen. Wie kann es sein, daß ihr uns nicht vorher informiert habt? Warum fand die Verlobung ohne uns statt?«

»Es gab weder eine große noch eine kleine Feier«, verteidigte sich Hussain Schaddad. »Nur die engsten Familienmitglieder waren versammelt. Am Tag des Heiratskontrakts seid ihr beide dabei, und zwar nicht einfach als Gäste, sondern sozusagen als Gastgeber.«

Am Tag der Heirat! Das klingt nach Begräbnisgesang, da ein Herz, inmitten von Blumen und schrillen Schreien, zur letzten Ruhe geleitet wird. Im Namen der Liebe wird sich die Dame aus Paris demütig vor einem turbantragenden Scheich beugen, der die Fatiha spricht. Im Namen des Hochmuts verließ Satan das Paradies.

Kamal lächelte. »Die Entschuldigung ist akzeptiert, die Einladung willkommen.«

Aber Ismail Latif protestierte lautstark: »Was soll dein azharitisches Gerede? Wenn einem von der Azhar aus der

Ferne ein gedeckter Tisch winkt, dann vergißt er allen Vorwurf und verfällt nur wegen eines fetten Happens auf Lobhudeleien. Na klar, du bist ein Dichter oder ein Philosoph oder was es sonst noch an Bettlern gibt, ich aber bin etwas anderes.« Empört richtete er sich an Hussain Schaddad und Hassan Salim. »Was seid ihr doch für Schlauberger! Erst schweigt ihr euch ewig aus, und dann wird plötzlich die Verlobung verkündet. Etwa nicht? Also wirklich, Herr Hassan, Sie sind der lang ersehnte Nachfolger für Tharwa Pascha.«

Hassan lächelte entschuldigend. »Selbst Hussain hat es erst vor ein paar Tagen erfahren.«

»Wie denn? Eine Verlobung, einseitig wie die englische Unabhängigkeitserklärung vom achtundzwanzigsten Februar? Aber die besiegte Nation hat das abgelehnt, auch wenn es ihr – da man sie ihr per Zwang auferlegte – nichts genutzt hat.«

Kamal lachte laut los, aber Ismail fuhr schon, augenzwinkernd an Hassan gewandt, fort: »›Um es zu vollfüllen‹ – ich sage nicht, was –, ›bewahrt Verschwiegenheit‹, so hat es schon der Kalif Omar Ibn al-Chattab – oder war's der Dichter Omar Ben Abi Rabia? –, meinetwegen auch das Kaufhaus ›Omar Effendi‹ gesagt. Gott allein ist allwissend.«

»Ist doch ganz normal, daß eine solche Angelegenheit in der Stille heranreift«, warf Kamal ein. »Aber ich gebe zu, daß Hassan mich in einem Gespräch auf ähnliches hingewiesen hat.«

Noch während Ismail ihn mit einem zweifelnden Blick bedachte, berichtigte Hassan, die Augen weit aufgerissen, ihn mit den Worten: »Es war wohl eher eine Andeutung gewesen.«

Wie konnte Hassan das sagen? Kamal war perplex. Er log, bestenfalls verdrehte er die Wahrheit. Wenn er sich so seltsam benahm, was half da alles Bemühen, ihn zu überzeugen, daß er, Kamal, Hassans Absichten gekannt hatte, demnach also weder überrascht noch sonderlich interessiert sein konnte? Wie dumm das alles war.

Ismail sah Hassan vorwurfsvoll an. »Ich hatte nicht einmal das Glück, eine Andeutung zu hören.«

»Ich versichere dir, daß Kamal, wenn er denn wirklich meint, einen Hinweis auf die Verlobung herausgehört zu haben, seine Phantasie hat spielen lassen. Gehört hat er nichts.«

Hussain Schaddad brach in Gelächter aus. »Schau mal, Hassan«, sagte er, »Ismail ist ein alter Freund von dir, und das einzige, was er dir zu verstehen geben will, ist, daß du zwar drei Jahre vor ihm das Diplom erhalten hast, aber dir deshalb noch lange nicht das Recht zusteht, ihm deine Geheimnisse vorzuenthalten und sie jemand anderem zu offenbaren.«

Bemüht, seinen Unwillen nicht zu zeigen, lächelte Ismail verkrampft. »Ich zweifle keineswegs an unserer alten Freundschaft«, erklärte er. »Nur halte ich die Kritik für angebracht, damit er am Hochzeitstag nicht wieder so vergeßlich ist.«

Kamal lächelte versonnen. »Wir sind mit beiden Seiten befreundet, und wenn der Bräutigam uns vergißt, dann bestimmt nicht die Braut.«

Er redete einzig, um sich zu bestätigen, daß er, wenn auch unter großen Schmerzen, noch lebte. Und wie er litt! Hatte er denn je gedacht, daß seine Liebe anders als so enden würde? Nein, gewiß nicht. Aber auch wenn man weiß, daß einem dereinst der Tod beschieden ist, überfällt einen Entsetzen, wenn die Stunde naht. O ja, er fühlte reißenden Schmerz, der weder Gnade kannte noch mit dem Verstand zu bändigen war. Könnte er ihn nur zu fassen kriegen, um zu wissen, wo genau er sich versteckte, welche Mikrobe ihn immer wieder neu entstehen ließ.

Wellenartige Stöße von Schmerz, und dazwischen Langeweile und Mattigkeit.

»Und wann ist die Hochzeit?« fragte Ismail, stellvertretend für Kamal, dem die ganze Zeit über diese Frage schon durch den Kopf ging. Da er nicht unentwegt schweigen wollte, fügte er hinzu: »Ja, das ist wichtig, damit wir nicht wieder überrascht werden. Wann wird sie also sein?«

»Warum habt ihr es so eilig?« fragte Hussain lachend. »Laßt doch den Bräutigam sich noch eine Weile am Junggesellendasein erfreuen.«

Doch Hassan, ruhig wie immer, erwiderte: »Zuerst muß ich wissen, ob ich in Ägypten bleibe oder nicht«, was Hussain mit den Worten erläuterte: »Ob er für die Staatsanwaltschaft aufgestellt wird oder für den diplomatischen Dienst.«

Hussain Schaddad freut sich offensichtlich über die Verlobung, und ich kann mit Fug und Recht sagen, daß ich ihn, wenn auch nur sekundenlang, dafür als einen der vielen Verräter hasse. Aber hat mich jemand verraten? In meinem Kopf geht alles durcheinander. Die Nacht wird mir Einsamkeit bescheren.

»Was würdest du vorziehen, Hassan?«

»Soll er doch machen, was ihm gefällt – Staatsanwaltschaft, diplomatischer Dienst, Sudan, Syrien wenn möglich.«

»Irgendwo als Staatsanwalt eingesetzt zu werden wäre erniedrigend. Ich würde lieber in den diplomatischen Dienst gehen.«

»Das mußt du deinem Vater klarmachen, damit er sein möglichstes tut, dich dort unterzubringen.«

Noch so ein Satz, der ihm herausgerutscht war. Kein Zweifel, er hat damit ins Schwarze getroffen, nur war es unumgänglich, sich zu beherrschen, wollte er nicht plötzlich mit Hassan in offenkundigen Streit geraten – schon aus Rücksicht auf Hussain Schaddad, denn von jetzt an gehörten die beiden zu einer Familie. Oh, was für ein stechender Schmerz.

Ismail schüttelte bekümmert den Kopf. »Das sind deine letzten Tage mit uns, Hassan, nach einer lebenslangen Freundschaft. Was für ein trauriges Ende.«

Dieser Dummkopf. Denkt, daß die Trauer ein Herz berührt, dem die Angebetete Oase und Weide ist.

»Ja, wirklich, Ismail, ein betrübliches Ende.«

Lüge über Lüge, auch dein Glückwunsch. Wenigstens beim Lügen sind sich der Krämerssohn und der Sohn des »Herrn Rat« gleich.

Laut vernehmlich fragte Kamal: »Soll das heißen, daß du das ganze Leben auswärts verbringen wirst?«

»Das ist anzunehmen. Wir werden nur sehr selten nach Ägypten kommen.«

»Komisches Leben«, staunte Ismail. »Hast du nicht daran gedacht, was für Probleme auf deine Kinder zukommen?«

O Herz, darf man mit diesen hehren Dingen so frivol umgehen? Denkt dieser widerliche Mensch wirklich, daß die Angebetete schwanger wird, gierig nach bestimmten Sachen verlangt, sich ihr Bauch aufbläht, wie eine Kugel aussieht, Wehen bekommt und schließlich gebärt? Erinnerst du dich noch, wie Chadiga und Aischa in den letzten Monaten der Schwangerschaft aussahen? Was für eine Lästerung! Warum trittst du nicht in die Bande »Schwarze Hand« ein? Besser, man ist ein Meuchelmörder als ein Ketzer, und wirksamer ist es auch. Dann sitzt du eines Tages auf der Anklagebank, und auf der Richtertribüne steht Salim Bey Sabri, Vater deines Diplomaten-Freunds, Schwiegervater deiner Angebeteten, so wie in dieser Woche, als er die sieben Mörder des britischen Generalgouverneurs verurteilte.

Hussain Schaddad lachte. »Sollen die Staaten etwa ihre diplomatischen Beziehungen abbrechen, nur damit die Kinder der Beamten zu Hause erzogen werden?«

Mehr noch – Köpfe müssen rollen! Abd al-Hamid Inajat, al-Charrat, Machmud Raschid, Ali Ibrahim, Raghib Hassan, Schafik Mansur, Machmud Ismail ... Kamal Abd al-Gawwad – Tod durch Erhängen, Urteil gesprochen durch den einheimischen Richter Salim Bey Sabri und den englischen Richter Mister Kershaw. Ja, Mord ist die Antwort. Willst du nicht lieber töten als getötet werden?

»Wenn deine Schwester ins Ausland geht«, meinte Ismail Latif, »wird sich dein Vater noch hartnäckiger weigern, dich wegfahren zu lassen.«

Doch Hussain Schaddad erklärte zuversichtlich: »Mein Problem nähert sich zusehends einer zufriedenstellenden Lösung.«

Beide, Aida und Hussain, in Europa. Ein Mensch verliert innerhalb einer Stunde die Geliebte und den Freund. Deine Seele vermißt die Angebetete und findet sie nicht, dein Verstand sucht den Vertrauten und bekommt ihn nicht mehr zu Gesicht. Einsam und verlassen wirst du im alten Viertel dahinvegetieren, Echo einer Sehnsucht, die seit Generationen verlorengegangen ist. Stell dich auf die Schmerzen ein, die auf dich lauern. Die Zeit ist gekommen, da du die Früchte einbringst, die du mit den Träumen in dein unerfahrenes Herz gesät hast. Flehe zu Gott, daß er Tränen ein Heilmittel gegen Trauer sein läßt. Wenn du kannst, hänge deinen Körper am Galgenstrick auf, oder werfe dich an die vorderste Front einer vernichtenden Kraft, die über den Feind herfällt. Morgen schon wird deine Seele öde sein, so wie du gestern das Grabmal Hussains leer fandest. Was für ein Scheitern der Hoffnungen! Die Getreuen werden gehängt, die Söhne der Verräter Botschafter.

»Da bleiben nur noch Kamal und ich in Ägypten«, sagte Ismail, als spräche er zu sich selbst, »und Kamal ist auch kein sicherer Kandidat, weil sein bester, wichtigster Freund – nach, vor oder mit Hussain – die Bücher sind.«

»Auch wenn ich wegfahre, wird unsere Freundschaft nicht aufhören«, versicherte Hussain.

Trotz aller Mattheit klopfte Kamals Herz. »Mein Gespür sagt mir, daß du es in der Fremde nicht auf Dauer aushältst.«

»Das ist sehr wahrscheinlich. Aber du wirst von meinen Reisen profitieren, schon wegen der Bücher, die ich dir schicke. Wir werden unsere Gespräche fortsetzen, in Briefen und mit Bücheraustausch.«

Hussain sprach, als wäre sein Weggehen bereits beschlossene Sache. Das war der Freund, von dessen Begegnung für Kamal immer ein Glück ausgegangen war, das ihn gänzlich gefangenhielt. Er, mit dem selbst das Schweigen noch ein Genuß war. Doch einen Trost gab es. Der Aufbruch der Angebeteten würde ihn selbst die erhabensten Gespräche verachten lehren, wie damals, als der glühende Schmerz um Fahmi den Tod der geliebten Großmutter in den Hintergrund rückte. Nur eins durfte er nicht vergessen, nämlich daß heute der Abschied war und er zum letztenmal den Anblick der Rosen und anderen Blumen in sich aufsaugen mußte, die sich in ihrem Rausch anmutiger Frische nicht kümmerten, von welcher Trauer er befallen war. Ein Problem blieb zu lösen: Wie war es zu erreichen, daß ein sterblicher Mensch hoch genug aufstieg, um mit einem Idol Umgang zu haben? Oder sollte es möglich sein, daß das Idol sich hinunterließ, um auf menschlichem Niveau zu verkehren? Wenn er darauf keine Antwort fand, würde er von nun an mit von Ketten gefesselten Füßen, mit einem Würgen in der Kehle seiner Wege ziehen. Die Liebe war eine Last, mit zwei Griffen versehen, um von zwei Händen getragen zu werden. Wie aber sollte er das allein schaffen?

Das Gespräch ging weiter, zweigte mal ab, kam zurück, und Kamal verfolgte es mit den Augen, nickte mal hier und dort, und wenn er ab und zu ein Wort fallenließ, dann nur, um zu bestätigen, daß er anwesend war. Noch ließ er nicht die Hoffnung auf die Weiterfahrt des Zugs des Lebens fallen, auch wenn der Tod bereits an einer Haltestelle wartete.

Schon ist die Stunde der Dämmerung gekommen. Dunkelheit und Stille. Du liebst diese Zeit wie die des Morgengrauens. Aida und Schmerz – zwei Begriffe, die das gleiche bedeuten. Also mußt du von heute an das Leid lieben und entzückt über die Niederlage sein. Das Gespräch dreht sich weiter und weiter, und die Freunde lachen sich zu, diskutieren vergnügt miteinander, als habe noch keines der Herzen je Liebe erfahren. Hussains Lachen dröhnt gesund und strahlend, und während Ismails Lachen Streitsucht erkennen läßt, klingt das von Hassan zurückhaltend und hochmütig. Hussain hat nichts anderes im Sinn, als über Ras al-Barr zu sprechen. O ja, eines Tages werde ich dorthin fahren und den Sand erkunden, auf dem die Füße der Angebeteten sich eingedrückt haben, und ich werde mich niederwerfen und die Spur küssen. Die beiden anderen rühmen San Stefano, schwärmen von den Wellen, die hoch wie Berge sein sollen. Ob es stimmt? Stelle dir einen Leichnam vor, der, nachdem das fürchterliche Meer seine Schönheit und Edelkeit in sich zurückgeworfen hat, von den Wellen ans Ufer gespült wird. Nun denn, gestehen wir uns ein, daß die Langeweile alles Lebende verfolgt und das wahre Glück wahrscheinlich erst hinter dem Tor wartet, das der Tod öffnet.

Das Gespräch dauerte fort, bis es schließlich Zeit wurde, sich zu trennen. Die Freunde verabschiedeten sich herzlich, und Kamal schüttelte Hussains Hand ebenso fest wie der die seinige, bevor er sich mit den Worten »Auf Wiedersehen … im Oktober« auf den Weg machte. Im vorigen Jahr wie auch zu Beginn der früheren Sommer hatte er sich voller Ungeduld gefragt, wann es nur wieder soweit wäre, daß die Freunde zurückkämen. In diesem Jahr aber war seine Sehnsucht mit keiner Hoffnung verknüpft. Sie würde ihn verbrennen, ob der Oktober kam oder nicht, die Freunde heimkehrten oder ausblieben. Er würde die Sommermonate nicht mehr schmähen, weil sie ihn von der Angebeteten trennten, denn der Abgrund, der sich jetzt auftat, war schlimmer als alle Zeit. Gegen die war mit schlückchenweiser Geduld und Hoffnung anzukommen, nun aber hatte er mit einem unbekannten Feind, einer übernatürlichen, dunklen Macht zu kämpfen, von deren magischen Zeichen er kein einziges kannte. Ein Weg voller Schweigen und Unglück lag vor ihm, bis daß Gott endgültig entschied, was längst schon begonnen hatte. Die Liebe umschwebte sein Haupt als das ihm auferlegte Schicksal, an das er, unabänderlicher und mächtiger als alle andere Daseinsformen, mit Seilen quälenden Schmerzes gebunden war.

Die drei Freunde trennten sich vor der Schaddadschen Villa. Hassan ging die Sarajat-Straße weiter, während Kamal und Ismail wie üblich gemeinsam in Richtung Hussainija liefen, bis der eine zum alten Viertel und der andere nach Ghamra abbiegen würde. Kaum hatte sich Hassan von ihnen getrennt, lachte Ismail laut und lange los. Als Kamal verwundert nach dem Grund fragte, stieß Ismail hämisch feixend hervor: »Hast du noch immer nicht begriffen, daß du einer der wesentlichen Gründe für die überstürzte Verlobung bist?«

»Ich?« entfuhr es Kamal, und vor lauter Bestürzung riß er die Augen weit auf.

»Ja, du«, bestätigte Ismail. »Hassan war nicht besonders froh über deine Freundschaft mit Aida. Das war offensichtlich, auch wenn er kein Wort zu mir gesagt hat. Wie du weißt, ist er sehr stolz, aber ich finde immer einen Weg, wenn ich etwas herausbekommen will. Ich kann dir also versichern, daß er eure Freundschaft nicht mochte. Erinnerst du dich noch an den Streit mit ihm? Offensichtlich hat er von ihr verlangt, sich nicht mehr die Freiheit herauszunehmen, mit Hussains Freunden zusammenzukommen, und als Aida ihm daraufhin vorhielt, kein Recht dazu zu haben, hat er den entscheidenden Schritt gewagt, um auf diese Weise sich sein Recht zu verschaffen.«

Kamal, dessen Herz so stark klopfte, daß er glaubte, es würde seine Stimme übertönen, sagte: »Aber ich war doch nicht ihr einziger Freund? Aida stand mit uns allen gut.«

»Sie hat dich ausgesucht, um ihn zu ärgern«, meinte Ismail ironisch. »Vielleicht deshalb, weil sie bei dir auf besondere Warmherzigkeit gestoßen ist. Jedenfalls überläßt sie nichts dem Zufall, und da sie schon seit langem auf Hassan aus ist, hat ihre Geduld nun endlich Früchte gezeigt.«

Sie war auf Hassan ausgewesen? Ihre Geduld hatte Früchte gezeigt? Das war genauso verrückt, als würde einer behaupten, daß die Sonne im Westen aufgehe. »Wie schlecht du von den Menschen denkst«, entgegnete Kamal, auch wenn sein Herz stöhnte. »Aida ist nicht so, wie du denkst.«

Ohne zu begreifen, was in Kamal vorging, meinte Ismail: »Möglicherweise ist alles ganz zufällig geschehen, oder Hassan hat sich da etwas eingeredet, aber auf jeden Fall haben sich die Dinge ganz in ihrem Interesse entwikkelt.«

»In ihrem Interesse?« rief Kamal wütend. »Auf was für Gedanken kommst du nur? Großer Gott, du redest über sie, als würde sie und nicht Hassan die Verlobung als Sieg ansehen.«

Ismail sah ihn befremdet an. »Wie es scheint, bist du nicht davon überzeugt, daß junge Männer wie Hassan nur sehr selten vorkommen. Er stammt aus einer berühmten Familie, einer mit gesellschaftlichem Ansehen, und hat eine großartige Zukunft vor sich. Mädchen wie Aida gibt es hingegen viele, jedenfalls mehr, als du dir vorstellst. Überschätzt du sie nicht vielleicht? Ich bin fest davon überzeugt, daß Hassans Familie der Heirat nur wegen des enormen Reichtums von Aidas Vater zugestimmt hat.« Er zögerte ein wenig. »Immerhin ist sie ein Mädchen, dessen Schönheit einen nicht gerade überwältigt.«

Entweder ist er verrückt, oder du bist es, dachte Kamal. Er fühlte sich schmerzlich betroffen, ähnlich wie damals, als er in einem Artikel auf eine heftige Attacke gegen das Ehesystem im Islam gestoßen war. Gottes Fluch über alle Ungläubigen.

Ruhig, um sich die Qualen, die er litt, nicht anmerken zu lassen, fragte er: »Und warum hat sie dann so viele Bewunderer?«

Verächtlich schob Ismail das Kinn vor. »Wahrscheinlich meinst du mich auch damit. Ich leugne keineswegs, daß sie geistreich ist und eine besondere Form von Eleganz hat, wobei die westliche Umgangsart sie erst attraktiv macht. Dennoch hat sie eine dunkle Hautfarbe, ist zu dünn und keineswegs begehrenswert. Komm mit mir nach Ghamra, da kannst du Schönheiten sehen, die sowohl in der Erscheinung als auch im Detail Aida hintanstehen lassen. Da kannst du erleben, was wirkliche Schönheit bedeutet, mit strahlend reiner Haut, schwellenden Brüsten und prallem Hintern. Willst du eine Hübsche, dann findest du sie dort. An Aida ist jedenfalls nichts dran.«

Er sprach, als handelte es sich bei Aida um etwas, nach

dem es einen verlangte. Er sprach, als ginge es um den Mond oder ein Mädchen wie Marjam. Schwellende Brüste, praller Hintern. Als könnte man die Seele mittels körperlicher Eigenschaften beschreiben. O dieser Schmerz! Ja, heute wurde ihm auferlegt, den Becher der Pein bis zur Neige zu leeren. Sollten solch mörderische Schläge weiter auf ihn niederprasseln, dann wäre es besser, auf der Stelle zu sterben.

An der Hussainija-Straße angekommen, trennten sie sich. Ein jeglicher ging seiner Wege.

25

Die Jahre vergingen, doch seine Vorliebe für diese Gasse war immer die gleiche. Bekümmert sah er sich um und murmelte vor sich hin: »Würde doch meine Liebe zu der Frau, die mein Herz erwählte, der zu dieser Gasse gleichen, dann wäre ich alle Sorgen los. Erstaunlich, was sich hier tut, ein einziges Labyrinth.« Alle paar Meter krümmte sich der Weg nach links oder rechts, und kaum war man ein Stück vorangekommen, gab es einen Knick, hinter dem sich Unbekanntes verbarg. Die Enge machte alles noch intimer, ließ einen sich vertraut wie im Umgang mit einem Haustier fühlen. Der Mann im Laden auf der rechten Seite konnte im Sitzen dem auf der linken Seite die Hand reichen. Oberhalb der Geschäfte waren sackleinene Planen gespannt, so daß die glühenden Sonnenstrahlen nicht einfallen konnten und die feuchte Luft in träumerisch stimmende Brauntöne gehüllt war. Auf Bänken und Wandbrettern standen Säcke, prall gefüllt mit grüner Henna, rotem Paprika, schwarzem Pfeffer, neben langhalsigen Flaschen mit Rosenwasser und verschiedenen Parfüms, bunten Tüten und kleinen Waagen. Von der Decke hingen Kerzen in allen Größen und Farben, was wie eine kunstvolle Dekoration wirkte. Der schwere Duft von Essenzen und Parfüm schlug einem wie Atem aus einem alten, verlorengegangenen Traum entgegen.

Und da – wallende Milajas, schwarze Schleier mit dem Goldschmuck, kuhlgeschminkte Augen, füllige Hinterbacken, da kann ich nur noch beim höchsten Wohltäter Zuflucht suchen. Spazierenzugehen inmitten solchen Zierats gleicht einem schönen Traum und ist mir die liebste Beschäftigung, auch wenn Herz und Augen sich dabei erschöpfen. Zählst du hier die Frauen, findest du kein Ende. Gesegnet sei der Ort, der sie alle vereinigt, und nichts kann dich retten, als aus tiefstem Herzen zu schreien: O elender Jasin, du Ruin deines Hauses! Eine Stimme raunt dir zu: Mache hier, in der Tarbia-Gasse, einen Laden auf, lasse dich hier nieder. Dein Vater ist Kaufmann und Herr über sich selbst, ein Mann, der bei seinen Vergnügungen ein Vielfaches von dem ausgeben kann, das du verdienst. Eröffne ein Geschäft, nimm dir einen Angestellten, selbst wenn du deshalb das Haus in der Ghurija und den Laden in al-Hamzawi verkaufen müßtest. Am Morgen erscheinst du wie ein Sultan, an keine Zeit gebunden, von keinem Direktor eingeschüchtert. Du setzt dich hinter die Waage, und aus allen Himmelsrichtungen strömen die Frauen herbei. Guten Morgen, Si Jasin. Bleiben Sie wohlauf, Si Jasin. Keine der Sittsamen würde ich ohne Gruß und keine der Frechen ohne Verabredung ziehen lassen. Was für ein verrückter, wunderbarer Gedanke, doch allzu grausam für den, der bis ans Lebensende Aufpasser in der Nahhasin-Schule bleiben wird. Die Liebeslust ist eine Krankheit, die sich in ständigem Hunger und einem unsteten Herz zeigt. Erbarmen mit dem, der mit dem Appetit eines Kalifen und Sultans geschaffen wurde und als Schulaufseher sein Geld verdienen muß. Alle Hoffnung ist zerstört, sinnlos, sich noch länger zu belügen. Als du Marjam damals in die Kasr asch-Schauk brachtest, sprach alles für ein glückliches, sorgloses Leben. Möge Gott den Überdruß vernichten, der die Seele befällt wie die Bitterkeit der Krankheit die Spucke. Da bin ich ein Jahr lang ihr hinterhergelaufen, und nur wenige Wochen brauchte es, um sie überzuhaben. Wenn das kein Unglück ist, was sollte dann eins sein? Dein Haus ist wohl das erste, das bereits im Honigmond von Klagen überquoll. Frage dein Herz, wo Marjam geblieben ist? Wohin ist die Hübsche entschwunden, die dich vor Liebe krank gemacht hat? Die Antwort wird ein Lachen sein, das eher nach Stöhnen klingt. Ja, wird es sagen, wir haben gegessen, uns vollgefuttert, und nun ekeln wir uns, wenn wir die Speise nur riechen. Dabei ist sie gewitzt, man hat kein leichtes Spiel mit ihr. Es entgeht ihr nichts. Weib bleibt Weib. Wenn man über Tote auch nur Gutes sagen sagen soll, so frage dich, ob deine Mutter besser als ihre war? Schlimm ist nur, daß sie sich nicht wie Zainab leicht täuschen läßt, und packt sie die Wut, dann ist sie schrecklich. Sie gehört nicht zu der Art Frauen, die nachsichtig mit einem umgehen, und du bist nicht einer von denen, die leicht zufriedenzustellen sind. Glaube ja nicht, daß dein Heißhunger auf eine Frau je gestillt oder dein Herz je zur Ruhe kommen wird. Dabei hattest du dir eingebildet, ein glückliches Eheleben führen zu können. Wie großartig ist dein Vater, und wie erbärmlich bist du. Du hast es nicht geschafft, wie er zu sein, obwohl genau das die richtige Medizin für dich wäre. Aber da – großer Gott! –, was sehen meine Augen? Sollte das tatsächlich eine Frau sein? Wie viele Kilo mag die wohl wiegen? Gütiger Himmel, so etwas Langes und Breites habe ich noch nie zu Gesicht bekommen. Wie kannst du dieses Ungetüm in deinen Besitz bekommen? Weiß Gott, bekäme ich eine Frau von diesem Ausmaß in die Hände, würde ich sie nackt mitten ins Zimmer packen und die sieben rituellen Umkreisungen vollziehen, bevor ich sie durchbohre.

»Du?« ertönte es hinter ihm, und sein Herz erbebte. Im Nu wandte er den Blick von der Dicken ab. Ein junges Mädchen, eingehüllt in einen weißen Mantel, stand vor ihm. Überrascht stieß er hervor: »Zanuba!«

Freudig reichten sie sich die Hand. Zanuba lachte, doch schon drängte er sie weiterzugehen, damit niemand aufmerksam wurde. Seite an Seite suchten sie sich einen Weg durch die Menge. Nach Jahren der Trennung nun diese Begegnung. Von den täglichen Sorgen beansprucht, hatte er nur selten an sie gedacht. Sie war noch genauso hübsch wie damals am Tag des Abschieds, vielleicht sogar noch schöner. Aber wieso trug sie an Stelle der Milaja diesen neumodischen Mantel? Ein Rausch von Tatkraft und Freude überkam ihn.

»Wie geht es dir?« hörte er sie fragen.

»Großartig. Und dir?«

»Du siehst ja.«

»Also gut, Gott sei Dank. Du trägst andere Kleidung. Auf den ersten Blick hätte ich dich fast nicht erkannt. Ich kann mich noch immer gut an deinen Gang erinnern, wenn du die Milaja getragen hast.«

»Du hast dich überhaupt nicht verändert. Bist nicht gealtert. Ein bißchen dicker bist du vielleicht geworden, aber das ist auch alles.«

»Aber du siehst anders aus. Wie ein europäisches Mädchen.« Er schmunzelte. »Aber mit einem Hintern, der zur Ghurija paßt.«

»Hör auf!«

»Mach mir nicht solche Angst. Bist du bekehrt worden, oder hast du geheiratet?«

»Für Gott ist nichts unmöglich.«

»Der weiße Mantel spricht gegen Bekehrung, und was das Heiraten betrifft, so war nicht auszuschließen, daß du aus lauter Mangel an gesundem Menschenverstand da einmal landest.«

»Nimm dich in acht. Ich bin so gut wie verheiratet.«

Er lachte. Während sie in Richtung Muski abbogen, sagte er: »Dann geht's dir ja wie mir.«

»Wieso? Du bist doch richtig verheiratet, etwa nicht?«

»Woher weißt du das?« Er hielt inne. »Ah, wie konnte ich vergessen, daß alle unsere Geheimnisse nach und nach bei euch ankommen.« Wieder lachte er, doch nun etwas anzüglicher.

Zanubas Lippen verzogen sich zu einem leichten, rätselhaften Lächeln. »Meinst du das Haus der Sultanin?«

»Oder das meines Vaters. Besteht da nicht immer noch herzliche Zuneigung?«

»So ähnlich.«

»Für dich ist wohl alles ›so ähnlich‹. Ich bin auch so etwas Ähnliches wie verheiratet. Ich meine, ich bin verheiratet, suche aber eine Gefährtin.«

Als sie eine Fliege aus dem Gesicht scheuchte, klimperten die goldenen Armreifen. »Und ich bin eine Gefährtin und suche einen Ehemann.«

»Eine Gefährtin? Wer ist dieser glückliche Sohn einer …«

»Paß auf!« unterbrach sie ihn. »Keine Schimpfwörter! Er ist ein Mann von hohem Ansehen.«

Jasin griente. »Von hohem Ansehen? Ha, ha, und dann du! Ach, Zanuba, bei dir würde ich gern mal zustoßen.«

»Weißt du noch, wann wir uns zum letztenmal begegnet sind?«

»Also, mein Sohn Radwan ist jetzt sechs Jahre alt, dann muß das vor sieben Jahren gewesen sein … oder so ähnlich.«

»Eine lange Zeit.«

»Aber man soll niemals die Hoffnung aufgeben, sich nicht wieder zu begegnen.«

»Und sich nicht wieder zu trennen.«

»Offensichtlich hast du mit der Milaja auch deine Treue abgelegt.«

Sie betrachtete ihn mit finsterer Miene. »Du Bulle sprichst von Treue?«

Er freute sich, daß sie die Grenze der Förmlichkeit überschritt, ermutigte sie ihn doch damit in seinen geheimsten Wünschen. »Allein Gott weiß, wie sehr ich mich darüber freue, dich getroffen zu haben. Nur allzuoft mußte ich an dich denken, aber was hilft's, so ist die Welt nun einmal.«

»Die Welt der Frauen, hä?«

Bemüht, ergriffen auszusehen, erwiderte er: »Die Welt des Todes, die Welt der Sorgen.«

»Du siehst nicht gerade aus, als würden dir irgendwelche Sorgen zu stark zusetzen. Eine ganze Herde Maultiere würde dich um deine Gesundheit beneiden.«

»Wenn nur das hübsche Auge keinen Neid kennt.«

»Hast du Angst um dich? Du, der so groß und stark ist wie Abd al-Halim al-Masri?«

Er lachte geschmeichelt, und nachdem er einen Moment geschwiegen hatte, fragte er in völlig verändertem, ernstem Ton: »Was machst du hier?«

»Kann eine Frau nicht mal alleine durch die Tarbia gehen? Oder denkst du, die anderen Männer wären wie du nur auf eins aus, nämlich sich an den Frauen entlangzudrücken und -zureiben?«

»Bei Gott, das ist ungerecht.«

»Pah! Als ich dich bemerkte, konnte ich zusehen, wie du deine Augen in den Leib einer Frau gebohrt hast, die riesig wie ein Stadttor war.«

»Ach was, ich war in Gedanken und habe gar nicht mitbekommen, was um mich geschah.«

»Ausgerechnet du! Wenn mich jemand fragt, wo er dich finden kann, würde ich ihm raten, sich in der Tarbia nach dem dicksten Weib umzusehen. Garantiert klebst du an der wie der Floh am Hund.«

»Und Ihre Zunge, meine werte Dame, wird von Tag zu Tag spitzer.«

»Paß du nur auf deine auf.«

»Lassen wir das, kommen wir zum Wichtigsten. Wo willst du hin?«

»Ich kaufe ein bißchen ein, und dann gehe ich nach Hause.«

Er zögerte, schwieg. Fragte dann: »Was hältst du davon, wenn wir zusammen noch ein wenig Zeit verbringen?«

Ein amüsierter Blick aus schwarzen Augen, dann sagte sie: »Ich habe einen eifersüchtigen Mann.«

Als hätte er keinen Widerspruch gehört, schlug er vor: »Wir suchen einen hübschen Platz und trinken etwas.«

Lauter als vorher erklärte sie: »Ich habe dir gesagt, daß ich einen eifersüchtigen Mann habe.«

Ohne ihren Einwand zu beachten, fuhr er fort: »Das ›Tout-va-bien‹, was meinst du? Da ist es nett und die Bedienung angenehm. Ich werde ein Taxi rufen.«

Sie stöhnte. Ungehalten, obwohl ihrem Gesicht davon nichts anzumerken war, fragte sie: »Etwa mit Gewalt?«

Sie blickte auf die Uhr an ihrem Handgelenk, eine Bewegung, die ihn beinahe hätte loslachen lassen, und erklärte energisch: »Ich darf mich nicht verspäten. Jetzt ist es sechs, vor acht muß ich zu Hause sein.«

Als sie im Taxi saßen, überlegte Jasin, ob sie jemand auf dem Weg von der Tarbia nach Muski gesehen haben könnte. Verächtlich zuckte er mit den Schultern und schob mit dem Griff seines elfenbeinernen Wedels den

Tarbusch, der ihm schräg über der rechten Augenbraue saß, nach hinten. Und wennschon, sagte er sich. Marjam stand allein in der Welt ohne solch einen Wilden wie diesen Mohammed Iffat, der ihm sein erstes eheliches Heim zerstört hatte. Und was seinen Vater betraf, so war das ein kluger Mann, der genau wußte, daß er, Jasin, nicht mehr der grüne Junge von damals war, dem man auf dem Hof des alten Hauses eine Lektion erteilen konnte.

Im »Tout-va-bien« angekommen, nahmen sie an einem der Gartentische einander gegenüber Platz. Das Restaurant war voller Männer und Frauen. Das mechanische Klavier klimperte eintönig vor sich hin, und vom hinteren Ende des Saals wehte die Nachmittagsbrise den Duft von Gebratenem heran. Als Jasin begriff, daß Zanuba verwirrt war, weil sie zum erstenmal in einem öffentlichen Lokal saß, überfiel ihn hämische Freude. Doch schon im nächsten Moment wurde ihm klar, daß er wirkliche Sehnsucht verspürte und nicht nur wegen einer plötzlich aufgekommenen Laune hier saß. Die Tage, die er damals mit Zanuba verbracht hatte, schienen zur glücklichsten Zeit seines Lebens zu gehören. Er bestellte eine Karaffe Kognak, dann gegrilltes Fleisch, und das Wasser des Lebens rötete ihm die Wangen. Er nahm den Tarbusch ab. Das schwarze Haar, von einem Mittelscheitel durchzogen, verteilte sich wie bei seinem Vater gleichmäßig auf beide Kopfhälften. Kaum hatte Zanuba das bemerkt, huschte ein zartes Lächeln über ihr Gesicht, dessen Bedeutung er sich nicht erklären konnte. Er saß zum erstenmal mit einer Frau in einer Gaststätte an einem Tisch, abgesehen von den Kneipen in Wagh al-Birka. Es war auch sein erstes Abenteuer während der zweiten Ehe, ausgenommen wiederum ein kurzer Beischlaf in der Abd-al-Chalik-Gasse. Möglicherweise war das auch der erste gute Kognak, den er außer Haus trank; normalerweise kaufte er Flaschen von solcher

Qualität für daheim, um davon, wie er es nannte, »legalen Gebrauch« zu machen. Vergnügt und heiter gestimmt, füllte er die beiden Gläser, hob seins an und erklärte: »Auf die Gesundheit von Zanuba Martell!«

Leicht hochnäsig, doch trotzdem liebenswert, erwiderte sie: »Mit dem Bey trinke ich immer Dewar's Scotch.«

Unwillig brummte er: »Laß uns in Ruhe mit ihm. Der Herrgott wird's möglich machen, daß wir ihn der Vergangenheit zurechnen können.«

»Das hättest du wohl gern.«

»Wir werden sehen. Mit jedem Glas, das wir trinken, öffnen sich mehr Türen und lösen sich mehr Probleme.«

Da beide wußten, wie wenig Zeit ihnen zur Verfügung stand, tranken sie schnell aus, und kaum hatte Jasin erneut die Gläser gefüllt, waren sie wieder leer. Auf diese Weise begann der Kognak mit seiner Feuerzunge schnell in ihren Mägen zu jubilieren, so daß die Quecksilbersäule des Rauschthermometers sprunghaft anstieg. Die grünen Blätter, die über die hölzerne Gartenwand herüberlugten, lächelten ihnen strahlend zu. Nun stieß auch das Klavier endlich auf freundlich gestimmte Ohren. Mal lag ein träumerischer, mal ein spitzbübischer Ausdruck in den Gesichtern, und in den Blicken, die sich immer häufiger begegneten, schimmerten Vertraulichkeit und Zuneigung. Die spätnachmittägliche Luft breitete sich in Wogen stiller Musik aus, und alles schien gut und schön zu sein.

»Willst du wissen, was ich unwillkürlich sagen wollte, als ich dich heute wie verrückt dieses Weib anstarren sah?«

»Wie bitte? Aber trink erst einmal aus, damit ich nachschenken kann.«

Mit einem Stück Fleisch beschäftigt, sprach Zanuba weiter: »Ich hätte beinahe ›Du Hundesohn‹ geschrien.«

Er lachte genüßlich. »Warum hast du's nicht gemacht, du Flittchen?«

»Weil ich nur meine Geliebten beschimpfe, und zu dem Zeitpunkt warst du mir noch ziemlich fremd.«

»Und was würdest du jetzt zu mir sagen?«

»Sechzigfacher Hundesohn!«

»Gütiger Himmel, solche Beschimpfung macht einen stärker betrunken als der Schnaps. Das ist eine gesegnete Nacht. Morgen werden die Zeitungen darüber berichten.«

»Da sei Gott vor! Bist du auf einen Skandal aus?«

»Herr im Himmel, erbarme dich meiner und ihrer.«

Bei diesen Worten blickte Zanuba ihn aufmerksam an. »Du hast mir noch nichts von deiner neuen Frau erzählt.«

Jasin zwirbelte an seinem Schnurrbart. »Die Ärmste, ihre Mutter ist dieses Jahr gestorben.«

»Mögest du lange leben. War sie reich?«

»Sie hat ein Haus hinterlassen, es liegt gleich neben unserem ... ich meine neben dem Haus meines Vaters. Aber meine Frau muß den Besitz teilen, und zwar mit dem Mann ihrer Mutter.«

»Sie ist bestimmt hübsch. Du suchst dir doch immer nur das Beste aus.«

Jasins Antwort kam vorsichtig. »In gewissem Sinn ist sie schön, aber mit dir ist sie nicht zu vergleichen.«

»Ach, du!«

»Hast du je erlebt, daß ich lüge?«

»Du? Manchmal zweifle ich sogar daran, daß du wirklich Jasin heißt.«

»Wenn's so ist, laß uns noch ein Glas trinken.«

»Willst du mich denn betrunken machen, damit ich dir glaube?«

»Wenn ich dir sage, daß ich dich begehre und mich nach dir sehne, würdest du dann auch an meiner Ehrlichkeit zweifeln? Schau mir in die Augen, fühl meinen Puls.«

»Dir ist zuzutrauen, daß du das jeder Frau sagst, die dir über den Weg läuft.«

»›Ein hungriger Bauch verschlingt alles‹, sagt man, aber das heißt noch lange nicht, daß man einer guten Muluchija-Suppe nicht den Vorrang gibt.«

»Ein Mann, der eine Frau wirklich liebt, zögert nicht, sie zu heiraten.«

»Pah!« schnaubte er empört. »Da täuschst du dich gewaltig. Am liebsten würde ich auf den Tisch hier steigen und so laut wie möglich rufen: ›Wer von euch eine Frau liebt, der sollte sie nicht heiraten!‹ Genau! Nichts tötet die Liebe mehr als die Ehe, das kannst du mir glauben. Ich habe meine Erfahrungen, sowohl aus der ersten wie auch aus der zweiten Ehe. Ich weiß, wovon ich spreche.«

»Vielleicht hast du bloß noch nicht die Richtige entdeckt?«

»Die Richtige? Wie sollte die sein? Welches Gefühl sagt mir, daß sie es ist? Wo sollte es eine Frau geben, die nicht langweilig wird?«

Zanuba lächelte matt. »Am liebsten wärst du ein Stier mitten in einer Kuhherde. Ja, das wäre das richtige für dich.«

Vor lauter Vergnügen knackste er mit den Fingerknöcheln. »Großer Gott, Herr im Himmel! Wer hat mich zuletzt einen ›Stier‹ genannt? Mein Vater! Möge ihm unser Herrgott einen angenehmen Abend bescheren. Wie sehr wünsche ich mir, wie er zu leben, mit einer Ehefrau, die ein Ausbund an Gehorsam und Genügsamkeit ist. Er tut und läßt, was er will, kennt keine Sorgen. Glücklich in der Ehe, erfolgreich in der Liebe – so möchte ich es haben.«

»Wie alt ist er?«

»Ungefähr Fünfundfünfzig, denke ich. Aber er hat mehr Kraft als ein junger Kerl.«

»Möge ihn Gott mit Gesundheit erfreuen. Trotzdem, gegen das Altern ist kein Kraut gewachsen.«

»Außer bei meinem Vater! Er ist der Liebling aller Frauen. Du siehst ihn doch häufig bei euch?«

Sie warf einer Katze, die miauend um ihre Füße strich, einen Knochen zu, bevor sie lachend erklärte: »Ich habe vor Monaten schon dieses Haus verlassen. Ich habe jetzt ein eigenes, in dem ich die Herrin bin.«

»Tatsächlich? Ich dachte, du machst Spaß. Machst du noch bei der Musiktruppe mit?«

»Nein. Du sprichst mit einer Dame, in des Wortes vollster Bedeutung.«

Er lachte ausgelassen. »Na dann, trinke und laß mich trinken. Möge sich der Herr unserer gütig erweisen.«

In der Seele regte sich Verlockung, in der Luft lag Verführung. Was davon war das Echo des anderen? Seltsam, die Dinge begannen zu leben. Die Blumentöpfe gerieten flüsternd ins Schwanken, die Hauswinkel hielten geheime Zwiesprache, der Himmel betrachtete mit schläfrigen Sternenaugen die Erde und plauderte mit ihr. Botschaften schwirrten durch die Luft, die das Verborgene mittels sichtbarer und unsichtbarer Lichter enthüllten, das Herz erleuchtend, das Auge entzückend. Da war etwas, was die Menschen kitzelte und sie nicht eher in Ruhe ließ, bis sie in Gelächter ausbrachen. Ein Gesicht, ein Wort, eine Bewegung reichten aus, um alle zum Lachen zu bringen. Die Zeit verflog wie im Rausch. Der Virus kreischenden Tumults verteilte sich von Tisch zu Tisch. Die Klänge des Klaviers schienen aus weiter Ferne zu kommen, wurden vom Gerassel der Straßenbahnräder fast übertönt. Die Straßenjungen und Kippensammler verbreiteten einen Lärm, als würden Massen von Fliegen summen und brummen. Die Geschwader nächtlicher Finsternis senkten sich hernieder, machten es sich heimisch.

Als ob du darauf wartest, daß der Kellner kommt und dich fragt, ob du kein Zuhause hast. Doch weder das noch wichtigere Dinge kümmern dich jetzt. Ach, wenn doch nur Marjam vor dir knien und flüstern würde: ›Mir reicht ein Raum, in dem ich dir zu Willen bin. Die anderen Zimmer kannst du mit all den Frauen füllen, auf die du Lust hast.‹ Wie schön wäre es, wenn der Schuldirektor dir jeden Morgen die Hand auf die Schulter legte und fragte: ›Wie geht's dem Herrn Vater, mein Sohn?‹; wenn die Regierung vor dem Laden in al-Hamzawi und dem Haus in der Ghurija eine neue Straße baute; wenn Zanuba sagte: ›Morgen verlasse ich das Haus meines Freundes und stehe dir zur Verfügung.‹ Würde das alles geschehen, dann strömten die Menschen nach dem Freitagsgebet zuhauf und tauschten vor lauter Glück Freudenküsse. Doch die Devise für heute nacht müßte sein, auf dem Kanapee zu sitzen und Zanuba nackt vor dir tanzen zu lassen. Das wäre die Gelegenheit, dich am Schönheitsfleck über ihrem Bauchnabel zu weiden. »Wie geht's dem geliebten Schönheitsfleck?« fragte er und wies lächelnd auf den Bauch.

»Er küßt dir die Hand«, erwiderte Zanuba kichernd.

Sein Blick schweifte umher. »Siehst du diese Leute? Keiner, der nicht der lasterhafte Sohn eines liederlichen Vaters wäre. So sind alle Trinker.«

»Welch eine Ehre. Was mich betrifft, so ist mein ganzer Verstand verflogen.«

»Mir reicht, wenn der Teil, in dem sich dein Gefährte eingenistet hat, weggepustet wäre.«

»Himmel, wenn der wüßte, was wir treiben. Der Tag wird kommen, an dem er dich mit der Spitze seines Schnurrbarts durchbohrt.«

»Ist er ein Syrer? Einer, der solch Riesigen hat?«

»Syrer?« Laut hörbar sang sie: »Barhum, o Barhum ...«

»Pst! Mach nicht alle auf uns aufmerksam.«

»Wen denn, du blindes Huhn? Es ist doch kaum jemand noch da.«

Pustend rieb er sich den Bauch. »Alkohol ist Wahnsinn.«

»Deine Mutter ist Wahnsinn.«

»Du sprichst viel zu laut. Gehen wir.«

»Wohin?«

»Kommt Zeit, kommt Rat. Lassen wir es die Füße entscheiden.«

»Ob die das können?«

»Jedenfalls besser als ein benebelter Verstand.«

»Denk lieber ein bißchen an …«

»Wir gehen ans Werk«, unterbrach er sie, schon im Begriff, schwankend voranzukommen, »ohne langes Überlegen. Vor morgen früh sind wir dazu ohnehin nicht imstande. Also los, ab mit uns.«

26

Die Häuser hielten die Lider geschlossen. Verödet lagen die Straßen da. Nur der leichte Wind strich hilflos umher, und das Licht einer Laterne nickte müde. Nun, da nichts mehr störte, konnte das Schweigen mit ausgebreiteten Flügeln durch die Gassen schweifen.

Was nützen Hotels, wenn die Leute durch dich hindurchsehen, als wärst du ein Kranker, den man loswerden muß? Du bist ihren Blicken zwar mit Verachtung begegnet, doch eine Bleibe hast du nicht gefunden. Die anderen Liebenden liegen schon in ihren Betten, wie lange willst du noch so herumziehen? Da – ein Kutscher. Träge hebt er den Kopf, der schwer von Schläfrigkeit ist, und blickt dich einladend an. Erbarmen mit dem, der in später Nacht eine Frau mit sich herumschleppt und nicht weiß, wohin er mit ihr soll. »Wohin nur, wohin?«

»Stehe zu Diensten«, erklärte der Kutscher lächelnd.

»Dich habe ich nicht gefragt.«

»Trotzdem – zu Ihren Diensten.«

»Mich brauchst du nicht zu fragen«, mischte sich Zanuba ein. »Warum hast du dir nicht etwas überlegt, als du noch nicht betrunken warst?«

Da beide vor dem Wagen stehengeblieben waren, fühlte sich der Kutscher ermutigt, einen neuerlichen Versuch zu starten. »Auf, zum Nil! Das ist der beste Platz. Soll ich Sie zum Nil bringen?«

»Bist du ein Kutscher oder ein Seemann?« fragte Jasin streitlustig. »Was sollen wir um diese Zeit am Nil?«

»Da ist es leer und schummrig«, lockte der Kutscher.

»Also das richtige für Diebe.«

»Um Gottes willen!« rief Zanuba erschrocken. »Ohrringe, Kette, Armbänder – das ist alles aus Gold!«

»Keine Angst. Jede Nacht bringe ich solch nette Leute wie Sie zum Nil, und wir sind noch immer alle heil zurückgekehrt.«

»Sprechen Sie nicht dauernd vom Nil«, fuhr Zanuba ihn scharf an. »Ich zittre am ganzen Leib, wenn der Name fällt.«

»Möge das Übel fern von Ihrem Leib bleiben.«

Jasin, der mittlerweile neben Zanuba auf dem Wagen Platz genommen hatte, schrie: »Du sprichst gefälligst nur mit mir! Was hast du mit ihrem Leib zu schaffen?«

»Ihr gehorsamer Diener, Bey.«

»Heute nacht geht alles schief.«

»Mit Gottes Hilfe schaffen wir es schon. Wollen Sie in ein Hotel?«

»In dreien haben wir uns bereits herumgestritten, oder waren es vier, Zanuba? Nein, such was anderes.«

»Also bleibt nur der Nil.«

»Denk an das Gold, Freundchen!«

Jasin streckte die Beine aus, legte sie auf den Rücksitz.

»Abgesehen davon, gibt es dort keinen guten Platz«, überlegte er laut.

»Sie können in der Kutsche bleiben.«

Doch da schrie Zanuba aufgebracht: »Seid ihr beide darauf aus, mich wütend zu machen?«

Jasin zwirbelte an seinem Schnurrbart. »Gut, gut, du hast ja recht. Die Kutsche ist außerdem nicht geeignet. Schließlich habe ich in meinem Alter keine Lust mehr auf Spielereien. Hör zu, Alter …«

Der richtete sich auf, und Jasin rief mit gebieterischem Schwung: »Ab in die Kasr asch-Schauk!«

Hü und hott und klack, klack, klack. Mitten durch die Finsternis, einzig Sterne als Vertraute. Unruhe am fernen Horizont, die ebenso ins Meer des Vergessens sinkt wie manche widerspenstige Erinnerung. Der eigene Wille aufgelöst in Alkohol.

Als die Gefährtin des Glücks stotternd fragte, wohin er in der Kasr asch-Schauk wolle, antwortete er: »In das Haus, das ich von meiner Mutter geerbt habe. Das Schicksal hat verhängt, daß sie dort der Liebe lebte, und hat es nach ihrem Tod der Liebe geweiht.«

Mit gierigem Herzen hast du dort erst Marjams Mutter und dann Marjam empfangen, und heute nacht wirst du im gleichen Haus die Dame einstiger Nächte in den Armen halten. Und deine Frau, du betrunkener Kerl? Ach was, die schläft. Aber wird man nicht für jede Tat zur Kasse gebeten? Keine Angst, meine Kleine, heute bist du bei einem Mann, dessen Herz keine Furcht kennt. Hole dir ein paar Sternenperlen herunter, und schmücke dir die Stirn. Singe ganz allein für mich ›O Mütterchen, bring mir diese Nacht meine Liebe‹.

»Wo soll ich die restliche Zeit verbringen?«

»Wo immer du hinwillst, ich geleite dich.«

»Du? Du wirst keinen Finger rühren können.«

»Heute … heute liegt Paris in Unterägypten.«

»Wenn ich bloß nicht solche Angst vor ihm hätte.«

»Vor wem?«

Sie warf den Kopf zurück, stammelte mit brüchiger Stimme: »Was weiß ich? Ich hab's vergessen.«

In Gamalija war es stockdunkel, selbst das Café hatte seine Türen geschlossen. Die Kutsche hielt am Anfang der Kasr-asch-Schauk-Straße. Rülpsend stieg Jasin aus, und Zanuba, auf seinen Arm gestützt, folgte ihm. Vorsichtig gingen beide los, wobei sie nicht vermeiden konnten zu torkeln, gefolgt vom Husten des Kutschers und dem Knarren der Schuhe des Nachtwächters, der neugierig zusah, wie die Kutsche wendete.

»Der Weg ist so holprig«, klagte Zanuba.

»Wir sind gleich da, im Haus sind wir sicher. Mach dir keine Sorgen.«

Vergeblich versuchte sie ihn daran zu erinnern, daß seine Frau in der Wohnung war. Es blieb beim schwachen Bemühen, begleitet von einem dümmlichen Lächeln. Die Treppe war erreicht, zweimal wäre sie fast gefallen. Keuchend standen sie endlich vor der Tür. Das Entsetzliche der Situation drohte mit flüchtiger Wachsamkeit das Durcheinander der Gefühle zu ordnen, doch ach – zu schwach war der Überfall. Vorsichtig steckte Jasin den Schlüssel ins Loch, drückte die Tür äußerst behutsam auf. Er tastete Zanubas Kopf ab, um ihr ins Ohr zu flüstern, daß sie die Schuhe ausziehen solle. Auf Socken trat er einen Schritt vor, legte ihre Hand auf seine Schulter und schlich auf den Salon zu, der dicht am Eingang lag. Von Zanuba gefolgt, trat er ein. Erleichtert atmeten beide auf, als die Tür hinter ihnen wieder geschlossen war. Jasin geleitete Zanuba zum Kanapee, setzte sich mit ihr hin.

»Es ist so finster hier, ich mag das nicht«, nörgelte sie herum. Damit beschäftigt, die Schuhe unters Kanapee zu schieben, beruhigte er sie mit den Worten, daß sie sich nach kurzem an die Dunkelheit gewöhnen würde.

»Mein Kopf fängt an, sich zu drehen«, stöhnte sie.

»Jetzt erst?« Ohne auf ihre Antwort zu achten, stand er plötzlich auf und flüsterte erschrocken: »Ich habe die Eingangstür nicht abgeschlossen.« Er faßte sich an den Kopf. »Und der Tarbusch ist weg! Wahrscheinlich habe ich ihn in der Kutsche liegenlassen. Vielleicht auch im ›Tout-va-bien‹?«

»Zur Hölle mit deinem Tarbusch, schließ lieber die Tür ab, du Dummkopf.«

Er schlich hinaus in die Diele, erreichte die Tür und schloß leise ab. Auf dem Rückweg schoß ihm ein verführerischer Gedanke durch den Kopf. Mit vorgestreckter Hand, um nicht an die Stühle zu stoßen, tappte er sich zur Anrichte vor. Als er wieder in den Salon trat, hielt er eine halbvolle Kognakflasche in der Hand. Er legte sie in Zanubas Schoß und sagte: »Ich habe Medizin mitgebracht, die immer hilft.«

Sie tastete herum. »Schnaps? Du hast genug! Willst du, daß wir überlaufen?«

»Nur ein Schluck, damit wir uns von der Anstrengung erholen.«

Er trank, und schließlich glaubte er, alles machen zu können. Verrückt zu sein war ein köstlicher Zustand. Das Meer wogte, und kaum wurde er von einer Welle emporgehoben, fiel er wieder hinab in einen tiefen Strudel, drehte und drehte sich. Lange Zungen in den Winkeln des Raums raunten und schwatzten, brachen in tosendes Gelächter aus, grölten und sangen, dröhnend wie Marktgeschrei. Die Flasche fiel zu Boden, klirrendes Alarmsignal. Es durfte ihn nicht kümmern, noch war ein schwieriges Stück Weg zu meistern, und sollte er auch in einem Meer von Schweiß ertrinken. Ob es lange Zeit brauchte oder schnell ging – das war jetzt nicht wichtig. Auf einmal geriet die Dunkelheit in Bewegung, wechselte zu Grau über, unmerklich nur, so daß die Augen hinter den geschlossenen Lidern es kaum wahrnahmen. Ein glücklicher Träumer, der, gerade noch die Hand nach neuen Köstlichkeiten ausstreckend, einer Stimme, einer Bewegung gewahr wurde. Mühsam öffnete er die Augen. Da war Licht, Schatten tänzelten über die Wände. Er streckte den Kopf vor. Marjam! Sie stand in der Tür, hielt eine Lampe. Die finstere Miene kündigte Unheil an, die Augen funkelten drohend.

Das Paar, ausgestreckt liegend auf dem Kanapee, starrte unstet und aufgeschreckt auf die Frau in der Tür, die ihrerseits, lodernd vor Zorn, unentwegt auf die beiden blickte. Das Schweigen wurde unerträglich. Zanuba, die aus ihrer Angst herauswollte, öffnete den Mund, um etwas zu sagen, aber sie brachte kein Wort hervor. Statt dessen packte sie plötzlich ein Lachanfall, und sie brach in ein solches Gelächter aus, daß sie schließlich das Gesicht in den Händen verbarg.

»Hör auf damit!« schrie Jasin mit lallender Zunge. »Das ist ein angesehenes Haus!«

Marjam schien etwas sagen zu wollen, aber entweder versagte ihr die Stimme den Dienst, oder die Wut lähmte ihr die Zunge. Da griff Jasin ein, auch wenn ihm nicht bewußt war, was er eigentlich sagte. »Ich habe die Dame in stark angetrunkenem Zustand unterwegs aufgefunden und brachte sie her, damit sie wieder zu sich kommt.«

Nun wollte Zanuba nicht länger schweigen. »Er ist betrunken, wie Sie sehen«, protestierte sie. »Er hat mich gezwungen mitzukommen.«

Marjam machte eine drohende Gebärde, es sah aus, als wollte sie gleich die Lampe nach den beiden werfen. Jasin erstarrte, und sein Blick verriet, daß er bereit war loszuspringen. Marjam hielt sofort inne, sich der Gefährlichkeit eines Angriffs bewußt werdend. Sie stellte die Lampe auf dem Tisch ab, knirschte vor Wut mit den Zähnen, und dann, als sie zum erstenmal den Mund aufmachte, um etwas zu sagen, stieß sie mit scharfer, rauher und vor Haß und Zorn bebender Stimme hervor: »In meinem Haus! In meinem Haus, du Verbrecher, du Satansbrut!« Mit allen nur denkbaren Flüchen und schlimmsten Beschimpfungen fiel sie über ihn – ein dröhnendes Donnerwetter. Sie kreischte, schrie so laut, daß ihr Getöse die Wände durchbrach. Sie rief die Nachbarn und anderen Bewohner an, schwor, seine Schande ans Licht zu bringen und die Schlafenden aufzuwecken, damit sie als Zeugen gegen ihn antraten.

Jasin versuchte sie mit allen nur denkbaren Mitteln zum Schweigen zu bringen. Er fuchtelte mit den Händen, durchbohrte sie mit dem Blick, tobte und beschimpfte sie. Als alles nichts half, stand er erregt auf, ging mit ausholenden Schritten auf sie zu, um möglichst schnell bei ihr zu sein, ohne aber – aus Furcht, das Gleichgewicht zu verlieren – zu ihr hinzustürzen. Er fiel über sie her, drückte ihr die Hand auf den Mund. Sie aber schrie wie eine verzweifelte Katze und trat ihm mit dem Bein in den Bauch. Da sprang er schwankend zurück, das Gesicht vor Wut und Schmerz verzerrt, und fiel dann wie ein in den Grundfesten erschüttertes Gebäude vornüber nieder. In diesem Augenblick stieß Zanuba einen durchdringenden Schrei aus. Marjam sprang zu ihr und stürzte sich auf sie. Mit der rechten Hand zog sie sie an den Haaren, während die Fingernägel der anderen Hand sich an ihrem Hals festkrallten. Sie spuckte ihr ins Gesicht, beschimpfte und verfluchte sie. Jasin zögerte nicht länger. Er stand auf, schüttelte heftig den Kopf, als wollte er den Schnaps vertreiben, lief zum Kanapee und schlug mit voller Wucht und geballter Faust auf den Rücken seiner Frau, die noch immer auf ihrer Widersacherin lag. Marjam schrie auf und sprang, ihm ausweichend, zurück. Doch er setzte ihr nach und hieb blind vor Wut auf sie ein, bis schließlich der Eßtisch beide trennte. Im Nu nahm Marjam eine Pantine in die Hand und warf sie ihm an die Brust. Er stürzte los, und nun rannten beide im Salon herum, wobei er ein ums andere Mal schrie: »Verschwinde! Du bist verstoßen! Verstoßen, verstoßen!«

In diesem Moment klopfte es an der Tür, und die Stimme der Nachbarin aus dem zweiten Stock rief: »Sitt Marjam! Sitt Marjam!« Keuchend blieb Jasin stehen, aber Marjam riß die Tür auf und schrie mit einer Stimme, die durch das ganze Treppenhaus gellte: »Kommen Sie, und sehen Sie sich das an, und dann sagen Sie mir, ob Sie so etwas je zuvor erlebt haben! Eine Hure in meinem Haus, betrunken und bösartig. Treten Sie ein, schauen Sie sich das an!«

Verlegen und beschämt sagte die Nachbarin: »Beruhigen Sie sich, Sitt Marjam. Kommen Sie bis morgen früh mit zu mir.«

Ohne lange zu überlegen, rief Jasin: »Ja, geh mit ihr. Du hast kein Recht mehr, in meinem Haus länger zu bleiben.«

»Du liederlicher Kerl! Du Verbrecher! Schleppst eine Hure in mein eheliches Heim!«

Jasin schlug mit der Faust gegen die Wand. »Du bist die Hure! Du und deine Mutter!«

»Du wagst es, meine Mutter zu beleidigen, die in Gott ruht?!«

»Du bist ein Flittchen, das weiß ich genau. Erinnerst du dich nicht mehr an den englischen Soldaten? Es war mein Fehler, nicht auf die Warnungen anständiger Menschen zu hören!«

»Ich bin deine Frau und die Krone deines Haupts. Ich

habe mehr Ehre im Leib als deine Familie und deine Mutter. Frag dich doch selbst, was das für ein Mann sein soll, der eine Frau heiratet, die er für eine Hure hält? Muß das nicht ein widerlicher Zuhälter sein?« Sie wies ins Zimmer hinein. »Heirate die doch! Die paßt zu deinem dreckigen Charakter.«

»Noch ein Wort, und Blut fließt an der Stelle, wo du stehst!«

Aber Marjam schrie wieder los, ließ die Flammen lodern, so daß sich schließlich die Nachbarin zwischen beide stellte, um das Schlimmste zu verhindern. Sie streichelte Marjam über die Schulter, bat sie inständig, mit ihr zu kommen. Jasin konnte vor Wut nicht mehr an sich halten. »Nimm deine Sachen und geh!« schrie er. »Aus meinem Blick! Du bist nicht mehr meine Frau, ich kenne dich nicht länger. Ich gehe jetzt ins Zimmer, und wehe, du bist noch da, wenn ich wieder herauskomme.« Er stürzte in den Salon und schlug so heftig die Tür hinter sich zu, daß die Wände wackelten. Dann warf er sich aufs Kanapee und wischte sich den Schweiß von der Stirn.

»Ich habe Angst«, flüsterte Zanuba.

»Sei still«, fuhr er sie grob an. »Wovor solltest du Angst haben?« Seine Stimme schwoll an. »Ich bin frei! Ein freier Mann!«

Als spräche sie mit sich selbst, murmelte sie: »Wo ist nur mein Verstand geblieben? Wie konnte ich dir nachgeben und hierherkommen?«

»Schweig! Was geschehen ist, ist geschehen, und ich bedaure überhaupt nichts. Pah!«

Obwohl die Tür geschlossen war, konnten beide Stimmengewirr vernehmen. Außer der Nachbarin mußten sich noch mehr Leute um die wütende Ehefrau geschart haben. Ihre weinerliche Stimme übertönte alles. »Haben Sie so etwas je zuvor gehört? Eine Hure von der Straße im ehelichen Heim? Ich bin aufgewacht, weil so ein Lärm war. Die haben gelacht und gesungen. Bei Gott, betrunken, wie sie waren, haben sie völlig ungeniert gesungen! Sagen Sie mir – ist das ein rechtschaffenes Haus oder ein Bordell?«

Eine Frau fragte empört: »Wollen Sie wirklich Ihre Sachen packen und gehen? Das ist Ihr Heim, Sitt Marjam, und es wäre falsch, es zu verlassen. Die andere soll gehen!«

»Es ist nicht mehr mein Haus!« rief Marjam. »Der ehrenwerte Herr hat mich verstoßen!«

»Er wußte nicht, was er sagte. Kommen Sie jetzt mit, und morgen früh reden wir weiter. Was auch immer geschehen sein mag, Jasin Effendi ist ein rechtschaffener Mann und der Sohn anständiger Leute. Gottes Fluch über den Satan. Kommen Sie, mein Kind, und seien Sie nicht traurig.«

»Es gibt nichts mehr zu reden, nichts zu verhandeln!« schrie Marjam. »Den Morgen soll er nicht mehr erleben, dieser Verbrecher und Sohn einer Verbrecherin!«

Schritte waren zu hören, die sich entfernten, und schließlich war nur noch undeutliches Gemurmel von Stimmen zu vernehmen. Die Tür knallte ins Schloß. Jasin stieß einen langen Seufzer aus und warf sich rücklings auf das Kanapee.

27

Als Jasin die Augen öffnete, drang vormittägliches Licht durch das Zimmer. Sein Kopf war von einer Schwere, wie er es noch nie erlebt hatte, obwohl er nicht zum erstenmal nach einer durchzechten Nacht erwachte. Als er unwillkürlich den Kopf herumdrehte, fiel sein Blick auf Zanuba, die neben ihm lag und schlief. Auf einen Schlag erinnerte er sich wieder daran, was in der letzten Nacht geschehen war. Zanuba im Bett von Marjam! Wo war Marjam? Bei den Nachbarn? Was für ein Skandal! Überall würde davon gesprochen werden. Mit einem gewaltigen Sturz ging es hinab, hinein in den Schlund des Verderbens. Was nützte jetzt noch Wut, was Reue. Was geschehen war, war geschehen, und wenn sich auch alles verändern würde, so war am gestrigen Tag nichts mehr zu rütteln. Mußte er Zanuba aufwecken? Wozu? Sollte sie doch schlafen, bis sie genug hatte, sollte sie bleiben, wo sie war, denn vor Einbruch der Dunkelheit konnte sie das Haus ohnehin nicht verlassen. Er hingegen mußte sich wiederaufrappeln, um für einen schwierigen Tag gerüstet zu sein. Er warf die leichte Decke beiseite, stellte sich auf die Beine und ging mit schwerem Schritt, zerzaustem Haar, geschwollenen Lidern und entzündeten Augen aus dem Zimmer. Als er in der Diele stand, gähnte er laut wie Ochsengebrüll, und kaum hatte er die offenstehende Tür des Salons erblickt, schnaubte er verdrossen. Vor lauter Kopfweh stöhnte er und schloß die Augen. Schließlich erreichte er das Bad. Ja, vor ihm lag ein schwerer Tag. Marjam war bei den Nachbarn, die andere lag ihn ihrem Bett. Der Tag hatte ihn erwischt, bevor er die Spuren der ruchlosen Tat hatte beseitigen können. Was für eine Verrücktheit! Er hätte Zanuba wegschaffen müssen, bevor er ins Bett ging. Wie hatte er nur so nachlässig sein können? War es eine Art Ohnmacht gewesen? Nur – wann und wie war er mit Zanuba vom Salon ins Schlafzimmer hinübergewechselt? Er konnte sich an nichts mehr erinnern. Er wußte nicht einmal mehr, wann und wie er eingeschlafen war. Kurzum, das Ganze war ein riesiger, unerhörter Skandal. Eine Nacht, in Unschuld verbracht, doch von Schande schwer wie sein Kopf von Sorge und Not. Was Wunder, wenn doch diese Wohnung von jeher mit dem Dämon entsetzlicher Ereignisse behaftet war, dem Vermächtnis der Mutter, der Gott vergeben haben mochte. Sie war entschwunden, und nun kam es auf den Sohn zu, ins Gerede zu kommen und zum Gespött der Nachbarn und Bewohner des Viertels zu werden. Schon morgen würden die Neuigkeiten das Haus in der Baina-l-Kasrain erreicht haben. Also mutig voran, hinein in den Abgrund von Ärger und Gemeinheiten. Könnte doch das kalte Wasser die Seele von allen schlimmen Erinnerungen reinigen! Wer weiß, vielleicht siehst du, wenn du aus dem Fenster schaust, wie eine Menge Leute schon vor dem Haus steht, um den Auszug der Frau zu beobachten, die die Ehefrau vertrieben und ihren Platz eingenommen hat. Nein, auf keinen Fall wirst du ihr, was auch immer geschieht, erlauben hinauszugehen. Marjam hast du bereits verstoßen. Du hast es getan, ohne es wirklich zu wollen, und dabei ist der Leib ihrer Mutter im Grab noch frisch. Was werden bloß die Leute über dich sagen, du Heuchler?

Jasin verspürte das dringende Bedürfnis nach einem Schluck Kaffee, um wieder Herr seiner Sinne zu werden. Er ging aus dem Bad, und als er auf dem Weg zur Küche die Diele durchquerte und die Anrichte sah, fiel ihm wieder die Flasche Kognak ein, die im Salon hinuntergefallen und zersplittert war. Eine Sekunde lang fragte er sich, wie wohl der Teppich aussehen würde, doch schon im nächsten Moment erinnerte er sich mit einem Bedauern, das nicht frei von Häme war, daß die Möbel in der Wohnung nicht mehr ihm gehörten und schon bald der Besitzerin folgen würden. Wenig später trug er ein halbvolles Glas mit Kaffee hinüber ins Schlafzimmer. Zanuba saß im Bett, gähnte und streckte sich.

»Einen guten Morgen uns beiden. So Gott will, werden wir auf der Polizeistation Frühstück bekommen.«

Jasin schlürfte den Kaffee, und über den Rand seines

Glases zu ihr hinüberblickend, erwiderte er: »Bete lieber zum Allmächtigen, Allwissenden.«

Sie hob die Hände, ließ die goldenen Armbänder klimpern. »Das ist alles nur deine Schuld.«

Er setzte sich aufs Bett, dicht neben ihren Füße. Ärgerlich fuhr er sie an: »Ah, fängt das Gericht schon an? Ich habe dir doch gesagt, daß du besser zu Gott beten solltest.«

Sie strich mit der Ferse über seinen Rücken. »Du hast mein Haus zerstört«, seufzte sie. »Allein Gott weiß, was mich dort erwartet.«

Jasin schlug ein Bein über das andere, und der nach oben gerutschte Gilbab gab den Blick frei auf das Dickicht schwarzer Haare, das sie bedeckte. »Du meinst deinen Gefährten? Der Teufel soll ihn holen. Was bedeutet der, gemessen daran, daß ich meine Frau verstoßen habe? Du bist es, die mich ruiniert hat. Mein Heim ist zerstört.«

Wie im Selbstgespräch murmelte Zanuba vor sich hin: »Das war eine schreckliche Nacht. Ich wußte nicht mehr, was Kopf und was Beine sind. Das Geschrei tobt noch immer in meinem Schädel. Es war mein Fehler, ich hätte dir von Anfang an nicht nachgeben sollen.«

Obwohl sie jammerte, machte sie auf Jasin einen durchaus zufriedenen Eindruck, als täuschte sie nur vor zu leiden. Hatte er nicht in Ezbekija schon genügend Frauen kennengelernt, die mit jeder blutigen Schlacht prahlten, die ihretwegen ausgebrochen war? Nie war er deshalb wütend geworden. Die jetzige Situation hatte zudem ein solches Maß an Ausweglosigkeit erreicht, daß er sich die Mühe ersparen konnte, die Probleme noch lösen zu wollen. Er konnte nicht anders – er mußte lachen. »Wenn das Unglück am schlimmsten ist«, erklärte er, »kann man nur noch lachen. Mach doch mit. Mein Heim hast du zerstört, bist darin eingedrungen, also steh endlich auf und richte dich her. Stell dich darauf ein, daß du noch etliche Zeit hier verbringen mußt, denn bevor es nicht Nacht wird, kannst du das Haus nicht verlassen.«

»Ach du großes Unglück! Eingesperrt bin ich auch noch. Wo ist deine Frau?«

»Ich habe keine mehr.«

»Wo ist sie?«

»Wenn ich recht vermute, beim Gericht.«

»Ich habe Angst, daß sie über mich herfällt, wenn ich hinausgehe.«

»Du und Angst? Gott sei uns gnädig! Gestern nacht, als sie hier schrecklich herumtobte, warst du durchtrieben und boshaft wie immer, du Nichte von Zubaida.«

Ihr langes, herzhaftes Lachen schien zu bestätigen, daß sie diese Anschuldigung nicht nur anerkannte, sondern darauf auch noch stolz war. Sie griff nach dem Glas mit Kaffee, trank einen Schluck und setzte es wieder ab. »Und jetzt?« fragte sie.

»Wie du siehst, weiß ich auch nicht mehr als du. Was mich in der Seele dauert, ist, daß ich nun vor aller Welt nackt und bloß wie letzte Nacht dastehe.«

Sie zuckte verächtlich mit den Schultern. »Kümmere dich nicht darum. Da ist kein Mann, der nicht hinter seinem Bart mehr Schändlichkeiten verbirgt, als die Welt aushalten kann.«

»Trotzdem, ein Skandal bleibt ein Skandal. Denk nur an all die Streiterei, das Geheule und die Verstoßung. Und dann die Nachbarn, die vor lauter Entsetzen neugierig hergelaufen kamen und alles mitbekommen haben.«

Sie runzelte die Stirn. »Sie war es, die angefangen hat.« Da Jasin nur spöttisch grinste, beharrte sie: »Wenn sie klug wäre, hätte sie die Angelegenheit vernünftig geregelt. Die Leute auf der Straße gehen mit Betrunkenen, die auf Streit aus sind, doch auch großzügig um. Daß sie verstoßen wurde, hat sie sich selbst zuzuschreiben. Was hast du ihr gesagt? Hurentochter? O weh! Und dann war da noch die Rede von einem englischen Soldaten …«

Jetzt fiel es ihm auch wieder ein. Wütend starrte er sie an, wobei er sich fragte, warum sich gerade diese Beschimpfungen bei ihr eingeprägt hatten. Unwillig brummte er: »Ich war zornig. Da weiß ich nicht, was ich sage.«

»Na, ausgerechnet du.«

»Ausgerechnet du selbst.«

»Ein englischer Soldat? Da hast du sie wahrscheinlich in der ›Finish-Bar‹ aufgelesen?«

»Gott bewahre! Sie ist die Tochter anständiger Leute, die zig Jahre lang unsere Nachbarn waren. Das war nur der verfluchte Zorn.«

»Dank dem ja immer ein paar Geheimnisse herauskommen.«

»Beim Leben deiner Tante, hör auf! Wir haben schon genug Probleme am Hals.«

»Du kannst alles von mir haben, wenn du mir von dem Soldaten erzählst.«

Jasins Stimme schwoll an. »Ich habe es nur aus Wut gesagt, und nun Schluß damit.«

Sie feixte belustigt. »Du verteidigst sie? Na bitte, geh doch los, und hol sie zurück.«

»Verfluchter Blödian, der sich nicht schämen würde …«

»Du sagst es.« Zanuba stand auf, ging zum Spiegel, nahm Marjams Kamm und begann sich zu kämmen. »Was soll ich machen, wenn der Mann, mit dem ich lebe, nichts mehr mit mir zu tun haben will?«

»Sag ihm Lebewohl. Mein Haus steht dir immer offen.«

»Du weißt nicht, was du sprichst.« Sie drehte sich zu ihm um, ihre Stimme klang bedrückt. »Wir haben ernsthaft daran gedacht zu heiraten.«

»Zu heiraten? Hast du heute nacht nicht erlebt, was es damit auf sich hat?«

»Du verstehst mich nicht. Ich habe es satt, unsittlich zu leben. Das führt nur in den Untergang. Wenn eine wie ich verheiratet wäre, würde sie das Eheleben über alle Maßen schätzen.«

Wer könnte so blöd sein, sie zu heiraten? In der Musikergruppe war sie nicht mehr als eine kleine Lautenspielerin gewesen, und als Geliebte ist sie mit dreißig, und die hat sie demnächst erreicht, bald nichts mehr wert. Klar, daß da die Heirat die lang ersehnte Hoffnung ist. Zielt sie etwa mit diesem Gespräch auf dich ab? Was für ein süßer kleiner Teufel! Ich leugne nicht, daß ich sie will. Ich begehre sie sogar mit aller Macht. Was ich mir da an Skandal geleistet habe, ist der Beweis. »Liebst du ihn?«

Sie tat empört. »Wenn ich ihn liebte, würdest du mich hier nicht eingesperrt sitzen sehen.«

Auch wenn er an ihrer Ehrlichkeit zweifelte, bebte seine Brust vor Sehnsucht. Möglicherweise kannte ihr Herz keine Aufrichtigkeit, und dennoch schien sie ihn ohne jeden Zweifel zu mögen. »Ich kann ohne dich nicht mehr sein, Zanuba. Wegen dir habe ich eine Verrücktheit begangen, ohne mich um die Folgen zu kümmern. Du bist mein, und ich gehöre dir schon seit langer Zeit.«

Es setzte Schweigen ein. Offensichtlich brannte sie darauf, mehr zu hören. Doch Jasin blieb stumm.

»Soll ich die Beziehung zu dem anderen abbrechen? Ich gehöre nicht zu den Frauen, die mit zwei Männern zugleich zu tun haben können.«

»Wer ist er?«

»Ein Kaufmann aus der Gegend der Zitadelle, Mohammed al-Kulali heißt er.«

»Ist er verheiratet?«

»Ja, und Kinder hat er auch. Er ist ganz schön reich.«

»Und er hat dir die Ehe versprochen?«

»Er will mich dazu überreden, aber ich zögere noch,

weil seine Situation – Ehemann und Vater – ziemliche Probleme mit sich bringen kann.«

Er durchschaute ihr Spiel, ertrug es aber um ihrer schönen Augen willen. »Warum kehren wir nicht zu dem zurück, was wir einmal hatten? Jedenfalls bin ich nicht arm.«

»An deinem Geld liegt mir nichts. Ich bin meines Lebenswandels müde.«

»Was kann man da machen?«

»Das frage ich mich auch.«

»Nun erklär mir doch …«

»Ich habe schon genug erklärt.«

Das war ein reichlich überraschender Überfall. Auch wenn das Ganze auf ihn zunächst nur lächerlich wirkte, konnte er nicht, da er sie begehrte, mit ähnlich heimtückischer Waffe zurückschlagen. Er schwieg einen Moment, dann sagte er: »Ich will dir nicht verhehlen, daß ich in der Heirat nur noch ein schlimmes Vorzeichen sehe.«

»So geht es mir mit dem Leben in Sünde.«

»Gestern hast du noch nicht so gedacht.«

»Gestern konnte ich auch noch auf einen Ehemann hoffen, aber heute?«

»Mit ein bißchen Geschick werden wir uns schon arrangieren. Nur eins darfst du nicht vergessen, nämlich daß ich dich, gleichgültig, wie lange du bei mir bist, nie aufgeben werde.«

»Dein bisheriges Leben zeigt, wie ehrlich du das meinst«, erklärte sie schnippisch.

Er schlug einen anderen Ton an, mit dem er seine ungünstige Lage zu überspielen hoffte. »Kein Mensch lernt etwas, ohne dafür zu bezahlen.«

»Und ich laß mich von schlauen Reden nicht mehr einwickeln. Ach, ihr Männer!«

Nicht auch ›Ach, ihr Frauen‹? Doch was dich betrifft, du deiner Tante würdige Nichte, so will ich Gnade walten lassen. Kommst nach Mitternacht betrunken her, und am Morgen stellst du fest, daß du das unsittliche Leben überhast. Vielleicht hast du dir gesagt: Seine zweite Frau war eine Hure, warum sollte ich dann nicht die dritte sein? Armer Jasin, hast du vergessen, was dich draußen an Unannehmlichkeiten erwartet? Ach was, laß sie warten, aber verliere jetzt nicht durch ein unbedachtes Wort, wie schon bei Marjam, auch noch Zanuba. Ach, mein dahingeschiedener Bruder, nun muß ich für die dir angetane Schuld büßen. »Wir sollten das, was uns verbindet, nicht zerstören«, sagte er ruhig.

»Es liegt an dir, ob etwas zerstört oder erhalten bleibt.«

»Wir müssen uns oft treffen und über vieles nachdenken.«

»Für mich gibt es nicht viel zum Nachdenken.«

»Entweder überzeuge ich dich von meiner Meinung oder du mich von deiner.«

»Mich wirst du nie überzeugen.«

Mit diesen Worten ging sie aus dem Zimmer, heimlich ein Lächeln unterdrückend. Erstaunt sah er ihr nach. Alles kam ihm sehr befremdlich vor. Wo steckte Marjam? Auf jeden Fall stand sie nun allein in der Welt, und du wirst nicht zur Ruhe kommen und keinen Frieden finden. Schon morgen wird die Fragerei in der Baina-l-Kasrain losgehen, und übermorgen hast du es mit dem Gericht zu tun. In der letzten Zeit bestand das eheliche Leben ohnehin nur aus ununterbrochenem Streit. Sie hat dir schon vorher klipp und klar erklärt, daß sie dich und das Leben mit dir haßt. Nun ja, du bist eben nicht dafür geschaffen, in der Ehe glücklich zu werden. Hat so der Großvater gelebt? Es heißt doch immer, daß du ihm von der ganzen Familie am ähnlichsten bist. Und nun dieses verrückte Weib da. Kommt her und will dich unbedingt heiraten.

28

Die untergehende Sonne kündete den nahen Abend an, als Herr Abd al-Gawwad über den hölzernen Steg zum Hausboot schritt. Er schlug die Klingel an, und wenig später öffnete Zanuba die Tür. Sie trug ein weißes durchscheinendes Seidenkleid, das die Schönheit ihres Körpers erkennen ließ. Kaum hatte sie ihn erblickt, rief sie: »Hallo, herzlich willkommen! Treten Sie ein! Was haben Sie bloß gestern gemacht? Die ganze Zeit mußte ich daran denken, wie Sie hergekommen sind, geklingelt haben und, als sich nichts rührte, wieder weggegangen sind.« Sie kicherte. »Bestimmt haben Sie irgendwelche Vermutungen angestellt.«

Herr Abd al-Gawwad, elegant gekleidet und wohlriechend wie immer, machte ein finsteres Gesicht. Seinen frostig dreinblickenden Augen war deutlich Unwillen anzusehen. »Wo warst du gestern?« fragte er streng.

Sie ging ihm ins Wohnzimmer voraus, und er folgte ihr. Mitten im Raum blieb er stehen, während sich Zanuba auf einen Stuhl zwischen den beiden Fenstern setzte, von denen aus man auf den Nil schauen konnte. Scheinbar völlig gelassen erklärte sie lächelnd: »Wie Sie wissen, bin ich gestern ausgegangen, um ein paar Dinge einzukaufen. Als ich unterwegs zufällig Jasmina, die Tänzerin, getroffen habe, hat sie mich zu sich eingeladen. Sie wollte mich nicht mehr gehen lassen und hat so lange auf mich eingeredet, bis ich nicht anders konnte, als bei ihr zu übernachten. Seit meinem Umzug aufs Boot habe ich sie nicht mehr gesehen. Sie hätten hören müssen, wie sie sich über meine Treulosigkeit beklagte und unbedingt herausbekommen wollte, welcher Mann es zuwege bringt, daß ich all meine Freundinnen und Nachbarinnen vergesse.«

Sprach sie die Wahrheit, oder log sie? Hatte er gestern und heute grundlos gelitten? Für jeden Millim, den er ausgab oder verdiente, kannte er den Grund, warum hätte er also zwei Tage lang wegen nichts schreckliche Qualen aushalten sollen? Die Welt war voller Tücken, aber sollte sich herausstellen, daß diese kleine Teufelin die Wahrheit gesagt hatte, dann würde er ihr den Staub von den Füßen küssen. Er mußte den Beweis bekommen, selbst wenn ihn das den Rest seines Lebens kostete. War es nicht endlich Zeit, zur Vernunft zu kommen? Doch gemach … »Wann bist du zurückgekehrt?«

Zanuba stellte einen Fuß auf die Stuhlkante und begann eingehend mal das rosa Pantöffelchen, verziert mit einer weißen Rosette, mal die mit Henna bemalten Finger zu betrachten. »Wollen Sie sich nicht erst einmal hinsetzen und Ihren Tarbusch abnehmen, damit ich den schicken Scheitel sehe?« fragte sie. »Also gut, ich bin am Vormittag zurückgekommen.«

»Lügnerin!« Wie eine Kugel schnellte das Wort hervor, abgefeuert vor lauter Wut und Verzweiflung, und bevor Zanuba noch den Mund öffnen konnte, fuhr er sie heftig an: »Du Lügnerin! Du bist weder am Vormittag noch am Nachmittag gekommen, ich war zweimal hier und habe dich nicht angetroffen.«

Für einen kurzen Moment besann sie sich, um dann, in einem Tonfall, der zwischen Geständnis und Trotz schwankte, zu erklären: »In der Tat bin ich erst am späten Nachmittag zurückgekehrt, ungefähr vor einer halben Stunde. Der einzige Grund, warum ich geschummelt habe, war, daß Ihnen – völlig zu Unrecht – Ärger anzusehen ist, und den wollte ich aus der Welt schaffen. Jasmina hat mich am Morgen inständig gebeten, sie auf den Markt zu begleiten, und als sie hörte, daß ich mich von der Gruppe meiner Tante getrennt habe, hat sie mir vorgeschlagen, bei ihr mitzumachen und sie gelegentlich bei Hochzeitsfeiern zu vertreten. Natürlich habe ich nicht zugestimmt, weil ich von vornherein wußte, daß Sie nicht einverstanden sein werden, wenn ich nachts mit einer Musikergruppe unterwegs bin. Kurzum, ich bin mit ihr noch zusammengeblieben, weil ich Sie vor neun Uhr nicht erwartete. Das ist die ganze Geschichte, also setzen Sie sich endlich, und beten Sie für den Propheten.«

Alles erfunden oder wahr? Was wäre, wenn deine Freunde dich in dieser Situation sähen? O ja, die Schicksalsmächte machen sich lustig über dich, aber doppelt soviel würdest du verzeihen, wenn du damit nur ein wenig Ruhe fändest. Du, der du nie zuvor um etwas gebettelt hast, tust es nun um des inneren Friedens willen. So tief bist du wegen einer Lautenspielerin gesunken, die einst zu nichts anderem bestimmt gewesen war, als dich während des nächtlichen Feierns zu bedienen, dir Früchte zu bringen und sich dann mit höflichem Schweigen zu entfernen. Ah, entweder innerer Frieden, oder das Feuer der Hölle möge lodern. »Jasmina, die Tänzerin? Nun, die wohnt ja nicht wer weiß wo. Ich werde sie fragen, was an der Geschichte ist.«

Zanuba winkte ungehalten, auch etwas verächtlich, mit der Hand ab. »Fragen Sie sie, soviel Sie wollen.«

Seine erschöpften Nerven machten vor Aufregung nicht mehr mit, und so donnerte er los: »Noch heute frage ich sie! Auf der Stelle gehe ich zu ihr. Ich habe dir alle Wünsche erfüllt und kann erwarten, daß du meine Rechte voll respektierst.«

Sein feindseliges Wüten übertrug sich nun auch auf Zanuba. Mit schneidender Stimme erklärte sie: »Moment mal! Hören Sie auf, mich dermaßen offen zu verdächtigen! Ich war bisher immer sehr geduldig, aber alles hat seine Grenze. Ich bin ein Mensch aus Fleisch und Blut, also kommen Sie wieder zu sich, und beten Sie besser zu Fatimas Vater, Mohammed.«

Ungläubig starrte er sie an. »Du wagst es, in diesem Tonfall mit mir zu reden?«

»Ja, und zwar so lange, wie Sie sich so aufführen.«

Seine Faust verkrampfte sich um den Knauf des Stocks. »Das ist mein Recht!« rief er. »Ich bin es, der aus dir eine Dame gemacht und dir ein Leben geboten hat, um das dich selbst Zubaida beneidet.«

Sie geriet außer Rand und Band, und wie eine wütende Löwin brüllte sie los: »Gott hat mich als Dame erschaffen, nicht Sie! Ich war mit diesem Leben erst einverstanden, nachdem Sie inbrünstig darum gebettelt haben. Sollte das vergessen sein? Ich bin weder Ihre Gefangene noch Ihre Sklavin, also gibt's kein Verhör und kein Protokoll – wofür halten Sie mich? Haben Sie mich gekauft? Wenn Ihnen meine Art zu leben nicht gefällt, na bitte, dann zieht eben jeder seiner Wege!«

Herr der Himmel, konnten sich die niedlichen Nägelchen in solche Krallen verwandeln? Solltest du wegen der letzten Nacht noch Zweifel haben, dann mußt du dir nur diesen schamlosen Ton klarmachen. Ein Jäger von der Art Nimrods stellt dir nach, also trinke den bitteren Kelch bis zur Neige, laß die Schmach sich über dich ergießen, bis du nicht mehr kannst. Was nun? Was antwortest du? So laut du kannst, schreie ihr mitten ins Gesicht: ›Geh zurück auf die Straße, wo ich dich aufgelesen habe!‹ Schreie, brülle, donnere los! Was hält dich zurück? Gottes Fluch über alles, was dich daran hindert. Der Verrat des Herzens ist die schlimmste aller Niedertrachten. Da hast du sie – die Demütigung des Herzens, über die du so viel gehört und dich immer nur lustig gemacht hast. Oh, wie hasse ich mich dafür, daß ich sie liebe. »Du jagst mich fort?«

Wütend wie zuvor, schleuderte sie ihm entgegen:

»Wenn das Leben hier bedeutet, daß ich als Sklavin gehalten werde und Sie mir Vorhaltungen machen, wann immer es Ihnen beliebt, dann ist es für mich und für Sie besser, es zu beenden.«

Sie drehte das Gesicht zur Seite, und mit einer Ruhe, die nicht normal war, ja, wie betäubt wirkte, betrachtete er ihre Wange und den Nacken. Das höchste Glück, das ich von Gott erbitten sollte, wäre, sie einfach hinauszuwerfen – sie, die Erniedrigung bedeutet, dich in Wut versetzt. Doch könntest du es ertragen, an diesen Ort zurückzukehren und keine Spur von ihr zu finden? »Ich hatte noch nie viel Vertrauen darauf gesetzt, bei dir eine vornehme Geisteshaltung zu finden. Aber nie hätte ich mir vorstellen können, daß du dermaßen undankbar bist.«

»Natürlich. Sie hätten es gern, wenn ich wie ein Stein wäre, ohne Gefühl, ohne Würde.«

Wenn du nur wüßtest, um wieviel erbärmlicher du noch bist. »Nein, nur hoffte ich, du wärst ein Mensch, der das Recht anerkennt, das sich aus Gefälligkeiten und dem Leben zu zweit ergibt.«

»Ich habe mehr für Sie getan, als Sie sich vorstellen können«, und nun hörte sich ihre Stimme eher klagend als wütend an. »Ich war bereit, meine Familie und Arbeit aufzugeben und dort zu leben, wo Sie wünschten. Ich habe alles Klagen unterdrückt, nur um Sie nicht zu betrüben. Ich habe nie den Wunsch in mir aufkommen lassen, Ihnen in aller Deutlichkeit zu erklären, daß es mancherlei Leute gibt, die mir ein besseres Leben bieten wollen und die ich dennoch nicht beachtet habe.«

Was war das? Neue Probleme, auf die ich noch nicht gekommen bin?

Mit leidender Stimme, als wäre er verletzt, fragte er: »Was willst du damit sagen?«

Zanuba war auf einmal einzig und allein mit einem der

goldenen Armbänder beschäftigt, drehte es hin und her. »Ein angesehener Mann will mich unbedingt heiraten und drängt deshalb unermüdlich auf mich ein.«

Die Hitze und Trockenheit reichen schon, um dich ersticken zu lassen, und nun reißt auch noch dieses Schicksal sein Maul auf, um dich zu verschlingen. Ach, wie glücklich muß der Seemann dort auf dem Nil sein, der gerade das Segel hißt. »Wer ist er?«

»Sie kennen ihn nicht. Nennen Sie ihn, wie Sie wollen.«

Herr Abd al-Gawwad trat einen Schritt zurück, setzte sich auf das Kanapee zwischen den beiden großen Sesseln. Er legte beide Hände auf den Knauf des Stocks und fragte: »Wann hat er dich gesehen? Woher weißt du, was er wünscht?«

»Er hat mich des öfteren bei meiner Tante gesehen, und in den letzten Tagen versuchte er, wann immer er meinen Weg kreuzte, mit mir zu sprechen. Da ich aber keinerlei Notiz von ihm nahm, hat er eine meiner Freundinnen gedrängt, mir seinen Wunsch zu übermitteln. Das ist alles.«

Was für Geschichten hast du noch auf Lager?! Als ich gestern auf der Suche nach dir herumirrte, da war es nur ein Schmerz, der mich umbringen wollte. Ich ahnte nicht, wie viele Qualen mich noch erwarten. Laß sie gehen, wenn du die Kraft dazu hast. Gib sie auf, nur so kannst du Frieden finden. Ist es nicht der größte Irrtum, wenn die Leute behaupten, der Tod sei das Schlimmste, was einen treffen könne? »Ich möchte jetzt eindeutig wissen: Willst du das Angebot annehmen?«

Mit einer hektischen Bewegung ließ sie vom Armband ab, heftete fast hochmütig den Blick auf ihn und erklärte nachdrücklich: »Ich habe gesagt, daß ich ihn nicht beachtet habe. Sie sollten versuchen, meine Worte zu verstehen.«

Du solltest vor allem heute nacht nicht wieder mit solch

mörderischen Gedanken wie gestern zu Bett gehen. Also mußt du deine Seele von allen Einflüsterungen säubern. »Sage mir klipp und klar: Hat dich jemand auf dem Boot besucht?«

»Was für ein Jemand? Außer Ihnen war keiner hier.«

»Zanuba, ich bekomme alles heraus. Verheimliche mir nichts. Lege lieber ein Geständnis ab, wie schlimm es auch sei. Erst dann kannst du auf Vergebung hoffen.«

Wütend hielt sie ihm entgegen: »Wenn Sie noch immer an meinen Worten zweifeln, ist es wohl besser, sich zu trennen.«

Erinnerst du dich an die Fliege, die du heute früh im Spinnennetz sterben sahst? »Also gut, dann laß mich fragen, ob du diesen Mann gestern getroffen hast.«

»Ich habe bereits gesagt, wo ich gestern war.«

Ohne daß Herr Abd al-Gawwad es wollte, seufzte er auf. »Warum quälst du mich? Ich war immer nur darauf bedacht, dich glücklich zu machen.«

Sie klatschte in die Hände, als hätte sie genug von aller mißtrauischen Fragerei. »Warum wollen Sie mich nicht verstehen? Um Ihretwillen habe ich alles, was mir teuer und lieb ist, aufgegeben.«

Welch liebliche Musik! Das Unglück ist nur, daß sie auch ohne Herz erklingen kann. Wie oft schmilzt ein Sänger beim Klagelied vor Traurigkeit dahin, doch sein Herz ist trunken vor Glück und Lebenslust. »Ich nehme Gott als Zeugen deiner Worte, sage mir – wer ist der Mann?«

»Was interessiert Sie das? Ich sagte doch, Sie kennen ihn nicht. Ein Kaufmann aus einem anderen Viertel, der manchmal ins Kaffeehaus von Si Ali kommt.«

»Sein Name?«

»Abd al-Tawwab Jasin. Kennen Sie ihn?«

Das Hausboot war für glückliche Zeiten gedacht, erinnerst du dich ihrer? O Welt, kennst du noch den Achmed Abd al-Gawwad, den nichts kümmerte und sorgte? Zubaida, Galila, Bahiga – frage sie alle nach ihm, doch er wird nichts mit dem verstörten Mann zu tun haben, dessen Schläfenhaar ergraut ist. »Der Teufel, der Sorgen bringt, ist der tüchtigste aller Dämonen.«

»O nein, das ist der Teufel des Argwohns, denn er schöpft aus dem Nichts.«

Herr Abd al-Gawwad begann, mit dem Stock auf den Boden zu klopfen, und mit tiefer Stimmer erklärte er: »Ich will nicht wie ein Blinder leben, auf keinen Fall. Nichts auf der Welt wird es fertigbringen, daß ich auf meinen Stolz als Mann, auf meine Würde verzichte. Mit einem Wort – ich kann dein gestriges Ausbleiben nicht hinnehmen.«

»Sind wir wieder da angelangt!?«

»Und wir werden zum dritten- und viertenmal da anlangen. Du bist kein Kind mehr, sondern eine erwachsene, kluge Frau. Da kommst du heute und erzählst mir von diesem Mann. Hast du dich wirklich von seinem Heiratsversprechen blenden lassen?«

Hochmütig erwiderte sie: »Ich weiß, daß er mich nicht zu täuschen versucht. Da er versprochen hat, sich mir nicht vor der Heirat zu nähern, ist das für mich Beweis genug.«

»Und du willst diese Heirat?«

Ärgerlich runzelte sie die Stirn, und als könnte sie sich nicht genug wundern, fragte sie: »Haben Sie nicht gehört, was ich sagte? Ich staune wirklich, wie begriffsstutzig Sie sind. Auf jeden Fall machen Sie heute einen anderen Eindruck als sonst. Hören Sie auf, sich selbst ohne allen Grund Verdruß zu bereiten, und lassen Sie mich es Ihnen zum letztenmal sagen. Ich habe den Mann und alles, was er will, Ihretwegen nicht weiter beachtet.«

Nur zu gern hätte Herr Abd al-Gawwad herausbekommen, wie alt der andere sein mochte, nur wußte er nicht, wie er die Frage stellen sollte. Jung oder alt – darauf hatte er früher nie geachtet. Er zögerte ein wenig, bevor er sagte: »Vielleicht gehört er zu diesen Grünschnäbeln, die unbedacht einfach drauflosreden.«

»Er ist kein kleiner Junge mehr, sondern bereits an die Dreißig.«

Ein Vierteljahrhundert jünger also. Weniger zu haben war immer schlecht, außer beim Alter. Ach, die Eifersucht, sie bringt uns noch alle um.

»Ich habe keine Notiz von ihm genommen«, fuhr Zanuba fort, »obwohl er mir die Art zu leben versprochen hat, die ich mir immer wünschte.«

Was für ein gerissenes Weib! Von der hätte selbst Zubaida noch eine Menge lernen können. »Ach ja?«

»Um ganz offen zu sein, ich kann dieses Leben nicht mehr ertragen.«

Die Fliege und das Spinnennetz. »Ach so?«

»Ja, wirklich. Ich möchte gesichert und ehrbar leben. Oder halten Sie das für falsch?«

Da bist du gekommen, um sie zu verhören, und was ist nun? Sie ist es, die dich mit ihren Fragen hetzt. Woher nimmst du nur diese Sanftmut? Es reicht, um dich deiner für den Rest des Lebens zu schämen. Hast du nicht endlich verstanden, was sie mit ihren Anspielungen bezweckt? ... Wie schön die Wellen aussehen, wenn sie im Abendlicht ineinanderschlagen.

Er hatte wohl zu lange geschwiegen, denn Zanuba fügte mit ruhiger Stimme hinzu: »Über diesen Wunsch können Sie nun wirklich nicht böse werden. Sie sind trotz allem ein gottesfürchtiger Mann, und da werden Sie eine Frau bestimmt nicht daran hindern, sich ihren Wunsch auf eine rechtmäßige Verbindung zu erfüllen. Ich will nicht jedem

Reiter als Sattel dienen, ich bin nicht wie meine Tante. Ich habe ein gläubiges Herz und fürchte Gott, und deshalb ist mein Entschluß, das sündhafte Leben aufzugeben, nur allzu aufrichtig gemeint.«

Betroffen, ja unwillig hörte er ihr zu, wobei er bemüht war, den aufsteigenden Ärger hinter einem verkrampften Lächeln zu verbergen. Schließlich stieß er hervor: »Davon hast du nie etwas gesagt. Vorgestern war doch alles noch bestens zwischen uns.«

»Ich wußte nicht, wie ich mich Ihnen anvertrauen sollte.«

Mit geradezu heimtückischer Schnelligkeit entfernt sie sich. Alle Hoffnung geht verloren. Gut denn, ich bin bereit, die unglückselige Nacht zu vergessen. Ich stoße allen Argwohn, allen Schmerz weit von mir, wenn sie nur diese widerwärtigen Tricks läßt. »Wir lebten glücklich und harmonisch miteinander. Ist dir unser Beisammensein so wenig wert?«

»Aber nein, nur möchte ich daraus noch etwas Besseres machen. Ist nicht eine Verbindung in Gott wertvoller als die in Sünde?«

Seine untere Lippe verzog sich zu einem ausdruckslosen Lächeln. Mit matter Stimme antwortete er: »Für mich sieht die Sache sehr viel anders aus.«

»Wieso?«

»Ich bin verheiratet und Vater eines verheirateten Sohns und verheirateter Töchter. Das macht alles ziemlich schwierig.« Er seufzte. »Aber haben wir nicht vollkommen glücklich gelebt?«

»Ich habe nicht gesagt«, erwiderte sie gereizt, »daß Sie sich scheiden lassen und von Ihren Kindern trennen sollen. Es gibt genügend Männer, die mehr als eine Ehefrau haben.«

»Aber eine neue Ehe in meinem ... in meiner Situation

ist keine Kleinigkeit. Das geht nicht ohne Klatsch und Tratsch ab«, warb er um Verständnis.

Zanuba lachte höhnisch. »Alle wissen, daß Sie eine Geliebte haben, doch das kümmert Sie nicht. Wie können Sie sich dann vor dem Getratsche über eine rechtmäßige Ehe fürchten, wenn Sie sie sich selbst wünschen?«

Er lächelte verlegen. »Es gibt nur wenige, die mich mit all meinen Geheimnissen kennen, und meine Familie ist die letzte, die davon wüßte.«

Ungläubig hob sie die fein nachgezogenen Augenbrauen. »Das glauben Sie! Gott allein kennt die Wahrheit, aber welches Geheimnis läßt sich verbergen, wenn alle Zungen nur darauf lauern, es weiterzugeben?« Bevor er noch etwas sagen konnte, fuhr sie aufgebracht fort: »Oder halten Sie mich vielleicht nicht der Ehre wert, Ihrer Familie anzugehören?«

Da sei Gott vor – du als stolzer Gatte einer armseligen Lautenspielerin! »Das habe ich nicht gemeint, Zanuba.«

»Nicht lange, und ich werde wissen, was es mit Ihren Gefühlen auf sich hat«, erwiderte sie gekränkt. »Wenn's heute nicht ist, dann eben morgen. Und wenn es für Sie eine Schande ist, mich zu heiraten, heißt es ›Lebe wohl‹.«

Du kamst, um den anderen Mann aus dem Weg zu räumen, und nun tut er das mit dir. Es geht nicht mehr darum, wo sie war, jetzt läßt sie dir nur noch die Wahl zwischen Heirat und Abschied. Was machst du hier noch? Was sitzt du hier untätig herum? Es ist einzig das verräterische Herz. Dir die Haut von den Knochen zu reißen wäre einfacher, als diese kleine Lautenspielerin zu verlassen. Ist es nicht zum Heulen, daß du erst im Alter von solch blinder Liebe befallen wirst? »So gering schätzt du mich also ein«, sagte er vorwurfsvoll.

»Zu mehr reicht es nicht bei einem, der mich wie ansteckende Spucke behandelt.«

Leise und traurig bemerkte er: »Du bist mir teurer als meine eigene Seele.«

»Reden, alles nur Gerede, das haben wir zur Genüge gehört.«

»Aber es ist die reinste Wahrheit.«

»Für mich ist es Zeit, es nicht mehr nur zu hören.«

Niedergedrückt und verzweifelt senkte Herr Abd al-Gawwad den Blick. Er wußte weder, wie er ihrem Wunsch zustimmen sollte, noch fühlte er die Kraft, ihn abzulehnen. Sein Verlangen nach ihr tobte in seiner Brust und brachte seinen Verstand durcheinander. Seine Stimme klang dumpf, als er sagte: »Gib mir eine Frist, damit ich mich vorbereiten kann.«

»Würden Sie mich wirklich lieben, brauchten Sie nicht zu zögern«, kam gelassen ihre Antwort, wobei sie ein hämisches Lächeln unterdrückte.

»Es geht nicht um mich, sondern um die anderen Dinge«, warf er hastig ein, begleitet von einer vagen Handbewegung, mit der er zu erklären versuchte, was er selbst nicht genau wußte.

Zanuba lächelte. »Wenn's so ist, warte ich gerne ab.«

Ihn überkam das Gefühl zeitweiliger Erleichterung, ähnlich wie bei einem Boxer, der, kurz bevor er in die Knie geht, die Glocke zwar nicht das Ende des Kampfes, aber wenigstens das Ende der Runde läuten hört. Er verspürte den dringenden Wunsch, alle Sorgen zu vergessen und die Angst zu vertreiben, und so streckte er die Hand nach Zanuba aus und sagte: »Komm zu mir.«

Entschlossen lehnte sie sich zurück und erklärte entschieden: »Erst mit Gottes gütiger Erlaubnis.«

29

Er verließ das Hausboot und schritt dem Nilufer entlang in Richtung der Zamalek-Brücke durch die dunkle Nacht. Die Straße war menschenleer. Es wehte ein zarter Wind, der ihm den glühenden Kopf angenehm erfrischte. Die Zweige der hohen Bäume bewegten sich leicht, so daß das Rascheln des dichten Blätterwerks einem Flüstern glich. Wie Dünen oder schwarzweiß gefleckte Wolken ballten sich die Baumkronen ineinander, und wenn er hinaufschaute, kam es ihm vor, als würden sie sich auf seinen Kopf niedersenken, drückend wie die auf seiner Brust lastenden Sorgen. Die vielen Lichter – drang ihr Schein hinter Fenstern von Hausbooten hervor, die frei von Kummer waren? Wie auch immer, größer als dein Leid ist keines, und einer, der stirbt, ist lange nicht so schrecklich dran wie einer, der Selbstmord begeht. Und unbestritten hast du in letzteres eingewilligt.

Herr Abd al-Gawwad ging weiter und weiter. Nichts war ihm in diesem Moment lieber, als beim Laufen sich zu entspannen und die Gedanken zu sammeln, bevor er wieder den Freunden begegnete. Ja, er würde sich mit ihnen zusammensetzen und ihnen alles enthüllen, denn einen solchen Schritt konnte er erst wagen, wenn er ihren Rat eingeholt hatte. Doch er konnte sich von vornherein ausrechnen, was sie ihm sagen würden. Wie peinlich die Sache auch immer ausgehen mochte, er mußte dennoch alles eingestehen. Wie ein Schwimmer, der im Moment, da die Wellen ihn hinunterreißen, einen Hilferuf ausstößt, fühlte er das dringende Bedürfnis, sich den Freunden anzuvertrauen. Es war ihm durchaus bewußt, daß er sich einverstanden erklärt hatte, Zanuba zu heiraten, und er verleugnete auch nicht das erniedrigende Gefühl, sie zu begehren und besitzen zu wollen, nur konnte er sich weder vorstellen, wie das im Rahmen einer offiziellen Ehe zu verwirklichen war, noch wie er die Nachricht davon seiner Familie, den Kindern und allen anderen verkünden konnte. Am liebsten wäre er stundenlang, solange seine Kräfte reichten, weitergelaufen. Trotzdem beschleunigte er den Schritt, holte weit aus, stieß den Stock auf den sandigen Boden, als müßte er in aller Eile ein Ziel erreichen. Nein – es gab kein Ziel. Sie hatte sich ihm verweigert, hatte ihn zurückgestoßen. Wie konnte er, der Mann mit den vielen Erfahrungen, auf solche Mittel hereinfallen? Dennoch, im Moment der Schwäche begibt man sich bisweilen auch wissentlich in eine Falle.

Obwohl das Laufen und die frische Luft Herrn Abd al-Gawwad wieder etwas beruhigten, waren seine Gedanken noch immer konfus, und die Gefühle jagten durcheinander. Unerträglich hämmerte es auf seinen Schädel ein. Er fürchtete, verrückt zu werden, falls er nicht zu einer Lösung des Problems käme, auch wenn sie sich letztendlich als Irrtum herausstellen sollte. Im Dunkel der Nacht konnte er ohne Zögern und ohne Scham mit sich selbst reden. Die dichten Zweige verbargen ihn vor dem Himmel, die weiten Grünflächen zu seiner Rechten nahmen seine Gedanken in sich auf, und das Wasser des Nils zu seiner Linken trug seine Gefühle mit sich fort. Aber Vorsicht vor dem Licht, vor seinem Schein mußte er sich hüten – er würde sich umdrehen und zurückpreschen, geschwind wie ein Zirkuswagen, dem die Straßenjungen und Neugierigen hinterherlaufen. Aus und vorbei wäre es dann mit dem guten Ruf, der Würde und Ehre. Schon immer hatte sich sein Wesen in zwei Personen geteilt. Die eine lebte für die Freunde und Geliebten, die andere zeigte sich der Familie und den anderen Menschen. Allein die letztere verlieh ihm Erhabenheit, Respekt und eine Stellung, nach der niemand zu streben wagte. Doch eben gegen diese Persönlichkeit verschworen sich seine ungestümen Launen, bedrohten sie mit dem unabänderlichen Ruin.

Bei der Brücke mit ihren gleißenden Lichtern angekommen, fragte er sich, wohin er gehen sollte, und da er sich wünschte, im Dunkeln zu sein, bog er vor der Brücke ab und lief in Richtung Gizeh weiter. Jasin fiel ihm ein, und der Gedanke an ihn machte ihm angst, ließ seine Stirn vor Scham heiß werden. Warum? Er wird der erste sein, der dich versteht, wird nachsichtig mit dir umgehen. Aber vielleicht empfindet er auch Schadenfreude und macht sich über dich lustig? Wie oft hast du ihn ausgescholten und gestraft, dabei ist er nie so tief gefallen wie du. Und Kamal? Von nun an mußt du ihm mit grimmigem Gesicht gegenübertreten, damit er dir keinerlei Schuld ansieht, und bist du im Haus der Schaukats, wirst du es sein, der vor beiden Töchtern die Stirn senken muß. Zanuba – als Frau ihres Vaters! Ein Hochzeitszug, dem alle schamlosen Possenreißer zuklatschen werden. Ist deine Brust von soviel sündhafter Verlockung erfüllt, so biete ihr eine andere Bühne als deine jetzige Welt. Ist da kein Reich der Schatten, fern von den Menschen, wo du in Frieden deinen niederen Lüsten frönen kannst? Morgen, da trittst du ans Spinnennetz und siehst nach, was von der Fliege übriggeblieben ist. Lausche dem Quaken der Frösche und dem Zirpen der Grillen. Ach, könntest du dazugehören und glücklich wie sie vor sich hin leben. Doch dir ist auf Erden Sorglosigkeit nur dann beschieden, wenn du der »Herr« bist und bleibst. Nun denn, verbringe den morgigen Abend mit der Familie, versammle alle um dich – deine Frau, Kamal, Jasin, Chadiga, Aischa. Teile ihnen, so du kannst, dein Vorhaben mit, und solltest du dann noch Kraft haben, so liegt es bei dir, die neue Ehe spruchreif zu machen. Erinnerst du dich, wie du Hanija, obwohl du sie liebtest, verstoßen hast? Keine Frau hast du mehr als sie geliebt. Offenbar ist es wahr, daß wir mit zunehmendem Alter – was für ein Jammer! – den Verstand verlieren. So trinke also in dieser Nacht, saufe, bis daß sie dich wie einen Helden auf Händen hinaustragen. Nach nichts verlangt dich mehr, als hättest du seit grauer Vorzeit keinen Schluck mehr bekommen. Was du an Leid hinuntergewürgt hast, reicht aus, um alles bis dahin erlebte Glück auszulöschen.

Herr Abd al-Gawwad schlug mit dem Stock auf den Boden und blieb stehen. Der Dunkelheit, des Schweigens und des von Bäumen dicht gesäumten Wegs überdrüssig, sehnte sich sein Herz nach den Freunden. Er ertrug es nicht, lange allein zu sein, fühlte er sich doch als Mitglied einer Gruppe, als Teil eines Ganzen. Dort war man gewohnt, Probleme zu lösen, und so würde es auch in seinem Fall geschehen.

Schon hatte er sich umgedreht, um wieder zur Brücke zu gehen, da schüttelte er sich plötzlich vor Ärger und Abscheu, und mit einer – ihm selbst fremden – Stimme, die zerrissen von Klage, Schmerz, Wut war, sprach er laut vor sich hin: »Eine ganze Nacht verbringt sie woanders, irgendwo, und du, du stimmst ihr noch zu, sie zu heiraten!« Ein Gefühl von Selbstverachtung überfiel ihn, lastete schwer auf ihm, preßte ihm Leib und Seele zusammen. »Jasmina! Solch ein Quatsch! Sie hat die Nacht in den Armen dieses Mannes verbracht, der sie erst am nächsten Nachmittag hat ziehen lassen. Sie blieb bei ihm, obwohl sie wußte, daß du kommst. Was heißt das also? Das heißt, daß sie vor lauter Leidenschaft die Zeit vergessen hat. O du Feuer der Hölle! Du gehst sie so wenig an, daß es sie einen Dreck schert, ob du wütend wirst. Du besessener Narr, wie konntest du so nachgiebig sein? Wie konntest du weggehen und ihr ein Heiratsversprechen hinterlassen?

O du Schande des Diesseits und Jenseits! Als hättest du vor Gram nicht die Hörner gemerkt, und nicht genug damit, du willst auch noch das Haupt einer ganzen Familie mit diesen Hörnern schmücken und Generation um Generation der Schande aussetzen. Was werden die Leute über die Buckel auf der bisher so edlen Stirn sagen? Kein Zorn, kein Haß, kein Blut und keine Tränen reichen, um dein Nachgeben, deine Schwäche zu sühnen. Da liegt sie jetzt im Hausboot und erstickt fast vor Lachen. Vielleicht hat sie noch nicht einmal den Schweiß des anderen abgewaschen, der sich genauso wie sie über dich lustig macht. Nein, es darf nicht sein, daß der Tag anbricht und sich jemand vor Lachen über dich ausschüttet. Also gestehe deine Schlappe ein, serviere sie den Brüdern, und lasse ihr Gegröle über dich ergehen. ›Entschuldigen wir ihn, er ist doch alt und geistesschwach‹, ›Vergeben wir ihm, er ist doch noch nie in den Genuß von Hörnern gekommen.‹ Und dann Zubaida: ›In meinem Haus wolltest du nicht der Herr sein, aber bei meiner kleinen Lautenspielerin Zuhälter zu werden, das hat dir gefallen.‹ Und obendrein Galila: ›Mein Bruder bist du nicht mehr, nicht einmal meine Schwester.‹ O ja, dieser furchteinflößende Weg, die undurchdringliche Finsternis, die bejahrten Bäume können bezeugen, daß ich wie ein kleines, dummes Kind weinend durchs Dunkel haste. Diese Nacht wird erst dann zu Ende gehen, wenn ich der hochmütigen Tyrannin die Erniedrigung heimzahle. Da wagt sie, sich dir zu verwehren! Und warum? Weil sie auf einmal die Sünde nicht mehr mag. Dabei hat sie sich nach der von gestern noch nicht einmal gereinigt! Sie hat einfach genug von dir, gesteh dir's nur ein. Himmel, welch ein Schmerz! Recht geschieht dir, eine heilige Pflicht ist er. Als könnte man eine Schuld büßen, indem man mit dem Kopf so lange gegen die Wand schlägt, bis er zertrümmert ist. Scheich Mitwalli

Abd as-Samad glaubt vieles zu wissen, doch was für ein törichter Mann ist er.«

Wieder kam er an der Zamalek-Brücke vorbei, doch diesmal wandte er sich in Richtung Imbaba. Zielbewußt und energisch beschleunigte er den Schritt, entschlossen, sich von der ihm angetanen Schmach zu befreien. Setzte ihm der Schmerz zu stark zu, eilte er noch schneller vorwärts, und da er entsprechend heftig den Stock aufschlug, sah es aus, als liefe er auf drei Beinen. Aus den Fenstern des Hausboots schimmerte Licht. Obwohl sein Selbstvertrauen, das Gefühl männlichen Stolzes und männlicher Würde sich wieder gefestigt hatten und auch sein Gemüt ruhiger geworden war, nun, da er endlich einen Entschluß gefaßt hatte, brachte der Anblick des Hausboots sein Blut wieder in Wallung. Er stieg die paar Stufen hinab, überquerte den Holzsteg und klopfte erst einmal, dann immer öfter und heftiger mit der Stockspitze an die Tür, bis er schließlich ihre Stimme unwillig fragen hörte: »Wer ist da?«

»Ich!«

Die Tür öffnete sich, gab ihr erstauntes Gesicht frei. Sie trat zur Seite, um ihm dem Weg freizugeben, und stammelte: »Was gibt's?«

Herr Abd al-Gawwad stürmte weiter, blieb in der Mitte des Wohnzimmers stehen und sah ihr entgegen, wie sie mit fragendem Blick näher kam. Jetzt stand sie vor ihm, durchforschte unruhig sein finsteres Gesicht. Dann sagte sie: »Es geht Ihnen hoffentlich gut. Was hat Sie zurückkommen lassen?«

Seine Stimme klang verdächtig ruhig, als er antwortete: »Ja, es geht mir gut, Gott sei Dank, und du wirst auch gleich wissen, warum.«

Bange blieb ihr Blick an ihm haften, und da sie kein Wort herausbrachte, sprach er weiter: »Ich bin gekommen, weil ich dir mitteilen wollte, daß du dem, was ich sagte, keinerlei Bedeutung beimessen sollst. Die ganze Sache war nichts weiter als ein dummer Spaß.«

Sie sackte in sich zusammen, ein Bild der Enttäuschung. Auf ihrem Gesicht zeichneten sich Ungläubigkeit und aufsteigende Wut ab. »Ein dummer Spaß?« rief sie. »Können Sie nicht zwischen einem dummen Spaß und einem Ehrenwort, an das Sie gebunden sind, unterscheiden?«

Herrn Abd al-Gawwads Miene verdüsterte sich noch mehr. »Du solltest, wenn du mit mir sprichst, den notwendigen Respekt wahren. Frauen aus deiner Schicht verdingen sich in meinem Haus als Dienstmagd.«

Sie starrte ihn an, schrie: »Sind Sie gekommen, um mir das zu sagen? Warum haben Sie es nicht schon vorhin getan, anstatt mir Versprechungen zu machen, mich um meine Gunst anzubetteln und mir zu schmeicheln? Glauben Sie, Sie könnten mich einschüchtern? Ich habe keine Zeit für alberne Späßchen.«

Mit einer drohenden Gebärde brachte er sie zum Schweigen, bevor er donnernd erklärte: »Ich kam, um dir mitzuteilen, daß eine Ehe mit einer wie dir eine mit meiner Würde nicht zu vereinbarende Schande wäre, einzig geeignet, um alle Schandmäuler zu belustigen. Solange dir solche Überlegungen durch den Kopf gehen, bist du für mich nicht geeignet, schon deshalb, weil der Umgang mit Verrückten mir nicht zuträglich ist.«

Sie hörte ihm zu, und ihre Augen funkelten vor Wut. Doch sie überließ sich nicht dem Zorn, wie er gehofft hatte. Vielleicht jagte sein Aussehen ihr Angst vor den möglichen Folgen einer erbitterten Auseinandersetzung ein. Sie dämpfte sogar die Stimme, als sie erklärte: »Ich will Sie zur Heirat nicht zwingen. Ich habe Ihnen lediglich gesagt, was mich im Innern bewegt. Die Wahl liegt bei Ihnen. Wollen Sie Ihr Versprechen lösen, so steht Ihnen das frei, aber es ist noch lange kein Grund, mich zu beschimpfen und zu kränken. Soll ein jeder von uns friedlich seines Weges ziehen.«

Sollte das alles sein, was sie an Mühe aufbot, um dich zu halten? Wärst du nicht glücklicher gewesen, wenn sie um dich gekämpft und dir die Fingernägel in den Leib gekrallt hätte? Da mußt du dich wohl deiner Qualen erinnern, um den ganzen Zorn wieder lodern zu lassen. »Na sicher, ein jeder wird seinen Weg gehen, aber bevor das geschieht, wollte ich dir in aller Offenheit sagen, was ich von dir halte.

Ich leugne keineswegs, daß ich aus eigenem Antrieb um dich bemüht war, vielleicht weil sich die Seele bisweilen vom Schmutz angezogen fühlt. Um den Lebensstil, den ich dir bot, zu erreichen, hast du all die verlassen, denen du zufrieden und glücklich dientest. So verwundert es mich nicht, bei dir nicht das an Liebe und Wertschätzung gefunden zu haben, was ich von anderen empfange, denn klar ist, daß sich Gesindel nur von seinesgleichen angezogen fühlt. Es ist höchste Zeit, mich deiner zu entledigen und in mein ursprüngliches Milieu zurückzukehren.«

Die Niederlage war ihrem Gesicht anzusehen; es war der Groll des Verlierers, den die Angst zwang, dem Toben in der Brust nicht Luft zu schaffen. Mit bebender Stimme stammelte Zanuba: »Gehen Sie, und lassen Sie mich in Frieden.«

Verbittert und gegen den Schmerz ankämpfend, sagte er: »In den Schlamm hinuntergestiegen, habe ich mich verächtlich gemacht.«

Da verlor sie die Beherrschung. »Hören Sie auf, es reicht!« schrie sie. »Lassen Sie die dreckige Laus in Ruhe, aber seien Sie auf der Hut! Haben Sie ihr nicht mit demütigem Blick die Hand geküßt? War das der Schlamm, hat Sie das verächtlich gemacht? Die Wahrheit ist, daß Sie zu alt sind. Ich habe Sie trotz Ihres Alters genommen, und jetzt bekomme ich dafür die Strafe.«

Aufgebracht mit dem Stock fuchtelnd, brüllte er: »Schweig, du Hündin! Halte den Mund, du nichtswürdiges Ding! Pack deine Sachen, und hau ab!«

Ruckartig schnellte ihr Kopf in die Höhe, und dann schrie sie los: »Nun hör mal gut zu, Alter, was ich dir sage! Noch ein Wort, und ich schlage solchen Lärm, daß Hausboot, Nil und Straße erzittern und die gesamte Polizeistation hier antanzt. Hast du gehört? Ich bin kein kleiner Happen, den man einfach mal so schluckt – ich bin Zanuba, und Gott ist mein Lohner. Wer hier verschwindet, bist einzig du, denn das Hausboot ist meins, ist auf meinen Namen gepachtet! Also zieh ab in Frieden, bevor du einen ganzen Geleitzug bekommst!«

Er verharrte ein Weilchen, als zögerte er noch, und sah sie verächtlich und angewidert an. Um einen Skandal zu vermeiden, ließ er von der Idee ab, sie zu züchtigen. Er spuckte auf den Boden und eilte mit festem, weit ausholendem Schritt auf die Tür zu.

30

Auf der Stelle ging er zu den Freunden, seinen Brüdern. Er traf Mohammed Iffat, Ali Abd ar-Rahim, Ibrahim Alfar und andere an. Wie üblich trank er, bis er einen Rausch hatte, sogar etwas darüber hinaus. Er lachte viel, brachte noch mehr die anderen zum Lachen. Erst als die Nacht sich ihrem Ende zuneigte, ging er nach Hause. Er schlief tief und fest, und als der Morgen nahte, sah er einem ruhigen Tag entgegen, frei von allen Grübeleien. Wann immer sich ihm ein Bild aus seinem näher zurückliegenden Leben aufdrängte, schob er es entschlossen weg. Nur eine Szene hieß er mit gutem Gewissen willkommen, nämlich die letzte, die ihm seinen Sieg über die Frau und sich selbst nochmals vergegenwärtigte. Er konnte sich nicht oft genug bestätigen: »Gott sei Dank ist die Sache überstanden«, und wiederholte immer wieder für sich: »In Zukunft werde ich ja vorsichtig sein.«

Anfangs verlief der Tag tatsächlich ruhig, und so konnte er ungestört über seinen eindeutigen Sieg nachdenken und sich beglückwünschen. Doch es brauchte nicht lange, und er fand alles zu ruhig, ja, zu fade, was er sich nur mit der verzehrenden nervlichen Anstrengung der letzten zwei Tage und – wenn auch in geringerem Maß – der vergangenen Monate erklären konnte. Nun erschien ihm die Beziehung zu Zanuba von Anfang bis Ende als verwerfliche Tragödie. Es fiel ihm nicht leicht, sich in die erste Niederlage seines langen Liebeslebens zu schicken, und deren Nachhall bedeutete durchaus eine schwere Belastung für Herz und Gemüt. Wann immer der Verstand ihm einzuflüstern versuchte, daß die Jugend vorbei sei, geriet er in Aufregung und brüstete sich vor sich selbst mit seiner Kraft, Schönheit und Energie. Immer wieder kam er auf das Argument zurück, das er gestern in Gegenwart dieser Frau eingesetzt hatte: Sie liebe ihn nicht, weil sich Gesindel nur von seinesgleichen angezogen fühle. Den ganzen Tag über fühlte er Sehnsucht nach dem Beisammensein mit den Brüdern, und kaum daß die Zeit, da man sich gewöhnlich traf, näher gerückt war, ging seine Geduld zu Ende, und er machte sich hastig zum Haus von Mohammed Iffat in Gamalija auf. Da noch niemand anders eingetroffen war, bot sich die Gelegenheit, mit dem Freund allein zu sprechen. Ohne lange Umschweife erklärte er: »Ich habe mit ihr Schluß gemacht.«

»Mit Zanuba?!« so Mohammed Iffats erstaunte Frage.

Herr Abd al-Gawwad nickte, und als Mohammed Iffat

ein »So schnell?« hinzufügte, schmunzelte er spöttisch und sagte: »Würdest du es für möglich halten, daß ich auf Anhieb genug von ihr hatte, als sie von mir verlangte, sie zu heiraten?«

Nun war es an Mohammed Iffat, hämisch zu feixen. »Auf so etwas wäre nicht einmal Zubaida gekommen. Aber wundern tut's mich nicht, man kann Zanuba sogar verstehen. Du hast sie in einer Art verwöhnt, wie sie sich das nie erträumte, und da bekam sie eben Appetit auf mehr.«

»Sie ist verrückt«, brummte Herr Abd al-Gawwad verächtlich.

Mohammed Iffat lachte. »Vielleicht hat sie sich bei dir überanstrengt?«

Der Hieb saß. Zeige dich so heiter, wie der Schmerz groß ist. »Ich sagte doch, sie ist verrückt, und damit basta.«

»Und wie hast du die Trennung angestellt?«

»Ich habe ihr erklärt, daß ich auf Nimmerwiedersehen gehe, und das habe ich dann auch getan.«

»Und wie hat sie's aufgenommen?«

»Mal hat sie mich beschimpft, mal bedroht, dann hat sie mich zum Teufel geschickt. Als ich sie verließ, war sie wie wahnsinnig. Jedenfalls war die Geschichte mit ihr von Anfang an ein Fehler.«

Herr Mohammed Iffat nickte zustimmend. »Freilich. Da gibt's keinen unter uns, der nicht mit ihr geschlafen hat, aber niemand ist deshalb auf die Idee gekommen, sie sich als Geliebte zu halten.«

Da plagst und jagst du dich auf dem Kampffeld des Löwen herum, nur um letztendlich an einer Maus zu scheitern. Verbirg deine Schande, selbst vor den engsten Freunden, und danke Gott, daß alles zu Ende ist.

In Wahrheit war nichts »zu Ende«. Zanuba ging ihm nicht aus dem Kopf. In den darauffolgenden Tagen mußte er feststellen, daß er nicht nur einfach an sie dachte, sondern sich mit ihr ein großer Schmerz verband, der immer mehr um sich griff. Wie sich herausstellte, litt er nicht einzig wegen seiner verletzten Würde; die Trennung tat ihm leid. Er sehnte sich nach ihr, und dieses Gefühl wurde so übermächtig, daß es sich nicht mit weniger als seiner Zerstörung begnügte. Andererseits war er auch wieder stolz auf den errungenen Sieg und wünschte sich, die ihn beherrschenden, verräterischen Gefühle über kurz oder lang in den Griff zu bekommen. Wie auch immer, er fand keinen Frieden. Er geriet ins Grübeln, wälzte seinen Kummer hin und her und durchlebte quälende Wunschträume und Erinnerungen. Bisweilen fühlte er eine solche Ohnmacht, daß er schon daran dachte, Mohammed Iffat seinen Kummer zu gestehen. Er verfiel sogar auf den Gedanken, bei Zubaida um Hilfe zu suchen. Aber das waren Momente der Schwäche, die wie ein Fieberanfall vorübergingen, und wenn er daraus erwachte, schüttelte er, verwundert über sich selbst, den Kopf.

Die schwere Krise, in der er sich befand, ging einher mit einem Zug von Härte, dem er, so gut er konnte, mittels Vernunft und Höflichkeit zu widerstehen versuchte. Selten nur entglitten ihm die Zügel der Beherrschung, und deshalb erlebten diese Kälte auch nur jene Freunde und Bekannten, die ihn ansonsten als verständnisvollen, großzügigen und liebenswürdigen Menschen kannten. Zu Hause bemerkte niemand etwas. Da verhielt er sich nicht anders als sonst, blieb der, der er war, obwohl sich eine seiner Eigenschaften grundlegend verändert hatte. Wo er früher Grobheit nur vorgeblich gezeigt hatte, beherrschte sie ihn nun tatsächlich, und zwar in einem Ausmaß, das nur ihm bewußt war. Es ging so weit, daß er sich selbst vor dieser Härte nicht schützen konnte, ja, er zielte offenbar zuallererst auf sich ab, konnte er es doch nicht lassen, sich unentwegt zu beschimpfen und mit Verachtung zu strafen. Allmählich setzte sich in ihm der Gedanke fest, elend, erbärmlich und alt zu sein. Ihm blieb als einziger Trost, sich zu sagen: ›Ich werde mich nicht von der Stelle rühren, werde mich nicht wieder demütigen lassen. Sollen mich die Grübeleien noch so überrennen, die Gefühle noch so verwirren – ich bleibe hier, wo ich bin, und nur Gott, der alles verzeihende Erbarmer, wird meinen Schmerz kennen.‹ Doch dann, ohne es selbst zu wollen, fragte er sich, ob Zanuba wohl noch immer auf dem Hausboot lebte oder ob sie es verlassen hatte. Wenn sie dort noch wohnte, reichte dann das Geld, das er ihr gegeben hatte, um unabhängig von anderen zu leben? Oder hatte sich der andere Mann schon bei ihr eingenistet? Immer wieder drängten sich ihm solche Fragen auf, und jedesmal litt er unter den Qualen, die sich vom Gemüt auf Fleisch und Knochen übertrugen, sie durchbohrten, so daß er sich völlig gebrochen fühlte. Der einzige Ausweg für ihn war, sich die letzte Szene auf dem Hausboot vorzustellen, als er sie glauben machte – jedenfalls bildete er sich das ein –, er habe sie verstoßen und ihr damit gezeigt, in welchem Maß er ihr überlegen war. Aber auch andere Bilder brachen über ihn herein, und zwar nicht nur solche, die mit Demütigung und Schwäche verbunden waren, sondern auch die, die ihm das unvergeßliche Glück in den schillerndsten Farben vorführten. Seine Phantasie ließ ihn sich neue Situationen ausmalen – sie beide trafen sich wieder, zankten miteinander, beschuldigten sich gegenseitig, beschimpften sich sogar, und dann, dann brach der Friede der Versöhnung über sie herein, und sie waren wieder im Liebesgenuß vereint. Er verfing sich oftmals in Träumen, die aus dem drängend vollen Unterbewußtsein heraufstiegen und von unzählig vielen Schattierungen von Leid und Glück begleitet waren. Warum überzeugte er sich nicht selbst, was auf dem Hausboot vor sich ging? Konnte er nicht im Dunkeln hingehen, ohne daß ihn jemand bemerkte?

Eingehüllt in Finsternis, schlich er wie ein Dieb hin. Er strich vor dem Boot auf und ab, sah durch die Fensterläden Licht hervordringen und wußte doch nicht, ob sie es angezündet hatte oder ein neuer Mieter. Sein Herz sagte ihm, daß es ihr und nur ihr Licht sein konnte; es kam ihm vor, als verströmte das ganze Hausboot das Wesen seiner Bewohnerin. Um sie zu erblicken, brauchte er doch nur zu klopfen. Die Tür öffnete sich, und wie in alten Zeiten, in guten und in schlechten, leuchtete ihr Gesicht ihm entgegen. Aber was tun, wenn ein Mann vor ihm stände? So nah war sie und doch so fern. Auf ewig würde ihm der hölzerne Steg versagt bleiben. Ach, hatte er sich selbst im schlimmsten Traum je in einer solcher Lage befunden? Er solle verschwinden, hatte sie ihm gesagt, und das war von Herzen gekommen. Sie führte ihr Leben weiter, als wäre sie ihm nie begegnet, als existierte er nicht. Wenn ein Mensch von solcher Grausamkeit war, wie konnte man da noch Gnade und Vergebung erhoffen?

Viele Male machte er sich auf den Weg zum Hausboot, so daß es ihm bei Einbruch der Nacht allmählich zur Gewohnheit wurde, erst dort vorbeizugehen, bevor er sich der geselligen Runde der Freunde anschloß. Nicht, daß er bei diesem Umweg Besonderes vorgehabt hätte; eine Neugier ohne Sinn und Verstand trieb ihn hin.

Eines Abends, er hatte gerade weggehen wollen, öffnete sich die Tür, und heraus trat eine Gestalt, die er im Finstern nicht ausmachen konnte. Furcht und Hoffnung ließen sein Herz gleichermaßen klopfen. Hastig überquerte er die Straße, blieb dicht an einem der Bäume stehen und starrte ins Dunkle. Jemand schritt über den Steg und ging auf der Straße in Richtung der Zamalek-Brücke weiter.

Nun war deutlich zu erkennen, daß es sich um eine Frau handelte. Es mußte Zanuba sein – das sagte ihm sein Herz. Er folgte ihr aus der Ferne, ohne zu wissen, was daraus werden sollte. Vielleicht war sie es, vielleicht auch nicht – worauf war er aus? Doch er ging weiter, richtete all seine Aufmerksamkeit auf die Silhouette der Frau. Sie kam an die Brücke, und als das Licht einer Laterne auf sie fiel, mußte er seinem Herzen recht geben. Die Frau war Zanuba, auch wenn sie in die Milaja gehüllt war, die sie in der Zeit ihres Verhältnisses nicht mehr getragen hatte. Das verwunderte ihn, und als er sich zu fragen begann, was es damit auf sich habe, vermutete er – ach, wie viele Vermutungen stellte er an – ein Geheimnis. Sie ging zur Haltestelle der Straßenbahn, Richtung Gizeh, und wartete, worauf er den Weg entlang der Felder nahm, um an ihr vorbeizukommen. Dann lief er wieder hinüber auf ihre Seite und blieb in einiger Entfernung stehen, von wo aus sie ihn nicht sehen konnte. Die Bahn kam, sie stieg ein. Er hastete los, schaffte es, aufzuspringen und sich auf den hintersten Sitz der Bank zu setzen, wo er die Stiege im Blick hatte und die Aussteigenden beobachten konnte. Bei jeder Haltestelle beugte er sich vor, um besser sehen zu können, denn nun hatte er keine Angst mehr, entdeckt zu werden. Selbst wenn sie ihn bemerken sollte, würde sie nicht wissen, daß er schon beim Hausboot gelauert hatte und ihr seit dort gefolgt war. Am Ataba-l-Chadra-Platz stieg sie aus, er ebenso. Von dort aus ging sie zu Fuß weiter in Richtung Muski. Froh über die Dunkelheit, schlich er ihr hinterher. Ob sie die Verbindung zu ihrer Tante wiederaufgenommen hatte? Oder war sie auf dem Weg zu ihrem neuen »Herrn«? Aber warum mußte sie zu ihm gehen, wenn sie doch das Hausboot besaß, das für Liebende bestens geeignet war? Das Hussain-Viertel war erreicht, und nun mußte er doppelt aufpassen, um sie nicht in der Fülle wallender Milajas aus dem Blick zu verlieren. Noch lag der Grund dieser heimlichen Verfolgungsjagd im verborgenen, doch eine Neugier, die bei aller Sinnlosigkeit fast körperlichen Schmerz verursachte und ihn so heftig schüttelte, daß Widerstand nichts nützte, trieb ihn vorwärts. Sie kam an der Moschee vorbei, bog zum Watawit-Viertel ab, wo es weniger Passanten, dafür mehr lästige Bettler gab. Schließlich war sie in Gamalija angelangt, und als sie auf die Kasr-asch-Schauk-Straße zusteuerte, überfiel ihn die Angst, Jasin unterwegs zu begegnen oder von ihm vom Fenster aus gesehen zu werden. Sollte er ihn zufällig treffen, würde er behaupten, seinem Freund Ghanim Hamidu, dem Besitzer der Ölpresserei und Nachbar von Jasin, einen Besuch abstatten zu wollen. Doch was war das? Sie bog ins erste Gäßchen ein, in jenes, wo es außer Jasins Haus kein anderes gab. Das Herz klopfte ihm bis zum Hals, die Füße wurden ihm schwer. Er kannte die Mieter im ersten und zweiten Stockwerk; zwei Familien, die mit Zanuba keinesfalls in Beziehung stehen konnten. Verwirrt und beunruhigt flatterte sein Blick umher, aber er ging weiter, ohne sich um etwaige Folgen zu kümmern. Er schlich sogar bis an die Haustür, wo er hören konnte, wie jemand hinaufstieg. Er folgte bis auf den Treppenabsatz, hob den Kopf, um besser lauschen zu können. Sie ging an der ersten Wohnungstür vorbei, auch an der zweiten, und dann – dann klopfte sie. Es war die Tür von Jasin.

Wie festgenagelt blieb er stehen, keuchte schwer. Schwindel erfaßte ihn, und plötzlich fühlte er sich so schwach, daß er zusammenzubrechen glaubte. Ein schwerer Seufzer entrang sich seiner Brust, bevor er sich mühsam von der Stelle bewegte und den Weg einschlug, den er gekommen war. Die Straße nahm er nicht wahr, denn die Gedanken stürmten auf ihn ein, prallten aneinander.

Jasin war der Mann! Wußte Zanuba, daß er Jasins Vater war? Mit aller Macht, als müßte er einen dicken Korken in einen engen Flaschenverschluß pfropfen, war er bemüht, sich innere Gelassenheit zu verschaffen. Nie hatte er in Zanubas Gegenwart auch nur den Namen eines der Kinder genannt, und es war auch schier undenkbar, daß Jasin über seine geheime Beziehung zu Zanuba Bescheid wußte. Ihm fiel ein, wie Jasin vor einigen Tagen zu ihm gekommen war, um ihn über die Scheidung von Marjam zu unterrichten. Sicher, er war verlegen wie ein Missetäter gewesen, aber gleichzeitig hatte in seinem Gesicht der Ausdruck makellosester Unschuld und Zuneigung gelegen. Wenn er auch alles mögliche für denkbar hielt, so doch nicht, daß Jasin mit vollem Bewußtsein Verrat beging. Woher sollte Jasin überhaupt wissen, daß sein Vater sich eine Geliebte hielt? Was das betraf, konnte er beruhigt sein, und selbst wenn Zanuba wüßte oder eines Tages erfahren würde, wer Jasins Vater war, dürfte sie davon nicht sprechen, wollte sie nicht ihre neue Beziehung gefährden.

Trotz aller Schwäche ging er weiter in Richtung al-Ataba. Die Gesellschaft der Brüder verschob er auf ein andermal. Erst mußte er wieder zu sich kommen und Beherrschung finden.

Du wolltest es wissen, nun weißt du es. Wäre es nicht besser gewesen, dich aus der Sache herauszuhalten und dich in Geduld zu üben? Gott sei Dank blieb es dir wenigstens erspart, Jasin von Angesicht zu Angesicht am Ort des skandalösen Geschehens zu begegnen. Jasin war also der andere Mann. Wann hat sie ihn kennengelernt? Und wo? Wie oft hat sie dich mit ihm betrogen, ohne daß du es wußtest? Fragen, auf die du keine Antwort haben willst. Vermute das Schlimmste, auch das wird nichts ändern. War Jasin ihr vor der Scheidung von Marjam begegnet oder danach? Oder hatte diese Teufelin gar den Anlaß dafür geliefert? Auch das Fragen, auf die du keine Antwort erfahren wirst, denen du nicht nachforschen darfst. Halte das Gräßlichste für möglich, um deinem schmerzenden Kopf Erleichterung zu verschaffen. Jasin ist der andere Mann. Was hatte er erklärt? Er habe Marjam verstoßen, weil sie schlecht erzogen sei. Das hätte er möglicherweise auch bei Zainab als Vorwand genutzt, wenn du nicht als Augenzeuge den wahren Grund erlebt hättest. Eines Tages wirst du die Wahrheit erfahren. Doch halt, was geht es dich an? In deinem Kopf schwirren die Gedanken durcheinander, dein Herz quält sich – da willst du auf die Wahrheit erpicht sein? Ist es möglich, daß du auf Jasin eifersüchtig bist? Nein, Eifersucht ist es nicht, eher fühlst du dich gewissermaßen getröstet; wenn dich schon jemand umbringen will, dann ist es besser, dein Sohn tut es. Jasin ist ein Teil von dir, mit allem, was dazugehört, mit Niederlage und Sieg. Du bist geschlagen und hast trotzdem gewonnen. Jasin hat der Schlacht einen anderen Sinn gegeben. Der Kelch schmeckte nach Leid und Niederlage, jetzt mischt sich in den bitteren Trunk auch Sieg und Trost. Von heute an weinst du Zanuba nicht länger nach. Du hast dich selbst überschätzt, versprich dir, den Faktor Zeit nie mehr als nichtig zu betrachten. O könntest du diesen Ratschlag Jasin erteilen, damit er dereinst nicht den gleichen Fehler macht. Ja, du bist glücklich. Es gibt nichts zu bereuen. Du mußt an das Leben neu herangehen, es gänzlich anders planen, erfühlen, durchdenken. Reiche das Banner an Jasin weiter. Du wirst aus den Wirren erwachen, und alles wird sein, als wäre nie etwas geschehen. Nur eins solltest du dir nicht gestatten – die Ereignisse der letzten Tage zum Gesprächsthema in der Runde der Freunde werden zu lassen, so wie du es früher gewohnt warst. Diese schreckliche Zeit hat dich gelehrt, daß es viele Dinge gibt, die man besser in seinem Innern verbirgt … Ah, jetzt hättest du große Lust, einen tüchtigen Schluck zu nehmen.

In den darauffolgenden Tagen stellte Herr Abd al-Gawwad unter Beweis, daß er stärker als alle Widerwärtigkeiten des Lebens war. Er hielt den Blick nach vorn gerichtet. Herr Ali Abd ar-Rahim, dem die Hintergründe für Jasins Scheidung von Ghanim Hamidu und anderen berichtet worden waren, ließ es sich nicht nehmen, diese ihm zuzutragen, wobei niemand wußte, wer die Frau war, die den Scheidungsgrund geliefert hatte. Herr Abd al-Gawwad schmunzelte, doch dann überfiel ihn ein solcher Heiterkeitsanfall, daß er sich vor Lachen schier ausschütten wollte.

Eines Abends, er befand sich gerade auf dem Weg zu Mohammed Iffats Haus, verspürte er auf einmal einen entsetzlichen Druck in Kopf und Genick. Er geriet ins Keuchen. Ganz neu war dieser Anfall nicht: In den letzten Tagen hatte ihn oftmals schrecklicher Kopfschmerz gepackt, wenn auch nicht so stark wie jetzt. Als er bei Mohammed Iffat darüber klagte, ließ der ein Glas eisgekühlten Zitronensaft für ihn bringen. Herr Abd al-Gawwad blieb bis zum Ende der Feier. Am nächsten Morgen war der Schmerz schlimmer als am Vortag. Er fühlte sich schlecht und war fast geneigt, einen Arzt kommen zu lassen. Doch wirklich ernst war es ihm damit nicht; so etwas tat man nur im äußersten Notfall.

31

Neue Bedeutungen verändern Wörter, neue Umstände die Sicht auf Verhältnisse. Einzig, die Villa der Schaddadschen Familie brauchte nichts Neues, um Kamal prächtig zu erscheinen. Dennoch – an diesem Dezemberabend prangte sie in nie gesehenem Schmuck, war sie in ein Meer von Lichtern eingetaucht. Jeder Winkel, jeder Mauervorsprung trug eine Kette schimmernder Perlen. Glühlampen in den verschiedensten Farben zogen sich an dem Gebäude entlang, von der Spitze des Dachs bis hinunter zur niedrigsten Wand, von der großen Gartenmauer bis hin zum gewaltigen Eingang, und selbst die Bäume und Büsche schienen statt Blumen und Früchte rote, grüne und weiße Lämpchen zu tragen. Auch aus den Fenstern drang helles Licht. Alles verkündete die frohe Botschaft, daß eine Hochzeit gefeiert wurde.

Als Kamal beim Näherkommen den prächtigen Anblick erfaßte, glaubte er, zum erstenmal in seinem Leben auf einer Wallfahrt zu sein, einer, die ihn ins Königreich des Lichts führte. Auf der dem Eingang gegenüberliegenden Straßenseite drängten und schubsten Mengen von Jungen. Der Weg zum Haus war mit hellgelbem Sand bestreut, der wie Gold glänzte. Die Flügeltür stand weit offen, und auch der Blick in die Empfangshalle stieß auf kein Hindernis, die, mit einem großen Kronleuchter geschmückt, für die Begrüßung der männlichen Anwesenden gerüstet war. Auf dem großen Balkon hingegen hatte sich die lichte Schar der jungen Damen in prächtiger Abendrobe versammelt. Am Eingang zur Empfangshalle hatte sich Schaddad Bey mit einigen männlichen Mitgliedern der Familie aufgestellt, um die Neuankommenden zu begrüßen, und auf einer Veranda spielte ein Orchester, dessen zauberhafte Musik bis in die Wüste drang.

Kamal nahm mit einem Blick die Szenerie in sich auf, um sich gleich darauf zu fragen, ob sich wohl Aida unter den jungen Damen auf dem Balkon befand. Hatten ihre Augen ihn unter den anderen Gästen schon erspäht, ihn, der an seinem großen Schädel und der berühmten Nase leichter zu erkennen war als an seiner Größe, dem Anzug und dem über den Arm geworfenen Mantel? Als er zur Tür schritt, konnte er eine gewisse Verwirrung nicht abschütteln. Doch er betrat nicht wie die anderen die Empfangshalle, sondern bog auf »seinen Weg« zum Garten ein, womit er einer Bitte von Hussain Schaddad entsprach, der die Freunde so lange wie möglich im geliebten Pavillon versammelt sehen wollte. Wahrhaftig, ein Meer von Licht umgab ihn. Auch der hintere Teil der Empfangshalle war geöffnet, und im hellen Schein war das Getümmel von Gästen zu beobachten, dazu oben auf dem Balkon die Schar hübscher Mädchen. Im Pavillon hatte sich bisher nur Ismail Latif eingefunden, der im eleganten schwarzen Anzug nicht so störrisch wie sonst, sondern fast freundlich aussah.

Nach einem flüchtigen Blick auf Kamal rief Ismail: »Toll, aber was soll der Mantel? Hussain konnte nur eine Viertelstunde bleiben, aber wenn die Begrüßung der Gäste vorbei ist, kommt er wieder her. Und Hassan hat sich sogar bloß ein paar Minuten hier aufgehalten, ich glaube nicht, daß er, wie wir uns das wünschten, sich für längere Zeit bei uns aufhalten kann. Das ist sein Tag, und da hat er Wichtigeres zu tun, als sich um uns zu kümmern. Hussain hat schon überlegt, ob er vielleicht noch ein paar Kameraden in den Pavillon einladen sollte, aber das habe ich strikt abgelehnt. Er gab sich damit zufrieden, sie doch nur nachher an unseren Tisch zu laden. Das ist das Wichtigste, was ich dir erst einmal mitteilen kann.«

Ach, es gibt Bedeutenderes. Noch lange werde ich über mich staunen, daß ich diese Einladung angenommen habe. Warum hast du es getan? Um zu tun, als ginge dich alles nichts an, oder weil du verrückt auf furchteinflößende Abenteuer bist? »Sehr schön. Aber warum gehen wir nicht in die große Halle, um uns die Gäste anzusehen?«

»Es hat keinen Sinn, du wirst deine Gier nach hohen Persönlichkeiten nicht befriedigt bekommen«, erklärte Ismail bissig. »Die Paschas und Beys haben ihren eigenen Raum, die vordere Halle. Wenn du also ins Haus gehst, kannst du dich nur bei den jungen Leuten der Familie und deren Freunden in der hinteren Halle aufhalten, was ja wohl nicht der Sinn der Sache ist. Wenn es ginge, würde ich mich mit dir lieber nach oben schleichen, wo die Räume von den hübschesten Exemplaren der Weiblichkeit nur so überquellen.«

Nur eine interessiert mich, die schönste aller Schönen, die ich seit dem Tag des Geständnisses nicht mehr gesehen habe. Sie hat dir dein Geheimnis entrissen, und dann war sie verschwunden. »Ich will nicht verhehlen, daß ich wirklich darauf brenne, die Großen dieser Welt zu sehen. Hussain sagte, sein Vater hätte eine Menge Leute eingeladen, über die man jeden Tag in den Zeitungen lesen kann.«

Ismail lachte laut los. »Was stellst du dir vor? Denkst du, die hätten vier Augen und sechs Beine? Sie sehen aus wie du und ich, abgesehen davon, daß sie ziemlich alt und kein erfreulicher Anblick sind. Aber mir ist klar, warum du so neugierig bist, das liegt nur an deinem übertriebenen Interesse für Politik.«

Es sollte mich wirklich nicht kümmern. Die Welt hat nichts mit mir, und ich habe nichts mit ihr zu schaffen. Doch wenn ich ehrlich bin, rührt meine Neugier für bedeutende Menschen daher, daß ich in Macht und hohes Ansehen verliebt bin. Du möchtest dazugehören, das kannst du nicht leugnen, und hast du nicht vielversprechende Fähigkeiten, die dem Geist eines Sokrates und dem Leid eines Beethoven würdig sind? Deine Vernarrtheit in gesellschaftliches Prestige hat »sie« geweckt, sie, die dir, als sie ging, das Licht stahl. Schon morgen wirst du in ganz

Ägypten nicht die kleinste Spur von ihr finden. O Wahnsinn des Schmerzes, in Rausch kannst du einen versetzen! Erwartungsvoll blickte er Ismail an. »Hussain sagte, daß sich hier Vertreter aller Parteien einfinden würden.«

»Das stimmt. Gestern hat Saad die Liberalen und Nationalen zu dem jetzt schon berühmten Tee-Nachmittag im Saadi-Klub eingeladen, und heute kann Schaddad Bey sie alle bei der Hochzeit seiner Tochter begrüßen. Von deinen Wafd-Freunden habe ich schon welche gesehen, zum Beispiel Fathallah Barakat und Hamad al-Basil, und von den anderen sind Tharwa, Ismail Sidki und Abd al-Aziz Fahmi gekommen. Schaddad Bey hat weitgesteckte Ziele im Kopf, und da tut er gut daran. Die Ära unseres ›Effendi‹ ist vorbei. Das Volk hat zwar geschrien: ›Gott lebt, Abbas kommt‹, aber in Wirklichkeit ist er auf Nimmerwiedersehen gegangen, und da war es klug von Schaddad Bey, für die Zukunft vorzusorgen. Ihm reicht, alle paar Jahre in die Schweiz zu fahren und dem Khediven vorsichtshalber ein heuchlerisches Bekenntnis seiner Loyalität abzulegen, um dann zurückzukehren und seine gutgehenden Geschäfte weiterzubetreiben.«

Dein Herz verabscheut solche Klugheit. Was Saad vor kurzem noch an Leid erfuhr, zeigt, daß das Vaterland voll von klugen Taktierern ist. Schaddad Bey soll dazugehören? Der Vater deiner Angebeteten? Doch halt, ist sie nicht auch vom Himmel hinabgestiegen, um sich mit einem gewöhnlichen Menschen zu vereinigen? Um dein Herz in tausend Stücke zu zerreißen, so daß du es nicht mehr zusammenbringen kannst? »Stell dir vor, solch ein Fest, und dann gibt es nicht mal einen Sänger oder eine Tänzerin.«

»Die aus der Schaddad-Familie sind eben halbe Pariser«, spottete Ismail Latif. »Auf traditionelle Hochzeitsformen sehen sie mit nicht gerade geringer Verachtung herab. Nie würden sie einer Tänzerin gestatten, bei einem Fest aufzutreten, und keinem unserer großen Sänger messen sie einen Wert bei. Erinnerst du dich noch, was Hussain über das Orchester, das ich hier zum erstenmal sehe, gesagt hat? Es würde jeden Sonntagabend im Café ›Groppi‹ spielen. Nach dem Diner zieht es in die Halle, um einzig die hohen Herrschaften zu erfreuen. Vergiß es, denk lieber daran, daß das Essen und der Champagner heute nacht das Beste sind.«

Die Tänzerin Galila, der Sänger Sabir, die Hochzeit von Aischa, die von Chadiga – was für ein Unterschied zwischen damals und heute. Wie warst du glücklich, doch an diesem Abend begleitet das Orchester deinen Traum ins Grab. Weißt du noch, wie du durch das Schlüsselloch gelugt hast? Trauern muß ich um die Göttin, die sich im Schmutz wälzen wird. »Aufs Essen und Trinken kommt es mir nicht an. Was ich wirklich bedaure und noch lange bedauern werde, ist, daß ich diese bedeutenden Menschen nicht aus der Nähe sehen kann. Ich hätte so gerne zugehört, einfach um zwei Dinge zu erfahren. Erstens möchte ich wissen, wie die politische Situation aussieht und ob zu erwarten ist, daß man nach der Koalitionsbildung zur Verfassung und zum parlamentarischen System wieder zurückkehrt, und zweitens würde mich interessieren, wie solche Leute bei Festen wie diesem sich unterhalten. Wäre es nicht phantastisch, zum Beispiel Tharwa Pascha zu erleben, wenn er plaudert und Späßchen macht?«

Ismail Latif winkte verächtlich ab, dennoch war diese Bewegung nicht ganz frei von Stolz. »Ich war öfter dabei, wenn Freunde meines Vaters, wie Hassans Vater Salim Bey und Schaddad Bey, mit ihm zusammensaßen. Ich kann dir nur versichern, daß an ihnen nichts sonderlich Interessantes ist.«

Woher sollte dann der Unterschied zwischen dem Sohn

eines Händlers und dem eines Herrn Rat kommen? Warum besteht das ganze Glück des einen darin, die Angebetete zu verehren, während der andere sie heiraten kann? Ist diese Hochzeit nicht deutliches Zeichen dafür, daß diese Leute nicht aus dem gleichen Lehm wie die anderen Menschen gemacht sind? Andererseits weißt du nicht einmal, wie dein Vater spricht, wenn er mit Freunden und Bekannten zusammensitzt. »Salim Bey gehört für mich jedenfalls nicht zu den ganz Großen«, eine Bemerkung, die Ismail lächelnd und ohne Kommentar stehenließ.

Heiteres Gelächter drang aus der Empfangshalle, und vom Balkon ertönte Gekicher, das vom Duft bezaubernder Weiblichkeit begleitet war. Beides zusammen bildete eine Harmonie wie die von weitem herandringenden Klänge der Instrumente, die das Ohr mal einzeln, mal als Bündel verschiedener Melodien wahrnahm. Gelächter und Musik hielten einen Strauß Rosen zusammen, an dem, gleich einer Beileidskarte, Kamals trauriges, von Einsamkeit erfülltes Herz hing.

Wenig später erschien Hussain Schaddad, mit strahlendem Gesicht und in seinem Gehrock einherstolzierend. Er kam mit geöffneten Armen auf Kamal zu, und beide begrüßten sich auf das herzlichste. Dann traf auch Hassan Salim ein, der Zeremonie entsprechend gekleidet und wie immer die ihm eigene Arroganz mit wohlerzogener, feiner Haltung überspielend. Allerdings nahm er sich an der Seite Hussains ziemlich klein und wie zu kurz geraten aus. Auch ihn begrüßte Kamal freundschaftlich, brachte sogar erstaunlich flüssig einen Glückwunsch heraus.

Ismail in seiner offenherzigen Art, die meistens kaum noch von Bösartigkeit zu unterscheiden war, erklärte: »Kamal bedauert es sehr, nicht mit Tharwa Pascha und dessen Freunden zusammensitzen zu können«, worauf Hassan Salim alle sonstige Reserviertheit fallenließ und unerwartet fröhlich antwortete: »Er muß eben warten, bis seine Werke erschienen sind. Dann gehört er dazu.«

»Willst du etwa wieder ernst werden?« protestierte Hussain. »Ich möchte, daß wir diese Nacht durch und durch genießen und uns unserer Freiheit erfreuen.«

Noch bevor Hussain Platz genommen hatte, entschuldigte sich Hassan und ging weg; ein Schmetterling, der an diesem Abend von einer zur anderen Stelle flatterte. Hussain streckte die Beine weit von sich und verkündete: »Morgen fahren die beiden nach Brüssel, sie werden noch vor mir in Europa sein. Aber lange bleibe ich auch nicht mehr, sondern werde mich demnächst damit amüsieren, zwischen Paris und Brüssel hin und her zu reisen.«

Und du? Du wirst zwischen an-Nahhasin und der Ghurija herumschwirren, ohne Geliebte, ohne Freund. Das ist die Strafe für den, der immer gen Himmel schaut. Hilflos wird dein Blick wieder in der Stadt umherschweifen, und deine Augen werden vor brennender Sehnsucht nicht zur Ruhe kommen. Fülle dir die Lungen voll mit dieser Luft, denn sie trägt den Duft »ihres« Atems in sich. Morgen kannst du trauern und klagen. »Ich kann mir vorstellen, daß ich mich eines Tages dir anschließen werde.«

»Wie das?« riefen Hussain und Ismail gleichzeitig.

Na los, laß deine Lügen so dick wie dein Schmerz sein. »Ich habe mit meinem Vater die Übereinkunft getroffen, daß ich nach dem Ende des Studiums auf eigene Kosten ins Ausland gehen darf.«

»Ach, wenn dieser Traum in Erfüllung ginge!« rief Hussain voller Freude, und Ismail fügte lachend hinzu: »Da muß ich wohl befürchten, in ein paar Jahren ganz allein hier zu sein.«

Die Instrumente des Orchesters trafen in einem plötzlich hervorbrechenden, schnellen Rhythmus aufeinander, der – neben vielem anderen – von ihrer Geschmeidigkeit und

Kraft kündete. Es war, als könnten sie, die in einem erbitterten Wettkampf standen, das Ziel schon sehen, als läge es bereits in greifbarer Entfernung. Die Melodie erklomm den Höhepunkt, gab damit die Ahnung frei, daß das Ende sich näherte. Bei allem Kummer, der auf Kamal schwer lastete, ließ er sich von den feurigen Klängen packen, überließ er sich dem mitreißenden Rhythmus, bis ihm das Blut in den Adern pochte und der Atem schneller ging. Schon im nächsten Moment aber verspürte er, wie sein Gemüt von Weichheit beschlichen wurde, eine alles verzeihende Großmut ihn überfiel, so daß seine Traurigkeit einem Rausch wich, der ihm Tränen in die Augen trieb. Als die Instrumente schwiegen, seufzte er tief auf. Noch schwang das Echo der verklungenen Melodie in ihm nach, versetzte ihn noch immer in Erregung. Konnte es nicht sein, so fragte er sich, daß auch seine Leidenschaft, an ihrem Höhepunkt nochmals mit aller Macht auflodernd, schon ihrem Ende entgegeneilte? Wäre es nicht möglich, daß der Liebe – wie der Melodie und allem anderen – ein Schluß gesetzt war? Er erinnerte sich einiger weniger Momente, während deren er so matt und lustlos vor sich hin gelebt hatte, daß selbst Aida ihm nur noch als Name vorschwebte. Wie war das in solchen Augenblicken gewesen? Er hatte, verwirrt, wie er war, den Kopf geschüttelt und sich gefragt, ob tatsächlich alles zu Ende sein konnte. Aber kaum kam er ins Überlegen, kaum verlor er sich in einer Phantasie, kaum sah er ein bestimmtes Bild, erwachte er aus seinem Halbschlaf und warf sich wieder einmal, die Fesseln der Gefangenschaft erduldend, ins Meer der Leidenschaft. O ja, sagte er sich, sollte ein solcher Moment der Lauheit dich wieder befallen, dann halte ihn mit all deiner Kraft fest, laß ihn nicht eher entwischen, als bis dir Heilung zuteil geworden ist. Versuche den Gedanken aufzugeben, Liebe sei unvergänglich.

Er schaute auf, hörte Hussain lächelnd sagen: »Das Fest hat übrigens, um Segen zu erlangen, mit der Rezitation einer Sure begonnen.«

Wie hübsch! Selbst die elegante »Pariserin« kam bei der Eheschließung nicht ohne Koran und islamischen Standesbeamten aus, da wird im nachhinein diese Hochzeit für dich nicht nur mit Champagner, sondern auch mit dem Koran verbunden sein. »Wie geht's denn hier weiter?«

Hussain wies in Richtung der Villa. »Die Formalitäten werden gleich abgeschlossen sein, und dann dauert es sicher eine Stunde, bis wir zu Tisch gerufen werden. Danach ist alles vorbei. Aida wird zum letztenmal hier die Nacht verbringen. Morgen fährt sie nach Alexandria, um übermorgen das Schiff nach Europa zu nehmen.«

So vieles, das du nicht miterlebst und doch geeignet wäre, um sich dir einzuprägen und deinem gefräßigen Schmerz Nahrung zu geben – ihr wunderbarer Name auf dem Ehedokument, ihr gespanntes Gesicht bei der Verkündigung der frohen Neuigkeit, ihr Lächeln in diesem Augenblick, die Begegnung der Brautleute … Auch Leid muß Nahrung finden. »Wird die Ehe durch einen islamischen Standesbeamten geschlossen?«

»Natürlich«, erwiderte Hussain, aber Ismail lachte laut los. »Ach was, durch einen Priester«, erklärte er.

Wie einfältig du bist! Nun frage bloß noch, ob die Brautleute die Nacht miteinander verbringen. Ist es nicht zum Heulen, daß ein bedeutungsloser Beamter dir dein weiteres Leben verbaut? Aber immer sind es kleine Würmer, die den Leichnam eines großen Mannes fressen. Wie wird es bei dir, bei deinem Begräbnis sein, wenn erst mal die Stunde geschlagen hat? Werden Menschenmassen die Straße füllen, oder wird nur ein kleines Häufchen dabeisein?

Auf einmal herrschte Stille. Das Licht strahlte, aber kein

Laut war zu hören. Kamals Herz verkrampfte sich, er fühlte Angst aufsteigen. In diesem Augenblick, irgendwo, vielleicht in diesem oder jenem Zimmer ... Und dann – ein greller, langer Freudentriller, und da stiegen alte Erinnerungen in ihm auf, erweckten ihn wieder zu Leben. Ja, das kannte er – von früher, mit Paris hatte es nichts zu tun. Laut wie Gewehrsalven setzte eine Flut von Trillern ein. Tatsächlich, dieses Schloß unterschied sich in dieser Nacht durch nichts von normalen Häusern in Kairo. Sein Herz vibrierte im Rhythmus der Triller, ließ ihn heftig atmen. Er hörte, wie Ismail Hussain gratulierte, tat es auch. Wie gern wäre er jetzt allein gewesen, doch er konnte sich damit trösten, von nun an viele Tage und Nächte nur für sich zu sein und seinem Schmerz reichlich Nahrung zu spenden.

Das Orchester setzte ein, spielte ein Stück, das er bestens kannte: »Vergib und verzeih, Gebieterin aller Schönheit«, und da half alles nichts, er mußte seine ganze Kraft zusammennehmen, um das Unabänderliche ertragen zu können und sich zu gedulden, auch wenn jeder Tropfen Blut in seinen Adern ihm sagte, daß nun das Ende aller Dinge gekommen war. Von nun an gab es keine Geschichte, kein Leben, keine – kostbarer noch als das Leben – Träume. Nichts blieb ihm, als zu Stein zu werden – ein Felsblock mit spitzen Kanten.

»Ein Wort, ein Freudentriller, und dann beginnt ein neues Leben. Wir alle werden es eines Tages erleben«, sinnierte Hussain träumerisch vor sich hin.

»Was mich betrifft, so werde ich diesen Tag so lange wie möglich hinausschieben«, meinte Ismail.

›Wir alle‹? O nein, nur der Himmel steht noch offen, sonst nichts. »Ich werde das niemals erleben.«

Entweder hatten die beiden nicht hingehört, oder sie nahmen seine Bemerkung nicht ernst, denn Ismail fuhr ungerührt fort: »Ich heirate erst, wenn ich davon überzeugt bin, daß es unvermeidlich ist.«

Ein nubischer Diener kam, bot Fruchtsäfte an; ihm folgte ein zweiter mit einem Tablett, auf dem prachtvolle Bonbonnieren standen. Aus kristallenem, dunkelblau gefärbtem Glas gefertigt, verziert mit silbernen Ornamenten und vergoldeten Füßchen, trug jede ein grünes Seidenband, in dessen Knoten ein halbmondförmiges Kärtchen mit den Initialen der Vornamen der Brautleute hing: »A. H.«

Zum erstenmal an diesem Abend befiel Kamal, als er die ihm zugedachte Bonbonniere in Empfang nahm, etwas wie Entspannung. Das prächtige Gefäß glich einem Vermächtnis der Angebeteten, ewigwährend wie seine Liebe. Solange er auf dieser Erde wandelte, würde das das Symbol einer unglaublichen Vergangenheit, eines glücklichen Traums, einer himmlischen Betörung und wunderbaren Enttäuschung sein. Plötzlich aber bemächtigte sich seiner das Gefühl, nur einem abscheulichen, feindseligen Komplott zum Opfer zu fallen, bei dem sich das Schicksal, das Erbgesetz, das Klassensystem, Aida, Hassan Salim und eine dunkle, undurchschaubare Macht, die er nicht benennen wollte, sich gegen ihn verschworen hatten. Da stand er, klein und armselig, dieser geballten Macht gegenüber, mit blutender Wunde, und niemand kam, um ihn zu trösten. Das einzige, was er dieser Front entgegenhalten konnte, war der im Innern tobende Aufruhr, von dem nichts nach außen dringen durfte. Ja, die Umstände forderten gar, Freude zu heucheln, als beglückwünschte er diese tyrannischen Mächte dazu, ihn nicht nur zu quälen, sondern auch aus dem Kreis der glücklichen Menschheit zu verstoßen. Auf ewig würde sein bitterer Groll dauern, und der Zukunft bliebe es überlassen, wie und wo er ihn austoben würde. Nach diesem alles entscheidenden Freudentriller könnte er nie mehr leichten Herzens dem Leben entgegentreten, großmütige und lautere Nachsicht üben und sich mit dem Naheliegenden zufriedengeben. Auch wenn sein Weg beschwerlich, mühsam, quälend, bespickt mit Not, Pein und Schmerz wäre – er bliebe auf Krieg aus, würde jede Versöhnung verweigern. Noch konnte er nur warnen und drohen, denn die Wahl des Gegners und der Waffen mußte dem Schicksal überlassen bleiben.

Hussain Schaddad wandte sich an Kamal. »Erkläre bloß nicht, daß du dich gegen das Heiraten auflehnst. Ich bin fest davon überzeugt, daß du, wenn du erst mal auf Reisen bist, eine Frau findest, die dir gefällt.«

Als ob du sie nicht schon hier entdeckt hättest. Aber vielleicht suchst du nach einem neuen Land, in dem das zarte Geschlecht sich nicht vom Anblick absonderlicher Schädel und großer Nasen verletzt fühlt. Entweder der Himmel oder der Tod! Als stimmte er Hussain zu, meinte er nur: »Schon möglich.«

Ismail Latif schmunzelte spöttisch. »Weißt du, was es bedeutet, eine Europäerin zu heiraten? Du holst dir eine Frau, die, selbst wenn sie aus der niedrigsten Schicht stammt, immer so tut, als begnügte sie sich mit einem Mann, den sie im tiefsten Innern als Knecht empfindet.«

Mit Knechtschaft hattest du schon im teuren Vaterland zu tun, da brauchst du nicht erst, was ohnehin nicht geschieht, nach Europa zu reisen.

»Du übertreibst«, widersprach Hussain.

»Schau dir nur mal an, wie uns die Englischlehrer behandeln.«

»In ihren Ländern sind die Europäer anders als hier«, ereiferte sich Hussain.

Wo ist die unbezwingbare Kraft, Ungerechtigkeit und Tyrannen auszurotten? O Herr der Welten, wo bleibt deine göttliche Gerechtigkeit?!

Es wurde zu Tisch gebeten, und die drei Freunde gingen zur Villa hinüber. In einem Nebenraum der hinteren Halle fanden sie ein Büfett vorbereitet, das für ungefähr zehn Personen gedacht war. Noch andere junge Leute, teils aus der Familie, teils Studienkameraden, gesellten sich dazu, und obwohl die Anzahl der Gäste in diesem Raum noch weniger als zehn betrug – ein Umstand, für den Kamal Hussain Schaddad insgeheim dankbar war –, stürzten alle mit einer Gier ans Büfett, daß es schon fast einem Wettlauf glich. Offenbar herrschte das Gefühl vor, ständig in Bewegung bleiben zu müssen, um von all den verschiedenen Gerichten, die in Schüsseln den Tisch gleichmäßig bedeckten und durch kleine Blumensträußchen voneinander getrennt waren, auch ja etwas abzubekommen.

Hussain winkte dem Kellner, der mit Whisky und Soda herbeigeeilt kam, worauf Ismail losjubelte: »Ich schwöre, daß ich bei deiner Handbewegung ein gutes Gefühl hatte, obwohl ich noch gar nicht wußte, was dahintersteckte.«

Hussain schob sich dicht an Kamal heran und flüsterte ihm zu: »Nur ein Glas, um meinetwillen.«

Eine innere Stimme raunte ›Trinke!‹, aber nicht, weil er Appetit darauf hatte – er kannte ja keinen Alkohol –, sondern weil ihm aufsässig zumute war. Doch sein Glaube war stärker als aller Kummer und alle Rebellion. So lächelte er nur und sagte dann: »Das soll ich trinken? Nein danke.«

Ismail Latif hob das bis an den Rand gefüllte Glas. »Das siehst du falsch. Selbst der frommste Mann genehmigt sich auf Hochzeiten einen kleinen Rausch.«

Doch Kamal aß in aller Ruhe weiter. Von Zeit zu Zeit beobachtete er die anderen beim Essen und Trinken, mischte sich auch in ein Gespräch oder stimmte in ein Gelächter ein. Das Glück des Menschen, überlegte er, muß wohl in direktem Verhältnis zur Anzahl von Hochzeitseinladungen stehen. Aber schwelgen Paschas genauso wie unsereins? Wir schlingen zwar ihr Essen hinunter, gehen aber dabei mit ihnen hart in Gericht. Champagner! Hier könntest du mal kosten, wie das schmeckt. Champagner der Schaddad-Familie. Wie meinen Sie? Warum der Herr Kamal keinen Alkohol anrührt? Vielleicht hat er sich den Bauch schon vollgeschlagen und kann nicht mehr. In der Tat, mein Appetit ist unbändig, als würde mein Magen nichts von Trauer wissen oder als verkehrte die sich genau dort in ihr Gegenteil. Bei der Beerdigung von Fahmi war es auch so gewesen. Halte Ismail zurück, sonst bleibt nichts mehr übrig. Der Tod von al-Manfaluti, der von Sajjid Darwisch, der Verlust des Sudans – all das Ereignisse, die unsere Zeit mit Trauerflor kränzen. Aber die Koalition und dieses Festessen hier, das sind Dinge, die einen glücklich machen. Drei Truthähne sind weg, aber einer liegt noch da. Himmel, was macht der? Der zeigt auf meine Nase, und alle kreischen vor Lachen los. Sie sind betrunken, also ärgere dich nicht. Mach doch mit, sei lustig, tue ganz unbekümmert, auch wenn dein Herz vor Wut bebt. Wenn du die Welt erobern müßtest, würdest du es schaffen, aber vor den Erinnerungen an diese prächtige Nacht wirst du dich nie retten können. Ah, man spricht über Fuad al-Hamzawi, wie erfolgreich und begabt er ist. Setzt dir die Eifersucht zu? Wenn du über ihn etwas sagst, wird es deine Bedeutung unterstreichen, zumindest in gewissem Maß. »Fuad war schon als Kind immer fleißig.«

»Sie kennen ihn?«

Hussain Schaddad antwortete für ihn: »Sein Vater ist im Geschäft von Kamals Vater angestellt.«

Nun fühlt dein Herz Erleichterung. Gott verfluche die Herzen. »Ja, und sein Vater war und ist ein sehr tüchtiger, tatkräftiger Mann.«

»Was für ein Geschäft betreibt Ihr Vater?«

Mit welchem Glorienschein hattest du den ›Geschäftsmann‹ vor der Geschichte mit dem ›Händlerssohn‹ und dem ›Sohn des Herrn Rat‹ umgeben. »Eine Engros-Handlung für Viktualien.« Die Lüge ist ein armseliges Mittel, sich zu retten. Beobachte sie, damit du herausbekommst, was sich hinter den Masken der Gesichter tut. Doch welcher Mann in diesem Haus kommt deinem Vater an Kraft und Schönheit gleich?

Das Abendessen war beendet, und die meisten Gäste nahmen wieder in der Halle Platz. Manche gingen auch in den Garten hinaus, um sich ein wenig die Beine zu vertreten. Ruhig und träge floß die Zeit dahin. Dann setzte der allgemeine Aufbruch ein, und die Mitglieder der Familie stiegen in die zweite Etage hinauf, um dem Paar zu gratulieren. Das Orchester schloß sich ihnen an, untermalte das glückliche Beisammensein mit einer Auswahl der schönsten Melodien.

Kamal zog den Mantel an, griff sich seine Bonbonniere, und nachdem er Ismail untergehakt hatte, verließen sie gemeinsam die Schaddadsche Villa. Ismail stierte Kamal mit glasigen Augen an. »Es ist elf Uhr. Was meinst du, wenn wir noch ein wenig in der Sarajat-Straße laufen, damit ich ein bißchen zu mir komme?«

Kamal stimmte gerne zu, war er doch froh, auf diese Weise noch ein wenig Zeit totzuschlagen, bevor er eine langgehegte Absicht verwirklichen konnte. Sie gingen den gleichen Weg, den er schon einmal an Aidas Seite zurückgelegt hatte. Damals hatte er ihr seine Liebe erklärt, seinen Schmerz offenbart. Nie würde das Bild dieser Straße mit den prachtvollen, in Schweigen gehüllten Schlössern aus seiner Vorstellung schwinden. Auf beiden Seiten ragten die großen Bäume mit friedvoller Ruhe und der Schönheit himmlischer Visionen empor. Wie der Baum, der von

Wind geschüttelt Blätter und Früchte verliert, wird auch dein Herz, soviel du es auch mit Füßen trittst, sooft du dir Wunschvorstellungen vorgaukeln läßt, nie aufhören, vor Sehnsucht, Leidenschaft und Schmerz zu beben. Sosehr der damalige Spaziergang auch ein Fehlschlag gewesen sein mag, wirst du dich daran als einen verflossenen Traum, eine verlorene Hoffnung, ein eingebildetes Glück und ein Leben voll der überströmendsten Gefühle erinnern; selbst die schlimmsten Ahnungen sind besser als die Ruhe des Nichts, die Leere der Einsamkeit, die Dumpfheit des Gefühls. Wirst du je für dein Herz im künftigen Leben andere Orte entdecken, mit denen dein Auge Traumvorstellungen verbindet, wird es je andere Namen erfahren, denen dein Ohr mit Sehnsucht lauschen kann?

»Was geschieht wohl jetzt im oberen Stockwerk?« fragte Kamal leise, worauf Ismails laute Stimme unangenehm durch die Stille dröhnte: »Das Orchester wird diese seltsame Musik spielen, und die Brautleute sitzen auf dem Podium, lächeln sich an, umgeben von den Familien der Schaddads und Salims. Ich habe das schon öfter erlebt.« Aida im Brautkleid – was muß das für ein Anblick sein. Hättest du es dir je vorstellen können, selbst im Traum? »Wie lange wird das Fest noch dauern?«

»Höchstens eine Stunde. Das Brautpaar muß zeitig schlafen gehen, damit es am frühen Morgen nach Alexandria aufbrechen kann.«

Wörter wie Dolche. Sollen sie dir, soviel sie wollen, ins Herz stechen.

»Wann hat es«, sinnierte Ismail vor sich hin, »in Hochzeitsnächten je Schlaf gegeben.« Er lachte laut los, rülpste und verzog angesichts des Akoholdunstes angeekelt das Gesicht. Gleich darauf sah er wieder erheitert aus. »Möge dich unser Herrgott nie zum Schlaf von Liebenden verurteilen. Sie finden nämlich keinen, mein Bester. Lasse dich nicht von Hassan Salims unterkühlter Art täuschen. Bis zum Morgengrauen wird er wie ein Hengst tänzeln und springen. Das ist unabänderlich.«

Koste den neuen Schmerz aus, der dir tröpfchenweise zugefügt wird. Das erst ist der wirkliche Odem des Leids, nein – es ist der Schmerz allen Schmerzes. Tröste dich damit, daß ähnliches kein Mensch vor dir gelitten hat und die Hölle leicht zu ertragen sein wird, wenn dich das Schicksal dereinst dazu verdammt, daß die Engel dich über züngelnden Flammen tanzen lassen. O welche Qual! Nicht, weil du erwartet hast, die Geliebte eines Tages zu besitzen, nein – weil sie vom Himmel herabgestiegen ist, sich nach einem hehren Leben über den Wolken nun im Morast wälzt, ihrer Wange den Kuß gestattet, ihrem Blut das Fließen erlaubt, ihrem Körper den Mißbrauch gewährt. Oh, schlimmer kann kein Kummer, kein Leid sein. »Ist es wahr, was man sich über die Hochzeitsnacht erzählt?«

»Großer Gott, weißt du nichts darüber?«

Wie können Menschen solchen Schmutz für heilig halten. »Natürlich weiß ich Bescheid, aber bis vor kurzem hatte ich keine Ahnung, und über manches würde ich gern mehr hören.«

Ismail lachte. »Manchmal kommst du mir wie ein Idiot vor.«

»Dann laß mich fragen, ob es dir gleichgültig wäre, wenn das mit jemandem gemacht wird, der dir heilig ist.«

Wieder rülpste Ismail, und diesmal drang der verfluchte Schnapsgeruch bis an Kamals Nase. »Es gibt keinen Menschen, der heilig ist«, erwiderte er.

»Wenn du zum Beispiel eine Tochter hättest«, beharrte Kamal.

»Weder Tochter noch Mutter. Was meinst du, wie wir auf die Welt gekommen sind? Das ist das Gesetz der Natur.«

Wir? Ja, wir alle. Die Wahrheit ist ein gleißendes Licht, also schlage die Augen nieder. Hinter dem Vorhang des Heiligtums, vor dem du dein Leben lang dich niedergeworfen hast, tollen sie wie die Kinder herum. Wie kann auf einmal alles so leer aussehen? Die Mutter, der Vater, Aida … der Schrein von al-Hussain. Der einfache Händler, der Aristokrat Schaddad Bey. O Gott, was für ein Schmerz. »Es gibt nichts Dreckigeres als das Gesetz der Natur.«

Zum drittenmal rülpste Ismail. »Die Wahrheit ist, daß dein Herz leidet.« Er hörte sich belustigt an, auch wenn er es sich verkniff, laut loszulachen. »Die ganze Zeit schon singt es das Lied dieser neuen Sängerin Umm Kulthum, in dem es heißt: ›Mein Leben geb ich für sie, ob die Liebe bleibt oder geht.‹«

»Was meinst du damit?« knurrte Kamal unwillig.

»Ich meine, daß du Aida liebst.«

O Herr, wie konnte sein Geheimnis entdeckt werden? »Du bist ja betrunken.«

»Wieso? Das ist die Wahrheit. Alle wissen es.«

Kamal starrte ihn an und rief: »Was sagst du?«

»Ich meine, es stimmt, und alle wissen es.«

»Alle? Wer sind ›alle‹? Wer erzählt solche Verleumdungen über mich?«

»Aida.«

»Wer?«

»Aida hat dein Geheimnis verbreitet.«

»Das glaube ich nicht. Du bist betrunken.«

»Sicher, aber trotzdem habe ich die Wahrheit gesagt. Eine der wenigen guten Eigenschaften von Säufern ist, daß sie nicht lügen.« Er kicherte. »Bist du jetzt böse? Wie du weißt, ist Aida ein besonders freundliches junges Mädchen. Wie oft hat sie, ohne daß du es gemerkt hast, heimlich zu dir hinübergesehen, wenn du verliebte Augen gemacht hast. Und zwar nicht, weil sie sich über dich lustig machen wollte, sondern weil sie, wenn jemand in sie verliebt ist, gern kokettiert. Sie hat zuerst Hassan davon erzählt, und er hat mich aufmerksam gemacht. Schließlich hat er das Geheimnis Hussain anvertraut, und sogar Sanija Hanum, ihre Mutter, hat von dem ›närrischen Liebhaber‹, so haben dich alle genannt, erfahren. Ich halte es nicht einmal für abwegig, daß auch die Dienerschaft mitbekommen hat, was die Herrschaften über dich redeten. Kurzum, jedermann kennt die Geschichte vom ›närrischen Liebhaber‹.«

Kamal glaubte, vor Schwäche umzufallen. Es kam ihm vor, als würde seine Ehre unerbittlich von den auf das Pflaster aufsetzenden Füßen niedergetrampelt werden. Verbittert preßte er die Lippen zusammen. So einfach ließ sich also ein wohlbehütetes Geheimnis verbreiten.

»Nun reg dich nicht auf«, redete Ismail weiter. »Ein harmloser Spaß von Freunden, die dich mögen. Aida hat das Geheimnis nur gelüftet, weil sie damit prahlen wollte.«

»Ihre Einbildung hat sie eben getäuscht.«

Nun lachte Ismail doch los. »Deine Liebe abzustreiten ist so sinnlos, wie am hellichten Tag die Sonne nicht sehen zu wollen.«

Niedergeschlagen schwieg Kamal. Plötzlich fragte er: »Was hat Hussain dazu gesagt?«

»Hussain?« wiederholte Ismail, und seine Stimme wurde nun lauter. »Hussain ist dein treuer Freund. Wie oft hat er sein Unbehagen über die Leichtfertigkeit seiner Schwester geäußert, und immer wieder hat er ihr gegenüber deine guten Eigenschaften hervorgehoben.«

Erleichtert seufzte er auf. War er auch in der Liebe enttäuscht worden, so blieb ihm doch die Freundschaft. Ach, wie konnte er jetzt noch die Villa der Schaddads betreten?

Als wollte Ismail ihn ermutigen, der Situation ins Auge

zu sehen, drang er mit ernster Stimme auf ihn ein: »Schon Jahre vor der offiziellen Bekanntmachung war Aida Hassan zugesprochen. Außerdem ist sie auch viel älter als du. Überschlafe erst einmal alles, und dann ist es vergessen. Kümmere dich nicht darum, und sei nicht traurig.«

Vergessen? Wie sollte er das mit solch quälenden Gefühlen tun? »Hat sie über mich gespottet, als sie von dieser angeblichen Liebe sprach?« Seiner Stimme war anzuhören, wieviel ihm an dieser Frage lag.

»Aber nein! Ich sagte doch schon, daß sie glücklich ist, wenn sie über ihre Bewunderer reden kann.«

Deine Angebetete – ein grausamer, hämischer Gott, der sich damit vergnügt, über seine Diener Witze zu reißen. Erinnerst du dich an den Tag, als sie über deinen Schädel und deine Nase herzog? Hart und unerbittlich ist sie, wie das Gesetz der Natur. Wie hat sie sich – gleich jedem anderen jungen Mädchen – fröhlich in die Hochzeitsnacht stürzen können? Wenn das Wesen deiner Mutter vor allem von Scham geprägt ist, dann deshalb, weil sie sich wegen dieser Nacht noch immer schuldig fühlt.

Da sie den größten Teil der Straße schon hinter sich gebracht hatten, machten sie kehrt. Beide verfielen in Schweigen, als wären sie müde vom vielen Reden. Doch nicht lange, und Ismail begann mit rauher Stimme zu singen: »Oh, wieviel Freude bereiten Kostbarkeiten …«

Kamal blieb still, schien nicht einmal zu merken, daß sein Freund ein Lied trällerte. Er schämte sich. Alle Welt zerriß sich über ihn das Maul. Die Schaddad-Familie, die Freunde, die Diener zwinkerten sich hinter seinem Rükken zu, und er bekam es nicht mit. Nein, solch unwürdige Behandlung hatte er nicht verdient. Oder sollte es die Strafe dafür sein, daß er liebte und verehrte? Wie grausam war die Angebetete, und wie hart setzte ihm der Schmerz zu. Als Nero sang, während Rom brannte, hatte er vielleicht wegen einer ähnlichen Geschichte Rache genommen. So sei denn ein Feldherr, der auf hohem Roß kühn und stolz dahinstürmt. Sei ein Führer, der vor Begeisterung auf den Schultern getragen wird. Sei ein Denkmal aus Eisen, das auf einer Säule thront. Sei ein Zauberer, der sich unaufhörlich verwandelt. Sei ein Engel, der über den Wolken schwebt. Sei ein Mönch, der allein in der Wüste lebt. Sei ein gefährlicher Verbrecher, der die Friedfertigen das Fürchten lehrt. Sei ein Clown, der die Lacher zu Gefangenen macht. Sei ein Selbstmörder, der die Gaffer erschüttert ... Wenn Fuad al-Hamzawi von der Geschichte hört, wird er zwar seinen Spott hinter der üblichen Maske von Höflichkeit verbergen, aber dennoch sagen: ›Das geschieht dir recht. Wegen dieser Leute hast du uns aufgegeben, warst du verächtlich gegenüber Kamar und Nargis. Nun koste es aus, daß dich die Götter verlassen haben.‹ O nein, der Himmel oder nichts, das ist meine Antwort. Soll sie heiraten, wen sie will, nach Brüssel reisen oder nach Paris, alt werden und austrocknen. Solch eine Liebe wie meine wird sie nie mehr finden. Vergiß niemals diese Straße, denn hier hast du dich am Kelch trügerischer Hoffnungen berauscht, um dann am Brocken der Verzweiflung fast zu ersticken. Diesem Planeten gehöre ich nicht mehr an. Ich bin ein Fremdling und muß das Leben des Fremden führen.

Als die beiden auf dem Rückweg an der Schaddadschen Villa vorbeikamen, waren etliche Arbeiter damit beschäftigt, die Girlanden und Elektroleitungen von den Wänden und Bäumen zu nehmen. Entblößt von allem Festschmuck stand das große Haus bis auf wenige Zimmer, von deren Fenster oder Balkons noch Licht nach außen drang, in Dunkelheit gehüllt. Das Fest war vorüber, die Gäste gegangen, Zeichen dafür, daß alles einmal ein Ende fand. Und da stand er nun, mit der Bonbonniere in der Hand

– ein kleiner Junge, der bei ein paar Stückchen Schokolade zu weinen aufhört. Langsam gingen sie weiter, bis sie Hussainija erreicht hatten. Sie gaben sich zum Abschied die Hand und trennten sich.

Kaum war Kamal einige Schritte gegangen, da blieb er stehen. Er drehte um, kehrte in Richtung der Abbasija-Straße zurück. Kein Mensch war zu sehen, alles lag in tiefem Schlaf. Er beschleunigte den Schritt, eilte auf die Schaddadsche Villa zu. Kurz davor bog er nach rechts zur Wüste ab, stapfte weiter und weiter hinein, bis er an eine Stelle hinter der Gartenmauer kam, von wo aus er die Villa aus der Ferne überblicken konnte. Die Finsternis, dicht und allumfassend, ließ den Späher sich wie hinter einem Vorhang geborgen fühlen. Zum erstenmal in dieser Nacht verspürte Kamal in der leeren Einöde Kälte, so daß er den Mantel fester um den langen, mageren Körper schlug. Hinter der hohen Mauer ragte das Haus wie eine gewaltige Festung empor. Suchend nach dem ach so teuren Ziel, glitt sein Blick zu einem der geschlossenen Fenster, weit rechts im zweiten Stockwerk, durch dessen Läden noch Licht hervorschimmerte. Das mußte es sein – das Brautzimmer, in dem als einzigem in diesem Flügel jemand wachte. Bis gestern noch das Schlafzimmer von Aida und Budur, war es heute für das seltsamste Schauspiel, das das Schicksal zu bieten hatte, herausgeputzt worden. Unverwandt starrte er auf das Fenster, und lag in seinem Blick zunächst noch die Sehnsucht eines Vogels, der mit gestutzten Flügeln wehmütig hinauf zum Nest im Baum schaut, so verschattete gleich darauf tiefe Trauer den Glanz seiner Augen, als könnte er den eigenen, im verborgenen lauernden Tod erspähen. Was spielte sich hinter diesem Fenster ab? Könnte er doch nur auf einen der hohen Bäume im Garten klettern, um besser zu sehen. Alles, was ihm an Zeit zum Leben blieb, wäre ein armseliger, leicht zu zahlender Preis, wenn er dafür nur einmal durchs Fenster schauen dürfte. Was hatte das Leben mehr zu bieten, als die Angebetete in der Abgeschiedenheit des Brautgemachs zu erblicken? Was taten die beiden? Wie sahen sie sich an? Was flüsterten sie sich zu? In welchem Winkel der Erde hielt sich nun Aidas Stolz verborgen? Er brannte darauf, alles zu sehen, jedes Wort, jede Bewegung zu erhaschen, jede Veränderung im Gesichtsausdruck zu verfolgen. Ja, am liebsten wäre er sogar in die geheimsten Gedanken, Phantasien, Gefühlsregungen und instinktiven Wallungen eingedrungen. Alles, alles wollte er wissen, selbst wenn es abstoßend und entsetzlich oder traurig und schmerzlich war. Sollte das Leben dann vorbei sein, ihm täte es nicht leid.

Kamal harrte aus, und die Zeit verstrich. Er rührte sich nicht von der Stelle, denn noch immer brannte das Licht. Unaufhörlich bedrängten ihn Fragen. Was würde er tun, wenn er an Hassan Salims Stelle wäre? Vor lauter Verwirrung wurde ihm schwindlig, aber eine Antwort fand sich nicht. In einer solchen Nacht war wahrlich kein Platz für Verehrung, und doch: Einzig diese Empfindung, kein anderer Wunsch, kein anderes Verlangen verband sich für ihn mit Aida. Hassan Salim hingegen gehörte zu denen, die sich von solch hehrem Gefühl wohl kaum Schranken setzen ließen. Nun ja, da stand er allein in der Wüste und durchlebte Qualen, während die beiden dort gemeine Küsse tauschten, schweißtriefend seufzten, blutsickernde Trance erlebten und – von Schleiern spärlich verhüllt – vergängliche Leiber zeigten, sterblich wie die Welt, wie seine leeren Hoffnungen, seine ziellosen Träume. Nun dann, beweine die Schmach, die den Göttern angetan ward, nimm von ganzem Herzen diese Tragödie in dich auf. Doch wohin mit dem großartigen, wunderbaren Glücksgefühl, das dir vier Jahre lang Licht spendete? Es konnte nicht alles Einbildung gewesen sein, denn sonst hätte es keinerlei Echo gegeben. Es war das, was man Leben nannte. Vielleicht können die Umstände den Körper beherrschen, aber welche Macht maßt sich an, nach der Seele zu greifen? Nun, die Angebetete bleibt die Deine, die Liebe bietet dir Leid und Wonne, die Verwirrung Ergötzen, und stehst du einst vor deinem Schöpfer, dann fragst du nach den Rätseln dieses Lebens, die dir verschlossen blieben. O könntest du nur ins Fenster hineinschauen, dann würdest du wenigstens eins der vielen Geheimnisse des Daseins entdecken.

Wenn die Kälte ihn zu stark zwickte, erinnerte er sich an Ort und Zeit. Doch warum an hastige Rückkehr denken? In dieser Nacht – da war auf Schlaf nicht zu hoffen.

32

Vor dem Geschäft von Herrn Abd al-Gawwad hielt eine Kutsche, die mit dem Schlamm und Pfützenwasser der Nahhasin-Straße bespritzt war. Herr Mohammed Iffat, bekleidet mit einer Gubba aus Wolle, stieg aus, betrat den Laden und erklärte lachend: »Ich bin mit der Kutsche gekommen, dabei hätte ich wohl besser ein Boot nehmen sollen.«

Schon seit anderthalb Tagen strömte der Regen, so daß der Boden aufgeweicht und die Straßen und Gassen von Wasser überflutet waren. Obwohl der Himmel nun gerade einmal Erbarmen zeigte, sah er noch immer düster aus. Dunkle Wolken türmten sich auf, spannten sich über die Erde wie ein schwärzlicher Baldachin. Das trübe Tageslicht kündigte an, daß die Nacht stockfinster werden würde.

Herr Abd al-Gawwad begrüßte den Freund aufs herzlichste und bat ihn, Platz zu nehmen. Kaum hatte der sich umständlich einen der Stühle an die Ecke des Schreibtischs gestellt und sich gesetzt, kam er auf den Grund seines Besuchs zu sprechen. »Wundere dich nicht, daß ich bei diesem Wetter komme, obwohl wir uns in wenigen Stunden wie gewohnt sehen. Ich hatte einfach das Verlangen, mit dir allein zu sein.« Er lachte, als müßte er sich für diesen seltsamen Satz entschuldigen. Herr Abd al-Gawwad stimmte zwar ins Gelächter ein, doch hörte es sich bei ihm eher fragend an.

Gamil al-Hamzawi, vom Scheitel bis unter das Kinn ins Tuch eingehüllt, lief an die Tür und rief dem Kellner vom Kalawun-Café zu, Kaffee zu bringen. Dann ließ er sich wieder auf seinem Stuhl nieder; bei solcher Nässe und Kälte waren kaum Kunden zu erwarten.

Herr Abd al-Gawwad ahnte insgeheim, daß hinter einem Besuch zu dieser Zeit etwas Dringendes stecken mußte. Die seelischen Krisen, die er seit kurzem durchlebte, und der schlechte Gesundheitszustand machten ihn ohnehin ängstlicher, als es seine Art war. Trotzdem vermochte er seine Unruhe mit einem freundlichen Lächeln zu überspielen. »Gerade hatte ich an den gestrigen Abend gedacht und mich daran erinnert, wie Alfar beim Tanzen aussah. Daß er sich das traut!?«

Herr Mohammed Iffat schmunzelte. »Wir alle sind deine Schüler. Aber laß mich die Gelegenheit nutzen und dir erzählen, was Abd ar-Rahim über dich verbreitet. Er behauptet, deine Kopfschmerzen kämen nur daher, weil es dir in der letzten Zeit an Frauen fehlt.«

»Na und? Gibt es für Kopfschmerzen einen anderen Grund als die Frauen?«

Der Kellner brachte auf einem Messingtablett Gläser mit Kaffee und Wasser herein, stellte es seitlich auf dem Schreibtisch ab und ging wieder hinaus. Herr Mohammed Iffat trank einen Schluck Wasser und sagte dann: »Kaltes

Wasser im Winter ist köstlich, oder nicht? Aber warum frage ich noch. Du gehörst ja wohl zu den Leuten, die den Winter so sehr lieben, daß sie selbst jetzt noch, in diesen Februartagen, morgens kalt duschen. Aber im Ernst – bist du glücklich über die Nachricht von der nationalen Konferenz, die im Haus von Mohammed Machmud stattgefunden hat? Wieder einmal durften wir Saad, Adli und Tharwa in einer Front versammelt sehen.«

»In seiner unendlichen Weisheit heißt Gott Reue willkommen«, brummte Herr Abd al-Gawwad.

»Ich traue diesen Hunden nicht mehr.«

»Ich auch nicht, aber was soll man tun? König Fuad hat einen Scherbenhaufen angerichtet. Traurig, daß der Kampf nun nicht mehr zwischen uns und den Engländern geführt wird.«

Schweigend schlürften die Männer den Kaffee, was, wenn es überhaupt als Hinweis gelten konnte, anzeigte, daß das Geplaudere über Politik nicht länger angebracht war und Herr Iffat nun auf das zu sprechen kommen mußte, was ihm am Herzen lag. Tatsächlich, er richtete sich auf und fragte in gänzlich anderem Tonfall: »Hast du etwas von Jasin gehört?«

Herr Abd al-Gawwad horchte auf, und in seinem Blick spiegelte sich Unruhe wider. Im Nu begann sein Herz heftig zu klopfen. »Es geht ihm gut. Hin und wieder besucht er mich, erst letzten Montag war er wieder da. Warum fragst du, gibt's etwas Neues? Etwas, das mit Marjam zusammenhängt? Sie ist irgendwohin verschwunden. Kürzlich habe ich gerade erfahren, daß Bajumi ihr den Anteil am Haus ihrer Mutter abgekauft hat.«

Herr Iffat setzte ein gekünsteltes Lächeln auf. »O nein, es geht nicht um Marjam. Wahrscheinlich hat Jasin sie längst vergessen. Also freiheraus und ohne alle Umschweife gesagt – es geht um eine neue Heirat.«

Von Entsetzen gepackt, machte sein Herz einen gewaltigen Satz. »Eine neue Heirat? Davon war überhaupt keine Rede, als er mit mir sprach.«

Bedauernd schüttelte Herr Iffat den Kopf. »Und doch ist er seit einem Monat oder länger verheiratet. Gerade jetzt, vor einer Stunde, hat es mir Ghanim Hamidu erzählt. Er dachte, du wüßtest davon.«

Nervös an der linken Schnurrbarthälfte zupfend, murmelte Herr Abd al-Gawwad, als spräche er mit sich selbst: »So weit treibt er es also. Wie soll ich das glauben? Wie konnte er mir so etwas verheimlichen?«

»Nun ja, die Situation bedarf der Vertraulichkeit. Hör mir zu, besser, ich sage dir die Wahrheit, als daß du damit auf unliebsame Weise überrascht wirst. Allerdings würde es sich nicht ziemen, wenn du ihr zu viel Bedeutung beimißt. Vor allem darfst du dich nicht vom Zorn hinreißen lassen, das verträgst du nicht mehr. Denke an deinen letzten Schwächeanfall, und habe Mitleid mit dir selbst.«

»Erneut ein Skandal!?« stöhnte er verzweifelt auf. »Mein Herz läßt es mich ahnen. Was weißt du? Heraus damit.«

Wieder bedenkliches Kopfschütteln, bevor Herr Iffat mit gedämpfter Stimme erklärte: »Halte stand, sei der, den wir kennen. Jasin hat die Lautenspielerin Zanuba geheiratet.«

»Zanuba!?«

Die beiden Männer sahen sich fest an, und während Herrn Achmeds Gesicht nur völlige Verstörtheit aufwies, sah das des Freunds nur besorgt aus. Die Heirat an sich schien nicht das vorrangigste Problem zu sein, denn keuchend stieß Herr Achmed hervor: »Ob Zanuba weiß, daß er mein Sohn ist?«

»Daran besteht für mich kein Zweifel, aber ich bin ziemlich sicher, daß sie Jasin nichts von dir gesagt hat, weil er ihr sonst nicht ins Netz gegangen wäre. Sie hat das Unmögliche fertiggebracht, man kann ihr nur gratulieren.«

Nach Atem ringend, drang Herr Abd al-Gawwad auf ihn ein: »Vielleicht hat er mir die Heirat verschwiegen, weil er über mich alles weiß?«

»Aber nein, das glaube ich nicht. Hätte er etwas erfahren, wäre die Ehe nicht zustande gekommen. Kein Zweifel, er ist zwar ein leichtsinniger Kerl, aber noch lange kein Schuft. Wenn er dir also nichts gesagt hat, dann nur, weil er nicht den Mut fand, dir die Heirat mit einer Lautenspielerin einzugestehen. Ach, die armen Väter, die solch leichtfertige Söhne haben. Wirklich, es schmerzt mich sehr, aber ich sage dir nochmals – überlaß dich nicht dem Zorn. Die Schuld liegt bei ihm. Du hast nichts Schlechtes getan, also trifft dich kein Vorwurf.«

Herr Abd al-Gawwad seufzte hörbar auf. »Hat Ghanim Hamidu sonst noch etwas gesagt?«

Verächtlich winkte der Freund ab. »Er hat mich gefragt, wie du dich damit nur abfinden kannst. Als ich ihm sagte, daß du nichts davon weißt, tat ihm seine Bemerkung leid. ›Da kann man mal sehen‹, hat er erklärt, ›wie sich Vater und Sohn fern sind. Möge Gott ihm beistehen.‹«

»Ist das das Ergebnis meiner Erziehung?« klagte Herr Achmed. »Ich bin völlig ratlos, Mohammed. Das Unglück ist, daß wir die Autorität über die Kinder in einer Zeit verlieren, da sie sie in ihrem eigenen Interesse am meisten brauchten. Sie haben ein Alter erreicht, in dem sie für sich selbst Verantwortung tragen. Nur leider können sie damit noch nicht umgehen, und wir vermögen nicht mehr geradezurücken, was sie verbogen haben. Wir sind Männer, aber wir haben keine Männer in die Welt gesetzt. Woher kommt nur diese Schande? Dieser Hornochse, man heiratet doch keine Frau, die jeder gehabt hat! Tränen könnte man über sich selbst vergießen. Aber es gibt keine Macht noch Stärke als bei Gott.«

Voller Mitleid legte Mohammed Iffat dem Freund die

Hand auf die Schulter. »Wir haben unsere Pflicht getan, nun muß jeder sehen, wie er zurechtkommt. Keiner verfällt auf den Gedanken, dir einen Vorwurf zu machen.«

Gamil al-Hamzawi mischte sich ein, seine Stimme klang bekümmert. »Kein Mensch mit gerechtem Urteilsvermögen kann Sie wegen dieser Sache tadeln, Herr. Außerdem scheint mir noch nicht alle Hoffnung verloren zu sein, die Angelegenheit wieder in Ordnung zu bekommen. Reden Sie mit ihm, Herr.«

»Dir gegenüber hat er sich doch immer wie ein folgsames Kind benommmen. Er wird sie bestimmt verstoßen, wenn nicht morgen, dann übermorgen. ›Ein gutes Werk wird gleich getan‹, heißt es.«

»Und wenn sie schwanger ist?« fragte Herr Achmed klagend.

»Da sei Gott vor«, lautete al-Hamzawis beklommene Antwort.

Mohammed Iffat schien aber noch etwas anderes wichtig zu sein, denn er sah den Freund besorgt an, bevor er sagte: »Bedauerlich, daß Jasin den Laden in Hamzawi verkauft hat, nur um die Wohnung neu einzurichten.«

Herr Achmed starrte ihn an, zuckte erregt mit den Augenbrauen und rief wütend: »Als existierte ich nicht mehr auf dieser Welt! Nicht einmal bei einer solchen Sache berät er sich mit mir.« Er schlug die Hände zusammen. »Man wird sich schön ins Fäustchen lachen über den hübschen Happen, der zufällig herumlag. Nun ja, ein Esel außer Rand und Band, aber angezogen wie ein Effendi.«

»Freilich ist sein Benehmen kindischer Unfug«, empörte sich nun Mohammed Iffat. »Nicht nur, daß er seinen Vater vergessen hat, er hat auch nicht an seinen Sohn gedacht. Aber was soll man sich aufregen.«

»Ich glaube, ich muß ihn mir vorknöpfen, egal, was es für Folgen hat.«

Herr Iffat hob beide Arme, als müßte er ein Unglück abwehren. »›Ist der Sohn groß, sei ihm ein Bruder‹«, mahnte er. »Mach keinen Fehler, du bist der Klügere. Du kannst ihm nur raten, alles andere hat Gott zu entscheiden.« Nachdenklich senkte er die Augen, zögerte. »Da ist noch etwas, das mich genauso wie dich angeht – Radwan.« Die Männer blickten sich an, doch Mohammed Iffat fuhr schon fort: »In ein paar Monaten wird der Junge sieben Jahre alt sein. Ich fürchte, sein Vater will ihn zu sich holen, und dann wächst er unter Zanubas Fittichen auf. Dieses Unglück muß man verhindern, und da ich nicht glaube, daß du das erleben möchtest, mußt du ihn überzeugen, den Jungen bei uns zu lassen, bis Gottes Ratschluß fällt.«

Achmed Abd al-Gawwad war nicht der Mann, der seinen Enkel nach der vorgeschriebenen Zeit noch länger gerne bei der Familie der Mutter sah, doch andererseits wollte er auch nicht vorschlagen, ihn bei sich zu Hause aufzunehmen; er konnte Amina keine Bürde auflasten, der sie in ihrem Alter nicht mehr gewachsen war. Er mußte sich fügen, und so sagte er bekümmert: »Ich stimme dir durchaus zu, daß Radwan nicht unter Zanubas Dach aufwachsen kann.«

Erleichtert atmete Mohammed Iffat auf. »Seine Großmutter liebt ihn von ganzem Herzen, und selbst wenn in Zukunft die Umstände es erforderten, daß er zu seiner Mutter ins Haus zieht, wird er dort rechtschaffene Verhältnisse um sich haben. Ihr Mann ist in den Vierzigern oder sogar etwas älter, und Gott hat ihm das Geschenk von Nachkommen versagt.«

»Aber ich sähe es lieber, wenn er bei dir bliebe«, bat Achmed Abd al-Gawwad.

»Natürlich, natürlich. Ich habe lediglich über Eventualitäten gesprochen, die uns Gott hoffentlich nicht beschert.

Ich kann dich nur bitten, Jasin in aller Freundlichkeit zur Rechenschaft zu ziehen, damit er sich einverstanden erklärt, Radwan bei mir zu lassen.«

Gamil al-Hamzawi griff mit sanfter Stimme ein. »Herr Achmed Abd al-Gawwad ist der klügste Mann, den ich kenne. Sollte er da nicht wissen, daß Jasin erwachsen ist und wie jeder andere frei entscheiden kann, was er tut oder läßt? Nein, nein – Herr Achmed kann ihm nur raten, alles andere liegt bei Gott.«

Den Rest des Tages verbrachte Herr Abd al-Gawwad nachdenklich und in bedrückter Stimmung. ›Mit einem Wort‹, sagte er sich, ›Jasin ist eine Enttäuschung, und nichts ist schmerzlicher, als einen solchen Sohn zu haben. Es ist leider völlig klar, was aus ihm wird, da braucht man keinen besonderen Scharfblick, um sich das auszumalen. O ja, er wird von Stufe zu Stufe fallen, Gott erbarme sich seiner.‹ Gamil al-Hamzawi hatte ihn gebeten, mit Jasin erst am nächsten Tag zu sprechen. Er war dazu bereit, nicht so sehr aus Vernunft, sondern eher aus purer Verzweiflung.

Am Nachmittag des folgenden Tages bestellte er Jasin zu sich. Der kam der Aufforderung umgehend nach, wie es sich für einen folgsamen Sohn gehörte. Jasin hegte noch immer große Zuneigung für seine Familie, hatte aber trotz aller Sehnsucht nie den Mut gefunden, im alten Haus einen Besuch abzustatten. Wann immer er seinem Vater oder Chadiga und Aischa begegnete, versäumte er es nie, der Frau seines Vaters Grüße auszurichten. Gewiß, er hatte nicht vergessen, wie erzürnt sie seinetwegen gewesen war und mit welchem – wie er es nannte – »Starrsinn« sie ihn behandelt hatte. Trotzdem weigerte er sich, die Jahre zuvor zu vergessen, die Zeit, als nur sie ihm Mutter war. Die beiden Schwestern besuchte er regelmäßig, und Kamal traf er gelegentlich in Achmed Abduhs Kaffeehaus, oder er lud ihn zu sich nach Hause ein, wo er erst auf Marjam, dann auf Zanuba stieß. Den Vater wiederum suchte er mindestens einmal in der Woche im Geschäft auf. Dort konnte er auch den Vater als einen anderen, sozusagen in dessen zweiter Natur erleben, mit der er die Leute für sich einnahm. Auf diese Weise waren zwischen den beiden Männern feste freundschaftliche Bande entstanden, die sich sowohl auf die Blutsverwandtschaft gründeten als auch auf Jasins Freude, einen anderen Vater zu entdecken.

Als er nun jedoch dem Vater gegenübertrat, erinnerte ihn dessen Ausdruck an das Gesicht von einst, das ihm so oft Schrecken in die Glieder hatte fahren lassen. Er brauchte nicht nach dem Grund zu suchen; er wußte seit geraumer Zeit sehr wohl, daß der Vater über kurz oder lang hinter sein Geheimnis kommen würde. Kein Zweifel, nun stand ihm der Sturm bevor, den er von Anfang an erwartet hatte, und tatsächlich, schon hörte er ihn sagen: »Es macht mich sehr traurig, so nachlässig behandelt zu werden. Was hat es zu bedeuten, daß ich Veränderungen im Leben meines Sohns von anderen erfahren muß?«

Schweigend senkte Jasin den Kopf, und wütend über diese geheuchelte Zerknirschtheit brüllte der Vater los: »Schluß mit dem Getue! Hör auf, dich zu verstellen, und laß mich etwas hören! Du weißt genau, was ich meine.«

Kaum vernehmbar flüsterte Jasin: »Ich hatte nicht den Mut, Sie darüber zu unterrichten.«

»Sicher, so geht's dem, der eine Missetat oder einen Skandal zu verbergen hat.«

Instinktiv fühlte Jasin, daß es nicht gut wäre, sich – in welcher Form auch immer – aufzulehnen, also stammelte er ergebungsvoll: »Ja.«

Überrascht fragte der Vater: »Wenn das deine Meinung ist, warum hast du es getan?«

Wieder flüchtete Jasin ins Schweigen, was sich der Vater nur damit erklären konnte, daß der Sohn sich zwar über die Ungeheuerlichkeit seines Tuns im klaren war, er aber aus Liebe nicht anders hatte handeln können. Und das erinnerte ihn wiederum an die beschämende Situation, in der er selbst sich bei ebendieser Frau befunden hatte. Was für eine Schande! Du hast geglaubt, dich mit einem gewaltigen Wutausbruch reingewaschen zu haben, und dann bist du ihr doch hinterhergelaufen. Und nun dieser elende Ochse! »Du hast dich wissentlich in einen Skandal gestürzt, ohne daran zu denken, daß wir alle unter den Folgen zu leiden haben.«

»Wieso ihr alle? Da sei Gott vor!« rief Jasin in aller Einfalt.

Aufgebracht schrie der Vater: »Stell dich nicht so dumm, spiel nicht den Unschuldigen! Du weißt genau, daß du in deiner lüsternen Gier dich weder um den Ruf deines Vaters noch deiner Geschwister kümmerst. Du hast eine Lautenspielerin in die Familie geschleppt, die, und mit ihr ihre Brut, als eine von uns gilt. Ich kann dir nicht abnehmen, das nicht gewußt zu haben. Aber um deiner Sucht willen trittst du alles in den Schmutz. Du hast die Ehre der Familie geschändet, aber auch deine eigene bröckelt Stein um Stein, und am Ende wirst du dich als Trümmerhaufen wiederfinden.«

Jasin, der noch immer schwieg und den Blick gesenkt hielt, bot dem Vater das Bild vollkommenen Schuldbewußtseins.

Du glaubst, dieser Skandal kostet dich einzig ein wenig Theaterspiel. Damit hat's sich für dich. Ich aber werde eines Tages für einen Enkel sorgen müssen, der Zanuba als Mutter und Zubaida als Tante hat. Eine wirklich einzigartige Verschwägerung – Herr Achmed, der bekannte Geschäftsmann, und Zubaida, die berühmte Tänzerin. Vielleicht müssen wir für Sünden büßen, deren wir uns nicht bewußt sind. »Wenn ich an deine Zukunft denke, überläuft mich ein Schauer. Du ruinierst dich, treibst es schlimmer und schlimmer. Erkläre mir, was du mit dem Laden in Hamzawi gemacht hast?«

Bedrückt sah Jasin auf, zögerte. Dann sagte er: »Ich brauchte unbedingt Geld.« Er blickte wieder zu Boden. »Unter anderen Umständen hätte ich mir die benötigte Summe von Ihnen geliehen, aber dafür war die Angelegenheit zu schwierig.«

»Was bist du für ein Heuchler! Schämst du dich nicht für dich selbst? Ich könnte wetten, daß du das, was du getan hast, weder ungewöhnlich noch verwerflich findest. Ich kenne und durchschaue dich, also versuche nicht, mich zu betrügen. Ich will dir nur eins sagen, auch wenn ich von vornherein weiß, daß es unnütz ist – du arbeitest selbst auf dein Ende hin, und das wird schrecklich sein.«

Dieser Ochse, schweigt und spielt den Niedergeschlagenen. Na sicher, Zanuba ist ein appetitlicher kleiner Teufel, aber was hat ihn gezwungen, sie zu heiraten? Ich habe geglaubt, sie wolle mich gerade wegen meines Alters zum Mann haben, und nun hat sie sich trotz seiner Jugend diesen Ochsen genommen. Offensichtlich wollte sie um jeden Preis heiraten, und da sie mich nicht bekommen hat, mußte sie sich mit diesem Dummkopf begnügen. Herr Abd al-Gawwad fühlte sich erleichtert. »Verstoße sie! Laß dich von ihr scheiden, bevor sie Mutter wird und unseren Ruf auf ewig schändet.«

Jasin zögerte, bevor er stammelnd herausbrachte: »Es wäre Unrecht, sie ohne Grund zu verstoßen.«

Hundesohn, denkst wohl, du mußt Witze reißen, die ich heute abend zum besten geben kann. »Du wirst dich von ihr scheiden lassen, wenn nicht heute, dann morgen! Hat sie erst ein Kind in die Welt gesetzt, wird es um deine und unsere Zukunft schlecht stehen.«

Jasin seufzte hörbar, sparte sich damit eine Antwort.

Herr Abd al-Gawwad sah ihn sich prüfend und etwas ratlos an. Fahmi war tot, Kamal kam ihm wie ein Idiot oder Verrückter vor. Und dann Jasin – ein hoffnungsloser Fall. Das traurige daran war, daß er gerade ihn am meisten mochte. Überlaß es Gott, wie es weitergeht. Gütiger Herr, was wäre gewesen, wenn ich in diese Ehe gestolpert wäre? »Für wieviel hast du den Laden verkauft?«

»Zweihundert Pfund.«

»Dreihundert wäre er wert gewesen bei der hervorragenden Lage, du Narr. Wer hat ihn gekriegt?«

»Ali Tulun, der Eisenwarenhändler.«

»Na fein, großartig. Hast du alles Geld für die neue Einrichtung ausgegeben?«

»Hundert Pfund sind mir geblieben.«

»Wunderbar, mehr braucht ein junger Ehemann nicht«, höhnte der Vater.

Als er weitersprach, klang seine Stimme wieder ernst und bedrückt. »Jasin, höre, was ich dir sage. Ich bin dein Vater. Nimm dich in acht, und ändere deinen Lebenswandel. Du bist doch selbst Vater, denkst du nicht an deinen Sohn und seine Zukunft?«

»Die monatlichen Unterhaltskosten habe ich immer bis auf den letzten Millim bezahlt«, ereiferte sich Jasin.

»Ist das eine Frage des Geldes? Ich rede über seine Zukunft, auch über die von denen, die noch nicht auf die Welt gekommen sind.«

»Gott ist der Schöpfer und große Nährer«, meinte Jasin zuversichtlich.

»Ach ja, der Herr schafft und ernährt, und da kommt Euer Hochwohlgeboren und kann alles mit vollen Händen vergeuden«, rief der Vater wütend. Er richtete sich auf, blickte Jasin streng an. »Erkläre mir eins – Radwan ist jetzt fast sieben Jahre alt. Was wirst du tun? Willst du ihn zu dir nehmen und deiner Frau anvertrauen?«

Jasin sah verwirrt aus. »Was ich mache? Darüber habe ich noch nicht nachgedacht.«

Der Vater nickte spöttisch. »O ja, möge dir Gott die Last des Denkens ersparen. Hast du dafür überhaupt Zeit? Also laß mich für dich überlegen. Ich würde sagen, Radwan muß in der Obhut seines Großvaters bleiben.«

Nach kurzer Gedankenpause erklärte Jasin: »Ihre Meinung ist meine, Vater. Das ist bestimmt das beste für Radwan.«

»Und für dich auch, wie mir scheint. Da mußt du dich nicht um nichtige Dinge kümmern.«

Jasin antwortete nicht, lächelte aber in einer Weise, als hätte er aus den Worten des Vaters den Hohn sehr wohl herausgehört.

»Ich dachte, es wäre schwieriger, dich davon zu überzeugen.«

»Da ich Ihrer Meinung voll vertraue, fällt es mir leicht, Ihnen zuzustimmen.«

»Ach ja, du vertraust meiner Meinung? Warum richtest du dich dann nicht danach?« spöttelte der Vater. Er seufzte schwer. »Möge Gott dich auf den rechten Weg bringen, denn geradeheraus gesagt – die Schuld liegt ganz bei dir. Ich werde heute abend mit Mohammed Iffat darüber sprechen, Radwan bei sich zu behalten. Wenn du für alle Kosten aufkommst, ist er möglicherweise einverstanden.«

Bei diesen Worten stand Jasin auf, grüßte den Vater und ging zur Tür. Kaum hatte er sich zwei Schritte entfernt, hörte er den Vater fragen: »Liebst du deinen Sohn nicht?«

Jasin blieb stehen, drehte sich um. »Muß ich das ausdrücklich sagen, Vater? Er ist für mich das Teuerste, das ich habe.«

Der Vater zog die Augenbrauen hoch, und mit einem schwer deutbaren Kopfschütteln sagte er: »Auf Wiedersehen.«

33

Eine Stunde vor Beginn des Freitagsgebets in der Moschee ließ Herr Abd al-Gawwad Kamal auf sein Zimmer kommen. Wann immer er jemanden aus der Familie zu sich bestellte, handelte es sich um eine wichtige Angelegenheit, und in der Tat – Herrn Abd al-Gawwad machten Überlegungen zu schaffen, auf die er gern eine Antwort bekommen hätte. Gestern abend hatten ihn seine Freunde auf einen Artikel aufmerksam gemacht, der in der wafdistischen Wochenzeitung »Al-Balagh« von einem jungen Autor namens »Kamal Achmed Abd al-Gawwad« erschienen war. Abgesehen davon, daß keiner der Freunde mehr als die Überschrift – »Der Ursprung des Menschen« – und den Namenszug gelesen hatte, gaben alle ihre Kommentare ab, beglückwünschten Herrn Abd al-Gawwad zum »jungen Autor« und rissen ihre Witze. Sie trieben es so heftig, daß er schon fast bereit war, Scheich Mitwalli Abd as-Samad um ein Amulett für den Sohn zu bitten. Mohammed Iffat hatte beispielsweise erklärt: »Der Name deines Sohnes befindet sich in der Gesellschaft der bedeutendsten Schriftsteller, und zwar in einer Nummer. Nun freue dich, und bitte Gott, er möge deinem Sohn eine ähnlich glänzende Zukunft bescheren wie diesen Großen.« Ali Abd ar-Rahim sagte: »Mir hat einer, dem man vertrauen kann, erzählt, daß der selige al-Manfaluti von seinem Geschriebenen ein Landgut kaufen konnte. Du kannst also froh in die Zukunft sehen.« Man redete über die Schriftstellerei und daß viele Autoren sich die Gunst von Herrschern und Führern erworben hatten, zum Beispiel Schauki, Hafiz und al-Manfaluti. Als schließlich Ibrahim Alfar mit seinen Glossen an der Reihe war, fühlte er sich bemüßigt zu witzeln: »Gepriesen sei Gott für das Wunder, aus den Lenden eines Toren einen Gelehrten erschaffen zu haben.« Herr Abd al-Gawwad hatte hingegen nur einen Blick auf den Titel und die Bezeichnung »junger Autor« geworfen und dann die Zeitschrift auf die Gubba gelegt, die er wegen der Junihitze und dem Feuer des Whiskys ausgezogen hatte. Die Lektüre wollte er auf später, wenn er zu Hause oder im Geschäft allein war, verschieben. Den restlichen Abend hatte er frohgemut und stolz verbracht, ja – er war zum erstenmal bereit, den unterdrückten Groll wegen des Lehrerinstituts kritisch zu überprüfen und sich zu sagen, daß aus dem Jungen trotz dessen unglückseliger Wahl doch noch etwas werden würde. Er malte sich Luftschlösser über die Schriftstellerei, die Gunst der Großen und das Landgut von al-Manfaluti aus. Wer konnte schon wissen? Vielleicht würde Kamal einst nicht nur Lehrer sein, sondern etwas Bedeutendes im Leben zustande bringen, auf das er als Vater nie gekommen wäre.

Vormittags nun hatte sich Herr Abd al-Gawwad, nachdem er mit Gebet und Frühstück fertig war, auf das Kanapee gesetzt, neugierig die Zeitschrift aufgeschlagen und mit lauter Stimme, um jeden Satz in sich aufzusaugen, zu lesen begonnen. Aber was fand er da? Bei politischen Artikeln brauchte er sich normalerweise keine Mühe zu geben, die konnte er verstehen. Doch das, was sein Sohn geschrieben hatte, machte ihn schwindlig im Kopf und erschrocken im Herzen. Er ging nochmals und in aller Sorgfalt ans Lesen. Die Rede war von einem Gelehrten, der sich »Darwin« nannte und auf irgendwelchen weit entfernten Inseln geforscht und langweilige Vergleiche zwischen den verschiedensten Tieren angestellt hatte. Schließlich blieb sein Blick bestürzt an einem seltsamen Satz hängen, nämlich der Behauptung, der Mensch würde vom Tier abstammen, mehr noch – er sei eine Weiterentwicklung einer bestimmten Affenart. Laut und deutlich zitierte Herr Abd al-

Gawwad mit wachsendem Unwillen die gefährlichen Abschnitte. Dann verharrte er regungslos, völlig verstört angesichts der erdrückenden Wahrheit, daß sein eigen Fleisch und Blut widerspruchslos und ohne alle Diskussion die Abstammung des Menschen vom Affen unterstrich. Herr Abd al-Gawwad fühlte mehr und mehr Unruhe in sich aufsteigen, und verwirrt fragte er sich, ob in den staatlichen Lehreinrichtungen der Jugend solche gefährliche Kenntnisse tatsächlich beigebracht wurden. Wenig später bestellte er Kamal zu sich.

Kamal kam, ohne im geringsten zu ahnen, welcher Aufruhr im Kopf des Vaters tobte. Erst vor wenigen Tagen hatte er ihn rufen lassen, um ihm zu seinem dritten Studienjahr zu gratulieren, so daß sich für ihn mit dieser Einladung auch nur Gutes verband. Da stand er nun – blasses Gesicht, magerer Körper. Seit langem sah er so aus, was sich die Familie nur mit der kräftezehrenden Vorbereitung auf die Prüfung erklären konnte. Den wahren Grund kannte niemand, nämlich daß er in den letzten fünf Monaten unsäglichen Schmerz gelitten hatte, ein Gefangener seines tyrannischen und höllischen Gefühls war, an dem er fast zugrunde ging.

Herr Abd al-Gawwad bedeutete ihm, Platz zu nehmen. Er setzte sich ans äußerste Ende des Kanapees, dem Vater höflich zugewandt. Erst da bemerkte Kamal, daß die Mutter im Raum war. Sie saß vor der Kleiderablage, ordnete Sachen und besserte sie aus. Der Vater warf die Zeitschrift zwischen sie beide und fragte scheinbar ruhig: »Da gibt es einen Artikel von dir, nicht wahr?«

Kamals Blick fiel auf den Titel – »Al-Balagh« –, blieb daran verblüfft hängen, was dafür sprach, daß er mit dieser Überraschung nicht gerechnet hatte. Seit wann interessierte sich der Vater für literarische Zeitschriften? Er hatte früher schon im »Sabah« Betrachtungen veröffentlicht, harmlose philosophische Erörterungen oder gefühlsbestimmte Ausbrüche, in einer Form, die zwischen Prosa und freier Lyrik schwankte, und da war er sich immer sicher gewesen, daß das Geschriebene dem Vater nie in die Hände fallen würde. Außer Jasin, dem er seine Texte immer selbst vorlas und der aufmerksam zuhörte, wußte in der Familie niemand etwas davon. Wenn er fertig war, pflegte Jasin etwas in der Art zu sagen wie: »Die Frucht meiner ersten Bildungsversuche, denn immerhin habe ich dir etwas über Lyrik und Prosa erzählt. Sehr schön, Herr Professor, aber woher nimmst du nur dieses tiefschürfende Philosophieren?« Oder er meinte scherzhaft: »Wer ist denn die Hübsche, die dich zu dieser feinfühligen Klage inspirierte? Eines Tages, großer Meister, wirst auch du lernen, daß bei den Weibern nur Schläge mit dem Pantoffel nützen.«

Was hier nun lag, war das Ernsthafteste, das er je geschrieben hatte. Beim Entwerfen dieses Artikels hatte sich eine höllische Schlacht in seiner Brust entfacht, in deren Schmelztiegel sein Verstand zu schwinden drohte. Wie kam der Vater an diese Zeitschrift? Seine wafdistischen Freunde mußten der Grund sein, die sich ständig mit allen entsprechenden Zeitungen und Zeitschriften versorgten. Konnte er hoffen, aus dieser bedrohlichen Situation heil herauszukommen? Er riß den Blick von der Zeitschrift, und mit einer Stimme, die nichts vom inneren Aufruhr verriet, erklärte er: »Stimmt, das ist mein Artikel. Ich hatte die Idee, ein Thema zu behandeln, bei dem ich meine Kenntnisse anwenden kann und das mich ermutigt, weitere Studien zu betreiben.«

Herr Achmed gab sich immer noch ruhig. »Daran ist nichts Schlechtes. Für Zeitungen zu schreiben war und ist ein Mittel, angesehen zu sein und die Gunst der Großen zu erlangen. Wichtig dafür ist das Thema, über das man schreibt. Was hast du mit diesem Artikel gewollt? Lies ihn vor, und erkläre mir ihn, denn mir ist nicht klargeworden, worauf du hinauswillst.«

Ach du großes Unglück! Der Artikel war nun wirklich nicht für ein breites Publikum gedacht, schon gar nicht für den Vater. »Es ist ein ziemlich langer Artikel, Papa. Haben Sie ihn nicht gelesen? Ich erkläre darin eine wissenschaftliche Theorie.«

Ein lauernder, funkelnder Blick traf den Sohn. Nannte sich so etwas heute Wissenschaft? Da sollte doch Gottes Fluch in Wissenschaft und Wissenschaftler fahren. »Ja, aber was besagt diese Theorie? Ich habe da seltsame Formulierungen entdeckt wie – der Mensch wäre ein Abkömmling von Tieren oder so ähnlich. Stimmt das?«

Noch gestern hatte er, Kamal, einen hitzigen Kampf gegen sich selbst, seinen Glauben und seinen Gott geführt, eine Schlacht, die ihm Geist und Körper schwächte. Heute nun stand er dem Vater gegenüber, und hatte er sich bei der ersten Runde gequält und wie im Fieber gefühlt, so packte ihn bei dieser zweiten entsetzliche Angst. Gott schob seine Strafe bisweilen auf, der Vater nicht. »Das ist es, was diese Theorie besagt.«

Die Stimme des Herrn Achmed schwoll an, als er mißfällig fragte: »Und was sagt diese wissenschaftliche Theorie über Adam, den Vater der Menschheit, den Gott aus Lehm erschuf, ihm seinen Atem einhauchte?«

Wie oft hatte er sich diese Frage selbst gestellt und sich dabei nicht weniger unwohl gefühlt als der Vater. Kein Auge hatte er damals, in jener Nacht, geschlossen und ständig, sich im Bett hin und her wälzend, über Adam, Gott und den Koran nachgedacht. Nicht einmal, nein, zigfach hatte er sich gesagt, daß der Koran entweder durch und durch stimmte oder kein Koran war. Ach Vater, wüßtest du, wie ich mich quälte, würdest du nicht über mich herfallen. Wäre ich ans Leiden nicht gewöhnt gewesen, hätte mich der Tod in jener Nacht dahingerafft. »Darwin, der Begründer dieser Theorie, hat über unseren Herrn Adam nichts gesagt«, antwortete er schwächlich.

Wütend blaffte der Vater los: »Dein Darwin ist ein Ungläubiger, der dem Satan in die Falle gegangen ist. Wenn der Ursprung des Menschen ein Affe oder sonst ein Tier ist, dann kann Adam nicht der Vater der Menschheit sein, und das genau ist schlimmster Unglaube, eine unverschämte Frechheit gegenüber Gottes heiliger Würde und seiner Erhabenheit. Ich kenne eine Menge Kopten und Christen im Goldschmiedeviertel, und alle glauben an Adam. Alle Religionen halten ihn in Ehren – welcher Glaubensgemeinschaft gehört also dann dieser Darwin an? Er ist ein Ungläubiger, seine Worte sind Ketzerei, und die Verbreitung seiner Worte ist der reinste Hohn. Sage mir – ist er Lehrer in deinem Institut?«

Ach, wie könntest du lachen, wenn dein Herz es dir erlaubte, wenn es nicht bis obenhin mit Schmerz gefüllt wäre, dem Schmerz der enttäuschten Liebe, des Zweifels, des siechen Glaubens. Das furchtbare Schwanken zwischen Religion und Wissenschaft droht dich zu vernichten, aber wie kann ein Mensch mit Vernunft sich von der Wissenschaft lösen? Betont bescheiden erwiderte er: »Darwin ist ein englischer Gelehrter, der seit langem tot ist.«

»Gottes Fluch über alle Engländer«, tönte plötzlich die Mutter mit bebender Stimme.

Beide Männer drehten sich kurz zu ihr um. Kleidung und Nadel hatte sie fallen gelassen und lauschte dem Gespräch. Schon im nächsten Moment hob der Vater wieder zu sprechen an. »Sage mir – lehrt man diese Theorie in deinem Institut?«

Kamal griff sofort nach dem Rettungsring, der ihm da plötzlich zugeworfen wurde. Sich in die Lüge flüchtend, antwortete er: »Ja.«

»Seltsam, sehr seltsam. Und wirst du später deine Schüler das auch lehren?«

»Aber nein. Ich unterrichte Literatur, und das hat mit wissenschaftlichen Theorien nichts zu tun.«

Der Vater schlug empört in die Hände. In diesem Augenblick wünschte er sich, über die Wissenschaft wenigstens einen Teil jener Macht zu besitzen, mit der er die Familie beherrschte. Wütend rief er: »Warum bringen sie euch das dann bei? Damit sich Ungläubigkeit in eure Herzen schleicht?«

»Verhüte Gott, daß unser Glauben durch irgend etwas angetastet wird«, protestierte Kamal.

Ein mißtrauischer Blick, und dann erklärte der Vater: »Aber du hast mit deinem Artikel Ungläubigkeit propagiert.«

»Gott bewahre! Ich habe die Theorie erklärt, damit der Leser sie kennenlernt, nicht aber, damit er an sie glaubt.«

»Findest du nichts anderes zu schreiben als über solch eine verbrecherische Theorie?«

Warum hatte er bloß diesen Artikel verfaßt? Erst nach langem Zögern hatte er ihn an die Zeitschrift geschickt, denn in der Tat, es mußte ja wirken, als wollte er den Menschen den Tod seines Glaubens ankündigen, den er sich in den letzten zwei Jahren trotz aller Stürme des Zweifels, entfacht durch al-Maarri und al-Chajjam, erhalten hatte. Ja, Zweifel gab es, doch dann fiel die eiserne Faust der Wissenschaft über ihn her und führte den entscheidenden Schlag. Trotzdem – ich bin kein Ungläubiger. Ich glaube noch immer an Gott. Aber die Religion? Wo ist die Religion geblieben? Sie ist dahin, verschwunden wie der Schädel des heiligen al-Hussain, fort wie Aida, weg wie mein Selbstvertrauen. »Vielleicht habe ich einen Fehler begangen«, sagte er bekümmert. »Meine ganze Entschuldigung ist, daß ich diese Theorie studiert habe.«

»Das entschuldigt dich keineswegs. Du mußt deinen Fehler in Ordnung bringen.«

Wie war doch der Vater köstlich. Da wollte er ihn die Wissenschaft angreifen lassen, nur um eine alte Legende zu verteidigen. Gewiß, er hatte viel gelitten, aber niemals würde er es zulassen, daß sich sein Herz wieder den Märchen und abergläubischen Geschichten öffnete, von denen er es ein für allemal gereinigt hatte. Genug der Qualen, genug des Trugs. Von nun an wird kein Wahn mehr mit mir seinen Unfug treiben. Licht ist und bleibt Licht. Adam – unser Vater? Nicht für mich. Wenn es die Wahrheit will, soll ein Affe mein Urvater sein. Immer noch besser als einer dieser Adams, von denen es unzählig viele gegeben hat. Wenn ich tatsächlich von einem solchen Propheten abstammte, hätte mich die Wahrheit mit ihrer mörderischen Ironie nicht so verhöhnt. »Und wie soll ich das in Ordnung bringen?«

So schlicht die Antwort lautete, so scharf wurde sie formuliert: »Du kennst die Wahrheit, die über jeden Zweifel erhaben ist. Gott hat Adam aus Lehm erschaffen, und Adam ist der Vater der Menschheit. So steht es im Koran. Du mußt die irrtümlichen Seiten der Theorie deutlich machen, was dir nicht schwerfallen wird. Falls aber doch – wo bleibt dann der Nutzen deiner Bildung?«

An dieser Stelle mischte sich die Mutter ein. »Es kann doch nichts einfacher sein, als zu zeigen, daß es ein Fehler ist, wenn man dem Wort des barmherzigen Erbarmers widerspricht. Sag diesem ungläubigen Engländer, daß Gott in seinem erhabenen Buch erklärt, Adam ist der Vater der Menschheit. Dein Großvater gehörte zu den Bewahrern von Gottes Heiliger Schrift, und du mußt ihm auf seinem Weg folgen. Es hat mich so gefreut, daß du ein Gelehrter wie er werden willst.«

Dem Gesicht des Vaters war Unmut anzusehen. »Was

verstehst du schon vom Buch Gottes und der Wissenschaft?« fuhr er sie an. »Laß uns mit seinem Großvater in Ruhe, und paß lieber auf, was du nähst.«

Von Scham erfüllt, versuchte sie, sich mit den Worten zu entschuldigen: »Ich möchte nur, Herr, daß er wie sein Großvater zu den Gelehrten gehört, die mit Gottes Licht die Welt erhellen.«

»Fürs erste hat er mit der Dunkelheit angefangen!« schrie er verärgert.

»Verhüte Gott, Herr. Vielleicht haben Sie ihn nicht richtig verstanden?« sorgte sich die Mutter.

Ein harter, strafender Blick traf sie. Da hatte er im Umgang mit der Familie den Griff gelockert, und was war das Ergebnis? Dieser Kamal – setzt in Umlauf, daß der Ursprung des Menschen ein Affe sei. Dann diese Frau – wagt es, ihm zu widersprechen und zu erklären, er habe etwas nicht verstanden.

»Überlasse es mir zu reden!« brüllte er sie an. »Unterbrich mich nicht, und misch dich nicht in Dinge, von denen du keine Ahnung hast. Kümmere dich um deine Arbeit. Verflucht noch mal!« Dann wandte er sich mit finsterem Gesicht an Kamal. »Wirst du tun, was ich dir gesagt habe?«

Du stehst zu Hause unter dem Regime eines Aufsehers, der von einer Härte ist, wie es kein freier Mensch je in der Welt erdulden mußte. Aber du fürchtest ihn ebenso, wie du ihn liebst, und nie wird dein Herz es ertragen, ihn zu verletzen. Schlucke den Schmerz hinunter, du selbst hast dir ein Leben des Kampfes erwählt. »Wie soll ich diese Theorie widerlegen? Wenn ich meinen Disput auf das Zitieren des Korans konzentriere, kommt nicht viel Neues dabei heraus. Jeder kennt ihn so gut wie ich und glaubt daran. Und die Theorie wissenschaftlich zu diskutieren ist die Sache von Spezialisten.«

»Wieso schreibst du dann über Dinge, mit denen du nichts zu tun hast?«

An sich ein stichhaltiges Argument, nur leider fand er nicht den Mut, dem Vater einzugestehen, daß er der Theorie wegen ihrer wissenschaftlichen Beweiskraft vertraute und sie von daher auch geeignet fand, sich bei der Ausarbeitung einer umfassenden Philosophie des Seins, die über den Rahmen der Naturwissenschaft hinausging, darauf zu stützen.

Was den Herrn Vater betraf, so deutete er Kamals Schweigen als Beharren auf dem gemachten Fehler; das machte ihn nicht nur noch wütender, sondern auch traurig. Bei einem solchen Thema danebenzugreifen war außerordentlich gefährlich und konnte schlimme Folgen nach sich ziehen. Doch hier fehlte ihm alle Macht, so daß er gegenüber diesem irregeführten jungen Menschen mit ebenso gebundenen Händen dastand wie zuvor schon bei Jasin, der der väterlichen Obhut entkommen war. Sollte es ihm wie anderen Vätern in dieser seltsamen Zeit ergehen? Über die Jugend von heute drangen die unglaublichsten Geschichten an sein Ohr. Einige Schüler hatten sich das Rauchen angewöhnt, andere trieben mit der Ehre der Lehrer Spott, und etliche rebellierten gegen ihre Väter. Gewiß, noch hatte er sich sein respektgebietendes Auftreten bewahrt, aber was zeigte sich nun nach langen Jahren der Strenge und Entschiedenheit? Jasin geriet ins Straucheln und Wanken, und Kamal widersprach, stritt herum und versuchte, seiner starken Hand zu entkommen. »Nun hör mir mal gut zu. Ich will dich nicht grob behandeln, denn du bist gut erzogen und folgsam. In bezug auf unser Thema kann ich dir nur raten, aber du solltest immer daran denken, daß noch keiner, der sich meinem Ratschlag widersetzt hat, unversehrt blieb.« Er schwieg einen Moment. »Jasin kann dir bezeugen, daß ich einstmals deinem verstorbenen Bruder geraten habe, sich nicht dem Verderben auszusetzen. Er könnte heute noch leben und bereits ein angesehener Mann sein.«

Aus der Richtung, wo die Mutter saß, drang ein Stöhnen. »Die Engländer haben ihn auf dem Gewissen. Entweder töten sie, oder sie verleugnen Gott.«

»Wenn es …«, setzte der Vater erneut an, »wenn es bei deinem Studium Dinge gibt, die der Religion widersprechen, und du mußt sie trotzdem lernen, um in der Prüfung Erfolg zu haben, dann glaube sie eben nicht, vor allem aber – veröffentliche nichts davon in der Zeitung. Sonst mußt du dafür die Verantwortung tragen. Nimm gegenüber der Wissenschaft der Engländer die gleiche Haltung wie gegenüber ihrer Besetzung des Landes ein: Wir erkennen die Rechtmäßigkeit nicht an, auch wenn sie uns mit noch soviel Gewalt aufgezwungen wird.«

Wieder ertönte die zarte, schüchterne Stimme. »Widme dein Leben von nun an der Enthüllung der Lügen dieser Wissenschaft, verbreite das Licht Gottes.«

Da brüllte der Vater los: »Ich habe gesagt, was zu sagen ist, und da ist deine Meinung nicht gefragt!« Drohend sah er sie an, wartete ab, um sich, sobald sie sich wieder an ihre Arbeit machte, ihres Schweigens sicher sein zu können. Dann drehte er sich wieder zu Kamal um. »Verstanden?«

Bemüht, vertrauenswürdig zu klingen, erwiderte Kamal: »Voll und ganz.«

Wollte er weiterhin schreiben, mußte er von nun an seine Artikel an die Zeitschrift »As-Sijasa« schicken, die mit ihrer liberalen Tendenz nicht in Reichweite der wafdistischen Freunde des Vaters lag. Und was die Mutter betraf, so konnte er ihr aufrichtig versprechen, Gottes Licht in der Welt zu verbreiten – denn war das nicht das Licht der Wahrheit? Ganz gewiß. Von der Religion befreit, stünde er Gott näher, als wenn er ihr vertraute. Von nun an gab es nur einen wahren Glauben – die Wissenschaft. Sie war der Schlüssel für die Geheimnisse des Seins, für die erhabene Größe des Universums. Würden heute die Propheten wiederauferstehen, wäre die Wissenschaft ihre einzige Botschaft.

Kamal erwachte, ließ den Traum der Legenden hinter sich, stürzte sich auf die nackte Wahrheit. Vorbei war der Sturm, da er noch mit der Unwissenheit rang, bis er sie schließlich besiegte. Der Schnitt war getan, der abergläubisches Gestern und aufgeklärtes Morgen trennte. Nun lag der Weg zu Gott frei – der Pfad des Wissens, des Guten, des Schönen. Abschied galt es zu nehmen von der Vergangenheit trügerischer Träume, verlogener Hoffnungen und tiefreichender Schmerzen.

34

Sorgsam und gründlich nahm er alles in sich auf, was sich ihm beim Näherkommen in der Umgebung der Schaddadschen Villa zeigte, und als er die Schwelle überschritt, betrachtete er jede Kleinigkeit mit noch mehr Aufmerksamkeit. Nun war ihm zur Gewißheit geworden, daß dieser Besuch das Ende seiner Beziehung zu diesem Haus und seiner Familie, aber auch das seiner Erinnerungen bedeutete. Wie denn nicht, da es doch Hussain schließlich gelungen war, seinem Vater die Zustimmung zur Reise nach Frankreich abzuringen. Aufgewühlt richtete er den Blick auf den Weg zum Garten und das Fenster an der Seite, wo er Aidas zarte, elegante Gestalt zu sehen glaubte, die ihn mit einem Lächeln bedachte, zwar freundlich, aber ohne mehr Bedeutung als das Blinken der Sterne – ein netter Gruß, der nicht so sehr ihm galt, sondern eher dem Geträller der Nachtigall glich, die sich in ihrer Freude am Gesang auch nicht um die Zuhörer scherte. Mit einem Blick umschloß er den Garten, der sich vom hinteren Teil der Villa bis zur dicken, die Wüste abgrenzenden Mauer erstreckte – das Reich der Jasminranken, Palmengruppen und Rosenbüsche. Schließlich der wunderbare Pavillon, unter dessen Dach er den Rausch von Liebe und Freundschaft hatte auskosten dürfen. Ihm fiel ein englisches Sprichwort ein, das lautete: »Lege nie alle Eier in einen Korb«, und ein trauriges Lächeln schlich sich auf seine Lippen. Obwohl er es schon lange kannte, hatte er es, entweder aus Nachlässigkeit, Dummheit oder Schicksalshörigkeit, nie beherzigt und seine ganze Seele, mit allem, was sie an Liebe und Freundschaft bewahrte, auf dieses Haus gerichtet. Die Liebe war bereits verloren, und nun packte auch der Freund seine Habe ein, machte sich bereit für die Abreise. Ab morgen würde er allein sein, ohne Geliebte, ohne Freund. Wie sollte er sich über den Verlust dieses Anblicks trösten? Das Schloß, der Garten, die Wüste – eingeprägt in seinem Herzen, mit allem Großen und Kleinen, vertraut und ersehnt, nicht auszulöschen wie die Namen Aida und Hussain Schaddad. Wie sollte er sich von alldem trennen, sich damit begnügen, es wie die anderen Passanten von weitem zu sehen? Er, der so vernarrt auf dieses Haus war, daß er sich selbst einmal im Scherz des Götzendiensts bezichtigt hatte.

Hussain Schaddad und Ismail Latif saßen schon am Tisch, auf dem die traditionelle Wasserkaraffe und drei Gläser standen. Beide trugen die übliche Sommerkleidung – Hemd, der Kragen geöffnet, und weiße Flanellhose. Doch wie unterschiedlich waren ihre Gesichter – schön und klar das eine, Hussains, und scharf geschnitten und mürrisch das andere, Ismails. Kamal, im weißen Anzug und mit dem Tarbusch in der Hand, dessen Quaste herunterbaumelte, ging auf die beiden zu und begrüßte sie. Er setzte sich mit dem Rücken zum Haus, hatte es ihm doch bereits den seinigen zugekehrt.

Ismail lachte anzüglich und sagte: »Nun bleibt uns nichts anderes übrig, als uns ein neues Domizil zu suchen, wo wir uns treffen können.«

Kamal lächelte schwach. Wie gut es Ismail hatte, er konnte spotten, mußte nicht leiden. Er und Fuad al-Hamzawi waren ihm noch geblieben, zwei Freunde, die seinem Herzen vertraut waren, aber nie wirklichen Zugang zu ihm gefunden hatten. Wollte er nicht einsam sein, mußte er sich ihnen anschließen. Ansonsten hatte er sich in das ihm auferlegte Schicksal zu schicken. »Wir werden uns in Cafés oder auf der Straße sehen, jedenfalls so lange, wie Hussain beschlossen hat, uns allein zu lassen.«

Bedauernd nickte Hussain, wohl eher aus Höflichkeit, die ihm gebot, Trauer über einen Abschied zu zeigen, der ihn wenig scherte; es überwog die Freude, den langgehegten Wunsch verwirklicht zu sehen. »Wenn ich Ägypten verlasse«, sagte er, »wird mich die Trennung von euch sehr schmerzen. Freundschaft ist ein geheiligtes Gefühl, und ich schätze sie von ganzem Herzen. Ein Freund ist dein Spiegelbild, so daß du all deine Gefühle und Gedanken in ihm wiederfindest. Solange man sich im Wesen gleicht, ist es nicht wichtig, ob man sich in manchen Dingen unterscheidet. Diese Freundschaft vergesse ich nie, und unsere Briefe werden unsere Verbundenheit wachhalten, bis wir uns wieder treffen.«

Schön gesagt und wohl doch kein Trost für das beklommene Herz, das sich vereinsamt fühlt. Reicht nicht schon, was deine Schwester mir antat? Du läßt mich zurück, allein und ohne wahren Freund, und morgen wird es mich tödlich nach geistiger Harmonie dürsten. »Wann wird das sein? Ich weiß doch, wie versessen du darauf bist, ständig herumzureisen. Wer garantiert mir, daß du nicht für immer verschwunden bleibst?«

»O ja«, bekräftigte Ismail, »mein Herz sagt mir auch, daß der Vogel nicht mehr in den Käfig zurückkehrt.«

Hussain lachte kurz auf, und seine Freude war durchaus herauszuhören. »Mein Vater wäre nicht einverstanden gewesen, wenn ich ihm nicht versprochen hätte, das Jurastudium fortzusetzen. Allerdings weiß ich nicht, wie lange ich mein Versprechen durchhalten kann. Zwischen mir und der Jurisprudenz herrscht keine besondere Zuneigung, vor allem aber scheint mir, daß ich für ein geregeltes Studium nicht genug Geduld habe. Ich will das tun, was ich mag. Mir liegen die unterschiedlichsten Dinge am Herzen, und die finde ich nicht, wie ich schon des öfteren sagte, in einem Institut. Ich möchte Vorlesungen über die Philosophie der Kunst hören, über Lyrik und Prosa, möchte Museen und Konzertsäle besuchen, mich verlieben und amüsieren. Wo gibt es das an einer Fakultät? Und dann ist da noch eine Sache, ihr wißt schon. Ich höre mir lieber etwas an, als daß ich lese. Ein anderer erklärt alles, und ich lausche. Aber nun stürze ich los – mit geläuterten Sinnen und wachem Geist, hinauf auf die Berge, hin zu den Küsten der Meere, hinein in Kneipen, Cafés und Tanzsäle. Einzigartige Erfahrungen, über die ich euch regelmäßig berichten werde.«

Es war, als beschriebe Hussain das Paradies, an das Kamal nicht mehr glaubte, eins, das kein gutes war, weil es nur nahm und nicht gab. Kamal schwebten andere Ideale vor. Wenn dieses rosarote Leben Hussain erst an seinem warmen Busen barg, würde er keinen Gedanken auf die alte Heimstätte mehr verschwenden. Ismail schien Kamals Gedanken erraten zu haben, denn an Hussain gewandt, sagte er: »Du kommst nicht zurück. Adieu, Hussain. Wir haben alle ungefähr den gleichen Traum, und wenn man deine Philosophie, Museen, Konzerte, Lyrik, Berge und alles andere wegläßt, könnten wir ein und dieselbe Person sein. Zum letztenmal – du kommst nicht zurück.«

Kamal sah Hussain fragend an, als wartete er auf eine Antwort.

»Im Gegenteil, ich werde oft kommen. Ägypten wird ins Programm fest eingebaut, damit ich meine Familie und Freunde sehe.« Er drehte sich zu Kamal um. »Und auf deine Reise nach Europa werde ich mit großer Ungeduld warten.«

Wer weiß, vielleicht wurde seine Lüge zur Wahrheit, und er würde tatsächlich jene Gefilde durchstreifen. Was auch immer geschehen mochte, sein Herz sagte ihm, daß eines Tages Hussain zurückkehren und diese alte Freundschaft sich nicht in Luft auflösen würde. Das Herz wollte es glauben, so wie es unerschütterlich daran festhielt, daß die Wurzeln der Liebe ihm – leider! – nie entrissen werden konnten. »Reise umher, tu, was dir Spaß macht, und dann kommst du zurück und richtest dich in Ägypten ein, denn wann immer du willst, kannst du ja wieder hinausziehen.«

»Genau. Wenn du ein anständiger Kerl wärst, hättest du diese vernünftige Lösung gleich gefunden, einfach deshalb, weil sie deinen und unseren Wünschen entspricht«, unterstützte Ismail Kamal.

»Irgendwann, davon bin ich überzeugt, wird sich euer Wunsch erfüllen.«

Kamal sah Hussain unentwegt an, konnte den Blick vor allem nicht von den schwarzen Augen reißen, die ihn so sehr an Aidas Augen erinnerten. Er verfolgte dessen Gesten, bei denen Vornehmheit und sanfte Anmut paarten. Ihm war, als zeigte sich ihm Hussains durchscheinende Seele als ein Wesen, das er sehen und fühlen konnte. Wenn dieser liebenswerte Freund ginge, was bliebe dann noch von der Gnade der Freundschaft, der süßen Erinnerung an die Liebe? Eine Freundschaft, die er bei Hussain als seelische Zuneigung und ruhiges Glück erlebte, und eine Liebe, die er bei dessen Schwester als himmlische Freude und höllische Qual kennenlernte.

»Wenn ich nach Ägypten zurückkomme«, und beim Sprechen wies Hussain erst auf Ismail, dann auf Kamal, »dann bist du Rechnungsführer im Finanzministerium und du Lehrer. Möglicherweise seid ihr dann schon Väter. Seltsame Vorstellung.«

Ismail lachte. »Kannst du dir uns wirklich als Beamte vorstellen? Kamal und Lehrer!« Er drehte sich zu ihm um. »Du mußt um etliches dicker werden, ehe du vor die Schüler trittst. Eine Generation von Teufeln wirst du um dich haben, gemessen an der wir noch Engel waren. Außerdem wirst du, der erbitterte Wafdist, auf Grund deines Amts gezwungen sein, die Schüler zu maßregeln, die einem Streikaufruf des Wafd folgen.«

Ismails Bemerkungen rissen Kamal aus den Grübeleien, in die er sich vertieft hatte. Plötzlich fragte er sich, wie er mit dieser Nase und diesem Schädel – Zielscheiben allgemeinen Spotts – vor eine Klasse treten sollte. Groll und Bitterkeit stiegen in ihm auf, und er konnte sich einzig vorstellen, daß er, um sich als bedrohte Persönlichkeit zu schützen, wie jene Lehrer verfahren würde, die sich trotz ihres ausgefallenen Aussehens mittels Härte durchgesetzt hatten. Aber könnte er, auch wenn er gegenüber sich selbst unerbittlich war, mit anderen Menschen so umgehen? »Ich glaube nicht, daß ich für lange Zeit als Lehrer arbeite«, stieß er unversehens hervor.

Hussains Augen bekamen einen träumerischen Glanz. »Eine Weile Schule, dann die Presse, ist es nicht so?«

Beim Gedanken an die Zukunft fiel ihm wieder das universale Buch ein, von dem er so oft geschwärmt hatte.

Nur – was war vom ursprünglichen Thema übriggeblieben? Es gab keine Propheten mehr für ihn, kein Paradies, keine Hölle. Das Wissen um den Menschen ordnete sich ein in die Wissenschaft von den Tieren. Also mußte er ein neues Thema finden. »Am liebsten wäre mir«, meinte er spontan, »wenn ich eines Tages eine Zeitschrift gründen könnte, mit der ich dem neuen Denken zum Durchbruch verhelfe.«

Als müßte er den Sachverständigen spielen, erklärte Ismail Latif: »Lieber eine politische Zeitschrift, das verkauft sich besser. Wenn du willst, kannst du ja auf der letzten Seite eine entsprechende Rubrik einbauen. Für einen neuen wafdistischen Satiriker gibt es in diesem Land genug zu tun.«

Hussain lachte schallend los. »Unser Freund Kamal scheint für Politik nicht mehr viel übrig zu haben. Ihm reicht, was seine Familie schon geopfert hat. Aber auf dem Gebiet des Denkens bieten sich ihm ausgedehnte Freiräume.« Er wandte sich direkt an Kamal. »Du hast eine Menge zu sagen. Dein ketzerischer Aufstand gegen die Religion war eine Überraschung, die ich nicht erwartet hatte.«

Nichts hätte ihn glücklicher machen können als diese Bemerkung, mit der Hussain seinen Sinneswandel nicht nur lobte, sondern auch seinem Stolz schmeichelte. Vor lauter Freude rötete sich sein Gesicht. »Es gibt nichts Wunderbareres, als wenn der Mensch sein Leben dem Wahren, Guten und Schönen weiht.«

Jedes dieser drei hehren Ziele begleitete Ismail mit einem Pfiff und spottete dann: »Hört, hört nur, und merkt euch das!«

Doch Hussain blieb ernst. »Mir geht es wie dir, nur daß ich mich mit Wissen und Genießen begnüge.«

Begeistert und mit lauterem Herzen ereiferte sich Kamal: »Es geht um viel Erhabeneres, nämlich um den

Kampf um die Wahrheit, der auf das Wohl der ganzen Menschheit abzielt. Wenn das nicht geschieht, verliert das Leben allen Sinn.«

Ismail klatschte in die Hände, eine Bewegung, die Kamal an den Vater erinnerte, und rief: »Wenn's so ist, dann lieber gleich ein Leben ohne Sinn! Was hast du gelitten und dich geplagt, bis du der Religion entronnen bist. Ich habe mich nicht so gequält, einfach deshalb, weil mich die Religion nie beschäftigt hat. Vielleicht entdeckst du in mir ein philosophisches Naturtalent? Mir reicht ein Leben, das keinerlei Erläuterungen bedarf. Ich tue instinktiv das, was du nur in zähem Kampf erringst. Gott bewahre, nicht einmal das, denn selbst als Abtrünniger glaubst du noch an das Wahre, Gute und Schöne, willst dem gar dein Leben weihen. Fordert die Religion das etwa nicht? Wie kannst du das Prinzip leugnen, aber an eine Folgeerscheinung glauben?«

Kümmere dich nicht um den Witzbold. Nur – warum rufen die Werte, an denen du festhältst, immer nur Spott hervor? Gesetzt den Fall, du hättest zwischen Aida und dem hehren Leben zu wählen – was würdest du tun? Ach was, Aida reicht immer übers Ideal hinaus.

Da ihm Kamal zu lange schwieg, antwortete Hussain für ihn: »Der gläubige Mensch schöpft diese Werte aus der Religion, aber der Freie liebt sie um ihrer selbst willen.«

O Herr, wann werde ich ihn wiedersehen?

Ismail lachte, offensichtlich war ihm etwas anderes eingefallen. Schon fragte er Kamal: »Sag mal, betest du noch? Und hast du die Absicht, im nächsten Ramadan zu fasten?«

Für »sie« zu beten, »sie« in meine Fürbitte bei Gott einzuschließen, ist der höchste Genuß, und die Abende in diesem Schloß boten mir mehr Glück als die Nächte des Ramadans. »Nein, ich bete nicht mehr, und ich werde auch nicht mehr fasten.«

»Wirst du das deinen Leuten sagen?«

Kamal lachte. »Aber nein!«

»Du willst also heucheln.«

Unwillig erwiderte Kamal: »Es zwingt mich nichts, den Menschen, die ich liebe, Schmerz zuzufügen.«

»Glaubst du etwa wirklich, daß du mit diesem weichen Herzen eines Tages der Gesellschaft einen Spiegel vorhalten kannst?«

Vielleicht eine Fabel wie »Kalila und Dimna«? Dieser plötzliche Einfall ließ ihn allen Ärger vergessen, machte ihn glücklich. Himmel, sollte er etwa endlich auf die grundlegende Form des Buchs gestoßen sein? »Zum Leser zu sprechen ist eine Sache, aber den Eltern zu erklären, daß man nicht mehr fastet, ist etwas anderes.«

Mit dem Finger auf Kamal zeigend, wandte sich Ismail an Hussain und erklärte: »Da hast du einen Philosophen aus der Familie der absoluten Ignoranten.«

An Freunden zum Amüsieren und Unsinn-Reden wird es dir nicht fehlen; aber einen, der deine Seele anspricht, den findest du nicht. Also begnüge dich mit Schweigen, oder rede wie die Verrückten mit dir selbst.

Für einen Moment blieb alles still, und da sich kein Lüftchen regte, verharrte auch der Garten unbeweglich. Einzig die Rosen, Nelken und Veilchen schienen glücklich über die Hitze zu sein. Die Sonne hatte sich mit ihrem Glutball aus dem Garten zurückgezogen, säumte nur noch die Kante der östlichen Mauer. Ismail brach als erster wieder das Schweigen und fragte Hussain: »Wirst du die Gelegenheit haben, Hassan Salim und Frau Aida zu besuchen?«

O Gott, ist das mein Herz, was da klopft, oder tobt der Tumult in der ganzen Brust?

»Wenn ich mich in Paris eingerichtet habe, werde ich sicherlich auch an eine Reise nach Brüssel denken.« Er lächelte. »Wir haben in der vergangenen Woche einen Brief von Aida erhalten. Wie es scheint, leidet sie sehr unter den Eßgelüsten der ersten Monate.«

Nun dann, Schmerz und Leben gehören zusammen. Ich wandle nur noch als personifiziertes Leid umher, und Aida bekommt einen dicken Bauch. Spielt uns das Leben eine Tragödie oder eine Posse vor? Die einzige Wohltat – der Untergang. Ach, könnte ich nur die wahre Beschaffenheit dieses Schmerzes ergründen.

»Ihre Kinder werden Ausländer sein«, erklärte Ismail aufgeregt.

»Es ist vereinbart, sie nach Ägypten zu schicken, wenn sie nicht mehr so klein sind.«

Ob sie eines Tages in deiner Klasse sitzen? Wo, wirst du dich fragen, habe ich diese Augen gesehen, und dein klopfendes Herz sagt dir die Antwort, hat es doch diesen Glanz aufbewahrt. Was, wenn ihr Sohn Witze über deine Nase und deinen Kopf reißt? Wird dein Herz das Strafen ertragen? O Vergeßlichkeit, bist auch du nur Legende?

»Aida hat ausführlich über ihr neues Leben berichtet. Es macht ihr noch immer Spaß, und wenn sie von Heimweh schreibt, geschieht es wohl eher aus Höflichkeit.«

O ja, sie ist geschaffen für ein Leben in solchen Ländern. Daß sie aber teilhat an natürlichen Funktionen des Menschen, zeigt den Frevel der Schicksalsmächte, die mit den dir heiligsten Dingen oft genug gespielt haben. Könnte es sein, daß sie in einem so langen Brief mit keinem Wort auf die alten Freunde eingegangen ist? Wer sagt dir, daß sie sich noch ihrer erinnert?

Erneut herrschte Schweigen. Die Dämmerung fiel herab, tauchte die Luft in sachtes Braun. Am Horizont kreiste ein Milan. Hundegebell scholl von weitem heran. Ismail griff nach der Karaffe und trank, und während Hussain leise vor sich hin pfiff, beobachtete ihn Kamal, nach außen hin ruhig, doch im Innern von Kummer erfüllt. »Verfluchte Hitze dieses Jahr«, schimpfte Ismail und wischte sich mit einem bestickten Seidentuch über die Lippen. Er rülpste, steckte das Tuch in die Hosentasche.

Von geliebten Wesen getrennt zu werden ist noch viel abscheulicher.

»Wann fährst du in die Sommerfrische?« fragte Hussain.

»Ende Juni«, erwiderte Ismail sichtbar erleichtert.

»Meine Familie wird morgen nach Ras al-Barr abreisen, ich bleibe eine Woche bei ihnen. Dann begleitet mich mein Vater nach Alexandria, und am dreißigsten Juni besteige ich das Schiff.«

Das Ende eines Lebensabschnitts, vielleicht auch eines Herzens.

Hussain schaute eine Weile Kamal an, dann lachte er. »Wir lassen euch im besten Zustand von Einheit und Koalition zurück. Möglicherweise erreicht die Nachricht über die Unabhängigkeit Paris, noch bevor ich eintreffe.«

»Na, hör mal«, rief Ismail, »deinem Freund gefällt diese Koalition keineswegs! Er kann es nicht verkraften, daß sein Saad den Verrätern die Hand reicht, und was ihn noch mehr schmerzt, ist, daß er der Konfrontation mit den Engländern ausweicht und das Ministerium seinem alten Widersacher Adli überläßt. Du siehst, Kamal ist noch radikaler als der geheiligte Führer selbst.«

Waffenstillstand, Verrat – auch diese Enttäuschung mußt du schlucken. Was auf dieser Welt hat dich eigentlich in deinen Hoffnungen nicht getrogen? Trotzdem lachte Kamal und erklärte: »Diese Koalition hat sogar die Idee, uns einen Liberalen als Abgeordneten aufzudrücken.«

Alle brachen in Gelächter aus.

In Blickweite sprang ein Frosch vorbei, flüchtete sich ins Gras. Eine Brise kam auf, kündete vom nahenden Abend. Lärm und Getöse verebbten, Zeichen dafür, daß das Ende gekommen war. Angst beschlich ihn, und er ließ den Blick schweifen, um sich alles noch einmal tief einzuprägen. Hier hatte ihn zum erstenmal der Strahl der Liebe geblendet, hier war dieses engelsgleiche »Und Sie, Kamal?« ertönt, hier fand das qualvolle Gespräch über Schädel und Nase statt, hier hatte die Angebetete ihn zu Unrecht beschuldigt. Jeder Lufthauch war mit Erinnerungen, Empfindungen, Gefühlen, Gemütsbewegungen durchsetzt, und sollte sich je einer daran vergreifen, würde eher die Wüste zu leben und grünen beginnen. Nimm jede Einzelheit in dich auf, halte die Zeit fest, denn vieles scheint nie geschehen zu sein, weil es durch Tag, Monat, Jahr nicht gekennzeichnet ist. Wir bitten Sonne und Mond, den Lauf der Zeit anzuhalten, sich anders zu drehen, um die verlorenen Erinnerungen einzuholen – vergebens, nichts kehrt wieder zurück. So lasse die Tränen fließen, oder suche Trost in einem Lächeln.

»Es ist Zeit aufzubrechen«, erklärte Ismail Latif und erhob sich. Kamal ließ ihn als ersten Hussain umarmen, dann war er an der Reihe. Sie hielten sich lange umfangen, und nachdem Kamal Hussain auf die Wange küßte, empfing auch er einen Kuß. Der Duft der Familie Schaddad stieg ihm in die Nase – mild und rein, als rührte er nicht von einem menschlichen Wesen her; der Hauch eines Traums, der im Himmel der Freuden und Schmerzen schwebte. Er zog ihn tief ein, fühlte sich wie berauscht, so daß er eine Weile schweigend verharrte, um sich wieder beherrschen zu können. Dann aber stieß er hastig und mit zitternder Stimme hervor: »Auf Wiedersehen, auch wenn es lange dauert.«

35

»Es sind nur Kellner da.«

»Weil es noch zu früh ist. Die Kunden kommen erst gegen Abend. Stört es dich, daß es so leer ist?«

»Im Gegenteil, es macht mir Mut zu bleiben. Vor allem, weil es das erste Mal ist.«

»Die Kneipen in dieser Gegend haben einen unbezahlbaren Vorteil. Es kommen nur die her, die verbotene Freuden suchen. Keiner wird dir Vorwürfe machen, niemand wird dich beschimpfen, und entdeckt dich hier eine Respektsperson wie dein Vater oder ein Lehrer, verdient er mehr Vorwurf als du. Also übersieht er dich am besten oder versucht, so schnell wie möglich wegzukommen.«

»Allein schon der Name der Straße ist skandalös.«

»Nur läßt einen das sicherer fühlen. Wären wir in eine der Bars in der Alfi- oder Imad-ad-Din-Straße gegangen oder gar in der Mohammed-Ali-Straße, hätten wir nicht sicher sein können, daß uns nicht einer unserer Väter, Brüder, Onkel oder sonstjemand Wichtiger sieht. Keiner von denen kommt in die Wagh-al-Birka-Straße, zumindest hoffe ich das.«

»Das klingt vernünftig. Trotzdem bin ich beunruhigt.«

»Nur Geduld, der erste Schritt ist immer der schwerste. Aber da Alkohol der Schlüssel zur Freude ist, verspreche ich dir, daß du beim Weggehen die Welt viel angenehmer und schöner als zuvor finden wirst.«

»Sag mal, was gibt es so an Alkohol? Womit fange ich am besten an?«

»Kognak ist ziemlich stark, und trinkt man dazu noch Bier, dann gute Nacht. Whisky mit Soda schmeckt und bekommt einem gut. Traubenschnaps hingegen ...«

»Ja, das ist bestimmt das Beste. Kennst du nicht das

Lied, das Salich immer singt: ›Und Traubengeist goß er mir ein …‹?«

»Wie oft habe ich dir schon erklärt, daß du nur einen großen Fehler hast – du lebst in einer völligen Traumwelt. Traubenschnaps ist das Schrecklichste, auch wenn dein Salich das singt. Der schmeckt nach Anis, mir dreht sich davon immer der Magen. Aber du solltest mich nicht unterbrechen …«

»Entschuldige.«

»Dann ist da noch Bier, aber das trinkt man, wenn es heiß ist, und Gott sei Dank haben wir jetzt schon September. Dann der Wein, aber davon bekommst du einen widerlichen Kater.«

»Also … also dann Whisky.«

»Bravo. Ich habe in dir immer schon einen Menschen mit gutem Geschmack gesehen. Vielleicht stimmst du mir demnächst auch zu, daß ein richtiger Ulk viel besser ist als die ständige Suche nach dem Wahren, Guten, Schönen, nach Patriotismus, Humanismus und all den anderen Albernheiten, mit denen du dich unnötig plagst.«

Ismail rief den Kellner, bestellte zwei Whiskys.

»Ich halte es für klüger, wenn ich mich für heute mit einem begnüge.«

»Könnte sein, nur sind wir nicht hergekommen, um klug zu sein. Du wirst selbst merken, daß Verrücktheit viel herrlicher ist als Klugheit und das Leben viel wichtiger als Bücher und Gedanken. Merke dir diesen Tag gut, und vergiß nicht, wem du das zu verdanken hast.«

»Ich möchte nicht, daß mein Verstand außer Kontrolle gerät. Ich fürchte …«

»Das mußt du selbst wissen.«

»Mir ist einzig wichtig, Mut zu bekommen, die Straße, ohne zu zögern, entlangzulaufen, und wenn mir danach ist, in so ein Haus …«

»Trinke so viel, bis du merkst, daß es dich nicht mehr schert, ob du hineingehst.«

»Richtig, nur hoffe ich, es später nicht zu bereuen.«

»Bereuen? Wie oft habe ich dich schon eingeladen, aber immer hast du dich mit deiner Frömmigkeit und Religiosität entschuldigt. Jetzt hast du erklärt, zwar an die Religion nicht mehr zu glauben, aber ich staunte nicht schlecht, als du nun im Namen der Moral nicht mitkommen wolltest. Immerhin muß ich anerkennen, daß du dich letztendlich der Vernunft gebeugt hast.«

O ja, aber nach einer langen Zeit von Angst, schwankend zwischen al-Maarri und al-Chajjam, zwischen Askese und Genuß, und wenn ersteres auch ein härteres Leben auferlegte, so neigte Kamal doch eher dazu, denn es entsprach den Traditionen, mit denen er aufgewachsen war. Wonach er sich wirklich sehnte, war, zu erlöschen. Eine verborgene Stimme schien ihm zuzuflüstern, daß es weder Religion noch Aida, noch Hoffnung für ihn gab. Also blieb nur der Tod. Aber im Moment, da sich dieses Gefühl seiner bemächtigen wollte, rief ihn – mit der Stimme des Freundes – al-Chajjam, und er folgte ihm, auch wenn er die hehren Prinzipien aufrechterhielt, wobei er die Bedeutung dessen, was er als »gut« empfand, auf die Freuden des Lebens ausdehnte. Sicher, der Glaube an Wahrheit, Schönheit und Menschlichkeit blieb für ihn das höchste Gut, aber das hatte auch Ibn Sina nicht davon abgehalten, einen Tag des Denkens mit Wein und schönen Frauen zu beenden. Wie auch immer, diese Art zu leben versprach ihm zumindest, ihn vor dem Tod zu erretten.
»Ich stimme dir völlig zu, nur gebe ich trotzdem meine Prinzipien nicht auf.«

»Ich weiß, daß du von deinen Träumereien nicht ablassen wirst. Du hast so lange mit ihnen gelebt, daß sie wahrer als die Wirklichkeit geworden sind. Lies, soviel du willst, schreib meinetwegen sogar, wenn du glaubst, Leser zu finden. Sieh im Schreiben eine Möglichkeit, berühmt und reich zu werden, aber nimm es um Himmels willen nicht zu ernst. Du warst ein heftiger Verteidiger der Religion, und genauso emsig betreibst du jetzt deine Abtrünnigkeit. Du bist immer hart und ungeduldig, als würdest du für die ganze Menschheit die Verantwortung tragen. Das Leben ist viel einfacher. Eine Stellung bei der Regierung, die dir zusagt und den Lebensunterhalt sichert, und du kannst die Freuden des Lebens leichten Herzens und frei von Sorgen genießen. Wenn du dich bei Kräften hältst und – wo es not tut – streitbar bist, ist dir Ansehen und Erfolg gesichert. Läßt sich dieses Leben mit der Religion vereinbaren, sei froh, falls nicht, dann gib sie auf.«

Das Leben reicht viel zu tief, ist viel zu gewaltig, als daß es sich auf eine Sache, und wäre es selbst das Glück, beschränken ließe. Ich flüchte mich zwar ins Vergnügen, aber es wird immer mein Ziel bleiben, die schwierigsten Berge zu erklimmen. Ist Aida entschwunden, muß ich mir eben eine neue erschaffen, eine, die alle Werte der anderen verkörpert. Gelingt es nicht, dann weg mit dem Leben, und zwar ohne alles Bedauern. »Hast du dich nie mit Werten beschäftigt, die über dieses Leben hinausreichen?«

»Ach was, davon hat mich das Leben selbst abgehalten, genauer gesagt – mein Leben. Bei uns zu Hause gibt es weder einen Ungläubigen noch einen besonders Gläubigen, und so bin ich auch.«

Man braucht nicht nur Zeit zur Muße, sondern auch einen Freund. Er sieht genauso komisch aus wie du, teilt mit dir die Erinnerungen an Aida, also ist er deinem Herzen verbunden. Er kennt sich in den lärmenden Straßen hier aus, weiß sich gegen Pöbeleien zu wehren. Keinem Vergnügen verschließt er sich, Langeweile kann er nicht leiden. Für Geistiges hat er nichts übrig. Der Freund, dem du dich darin verbunden fühltest, ist übers große Meer entschwunden, und Fuad al-Hamzawi ist zwar klug, besitzt aber keinerlei Sinn für Philosophie. Selbst was Schönheit betrifft, denkt er nur an den eigenen Nutzen. Von Literatur erwartet er, daß sie ihm einen Stil für elegante Plädoyers liefert. Wer könnte mir je meinen schönen und geistreichen Hussain ersetzen?

Der Kellner brachte zwei hohe, kubisch geformte Gläser mit Whisky, öffnete die Sodaflasche, und als sich beide Flüssigkeiten vermischten, bekam der goldfarbene Whisky eine Platinfärbung, durchsetzt mit Perlen. Er stellte Teller mit Salat, Käse, Oliven und Mortadella hin und ging. Kamal sah zögernd mal auf das Glas, mal auf Ismail, bis der schließlich lächelnd erklärte: »Mach es wie ich, nimm zuerst einen tüchtigen Schluck. Auf dein Wohl!«

Aber Kamal nippte nur, kostete den Geschmack aus und wartete. Als in seinem Kopf nichts geschah, sein Verstand nicht, wie er erwartet hatte, auf und davon flog, nahm er einen großen Schluck und gleich darauf ein Stück Käse, um den seltsamen Geschmack in seinem Mund loszuwerden. »Laß mir Zeit.«

»›Die Eile ist des Teufels.‹ Wichtig allein ist, daß du, wenn du weggehst, noch tun kannst, was dir beliebt.«

Was ihm beliebte? Vielleicht eine jener Frauen, die bei ihm normalerweise Ekel und Widerwillen auslösten? Konnte der Alkohol bittere Erniedrigung versüßen? Er hatte gegen den dumpfen Trieb mit der Religion und Aida angekämpft, doch nun hinderte ihn nichts mehr. Noch etwas anderes verlockte ihn zu diesem Abenteuer – die Entdeckung der Frau, jenes geheimnisvollen Geschlechts, dem, so widerwärtig die Vorstellung war, auch Aida angehörte. Vielleicht fände er dort Trost für die schlaflos verbrachten Nächte und die vergossenen Tränen. Vielleicht würde ihn das für die schrecklichen Qualen entschädigen, die Verzweiflung und lähmende Gedankenleere einbrachten. Jetzt war es möglich, dem Gefängnis der Selbstaufgabe zu entkommen und den ersten Schritt auf dem Weg zur Befreiung zu wagen, auch wenn das mittels Alkohol geschah und von niederen Gelüsten und anderen Widerwärtigkeiten begleitet war. Wieder nahm er einen Schluck, wartete ab, und dann – dann lächelte er. In seinem Innern fand ein Fest statt, ein neues Gefühl war geboren, das sich unter großer Hitze und Sinnlichkeit seinen Weg bahnte und dem er sich willentlich überließ, als hörte er eine wundersame Melodie.

Ismail, der ihn aufmerksam beobachtete, mußte lachen. »Wo ist Hussain? Könnte er das nur mit eigenen Augen sehen.«

Ja, wo war Hussain, wo? »Ich werde ihm darüber schreiben. Hast du seinen letzten Brief beantwortet?«

»Ja, aber genauso kurz, wie er geschrieben hat.«

Nur ihm, Kamal, schrieb er lang und ausführlich, nur für ihn hielt er jeden Gedanken fest. O welches Glück, das allein ihm vorbehalten war. Aber er mußte das Geheimnis hüten, wollte er seinen Lehrmeister nicht eifersüchtig machen. »Sein Brief an mich war auch nicht lang, ausgenommen der Abschnitt über das Thema, das du kennst und nicht besonders magst.«

»Ah, das Gerede über das Denken.« Er lachte. »Wozu braucht er das? Er wird genug erben, um einen ganzen Ozean damit zu füllen. Was steckt hinter seiner Sucht, ständig über Nichtigkeiten diskutieren zu wollen? Affektiertheit? Eitelkeit? Oder beides zusammen?«

Ah, nun drischt er also auf Hussain ein. Was erzählt er wohl über mich hinter meinem Rücken? »Wenn du meinst, daß sich Reichtum und Philosophieren widersprechen, dann täuschst du dich. Das Denken ist im alten Griechenland dank einiger großer Männer aufgeblüht, die sich um den Lebensunterhalt nicht sorgen mußten und sich deshalb ganz der Wissenschaft widmen konnten.«

»Auf dein Wohl, du Aristoteles.«

Kamal leerte das Glas und horchte in sich hinein. Hatte er je zuvor diesen Zustand erlebt? Das Feuer sinnlicher Hitze schoß ihm ins Blut, überspülte die Höhle, in der sich die Überbleibsel des Kummers angehäuft hatten. Die eisernen Bande um seine Seele sprengten entzwei, und zwitschernd stiegen die Vögelchen der Heiterkeit auf. Echogleich ließen sich nieder – hier eine entzückende Melodie, da die Erinnerung an eine vielversprechende Hoffnung, dort der Traum einer flüchtigen Freude. Alkohol war der Saft aller Glückseligkeit. »Was hältst du von noch einem Glas?«

Ismail lachte laut los. »Mögest du länger leben als ich.« Er schnipste mit den Fingern, um den Kellner aufmerken zu lassen, und heiter entspannt sagte er: »Du begreifst schnell, was einem guttut.«

»Eine Gnade des Herrn.«

Der Kellner brachte zwei neue Gläser, dazu weitere Häppchen. Kunden begannen hereinzuströmen, mit Tarbusch, Hut oder Turban auf dem Kopf. Der Kellner eilte herbei, wischte zur Begrüßung mit der Serviette über den Tisch. Es war dunkel geworden, und als man das Licht anzündete, warfen die Spiegel an den Wänden das Bild von Flaschen mit Dewar und Johnnie Walker zurück. Von draußen scholl lachendes Gekreische herein, schallend wie der Ruf zum Gebet, doch ging es hier um sündhafte Laster. Blicke, begleitet von vorwurfsvollem, auch nachsichtigem Lächeln, richteten sich auf die beiden jungen Burschen. Ein Garnelenverkäufer aus Oberägypten kam herein, gefolgt von einer Frau mit zwei goldenen Zähnen, die gekochte Bohnen anbot, der wiederum ein Schuhputzer folgte, danach ein Kebabverkäufer, der sich wohl auch, wie aus den Grüßen der Umsitzenden zu entnehmen war, als Zuhälter betätigte. Dann trat ein indischer Handleser ein. Es dauerte nicht lange, da tönte aus allen Ecken ein »Wohl bekomm's« und schrilles Gelächter.

Als Kamal in den Spiegel sah, der unmittelbar neben ihm hing, erblickte er sein gerötetes Gesicht mit den glänzenden, lächelnden Augen. Dahinter war ein alter Mann zu sehen, der das Glas an den Mund hob und, als er einen Schluck genommen hatte, den Mund wie ein Kaninchen bewegte, um dann den Schnaps mit einem Ruck hinunterzuspülen. Laut genug, um es hören zu können, sagte er zu seinem Nachbarn: »Sich den Mund mit Whisky zu waschen war eine Gewohnheit meines Großvaters, der im Suff gestorben ist.«

Kamal sah weg. »Wir sind eine sehr konservative Familie«, erklärte er. »Ich bin der erste, der Alkohol probiert.«

Verächtlich zuckte Ismail mit den Schultern. »Wie willst du Sachen beurteilen können, die du nicht kennst? Weißt du, was dein Vater in seiner Jugend gemacht hat? Meiner trinkt jedenfalls beim Mittagessen ein Glas und abends auch noch eins. Außer Haus trinkt er nichts, jedenfalls behauptet er das meiner Mutter gegenüber.«

Das göttliche Elixier das Glücks sickerte allmählich ins Königreich der Seele. Generationen brauchte es, um diesen seltsamen Umschwung, in wenigen Minuten geschehen, begreifen zu können. Nur ein Wort, jedoch mit völlig neuer, strahlender Bedeutung, konnte das ausdrükken – »Zauberei«. Am erstaunlichsten aber war, daß dieses Gefühl ihm nicht gänzlich neu erschien; schon einmal hatte er ähnliches empfunden. Nur – wann war das gewesen? Und wo? Musik erklang im Innern, bei der die Seele den Bogen führte – Harmonien, angesichts deren übliche Melodien sich unterschieden wie die Schale eines Apfels von seinem Fruchtfleisch. Worin bestand das Geheimnis der goldenen Flüssigkeit, die dieses Wunder in kürze zuwege brachte? Vielleicht reinigte es den Strom von Schlacke und Geröll, so daß das aufgestaute Leben wieder hervorbrechen konnte, wie damals, am ersten Tag, als es noch in ungebundener Freiheit und reinem Freudenrausch dahinströmen konnte. Ja, das war es – das ursprüngliche Empfinden des Erwachens des Lebens, frei von den Fesseln des Körpers und den Ketten der Gesellschaft mit ihren Erinnerungen an die Vergangenheit und den Ängsten vor der Zukunft. Eine Musik, klar und rein, die alle Wonne spendete, sie überreichlich verströmte. Du hast das schon einmal empfunden – doch wo, wann und wie? Ah, nun erinnerst du dich – es war die Liebe. Damals, an jenem Tag, als sie »Und Sie, Kamal?« rief, da warst du betrunken, ohne zu wissen, daß es Trunkenheit gibt. Nun, gestehe ein – du bist ein alter Trinker, treibst dich schon ewig herum auf den mit Blumen und duftenden Kräutern besäumten Pfaden berauschender Liebe. Ja, das war gewesen, bevor der durchscheinende Tropfen Tau sich in Schleim verwandelte. Alkohol ist also der Geist der Liebe, hat sich deren Schmerzensgewebe erst einmal aufgelöst. Denn wenn du liebst, bist du trunken, und bist du betrunken, dann liebst du. »Das Leben ist schön, da kannst du noch so oft etwas anderes behaupten.«

»Ha, ist ja zum Lachen. Du meinst doch immer etwas anderes.«

Der Krieger küßt brüderlich die Wange des Feindes, da ward Frieden auf Erden. Hoch oben in den Zweigen trällert die Nachtigall, und in allen vier Ecken der Welt frohlocken die Liebenden. Der Vogel der Sehnsucht steigt auf in Kairo, fliegt über Paris nach Brüssel, und Hymnen von Zärtlichkeit empfangen ihn allerorten. Der Weise taucht die Feder in die Tinte seines Herzens und hält eine himmlische Offenbarung fest. Der Leidgeprüfte flüchtet sich ins Greisentum, und die Erinnerung setzt ihm zu mit einem ihm verborgen gebliebenen Frühling. Die schwarzen kurzen Haare auf der Stirn – eine Kaaba, zu der die Trunkenen an den Stätten der Liebe sich anbetend wenden. »Gib mir ein Buch, ein Glas und eine Frau, danach kannst du mich ins Meer werfen!«

»Ha, ha! Dein Buch wird alles verderben – das Glas, die Frau und das Meer.«

»Wir verstehen nicht das gleiche unter Genuß. Für dich heißt das nur Vergnügen und Spielerei, für mich bedeutet es den größten Ernst. Der Rausch, der einen zum Gefangenen macht, ist das Geheimnis allen Lebens, das höchste Ziel. Der Alkohol kündet die frohe Botschaft an, läßt dich das Höchste sinnlich ahnen. Wie der Milan die Erfindung des Flugzeugs und der Fisch die des U-Boots möglich machten, so muß der Alkohol als Wegweiser zu menschlichem Glück anerkannt werden.

Das ganze Problem läßt sich in einer Frage zusammenfassen: Wie kann man aus dem Leben einen ewigen Alkoholrausch machen, ohne sich in den Alkohol zu flüchten? Die Antwort findet sich nicht im mühevollen Ringen, Schaffen, Kämpfen und Streben, denn all das sind Mittel, bedeuten kein Ziel. Glück läßt sich erst dann verwirklichen, wenn wir zu diesen Mitteln nicht mehr greifen, auf daß wir ein seelisch und geistig reines Leben führen, das von nichts beschmutzt wird. Das ist das wahre Glück, von dem uns der Alkohol einen Vorgeschmack gibt. Alles Tun hat einen Zweck, er aber zielt auf nichts ab, ist sich selbst genug.«

»Gottes Ruin über dich!«

»Wieso?«

»Ich habe gehofft, daß du im Rausch ein netter, unterhaltsamer Plauderer bist, statt dessen bist du wie ein Kranker, der mit Schnaps sein Leiden nur noch schlimmer macht. Was wirst du erst nach dem dritten Glas für Unsinn erzählen?«

»Mehr trinke ich nicht. Ich bin jetzt glücklich und fühle mich in der Lage, jede Frau, die mir gefällt, anzuhalten.«

»Ist es nicht besser, noch ein wenig zu warten?«

»Keine einzige Minute mehr.«

Kühn und entschlossen schritt Kamal aus und überließ sich – den Freund unterhakend – der Flut der Fußgänger, die, in einer gewundenen, engen Gasse wie dieser, auf den Strom in entgegengesetzter Richtung prallte. Mal drehten sich die Köpfe nach rechts, mal nach links, denn auf beiden Seiten der Gasse standen oder saßen die Wirtinnen der Straße, mit grell geschminkten Gesichtern und musternden, lockenden Augen. Es dauerte nicht lange, da steuerte einer der Männer aus dem wogenden Fluß auf eine von ihnen zu, und kaum folgte sie ihm, wich auch schon der verführerische Glanz des Blicks dem von ernster Arbeit. Über den Eingangstüren der Häuser und Cafés hingen Lampen, in deren hellem Lichtschein sich Rauchwolken kräuselten, die von Gefäßen mit Räucherwerk und teuren und billigen Wasserpfeifen aufstiegen. Das Gewirr von Stimmen tobte heftig, mischte sich in den lärmenden Strudel, den Gelächter, Rufe, Türknarren, Fensterquietschen, Klavierspiel, Akkordeontöne, rhythmisches Klatschen, Polizistengeschrei, Schnauben, Schneuzen, Haschischraucherhusten, Geplärre von Betrunkenen, Hilferufe Unbekannter, Stockschläge, Gesang einzelner oder mehrerer unentwegt in Bewegung hielten. Und auf alles starrte mit unbeweglichen Augen der Himmel hinab, der gleich über den Dächern der baufälligen Häuser stand. Hier war jede Hübsche zu haben, und für zehn Piaster, nicht mehr, bot sie großzügig ihre Schönheit und Geheimnisse an. Wer konnte das glauben, ohne es gesehen zu haben?

»Das ist ja, als stolzierte man als Harun ar-Raschid in

seinem Harem herum«, staunte Kamal, worauf Ismail lachend fragte: »Na und? Hat Ihnen noch keine Sklavin gefallen, o Fürst der Gläubigen?«

Kamal wies auf ein Haus. »Doch. Gerade hat sie noch dort im Eingang gestanden, wo mag sie hingegangen sein?«

»Ins Haus, mit einem Kunden, mein Fürst. Da muß Euer Ehren schon warten, bis einer seiner Diener seinen Wunsch befriedigt hat.«

»Und du? Hast du noch nichts gefunden?«

»Oh, ich kenne mich hier seit langem aus und weiß gut Bescheid. Doch ich mache mich erst ans Werk, wenn ich dich deiner Gespielin übergeben habe. Was hat dir an der von vorhin gefallen? Es gibt viel hübschere.«

Sie hatte braune Haut, die von Schminke nicht völlig verdeckt war, und in ihrer Stimme schwang etwas mit, das ihn entfernt an jene unvergeßliche, unsterbliche Stimme erinnerte. Aber was hieß das schon? Das Auge war ja unter Umständen auch bereit, zwischen der Hautfarbe eines Erhängten und dem klaren Blau des Himmels eine Ähnlichkeit zu entdecken. »Kennst du sie?«

»Man nennt sie Warda, aber ihr richtiger Name ist Ajuscha.«

Ajuscha ... oder Warda. Ach, könnte doch der Mensch sein Wesen wie den Namen ändern. Warda-Ajuscha – etwas von dieser Mischung haftete Aida an, auch der Religion und Herrn Abd al-Hamid Bey Schaddad, wie überhaupt allen großen Hoffnungen. Ach ja! Aber der Alkohol hebt dich auf den Thron der Götter, so daß du auf alles Widersprüchliche, das angesichts der lächerlichen Posse zu ersticken droht und doch nur Mitleid verdient, von oben herabschaust.

Ismail puffte ihn in die Seite. »Du bist dran.«

Kamal blickte zu dem Haus hinüber und sah, wie ein Mann eilig herauskam. Auf einmal war auch wieder die

Frau da, stellte sich an den gleichen Platz von vorhin. Entschlossenen Schritts ging er auf sie zu, wurde von einem Lächeln begrüßt. Er trat ins Haus, sie folgte ihm, ein Liedchen trällernd: »Laß den Vorhang fallen, damit uns keiner sieht ...« Mit klopfendem Herzen stieg er eine schmale Treppe hinauf, bis er in einen Flur kam, der in eine Diele mündete. Hinter sich hörte er, wie die Frau ihm mit »Rechts!«, »Links!« den Weg wies. Dann kam: »Da, die halboffene Tür!« Es war ein kleines tapeziertes Zimmer, möbliert mit Bett, Frisierkommode, Kleiderhaken, Holzstuhl, Waschschüssel und Krug. Verwirrt blieb er in der Mitte stehen, beobachtete die Frau. Sie schloß erst die Tür, dann das Fenster, durch das Lärm hereindrang – Tamburinschläge, Pfeifen, Klatschen. Mittlerweile war ihr Gesicht ernst, ja fast finster und streng geworden, so daß er sich schon spöttisch fragte, was sie Schlimmes ausheckte. Plötzlich pflanzte sie sich vor ihm auf und begann, ihn von oben bis unten mit Blicken zu messen. Als sie beim Kopf und der Nase ankam, befiel ihn Unruhe, und da er dieses Gefühl unbedingt unterdrücken wollte, trat er mit weitgeöffneten Armen an sie heran. Sie winkte barsch ab, sagte: »Warte.« Wie angenagelt blieb er stehen, doch da er fest entschlossen war, alle Hindernisse zu überwinden, lächelte er und stammelte ein wenig einfältig: »Ich heiße Kamal.«

Erstaunt sah sie ihn an. »Sehr erfreut.«

»Nennen Sie meinen Namen, sagen Sie bitte ›Und Sie, Kamal‹.«

Vor lauter Überraschung starrte sie ihn noch mehr an. »Warum soll ich dich bei deinem Namen rufen, wo du doch wie das leibhaftige Unglück vor mir stehst?«

Gott behüte, machte sie sich über ihn lustig? Er riß sich zusammen, wollte mit aller Kraft die Situation meistern. »Sie sagten, ich solle warten. Worauf?«

»O ja, da hast du recht«, sprach's, zog sich mit artistischer Gewandtheit das Kleid aus und sprang mit einem solchen Schwung ins Bett, daß es unter dem Gewicht krachte. Sie legte sich auf den Rücken, streichelte sich mit hennagefärbten Fingern den Bauch. Vor ungläubigem Staunen wurden seine Augen immer größer; auf solch überraschende Akrobatik war er nicht gefaßt gewesen. Er hatte das Gefühl, daß ein Gebirge sie trennte. Nichts konnte weiter entfernt voneinander sein als das Tal des Vergnügens und das der Arbeit. Alles, was sich seine Phantasie über Tage hinweg aufgebaut hatte, brach in sich zusammen, und die Bitternis von Groll mischte sich in seinen Speichel. Doch der Wunsch, Entdeckungen machen zu wollen, war noch nicht geschwunden, und so überwand er seine Verstimmung und ließ den Blick in Richtung des nackten Körpers schweifen, bis das Ziel erreicht war. Er stand da, als traute er seinen Augen nicht. Wenn auch lästig berührt, starrte er dennoch unaufhörlich hin, bis er plötzlich etwas wie Furcht verspürte. Sah so eine Frau aus, oder hatte er die falsche erwählt? Aber selbst wenn – veränderte sich damit etwas an den typischen Merkmalen einer Frau? Da behauptete man immer, die Wahrheit zu lieben, aber wie schlimm hatte er wegen seiner Nase und seines Schädels gelitten. Im Innern verspürte er den Wunsch zu fliehen, und fast hätte er ihm nachgegeben, als sich ihm unversehens die Frage aufdrängte, warum der andere Mann, der vorher bei ihr war, das nicht getan hatte. Was sollte er Ismail sagen, wenn er jetzt schon zurückkam? Nein, er würde nicht verschwinden, sondern diese Prüfung auf sich nehmen.

»Was stehst du da wie ein Denkmal herum?«

Das ist der Klang, der dein Herz erzittern ließ. Es waren nicht deine Ohren, die dich betrogen haben, sondern deine Unwissenheit. Du wirst dich zwar über dich selbst vor Lachen ausschütten, aber dann wenigstens als Sieger und nicht als Flüchtling. Auch wenn das Leben eine Tragödie sein sollte, hast du deine Rolle zu spielen.

»Willst du bis zum Morgen so stehen bleiben?«

Mit befremdlicher Ruhe sagte er: »Machen wir das Licht aus.«

Mit einem Ruck richtete sie sich auf. »Unter der Bedingung, daß ich dich erst im Hellen sehe«, fuhr sie ihn grob an.

»Wieso?«

»Damit ich sicher sein kann, daß du gesund bist.«

Er zog sich aus, obwohl ihm diese medizinische Kontrolle als Höhepunkt einer Komödie erschien. Gleich darauf war es stockdunkel.

Als er auf die Straße hinaustrat, schlug ihm das Herz matt und traurig in der Brust. Es kam ihm vor, als seien er und alle anderen Menschen einem schmerzlichen Verfall unterworfen, dem zu entrinnen unmöglich war. Er sah einen zufriedenen, erschöpften, grinsenden Ismail auf sich zukommen, hörte ihn spotten: »Na, wie geht's der Philosophie?«

Er hakte sich bei ihm ein, ging mit ihm weiter. Seine Stimme klang ernst, als er fragte: »Sind alle Frauen so?«

Als Ismail ihn verständnislos ansah, erklärte er ihm kurz und knapp seine Befürchtungen und Zweifel, worauf der schmunzelnd erwiderte: »Im allgemeinen ist das Grundlegende immer gleich, abgesehen von ein paar Symptomen, die sich unterscheiden können. Du bist dermaßen lächerlich, daß man schon wieder Mitleid mit dir haben kann. Soll ich aus deinem Zustand schließen, daß du nie wieder hierherkommst?«

»Im Gegenteil, ich werde öfter kommen, als du denkst. Laß uns noch etwas trinken.« Leise, als spräche er mit sich selbst, murmelte er: »Schönheit, Schönheit ... was ist

Schönheit?« In diesem Augenblick wünschte er sich nichts mehr, als sich zu reinigen, allein zu sein und nachzudenken. Er sehnte sich danach, sich der Erinnerung an das Leid zu überlassen, als er noch im Schatten der Angebeteten lebte. Von nun an war er ein für allemal von der Grausamkeit der Wahrheit überzeugt. Sollte er es sich also zum Prinzip machen, sie aufzugeben?

Nachdenklich ging er in Richtung der Kneipe weiter, ohne sich um Ismails Geschwätz besonders zu kümmern. Nun ja, die Wahrheit mochte grausam sein, aber die Lüge war von Grund auf häßlich. Wahrscheinlich ging es nicht um Wahrheit, sondern darum, daß das Auftauchen aus der Unwissenheit ein ebenso schmerzlicher Vorgang wie die Geburt war. Also suche weiter die Wahrheit, laufe ihr hinterher, bis du außer Atem kommst. Ertrage den Schmerz, bis du dich als neues Geschöpf erschaffen hast. Ein volles Leben wirst du brauchen, um das alles zu verstehen, ein Leben voller Anstrengung, unterbrochen von kurzen Momenten der Trunkenheit.

36

An diesem Abend kam Kamal allein in die Gasse. Beschwipst und leise vor sich hin singend, nahm er furchtlos den Weg durch die lärmende Menschenmasse. Wardas Platz war leer, aber er zögerte nicht wie beim erstenmal, sondern steuerte auf das Haus zu, trat unaufgefordert ein und stieg die Treppe hinauf. Im Flur blieb er stehen, starrte angestrengt zu der verschlossenen Tür hin. Durch das Schlüsselloch drang ein Lichtschein. Er ging in den Warteraum, in dem sich glücklicherweise niemand befand, setzte sich auf einen Stuhl und streckte entspannt die Beine aus. Nach einigen Minuten hörte er die Tür knarren, und sofort hielt er sich bereit aufzuspringen. Ein Mann schien aus dem Zimmer gekommen zu sein, denn er hörte, wie jemand zur Treppe ging. Einen Moment lang blieb er noch sitzen, dann lief er in den Flur. Durch die offenstehende Tür konnte er sehen, wie Warda das Bett herrichtete. Als sie ihn bemerkte, lächelte sie und rief ihm zu, er möge noch ein Weilchen Platz nehmen und warten. Er ging zurück, griente selbstsicher, ganz wie ein Kunde, der sich des wärmenden Platzes gewiß war. Kaum hatte er sich gesetzt, hörte er, wie jemand heraufkam, was ihn unangenehm berührte. Der Gedanke, mit anderen zusammen warten zu müssen, war ihm abscheulich. Der Neuankömmling schritt auf Wardas Zimmer zu, und gleich darauf hörte er sie freundlich sagen: »Ich habe erst einen anderen Kunden. Geh hinüber und warte.« Dann rief sie, in seine Richtung gewandt: »Bitte schön!«

Ohne länger zu zögern, verließ er den Warteraum, der andere Mann kam ihm im Flur entgegen, und da, von Angesicht zu Angesicht, stand er – Jasin gegenüber. Beide starrten sich sekundenlang an, bevor Kamal vor lauter Verlegenheit und Verstörtheit schnell die Augen niederschlug. Schon im Begriff, Reißaus zu nehmen, überfiel ihn Jasin mit schallendem Gelächter, so laut, daß die Wände dröhnten. Kamal blickte auf. Jasin, mit weit ausgebreiteten Armen, rief außer sich vor Freude: »O ihr tausend Nächte der Wunder! O ihr tausend Tage königlichen Glanzes!« Wieder prustete er vor Lachen los, während Kamal ihn immer noch völlig benommen anstarrte. Erst als er bemerkte, daß Jasin wirklich erheitert war, kam er ein wenig zu sich und konnte sogar seine Lippen zu einem zaghaften Lächeln verziehen. Schließlich gewann er wieder an Sicherheit, auch wenn er sich noch immer schämte.

Jasin holte Luft, setzte zu einer Rede an. »Das ist eine Nacht des Glücks. Donnerstag, dreißigster Oktober 1926.

Was für eine glückliche Nacht, und wir werden sie jedes Jahr feiern. Es ist die Nacht, da zwei Brüder einander entdeckten, da sich herausstellte, daß nun auch der Kleinste das Banner ruhmreicher Traditionen der Familie in der Welt der Vergnügungen vor sich herträgt.«

Warda erschien und fragte Jasin: »Ein Freund von dir?«

»Aber nein«, grölte Jasin los, »mein Bruder! Der Sohn meines Vaters und ... ach was, das reicht. Siehst du nun, du kleines Luder, daß du die Geliebte einer ganzen Familie bist?«

»Großartig«, stammelte sie, und dann wandte sie sich an Kamal und erklärte: »Die Höflichkeit erfordert, daß du deinem älteren Bruder den Vortritt läßt, mein kleiner Schatz.«

Wieder brach Jasin in dröhnendes Lachen aus. »Die Höflichkeit erfordert's! Hat dir jemand fürs Bett Anstandsregeln beigebracht? Man stelle sich vor – ein Bruder wartet auf den anderen vor der Tür. Ist ja zum Schreien!«

Sie sah ihn warnend an, als sie sagte: »Ja, lach nur weiter so schrecklich, du Saufbold, dann wird dich noch die Polizei hören. Das einzige, was dich entschuldigt, ist, daß dein kleiner Bruder auch nur betrunken herkommt.«

Verblüfft, ja sogar bewundernd schaute Jasin Kamal an. »Was? Das hast du auch schon gelernt? Beim Herrn, wir sind tatsächlich richtige Brüder, echte Blutsbrüder. Komm her, laß mich riechen. Aber es wird nichts bringen, weil einer, der betrunken ist, den Schnapsgeruch des anderen nicht mitbekommt. Sag mir lieber, wie dir die neue Weisheit gefällt, die dich das Leben und nicht die Bücher gelehrt haben.« Er zeigte auf Warda. »Ein Flittchen wie die da aufzusuchen kommt dem Lesen von zehn verbotenen Büchern gleich. Und dann trinkst du auch noch, Kamal! O tausendfach glücklicher Tag! Wir waren von jeher Freunde, ich habe dir als erster beigebracht, wie man ...«

»Großer Gott! Soll ich hier bis zum Morgengrauen herumstehen?«

Jasin gab Kamal einen Schubs. »Geh mit ihr rein, ich warte.«

Aber Kamal trat zurück, wehrte mit einem Kopfschütteln ab. Zum erstenmal machte er den Mund auf. »Nein, nicht doch. Heute nacht nicht.« Er griff in die Tasche, holte ein Zehn-Piaster-Stück heraus und gab es der Frau, was von Jasin bewundernd mit den Worten kommentiert wurde: »Es lebe der noble Sinn! Trotzdem, ich lasse dich jetzt nicht allein.« Er tätschelte Warda zum Abschied die Wange, hakte sich bei Kamal ein, und beide stiegen die Treppe hinunter. Als sie vor das Haus traten, sagte Jasin: »Diese Nacht müssen wir feiern. Wir setzen uns für eine Weile in eine Bar. Normalerweise gehe ich immer in die Mohammed-Ali-Straße und trinke da mit ein paar Beamten und anderen Bekannten. Aber das ist nicht der richtige Ort für dich, abgesehen davon, daß es weit weg ist. Wir suchen uns hier in der Nähe etwas Passendes, damit wir nicht so spät zu Hause sind. Seit meiner letzten Heirat achte ich wie du darauf, rechtzeitig heimzukehren. Wo hast du dir deinen Rausch geholt, du Held?«

»Im ›Finish‹«, murmelte Kamal beschämt.

»Großartig, gehen wir hin! Mach das Beste aus der Zeit, die dir bleibt, denn wenn du erst mal Lehrer bist, kannst du die Häuser und Kneipen in diesem Viertel nicht mehr aufsuchen.« Er kicherte. »Stell dir vor, du begegnest hier einem deiner Schüler. Aber es gibt eine Menge Plätze, wo man sich vergnügen kann, und mit der Zeit wirst du dich immer besser auskennen.«

Schweigend setzten sie ihren Weg fort. Glücklicherweise hatte sich Kamals Beziehung zu Jasin nicht abgeschwächt, nachdem der aus dem alten Haus ausgezogen war. Sie gingen nicht förmlich miteinander um, denn es war nicht Jasins Art, als ältester Sohn auf seine Rechte zu pochen. Auf Grund eigener Beobachtungen und dem, was die Leute so redeten, ahnte Kamal, daß sein Bruder auf Frauen versessen war und den verschiedensten Liebschaften hinterherjagte. Aber da seine Vermutungen nie so weit gereicht hatten, Jasin betrunken oder in einer Gasse wie dieser herumlungern zu sehen, hatte ihn der Schock, ihm bei Warda zu begegnen, um so mehr getroffen. Nur allmählich konnte er sich davon erholen, doch mit der Zeit ließ seine Verstörtheit nach und machte Platz für mehr Selbstsicherheit, ja sogar Fröhlichkeit.

Im »Finish« gab es keinen freien Stuhl mehr; Jasin schlug vor, sich draußen hinzusetzen. Sie suchten sich einen Tisch am Rand des Gehsteigs, hinten an der Straßenecke, aus, um möglichst weit weg von den anderen Gästen zu sitzen. Als sie einander gegenüber Platz genommen hatten, lächelten sie sich zu.

»Hast du viel getrunken?« fragte Jasin.

»Zwei Gläser.«

»Bestimmt hat der Schreck über diese unverhoffte Begegnung die Wirkung längst verjagt. Fangen wir also von vorne an. Ich habe ohnehin nicht viel getrunken, höchstens sieben oder acht Gläser.«

»Ach, du liebe Güte! Nennt man das wenig?«

»Spiel hier nicht den Naiven, das bist du längst nicht mehr.«

»Na ja, immerhin wußte ich vor zwei Monaten noch nicht, wie Alkohol schmeckt.«

»Vor zwei Monaten noch?« fragte Jasin mißbilligend. »Da habe ich dich wohl höher eingeschätzt, als du es verdienst.« Beide mußten lachen, und nachdem Jasin zwei Gläser bestellt hatte, fragte er: »Wann hast du Warda kennengelernt?«

»Warda und den Whisky – alles in einer Nacht.«

»Und was hast du sonst für Erfahrungen mit Frauen?«

»Keine.«

Jasin senkte den Kopf, runzelte die Stirn und sah Kamal lächelnd und mit gespieltem Protest an, als nähme er ihm solchen Unsinn nicht ab. »Spiel nicht den Dummen. Schon vor etlicher Zeit habe ich dich bei einem Flirt mit der Tochter von Abu Sari beobachten können, hier mal ein Augenzwinkern, da mal ein Wink mit der Hand, war's nicht so? Einem Kenner bleibt so etwas nicht verborgen, du kleiner Schmutzfink. Offensichtlich hast du dich da noch mit solchen Spielchen begnügt, weil du nicht zwangsweise mit Abu Sari verwandt werden wolltest, so wie meine vorige Schwiegermutter, die auf einmal mit Bajumi verheiratet war. Na ja, nun ist er ein Mann mit Vermögen und euer unmittelbarer Nachbar. Ich wundere mich nur, wo Marjam geblieben ist, keiner weiß etwas. Ihr Vater war ein netter Mann, erinnerst du dich noch an Herrn Mohammed Radwan? Sieh dir bloß an, was aus seinem Haus geworden ist. Nun ja, wenn eine Frau Sitte und Anstand verletzt, würdigt sie sich selbst herab.«

Kamal konnte nicht anders, er mußte lachen. »Und wenn ein Mann es tut? Was ist dann?«

Jasin ließ sein dröhnendes Lachen erschallen. »Ein Mann ist doch etwas ganz anderes, du Schlauberger. Aber erzähl mir lieber, wie es deiner Mutter geht. Ist diese gute Frau noch immer ärgerlich auf mich, selbst jetzt, nach der Scheidung von Marjam?«

»Oh, ich glaube, sie hat das alles längst vergessen. Sie hat ein viel zu gutes Herz, wie du weißt.«

Jasin stimmte mit einem – wenn auch bekümmerten – Kopfschütteln zu. In diesem Moment kam der Kellner, und kaum hatte er die Gläser und Appetithäppchen serviert, hob Jasin sein Glas und erklärte: »Auf die Gesundheit der Familie des Herrn Achmed.« Kamal setzte das Glas an, und von der Hoffnung erfüllt, er würde wieder heiter wie zuvor werden, leerte er es zur Hälfte. Jasin, der sich den Mund mit Schwarzbrot und Käse vollstopfte, nahm das Gespräch wieder auf. »Mir kam es immer vor, als würdest du mehr nach der Mutter kommen, so wie unser verstorbener Bruder. Ich hielt dich für ein Muster an Redlichkeit, aber du bist ... nun ja, wir sind ...« Da Kamal ihn fragend ansah, setzte er lächelnd hinzu: »Wir kommen eben beide nach unserem Vater.«

»Unserem Vater? Der ist doch so was von ernst, daß man damit kaum leben kann.«

Jasin wieherte laut los und sagte dann, nach kurzem Zögern: »Du kennst deinen Vater nicht. Das ging mir auch einmal so, bis ich entdeckte, daß er ein völlig anderer Mensch ist, ein Mann, wie er seinen Zeitgenossen nur selten beschert wird.« Er hielt inne, und Kamal nutzte die Pause, um neugierig zu fragen: »Was solltest du über ihn erfahren haben, was ich nicht weiß?«

»Er ist ein Ausbund an geistreicher Gewandtheit und steht bei allen Vergnügungen im Mittelpunkt. Nun starr mich nicht wie ein Idiot an, ich bin nicht betrunken. Ich sag's noch einmal – dein Vater ist ein Meister des Witzes, der Unterhaltung und der Liebe.«

»Mein Vater?«

»Wie er wirklich ist, habe ich zum erstenmal im Haus der Tänzerin Zubaida erlebt.«

»Was für eine Zubaida? Ha, ha, ha!« Doch da Jasins Gesicht keineswegs nach Witzereißen aussah, blieb Kamal das Lachen im Hals stecken. Sein Mund ging immer mehr zu, und schließlich preßte er die Lippen verbissen zusammen und starrte den Bruder schweigend an, worauf der ausführlich und mit allen Einzelheiten zu erzählen begann, was er über ihrer beider Vater wußte. Dachte sich Jasin lauter Lügen aus? Wie konnte er so etwas tun? Womit hätte er das rechtfertigen können? O nein, Jasin wußte, wovon er sprach. So und nicht anders war also sein Vater. O Herr der Himmel! Der Ernst, die Würde, das respektgebietende Wesen – was war damit? Wenn du morgen erfährst, daß die Erde eine platte Scheibe ist und Adam der Urvater aller Menschen, dann brauchst du dich nicht mehr zu wundern und aufzuregen. »Weiß meine Mutter das?«

»Zumindest ist ihr klar, daß er trinkt«, erwiderte Jasin lachend.

Himmel, wie schlimm muß es für sie sein, entsetzt sie sich doch häufig schon wegen Kleinigkeiten. Zeigt die Mutter vielleicht – wie ich – nach außen hin eine glückliche Miene, und im Innern herrscht tiefstes Leid? Bemüht, den Vater zu verteidigen, obwohl er selbst von seinen Argumenten nicht recht überzeugt war, erklärte Kamal: »Die Leute lieben es zu übertreiben. Du darfst nicht alles glauben, was sie behaupten. Außerdem liefert seine Gesundheit den besten Beweis, daß er gemäßigt lebt.«

»Der Mann ist sagenhaft«, begeisterte sich Jasin, wobei er nebenbei dem Kellner ein Zeichen gab, noch einmal das gleiche zu bringen. »Also wirklich – sein Körper ist ein Wunder, sein geistiges Vermögen ist eins, überhaupt ist alles an ihm ein Wunder, selbst seine Schlagfertigkeit.« Beide mußten lachen. »Und obendrein, stell dir das nur mal vor, herrscht er mit fester Hand, du kennst sie, über die Familie und bewahrt sich unumschränkten Respekt und Achtung. O Gott, was bin ich doch für ein Versager!«

Sieh hin, schau dir diese Merkwürdigkeiten an: Du sitzt mit Jasin zusammen, und ihr betrinkt euch. Dein Vater ist ein alter schamloser Kerl. Was ist noch wahr, was unwahr? Was hat das, was ist, mit dem zu tun, was wir denken und glauben? Welchen Wert hat Geschichte? Was hat die Angebetete mit der schwangeren Aida zu tun? Ich selbst – wer bin ich? Warum habe ich diese entsetzlichen Schmerzen erleiden müssen, von denen ich noch immer nicht geheilt bin? Lache! Lache bis zum Umfallen! »Was würde passieren, wenn er uns hier sitzen sähe?«

Jasin knackste nervös mit den Fingerknöcheln. »Gott behüte!«

»Ist diese Zubaida schön?«

Jasin wackelte mit den Augenbrauen, stieß einen bewundernden Pfiff aus. »Ist es nicht ungerecht, daß sich unser Vater die fettesten Happen nimmt, während wir uns mit den Krümeln begnügen müssen?«

»Warte ab, deine Zeit kommt noch. Du hast doch erst angefangen.«

»Jetzt, da du über den Vater alles weißt, wirst du dich da anders benehmen?«

»Aber nicht doch!« Kamals Augen bekamen einen träumerischen Glanz. »Hätte er uns doch nur von dieser Umgänglichkeit ein bißchen abgegeben.«

»Hätte, hätte …«

»Schlimmer könnte unsere Lage nicht sein.«

»Frauen zu lieben und Schnaps zu trinken ist doch nichts Schlimmes?!«

»Wie erklärst du dir nur sein Verhalten angesichts seiner tiefen Gläubigkeit?«

»Bin ich etwa ungläubig? Oder du? Glaubten die Kalifen etwa nicht an Gott? Der Herr verzeiht gern und ist barmherzig.«

Was würde wohl der Vater auf meine Frage antworten? Ach, wie sehr wünschte ich, mit ihm sprechen zu können. Alles wäre erträglich, nur nicht, daß er ein Heuchler ist. Nein, nie und nimmer würde er heucheln. O ja, ich liebe ihn noch viel mehr als vorher.

Beim letzten Schluck befiel Kamal große Lust, ein bißchen herumzuwitzeln. »Schade, daß er nicht Schauspieler geworden ist.«

Jasin brüllte vor Lachen los. »Hätte er gewußt, was für ein gutes Leben ein Schauspieler führt, mit Frauen und Alkohol, dann hätte er sich voll und ganz der Kunst gewidmet.«

Sollte das Herr Achmed Abd al-Gawwad sein, über den sie da so herzlich spotteten? Warum nicht? War er erhabener als Adam? Eins stand fest – nur aus Zufall hast du die Wahrheit über ihn erfahren. Immer spielen Zufälle in deinem Leben eine überaus wichtige Rolle. Hätte ich Jasin nicht in der Gasse getroffen, wäre mir nie der Schleier der Unwissenheit von den Augen gerissen worden, und wenn Jasin trotz seiner mangelnden Bildung mir nicht den Spaß am Lesen beigebracht hätte, wäre ich jetzt, wie mein Vater es wünschte, Medizinstudent. Wenn ich in die Saidija-Schule gegangen wäre, hätte ich Aida nicht kennengelernt, und wenn ich sie nicht kennengelernt hätte, wäre ich jetzt ein anderer Mensch, und die Welt sähe ganz anders für mich aus. Und da gibt es noch Leute, die Darwin vorwerfen, er habe sich bei der Erläuterung seiner Theorie auf den Zufall gestützt.

Jasin, der sich offensichtlich in der Rolle des weisen Ratgebers gefiel, seufzte: »Ach ja, du wirst noch eine Menge lernen müssen.« Aber sofort machte er sich wieder über sich selbst lustig. »Mich hat das Leben immerhin schon gelehrt, daß ich meinen Vergnügungen am frühen Abend nachkommen muß, will ich nicht den Argwohn meiner Frau erregen.« Als er bemerkte, daß Kamal ihn fragend anschaute, nickte er und fuhr fort: »Von meinen drei Frauen hat sie den stärksten Charakter. Ich habe den Eindruck, als würde ich sie nicht mehr loswerden.«

Interessiert und mit einer vagen Geste in Richtung der Gasse fragte Kamal: »Warum kommst du hierher, wenn du schon das drittemal verheiratet bist?«

Als Antwort trällerte Jasin die berühmte Zeile aus dem

Lied, das Kamal zum erstenmal bei Aischas Hochzeit gehört hatte: »Weil es ist, wie es ist, so und nicht anders.« Er lächelte verstört. »Neulich hat Zanuba gesagt, ich sei noch nie verheiratet gewesen, weil ich die Ehe immer als eine Form von Liebe betrachtet hätte. ›Es wäre höchste Zeit‹, so ihre Worte, ›diese Sache als etwas Ernsthaftes zu begreifen.‹ Ist es nicht seltsam, so etwas aus dem Mund einer Lautenspielerin zu hören? Wie es scheint, ist sie viel mehr auf die Ehe aus als ihre beiden Vorgängerinnen. Offenbar ist sie entschlossen, bis zu meinem Tod meine Ehefrau zu bleiben. Aber ich kann anderen Frauen nicht widerstehen. Im Handumdrehen habe ich mich verliebt, und genauso schnell fühle ich mich auch wieder gelangweilt. Deshalb gehe ich in solche Gassen, wo ich mein Bedürfnis befriedigen kann, ohne mich in lange Liebschaften zu verwickeln. Gäbe es keine Langeweile, hätte ich die Frauen aus dieser Gasse nicht nötig.«

Kamals Interesse wuchs sichtbar. »Wieso? Sind die Frauen dort nicht wie alle anderen?«

»Keineswegs. Sie haben kein Herz, und Liebe ist bei ihnen nur eine Ware.«

»Was für Unterschiede siehst du zwischen einer Frau und einer anderen?« Kamals Augen glänzten hoffnungsvoll.

Im stolzen Gefühl, durch solcherlei Fragen sich in seiner Bedeutung bestätigt zu sehen, wiegte Jasin nachdenklich den Kopf, bevor er im Tonfall eines Experten erwiderte: »Den Rang, den eine Frau unter den anderen einnimmt, hängt ab von ihren moralischen und gefühlsmäßigen Eigenschaften, mal abgesehen von der Familie und Schicht. Zanuba steht bei mir zum Beispiel in höherem Ansehen als Zainab, weil sie stärker gefühlsbetont ist, mehr Ergebenheit zeigt und großen Wert auf das Eheleben legt. Dennoch, letzten Endes wirst du entdecken, daß alle Frauen sich gleichen. Selbst wenn du mit der Königin von Saba lebtest, kämest du unweigerlich dahin, dich an ihren Anblick zu gewöhnen und ihr nur noch wie einem abgeleierten Lied zuzuhören.«

Der Glanz in Kamals Augen verlöschte. War Aida auch schon alltäglich und langweilig geworden? Eine völlig unmögliche Vorstellung, dabei bist du der Wirklichkeit schon so oft zum Opfer gefallen. Selbst Schadenfreude fällt dir schwer, schmerzt dich zutiefst. Allein der Gedanke, daß die Zeit es vermag, aus der Angebeteten, der die Seele noch immer nachtrauert, ein gewöhnliches, ermüdendes Wesen zu machen, könnte dich in den Wahnsinn treiben. Nur – weißt du wirklich eine Antwort auf die Frage, ob du die Sehnsucht oder die Alltäglichkeit vorziehst? O ja, denn vor lauter Verlangen nach ihr wünschst du dir Langeweile, so wie Jasin vor lauter Langeweile Sehnsucht empfindet. Nun denn, erhebe den Kopf zum Herrn der Himmel und bitte ihn, eine glückliche Lösung zu finden. »Hast du noch nie geliebt?«

»Wieso? Was meinst du, wo ich gerade mittendrin stecke?«

»Ich meine eine wirkliche Liebe, nicht diese vorübergehende Begierde.«

Jasin hatte das dritte Glas geleert. Er wischte sich mit dem Handrücken den Mund ab, zwirbelte an seinem Schnurrbart und sagte: »Nimm's mir nicht übel, aber bei mir konzentriert sich die Liebe auf ganz bestimmte Stellen wie die Hand, den Mund … und so weiter und so fort.«

Jasin ist ein gutaussehender Mann. Bei ihm hätte sie nicht über Kopf und Nase zu spotten brauchen. Aber wenn man ihn so reden hört, kann er einem leid tun. Als machte einen nicht erst die Liebe zum Menschen. Doch was nützt das schon, hast du bisher nicht nur Leid durch die Liebe erfahren?

Während Jasin auf Kamals Glas wies, damit er es schneller leerte, sprach er weiter: »Du darfst nicht glauben, was in Romanen über Liebe steht. Das ist ein Gefühl von ein paar Tagen, bestenfalls Wochen.«

Ah, du glaubst nicht an ewige Dauer, aber wie sollte man wahre Liebe je vergessen? Ich bin nicht mehr der von einst. Nur manchmal gelingt es mir, mich aus der Hölle des Leidens fortzuschleichen, und hat mich das Leben eine Weile abgelenkt, dann nur, um mich wieder zurückzustoßen. Gestern war der Tod noch mein Ziel, heute fühle ich Leben, wenn auch eins ohne Hoffnung. Seltsam, wann immer mir der Gedanke kommt, alles zu vergessen, bin ich über mich selbst empört, bekomme ich ein schlechtes Gewissen. Vielleicht fürchtest du dich davor, daß sich dein heiligstes Gut als purer Wahn erweist, oder du lehnst dich dagegen auf, daß der Frevel der Leere jenes wunderbare Leben antasten will, ohne das du wie ungeboren wärst. Nur – weißt du nicht mehr, wie du mit ausgebreiteten Händen Gott angefleht hast, dich von den Qualen zu befreien und mit der Gnade des Vergessens zu beschenken? »Es gibt die wahre Liebe. In den Zeitungen, nicht in Romanen, kannst du oft genug darüber lesen.«

Jasin lächelte ironisch. »Obwohl ich an der Liebe zu Frauen leide, kann ich dir deine ›wahre Liebe‹ nicht bestätigen. Was du da an Tragödien in den Zeitungen liest, beruht in Wirklichkeit nur auf der Unerfahrenheit junger Menschen. Du kennst doch die Geschichte von ›Lailas Irrem‹, offensichtlich handelt es sich bei den heutigen Geschichten um ähnliche Fälle. Und dann – der ›Irre‹ hat Laila nicht geheiratet, also zeige mir einen Mann, der aus Liebe zur Ehefrau verrückt wird. Das gibt es nicht, leider. Ehemänner sind äußerst vernünftige Menschen, selbst dann, wenn sie eigentlich anders sein wollen. Was aber die Frauen betrifft, so setzt bei ihnen der Wahnsinn gleich nach der Hochzeit ein, denn von Stund an begnügen sie sich mit nichts Geringerem, als ihre Männer zu verschlingen. Mir kommt es vor, als triebe der Wahnsinn die Verrückten zum Lieben, nicht aber, daß die Leidenschaft Liebende verrückt werden ließe. Es gibt diese Blödiane, die von einer Frau wie von einem Engel reden, dabei ist doch eine Frau nichts weiter als eine Frau. Ein appetitlicher Happen, den du bald überhast. Die sollten nur mal das Bett mir ihr teilen, sie beim Aufwachen sehen, ihren Schweiß und all die anderen Ausdünstungen riechen, und dann – dann können sie mir was von einem Engel erzählen. Der Reiz der Frauen besteht aus Schminke und anderen Verführungshilfen, die alle nur eins bewirken sollen, nämlich dich in die Falle zu locken, und schnappt die zu, zeigt sich dir die menschliche Kreatur, wie sie in Wirklichkeit ist. Aus diesem Grund sind die Kinder, die für den Notfall aufbewahrte Brautgabe und die Unterhaltskosten das Geheimnis für die Stabilität der Ehe und nicht etwa Schönheit oder Verführungskunst.«

Würde Jasin Aida sehen, käme er nicht umhin, seine Meinung zu ändern. Aber über das, was Liebe ist, solltest du noch einmal nachdenken. Bisher hast du geglaubt, sie sei eine Offenbarung von Engeln, doch nun, da es die für dich nicht mehr gibt, mußt du sie im Wesen des Menschen suchen, in die philosophischen und naturwissenschaftlichen Wahrheiten einbeziehen, die du unbedingt herausfinden mußt. Wenn du das schaffst, kannst du nicht nur das Geheimnis deiner Tragödie lüften, sondern auch den Schleier enthüllen, hinter dem sich die wahre Aida versteckt. Einen Engel wirst du nicht finden, aber dafür werden sich die Tore zu einer Welt des Zaubers weit öffnen. Nur, was ist mit der Schwangerschaft, der Übelkeit, dem alltäglichen Anblick, den Gerüchen? Entsetzlich. »Der Mensch ist eine schmutzige Kreatur«, erklärte Kamal bitter, ohne daß es aber seinem Bruder sonderlich aufgefallen wäre. »Hätte man ihn nicht besser und sauberer erschaffen können?«

Jasin hob den Kopf, starrte ins Leere. Merkwürdig fröhlich sagte er: »Großer Gott, die Seele strahlt dermaßen, daß ein einziges Singen anhebt. Alle Glieder machen Musik, die Welt ist schön und voller Menschen, die das Herz liebt. Die Luft ist süß, die Wirklichkeit ein Traum, der Traum ist Wirklichkeit, aller Ärger verflogen wie alte Legenden. Großer Gott, nichts ist schöner als ein ordentlicher Schnaps, Kamal. Möge Gott ihn uns lange erhalten und ihn uns immer bescheren, möge er uns Gesundheit und Wohlergehen schenken, damit wir bis ans Lebensende trinken können. Zerstört soll das Haus sein, in dem ihm Schaden zugefügt oder Lügen über ihn verbreitet werden. Koste nur voll diesen herrlichen Rausch aus, mache ihn dir bewußt. Schließe die Augen und sage mir, ob du je größeren Genuß verspürt hast. O Gott, Gott, Gott!« Mit gesenktem Kopf sah er zu Kamal hinüber. »Was hast du gesagt, mein Junge? Der Mensch ist ein schmutziges Geschöpf? Habe ich dir mit meinem Geschwätz über die Frauen zugesetzt? Ich wollte sie dir nicht verekeln, in Wirklichkeit liebe ich sie ja. Ich mag sie so, wie sie sind. Mir kam es nur darauf an, dir zu beweisen, daß eine Frau kein Engel ist, und selbst wenn es das gäbe, wüßte ich nicht einmal, ob es mir gefallen würde. Mir geht es zum Beispiel wie deinem Vater – ich liebe die mit dickem Hintern. Ein Engel mit dickem Hintern könnte ja gar nicht fliegen. Also versteh mich recht, und hör nichts Falsches heraus, beim Leben unseres Vaters.«

Kamal, ebenso berauscht wie sein Bruder, rief beglückt: »Nie könnte die Welt liebenswerter sein, als wenn einen der Schnaps benebelt.«

»Gesegnet sei dein Wort. Selbst der Gassenhauer eines Bettlers wird in unseren Ohren jetzt zauberhaft klingen.«

»Und aller Kummer ist weg, als würde ein anderer den nun ertragen.«

»Aber die Frau des anderen, die kommt uns wie unsere vor.«

»Ist erst das Geheimnis des Schnapses ergründet, weiß man auch, was Glück ist.«

»Beides, Schnaps und Glück, gehören zusammen, du Sohn meines Vaters.«

»Großer Gott, ich will nicht mehr nüchtern werden.«

»Eine der vielen Gemeinheiten des Lebens ist, daß es uns nicht erlaubt, so lange betrunken zu sein, wie wir möchten.«

»Eines solltest du wissen – für mich ist der Suff kein bloßes Vergnügen, sondern ein himmlisches Ziel wie die Erkenntnis oder ein Ideal.«

»Na bitte, dann bin ich ein großer Philosoph.«

»Aber erst wenn du an das glaubst, was ich gesagt habe, vorher nicht.«

»O mein Vater, möge Gott dir ein langes Leben schenken, denn du hast solch große Philosophen in die Welt gesetzt, wie du einer bist.«

»Warum fühlt der Mensch sich bloß elend, wenn er doch nicht mehr braucht als ein volles Glas und eine Frau? An Flaschen und Frauen hat's ja nun wahrlich keinen Mangel.«

»Ja, warum, warum nur?«

»Ich sage dir die Antwort, wenn ich noch einen Schluck kriege.«

»Auf keinen Fall!« Jasin hörte sich plötzlich an, als ob er wieder zu sich gekommen wäre. »Übertreibe nicht. Ich bin heute dein Saufkumpan und trage deshalb die Verantwortung für dich. Wie spät ist es?« Er holte die Uhr heraus, starrte das Ziffernblatt an und rief erschreckt: »Halb eins schon! Nun ist das Unglück passiert, du Held. Wir kommen beide zu spät. Auf dich lauert unser Vater, auf mich Zanuba. Also los, gehen wir.«

Binnen weniger Minuten hatten sie die Bar verlassen, eine Droschke angehalten, und jetzt preschten sie los in Richtung Ataba-Platz, jagten durch finstere Nacht entlang der Mauer des Ezbekija-Gartens. Von Zeit zu Zeit war ein vorbeihastender oder taumelnder Fußgänger zu sehen, und wenn die Droschke an eine Straßenkreuzung kam, wehte eine frische Brise Liedfetzen von fröhlichem Gesang heran. Über den Häusern und hohen Bäumen funkelten wachsam die Sterne.

Jasin kicherte los. »Heute nacht kann ich leichten Herzens schwören, daß ich nichts Schlimmes angestellt habe.«

»Und ich kann nur hoffen«, meinte Kamal beunruhigt, »vor dem Vater zu Hause zu sein.«

»Angst ist das größte Elend. Es lebe die Revolution!«

»Genau! Es lebe die Revolution!«

»Nieder mit dem tyrannischen Eheweib!«

»Nieder mit dem tyrannischen Vater!«

37

Leise klopfte Kamal ans Tor, bis es sich endlich öffnete und Umm Hanafis Umriß zu erkennen war. Kaum hatte sie ihn erblickt, flüsterte sie: »Der alte Herr geht gerade die Treppe hinauf.«

Kamal beschloß zu warten, bis der Vater das obere Stockwerk erreichte, doch da tönte schon vom Flur her die barsche Stimme: »Wer hat geklopft?«

Sein Herz erbebte, aber es war nichts zu machen. Er mußte sich zeigen und antworten. »Ich bin es, Papa.«

Der Vater stand auf dem Treppenabsatz im ersten Stock, und von oben drang das Licht der Lampe herunter, die die

Mutter hielt. Der Vater lehnte sich über das Geländer und fragte überrascht: »Kamal? Was hast du so spät noch draußen zu suchen?«

Das gleiche wie du. »Ich war im Theater«, erwiderte er ängstlich, »um mir das Stück anzusehen, das wir in diesem Jahr behandeln.«

»Findet jetzt das Studium im Theater statt?« brüllte der Vater wütend. »Reicht es nicht, wenn du liest und Sachen auswendig lernst? Alles Unsinn, was du da redest. Und außerdem – warum hast du nicht um Erlaubnis gefragt?«

Kamal war sorgsam darauf bedacht, in etlicher Entfernung vom Vater zu bleiben. »Ich hatte nicht gedacht, daß die Vorstellung so lange dauert.«

»Such dir gefälligst einen anderen Ort zum Lernen aus, und laß diese blödsinnigen Entschuldigungen.« Er stieg weiter die Treppe hinauf, knurrte und brummte vor sich hin, und nur hier und da konnte Kamal etwas aufschnappen wie: »Im Theater lernen ... zu so später Stunde! ... Ein Uhr nachts, und da sind solche Kinder noch auf ... Verflucht sei dein Vater und der Vater dieses Theaterstücks!«

Kaum war der Vater verschwunden, stieg Kamal die Treppe hinauf, holte aus dem Salon eine Lampe und ging mit düsterem Gesicht in sein Zimmer. Er stellte die Lampe auf den Schreibtisch, blieb, beide Hände aufgestützt, stehen und überlegte, wann sein Vater ihn zum letztenmal ausgeschimpft hatte. Er konnte sich zwar nicht mehr genau erinnern, war sich aber sicher, daß die letzten Jahre friedlich und ohne Ärger verflossen waren. Um so schmerzlicher lastete der Fluch auf seiner Seele, auch wenn er nicht unmittelbar gemeint gewesen war.

Er drehte sich um, legte den Tarbusch ab und war gerade im Begriff, sich auszuziehen, da erfaßte ihn plötzlich Schwindel, und ihm wurde fürchterlich übel. So schnell er konnte, lief er ins Bad, wo er sich heftig erbrach. Ins Zimmer zurückgekehrt, fühlte er sich erschöpft und angewidert von sich selbst. Die Brust schmerzte, aber der Druck auf der Seele lastete schwerer. Er zog sich aus, löschte das Licht und legte sich schnaufend ins Bett. Nur wenige Minuten vergingen, da ging vorsichtig die Tür auf, und die Mutter fragte besorgt: »Schläfst du?«

Um sie möglichst schnell wieder loszuwerden und allein zu sein, antwortete er ruhig und gelassen: »Ja.«

Doch sie kam näher, und plötzlich tauchte aus dem Dunkel ihr Kopf auf, gebeugt über sein Bett. Als müßte sie sich entschuldigen, sagte sie: »Sei nicht gekränkt. Du kennst doch deinen Vater.«

»Natürlich, ist doch klar.«

Aber sie schien noch immer bedrückt zu sein, denn sie fuhr fort: »Er weiß genau, was für ein ernsthafter und rechtschaffener Junge du bist, deshalb hielt er es auch nicht für möglich, daß ausgerechnet du zu so später Stunde heimkehrst.«

Wut stieg in ihm auf, er konnte sich nicht mehr beherrschen. »Wenn es so verwerflich ist, spätnachts nach Hause zu kommen, warum tut er es dann?«

Er konnte zwar im Dunkeln nicht das ganze Ausmaß an ungläubiger Verblüffung erkennen, das sich auf dem Gesicht der Mutter widerspiegelte, aber die Art, wie sie kurz auflachte, ließ ihn ahnen, daß sie diese Frage nicht als ernst gemeint ansah. Schließlich erklärte sie: »Alle Männer feiern nachts lange. Du wirst auch bald ein Mann sein, aber jetzt bist du noch ein Student.«

»Aber ja, ist ja gut«, unterbrach er sie, und seiner Stimme war anzuhören, daß er das Gespräch beenden wollte. »Ich meinte nichts Bestimmtes. Warum machst du dir überhaupt die Mühe und kommst her? Geh zurück, und schlaf gut.«

»Ich hatte Angst, daß du verstimmt bist. Versprich mir, daß dein Herz ohne Gram ist. Sprich die Sure vom einzigen Gott, bis du einschläfst.«

Er hörte, wie sie wegging, und mit einem »Gute Nacht« zog sie die Tür hinter sich zu. Er atmete kräftig durch, massierte sich Brust und Bauch und starrte ins Dunkle. Das ganze Leben schmeckte wieder bitter. Wohin war der wunderbare Rausch entschwunden? Warum fühlte er sich statt dessen so niedergeschlagen, daß er zu ersticken drohte? Oh, wie glich doch dieses Gefühl jener Enttäuschung, als die himmlischen Träume von Liebe verflogen waren. Hätte es nicht die Schererei mit dem Vater gegeben, könnte er sich immer noch dem wohligen Rausch hingeben. Worin bestand die gewaltige Macht des Vaters, die, die ihm schreckliche Angst machte, die er aber auch liebte? An sich war der Vater ein Mann wie jeder andere, und abgesehen von seinem Humor, der offenbar nur Fremden vorbehalten blieb, war an ihm nichts Besonderes. Warum hatte er also Angst vor ihm? Bis wann würde er sich dieser Macht furchtsam beugen? Vielleicht war der Schrecken vor dem Vater auch nur eins der vielen Hirngespinste, von denen er heimgesucht wurde? Nur – was half eine solche Erkenntnis, wenn es gegen tief verankerte Gefühle zu kämpfen galt? O ja, damals, bei jener großen Demonstration, als man dem König mit dem Ruf »Saad oder Revolution!« trotzte, da hatte er mit den Fäusten ans Tor des Abidin-Palasts getrommelt. Doch stand er dem Vater gegenüber, schrumpfte er zu einem Nichts zusammen, und alles, woran ihm lag, veränderte seine Bedeutung und sein Gewicht … Gott, Adam, al-Hussain, die Liebe, Aida, die Ewigkeit. Hast du Ewigkeit gesagt? O ja, in der Liebe gibt es sie, und auch bei dem, was Fahmi geschah, diesem märtyrerhaften Bruder, der nun auf ewig Gast im Nichts ist. Erinnerst du dich noch, wie du als Zwölfjähriger herausbekommen wolltest, welcher Art sein unbekanntes Schicksal war? Oh, welch traurige Erinnerung. Du hast einen Vogel aus dem Nest geholt und ihn erwürgt. Dann hast du ihn in ein Stück Stoff, das Leichentuch, eingehüllt, eine kleine Grube im Hof, dicht beim alten Brunnen, gegraben und ihn beerdigt. Nach ein paar Tagen oder Wochen hast du das Grab geöffnet und den Leichnam herausgeholt. Was für ein Anblick! Was für ein Geruch! Weinend bist du zur Mutter gelaufen und hast sie nach dem Schicksal der Toten, aller Toten, besonders aber nach dem von Fahmi gefragt. Du warst nicht mehr aufzuhalten, und erst als sie in Tränen ausbrach, hast du von deinen Fragen abgelassen. Was war von Fahmi nach sieben Jahren übrig? Was wird von der Liebe bleiben? Als was alles würde sich der ehrenwerte Vater noch herausstellen?

Seine Augen hatten sich ans Dunkel gewöhnt, und Schreibtisch, Kleiderhaken, Stuhl, Schrank ragten als undeutliche Silhouetten auf. Es war still, doch das Schweigen barg unverständliche Laute in sich. Fiebrige Schlaflosigkeit quälte ihn, das Leben schmeckte immer bitterer. Ob Jasin schon schlief? Was für einen Empfang hatte Zanuba ihm bereitet? War Hussain schon in sein Pariser Bett geschlüpft? Auf welche Seite hatte sich jetzt Aida gedreht? War ihr Bauch schon dick und rund? Was taten die Leute auf der anderen Hälfte der Erdkugel, wo die Sonne den Zenit erreicht hatte? Strahlende Sterne – strömte dort nicht das Leben frei und sorglos dahin? Wäre es möglich, daß im unendlichen Konzert des Universums sein schwaches Klagen zu vernehmen war?

O Vater, laß mich dir enthüllen, was meine Seele verbirgt. Ich empfinde keinen Groll angesichts dessen, was ich über dich erfahren habe. Nein, denn das mir bisher Unbekannte ist mir lieber als das Bekannte. Ich bewundere deine Gewandtheit, geistreiche Art, Gewitztheit, derbe

Spaßerei, Abenteuerlust – jene liebenswürdige Seite deines Wesens, die alle mögen, die sie erfahren dürfen. Was anderes beweist es schon als deine Vitalität und deine leidenschaftliche Liebe zum Leben und zu den Menschen. Aber nun frage ich dich – warum heißt du es gut, uns mit solch furchteinflößender, grobschlächtiger Maske zu begegnen? Schütze nicht Erziehungsprinzipien vor, denn davon hat niemand weniger Ahnung als du. Nimm doch nur als Beweis, was du von Jasins und meinem Verhalten wahrnimmst oder eher – nicht wahrnimmst. Auf nichts anderes hast du es abgesehen, als uns zu verletzen und zu quälen, und zwar mit solch sturer Dummheit, daß selbst die beste Absicht dich nicht entschuldigen kann. Sei nicht traurig, denn trotz allem liebe und bewundere ich dich, werde dich immer ehrlich und aufrichtig verehren. Doch ich hege im Innern auch großen Vorwurf gegen dich, nicht minder stark als der Schmerz, den du mir zugefügt hast. Nie haben wir dich als Freund erfahren, als den dich fremde Menschen erleben dürfen. Immer standest du uns nur als tyrannischer Despot, als bösartiger Unterdrücker gegenüber, als wäre das Sprichwort »Ein kluger Feind ist besser als ein dummer Freund« einzig für dich gemacht. Allein deshalb schon werde ich mein Leben lang die Dummheit mehr als alle anderen Übel hassen, denn sie läßt alles verderben, selbst das heilige Band der Vaterschaft. Einen Vater, der nur halb so ignorant ist wie du, würde ich vorziehen, selbst wenn er seine Kinder weniger liebte. So verspreche ich mir hier und jetzt, meinen Kindern – falls ich Vater werde – erst einmal Freund zu sein, bevor ich den Erzieher herauskehre. Und dennoch, auch wenn dir die gottgleichen Eigenschaften fehlen, die dir einst meine betörten Augen angedichtet haben, liebe und bewundere ich dich. Gewiß, deine Mächtigkeit ist nicht mehr als eine Legende. Du bist kein Herr Rat wie Salim

Bey, nicht reich wie Schaddad Bey, kein Führer wie Saad, kein Unglück wie Tharwa, kein Vornehmer wie Adli – du bist nur ein Freund und wirst geliebt, das reicht dir, und es ist auch nicht wenig. Ach, könntest du nur uns gegenüber mit deiner Freundschaft weniger geizen. Nicht nur über dich denke ich jetzt anders, auch Gott ist nicht mehr der, den ich einstmals verehrte. All seine Eigenschaften seihe ich durch ein Sieb, um sein Wesen von Gewalt, Tyrannei, Zwang, Herrschsucht und anderen nur allzu menschlichen Instinkten zu reinigen. Noch weiß ich nicht, an welchem Punkt ich mein Denken knebeln muß, ob es überhaupt gut ist, es anzuhalten. Eine Stimme im Innern sagt mir, daß ich keine Grenze kennen werde und der Kampf, wie schmerzlich auch immer, besser als Unterwerfung und Schlaf ist. Das alles, Vater, wird dich weniger kümmern als mein Entschluß, deiner Tyrannei ein Ende zu setzen, deiner Willkür, die mich umschließt wie nächtliche Finsternis und mich schmerzt wie die verfluchte Schlaflosigkeit. Und was den Alkohol betrifft – kein Tropfen mehr, als Strafe für den mir angetanen Verrat. Denn wenn auch das ein Trug ist – leider! –, was bleibt dann noch dem Menschen? O ja, ich wiederhole es – Schluß mit deiner Tyrannei, und da ich dich zu sehr verehre, um dir mit Ungehorsam und Auflehnung zu trotzen, werde ich fliehen. Ja, ich werde dein Haus verlassen, sobald ich auf eigenen Füßen stehe. Kairos Viertel bieten jedem Verfolgten Platz. Weißt du, Vater, was die Folge davon ist, daß ich dich trotz aller Despotie liebe? Ich habe noch einen anderen Tyrannen angebetet, der mir offen und versteckt schwer zugesetzt und mich beherrscht hat, ohne mich je zu lieben, und den ich trotzdem aus tiefster Seele anbetete, ja, den ich noch immer verehre. So bist denn du, Vater, auch für diese Liebe und diese Qualen verantwortlich. Doch halt – sollte dieser Gedanke die ganze

Wahrheit sein? Wirklich befriedigt bin ich nicht, und daran begeistern kann ich mich auch nicht. Was es auch immer mit der Liebe auf sich haben mag, sie wurzelt unmittelbar im tiefen Grund der Seele. Lassen wir es damit gut sein, bis sich später die Gelegenheit bietet, es genauer zu erfahren. Auf jeden Fall bist du es, Vater, durch dessen ständige Tyrannei ich Unrecht leichter ertragen lernte. Und du, Mutter, schau mich nicht mehr so klagend an, suche nicht länger nach Schuld bei dir, wenn du niemandem etwas getan hast. Unwissenheit – das ist dein ganzes Vergehen. Unwissenheit, Unwissenheit und nochmals Unwissenheit. Mein Vater ist die grobe Variante, du, Mutter, bist die sanfte. Solange ich lebe, werde ich das Opfer dieser beiden Gegensätze sein. Deine Unwissenheit, Mutter, war es, die mir den Kopf mit Legenden vollgestopft hat. Du bist das Glied, das mich ans Höhlenzeitalter kettet. Heute sehne ich mich nach nichts mehr, als mich von deinem Einfluß zu befreien, und morgen wird es der Vater sein, dem ich entkommen will. Dabei hätte es eurer Würde entsprochen, mir solch verzehrende Anstrengung zu ersparen. So schlage ich denn vor, und das Dunkel des Zimmers möge mein Zeuge sein – schaffen wir die Familie ab. Weg mit dieser Grube, die mit fauligem Wasser gefüllt ist. Schluß mit Vaterschaft und Mutterschaft. Statt dessen gebe man mir – ein Heimatland ohne Geschichte, ein Leben ohne Vergangenheit. Ein Blick in den Spiegel, und was sehen wir da? Eine riesige Nase, einen gewaltigen Schädel. Ungebeten und gnadenlos, Vater, hast du mich schon vor der Geburt vergewaltigt. Mag die Nase in deinem Gesicht noch majestätisch wirken, so ragt sie – in Art und Form der deinen gleich – aus meinem schmalen Gesicht ähnlich lächerlich hervor wie ein englischer Soldat aus der Runde von Derwisch-Brüdern. Seltsamer noch verhält es sich mit meinem Kopf; weder hat er etwas mit deinem noch mit dem der Mutter zu tun. Welcher Großvater aus grauer Vorzeit ist da über mich gekommen? Soll also die Schuld euch treffen, bis ich den wahren Ursprung kenne. Senkt sich der Schlaf hernieder, sage adieu, denn möglicherweise gibt's kein Morgen. Ich liebe das Leben, ich liebe dich, Vater, trotz allem, was ihr mir angetan habt. So viel Liebenswertes hat sich das Leben bewahrt, so viele Fragen schreien nach leidenschaftlicher Suche von Antworten. Was nützlich scheint, macht keinen Sinn, doch gerade das Sinnlose kann das Größte sein. Wahrscheinlich greife ich nie mehr nach dem Glas, nun dann – adieu, Alkohol. Aber halt, erinnere dich an die Nacht, als du von Warda weggegangen bist und dir geschworen hast, nie mehr in die Nähe einer Frau zu kommen – und dann? Dann bist du der Kunde geworden, den sie am meisten bevorzugt. Mir scheint, alle Welt leidet an Katerstimmung und Übelkeit. So bete denn für baldige Genesung.

38

Kaum befand sich Jasin allein in der Droschke, ließ sein Schwung merklich nach. Trotz seines Rauschs sah er nachdenklich aus. Es war schon nach ein Uhr nachts, eine Zeit, die auf jeden Fall Verdacht erregte. Entweder schlief Zanuba noch nicht und kochte schon vor Wut, oder sie wachte auf, wenn er ins Zimmer kam. In beiden Fällen gäbe es keine friedliche Nacht, zumindest keine Ruhe.

Am Anfang der Kasr-asch-Schauk-Straße stieg er aus, und während er durch finsterste Dunkelheit stapfte, flüsterte er, die breiten Schultern verächtlich zuckend, vor sich hin: »Nicht mit Jasin. Von einer Frau läßt der sich nichts vorhalten.« Selbst noch auf der Treppe, wo ihm das Geländer den Weg durch die Dunkelheit wies, wiederholte er diesen Satz immer wieder, doch selbstsicherer klang es deshalb nicht. Er öffnete die Wohnungstür, trat ein. Im Lichtschein einer Lampe in der Diele ging er ins Schlafzimmer. Er sah zum Bett hinüber – sie schlief. Leise zog er die Tür zu, damit das Licht nicht hereinfiel. Vorsichtig und behutsam zog er sich aus, mehr und mehr überzeugt davon, daß sie in tiefem Schlaf lag. In Gedanken malte er sich aus, wie und wo er am besten ins Bett kam, ohne ein Geräusch zu verursachen.

»Mach das Licht an! Ich möchte deinen Anblick genießen können.«

Er drehte den Kopf zum Bett, lächelte resigniert. Verwirrt fragte er: »Du bist noch wach? Ich dachte, du schläfst, und wollte dich nicht stören.«

»Lieb von dir. Wie spät ist es?«

»Höchstens zwölf. Um elf bin ich aufgebrochen und langsam zu Fuß nach Hause gegangen.«

»Dann hast du wohl nicht in Kairo, sondern in Banha gefeiert?«

»Wieso? Ist es schon spät?«

»Wenn du ein bißchen wartest, wird dir der Hahn antworten.«

»Vielleicht hat er auch noch nicht geschlafen.« Nur noch mit Hose und Hemd bekleidet, setzte er sich aufs Sofa, um Schuhe und Strümpfe auszuziehen. In diesem Moment knarrte das Bett, und er sah, wie sie sich aufrichtete.

»Mach das Licht an«, erklärte sie mit schneidender Stimme.

»Nicht nötig. Ich bin fertig mit dem Ausziehen.«

»Ich will Licht haben, wenn wir zwei miteinander abrechnen.«

»Im Dunkeln ist es doch viel schöner.«

Schnaubend vor Wut sprang sie aus dem Bett. Aber da

streckte er schon die Arme vor, bekam sie an der Schulter zu fassen und zog sie zu sich aufs Sofa. »Mach keinen Aufstand«, mahnte er.

Sie befreite sich von seinen Händen und erwiderte: »Was ist mit unserem Abkommen? Ich war damit einverstanden, daß du in den Kneipen soviel trinkst, wie du willst, allerdings unter der Bedingung, daß du nicht spät nach Hause kommst. Ich habe mich gegen meinen Willen darauf eingelassen, denn wenn du hier trinken würdest, brauchtest du nicht eine Menge Geld unnütz auszugeben. Aber nun das! Du kommst kurz vor Morgengrauen zurück, ohne dich im geringsten um das zu scheren, was ausgemacht war.«

Wer kann schon eine Frau zu täuschen versuchen, die in einer Musikergruppe als Lautenspielerin groß geworden ist? Wenn sie dir eines Tages wirklich hinter die Schliche kommt, wirst du dich dann damit begnügen herumzustreiten, oder wirst du ...? Überleg dir das zweimal. Vergiß nicht, daß ihr Verlust dir nicht leichtfiele. Von den Frauen, mit denen du bisher verheiratet warst, ist sie dir die liebste. Sie weiß genau, womit sie mich glücklich machen kann, und ist auf unser gemeinsames Leben sehr bedacht. Ach, gäb's nur die Langeweile nicht. »Ich war dort, wo ich immer hingehe, und habe die Bar nur verlassen, um nach Hause zu kommen. Ich habe einen Zeugen, den du kennst. Weißt du wen?« Er lachte laut los.

»Bleib beim Thema«, erwiderte Zanuba kühl.

Noch immer kichernd erklärte er: »Mein Kumpan heute war mein Bruder Kamal.«

Sie war keineswegs so überrascht, wie er vermutet hatte; eher machte sie den Eindruck, mit ihrer Geduld am Ende zu sein. »Und wer sagt mir, wer die Braut war?«

»Hör auf zu zanken, ich bin unschuldig wie der Sonnenstrahl«, und mit wachsendem Unmut fügte er hinzu:

»Bei Gott, es betrübt mich, daß du mich verdächtigst. Ich habe es satt, mich herumzutreiben, und wünsche mir lediglich ein ruhiges Leben. In eine Kneipe zu gehen, ist nun wirklich ein Vergnügen, an dem nichts auszusetzen ist. Man muß auch mal mit anderen Menschen zusammenkommen.«

»Ach du!« Sie hörte sich noch immer erregt an. »Du weißt, daß ich kein Kind bin und mich nicht für dumm verkaufen lasse. Es wäre für uns beide das beste, wenn es keinen Grund zum Mißtrauen gäbe.«

War das eine Moralpredigt oder eine Drohung? Ach, könnte ich doch nur wie mein Vater leben. Er kann tun und lassen, was er will, und wenn er nach Hause kommt, umgibt ihn Ruhe, Liebe und Demut. Dieser Traum hat sich für mich weder bei Zainab noch bei Marjam verwirklicht, und bei Zanuba scheint es auch nicht zu klappen. Dabei hat diese kleine Lautenspielerin keinerlei Grund zur Sorge, solange sie unter meiner Obhut stehen darf. »Hätte ich den Wunsch gehabt, noch länger ein liederliches Leben zu führen, hätte ich dich nicht geheiratet«, erklärte er mit fester Stimme.

»Du warst schon zweimal verheiratet«, fuhr sie ihn scharf an, »und beide Male hat dich das nicht davon abgehalten herumzuhuren.«

Er stöhnte laut, verbreitete eine Wolke von Alkoholgeruch um sich. »Mit dir ist es doch anders als mit den vorigen Frauen, du Dummchen. Die erste hat mir mein Vater verordnet, und die zweite wollte mich nur an sich ranlassen, wenn ich sie heirate, was ich dann auch getan habe. Aber dich hat weder jemand für mich ausgesucht, noch hast du mir die Tür gewiesen, weil wir nicht verheiratet waren. An dir gab's nichts, was ich nicht schon vorher gekannt hätte. Wäre ich nicht auf das Heiraten, also nicht auf ein ordentliches und beständiges Leben ausgewesen, hätte ich dich nicht genommen, du Dummchen. Bei Gott, bei ein bißchen mehr Grips kämst du nie auf die Idee, an mir zu zweifeln.«

»Auch wenn du erst bei Morgengrauen heimkehrst?«

»Selbst wenn es lichter Morgen wäre.«

»Schluß damit! Wenn du nichts Besseres zu sagen weißt, dann mach's gut!«

»Mach's besser«, hielt er scharf dagegen, während seine Brauen nervös zuckten.

»Ich mach mich davon. In Gottes weiter Welt ist genug Platz zum Leben.«

»Mach, was du willst«, erwiderte er und war bemüht, möglichst gelassen zu wirken.

»Ich gehe, aber du wirst merken, daß ich kein Stachel bin, der leicht herauszuziehen ist«, drohte sie.

Er tat noch gleichgültiger. »Dummes Zeug. Dich wird man schneller los, als man einen Schuh auszieht.«

Plötzlich schwand das Drohende in ihrer Stimme, klang eher weinerlich: »Ich springe aus dem Fenster, dann hast du deinen Frieden, und ich habe meine Ruhe.«

Gleichgültig zuckte er mit den Schultern, doch als er aufstand, sagte er etwas sanfter: »Es gibt eine bessere Lösung. Leg dich hin, und laß uns schlafen. Der Teufel soll sich schämen.« Er streckte sich im Bett aus, stöhnte wohlig, als wäre er glücklich, endlich liegen zu können. Doch Zanuba sinnierte laut vor sich hin: »Wer mit dir lebt, dessen Schicksal ist es zu leiden.«

Ich muß auch leiden. Dein Geschlecht ist schuld. Keine Frau vermag die anderen zu ersetzen. Es übersteigt eure Kräfte, die Langeweile zu besiegen. Aber freiwillig werde ich nicht wieder Junggeselle, ich kann doch nicht jedes Jahr nur wegen einer neuen Ehe einen Laden verkaufen. Soll also Zanuba meine Frau bleiben, zumindest solange sie mir nicht lästig fällt. Ein verrückter Mann braucht eine kluge Frau. Nur – Zanuba und klug? »Willst du die ganze Nacht auf dem Sofa bleiben?«

»Ich kann eh kein Auge zumachen. Also laß mich, wo ich bin, und sei glücklich, wenn du schlafen kannst.«

Was zu tun ist, muß man tun. Er streckte die Arme aus, packte sie an der Schulter und zog sie zu sich hinüber. »Ins Bett!« brummte er.

Sie leistete etwas Widerstand, doch dann überließ sie sich seinen Händen und glitt hinein. »Wann werde ich nur wie die anderen Frauen Ruhe finden«, stöhnte sie.

»Sei unbesorgt, du mußt mir nur vertrauen. Du kannst dich auf mich verlassen. Ein Mann wie ich ist erst dann glücklich, wenn er nachts ganz nach Belieben feiern kann. Und du, du wirst deines Lebens nicht froh werden, wenn du mir ständig Kopfschmerzen bereitest. Es muß dir genügen, von der Harmlosigkeit meiner Vergnügungen überzeugt zu sein. Vertraue mir, du wirst es nicht bereuen. Ich bin kein Feigling und kein Lügner. Habe ich dich nicht ins Haus gebracht, als meine Frau da war? Tut das jemand, der feige ist oder lügt? Ich habe es satt, mich herumzutreiben, und du bist alles, was ich vom Leben noch will.« Sie seufzte laut, als wünschte sie sich, ihm glauben zu können, worauf er sie wie aus Spaß mal hier, mal da stupste und flüsterte: »Himmel! Das zerreißt mir ja das Herz. Möge Gott mich auf der Stelle erschlagen.«

»Könnte er dich lieber den rechten Weg finden lassen«, flehte sie, doch ihre Hand fand schon sacht die seinige.

Wer hätte geglaubt, aus dem Mund einer Lautenspielerin solch frommen Wunsch zu hören. »Empfange mich beim Heimkehren nie mehr mit Streit! Zank lähmt die Kraft.« Ah, das Mittel hilft. Aber immer wird es nicht klappen. Hätte ich es heute schon mit Ajuscha getrieben, ginge es nicht so leicht. »Siehst du nun ein, daß dein Verdacht falsch war?«

39

Herr Abd al-Gawwad war in seine Arbeit vertieft, als Jasin hereinkam und auf seinen Schreibtisch zusteuerte. Schon beim flüchtigen Aufsehen merkte er, daß Jasin Hilfe brauchte, irrte doch dessen Blick zerstreut umher, und selbst als er höflich lächelte und sich hinunterbeugte, um ihm die Hand zu küssen, geschah das eher unbewußt und wie eine vertraute Übung. Jasin machte einen geistesabwesenden Eindruck, als weilte er an einem Ort, der nur Gott vertraut war. Er bedeutete ihm, sich zu setzen, und Jasin zog sich einen Stuhl heran. Ein kurzer Blick, bevor er gleich wieder die Augen niederschlug und verlegen lächelte. Herr Abd al-Gawwad überlegte, welchen Grund dieser Besuch haben konnte, doch dann fiel ihm das lange Schweigen lästig, und er fragte: »Gute Neuigkeiten? Was ist mit dir? Du bist nicht wie sonst.«

Jasin schaute ihn an, als wollte er Mitleid erwecken. Dann sah er wieder zu Boden und stammelte: »Man will mich in den letzten Winkel von Oberägypten versetzen.«

»Das Ministerium?«

»Ja.«

»Warum?«

Jasin schüttelte aufgebracht den Kopf. »Das habe ich den Direktor auch gefragt. Er hat Dinge vorgebracht, die mit der Arbeit überhaupt nichts zu tun haben. Es ist einfach ungerecht.«

Mißtrauisch fragte Herr Achmed: »Was für Dinge? Erklär mir das näher.«

»Übelste Verleumdungen.« Er zögerte. »Sachen über meine Frau.«

Herrn Achmeds Interesse stieg merklich an. Fast schon besorgt fragte er: »Was für welche?«

Für einen Moment zeichnete sich auf Jasins Gesicht Verlegenheit ab. »Da sind so ein paar Schwachköpfe, die meinen, ich sei mit einer … Lautenspielerin verheiratet.«

Herr Abd al-Gawwad sah sich besorgt um. Gamil al-Hamzawi stand nur auf Armeslänge entfernt, neben ihm befand sich ein Mann, vor ihm saß eine Frau. Wut stieg in ihm auf, aber er versuchte sich zu beherrschen. Dennoch zitterte seine mühsam gedämpfte Stimme vor Ärger, als er erklärte: »Vielleicht sind das wirklich Schwachköpfe, aber ich hatte dich gewarnt. Du begehst unbekümmert die schlimmsten Fehler, aber die Folgen lassen natürlich nicht auf sich warten. Was soll ich sagen? Du bist Schulbeamter, da solltest du auf einen einwandfreien Ruf achten. Ich habe dir das immer und immer wieder gesagt, aber – es ist keine Macht noch Stärke als bei Gott. Als hätte ich selbst nicht genug Sorgen, muß ich mich nun auch noch um deine kümmern.«

»Sie ist meine legale Ehefrau«, wehrte Jasin verlegen ab. »Was geht das das Ministerium an?«

Herr Achmed kämpfte gegen den Zorn an. »Das Ministerium hat auf den guten Ruf seiner Beamten zu achten.«

Über guten Ruf solltest du lieber andere sprechen lassen. »Aber es ist eine hundsgemeine Ungerechtigkeit gegenüber einem verheirateten Mann!«

Herr Achmed fuhr wütend mit der Hand durch die Luft. »Was erwartest du von mir? Soll ich dem Bildungsministerium seine Politik vorschreiben?«

»Aber nein, nur hoffte ich, Ihr könntet Euren Einfluß geltend machen.«

Der Vater zwirbelte sich den Schnurrbart, und während sein Blick gedankenverloren an Jasin hängenblieb, drang der erneut mit Bitten auf ihn ein, erklärte auch immer wieder, wie leid es ihm tue, den Vater zu stören, er aber außer ihm und Gott niemanden habe, auf dessen Hilfe er vertrauen könne. Erst als der Vater ihm versprach, sich um die Sache zu kümmern, verließ er das Geschäft.

Noch am gleichen Abend suchte Herr Abd al-Gawwad das Al-Gundi-Café am Opernplatz auf, wo er den Schuldirektor zu treffen hoffte. Kaum hatte der ihn erblickt, lud er ihn ein, an seinem Tisch draußen auf dem Balkon, von dem aus man den Platz übersehen konnte, Platz zu nehmen, und erklärte im gleichen Atemzug: »Ich habe Sie erwartet. Jasin hat die Grenze überschritten. Es tut mir leid, daß er Ihnen soviel Unannehmlichkeiten bereitet.«

Herr Abd al-Gawwad setzte sich ihm gegenüber. »Jasin ist doch auch Ihnen wie ein eigener Sohn.«

»Natürlich, natürlich, nur habe ich bei der ganzen Sache nichts zu sagen, weil das direkt zwischen Jasin und dem Ministerium verhandelt wird.«

Lächelnd, doch nicht ohne Protest, bemerkte Herr Abd al-Gawwad: »Aber ist es nicht merkwürdig, daß man einen Beamten nur deshalb bestraft, weil er eine Lautenspielerin geheiratet hat? Das geht nur ihn etwas an. Die Ehe ist eine legale Beziehung, und niemandem steht es zu, sie zu verunglimpfen.«

Nachdenklich, als hätte er nicht verstanden, runzelte der Direktor die Stirn. Schließlich sagte er: »Die Sache mit der Ehe kam ja erst ganz zum Schluß und mehr zufällig ins Spiel. Offensichtlich kennen Sie nicht alles, weil man nicht offen mit Ihnen geredet hat.«

Herrn Abd al-Gawwads Herz verkrampfte sich. Beunruhigt fragte er: »Gibt's noch einen anderen Vorwurf?«

Der Direktor beugte sich ein wenig vor. »Das Problem ist, Herr Achmed, daß sich Jasin in der berüchtigten Tajjab-Gasse mit einem gefallenen Mädchen geprügelt hat. Es wurde ein Protokoll aufgesetzt und eine Kopie ins Ministerium geschickt.«

Herr Achmed saß sprachlos und mit weitaufgerissenen

Augen da. Sein Gesicht war aschfahl geworden, worauf sich der Direktor gezwungen sah, bedauernd den Kopf zu schütteln und zu sagen: »Das ist die traurige Wahrheit. Ich habe mein Möglichstes getan, um die Strafe zu mildern, und erreicht, daß er kein Disziplinarverfahren bekommt, sondern lediglich nach Oberägypten versetzt wird.«

»Dieser Hund!« stöhnte leise Herr Abd al-Gawwad.

Der Direktor sah ihn mitfühlend an. »Es tut mir sehr leid, Herr Achmed, aber ein solches Benehmen ziemt sich nicht für einen Beamten. Dabei streite ich nicht ab, daß er ein guter Junge ist und fleißig arbeitet. Ja, ich gestehe offen – ich habe ihn richtig gern, nicht nur weil er Ihr Sohn ist, sondern weil mir seine Wesensart gefällt. Aber es sind die fürchterlichsten Dinge über ihn im Umlauf. Er muß sich zusammenreißen und sein Benehmen ändern, oder er ruiniert sich seine ganze Zukunft.«

Das Gesicht vor Wut verzerrt, schwieg Herr Abd al-Gawwad. Schließlich murmelte er wie im Selbstgespräch: »Eine Prügelei mit einer Hure. Zur Hölle mit ihm.«

Doch er ließ ihn nicht in die Hölle fahren, sondern machte sich flugs auf den Weg, um einige der ihm bekannten Abgeordneten und hohen Beamten zu treffen und sie zu bewegen, Einspruch gegen die Versetzung zu erheben. Mohammed Iffat machte sich zu seinem stärksten Verbündeten, und da eine Flut von Fürsprachen bei den leitenden Beamten des Ministeriums einging, blieb der Erfolg nicht aus, und die Versetzung wurde zurückgenommen. Allerdings bestand man darauf, Jasin aus dem Schuldienst zu nehmen und ihn statt dessen in der Verwaltung arbeiten zu lassen. Der Leiter der Archivabteilung erklärte sich auf einen Wink von Mohammed Iffat, seinem Schwiegervater, bereit, Jasin bei sich aufzunehmen. Nachdem die Zustimmung vorlag, wechselte Jasin zu Beginn des Winters 1926 ins Archiv über. Ganz ungeschoren kam er nicht davon, wurde ihm doch die Untauglichkeit für den Schuldienst schriftlich bescheinigt, nebst der Rückstufung in die siebente Beförderungsstufe, obwohl er schon zehn Jahre in der achten gearbeitet hatte.

Wenn Mohammed Iffat auch darauf achtete, daß Jasin in der Abteilung seines Schwiegersohns gut behandelt wurde, zeigte sich der mit seiner neuen Stellung, dem Mann von Zainab untergeordnet zu sein, äußerst unzufrieden. Zu Kamal sagte er eines Tages: »Bestimmt freut sie sich über das, was mir zugestoßen ist. Für sie ist es die Bestätigung, daß ihr Vater recht hatte, als er sich weigerte, sie wieder zu mir zurückzuschicken. Ich weiß, was in den Köpfen von Frauen vor sich geht. Kein Zweifel – sie ist schadenfroh. Mein Pech ist, daß ich keine andere passende Stelle finde und gezwungen bin, unter der Leitung dieses alten Bocks zu arbeiten. So ein Tattergreis, der kann doch einer Frau nichts mehr bieten. Die Lücke, die Jasin hinterlassen hat, kann er jedenfalls nicht schließen. Soll sich dieses blöde Weib die Hände reiben – ich habe noch viel mehr Grund zur Schadenfreude.«

Zanuba erfuhr nichts vom wahren Sachverhalt. Sie wußte nur, daß ihr Mann einen besseren Posten im Ministerium bekommen hatte. Auch Herr Abd al-Gawwad vermied es im Gespräch mit Jasin, auf den ungeheuren Skandal zu reden zu kommen. Als die Versetzung nicht mehr drohte, hatte er lediglich gesagt: »Der Krug geht so lange zum Wasser, bis er bricht. Du hast mich viel Mühe gekostet und in große Verlegenheit gebracht. Von jetzt an werde ich mich nie mehr um deine Angelegenheiten kümmern. Tu, was du nicht lassen kannst, aber von nun an steht zwischen dir und mir Gott.«

Dennoch schaffte er es nicht, Jasin ganz fallenzulassen. So ließ er ihn eines Tages ins Geschäft kommen und erklärte ihm: »Es ist an der Zeit, daß du dein Leben neu überdenkst, damit du wieder zu Ehre und Ansehen gelangst und nicht mehr am Rand der Gesellschaft existierst. Es ist noch nicht zu spät für einen Neubeginn, und ich kann dir dabei helfen. Also hör gut zu und gehorche.« Dann unterbreitete er ihm den Vorschlag: »Scheide dich von deiner Frau, und kehre nach Hause zurück. Ich werde dafür Sorge tragen, dich angemessen zu verheiraten, damit für dich ein Leben in Würde beginnt.«

Jasin schoß das Blut ins Gesicht. Leise erwiderte er: »Ich schätze den aufrichtigen Wunsch sehr, meine Situation wieder in Ordnung bringen zu wollen. Aber ich werde es selbst bewerkstelligen, ohne dabei jemandem ein Unrecht anzutun.«

»Noch so ein Versprechen, fruchtlos wie die der Engländer!« rief Herr Abd al-Gawwad aufgebracht. »Offensichtlich bist du darauf aus, im Gefängnis zu landen. Bestimmt muß ich mir dein Hilfegeschrei anhören, wenn du das nächstemal hinter Gittern sitzt. Ich wiederhole nochmals – verstoße diese Frau und komm zurück!«

Ein lauter Seufzer, damit der Vater es ja hörte, und dann erklärte Jasin: »Sie ist schwanger, Vater. Ich will nicht noch mehr Schuld auf mich laden, als ich es ohnehin schon getan habe.«

Gott behüte! Im Bauch von Zanuba wächst dir ein Enkel heran. Hättest du dir damals, in der Stunde von Jasins Geburt, dem glücklichsten Tag deines Lebens, je vorstellen können, welchen Kummer dir dieser Sohn bereiten würde? »Schwanger ist sie?!«

»Ja.«

»Und da befürchtest du, erneut Schuld auf dich zu laden?« Noch bevor Jasin den Mund öffnen konnte, brach er donnernd los: »Warum hat dich nicht damals das Gewissen gequält, als du dich an anständigen Mädchen aus feinen Familien vergangen hast? So wahr Gottes heiliges

Buch ist – du bist ein Fluch!« Als Jasin davonging, sah ihm Herr Abd al-Gawwad voller Trauer und Verachtung hinterher. Konnte er auch nicht seine Bewunderung für dessen Aussehen verhehlen, das der Sohn von ihm geerbt hatte, so war ihm klar, daß dessen Charakter von seiner Mutter herkommen mußte. O ja, auch er wäre durch diese Zanuba fast ins Verderben gestürzt, aber er hatte im entscheidenden Moment seine Begierde zum Schweigen gebracht. Oder nur unterdrückt? Der Gedanke ärgerte und beunruhigte ihn. Wie auch immer – verflucht sei Jasin, verflucht sei … nochmals Jasin.

40

Es war der zwanzigste Dezember, kein gewöhnliches Datum, zumindest nicht für Kamal. Zu einer Stunde dieses Tages hatte er einst das Licht der Welt erblickt, eingetragen in eine Urkunde, so daß niemand im nachhinein den Zeitpunkt mal nach vorn, mal nach hinten verschieben konnte. Kamal hatte den Mantel angezogen und lief im Zimmer auf und ab. Als er am Schreibtisch vorbeikam und die neu aufgeschlagene weiße Seite mit dem Datum seines Geburtstags sah, überlegte er, was er angesichts dieses Jubiläums eintragen könnte. Doch er blieb nicht stehen. Durch die Bewegung wurde ihm ein wenig wärmer, was ihm half, der beißenden Kälte besser zu widerstehen. Ein Blick aus dem Fenster sagte ihm, daß noch immer düstere Wolken den Himmel bedeckten. Der feine Regen ließ ihn in der Bewegung innehalten, machte ihn träumerisch und nachdenklich. Zweifelsohne mußte ein solcher Tag gefeiert werden, selbst wenn der Jubilar allein mit sich war. Im alten Haus kannte man nicht die Sitte, Geburtstage zu feiern. Seine Mutter zum Beispiel wußte nicht einmal, daß ein solcher Tag zu jenen gehörte, die man nicht vergessen durfte. Für sie verbanden sich damit nur dunkle Erinnerungen an Jahreszeiten und Schmerzen. Über den Tag, an dem er, Kamal, geboren wurde, pflegte sie zu sagen, daß es »Winter« und die Entbindung schwer war, sie »zwei Tage lang ununterbrochen vor Schmerzen geschrien« hatte. Wenn er früher darüber erzählen hörte, hatte ihm seine Mutter unendlich leid getan. Als er dann Naimas Geburt miterlebte, litt er noch viel mehr mit Aischa. Heute dachte er über seine Geburt anders, denn sein Verstand hatte so reichlich aus der Quelle materialistischer Philosophie geschöpft, daß er in zwei Monaten das in sich aufgenommen hatte, was von der Menschheit in einem Vierteljahrhundert hervorgebracht worden war. Als ginge es um ein Verhör mit einem Beschuldigten, legte er sich in Gedanken mehrere Fragen zurecht. Wäre es möglich, so überlegte er, daß die Schwierigkeiten einer Entbindung teilweise oder auch gänzlich auf Unachtsamkeit oder Unwissenheit zurückzuführen waren? Konnten die Schmerzen gefährliche Nachwirkungen auf Gehirn und Nervensystem des Neugeborenen haben, so daß sein Schicksal mit allem Guten und Schlechten davon beeinflußt wurde? Wäre es nicht möglich, daß er sich nur deshalb vor Liebe verzehrte, weil die Fontanelle und Wände seines gewaltigen Schädels in den verborgenen Tiefen der Gebärmutter vor neunzehn Jahren einen Schock erlebt hatten? Und dann seine idealistischen Vorstellungen, die ihn so lange in den unbekannten Gefilden der Phantasie hatten umherirren und Ströme von Tränen am Altar des Leids vergießen lassen – waren sie vielleicht nur die traurige Folge des Frevels einer unwissenden Hebamme? Was war vor der Geburt gewesen? Was vor der Schwangerschaft? Was hatte es mit dem Unbekannten auf sich, aus dem neues Leben entsprang? Wie lautete die chemische, organische Formel für ein menschliches Wesen, das sich auf Anhieb verächtlich gegen seinen Ursprung wehrte und statt dessen zu den Sternen emporschaute und in ihren Wendekreisen nach seinesgleichen suchte? Der Anfang von allem lag viel näher, nämlich in dem, was man Sperma nannte. Vor neunzehn Jahren und neun Monaten war er, Kamal, nichts anderes gewesen als Sperma, ein Tropfen, herausgeschleudert im unschuldigen Wunsch nach Vergnügen oder im brennenden Verlangen nach Trost, im Willkürakt geistloser Trunkenheit oder auch nur im Gefühl der Pflicht gegenüber einer Frau, die den ganzen Tag zu Hause hockte. Welche von diesen Situationen hatte ihn Kind werden lassen? Wahrscheinlich die, die von der Pflicht bestimmt war, denn dieses Gefühl hatte ihn nie verlassen. Auf Vergnügungen hatte er sich erst eingestellt, nachdem er dafür eine mögliche Philosophie und annehmbare Theorie gefunden hatte. Trotzdem kostete ihn das noch immer Kampf, bereitete es ihm Schmerz. Er konnte das Leben nicht leichtnehmen.

Dem Sperma entkam ein winziges Lebewesen, traf auf ein ebenso kleines Ei, drang in es ein, so daß beide gemeinsam in die Gebärmutter glitten und dort zu einem Blutklumpen wurden. Der hüllte sich wiederum in Fleisch und Knochen und kam ans Licht, und noch ehe er richtig zu erkennen war, schrie er schon los. Die einmal angelegten Instinkte wuchsen und gediehen, und im Lauf der Zeit gesellten sich Prinzipien und Anschauungen bis zum Überdruß dazu. Dann fiel er der Liebe anheim, die ihn glauben machte, selbst zu einer Art Gottheit zu werden. Doch schon geriet alles ins Beben, kamen die Überzeugungen ins Wanken, stürzte das Gebäude von Gedanken ein und riß vor Enttäuschung das Herz. Da stand er nun – zurückgeworfen in einen Zustand, würdeloser als der, dem er einst entwachsen war.

Neunzehn Jahre also schon, was für eine lange Zeit. Jugend, die in Blitzesschnelle verging. Welch anderen Trost gab es, als Stunde für Stunde, Minute für Minute das Leben zu genießen, bevor der Rabe das Grab ankündigte? Die Zeit der Unschuld war dahin, die Ära der Liebe angebrochen, unterteilt mit Daten wie »v. L.« oder »n. L.«, reich an Sehnsüchten, doch ausgerichtet auf eine Geliebte mit unbekanntem Wesen, das nur mit einigen der neunundneunzig schönsten Attribute Gottes zu erfassen blieb. Denn sie war die Wahrheit, die Freude des Lebens, das Licht des Wissens. Lang würde die Reise werden. Der Liebende war auf den Zug des Auguste Comte aufgesprungen, fuhr an der Station der Theologie mit der Aufschrift »Ja, Mama« vorbei, um dann die Region der Metaphysik zu erreichen, die den Namen »Nein, Mama« trug, bevor aus weiter Ferne und nur mit dem Fernglas erkennbar der Berg »Realität« auftauchte, über dem die Inschrift schwebte: »Öffne die Augen, und habe Mut!«

Kamal blieb vor dem Schreibtisch stehen, schaute aufs Tagebuch und begann sich zu fragen, ob er sich hinsetzen sollte, um die Geburtstagsseite mit dem zu schwärzen, was ihm die Feder diktierte, oder ob er gut daran täte, damit zu warten, bis seine Gedanken im Kopf klar und durchsichtig geworden waren. In diesem Moment ließ ihn das eintönige Gemurmel des Regens aufhorchen, und er hob die Augen und sah hinaus zum Fenster, das den Blick auf die Baina-l-Kasrain-Straße freigab. Perlen hingen an den Scheiben, die von der Feuchtigkeit der Luft naß waren. Glitt eins der schimmernden Tröpfchen hinunter, so hinterließ es eine helle Spur, krumm wie die einer Sternschnuppe. Kamal trat ans Fenster, sah hinauf zu den dicken Wolken und beobachtete, wie der Regen fiel. Himmel und Erde waren mit glitzernden Fäden verbunden. Nur die Minarette und Kuppeln schien der Regen nicht zu kümmern; ihnen paßte sich der Horizont wie ein Silberrahmen an. Die Welt, träumerisch in ein Weiß getaucht, das sanftes Braun durchdrang, barg majestätische Pracht. Von unten drang Kindergeschrei herauf. Kamal beugte sich vor und sah, daß in der Straße ein Strom von Wasser rann und an den Ecken sich Morast staute. Die Wagen kamen nur mühsam voran, die Räder machten aus Pfützen Springbrunnen, vor den Läden waren die Waren weggeräumt, und die Fußgänger suchten Schutz in Schenken, Bars oder unter Balkons.

Was könnte an einem solchen Tag wichtiger sein, als sich vom Anblick dieses wie er leidenschaftlich aufgewühlten Himmels hinreißen zu lassen und sich in Gedanken zu verlieren über das, was im neuen Lebensjahr sein würde. Seit Hussain Schaddad das Land verlassen hatte, stand ihm kein Gefährte mehr zur Seite, mit dem er über die Geheimnisse der Seele sprechen konnte. Er hatte nur noch sich, wenn er das Bedürfnis zu reden verspürte. So war ihm die Seele zum Freund geworden, nachdem der Freund seine Seele verlassen hatte. ›Glaubst du an die Existenz Gottes?‹ wollte er von ihr wissen, worauf sie ihrerseits zurückfragte: ›Warum springst du nicht von Stern zu Stern und von Planet zu Planet, um die Antwort herauszufinden?‹ Mit ihr sprach er auch über die auserwählte Schar der vom Himmel gesandten Söhne, die die Erde zum Mittelpunkt des Universums machten und die Engel vor einem Klumpen Lehm niederknien ließen, bis deren Bruder Kopernikus kam und die Erde dorthin verwies, wo sie hingehörte – auf den Platz einer kleinen Dienerin der Sonne. Ihm folgte sein Bruder Darwin, der den falschen Prinzen entlarvte und aller Welt verkündete, daß dessen richtiger Vater der da im Käfig war, den die Freunde zu Festen und vergnüglichen Feiern einluden, um sich an seinem Anblick zu ergötzen.

Am Anfang war das Nebelfeld, und aus dem stiebten die Sterne hervor wie Wassertropfen vom Fahrrad. Die Sterne, in ihrem ewigen Spiel, rückten einander näher, und da waren die Planeten geboren. Die Erde, ein flüssiger Ball, schoß davon. Um sie zu necken, lief der Mond hinterher. Mit der einen Seite schaute sie ihn finster an, und mit der anderen lächelte sie ihm zu, aber dann ließ ihre Begeisterung nach, und ihr Gesicht erstarrte zu Bergen, Hochebenen, Tälern, Felsmassiven. Kriechendes Leben regte sich. Auf allen vieren kam der Erdensohn daher, und wer immer ihm begegnete, den fragte er nach den höchsten Idealen.

O Seele, ich will dir nicht verschweigen, wie sehr ich die Legenden satt habe. Inmitten der brausenden Flut klammere ich mich an einem Felsen mit drei Kanten fest, den ich von nun an »Stein des Wissens, der Philosophie und des Ideals« nennen werde. Sage ja nicht, daß die Philosophie auch nur wie die Religion mythischer Natur ist. Nein, sie ruht auf den festen Stützen der Wissenschaften, mit deren Hilfe sie auf ihr Ziel zugeht. Die Kunst ist ein hehrer Genuß, sie macht das Leben länger, doch mein Streben geht darüber hinaus, weil mein Durst nur mit der Wahrheit zu löschen ist. Im Vergleich zu ihr ist die Kunst ein weibisches Vergnügen. Ich aber bin bereit, für das hohe Ziel der Wahrheit alles zu opfern, wenn auch nicht das Leben. Und was befähigt mich zu solch einer gewichtigen Rolle? Ein großer Schädel, eine riesige Nase, eine enttäuschte Liebe, eine mögliche Krankheit. Wage ja nicht, dich über die Träume der Jugend lustig zu machen. Was wäre das anderes als ein Zeichen für Altersschwäche, die die Betroffenen selbst Weisheit zu nennen pflegen. Es ist kein Widerspruch, alle auf einmal zu bewundern – Saad Zaghlul, Kopernikus, Ostwald, Mach –, denn der Kampf, das rückständige Ägypten mit dem Fortschritt zu verbinden, ist nicht nur eine noble, sondern auch eine Tat für die Menschheit. Der Patriotismus ist so lange eine Tugend, wie er nicht von feindlichem Haß beschmutzt wird. Unser Abscheu gegen England ist einzig Selbstverteidigung. So gesehen, ist Patriotismus nichts anderes als regionaler Humanismus.

Du fragst, ob ich an die Liebe glaube? Hier meine Antwort: Sie hat mein Herz noch immer nicht verlassen. Ich kann nicht anders – für mich ist sie das wahre Wesen von Menschlichkeit. Auch wenn die Wurzeln der Liebe mit denen von Religion und Legenden verwachsen sind, so hat doch der Einsturz der ihr geweihten Tempel sie ebensowenig in den Grundfesten erschüttert und bedeutungslos gemacht wie der Sturm auf ihre Geheimnisse durch Studien und Analysen. Man hat ihre biologischen, psychologischen und gesellschaftlichen Aspekte klassifiziert, doch all das verhindert nicht das Klopfen des Herzens, wenn Erinnerungen aufkommen oder Bilder sich aufdrängen. Ah, da glaubst du etwa an die ewige Liebe? Ach, Ewigkeit ist auch nicht mehr als ein Mythos. Wahrscheinlich ist Liebe ein vergeßlich Ding wie alles hier auf Erden. Seit der Heirat von … – warum zögerst du, den Namen auszusprechen? –, von Aida ist ein Jahr vergangen. Ein gut Teil Weg ist zurückgelegt, um zu vergessen. Durch vieles mußte ich hindurch – durch Wahnsinn, Betäubung und unaufhörlichen Schmerz, der nur allmählich nachließ. Ich erinnere mich dieser Liebe zwar morgens beim Aufstehen und abends beim Schlafengehen, aber ansonsten vergeht der Tag ungestört, und der Gedanke daran setzt mir höchstens ein- oder zweimal zu. Dann schwankt mein Empfinden zwischen leiser Sehnsucht, wolkengleich dahinziehender Traurigkeit, stechender, doch nicht verbrennender Wehmut – außer wenn du, Seele, in orkanartigen Aufruhr gerätst und unter meinen Füßen die Erde wankt. Auf jeden Fall bin ich soweit zu glauben, daß ich auch ohne Aida weiterleben kann. Worauf verläßt du dich bei der Suche nach Vergessen? Wie ich schon sagte – auf Studien und Analysen, darauf, die Schmerzen des einzelnen zu vermindern, indem ich das Universum betrachte, denn gemessen daran ist die Welt des Menschen ein winziges Staubkorn. Aber ich entspanne mich auch mit Alkohol und Frauen. Ich suche Trost bei einem Philosophen wie Spinoza, der das Trösten zum Thema machte, indem er Zeit für etwas Irreales hielt. Da alle Aufregungen über zurückliegende oder künftige Ereignisse dem Verstand zuwiderlaufen, sind wir in der Lage, sie zu überwinden, wenn wir uns eine klare, deutlich eingegrenzte Idee davon machen. Freut es dich, die Liebe als etwas zu entdecken, das dem Vergessen anheimfällt? Einerseits macht es mich froh, weil mich das auf die Befreiung aus der Gefangenschaft hoffen läßt, andererseits ist es betrüblich, weil damit eine wichtige Erfahrung wegfällt, nämlich den Tod zu erleben, bevor seine Stunde geschlagen hat. Doch wie auch immer, ich werde mein Leben lang Gefangenschaft hassen und immer absolute Freiheit lieben.

Glücklich der, der nie an Selbstmord denkt und sich nie nach dem Tod sehnt. Selig der, in dessen Brust die Fackel der Begeisterung brennt. Unsterblich der, der handelt und sich aufrichtigen Herzens an ein Werk wagt. Lebend der, der al-Chajjam nacheifert und sich an einem Buch, einem Glas Wein, einer Geliebten erfreut. Ein Gemüt, das voll der schönsten Hoffnungen ist, denkt kaum an Heirat, denn ist das Glas mit Whisky gefüllt, gibt es keinen Platz für Sodawasser. Was willst du mehr, als deiner Sucht nach Alkohol ohne Gewissensbisse zu folgen und dich dem Weib ohne Ekel zu nähern. Sehnst du dich dennoch von Zeit zu Zeit nach Reinheit und Askese, dann ist es wahrscheinlich nichts anderes als ein Rest alter Frömmigkeit.

Unaufhörlich rann der Regen, der Himmel donnerte, Blitze leuchteten. Kein Mensch war auf der Straße zu sehen, alles Geschrei verstummt. Kamal kam der Gedanke, einen Blick auf den Hof zu werfen. Er ging zum Salon hinüber, trat ans Fenster und lugte durch die Ritzen der Läden. Das Wasser riß den weichen Boden mit sich, spülte ihn in Bahnen zusammen, trieb den Schlamm auf den alten Brunnen zu. An einer Seite gab es eine Überschwemmung, und das Wasser floß hinein in eine Senke zwischen Ofenraum und Vorratskammer, dort, wo vereinzelte Samenkörner von Weizen, Gerste und Klee, versehentlich den Händen Umm Hanafis entfallen, schon zu sprießen begonnen hatten – zarte Pflänzchen, wie aus Seide gewebt, die nur wenige Tage wachsen würden, bevor eilige Füße sie zertrampelten. Ein Stückchen Kindheit verband sich mit dieser Stelle für ihn, hatte er hier doch gespielt und geträumt. Eine Quelle der Erinnerungen, die sein Herz mit Sehnsucht erfüllten. Und obwohl er auch ein wenig Freude dabei fühlte, legte sich, wie eine zarte Wolke den Mond verschleiert, auch Trauer darüber.

Er wandte sich ab, wollte ins Zimmer zurückgehen. Nun erst bemerkte er, daß im Salon jemand saß – ein Überbleibsel der alten Kaffeerunde. Auf dem Kanapee hockte die Mutter, streckte die Arme über das Kohlebekken aus, und da sie sonst keinen Gefährten mehr hatte, saß Umm Hanafi mit gekreuzten Beinen auf einem Fell ihr gegenüber. Wie gern dachte er zurück an die Glanzzeit dieser Runde, die ihm viele schöne Erinnerungen hinterlassen hatte. Einzig das Kohlebecken hatte keine Veränderung erlebt, die das Auge hätte erkennen können.

41

Herr Abd al-Gawwad steuerte gemächlichen Schritts am Nilufer entlang auf das Hausboot von Mohammed Iffat zu. Es war eine ruhige Nacht mit klarem, sternefunkelndem Himmel und eher kühler Luft. Am Ziel angekommen, blickte er, bevor er den Steg betrat, allein aus Gewohnheit hinüber zu der Stelle, wo das andere Boot lag, jenes, das er einst »Zanubas Heim« genannt hatte. Ein Jahr war über die schmerzlichen Erinnerungen ins Land gegangen, und nun fühlte sein Herz nichts außer Scham und Verdruß. Zu den Auswirkungen des schrecklichen Erlebnisses hatte gehört, daß er, wie nach Fahmis Tod, keine Feier mehr mitmachte, wo es Frauen gab. Ein Jahr hatte er durchgehalten, doch dann, verärgert über sich selbst, seinen Entschluß fallengelassen. Die sündhafte Runde sollte ihn wiederhaben.

Binnen einer Minute stürzte er hinein, umfaßte mit dem Blick die geliebte Gemeinschaft – seine drei Freunde und die zwei Frauen. Die Männer hatte er erst gestern getroffen, den Frauen aber war er zum letztenmal vor ungefähr anderthalb Jahren begegnet, genauer gesagt, seit jener Nacht nicht mehr, da Zanuba in sein Leben gebrochen war. Er sah sich um – man hatte noch nicht angefangen. Die Flaschen waren voll, alles hatte seine Ordnung. Galila saß auf dem Kanapee und spielte hingebungsvoll mit ihren Goldarmbändern, als wollte sie einzig dem Klimpern lauschen. Zubaida stand unter der Deckenlampe und betrachtete sich prüfend in einem kleinen Handspiegel. Hinter ihr befand sich der Tisch mit einer Menge Whiskyflaschen und Tellern mit Appetithäppchen. Die drei Männer, barhäuptig und ohne Gubbas, hatten sich im Raum verteilt, so daß Herr Abd al-Gawwad erst sie nacheinander begrüßte, ehe er den Frauen herzlich die Hand schüttelte. Während Galila ihn mit dem Satz empfing: »Willkommen, geliebter Bruder«, meinte Zubaida zwar lächelnd, doch mit einem gewissen Vorwurf: »Wenn es nicht unhöflich wäre, täten wir den Herrn nicht so freundlich empfangen.«

Herr Abd al-Gawwad legte Gubba und Tarbusch ab, hielt nach einem freien Platz Ausschau und setzte sich dann – Zubaida hatte sich mittlerweile neben Galila plaziert – aufs Kanapee zu den beiden Frauen. Sein Zögern war Ali Abd ar-Rahim nicht entgangen, der es auch umgehend mit den Worten kommentierte: »Du tust, als wärst du ein Anfänger.«

Als müßte Galila Herrn Achmed Mut machen, erwiderte sie: »Laß ihn in Ruhe. Zwischen ihm und uns hat es nie Scheu gegeben.«

Zubaida lachte spöttisch. »Es ist wohl eher an mir, das zu sagen. Ist er nicht mein Verwandter?«

Natürlich begriff Herr Abd al-Gawwad, worauf sie abzielte. Zwar fragte er sich beunruhigt, inwieweit sie in die Geschichte eingeweiht war, sagte dann aber besonders liebenswürdig: »Es ist mir eine Ehre, Sultanin.«

Sie sah ihn mißtrauisch an. »Bist du wirklich glücklich darüber?«

»Wo du doch ihre Tante bist«, anwortete er geschickt.

Verärgert winkte sie ab. »Ich werde nie gutheißen, was sie getan hat.«

Noch bevor er sie nach dem Grund fragen konnte, rief Ali Abd ar-Rahim händereibend: »Verschiebt das auf später, erst mal wollen wir uns den Kopf benebeln.« Er ging zum Tisch, öffnete eine Flasche und goß ein. Einem nach dem anderen reichte er ein Glas, und der Eifer, mit dem er das tat, verriet, wie glücklich er über die vertraute Aufgabe des Mundschenks war. Er wartete noch einen Moment, und dann brachte er den Toast aus: »Auf die

Gesundheit unserer Lieben und Brüder. Möge uns immer Vergnügen beschert sein.«

Man lächelte, erhob die Gläser, auch Herr Abd al-Gawwad, der über den Rand seines Glases hinweg die Gesichter der Freunde betrachtete. Ja, das waren die Gefährten, die nun schon fast vierzig Jahre lang mit ihm gemeinsam die sich aus Verbundenheit und Treue ergebenden Bürden trugen. Wie er sie sich so ansah, überkam ihn das Gefühl, als wären sie aus seinem Fleisch und Blut, und da konnte er nicht anders, als vom Gefühl wahrer Brüderlichkeit zutiefst aufgewühlt zu sein. Als sein Blick auf Zubaida fiel, fiel ihm ihr letzter Satz ein. »Warum wirst du nie ihr Verhalten billigen?« fragte er.

Sie wandte sich ihm zu, und ihre glänzenden Augen ließen ihn ahnen, wie sehr sie sich freute, mit ihm zu sprechen. »Weil sie eine Verräterin ist und keine Verpflichtungen einhält. Seit mehr als einem Jahr tut sie das schon, seit sie mein Haus ohne Erlaubnis verließ und irgendwohin verschwand.«

Sollte sie tatsächlich nicht wissen, wo Zanuba sich aufgehalten hat? Er würde sich hüten, sich auch nur mit einem Wort dazu zu äußern.

Doch Zubaida ließ nicht locker. »Hast du nicht davon gehört?«

»Seinerzeit wohl ja.«

»Ich war es, die von klein auf Sorge für sie getragen und sich mit dem Herzen einer Mutter um sie gekümmert hat. Und das war dann der Lohn. Pfui über solch schmutziges Blut!«

Herr Ali Abd ar-Rahim, dem nach einem Spaß zumute war, tat, als müßte er protestieren. »Nun laß doch ihr Blut in Ruhe, es ist schließlich auch deins.«

Zubaida blieb ernst. »Keineswegs, in meinen Adern fließt anderes.«

»Wer war wohl ihr Vater?« fragte Herr Achmed.

»Ihr Vater!« rief höhnisch Ibrahim Alfar, und allen war klar, daß gleich eine Flut sarkastischer Bemerkungen folgen würde. Aber Mohammed Iffat kam ihm zuvor. »Denke daran, daß du über Jasins Frau sprichst.« Im gleichen Augenblick verschwand der Spott aus Herrn Alfars Miene, und ziemlich verlegen flüchtete er sich ins Schweigen. Zubaida nahm das Gespräch wieder auf. »Mir ist nicht nach Spaßen zumute, wenn ich über sie rede. All die Jahre über war sie neidisch auf mich, immer wollte sie mir den Rang streitig machen, obwohl sie doch unter meiner Obhut stand. Ich aber habe sie verhätschelt und über ihre schlechten Seiten hinweggesehen.« Sie lachte spitz. »Tänzerin wollte sie werden, pah!« Sie sah von einem zum anderen und meinte hämisch: »Weil ihr Traum in die Brüche ging, hat sie geheiratet.«

Ali Abd ar-Rahims Stimme hörte sich nach Mißbilligung an, als er fragte: »Heiraten hat also deiner Meinung nach etwas mit Scheitern zu tun?«

Zubaida kniff ein Auge zu, hob die Braue des anderen und erwiderte scharf: »Genau, junger Mann. Eine Tänzerin verläßt nicht ihre Gruppe, außer wenn sie unbedingt erledigt sein will.«

An dieser Stelle begann Galila zu singen: »Du köstlicher Wein, stimmst uns froh und heiter«, und Herr Abd al-Gawwad lächelte genüßlich und stieß ein beifälliges »Ah!« aus, das ihr seine Freude zeigte. Aber Ali Abd ar-Rahim erhob sich abermals und erklärte: »Einen Moment Ruhe noch, erst muß die nächste Runde eingeschenkt werden.« Er füllte die Gläser und verteilte sie, dann setzte er sich wieder. Herr Abd al-Gawwad griff nach seinem Glas und beobachtete Zubaida, doch als sie sich zu ihm umdrehte, lächelte und tat, als würde sie ihm zuprosten, da nickte er ihr nur kurz zu, hob sein Glas und trank. Sie starrte ihn unverwandt an, mit leuchtenden Augen. Ein Jahr lang hatte er nicht den Wunsch nach einer Frau verspürt. Es war, als hätte die harte Erfahrung sein Feuer zum Erlöschen gebracht. Möglicherweise lag das auch an seinem Stolz oder daran, daß er sich nicht wohl gefühlt hatte. Nun aber taten der Rausch und die zärtlichen Blicke das Ihrige, so daß sein Innerstes in Bewegung geriet und er nach all der Bitterkeit des Widerstands die Süße der Zuwendung voll auskostete. Ihr Lächeln bedeutete ihm das freundliche Willkommen jenes Geschlechts, das ihn sein Leben lang betört hatte. Vielleicht würde nun die Verletzung heilen, die seiner Ehre durch Verrat und Alter zugefügt worden war. Zubaidas feurige Augen schienen ihm zu sagen, daß seine Zeit noch lange nicht vorbei war. Er konnte den Blick nicht von ihr wenden, lächelte ihr unentwegt zu.

Mohammed Iffat kam mit der Laute und legte sie zwischen die beiden Frauen. Galila nahm sie, schlug ein paar Saiten an, und als sie die anderen auf sich aufmerksam gemacht hatte, begann sie zu singen: »Mein Versprechen gilt dir, du, den ich liebe ...« Wie immer, wenn er Galila oder Zubaida zuhörte, schien Herr Abd al-Gawwad sich völlig der Harmonie hinzugeben. Er wiegte den Kopf im Rhythmus des Gesangs, als könnte er durch diese Bewegung den Zauber der Melodie zur Ekstase werden lassen. In Wahrheit existierte seine Welt der Musik nur noch in der Erinnerung, denn dahin waren al-Hamuli, Othman, al-Manjalawi und Abd al-Hajj, vergangen wie seine Jugend und die siegreichen Tage. Indes – er mußte zufrieden sein mit dem, was die Gegenwart bot, und wenigstens durch Bewegungen zeigen, in welche Verzückung er geriet. Seine Vorliebe für den Gesang und seine Sucht, sich an Musik zu berauschen, hatten ihn dazu verführt, in das Theater von Munira al-Mahdija zu gehen, auch wenn ihm der darstellerische Gesang nicht besonders zusagte und ihn die lange Sitzerei an die Schule erinnerte. Im Haus von Mohammed Iffat hatte er Platten von einer neuen Sängerin, Umm Kulthum, gehört, war aber vorsichtig und insgeheim ablehnend geblieben. Er mochte ihre Stimme nicht, obwohl es hieß, daß Saad Zaghlul höchstpersönlich sie als besonders schön gepriesen hatte. Im Augenblick jedoch verriet sein Anblick nichts von dem, was er über mancherlei Gesang dachte. Er schaute glücklich und zufrieden auf Galila und stimmte melodisch in den Refrain ein: »Mein Versprechen gilt dir ...« Auf einmal rief Ibrahim Alfar: »Das Tamburin! Wo ist das Tamburin? Wir wollen Abd al-Gawwad hören.«

Frag lieber, wo jener Achmed Abd al-Gawwad geblieben ist, der einst das Tamburin spielte. Ach, warum verändert uns die Zeit so sehr?

Galila hatte ihr Lied beendet, und als ihr Beifall gespendet wurde, lächelte sie dankbar, entschuldigte sich aber gleichzeitig mit den Worten: »Ich bin müde.«

Zubaida bedachte sie zwar mit reichlichem Lob, doch häufig geschah das bei den beiden entweder aus Höflichkeit oder um des lieben Friedens willen. Niemandem konnte verborgen bleiben, daß Galilas Stern als Sängerin vor dem baldigen Untergang stand; erst kürzlich hatte die Tamburinspielerin Fino die Gruppe verlassen und sich einer anderen angeschlossen, was als einer der letzten Hinweise darauf galt. Das Ende von Galilas Ruhm war nur allzu natürlich, denn die Vorzüge, auf die sie sich einst stützen konnte – der Zauber und die Schönheit der Stimme –, waren im Welken begriffen. Schon deshalb brauchte Zubaida nicht sonderlich eifersüchtig zu sein, sondern konnte ihr freimütig schmeicheln – abgesehen davon, daß sie selbst den Höhepunkt ihres Lebens bereits erreicht hatte und es auch mit ihr nur noch abwärtsgehen konnte. Die Freunde pflegten sich oftmals zu fragen, ob Galila für den schweren Lebensabschnitt des Alters vorgesorgt hatte. Herr Abd al-Gawwad glaubte es nicht, ja, insgeheim beschuldigte er sogar einige ihrer Liebhaber, einen großen Teil ihres Vermögens mit durchgebracht zu haben. Doch gleichzeitig verkündete er lauthals, Galila gehöre zu den Frauen, die genau wüßten, wie man an Geld komme, was Ali Abd ar-Rahim mit Argumenten zu unterstützen pflegte wie: »Sie wird sich an der Schönheit der weiblichen Mitglieder der Gruppe schadlos halten, selbst wenn ihr Haus damit allmählich einen anderen Charakter bekommt.« Was Zubaida betraf, so waren sich alle einig darin, daß sie trotz ihrer Geschicklichkeit, den Männern das Geld abzuluchsen, viel zu freigebig war und sich allzugern den Anschein gab, das Geld aus dem Fenster zu werfen. Obendrein war sie versessen auf Alkohol und Rauschgift, besonders auf Kokain.

Herr Mohammed Iffat wandte sich plötzlich an sie und sagte: »Gestatte mir bitte, meine aufrichtige Bewunderung für die schwärmerischen Blicke auszudrücken, mit denen du offenbar nur einen von uns bedenkst.«

Galila kicherte und murmelte vor sich hin: »Die Augen sind's, die Leidenschaft verraten«, und Ibrahim Alfar fragte mißbilligend: »Denkst du, du befindest dich hier in einer Bruderschaft von Blinden?«

Herr Abd al-Gawwad tat bekümmert. »Bei eurer Offenheit werdet ihr nie das werden, was ihr immer gewollt habt – Zuhälter.«

Nun hielt es Zubaida an der Zeit, Herrn Iffat zu antworten. »Wenn ich ihn mir ansehe, führe ich nichts im Schilde, was Gott nicht erlaubte. Ich beneide ihn einfach um seine Jugendlichkeit. Schaut euch nur mal sein schwarzes Haar an, umgeben von lauter Weißhaarigen, und dann sagt mir, ob ihr ihn auch nur für einen Tag älter als vierzig haltet.«

»Ich gebe ihm ein ganzes Jahrhundert.«

»Dann passe ich ja zu euch«, hielt Herr Abd al-Gawwad mit, und Galila trällerte los: »Ins neidische Auge gehört ein Pfahl, o Liebste.«

»Vor meinem Neid muß er keine Angst haben«, erwiderte Zubaida. »Meine Augen tun ihm kein Leid an.«

Herr Iffat nickte gewichtig und sagte: »Die Ursache allen Leidens rührt von deinen Augen her.«

»Du redest von Jugendlichkeit?« wandte sich Herr Abd al-Gawwad an Zubaida. »Hast du nicht gehört, was der Arzt gesagt hat?«

»Mohammed Iffat hat mir berichtet.« Sie sah ihn ungläubig an. »Was soll das für ein Druck sein, den er für verdächtig hält?«

»Nun ja, er hat mir so einen komischen Schlauch um den Arm gewickelt, ihn mit einer Pumpe aus Leder aufgeblasen, und dann hat er gesagt: ›Sie haben Druck.‹«

»Woher soll dieser Druck kommen?«

Herr Achmed lachte. »Na, bestimmt von der Pumpe.«

»Es muß eine ansteckende Krankheit sein«, rief Ibrahim Alfar und klatschte aufgeregt in die Hände. »Kaum war ein Monat vergangen, nachdem unser Freund davon betroffen war, hat jeder von uns den Arzt aufgesucht, und das Ergebnis der Untersuchung lautete bei allen – ›Druck‹.«

»Ich sage euch, was es damit auf sich hat«, griff Ali Abd ar-Rahim ein. »Es hängt mit der Revolution zusammen. Der Beweis liegt auf der Hand – vor dem Ausbruch der Revolution hat von dieser Krankheit niemand etwas gehört.«

»Und wie wirkt sie sich aus?« wollte Galila von Herrn Achmed wissen.

»Hundsmäßige Kopfschmerzen und Atemnot beim Laufen.«

Mit einem Lächeln versuchte Zubaida, ihre Besorgnis zu

überspielen, bevor sie unwillig einwarf: »Wer kennt das nicht! Habe ich dann auch Druck? Was meint ihr?«

»Mehr oben oder mehr unten?« fragte Herr Achmed, und alle, auch Zubaida, lachten los. Schließlich erklärte Galila: »Da du nun mit dem Druck Bescheid weißt, untersuche sie doch mal. Vielleicht bekommst du heraus, woran sie leidet?«

»In Ordnung. Sie sorgt für den Schlauch, ich für die Pumpe.«

Wieder erhob sich allgemeines Gelächter. Mitten hinein schimpfte Mohammed Iffat los: »Druck, immer nur Druck. Das einzige, was man beim Arzt zu hören bekommt, und zwar in einem Ton, als wäre man sein Sklave, ist – kein Alkohol, kein rotes Fleisch, Vorsicht mit Eiern.«

»Bloß, was soll ein Mensch wie ich machen? Ich esse nur rotes Fleisch und Eier und trinke einzig und allein Alkohol«, machte sich Herr Abd al-Gawwad lustig.

»Iß und trink, was du willst, und es wird dir bestens bekommen«, antwortete Zubaida im Handumdrehen. »Der Mensch ist sein eigener Arzt, und nur Gott übertrifft ihn darin.«

Wenn Herr Abd al-Gawwad einmal das Bett hüten mußte, befolgte er die Anweisungen des Arztes. Doch kaum war er wieder auf den Beinen, vergaß er alle gutgemeinten Ratschläge.

»Ich glaube nicht an Ärzte«, meinte Galila. »Aber ich habe eine Entschuldigung für das, was sie tun und sagen. Wie wir uns als Tänzerinnen von Hochzeiten ernähren, tun sie es von Krankheiten. Schlauch, Pumpe, Anordnungen und Verbote sind für sie ebenso unersetzlich wie für uns Tamburin, Laute und Lieder.«

»Wie wahr!« bestätigte Herr Abd al-Gawwad begeistert. »Krankheit und Gesundheit, Leben und Tod liegen nur in Gottes Hand. Wer Ihm vertraut, kennt keinen Kummer.«

»Seht euch diesen Mann an«, erklärte lachend Ibrahim Alfar. »Mit dem Mund säuft er, mit seinen Augen treibt er Unzucht, aber mit der Zunge predigt er.«

Da brach auch Herr Achmed in schallendes Gelächter aus. »Da ist doch nichts Schlechtes dabei, solange ich in einem Bordell predige.«

Mohammed Iffats Blick sah ihn forschend an, und bewundernd den Kopf schüttelnd, meinte er: »Ich wünschte, Kamal wäre hier, um mit uns gemeinsam aus deinen frommen Worten zu lernen.«

»Ah, nebenbei gefragt«, meinte Ali Abd ar-Rahim, »ist er immer noch der Meinung, daß der Mensch vom Affen abstammt?«

Galila schlug die Hände auf der Brust zusammen und rief: »Ach du liebe Güte!«, und Zubaida stammelte verstört: »Vom Affen!?« Doch dann schien sie auf etwas gekommen zu sein, was die Sache erklärte: »Vielleicht meint er nur sich, seine Herkunft.«

Warnend sah Herr Abd al-Gawwad sie an. »Er behauptet auch, daß die Frau von einer Löwin abstammt.«

Sie kreischte vor Lachen, und glucksend erklärte sie: »Ach, das möchte ich sehen, den Sproß eines Affen und einer Löwin!«

Ibrahim Alfar griff ein. »Wenn Kamal erst eines Tages erwachsen ist und das Vaterhaus verläßt, wird er auch zu der Überzeugung gelangen, daß die Menschen von Adam und Eva kommen.«

»Oder ich bringe ihn eines Tages mit«, unterbrach ihn Herr Abd al-Gawwad. »Dann kann er sich davon überzeugen, daß der Mensch höchstens vom Hund abstammt.«

Ali Abd ar-Rahim stand auf, um wieder einmal die Gläser zu füllen. »Du kennst Herrn Achmed doch am besten von uns«, meinte er zu Zubaida. »Auf welches Tier könnte man ihn deiner Meinung nach zurückführen?«

Sie überlegte, sah angestrengt zu, wie er den Whisky eingoß, dann lächelte sie und sagte: »Auf den Esel.«

»Soll das eine Beleidigung oder ein Kompliment sein?« fragte Galila.

»Das weiß nur sie allein«, meinte Herr Abd al-Gawwad belustigt.

Heiter und gelöst machte man sich wieder ans Trinken, und Zubaida griff nach der Laute und sang: »Laß den Vorhang fallen ...«

Vom Rausch gepackt, schwang Herr Abd al-Gawwads Körper mit der Musik mit. Das Glas, in dem noch ein Rest Whisky war, hielt er hoch, starrte durch es hindurch, als wollte er Zubaida in goldgelber Färbung sehen. Wenn überhaupt noch ein Geheimnis bestanden hatte, nun lag es offen zutage – zwischen Achmed und Zubaida war wieder alles beim alten. Im Chor wiederholte man Zubaidas Zeilen, und Herrn Achmeds Stimme schwang sich verzückt und beglückt auf. Schließlich kam das Ende, und alle jubelten und klatschten. Mohammed Iffat nutzte die Gelegenheit und sagte zu Galila: »Um noch einmal auf das Lied ›Die Augen sind's, die Leidenschaft verraten‹ zu kommen – was hältst du von Umm Kulthum?«

»Ihre Stimme, und Gott soll mein Zeuge sein, ist wirklich schön, aber häufig klingt sie zu grell, wie Kindergeschrei.«

»Einige meinen, sie würde die Nachfolgerin von Munira al-Mahdija werden, und manche sagen sogar, daß ihre Stimme noch herrlicher als die von Munira ist.«

»Unsinn!« rief Galila. »Was hat dieses Geschrei mit dem schönen rauhen Klang von Muniras Stimme zu tun?«, und Zubaida fügte hinzu: »Sie hört sich ein bißchen wie die Koranrezitatoren an, sozusagen eine Sängerin mit Turban.«

»Mir gefällt sie auch nicht«, sagte Herr Abd al-Gawwad, »aber eine Menge Leute sind völlig vernarrt in sie. In der

Tat – das Reich der Stimme ist mit Si Abduhs Tod untergegangen.«

»Ach, du bist doch bloß rückschrittlich. Du hängst dich dauernd an die Vergangenheit«, spaßte Mohammed Iffat. Er zwinkerte mit den Augen. »Bestehst du nicht noch immer darauf, zu Hause mit Feuer und Schwert zu herrschen, obwohl die Zeit der Demokratie und des Parlamentarismus angebrochen ist?«

»Demokratie ist was fürs Volk, nicht für die Familie«, meinte Herr Achmed ironisch.

»Glaubst du wirklich«, fragte Ali Abd ar-Rahim nun ernsthaft, »daß man über die Jugend von heute mit den alten Methoden herrschen kann? Diese jungen Leute, die daran gewöhnt sind, Demonstrationen zu organisieren und Soldaten vor sich zu sehen?«

»Ich weiß nicht, wovon du redest«, warf Ibrahim Alfar ein. »Aber eins ist klar – ich bin der gleichen Meinung wie Achmed. Wir sind beide Väter von Söhnen, Gott stehe uns bei.«

»Nun ja«, meinte Mohammed Iffat amüsiert, »mit der Zunge seid ihr begeisterte Demokraten, aber zu Hause herrscht ihr wie ein Despot.«

»Was willst du?« protestierte Herr Achmed. »Soll ich bei einem Problem erst Kamal, Jasin und Kamals Mutter zusammenrufen, und dann stimmen alle ab?«

Sich vor Lachen schier ausschüttend, kreischte Zubaida: »Vergiß bitte Zanuba nicht!«

»Sollte wirklich die Revolution schuld an dem sein, was wir mit unseren Söhnen erleben, dann möge Gott Saad Pascha verzeihen!« erklärte Ibrahim Alfar.

Man trank, schwatzte, sang und spaßte. Ungeachtet allen Lärms und Stimmengewirrs schritt die Nacht voran. Herr Abd al-Gawwad schaute Zubaida an, da blickte sie zu ihm, und sah sie ihn an, da starrte er zu ihr. O ja, sagte er sich, auf dieser Welt gibt's nur ein Vergnügen. Er wollte es laut sagen, tat es aber nicht. Entweder hatte er keine Lust, oder er war nicht in der Lage. Woher kam diese Mattigkeit? Ihn beschäftigte die Frage, ob es mit ihr nur ein kurzes Vergnügen oder noch einmal ein längeres Verhältnis geben würde. Seine Seele sehnte sich nach Zerstreuung und Trost. Was war das für ein Summen in den Ohren, ein Rauschen wie von den Wellen des Nils? Es half nichts, die Hälfte des sechsten Jahrzehnts war durchschritten. Frag die Weisen, wie das Leben verstreichen kann, wenn wir zwar darum wissen, es aber nicht bemerken.

»Warum bist du so still? Hoffentlich nichts Schlimmes.«

»Ich? Ach, nur ein wenig Ruhe.« Nichts war schöner, als zu ruhen. Lange schlafen, und dann bist du wieder gesund und munter. Gesundheit – ja, das ist das Beste. Aber ständig drangsalieren sie dich, lassen dich keinen einzigen Augenblick in Frieden. Wie sie dich anblickt, bezaubernd. Die Wellen werden immer lauter, wie willst du da noch den Gesang hören?

»Auf keinen Fall lassen wir ihn allein, erst muß er die Braut heimführen. Meint ihr nicht auch? Ein Hochzeitszug, ein Hochzeitszug!«

»Nun dann, komm, steh auf, mein Kamel.«

»Ich? Nur ein wenig Ruhe.«

»Ein Hochzeitszug, ein Hochzeitszug, wie damals in der Ghurija!«

»Das ist lange her.«

»Frischen wir es auf, also los – ein Hochzeitszug!«

Sie kennen kein Erbarmen. Die Zeit von damals gehört der Vergangenheit an. Finsternis verbirgt sie vor deinen Augen. Wie dunkel es ist. Und dann dieses Summen. Ins Vergessen zurückgestoßen.

»Halt, seht mal!«

»Was hat er?«

»Ein bißchen Wasser. Öffnet das Fenster!«

»Gütiger Gott, Herr der Himmel!«

»Es wird schon wieder, alles wird gut. Mach das Tuch naß, mit kaltem Wasser.«

42

Eine Woche war seit dem »Unfall« des Vaters vergangen. Jeden Tag hatte ihn der Arzt besucht, der, auf Grund der Gefährlichkeit des Zustands, niemandem erlaubte, mit dem Vater zu sprechen. Das ging so weit, daß selbst die Söhne auf Zehenspitzen ins Zimmer geschlichen kamen, um einen prüfenden Blick auf den Schlafenden zu werfen. Wenn sie dann sahen, wie schlaff und reglos er dalag, ging ein jeder mit düsterem Gesicht und niedergeschlagen hinaus. Mit dem Blick versuchten sie zwar, sich etwas zu sagen, doch zugleich scheuten sie auch davor zurück. Der Arzt hatte gesagt, daß es sich um eine Krise von zu hohem Blutdruck handelte. Er ließ den Vater zur Ader, füllte ein Becken mit seinem Blut. Es habe schwarz ausgesehen, beschrieb Chadiga es den anderen, und zitterte dabei am ganzen Leib. Von Zeit zu Zeit kam Amina aus dem Zimmer, irrte wie ein Gespenst umher. Kamal hingegen fragte sich ein ums andere Mal verstört, wie solch ein gefährlicher Zusammenbruch im Handumdrehen geschehen konnte. Wie war es möglich, daß dieser Riese von Mann zu Boden ging? Wann immer er verstohlenen Blicks die umherhuschende Mutter beobachtete, wann immer er die verweinten Augen Chadigas oder das wächserne Gesicht Aischas sah, ließ ihn die Frage nicht zur Ruhe kommen, was das alles zu bedeuten hatte. Er ertappte sich dabei, wie er sich unwillkürlich das Ende des schrecklichen Geschehens ausmalte, auch wenn sein Herz vor Furcht erbebte.

Stellte er sich eine Welt vor, in der es den Vater nicht gab, schnürte es ihm die Luft ab. Mit großer Sorge fragte er sich, wie die Mutter einen solchen Ausgang ertragen würde. Schon jetzt, da noch nichts geschehen war, sah sie völlig zerstört aus. Die Erinnerung an Fahmis Tod lebte in ihm auf – würde er das, was hier vielleicht geschah, ebenso vergessen? Die Welt kam ihm wie ein undurchdringliches Dickicht aus Finsternis vor.

Jasin hatte erst am nächsten Tag von dem Vorfall gehört. Zum erstenmal kam er wieder in das Haus, das er damals, nach der Heirat mit Marjam, verlassen hatte. Er war sofort in das Zimmer des Vaters gegangen, hatte ihn lange und schweigend angesehen und sich dann erschreckt in den Salon zurückgezogen. Amina war anwesend, und als sie sich nach langer Zeit der Trennung wieder die Hand reichten, übermannte ihn die Erregung, und seine Augen füllten sich mit Tränen.

Zuerst hatte der Vater regungslos im Bett gelegen und kein Wort gesprochen. Erst nachdem er zur Ader gelassen worden war, rührte sich wieder Leben in ihm, konnte er wenigstens mit einem kurzen Satz andeuten, ob er einen Wunsch hatte. Doch da er unter großen Schmerzen litt, war jedes Wort mit Stöhnen und Ächzen verbunden. Dann aber besserte sich sein Zustand, und er empfand den zwangsweisen Aufenthalt im Bett, das Untätigsein und das Gefühl von Unsauberkeit als quälend. Es war ihm unerträglich, dazu verurteilt zu sein, an einem Ort – dem Bett – zu essen, zu trinken und das seiner Seele Abscheuliche zu tun. Sein Schlaf war unregelmäßig, sein Ärger nicht. Das erste, wonach er fragte, war, wie er, der Ohnmächtige, nach Hause gekommen war. Amina antwortete, daß ihn Mohammed Iffat, Ali Abd ar-Rahim und Ibrahim Alfar in einer Kutsche gebracht, behutsam ins Bett getragen und trotz der späten Stunde den Arzt geholt hätten.

Dann wollte er unbedingt wissen, wer alles zu Besuch gekommen war, worauf Amina sagte, daß ein Besucher auf den anderen folgte, aber der Arzt eine Zeitlang keinem erlaubte, bei ihm einzutreten. Herr Abd al-Gawwad murmelte leise: »Anfang und Ende liegen in Gottes Hand« und »Bitten wir den Allmächtigen um ein seliges Ende«. Aber in Wirklichkeit war er weder verzweifelt, noch fühlte er dieses Ende auf sich zukommen. Trotz der Schmerzen und Ängste vertraute er ungebrochen dem Leben, das er liebte. Gleich nachdem er aus der Ohnmacht erwacht war, hatte er wieder Hoffnung geschöpft. Mit keinem Wort kam er auf das zu sprechen, was Abschiednehmenden gewöhnlich am Herzen lag – Ermahnungen, Worte des Lebewohls, Hinweise auf Geschäftsgeheimnisse und Vermögensangelegenheiten. Im Gegenteil, er bestellte sogar Gamil al-Hamzawi und beauftragte ihn mit einigen Transaktionen, in die dieser bisher nicht eingeweiht war. Kamal schickte er in seine Schneiderei nach Chan Djafar, um die dort in Auftrag gegebenen neuen Kleidungsstücke zu bezahlen und abzuholen. Das Wort »Tod« erwähnte er nur in Zusammenhang mit gebräuchlichen Wendungen, von denen er sich wohl erhoffte, das Schicksal in seiner Härte, wiederholte er sie nur oft genug, übertölpeln zu können.

Nach einer Woche erklärte der Arzt, daß der Kranke das Schlimmste überstanden und nur noch ein wenig Geduld vonnöten habe, um wieder völlige Gesundheit und Schaffenskraft zu erlangen. Er wiederholte die schon zuvor wegen des Blutdrucks geäußerten Mahnungen, und der Kranke versprach nicht nur Folgsamkeit, sondern nahm sich auch fest vor, das ausschweifende Leben zu lassen, weil dessen verhängnisvolle Folgen ihn davon überzeugt hatten, daß sein Zustand ernst und keine Spielerei gewesen war. Er tröstete sich mit dem Gedanken, daß ein Leben in Gesundheit besser als eins mit Krankheit sei, selbst wenn es bedeutete, einige Dinge entbehren zu müssen. Die Krise war also überstanden, und die Familie konnte aufatmen und sich in Lobpreisungen ergehen.

Am Ende der zweiten Woche durfte Herr Abd al-Gawwad Besuch empfangen, ein glücklicher, ja, für die Familie ein Feiertag, durften sich doch die Kinder und Verwandten seit seiner Bettlägerigkeit zum erstenmal mit ihm unterhalten. Der Vater ließ den Blick über die Gesichter schweifen – Jasin, Chadiga, Aischa, Ibrahim und Chalil Schaukat –, und mit der ihm eigenen Zuvorkommenheit, die ihn auch in einem solchen Zustand nicht verließ, fragte er nach den Enkeln Radwan, Abd al-Munim, Achmed, Naima, Othman und Mohammed. Sie seien deshalb nicht mitgekommen, so die Antwort, weil er Ruhe brauche, wünschten ihm aber ein langes Leben, Gesundheit und Wohlergehen. Dann erzählten sie, wie besorgt alle gewesen waren und welche Freude es ihnen bereitete, daß es ihm nun wieder gutging. Chadigas Stimme bebte, und Aischa ließ eine Träne auf seine Hand fallen, als sie sie ihm küßte, was jedes weitere Wort erübrigte. Jasin aber, gewandt wie immer, erklärte, daß er vor lauter Mitgefühl krank gewesen sei und er erst jetzt, da Gott dem Vater Heilung beschert habe, wieder gesunden würde. Da leuchtete dessen blasses Gesicht vor Freude auf, und er sprach lange über Gottes Ratschluß, seine Gnade und Güte und über die Pflicht des gläubigen Menschen, voller Geduld und Zuversicht allein Gott zu vertrauen. Danach gingen sie hinaus, und da sie den Salon der zu erwartenden Besucherschar überlassen wollten, traten sie bei Kamal ein. Dort wandte sich Jasin als erstes an Amina und sagte: »Ich habe wegen Vaters Krankheit noch nicht darüber gesprochen, was mich in den letzten beiden Wochen im Innersten bewegt hat. Doch jetzt, da Gott ihm Gesundheit beschieden hat, möchte ich mich entschuldigen, weil ich ohne Erlaubnis das Haus wieder betreten habe. Du hast mich zwar mit dem warmen Gefühl aufgenommen, das ich noch aus glücklichen Zeiten kenne, aber ich möchte mich dennoch in aller Form entschuldigen.«

Aminas Gesicht rötete sich, und gerührt sagte sie: »Das Vergangene gehört der Vergangenheit an, Jasin. Das ist dein Haus, wo du, wann immer du es wünschst, herzlich willkommen bist.«

Dankbar erwiderte er: »Ich möchte nicht auf die Vergangenheit zurückkommen, aber beim Kopf meines Vaters und beim Leben meines Sohns Radwan schwöre ich, daß ich gegenüber einem Menschen aus diesem Haus in meinem Herzen nie Böses gehegt habe und alle liebe wie mich selbst. Vielleicht war es der Satan, der mich manchmal fehlgeleitet hat, aber das kann jedem passieren. Mein Herz ist makellos rein.«

Amina legte ihre Hand auf seine breite Schulter. »Du warst immer einer meiner Söhne, und wenn ich auch nicht leugne, daß ich dir gezürnt habe, so ist das doch Gott sei Dank vorbei, und ich fühle nur noch Liebe für dich. Das ist dein Zuhause, Jasin, also sei herzlichst willkommen.«

Zutiefst dankbar setzte er sich, und als Amina aus dem Zimmer ging, sagte er feierlich: »Niemand ist gütiger als diese Frau. Wer sie erzürnt, dem verzeiht Gott nicht. Der Herr möge Satan verfluchen, der mich eines Tages ihre Gefühle hat verletzen lassen.«

Chadiga sah ihn vielsagend an. »Offensichtlich vergeht kein Jahr, ohne daß dich der Teufel nicht in ein neues Unglück treibt. Du scheinst sein Lieblingsspielzeug zu sein.«

Flehentlich sah er sie an, als bitte er, von ihrer scharfen Zunge verschont zu bleiben. Da aber sagte Aischa zu seiner Verteidigung: »Das gehört der Vergangenheit an und ist vorbei.« Doch Chadiga war in ihrem Spott nicht zu bremsen. »Warum hast du ›Madame‹ an diesem segensreichen Tag nicht mitgebracht, damit sie uns etwas ›darbietet‹?«

»Meine Frau musiziert nicht mehr auf Feiern«, erwiderte Jasin bemüht von oben herab. »Sie ist eine wirkliche Dame, im vollsten Sinn des Wortes.«

»Armer Jasin«, meinte nun Chadiga ohne alle Ironie, »möge dir Gott verzeihen und dich auf den rechten Weg geleiten.«

Ibrahim Schaukat, beschämt von der Offenheit seiner Frau, warf ein: »Was soll ich machen, Jasin, so ist deine Schwester eben.«

Jasin lächelte. »Gott stehe dir bei, Ibrahim.«

Mit einem Seufzer der Erleichterung erklärte Aischa: »Jetzt, da Gott hilfreich Papa zur Seite steht, will ich offenheraus sagen, daß ich nie vergessen werde, wie mich sein Anblick am ersten Tag erschreckt hat. Möge Gott nie jemandem Krankheit bescheiden.«

»Ohne Papa«, ergänzte Chadiga hingerissen, »wäre das Leben nicht das Schwarze unterm Fingernagel wert«, was Jasin aufgeregt sagen ließ: »O ja, denn in aller Not ist er unsere Zuflucht. Er ist ein Mann, wie es ihn kein zweites Mal gibt.«

Und du? Erinnerst du dich, wie du in der Ecke gestanden hast, von Verzweiflung überwältigt? Wie dein Herz riß, als du die Mutter zusammenbrechen sahst? Wir kennen den Tod, aber wenn sich sein Schatten auch nur aus der Ferne zeigt, wankt die Welt unter unseren Füßen. Doch auch ohne Tod setzt der Schmerz einem zu, weil immer der Verlust eines geliebten Menschen zu erdulden ist. Auch du wirst eines Tages sterben und Hoffnungen zurücklassen. Dennoch bedeutet dir das Leben alles, selbst wenn es von der Liebe heimgesucht wird.

Draußen erscholl das Läuten einer Droschkenglocke. Aischa sprang auf, lief zum Fenster und lugte durch die Ritzen. Als sie sich wieder umdrehte, erklärte sie stolz: »Hoher Besuch.«

Immer neue Gäste strömten herbei, darunter die vielen Freunde, die das Leben des Vaters erfüllten – Beamte, Anwälte, Notabeln, Geschäftsleute. Die meisten waren schon des öfteren ins Haus gekommen, manche hatten auch schon bei besonderen Anlässen an Festessen teilgenommen, aber etliche Gesichter kannte man nur vom Goldschmiedemarkt oder der Neuen Allee. Sie alle waren Freunde, wenn auch nicht in der Art eines Mohammed Iffat und seinesgleichen. Obwohl sich angesichts der Umstände eines Krankenbesuchs niemand allzulange im Haus aufhielt, schmeichelte es dem Stolz und der Eitelkeit der Söhne und Töchter des Herrn Abd al-Gawwad, wie vornehm die Besucher aussahen und von welch edlen Pferden die Kutschen gezogen wurden. Aischa, die noch immer auf Beobachtungsposten stand, verkündete: »Ah, jetzt kommen seine liebsten Freunde.«

Die Stimmen von Mohammed Iffat, Ali Abd ar-Rahim und Ibrahim Alfar waren mit ihrem Lachen bis ins Zimmer hinein zu vernehmen, und laut priesen und dankten sie Gott für die Gesundung des Vaters. »Solche Freunde findet man nirgendwo mehr auf der Welt«, meinte Jasin. Ibrahim und Chalil Schaukat nickten zustimmend, aber Kamal sagte mit einer Traurigkeit, die niemand recht verstand: »Sag lieber, daß das Leben es nicht mehr möglich macht, Freunde so lange wie diese beieinanderzuhalten.«

Jasin staunte noch immer. »Kein Tag ist vergangen, an dem sie ihn nicht besucht hätten, und als es so schlimm um ihn stand, verließen sie das Haus mit Tränen in den Augen.«

»Das muß dich nicht weiter wundern«, meinte Ibrahim

Schaukat. »Euer Vater hat mit ihnen mehr Zeit zugebracht als mit euch.«

Chadiga ging in die Küche, um ihre Hilfe anzubieten. Der Besucherstrom riß noch immer nicht ab. Nach Ladenschluß kamen Gamil al-Hamzawi, Ghanim Hamidu, der Besitzer der Ölpresse in Gamalija, und der Kuskusverkäufer Mohammed al-Agami aus Salihija. Auf einmal jubelte Aischa, hinunter auf die Straße zeigend, los: »Scheich Mitwalli Abd as-Samad! Ob er die Treppe ins obere Stockwerk schafft?«

Der Scheich überquerte den Hof, und während er sich auf den Stock stützte, räusperte er sich von Zeit zu Zeit, um auf sich aufmerksam zu machen.

»Der könnte noch aufs Minarett steigen«, meinte Jasin, und als er sah, daß Chalil Schaukat mit Augen und Händen nach dem Alter des Scheichs fragte, sagte er: »Er muß so zwischen achtzig und neunzig sein. Aber frage mich nicht nach seinem körperlichen Befinden.«

»Hat er in all den Jahren nie geheiratet?« wollte Kamal wissen.

»Man erzählt sich, daß er verheiratet und sogar Vater war. Aber sowohl seine Frau als auch seine Kinder sollen sich in Gottes Gnade begeben haben.«

»Seht nur!« rief jetzt Aischa. »Da kommt ein Fremder, ein Ausländer. Wer mag das sein?«

Der Mann schaute sich zögernd um, als er über den Hof ging. Bekleidet war er mit einem runden Strohhut, unter dessen Rand eine krumme, pockennarbige Nase und ein struppiger Schnurrbart hervorragten.

»Vielleicht ein Goldschmied«, überlegte Ibrahim, und Jasin murmelte verwirrt: »Er sieht griechisch aus. Wo habe ich das Gesicht bloß schon gesehen?«

Ein junger Mann tauchte auf, blind, denn er trug eine getönte Brille und wurde von einem Mann geleitet, der ein Kufija-Tuch um den Kopf geschlagen hatte und in einem langen schwarzen Mantel, unter dem der Saum eines gestreiften Gilbabs hervorsah, stolz einherschritt. Außer sich vor Überraschung, erkannte Jasin die beiden als erster. Der Blinde war Abduh, der in Zubaidas Gruppe das Kanun spielte, und der andere war der Besitzer eines bekannten Cafés in Wagh al-Birka, ein gewisser al-Hamajuni, ein berüchtigter Schläger, Zuhälter, Herumtreiber und was es sonst noch Schlimmes gab. Jasin hörte Chalil sagen: »Der Blinde ist der Kanunspieler der Tänzerin Zubaida«, worauf er sich erstaunt gab und fragte: »Woher kennt der unseren Vater?«

Ibrahim Schaukat lächelte. »Dein Vater gehört noch zu den alten Musikgenießern; kein Wunder, daß ihn die Künstler kennen.« Bei diesen Worten lächelte Aischa und hielt den Kopf strikt in Richtung der Straße, um sich nichts anmerken zu lassen. Auch Ibrahim sah ein wenig amüsiert aus, und Jasin und Kamal war klar, was sich damit verband. Schließlich erschien auch noch Suweidan, die Dienerin der Schaukat-Familie, die im Bemühen, würdevoll auszusehen, hier und da mal stolperte. Chalil wies hinunter und murmelte: »Die Gesandte unserer Mutter, die nach dem Befinden von Herrn Achmed fragen soll.« Die Witwe des seligen Herrn Schaukat hatte dem Kranken zwar schon einen Besuch abgestattet, doch ein weiterer war ihr nicht möglich, weil ihr in den letzten Tagen neben den Altersbeschwerden auch noch das Rheuma schwer zusetzte.

Chadiga kehrte aus der Küche zurück, und als sie stöhnte: »Wir brauchten wirklich jemanden nur für den Kaffee«, war auch Stolz herauszuhören.

Herr Abd al-Gawwad saß im Bett, mit dem Rücken ans Kopfkissen gelehnt und die Decke bis zum Hals hinaufgezogen. Die Besucher gruppierten sich um ihn herum, hatten auf Kanapee und Stühlen Platz genommen. Herr Abd al-Gawwad sah trotz aller Schwäche glücklich aus. Nichts konnte ihn mehr erfreuen, als daß sich die Freunde um ihn scharten und sich einander bei Liebenswürdigkeiten und Hinweisen auf die alte Bekanntschaft zuvorzukommen suchten. Hatte ihm die Krankheit übel mitgespielt, so konnte er doch nicht leugnen, daß sie auch Gutes brachte – bekümmerte Mienen, mit denen die Brüder zeigten, wie sehr sie mit ihm litten, ihn vermißten und sich zwangsweise einsam bei ihren Geselligkeiten fühlten. Als legte er es darauf an, noch mehr Mitleid zu ernten, erzählte er von den Schmerzen und der Langeweile, die er hatte ertragen müssen. Er hielt es sogar für rechtmäßig, ziemlich zu übertreiben und alles schrecklicher zu machen, als es gewesen war.

»O ja«, seufzte er, »in den ersten Tagen bin ich überzeugt gewesen, daß es mit mir zu Ende geht. Da habe ich ein ums andere Mal das Glaubensbekenntnis und die Sure von Gott, dem Alleinigen, gesprochen, aber zwischendurch auch immer wieder an euch gedacht; denn der Gedanke, mich von euch zu trennen, ist mir ungemein hart vorgekommen.«

Stimmengewirr erhob sich. »Aber Herr Achmed, ohne Euch wäre die Welt nicht mehr, was sie ist.«

Ali Abd ar-Rahim erklärte gerührt: »Deine Krankheit wird in meiner Seele unauslöschliche Spuren hinterlassen«, und Mohammed Iffat fragte leise: »Erinnerst du dich noch an die schreckliche Nacht? Herr im Himmel, graue Haare haben wir wegen dir bekommen.«

Ghanim Hamidu beugte sich ein wenig zu ihm vor und sagte: »Gerettet hat dich der, der uns damals vor den Engländern am Futuch-Tor geschützt hat.«

O ja, das waren noch glückliche Zeiten voller Gesundheit und Leidenschaft gewesen. Damals lebte noch Fahmi

– dein ganzer Stolz, deine vielversprechende Hoffnung. »Danken wir Gott, Si Ghanim.«

»Wieviel hast du an den Arzt verschwendet?« fragte Scheich Mitwalli Abd as-Samad. »Du brauchst nicht zu antworten, mir kommt's vielmehr darauf an, dich anzuhalten, die dem heiligen al-Hussain nahestehenden Freunde zu bewirten …«

»Gehört Ihr nicht auch dazu, Scheich Mitwalli? Klären Sie uns doch mal in diesem Punkt auf«, unterbrach ihn Mohammed Iffat.

Ungerührt sprach der Scheich weiter, wobei er jeden seiner Sätze mit einem Klopfen des Stocks begleitete. »… die dem heiligen al-Hussain nahestehenden Freunde zu bewirten, mich zuallererst. Ob das nun Herrn Iffat paßt oder nicht. Doch auch er sollte das tun, schon dir zu Ehren, und da ginge es ebenso in erster Linie um mich. Du, mein Sohn, hast zudem in diesem Jahr der Pflicht der Pilgerfahrt nachzukommen, und was könnte da besser sein, als dich von mir begleiten zu lassen, damit dir Gottes Lohn doppelt zuteil wird.«

Was für ein feiner Mensch bist du, Scheich Mitwalli, und wie nahe stehst du meinem Herzen. Du gehörst wirklich zu den Denkwürdigkeiten dieser Zeit. »Ich verspreche Ihnen, Scheich Mitwalli, Sie mit mir in den Hedschas zu nehmen, falls es der Allbarmherzige erlaubt.«

Nun ergriff der Fremdländische, der den Hut abgenommen hatte und dünnes weißes Haar zeigte, das Wort. »Sie sind noch immer ein wenig verstimmt. Verdrossenheit ist der Grund allen Übels. Lassen Sie das, und Sie werden wieder von der Kraft einer Bombe sein.«

Ach, Manuli, fünfunddreißig Jahre lang hast du mir Schnaps verkauft, du Glücksspender und Grabhändler zugleich. »Das hat man von deiner Ware, Manuli.«

Der schaute die anderen Männer an, zumeist Kunden

von ihm, und erwiderte: »Niemand hat bisher behauptet, daß Alkohol krank macht. Ist doch Unsinn. Freude, Lachen, Erholung – was hat das mit Krankheit zu tun?«

»Ah, jetzt erkenne ich dich, du Antlitz allen Übels«, rief Scheich Mitwalli und drehte sich in Manulis Richtung um, obwohl seine Augen so gut wie nichts sahen. »Gleich als ich dich zum erstenmal hörte, habe ich mich gefragt, woher ich diese teuflische Stimme kenne.«

Der Kuskusverkäufer al-Agami zwinkerte Manuli zu. »Gehört Scheich Mitwalli nicht zu deinen besten Kunden?«

»Er stopft sich doch ständig den Mund mit Essen voll, wo soll er da noch Platz für Schnaps haben, mein Lieber?«

Da rief Scheich Mitwalli: »Bitte mehr Anstand, Manuli!«

Doch al-Agami erklärte: »Wollen Sie etwa leugnen, daß Sie der größte Haschischraucher waren, bevor das Alter Sie kurzatmig machte?«

Empört winkte der Scheich ab. »Haschisch ist keine Sünde. Hast du jemals berauscht das Morgengebet gesprochen? O Gott, großer Gott!«

Da al-Hamajuni die ganze Zeit über geschwiegen hatte, wandte sich Herr Abd al-Gawwad lächelnd an ihn und fragte aus Höflichkeit: »Wie geht's, Meister? Wir haben uns eine Ewigkeit nicht gesehen.«

Mit einer Stimme, die wie das Röhren eines Ochsen klang, erwiderte der: »Weiß Gott, eine Ewigkeit ist's her. Ist Ihre Schuld, Herr Achmed, Sie sind nicht mehr gekommen. Aber als Herr Ali Abd ar-Rahim gesagt hat: ›Dein Feind liegt krank im Bett‹, da sind mir wieder unsere Jugendstreiche eingefallen, als ob es erst gestern gewesen wäre. Und da habe ich mir gesagt, was das für eine Treue sein soll, wenn ich nicht diesen hochgeschätzten Mann besuche, diesen Kerl, der bei Vergnügen und Geselligkeit allen was vormachen konnte. Ich wußte nicht, ob es vielleicht jemanden stören würde, sonst hätte ich Fatuma, Tamalli, Daulat und Nahawand mitgebracht. Alle wollten Sie sehen. Ach, Si Achmed, Sie sind mir schon einer. Entweder Sie tauchen jeden Abend auf, oder Sie kommen jahrelang überhaupt nicht mehr.« Ein Blick in die Runde aus stahlharten Augen, und dann fügte er hinzu: »Ihr habt uns alle verlassen. Gesegnet sei Si Ali, und möge uns der Herr der Himmel Sanija al-Kulali erhalten, die ihn immer zu uns schleppt. Wer sein früheres Leben im Stich läßt, der geht verloren. Bei uns gab und gibt es die einzig richtige Geselligkeit. Warum seid ihr weggeblieben? Wenn's wegen der Reue wäre, könnte man es entschuldigen. Aber dafür ist es zu früh. Möge der Herr das möglichst lange hinausschieben, damit noch genug Zeit für Fröhlichkeit bleibt.«

»Du siehst doch«, sagte Herr Abd al-Gawwad und wies auf sich, »mit uns ist es aus.«

»Oh, das dürfen Sie nicht sagen, Sie Krone aller Männer«, ereiferte sich Meister Hamajuni. »Sie sind ein bißchen krank, aber das geht vorbei. Ich werde Sie erst verlassen, wenn Sie laut sagen, daß Sie, wenigstens einmal, nach Wagh al-Birka kommen, sobald Gott Sie an die Hand genommen hat und Sie gesund und munter aufstehen.«

»Die Zeiten ändern sich, Meister Hamajuni«, warf Mohammed Iffat ein. »Wo ist das Wagh al-Birka geblieben, das wir von früher kennen? Sie können lange danach suchen, heutzutage ist es nur noch etwas für junge Leute. Wie sollten wir dort spazierengehen, wo sich unsere Söhne herumtreiben?« Und Mohammed Alfar fügte hinzu: »Vergiß nicht, daß man, was Alter und Gesundheit betrifft, Gott nicht anschwindeln kann. Wie schon Si Achmed sagte – wir sind am Ende. Keiner, der nicht zum Arzt gehen und sich anhören muß, du hast dieses und jenes. Du darfst nicht trinken, nicht essen, nicht atmen und was da sonst noch an widerwärtigen Ratschlägen ist. Hast du noch nichts von einer Krankheit gehört, die Druck heißt, Meister Hamajuni?«

Der starrte ihn durchdringend an und erklärte: »Egal, welche Krankheit, mit Saufen, Lachen, Spielen läßt sich alles heilen. Wenn's dann noch Probleme gibt, können Sie es mir anhängen.«

»Bei deinem Leben, das sage ich auch immer!« rief Manuli, und Mohammed al-Agami fügte noch schnell hinzu: »Nicht zu vergessen gutes Rauschgift, Meister.«

Verstört schüttelte Scheich Mitwalli den Kopf. »Gute Leute, sagt mir bloß, wo ich bin. Ist dies das Haus von Abd al-Gawwads Sohn Achmed oder eine Opiumhöhle oder Kneipe? O Gott, gib mir einen Fingerzeig!«

Al-Hamajuni sah den Scheich schief an. »Wer ist denn der?«

»Ein Heiliger, ein gütiger Mensch.«

»Wenn's so ist, dann sag mir mal was über mein Schicksal«, spottete al-Hamajuni.

»Du landest im Gefängnis, oder du hängst am Galgen!« rief Scheich Mitwalli aufgeregt, worauf al-Hamajuni sich vor Lachen schier ausschütten wollte. Noch japsend brüllte er: »Der ist wirklich ein Heiliger. Ein anderes Ende ist wohl kaum zu erwarten.« Er drehte sich zum Scheich um. »Hüte deine Zunge, sonst sorge ich dafür, daß deine Prophezeiungen auf dich zutreffen werden.«

Herr Ali Abd ar-Rahim neigte den Kopf über das Gesicht von Herrn Abd al-Gawwad. »Komm schnell wieder auf die Beine, mein Lieber. Ohne dich ist die Welt nicht mehr wert als eine Zwiebelschale. Was ist bloß aus uns geworden? Vielleicht wäre es doch besser, Krankheiten nicht zu leicht zu nehmen? Unsere Väter haben noch mit mehr als siebzig Jahren geheiratet. Was ist mit uns los?«

»Eure Väter waren noch gläubig und lebten züchtig«,

erwiderte Scheich Mitwalli so heftig, daß er beim Sprechen Speichel versprühte. »Sie haben sich nicht betrunken und nicht herumgehurt. Da hast du die Antwort, nach der du suchst.«

»Der Arzt hat gesagt«, wandte sich Herr Abd al-Gawwad an seinen Freund, »daß man, wenn man sich um den Druck nicht kümmert, gelähmt werden kann. Da sei Gott vor! Unserem Freund al-Wadini ist es so ergangen, möge der Herr alles gut enden lassen. Sollte mich dieser Schicksalsschlag treffen, werde ich Gott bitten, mir den Tod zu schenken. Jahrelang im Bett liegen, ohne sich bewegen zu können? O Gott, sei uns gnädig.«

Al-Agami, Hamidu und Manuli deuteten an, sich verabschieden zu wollen. Sie wünschten baldige Genesung und ein langes Leben und gingen. Mohammed Iffat beugte sich hinunter und flüsterte: »Galila läßt dich grüßen. Sie wäre am liebsten mitgekommen.« Der blinde Abduh mußte etwas aufgeschnappt haben, denn er griff in die Saiten des Kanun und sagte: »Und ich bin der Gesandte der Sultanin. Sie war drauf und dran, sich als Mann zu verkleiden und Sie zu besuchen. Aber dann hat sie sich gesorgt, daß Ihnen das unerwartete Probleme bereiten könnte, und mich geschickt. Ich soll Ihnen sagen …«, er räusperte sich einmal und noch einmal, und dann begann er leise zu singen:

»Auf Treu und Glauben bring als Bote den Gruß,
gib dem Süßen für mich auf den Mund einen Kuß.
Sage: In Liebe unterwirft sich dein Sklave.«

Al-Hamajuni grinste, zeigte ein goldenes Gebiß. »Das ist die rechte Medizin. Probieren Sie es damit, und kümmern Sie sich nicht um diesen Heiligen, der einem nur den Galgen prophezeit.«

Zubaida?! Ich sehne mich nach nichts mehr. Wie garstig ist doch die Welt der Krankheit. Wäre das Schreckliche gleich geschehen, hätte ich im Rausch geendet. Sollte mich die Warnung nicht eine neue Seite im Buch des Lebens aufschlagen lassen?

»Wir haben uns geschworen«, sagte Ibrahim Alfar mit gedämpfter Stimme, »nicht zu trinken, solange du im Bett liegst.«

»O nein, ich entlasse euch aus diesem Schwur, und vergebt mir für das, was euch um meinetwillen schon entgangen ist.«

»Könnten wir nicht heute nacht hier deine Genesung feiern?« fragte Ali Abd ar-Rahim mit verführerischem Lächeln.

Da wandte sich Scheich Mitwalli im Predigerton an alle im Raum und erklärte: »Haltet ein! Tut Buße und denkt an die Wallfahrt!«

»Du kommst mir wie ein Polizist in einer Opiumhöhle vor«, stieß al-Hamajuni wütend hervor.

Auf ein Zeichen von Alfar hin steckten die drei Freunde über dem Kranken die Köpfe zusammen und begannen nach der Melodie von »Bist du nicht Manns genug für die Leidenschaft, warum verliebst du dich dann?« zu singen: »Bist du nicht Manns genug fürs Saufen, warum betrinkst du dich dann?«, indes Scheich Mitwalli Abd as-Samad unaufhörlich Verse der Sure »Die Reue« rezitierte. Herr Abd al-Gawwad jedoch wurde von einem solchen Lachanfall gepackt, daß ihm die Tränen in den Augen standen.

Da niemand Anstalten machte, auf die Zeit zu achten, zeichnete sich auf Scheich Mitwallis Gesicht Unruhe ab. Endlich entschloß er sich zu sagen: »Damit ihr Bescheid wißt – ich werde diesen Raum als letzter verlassen. Es ist mein Wunsch, mit Abd al-Gawwads Sohn Achmed eine Weile allein zu sein.«

43

Nachdem zwei weitere Wochen vergangen waren, durfte Herr Abd al-Gawwad das Haus wieder verlassen. Als erstes wollte er in Begleitung von Jasin und Kamal al-Hussain einen Besuch abstatten und in seiner Moschee Gott zum Dank ein Gebet verrichten. Gerade war in den Zeitungen vom Tod Ali Fahmi Kamils zu lesen gewesen, und so sagte er zu den beiden Söhnen, als sie gemeinsam das Haus verließen: »Mitten in einer Rede vor einer großen Menschenmenge fiel er tot um. Ich aber, der darniederlag und dem Tod fast ins Antlitz sah, laufe hier, auf meinen eigenen Füßen. Wer kann schon in die Zukunft sehen! O ja, alles Leben liegt in Gottes Hand, und ein jeglicher hat seine vorgezeichnete Frist.«

Würde es auch noch Tage, ja Wochen dauern, bis er sein gewohntes Gewicht wieder erreichte, so hatte er sich immerhin das würdevolle und prächtige Aussehen bewahrt. Wie früher lief er mit kräftigem Schritt Jasin und Kamal voraus, ein Anblick, der dem Viertel seit Fahmis Tod nicht mehr geboten worden war. Auf dem Weg von der Baina-l-Kasrain zur Moschee konnten beide Söhne wieder einmal feststellen, welch hohen Rang der Vater im Viertel einnahm. Da war kein Ladenbesitzer, der nicht von dieser oder der anderen Straßenseite herbeilief, um dem Vater die Hand zu schütteln, ihn zu umarmen und ihm zur Genesung zu gratulieren. Beider Söhne Seelen hallten von dieser warmen, wechselseitigen Zuneigung wider, und von Freude und Stolz ergriffen, zeichnete sich auf ihren Gesichtern ein Lächeln ab, das nicht mehr wich, auch wenn sich Jasin in aller Unschuld fragte, warum er nicht eine ebenso geachtete Stellung einnahm, da er doch an Stattlichkeit, Schönheit und – ja, auch an Schwächen dem

Vater in nichts nachstand. Kamal indes beschwor sich bei aller Rührung sein einstiges Bild von des Vaters Erhabenheit herauf, um es nun mit neuem Blick zu ergründen. Früher galt in seinen kleinen Augen dessen Rang als Inbegriff von Macht und Größe. Jetzt erschien ihm das als nichtig, zumindest, gemessen an seinen hohen Idealen, als nichts Besonderes. Es handelte sich lediglich um das Ansehen eines hochherzigen, geselligen, kräftigen Mannes. Wirkliche Größe unterschied sich davon völlig, vermochte sie doch träge Herzen zu erschüttern und aus müden Augen den Schlaf zu vertreiben. Sie wäre durchaus imstande, nicht nur Liebe, sondern auch Haß, nicht nur Gefallen, sondern auch Zorn, nicht nur Zuneigung, sondern auch Feindseligkeit zu wecken. Menschliche Erhabenheit bestand aus Enthüllung, Zerstörung und Aufbau zugleich. Aber gehörte nicht auch zum Glück eines Menschen, daß er sich an Liebe und Ansehen erfreuen durfte? Gewiß, den Beweis lieferten die wahrhaft großen Persönlichkeiten, die daran gemessen wurden, bis zu welchem Grad sie ebensolche Beziehungen zu anderen um höchster Ziele willen opferten. Jedenfalls war der Vater ein glücklicher Mensch, sollte er sich dessen ruhig erfreuen. Sieh dir nur an, wie großartig er aussieht. Und auch Jasin, was für ein schicker Kerl. Wie komisch muß ich mich zwischen den beiden ausnehmen – die lächerliche Verkehrung eines Bilds, wie für den Karneval gemacht. Rede dir, sooft du willst, ein, daß Schönheit etwas mit Frauen, nicht aber mit Männern zu tun hat – die entsetzliche Situation im Pavillon wirst du damit nicht aus dem Gedächtnis löschen. Der Vater hat sich von der Krankheit erholt, wann werde ich von der Liebe genesen? Auch sie zersetzt den Körper, ein Krebs, dessen Erreger noch nicht entdeckt ist. Hussain Schaddad hat im letzten Brief Paris die Stadt der Schönheit und Liebe genannt. War sie dann nicht auch die von Pein und Qual? Der teure Freund geizte immer mehr mit Briefen, so daß es fast schien, als schriebe er sie mit kostbarem Blut. Ach, gäbe es nur eine Welt, in der kein Herz täuscht und keins betrogen wird.

In der Biegung der Chan-Djafar-Straße ragte ihnen schon von weitem die Moschee entgegen. Kamal hörte, wie der Vater aus tiefstem Herzen und mit einer Stimme, die zärtlichen Gruß und den inbrünstigen Ruf nach Hilfe verband, stammelte: »O Hussain!« Sein Schritt wurde schneller, Jasin eilte ihm nach. Kamal blickte zur Moschee, und ein rätselhaftes Lächeln umspielte seine Lippen. Ob der Vater je auf den Gedanken käme, daß sein Sohn Kamal ihn bei diesem gesegneten Besuch nur begleitete, weil es seinem Wunsch entsprach, er aber ansonsten nicht im geringsten seine Glaubensprinzipien teilte? Diese Moschee galt für ihn als Symbol der vielen Enttäuschungen, die ihn heimgesucht hatten. Damals, in früher Jugendzeit, hatte er am Minarett – den Tränen nahe – mit klopfendem Herzen und vor Leidenschaft, Glauben und Hoffnung überquellender Brust gestanden. Heute näherte er sich der Moschee und sah nichts weiter als eine gewaltige Konstruktion aus Stein, Eisen, Holz und Farbe, die ohne ersichtlichen Grund eine immense Fläche bedeckte. Doch was half's, er mußte die Rolle des Gläubigen durchhalten, bis der Besuch beendet war. Das erforderte die Ehrfurcht vor dem Vater, die Achtung vor den anderen Menschen und die Sorge, Aufsehen zu vermeiden. Kurzum, es wurde ein Verhalten von ihm verlangt, das der menschlichen Würde und Aufrichtigkeit unmittelbar widersprach. Wie sehr sehnte er sich nach einer Welt, in der ein jeglicher frei und ohne Zwang leben konnte.

Die Männer zogen die Schuhe aus und traten nacheinander ein. Der Vater lenkte seine Schritte auf den Mihrab zu und forderte die Söhne auf, ein Gebet als Gruß für die

Moschee zu sprechen. Er hob die Hände an den Kopf, die zwei machten es ihm nach. Völlig ins Gebet versunken, bot er, mit schlaff herunterhängenden Augenlidern, das Bild größter Demut, und auch Jasin schien alles vergessen zu haben, nur nicht, daß er vor Gott, dem Allverzeihenden und Barmherzigen, stand. Kamal indes bewegte die Lippen, ohne ein einziges Wort zu formen. Er beugte sich vor, richtete sich auf, kniete nieder, warf sich auf den Boden, als entledigte er sich irgendwelcher, nicht sonderlich anstrengender Körperübungen. Die ältesten Spuren menschlicher Kultur auf oder unter der Erde, sagte er sich, sind Tempel, und noch heute findet man sie überall. Wann endlich wird der Mensch den Kinderschuhen entwachsen und sich auf seine eigene Kraft besinnen? Was sollte diese donnernde Stimme, die aus dem fernsten Winkel der Moschee herüberscholl und die Menschen mahnte, ans Ende der Welt zu denken? Wann hatte Zeit je ein Ende gehabt? Was kann schöner sein als ein Mensch, der gegen Hirngespinste ankämpft und sie besiegt? Wann wird aller Krieg beendet und der Kämpfer verkünden, daß er glücklich über den Frieden ist und die Welt ihn prächtig dünkt, als wäre sie erst gestern erschaffen? Diese beiden Männer – Vater und Bruder –, warum können mir nicht alle Menschen Väter und Brüder sein? Wie kann das Herz es gutheißen, mich vielfältigsten Qualen auszusetzen? Warum muß ich ständig jemandem begegnen, den ich nicht sehen will, während der Freund, der mir von allen der liebste ist, ans äußerste Ende der Welt gezogen ist?

Als sie das Gebet beendet hatten, entschied der Vater: »Laßt uns noch einen Moment verweilen, bevor wir den Rundgang ums Grabmal machen.«

Schweigend blieben sie auf dem Boden hocken, bis auf einmal der Vater mit sanfter Stimme sagte: »Seit jenem Tag saßen wir hier nicht mehr zusammen.«

Gerührt schlug Jasin vor: »Sprechen wir für Fahmi die Fatiha.«

Nachdem sie es getan hatten, wandte sich der Vater an Jasin und fragte: »Könnte es sein, daß dich die irdischen Obliegenheiten etwa vom regelmäßigen Besuch unseres Herrn al-Hussain abhalten?«

Jasin, der in den vielen Jahren die Moschee nur sehr selten aufgesucht hatte, antwortete prompt: »Es vergeht keine Woche, ohne daß ich bei al-Hussain Einkehr halte«, worauf der Vater sich zu Kamal umdrehte und ihn forschend ansah.

»Ich ebenso!« stieß Kamal hervor, wenn auch ein wenig beschämt.

»An dem Tag, da wir weder auf Vater noch Mutter hoffen können, ist Er der über alles Geliebte und unser Fürsprecher bei seinem Großvater Mohammed«, sprach der Vater in Demut ergeben. Ja, diesmal war er der Krankheit entronnen, doch nicht ohne eine unvergeßliche Lektion erteilt bekommen zu haben. Es war ein heftiger Angriff gewesen, dessen Folgen er immer noch fürchten mußte. So konnte er nicht anders, als die Reue ernst zu nehmen. Gewiß, er hatte schon immer geahnt, daß sich eines Tages – gleichgültig, wie lange es dauerte – Reue einstellen würde; doch nun war er sicher, daß ein erneutes Aufschieben ein schamloser, ketzerischer Schlag gegen die Gnade des barmherzigen Gottes wäre. Wann immer ihn Erinnerungen an seine ausschweifenden Vergnügungen überfielen, tröstete er sich mit den unschuldigen Freuden, die ihm das Leben noch zu bieten hatte – Freundschaft, Musik und Späße. So bat er Gott, ihn vor den Einflüsterungen des Satans zu bewahren und ihn festen Schritts den Pfad der Reue gehen zu lassen, bevor er abschließend einige jener kurzen Suren sprach, die er auswendig wußte.

Kaum machte er Anstalten, sich zu erheben, standen

beide Söhne auf. Gemeinsam trat man ans Grabmal von al-Hussain. Ein wohlriechender Duft lastete schwer im Raum, und alle Ecken und Winkel hallten vom Gemurmel und Geflüster zitierter Koranverse und Fürbitten wider. Inmitten einer Menge von Menschen machten die drei Männer ihren Rundgang. Kamals Augen richteten sich auf den großen grünen Turban, dann blieb sein Blick an der Holztür hängen, auf die er einst seine Lippen wieder und wieder gepreßt hatte. Er verglich das Gestern mit dem Heute, sein früheres Befinden mit dem jetzigen und mußte daran denken, wie das Geheimnis dieses Grabmals, einmal enthüllt, die erste Tragödie seines Lebens heraufbeschworen hatte; wie dieser ersten Tragödie viele andere gefolgt waren und von Liebe, Freundschaft und Gläubigkeit nichts mehr übrigblieb; wie er dennoch mit beiden Beinen fest dem Boden verhaftet blieb, unverwandt und voller Verehrung nach der Wahrheit trachtend; wie er trotz aller Stöße, Stiche und Risse, die ihm der Schmerz zufügte, ausharrte, so daß der Gram sich in seine Wangen eingekerbt und als Lächeln auf seinen Lippen festgesetzt hatte. O ja, die stumpfe Glückseligkeit, die die Gesichter der um das Grab Wandelnden leuchten ließ, sie hatte er schon längst ohne jegliches Bedauern von sich gewiesen. Wie sollte er zugunsten eines solchen Glücks auf das Licht verzichten, da er sich doch geschworen hatte, mit offenen Augen durchs Leben zu gehen und pulsierende Unruhe der trägen Zufriedenheit, wache Schlaflosigkeit dem dumpfen Dahindämmern vorzuziehen?

Nachdem sie das Grabmal umrundet hatten, lud der Vater sie ein, noch ein Weilchen im Raum sitzen zu bleiben. Sie suchten sich eine Ecke, ließen sich dicht nebeneinander nieder. Der Vater bemerkte einige Bekannte, die auch gleich auf ihn zukamen und ihn händeschüttelnd zur Genesung beglückwünschten oder sich zu ihnen setzten. Die meisten von ihnen kannten auch Jasin, entweder waren sie ihm im Geschäft des Vaters oder in der Nahhasin-Schule begegnet; Kamal hingegen schienen fast alle zum erstenmal zu sehen, und er fühlte, wie verwundert die Blicke seinen mageren Körper maßen. Einer der Männer fragte den Vater sogar scherzhaft: »Was ist mit deinem Sohn los? Ist ja dünn wie ein Aussätziger.«

Schlagfertig, als handelte es sich um ein Kompliment, das noch gefälliger zurückzugeben war, erwiderte der Vater: »Jedoch nicht aussätziger als du.«

Jasin lächelte, Kamal schmunzelte. Zum erstenmal entdeckte er die ihm bisher verborgen gebliebene Wesensart des Vaters, über die er schon viel gehört hatte. Er war ein Mann, dem der Witz selbst am Grab von al-Hussain nicht ausging, der heiligen Stätte, die Gottes Lob und der eigenen Reue diente. Jasin brachte der Vorfall auf die Frage, wie sich der Vater wohl in Zukunft verhalten würde. Kehrte er trotz der schweren Krankheit wieder zu seinen berüchtigten Vergnügungen zurück? Die Antwort darauf, das wußte Jasin, würde ihn von nun an brennend interessieren.

44

Umm Hanafi hockte auf einer Matte im Salon, während Naimas Tochter Aischa und Chadigas Söhne Abd al-Munim und Achmed vor ihr auf dem Kanapee saßen. Die beiden Fenster, die zum Hof gingen, standen weit offen, um die feuchte Augusthitze ein wenig zu lindern. Doch kein Lufthauch rührte sich, und die große Deckenlampe breitete ihr Licht ohne die geringste Bewegung im Salon aus. Die anderen Räume hingegen waren in schweigende Dunkelheit gehüllt. Die Arme auf der Brust verschränkt, hielt Umm Hanafi den Kopf gesenkt. Schaute sie hier und da mal zu den Kindern auf, blickte sie gleich wieder hinunter. Obwohl sie nichts sagte, bewegten sich ihre Lippen unaufhörlich.

»Wie lange bleibt Onkel Kamal noch auf dem Dach?« fragte Abd al-Munim.

»Warum habt ihr ihm nicht länger Gesellschaft geleistet? Hier ist es viel zu heiß«, murmelte Umm Hanafi.

»Es war so dunkel, und Naima hat sich vor den Mücken und Käfern gefürchtet.«

»Wie lange müssen wir hier noch wohnen?« knurrte Achmed. »Das ist schon die zweite Woche, ich habe jeden Tag gezählt. Ich will zu Papa und Mama zurück.«

Hoffnung schwang in Umm Hanafis Stimme mit, als sie sagte: »So Gott will, kehrt ihr alle glücklicher als je zuvor heim. Betet zu Gott, denn die Bitten reiner Kinderseelen erhört er.«

»Wir beten, wie du es uns aufgetragen hast – vor dem Schlafengehen und beim Aufstehen«, erklärte Abd al-Munim.

»Ach, tut es immer, am besten gleich jetzt. Allein der Allmächtige kann uns unsere Sorge nehmen.«

Abd al-Munim breitete die Hände aus, und da er Achmed anstarrte, machte der es ihm nach, obwohl sein Gesicht noch immer verdrossen aussah. Wie sie es seit den letzten Tagen gewöhnt waren, sprachen beide zusammen: »O Herr! Heile unseren Onkel Chalil und seine Söhne Othman und Mohammed, damit wir unbesorgt nach Hause zurückkehren können.«

Mit traurigem Gesicht hörte Naima zu, wurde immer bedrückter. Die Tränen schossen ihr in die Augen, und sie rief schluchzend: »Wie geht es meinem Papa? Was ist mit Othman und Mohammed? Ich will meine Mama sehen. Ich will alle sehen!«

»Weine nicht, Naima«, tröstete Abd al-Munim sie. »Du darfst nicht weinen, das habe ich dir nun schon so oft gesagt. Deinem Papa geht es sicher gut und Othman und Mohammed auch. Bestimmt gehen wir alle bald wieder nach Hause. Das hat Großmutter auch gesagt, und Onkel Kamal hat es mir gerade erst versprochen.«

»Das höre ich jeden Tag«, und nun brach Naima in Tränen aus. »Trotzdem lassen sie uns nicht weg. Ich will zu meinem Papa und meinen Brüdern, ich will zu Mama.«

»Ich auch«, murrte Achmed.

»Wir kehren heim, wenn alle gesund sind«, erklärte Abd al-Munim.

»Laßt uns gleich gehen!« rief sie verängstigt. »Ich will jetzt zu ihnen. Warum müssen wir hierbleiben?«

»Die Großeltern haben Angst, daß wir uns anstecken.«

»Aber wieso? Mama ist dort, genauso wie Tante Chadiga, Onkel Ibrahim und die Großmutter. Warum stecken sie sich nicht an?«

»Weil sie schon groß sind.«

»Und warum ist dann Papa krank geworden?«

Umm Hanafi seufzte. Behutsam fragte sie: »Fühlst du dich hier nicht wohl? Auch das ist dein Zuhause, und Si Abd al-Munim und Si Achmed sind bei dir, damit ihr zusammen spielen könnt. Onkel Achmed ist auch da, und der liebt dich wie sein Augenlicht. Bestimmt kehrst du bald zu allen zurück, zum Papa, zur Mama, zu Othman und Mohammed. Nun weine nicht, kleine Herrin, bete, daß alle gesund werden.«

»Zwei Wochen schon«, sagte Achmed knurrig. »Ich habe an den Fingern mitgezählt. Außerdem ist unsere Wohnung im dritten Stock, und die Kranken liegen im zweiten. Warum gehen wir nicht zurück und nehmen Naima mit zu uns hinauf?«

Umm Hanafi hob den Zeigefinger an den Mund.

»Wenn das Onkel Kamal hört, wird er böse. Ständig kauft er euch Schokolade und Nüsse, wie kannst du da sagen, daß du nicht bei ihm bleiben willst? Ihr seid keine kleinen Kinder mehr. Du, Abd al-Munim, kommst in einem Monat zur Schule, und du auch, meine kleine Naima.«

Etwas versöhnlicher gestimmt, schlug Achmed vor: »Dann laßt uns wenigstens hinausgehen und auf der Straße spielen.«

»Ein guter Vorschlag«, stimmte Abd al-Munim zu. »Warum sollten wir nicht draußen spielen?«

Umm Hanafi griff entschlossen ein. »Ihr habt den Hof, der groß genug für die ganze Welt ist, und dann noch das Dach. Was wollt ihr mehr? Als Si Kamal klein war, hat er nur im Haus gespielt. Wenn meine Arbeit getan ist, erzähle ich euch eine Geschichte, oder möchtet ihr nicht?«

»Gestern hast du erklärt, du kennst keine mehr«, wandte Achmed empört ein, und Naima, die sich inzwischen wieder die Augen trocknete, erklärte: »Tante Chadiga kennt viel mehr Geschichten. Wenn Mama hier wäre, könnten wir alle zusammen singen.«

»Wie oft habe ich dich gebeten, für uns zu singen. Aber du willst ja nicht.«

»Hier nicht. Ich kann doch nicht singen, wenn Papa und Othman und Mohammed krank sind.«

Umm Hanafi seufzte. »Ich werde euch Abendbrot machen. Käse, Wassermelone und Zuckermelone, was meint ihr?«

Kamal hatte auf einem Stuhl unter freiem Himmel Platz genommen, außerhalb des mit Jasminzweigen und Efeuranken überdachten Teil des Dachs. Nur der wallende, weiße Gilbab war im Dunkeln zu erkennen. Entspannt streckte er die Beine aus und reckte den Kopf zum sternenbesäten Himmel empor. Von Schweigen umgeben, versenkte er sich in seine Gedanken, und nur hier und da war von der Straße her eine Stimme oder das Gackern der Hühner aus dem Stall zu vernehmen. Sein Gesicht war vom Unglück gezeichnet, das die Familie in den beiden letzten Wochen getroffen hatte. Die gewohnte Ordnung im Haus war durcheinandergeraten, die Mutter nur noch selten anzutreffen, und die drei kleinen Gefangenen plärrten und nörgelten ständig herum, immer auf der Suche nach »Papa« und »Mama«. Allmählich fiel ihm nichts mehr ein, womit er sie beruhigen und erfreuen konnte.

In der Sukkarija-Straße hatte Aischa schon lange aufgehört zu singen und zu lachen, was ihr zuvor oft genug vorgehalten worden war. Statt dessen wachte sie in den Nächten an den Betten ihrer Lieben, dem kranken Ehemann, den kranken Kindern. Wie oft hatte sich Kamal als Kind gewünscht, Aischa möge wieder nach Hause zurückkommen, doch jetzt beunruhigte ihn nur die eine Sorge, daß sie tatsächlich heimkehrte – mit gebrochenem Herzen und am Ende ihrer Kräfte. Die Mutter hatte ihn flüsternd gewarnt, am besten nicht in die Sukkarija zu gehen, wenn aber doch, dann nur für kurze Zeit. Ab und zu tat er es, und nicht nur, daß seine Hände beim Weggehen den merkwürdigen Geruch von Desinfektionsmitteln verbreiteten, auch sein Herz verkrampfte sich vor Sorge und Furcht. Seltsam, diese kleinen Typhusbazillen, unsichtbar fürs Auge wie alle Bazillen, konnten ins Leben eingreifen, das Schicksal der Menschen bestimmen und ganz nach Belieben Familienbande zersprengen. Der arme Mohammed war als erster krank geworden, dann folgte Othman, und schließlich mußte sich auch völlig unerwartet der Vater ins Bett legen. Heute abend war die Dienerin Suweidan gekommen, um ihm mitzuteilen, daß die Mutter in der Sukkarija über Nacht bleiben würde, und das, obwohl sie ihm ausrichten sollte, es bestände kein Grund zur Sorge, was auch die Dienerin bestätigte. Aber warum übernachtete dann die Mutter dort? Und warum fühlte er sich so bedrückt? Dennoch blieb die Hoffnung, daß sich die Situation von einem Augenblick zum anderen besserte, Chalil Schaukat und die beiden Kinder wieder gesund wurden und Aischas Gesicht wie zuvor strahlte. Hatte nicht erst vor acht Monaten ein ähnlich schlimmer Schicksalsschlag auch das alte Haus getroffen? Nun aber war der Vater gesund und munter wie immer, seine Augen glänzten, und seine Muskeln hatten die alte Kraft wiedergewonnen. Wie ein Vogel zu dem Baum fliegt, aus dem es zwitschert und trällert, hatte es auch den Vater wieder zu den Gefährten und geliebten Freunden gezogen. Wer wollte da der berechtigten Hoffnung widersprechen, daß sich die Dinge im Nu zum Besseren wenden konnten?

»Ah, hier bist du, und ganz allein.«

Kamal erkannte auf Anhieb die Stimme. Er stand auf, drehte sich in Richtung der Tür um und reichte Jasin die Hand, als er bei ihm war. »Wie geht's dir? Komm, setz dich.« Er schob ihm einen Stuhl hin.

Jasin atmete tief durch, als müßte er sich erst vom Treppensteigen erholen. Schwerer Jasminduft schlug ihm entgegen. »Die Kinder schlafen«, sagte er beim Setzen. »Umm Hanafi auch.«

Kamal nahm wieder Platz. »Die Ärmsten. Sie kommen nicht zur Ruhe, und uns lassen sie auch keine. Wie spät ist es?«

»Elf Uhr. Hier oben ist die Luft viel angenehmer als unten auf der Straße.«

»Wo kommst du her?«

»Ich bin zwischen der Kasr asch-Schauk und der Sukkarija hin und her gependelt. Übrigens kommt deine Mutter heute nacht nicht nach Hause.«

»Suweidan hat mich schon benachrichtigt. Gibt's was Neues? Ich bin äußerst besorgt.«

»Das sind wir alle. Möge sich Gott unserer gnädig erweisen. Dein Vater ist auch dort.«

»Zu dieser Zeit?«

»Er war noch dort, als ich schon ging.« Er machte eine Pause. »Ich war bis acht Uhr in der Sukkarija, dann kam ein Bote, der mir ausrichten sollte, daß bei meiner Frau die Wehen eingesetzt hätten. Ich ging sofort zu Umm Ali, der Hebamme, nahm sie gleich mit. Ein paar Nachbarinnen waren schon bei meiner Frau und kümmerten sich um sie. Ich blieb ungefähr eine Stunde, länger konnte ich das Schreien und Heulen nicht ertragen. Also bin ich noch einmal in die Sukkarija gegangen, und da saß der Vater mit Ibrahim Schaukat zusammen.«

»Was hat das zu bedeuten? Was weißt du noch?«

Leise erwiderte Jasin: »Es ist sehr ernst.«

»Ernst?«

»Ja. Ich bin hergekommen, um mich ein wenig zu beruhigen. Hätte sich Zanuba nicht eine andere Nacht für die Entbindung aussuchen können? Ich bin völlig fertig, dauernd mußte ich zwischen der Kasr asch-Schauk und der Sukkarija hin und her laufen, zwischen der Hebamme und dem Arzt. Es sieht gar nicht gut aus. Als die Witwe des seligen Herrn Schaukat ihrem Sohn ins Gesicht sah, hat sie geschrien: ›Gnade, o Herr! Mich solltest du vor ihm bei dir aufnehmen!‹ Deine Mutter geriet völlig außer Fassung, aber das hat sie nicht gekümmert. Mit heiserer Stimme hat sie gekrächzt: ›So sieht ein Schaukat aus, wenn der Tod kommt. Ich habe es bei seinem Vater, Onkel und Großvater erlebt.‹ Chalil ist nur noch der Schatten seiner selbst, und seine beiden Jungen auch. Es gibt keine Macht noch Stärke als bei Gott.«

Kamal würgte es im Hals. »Vielleicht wendet Gott noch alles zum Guten.«

»Vielleicht. Kamal, du bist kein kleiner Junge mehr.

Zumindest mußt du zur Kenntnis nehmen, was ich mir anhören mußte. Der Arzt hat gesagt, daß die Lage sehr, sehr ernst sei.«

»Bei allen?«

»Bei allen dreien – Chalil, Othman, Mohammed. O Herr! Wie elend bist du dran, arme Aischa!«

Vor ihm entstand im Dunkel das Bild der lachenden Aischa mit ihrer Familie. Jene Heiterkeit von früher – glückliche Menschen, die das Leben als reine Freude empfanden. Wann würde Aischa je wieder aus vollem Herzen lachen können? Fahmi war doch schon der Familie entrissen worden. Engländer oder Typhus, es läuft alles aufs gleiche hinaus. Der Glaube an Gott läßt den Tod als höchsten Bescheid und letzte Weisheit erscheinen, angesichts deren die Menschen nur Ratlosigkeit empfinden können. Dabei ist auch der Tod in Wirklichkeit nichts anderes als eine Art grausamen Spiels. »Es ist das Entsetzlichste, was ich je gehört habe.«

»So ist es, aber was soll man machen? Was hat Aischa verbrochen, um ein solches Schicksal erleben zu müssen? O Gott, sei uns gnädig, sei barmherzig.«

Gibt es irgendeine überzeugende Theorie, mit der das Töten entschuldigt werden kann? Der Tod folgt den Gesetzen des Witzes, aber kann man lachen, wenn die Pointe auf einen selbst abzielt? Vielleicht schaffst du es, dem Tod mit einem Lächeln entgegenzutreten, wenn du dich mit ihm befaßt, über ihn nachdenkst, ihn richtig verstehst und auf das Ursprüngliche zurückführst. Das wäre ein Sieg über Leben wie über Tod. Nur – was hat das alles mit Aischa zu tun? »Mir dreht sich der Kopf, Bruder.«

»So ist die Welt eingerichtet«, erklärte Jasin, und zum erstenmal hörte er sich für Kamal wie ein Weiser an. »Du mußt sie nehmen, wie sie ist.« Er stand auf. »Ich muß wieder gehen.«

»Bleib noch ein wenig bei mir«, bat Kamal, doch es klang eher nach einem Hilfeschrei.

»Es ist schon elf, ich muß nach Hause, um zu sehen, wie es Zanuba geht«, entschuldigte sich Jasin. »Danach will ich in die Sukkarija zurück, damit ich bei ihnen bin. An Schlaf ist heute wohl nicht zu denken. Weiß Gott, was uns morgen erwartet.«

»Du hörst dich an«, sagte Kamal verzweifelt, »als ob es das Ende wäre. Ich werde sofort in die Sukkarija laufen.«

»Nein, du mußt bei den Kindern bleiben. Versuch zu schlafen, sonst mache ich mir Vorwürfe, dir die Wahrheit gesagt zu haben.«

Jasin ging zur Treppe, und Kamal folgte ihm, um ihn bis zur Haustür zu begleiten. Als sie am oberen Stockwerk vorbeikamen, wo die Kinder schliefen, sagte er traurig: »Die Ärmsten. Naima hat in den letzten Tagen furchtbar geweint, als könnte sie ahnen, was dort geschieht.«

»Ach was, Kinder vergessen schnell, bete lieber um Gnade für die Großen.« Als sie über den Hof gingen, scholl ihnen von der Straße der Ruf eines Zeitungsverkäufers entgegen, der aus Leibeskraft schrie: »Extra-Ausgabe! Extra-Ausgabe des ›Mukattam‹!«

»Eine Extra-Ausgabe?«

»Oh, ich weiß, worum es geht«, antwortete Jasin mit Bedauern in der Stimme. »Ich habe die Leute darüber sprechen hören, als ich auf dem Weg zu dir war. Saad Zaghlul ist gestorben.«

»Saad?!« schrie Kamal.

Jasin blieb stehen, drehte sich zu ihm um. »Nimm's nicht so schwer, wir haben schon genug zu tragen.«

Kamal starrte in die Finsternis, regungslos und ohne einen Laut von sich zu geben. Es schien, als gäbe es für ihn keinen Chalil, Othman, Mohammed, keine Aischa mehr, sondern nur noch Saad Zaghlul und seinen Tod.

Jasin ging weiter. »Er ist nach einem langen und erfolgreichen Leben gestorben, was willst du mehr? Möge Gott sich seiner erbarmen.«

Schweigend und noch immer benommen, folgte ihm Kamal. Er wußte nicht, wie er diese Nachricht unter anderen Bedingungen aufgenommen hätte. Wenn mehrere Unglücke zugleich eintreffen, machen sie sich den Rang streitig. Als damals, kurz nach Fahmis Tod, die Großmutter gestorben war, hatte niemand mehr Tränen für sie übrig. Saad war also tot. Exil, Revolution, Freiheitskampf, Verfassung – alles das war mit diesem Mann verbunden, den es nun nicht mehr gab. Wie sollte er nicht erschüttert sein, wenn das Beste, das er in sich trug, von diesem Mann herrührte, von seinem Geist inspiriert, von seiner Erziehung geformt war?

Jasin blieb stehen, öffnete die Tür. Er reichte Kamal die Hand. Erst jetzt bemerkte Kamal, daß er unachtsam gewesen war. Beschämt sagte er: »Ich bete zu Gott, daß du deine Frau wohlauf findest und sie alles gut überstanden hat.«

Schon im Weggehen begriffen, antwortete Jasin: »So Gott will, wird es so sein. Ich hoffe, daß du schlafen kannst.«

Ich danke Herrn Ahmed Ezzeldin
für die hilfreiche Erläuterung schwieriger Textstellen.
Doris Kilias

Die Übersetzung aus dem Arabischen wurde unterstützt durch die
Gesellschaft zur Förderung der Literatur aus Afrika, Asien
und Lateinamerika e. V. in Zusammenarbeit mit der
Schweizer Kulturstiftung PRO HELVETIA.

Lizenzausgabe für die Büchergilde Gutenberg
Frankfurt am Main und Wien
Mit freundlicher Genehmigung des Unionsverlages, Zürich

Die arabische Originalausgabe erschien 1957
unter dem Titel *Qasr aš-šauq* in Kairo
Die vorliegende Ausgabe erscheint mit Genehmigung der
American University in Cairo Press

Umschlaggestaltung Tiina Hurme, Hamburg
Belichtung Johannes Schimann, Ingolstadt
Druck und Bindung Franz Spiegel Buch, Ulm
Printed in Germany ISBN 3 7632 4372 0